DAS BUCH

Dies ist die letzte Chance der Menschheit: Nachdem sie vor 600 Jahren eine interstellare Katastrophe verursacht haben, müssen die Menschen nun beweisen, dass sie zu dauerhaftem Frieden fähig sind. Denn nur dann werden sie in den Kreis der Hohen Mächte aufgenommen und erhalten Zugang zum universalen Wissen der Kosmischen Enzyklopädie. Unter der Aufsicht der »Ägide«, einer von Menschen gegründeten Organisation, die auf den von der Katastrophe betroffenen Welten Entwicklungshilfe leistet, wird der Planet Heraklon zu einem Ort des Friedens und der Diplomatie. Doch dann wird auf Heraklon ein mysteriöses Artefakt entdeckt, das den Zugang zu modernster Technologie verspricht – einer Technologie, die der Wissenschaft der Hohen Mächte ebenbürtig ist. Der Exekutor Rahil Tennerit soll das geheimnisvolle Artefakt im Auftrag der Ägide untersuchen. Eine gefährliche Aufgabe, denn es gibt immer noch mächtige Gegner, die die Aufnahme der Menschen in den Kreis der Hohen Mächte mit allen Mitteln verhindern wollen. Und einmal ist Rahil bereits gescheitert …

DER AUTOR

Andreas Brandhorst, geboren 1956 im norddeutschen Sielhorst, hat mit seinen Romanen die deutsche Science-Fiction-Literatur der letzten Jahre entscheidend geprägt. Spektakuläre Zukunftsvisionen verbunden mit einem atemberaubenden Thrillerplot sind zu seinem Markenzeichen geworden. Etliche seiner Romane wurden preisgekrönt und zu Bestsellern. Andreas Brandhorst hat viele Jahre in Italien gelebt und ist inzwischen in seine alte Heimat in Norddeutschland zurückgekehrt.

Mehr über Andreas Brandhorst und seine Romane erfahren Sie auf:

diezukunft.de

ANDREAS BRANDHORST

DAS ARTEFAKT

ROMAN

WILHELM HEYNE VERLAG
MÜNCHEN

MIX
Papier aus verantwor-
tungsvollen Quellen
FSC® C014496

Verlagsgruppe Random House FSC® N001967

Taschenbuchausgabe: 6/2018
Copyright © 2012 by Andreas Brandhorst
Copyright © 2018 der deutschsprachigen Taschenbuchausgabe
by Wilhelm Heyne Verlag, München,
in der Verlagsgruppe Random House GmbH,
Neumarkter Str. 28, 81673 München
Printed in Germany
Umschlaggestaltung: Das Illustrat, München
unter Verwendung von Motiven von
Shutterstock (Algol, zhu difeng und Evannovostro)
Satz: Leingärtner, Nabburg
Druck und Bindung: GGP Media GmbH, Pößneck

ISBN: 978-3-453-31870-0

www.diezukunft.de

Wie viele Gedanken passen in einen Kopf,
wie misst man ihre Größe?
Wie schwer sind Wahrheit und Lüge?

INHALT

ERSTER TEIL
IRRWEGE 9

DER ERSTE SCHRITT 11

DER ERSTE FEIND 40

DIE MISSION 67

LUCREZIA 103

GEDANKENSPIELE 128

HOHE WORTE 164

TIEFER FALL 195

INTERLUDIUM
VERGANGENE PFADE 233

GESTERN, VOR HUNDERT JAHREN 235

DER RING 260

DIE FLUCHT 277

DAS ENDE EINES WEGES 301

ZWEITER TEIL
HERAKLON 321

EIN WIEDERSEHEN 323

GEFRESSENE WELT 346

NACH NORDEN 379

DIE STUMMEN ZEUGEN 403

LAUTARET 428

BEGEGNUNGEN 465

MUNRAHA 500

DAS ARTEFAKT I................................... 532

DAS ARTEFAKT II 567

EPILOG 635

GLOSSAR 639

ERSTER TEIL

IRRWEGE

Vor dem Jungen erstreckte sich die Stadt, durchzogen von wenigen breiten Straßen und vielen schmalen Gassen. Dunst hing über ihr wie ein graues Leichentuch.

»Eines Tages«, sagte der Vater des Jungen, »gehört dies alles dir. Dir und deiner Schwester. Eines Tages werdet ihr die Geschicke dieser Stadt bestimmen, und die der ganzen Welt.«

Der Knabe, erst elf Jahre alt, sah zum Himmel hoch, vorbei an den Wolkenbändern des warmen Gasriesen Cambronne, vorbei an seinen Monden, den Welten des Dutzends. Ich will weg von hier, dachte er und beobachtete die Sterne. Eines Tages werde ich bei euch sein.

Eine Wahrheit wandelt über mir
Einer Wolke gleich –
Mit unsichtbaren Blitzen trifft sie mich.

DER ERSTE SCHRITT

1

Es ist der Träumer, der sich fragt: Schlafe ich oder bin ich wach? Es ist der Lügner, der sich fragt: Verbirgt sich Wahrheit in meinen Lügen? Und ist nicht die einzige Wahrheit unser Glaube?

Es war der Kopf eines Toten – eines aus dem Jenseits Zurückgekehrten –, der diese Gedanken dachte, und es waren nicht einmal seine eigenen. Sie stammten von dem Psychomechaniker Lynton Hongeva Ayyad und waren Teil eines Mantras, das ihm, dem Wiederauferstehenden, helfen sollte, mit der Phase des Übergangs, der Rückkehr von den Toten – und auch dem Leben danach –, besser fertigzuwerden. So vage und hintergründig die Worte auch sein mochten, sie beschrieben den Zustand, in dem sich das erwachende Bewusstsein befand: nach der feinen Linie zwischen Wirklichkeit und Wirrnis suchend, um zu unterscheiden, zu kategorisieren, zu deuten und zu verstehen. Es gab zwei Welten, erinnerte sich der Träumer, mit einem wichtigen Unterschied: Die eine existierte außerhalb von ihm, und die andere war er selbst, eine Innenwelt, die einen Namen bekam, als er sich darauf konzentrierte: Rahil Tennerit. Ein Name, dachte er. Ein Name macht den Unterschied. Er zieht die Linie zwischen dem Hier und Dort; er gibt mir Identität und grenzt mich von der äußeren Welt ab. Der Name sorgt dafür, dass *ich bin*.

Ich bin der Träumer, dachte der Lebende. Ich erwache.

Er sah es nicht, spürte aber: Die äußere Welt war ein Uterus.

Das, so erinnerte er sich, war äußerst ungewöhnlich. Er *erlebte* seine Wiedergeburt, die Phase des Wachstums – er spürte, wie Rumpf und Gliedmaßen seines Körpers feinere Strukturen gewannen –, die Übertragung des Images in ein jungfräulich leeres Gehirn, das memoriale Informationen empfing und ihnen das Verknüpfungsmuster von Neuronen und Synapsen entnahm. Er hätte schlafen, ganz ein Träumer sein sollen, aber stattdessen wusste er, dass er im Innern einer Maschine steckte, dass ihn die Technik der Hohen Mächte, der Ägide zur Verfügung gestellt, ins Leben zurückbrachte.

Das Gehirn, mit dem er bereits dachte, nahm weitere Erinnerungen auf, und Rahil suchte in ihnen nach Hinweisen darauf, was ihn sein letztes Leben gekostet hatte. Es war nicht sein erster Tod gewesen; schon zum vierten Mal holte ihn die Technologie der Hohen Mächte ins Leben zurück.

Wer oder was hatte ihn umgebracht? Das Image, das jetzt zu seiner Identität wurde, ein Back-up seines Bewusstseins, enthielt Erinnerungen an die Vorbereitungen für den Einsatz auf Heraklon, an eine Mission, die das Artefakt im hohen Norden des Friedensplaneten betraf. War er dort gestorben, auf dem Planeten, der zeigen sollte, dass die Menschheit es sechshundert Jahre nach dem *Ereignis* verdiente, in den Kreis der Hohen Mächte aufgenommen zu werden und Zugang zur Kosmischen Enzyklopädie zu erhalten? Mentale Kontinuität schien es nicht zu geben; zumindest hatte er noch keine Erinnerungen an den Einsatz. Das bedeutete: Man hatte seine Leiche nicht rechtzeitig – oder gar nicht – gefunden.

Der Gedanke an die Enzyklopädie und ihr unentschlüsselbares Lied weckte in ihm eine seltsame, fast erschreckend intensive Sehnsucht. Er begriff, dass diese Sehnsucht (die Betonung lag auf der zweiten Silbe des Wortes) einer der Gründe war, warum er in seinen vorherigen Leben die Hilfe des Psychomechanikers Ayyad in Anspruch genommen hatte. Ein anderer, noch wichtigerer war …

Jazmine.

Der Name erschien in der Welt, die er selbst war, begleitet von einem Schmerz, so intensiv, dass sich Rahil zerrissen und zerfetzt glaubte. Aus dem anderen Universum, dem äußeren, kam eine Taubheit, die er als Schutzfunktion des Uterus erkannte – die Sensoren der Bioschmiede hatten einen hohen Stressfaktor festgestellt, und die Maschine, die ihn gebar, agierte mit selektiver neuronaler Stimulation – wie eine Rüstung oder Femtomaschinen – und versuchte, ihm den Schmerz zu nehmen.

Er sitzt zu tief, dachte Rahil. Er sitzt so tief, dass es nicht einmal Lynton Hongeva Ayyad, der beste Psychomechaniker der Ägide, geschafft hatte, die Wurzeln auszureißen.

Eine Zeit lang blieb es in allen Wahrnehmungsspektren »dunkel« – die Nervenverbindungen zwischen Sinnesorganen und Hirn schienen noch nicht komplett zu sein oder einer internen Interdiktion zu unterliegen, vielleicht als Bestandteil der Schutzmaßnahmen, mit denen der Uterus Rahils Schmerz dämpfte. Dann drang eine Stimme an Ohren, die genug Struktur gewonnen hatten, um sie wahrzunehmen.

»Sie sollten mich jetzt hören können, Rahil Tennerit.«

Der wiederauferstandene Rahil wollte sprechen, und er sprach: »Dies ist nicht normal.«

»Nein.«

Weitere Nervenverbindungen entstanden, und er begann, Teile seines Körpers zu spüren. Ein leichtes Stechen ging von ihnen aus, fast unangenehm. Die psychische Taubheit blieb, wie eine Mauer, hinter der die mit dem Namen verbundenen Erinnerungen auf der Lauer lagen. Ayyad hatte angeboten, sie ihm zu nehmen und durch etwas anderes zu ersetzen, durch eine falsche Vergangenheit ohne Schmerz. Rahil hatte abgelehnt, weil er nicht auf einen wichtigen Teil seines Lebens verzichten wollte.

»Sind Sie der Schmied?«, fragte Rahil. »Was ist geschehen?«

»Der Schmied ist tot«, kam die Stimme aus dem scheinbaren Nichts, das Rahil umgab. »Wie alle anderen Besatzungsmitglieder der Station. Übrig sind nur ich und der Wartende an Bord des Schiffes. Dies ist ein Notfall. Der Uterus, in dem Sie sich befinden, arbeitet im beschleunigten Modus. Ich bedaure die Unannehmlichkeiten für Sie.«

In den Zehenspitzen – Rahil vermutete zumindest, dass es die Zehenspitzen waren – brannte ein Feuer. Er versuchte Einzelheiten seiner Umgebung zu erkennen, konnte aber nicht einmal feststellen, ob seine Augen geöffnet waren oder ob er in dieser Phase der Wiederherstellung bereits funktionierende Augen hatte. Um ihn herum blieb alles grauschwarz, und er hörte seinen Herzschlag – das Herz schlug, er fühlte es! – wie das Pochen eines mechanischen Metronoms.

»Wir müssen uns beeilen«, fuhr die Stimme fort. »Der Angreifer könnte zurückkehren.« Es folgte eine kurze Pause. »Vielleicht befindet er sich noch immer an Bord. Sie müssen so schnell wie möglich in den Einsatz zurückkehren.«

»Was ist geschehen?«, wiederholte Rahil mit etwas mehr Nachdruck. »Und wer sind Sie?«

»Ich bin der Kurator dieser Ägide-Station, die sich in der Nähe von Ganska befindet. Hilfe ist unterwegs, aber vielleicht trifft sie nicht rechtzeitig vor der nächsten Aktion des Angreifers ein. Deshalb erleben Sie diese Phase bei Bewusstsein; so können wir auf die Weckphase verzichten. Ich habe den Dämpfer aktiviert, um Ihnen Desorientierung zu ersparen.«

Der Dämpfer des Uterus mochte die Erinnerungen in Schach halten, mit denen Rahil seit Jahrzehnten rang, und vielleicht bewahrte er ihn in dieser Phase auch vor geistiger Zersplitterung, die so stark werden konnte, dass sie ein Trauma hinterließ. Aber etwas anderes war ebenso tief in ihm verwurzelt wie die Erinnerungen, etwas, an dem er sich all die Jahre festgehalten hatte: die Pflicht, der Dienst für die Ägide, die feste Entschlossenheit, den Gefallenen Welten dabei zu helfen, einen besseren Weg in die Zukunft zu finden und das zu vermeiden, was er damals, als Kind, im Dutzend erlebt hatte. In gewisser Weise war es dieser Dienst, der ihm seine Identität verlieh, und dass er sich hier befand, in diesem Uterus, in dieser Bioschmiede, offenbar unter ganz besonderen Umständen, bedeutete vielleicht …

»Wie bin ich ums Leben gekommen?«, fragte er das grauschwarze Nichts. Das Brennen in seinen Zehenspitzen wanderte, etwas weniger heiß, nach oben, erreichte Schienbeine und Knie.

»Das wissen wir nicht. Alles deutet darauf hin, dass Sie ermordet worden sind und Ihr Tod mit dem Artefakt in Zusammenhang steht.«

»Ich bin auf Heraklon ums Leben gekommen?«

»Ja.«

»Bevor ich meinen Auftrag erfüllen konnte?«

»Ja.«

Da war die Furcht, trotz des Dämpfers, und die Antworten des Stationskurators schienen sie zu bestätigen. »Habe ich … versagt?«

»Niemand zweifelt daran, dass Sie Ihr Bestes gegeben haben.«

»Aber vielleicht war es nicht gut genug.«

Wieder folgte eine kurze Pause, und Rahil fragte sich, ob sie objektiver oder subjektiver Natur war. Ich darf nicht versagen, dachte er. Er hatte einmal versagt, vor vielen Jahren, fast vor einem Jahrhundert, und auch Ayyad hatte ihn nicht von der Bürde der Schuld befreien können. Sie lastete auf seiner Seele, schwer wie ein Berg, solange er keine Rüstung trug, und auch wenn Ayyad von »Überkompensation« gesprochen hatte: Der feste Wille, seiner Verantwortung als Missionar der Ägide gerecht zu werden und alle seine Aufträge erfolgreich abzuschließen, gab ihm die Kraft, dem Druck standzuhalten, mit ihm fertigzuwerden.

»Ich registriere eine starke emotionale Reaktion«, sagte die Stimme. »Ich bin kein Schmied, aber vielleicht sollte ich die Dämpfung erhöhen, obwohl sie den Image-Transfer behindert.«

»Nein! Ich will wissen, was geschehen ist!«

»Bitte beruhigen Sie sich. Ihre Erinnerungen sind noch destrukturiert. Der Körper wächst schneller als die mentale Integrität. Aber in einer Stunde öffnet sich das Kickout, und dann müssen wir bereit sein. Dann müssen *Sie* bereit sein. Wir dürfen keine Zeit verlieren. Die Lage auf Heraklon spitzt sich zu. Und die Krise betrifft nicht nur Heraklon, sondern einen großen Teil der Gefallenen Welten.«

Erinnerungen kehrten zurück, während Rahils Gehirn weitere Image-Daten aufnahm. Die Mission, die wichtigste von allen. Vor sechshundert Jahren, nach dem *Ereignis*, hatten die Hohen Mächte der Menschheit eine letzte Chance gegeben: sechs Jahrhunderte, um zu beweisen, dass sie fähig war, zu Frieden und Reife zu finden. Als Lohn winkte Zugang zur Kosmischen Enzyklopädie, zum Wissen und zur Technik der Primären, der ältesten Zivilisationen des Universums. Heraklon, zur Welt des Friedens und der Diplomatie geworden, hatte diesen Beweis erbringen sollen, aber dann war das Artefakt erschienen, ein seltsames Objekt, offenbar mit primärer Technik ausgestattet, das Begehrlichkeiten bei den Autokraten und Despoten der Gefallenen Welten weckte. Rahil erinnerte sich nun: Er war als Missionar der Ägide nach Heraklon geschickt worden, um dort festzustellen, was es mit dem rätselhaften Artefakt auf sich hatte und wie die Gefahren, die es heraufbeschwor, neutralisiert werden konnten. Er erinnerte sich auch daran, ein direktes Eingreifen der Ägide vorgeschlagen zu haben, wie auch schon bei anderen Gelegenheiten, aber das Kuratorium hatte abgelehnt und war bei seiner Politik der Nichteinmischung geblieben, an der sich zwischen Rahil und seinen Einsatzleitern oft Konflikte entzündet hatten.

Die wichtigste aller Missionen; von ihrem Erfolg oder Misserfolg hing die Zukunft der Menschheit ab.

Und ich bin auf Heraklon gestorben, dachte Rahil. Jemand hat mich dort umgebracht, um zu verhindern, dass ich die Mission erfülle.

Er zweifelte nicht daran, dass es einen Zusammenhang mit dem Angreifer gab, von dem der Kurator gesprochen hatte. Jemand wollte ihn töten, bevor er wieder richtig lebendig wurde. Jemand wollte, dass er nicht nach Heraklon zurückkehrte. Vielleicht verstand er mehr, wenn er alle memorialen Daten des Image empfangen hatte.

»Sie schicken mich zurück, Kurator?«

»In einer Stunde, Rahil Tennerit. Wenn es mir gelingt, die Wiederherstellung weiterhin stabil zu halten. Leider fehlen mir die Kenntnisse eines Schmieds. Ihre starken emotionalen Aktivitäten bedrohen die Integrität des Datenstroms zwischen Image und Uterus. Ich empfehle Ihnen dringend, sich auf neutrale Gedanken zu besinnen. Vielleicht wäre eine vollständige Dämpfung doch besser …«

»Nein!« Eine Stunde, dachte Rahil. Dann kann ich mich ganz auf den Einsatz konzentrieren. Bis dahin, bis ich eine Rüstung bekomme und damit die Möglichkeit, meine Emotionen unter Kontrolle zu bringen, muss ich mich ablenken. Nicht zu denken ist falsch; an *etwas* zu denken ist besser. »Habe ich Augen? Lassen Sie mich sehen!«

»Was möchten Sie sehen?«

»Das Kickout«, sagte er. »Bitte zeigen Sie mir das Fraktal des Kickouts, während ich auf das Ende der Wiederherstellung warte.«

2

Draußen, in schwarzer Totenstille, öffnete sich eine goldene Blume mit einem Durchmesser von hundertfünfzigtausend Kilometern, ihre Blütenblätter wie benetzt von fraktalem Tau, voller Muster, die wie dünnes Eis glänzten und sich im Kleinen wie im Großen ständig wiederholten. Neben dieser sich langsam entfaltenden Blume hing ein Schiff im All, klein im Vergleich mit dem Fraktal, das eine über viele Lichtjahre reichende Verbindung herstellte, aber riesig nach menschlichen Maßstäben: ein Polarisator der Leskovar – Sekundäre, die zu den Hohen Mächten zählten –, mit fast hundert Kilometern Länge ein Gigant und viel größer als die Station der Ägide am Rand des Schwerkrafttrichters, den Ganska und seine Monde mehrere Lichtsekunden entfernt ins Gewebe der Raumzeit stanzten. Wenn Rahil sich konzentrierte, sah er die gekrümmten Linien der Gravitationsfelder wie Seile, die Raum und Zeit zusammenhielten und durch den brodelnden Quantenschaum führten, in dem das Fraktal wurzelte, durch das Chaos aus Materie und Energie, die sich gegenseitig vernichteten und neu erschufen. Myriaden Blasen bildeten sich dort und platzten, wie von der Flamme der Schöpfung erhitzt, jede von ihnen kleiner als das, was man einst Planck-Länge genannt hatte, noch viel, viel kleiner als die Femtomaschinen, die, vom primären Uterus geschaffen, bereits in dieser Wiederherstellungsphase zu Millionen in Rahils Körper unterwegs waren, Zellverbände verstärkten und Organe mit Zusatzfunktionen ausstatteten. Jede einzelne Blase in diesem Schaum, der das Fundament alles Existierenden bildete, war ein eigenes Universum, durch eine interne inflationäre Phase aufgebläht. Ich sehe Geburt und Tod ganzer Kosmen, dachte Rahil mit einer Ergriffenheit, die ihn an seine Anfangszeit bei der Ägide erinnerte, und gleichzeitig fragte er sich, ob es seine eigenen, von den Femtomaschinen der Primären verbesserten Sinne waren, die den Quantenschaum sahen, oder ob der Kurator seine Wahrnehmung mit den Systemen der Station und des Uterus stimulierte.

Rahil blinzelte, und das verwirrende Brodeln sowie die Linien des Gerüstes von Raum und Zeit verschwanden. Nur der Polarisator war zu sehen. Es befanden sich keine anderen Raumschiffe in der Nähe, weder in niedrigeren Umlaufbahnen um den Planeten noch in den Sprungsektoren des Sonnensystems. Hatten die Sekundären eine Interdiktionszone geschaffen, um weiteren Angriffen auf die Station der Ägide vorzubeugen?

»Öffnen die Leskovar das Fraktal für mich allein?«, fragte er.

»Ja«, bestätigte der Kurator.

Rahil dachte an den Energieaufwand. Die Leskovar jonglierten dort draußen mit energetischen Ressourcen, die ausgereicht hätten, den Energiebedarf so mancher Gefallenen Welt auf Jahre hinaus zu decken. Und das alles nur für ihn.

Nicht für mich, korrigierte er sich in Gedanken. Für die Mission der Ägide, die nicht scheitern darf.

Seine Gedanken, noch unkontrolliert von Femtomaschinen und Rüstung, bewegten sich wieder in eine Richtung, die stärkere Emotionalität hervorrief. Eine Stunde, dachte er. »Ich möchte das Lied der Kosmischen Enzyklopädie hören«, sagte er. »Es beruhigt mich«, fügte er hinzu, was zumindest teilweise der Wahrheit entsprach.

Etwas veränderte sich in seiner Wahrnehmung, und ein oder zwei Sekunden später drang ein melodisches Summen an Rahils wiederhergestellte Ohren, entfaltete fast sofort eine Komplexität, von der eine hypnotische Faszination ausging. Dies war der Gesang des Wissens, der von der Technik und den Erkenntnissen der Hohen Mächte erzählte, aber so gut codiert und verschlüsselt, dass es niemandem – weder den Experten und Maints von Ägide und Bruch-Gemeinschaft noch den Volontären, die sich hier und dort zu Dechiffrierungsgruppen zusammengeschlossen hatten – gelungen war, auch nur den Dateninhalt eines einzelnen Tons freizulegen.

Rahil hörte die Klänge und dachte: Bald fällt die Entscheidung, ob wir Zugang zur Enzyklopädie und damit zu den kolossalen Wissensschätzen der Hohen Mächte bekommen. Ein zweiter, warnender Gedanke lautete: Wenn man diese Melodie zu oft hört, kann man süchtig danach werden.

Die Aura des Planeten Ganska und seiner Monde bildete kein Schreien vor der kosmischen Hintergrundstrahlung, die das Lied in sich trug, und vor den Markierungsrufen der Bojen in den Sprungsektoren des Sonnensystems, aber ein *lautes* Flüstern, bestehend aus mehreren Billionen raunenden Stimmen – so viele smarte Geräte, Apparate, Instrumente, Maschinen und Maschinenintelligenzen sprachen dort miteinander, tauschten Meinungen und Bewertungen aus, analysierten Daten, schufen daraus neue Informationen, die ihrerseits Analysen erforderten, sondierten und philosophierten. Mit den Systemen der Station verbunden, hätte Rahil über die Femtomaschinen in seinem Innern jeder einzelnen dieser Stimmen lauschen können, und sie alle zusammen bildeten die Daten- und Kommunikationswolke, die den Planeten und seine Monde wie ein elektromagnetischer Schleier umgab. Aber so dicht und komplex die Aura auch sein mochte: Das Lied der Kosmischen Enzyklopädie war noch weitaus komplexer. Es beschränkte sich nicht auf eine Welt oder ein Sonnensystem, nicht einmal auf eine Galaxie – die Ägide vermutete, dass der Melodiencode der Enzyklopädie den ganzen Virgo-Superhaufen betraf, was bedeutete, dass man das Lied in etwa zweihundert Galaxienhaufen hörte, verstreut in einem Raumgebiet von über zweihundert Millionen Lichtjahren. Wie viele Welten gab es dort draußen, wie viele Zivilisationen, und wie viele – oder wie wenige – gehörten zu den Hohen Mächten, mit vollem Zugang zu dem Jahrmilliarden alten Wissen, das fast bis in die Zeit des Urknalls reichte?

Rahils Herz schlug noch etwas schneller, als ihm diese Gedanken durch den Kopf gingen und so viel Platz einnahmen, dass für die anderen, vor denen er sich fürchtete, kein Platz mehr blieb. Dies ist richtig, dachte er. Dies lenkt ab, bis ich meine Erinnerungen wieder unter Kontrolle habe. Er wies seine inzwischen programmierbar gewordenen Femtomaschinen an, ihm einen direkten Zugang zum Lied zu ermöglichen, und nur eine Sekunde später hallten ätherische Klänge durch die wachsenden Gewölbe seines Bewusstseins.

»Ein direkter Kontakt ist gefährlich«, warnte der Kurator.

Rahil achtete nicht darauf. Darum geht es seit fast sechshundert Jahren, dachte er, beobachtete mit den Sensoraugen der Station das blühende Fraktal des Kickouts und hörte das von den Femtomaschinen übertragene Lied. Darum ging es seit dem *Ereignis* und der Gründung der Ägide. Um ein kosmisches Lied, das alle hören konnten, die richtigen Instrumente vorausgesetzt; doch nur die Hohen Mächte verstanden die Botschaft in ihren Tönen. Als Rahil zur Ägide gekommen war, kurz nach Jazmines Tod – nicht daran denken! –, hatte es sein Instruktor folgendermaßen ausgedrückt:

»Denk an die Bibliothek von Vandar, Rahil. Wir sind durch ihre virtuellen Säle gewandert, erinnerst du dich?«

»Wie könnte ich das vergessen?«, erwiderte Rahil, der Schmerz frisch in ihm, die Wunde in seiner Seele noch offen. »Die berühmte Bibliothek der sekundären Hosprit, entstanden zu einer Zeit, als sie noch nicht zu den Hohen Mächten gehörten. Ein großer Teil der in ihr lagernden Informationen ist analoger Natur.«

Der Instruktor, ein vogelartiger Chormiki, nickte und klapperte kurz mit dem rudimentären Schnabel. »Bevor sie zu den Hohen aufstiegen, unternahmen die Hosprit weite Reisen durch unsere Galaxis, besuchten fremde Völker, primitive ebenso wie hoch entwickelte, und sammelten Informationen aller Art: Geschriebenes, in Stein geritzt, auf Holz gemalt und auf

Papier gedruckt, Worte und Bilder, in magnetischen Speichern, Kristallen und quantenmechanischen Gittern abgelegt. Sie wollten das ›Wissen des Lebens‹ zusammentragen und bewahren.«

»Damals wussten sie noch nichts von der Enzyklopädie«, sagte der junge Rahil.

»Nein. Sie erfuhren erst davon, als sie ihre Bibliothek gebaut hatten. Wie groß ist sie, Rahil?«

»Sie bedeckt einen ganzen Kontinent auf Vandar. Manche Gebäudeteile sind so hoch, dass sich unter ihren Dächern Wolken bilden. In einigen Flügeln mussten Wetterkontrollen installiert werden.«

»Die Bibliothek von Vandar ist die größte analog-digitale Bibliothek in dieser Galaxis«, sagte der Instruktor. »Wie viele Bücher gibt es in ihr, Rahil?«

Er blies die Wangen auf. »Viele. Ich meine, wirklich *viele*. Vermutlich Milliarden. Es dürften mehr Bücher sein, als es früher Menschen auf der Erde gab, vor dem *Ereignis*.«

»Es gibt dort mehr Bücher als damals im ganzen Sol-System, zu seiner besten Zeit. Von den übrigen analogen und auch den digitalen Datenträgern ganz zu schweigen. Stell dir jetzt einen Buchstaben in einem der dicksten Bücher der Bibliothek von Vandar vor.«

Rahil nickte. »Ja«.

»Welchen Buchstaben stellst du dir vor?«, fragte der Instruktor.

»Ein J«, sagte der junge Rahil und dachte, von Schatten und Schmerz begleitet: J wie Jazmine.

»Stell dir nun ein Farbpigment dieses Buchstabens vor.«

»Ein einzelnes Pigment, ja.«

»Und jetzt stell dir ein Atom dieses Pigments vor, und die Quanten in diesem Atom, und die Strings unter ihnen. Denkst du an sie, Rahil?«

»Ja«, sagte er. »Ich denke an sie.« Aber er dachte auch an Jazmine und seine Schuld.

»Denk jetzt an ein Fraktal, wie die Kickouts der Leskovar«, sagte der Instruktor. Seine Federn raschelten. »Stell dir vor, dass die Bibliothek von Vandar tausendmal in einen solchen String passt, den du gerade vor deinem inneren Auge gesehen hast, und stell dir weiter vor, dass sich dieses Muster aus Bibliothek, dickstem Buch, Buchstabe, Pigment, Atom, Quanten und String tausendmal innerhalb des einen Strings wiederholt. Wie viele Bibliotheken würde ein einzelner Buchstabe des dicksten Buches enthalten?«

Der junge Rahil zögerte. »Ich weiß nicht, ob es eine Zahl gibt, die dafür groß genug ist.«

Der Instruktor nickte bedächtig. »Das ist die Kosmische Enzyklopädie der Hohen Mächte«, sagte er. »Eine Bibliothek mit Milliarden von jenen Büchern, in denen jeder einzelne Buchstabe, jedes Farbpigment und jedes Atom so viele Informationen enthält, dass man ihre Zahl gar nicht nennen kann.«

Unendliches, unbegrenztes Wissen, darauf lief es hinaus. Die ersten Zivilisationen, die vor Jahrmilliarden im Universum entstanden waren, die Primären, hatten begonnen, Wissen zu sammeln wie später, viel später die Hosprit, und auf diese Weise war die Kosmische Enzyklopädie entstanden, als Erfahrungsschatz allen intelligenten Lebens in Zehntausenden von Galaxien. Dieses intellektuelle Manna und die Möglichkeit, Antwort auf alle Fragen zu bekommen, Zugriff auf alle Technologien zu erhalten, auch auf jene, die wie pure Magie anmuteten, lockten die aufstrebenden jungen Zivilisationen, denn dieses Wissen versprach die Lösung aller Probleme.

Darum geht es, dachte Rahil. Um die Pforten des technologischen Paradieses, die sich auch für uns öffnen könnten. Erneut hörte er die Stimme seines Instruktors aus einer Zeit, als er noch voller Illusionen gewesen war.

»Als vor fast sechshundert Jahren die Ägide gegründet wurde, kurz nach dem *Ereignis*, bekam sie Kandidatenstatus. Die Primären sagten uns: Wir helfen euch. Wir helfen euch dabei, den anderen zu helfen, jenen Teilen von euch, die den falschen Weg beschritten ...«

»Damit meinten sie die Gefallenen Welten, nicht wahr?«, vernahm Rahil seine eigene Stimme, die Worte des jungen Rahils.

»Ja«, bestätigte der Instruktor und fügte ein kurzes Klappern mit den Schnabelrudimenten hinzu. »Die verwüstete Erde und all die anderen vom *Ereignis* betroffenen Welten, insgesamt zweihundertdrei in neunundachtzig Sonnensystemen, Opfer der Zweiten Phase beziehungsweise der Diaspora. Die dreizehn Systeme diesseits des Sagittariusbruchs waren von der Katastrophe verschont geblieben und bewahrten sich ihr Entwicklungsniveau, während die Gesellschaften auf über zweihundert Welten, oder ihre Überreste, in die Barbarei zurückfielen. Wir, die Bruch-Gemeinschaft und die Sieben Völker...«

Die Stimme des Chormiki wurde leiser, verlor sich schließlich im Lied der Kosmischen Enzyklopädie. Fast sechshundert Jahre, dachte Rahil, hat die Ägide hart gearbeitet und gehofft, und jetzt droht alles zu scheitern. Dort saßen die erlauchten Völker der Hohen Mächte am Tisch und tranken den Wein der Erkenntnis, während die Menschheit am Rand der Wüste ausharrte, den sie nach sechs Jahrhunderten der Restauration erreicht hatte. Hunger leidend und halb verdurstet hockte sie dort an einem eigenen Tisch, klein und wacklig, darauf nichts weiter als trockenes Brot und Wasser.

Aufnahme in den Kreis der Hohen Mächte und Zugang zur Kosmischen Enzyklopädie, das war das Ziel. Ein Platz am Tisch, auf dem es alles gab, das man sich wünschen konnte, direkt in Reichweite – man brauchte nur die Hand danach auszustrecken.

Aber dann war das Artefakt erschienen.

Es hat mich getötet, dachte Rahil und beobachtete, wie das Kickout der Leskovar seine stabile Phase erreichte – es war für den Transit bereit. Wegen des Artefakts hat mich jemand auf Heraklon getötet, damit ich meine Mission nicht beenden konnte. Ich habe versagt.

Zeit verging, während das Lied des Wissens flüsterte.

»Die Wiederherstellung ist beendet«, sagte der Kurator schließlich.

Rahil seufzte, schlug die Augen auf und sah Zerstörung.

3

Der Uterus tief im Innern der Station hatte sich geöffnet, und in der Wand jenseits der offenen Luke klaffte ein Loch, wie geschaffen von der Faust eines zornigen Riesen. Rahil beobachtete und fühlte, wie sich die letzten Verbindungen von Bauch, Brust und Kopf lösten, stand auf und trat vorsichtig durch die Öffnung. Der fehlende direkte Kontakt mit den Systemen der Station schränkte seinen Wahrnehmungshorizont ein, aber dafür standen ihm nun die Sinne des neuen Körpers zur Verfügung. Nackt, physisch jung und ohne einen einzigen Kratzer blieb er vor dem Loch in der Wand stehen und betrachtete die zerschmetterten Reste eines Aggregats, das eine monochrome Schmiede gewesen sein musste. Viel war nicht davon übrig, aber Rahil hatte genug Schmieden gesehen, um einige der übrig gebliebenen Komponenten zu identifizieren.

»Wir haben Glück gehabt«, erklang eine Stimme. »Die Schmiede wurde zerstört, nachdem sie den Uterus geschaffen und ihm Ihr Image übertragen hatte. Andernfalls stünden Sie jetzt nicht hier.«

Rahil drehte sich um und sah einen hageren, älteren Mann. Ein kaum wahrnehmbares Flimmern – eigentlich nur erkennbar, wenn man wusste, wonach es Ausschau zu halten galt – wies darauf hin, dass es sich um eine semimaterielle Projektion handelte. Es war keine Person aus Fleisch und Blut, sondern ein Avatar in einer blaugrünen Uniform, am Kragen ein Abzeichen mit dem Symbol der Ägide.

»Ich habe Ihnen dies mitgebracht.« Der Mann – der Avatar – reichte Rahil ein kleines Bündel, bestehend aus einem mehrfach gefalteten Gewebefladen.

Rahil nahm ihn entgegen und drückte ihn an die nackte Brust, woraufhin sich die Konsistenz des Fladens veränderte. Er wurde zu einer zähflüssigen Masse, die mehr grau als braun an Rahil hinabfloss und emporkletterte, in Penis und After kroch und binnen weniger Sekunden Funktionen für die Wiederaufbereitung aller Ausscheidungen bereitstellte. Nach einigen weiteren Sekunden und nachdem Rahil erst den einen und dann auch den anderen Fuß gehoben hatte, bildete die Gewebemasse eine zweite Haut auf dem Leib und begann damit, auf der Grundlage eines autoadaptiven Programms ihre molekulare Struktur zu verändern. Die Außenseite verwandelte sich in etwas, das nach gewöhnlicher Kleidung aussah, während die Innenseite Kontaktstellen für die Femtomaschinen schuf.

»Die Rüstung ist ein Modell Empirion«, sagte der Avatar. »Sie enthält alle aktuellen Informationen und die notwendigen Einsatzprogramme. Ich bringe Sie zum Schiff.«

Angenehme Ruhe breitete sich in Rahil aus, als die Funktionen von Femtomaschinen und Rüstung sich gegenseitig ergänzten. Die zahllosen winzigen Maschinen in seinem Innern dienten in erster Linie dazu, Zellschäden zu reparieren sowie die metabolische und organische Leistungsfähigkeit zu erhöhen. Sie gewährten relative Unsterblichkeit, ermöglichten begrenzte emotionale Kontrolle und beschleunigtes Denken. Die Rüstung, in diesem Fall ein Empirion, schützte vor Verletzungen, stellte dem Träger ein gewisses Regenerationspotenzial zur Verfügung und enthielt externe Gedächtnismodule, Datenbanken sowie zerebrale Schaltkreise, die Wahrnehmung und Denken erweiterten. Als der Datenfluss zwischen Femtomaschinen und Rüstung in voller Bandbreite funktionierte, rückten Rahils zuvor wild durcheinandergewirbelte Gedanken und Erinnerungen an ihren Platz, während Gefühle, die diese neue Ordnung beeinträchtigen konnten, in den mentalen Hintergrund wichen. Er erreichte den geistigen Zustand, den die Missionare der Ägide »ruhige, entschlossene Einsatzbereitschaft« nannten. Nichts lenkte ihn ab, nicht einmal die Erinnerungen an Jazmine.

»Sie sind der Kurator?«, fragte Rahil, als er dem Avatar durch das Loch in der Wand in einen halbdunklen Korridor folgte.

Der hagere Mann in der Ägide-Uniform vor Rahil zögerte kurz, und das kaum sichtbare Flimmern, wie ein leichtes Verschwimmen der Konturen, schien für den Bruchteil einer Sekunde etwas stärker zu werden. »Die von mir repräsentierte Maint dieser Station, ja. Ich habe überlebt, obwohl der Angreifer eine Logikbombe gegen meine Systeme eingesetzt hat.«

Sie wichen einem Trümmerstück aus, das wie ein kleiner Berg vor ihnen aufragte und aus der Wand gebrochen war. Es sah aus, als hätte sich etwas mit roher Gewalt einen Weg durch die Station gebahnt, ohne sich von Siegeltüren und Wänden aufhalten zu lassen, und das Ziel schien ihr Zentrum gewesen zu sein, der am besten geschützte Ort, wo sich Schmiede und Uterus befanden.

Rahil griff auf die Erinnerungen zu, die Teil des überspielten Images waren, und wertete mithilfe der zerebralen Schaltkreise innerhalb von nur ein oder zwei Sekunden alle relevanten Daten aus. Es gab viele Maints mit dem Status von Kuratoren, aber die meisten von ihnen befanden sich in großen planetaren Stationen oder Orbitalbasen, in direkter Verbindung mit einer Aura, wenn sie nicht gar ihren Mittelpunkt oder zumindest eins ihrer Zentren bildeten. In einer relativ kleinen Station wie dieser – über die Kommunikationssysteme der Rüstung hatte Rahil Zugriff auf die freigegebenen Datenspeicher der Station und eine schematische Darstellung mit Leistungsspezifikationen heruntergeladen –, noch dazu ein ganzes Stück von Ganska und seiner Informationsaura entfernt, lag der größte Teil der Kapazität einer Maschinenintelligenz brach; smarte Systeme hätten vollkommen ausgereicht.

»Es erfolgen keine Instruktionen?«, fragte Rahil.

»Rufen Sie die Einsatzprogramme auf, wenn Sie an Bord des Schiffes sind«, erwiderte der Avatar. »Die Leskovar sagen, dass die Routen geeignet sind, und die Zeit drängt. Sie müssen so schnell wie möglich nach Heraklon.«

Sie erreichten einen Gang, in dem es zu einer Explosion gekommen war, und Rahil beobachtete eine glitzernde Wolke aus Femtomaschinen, die geborstenen Synthmetallen und Polymeren neue Struktur gaben – die Station reparierte sich. Ein autonomes Reparaturmodul schwebte ihnen entgegen, auf einem wie heiße Luft flirrenden Krümmungsfeld und einen silbergrauen Schweif hinter sich herziehend. Offenbar handelte es sich um eine Minischmiede, auf die Produktion spezialisierter Femtomaschinen programmiert. Der Angriff, überlegte Rahil, konnte noch nicht lange zurückliegen, denn sonst wäre zumindest die Schmiede als wichtigste Komponente der Station repariert gewesen.

»Warum ausgerechnet ich?«, fragte Rahil. »Mein Tod auf Heraklon bedeutet, dass ich identifiziert worden bin. Außerdem ist Ganska mehr als fünftausend Lichtjahre von Heraklon entfernt. Bestimmt sind andere Missionare der Ägide dem Planeten näher als ich.«

Seltsamerweise antwortete der Avatar nicht sofort. Er blieb an den Resten einer zerstörten Siegeltür stehen, den Kopf wie horchend zur Seite geneigt. Knirschende Geräusche kamen aus der Finsternis, und in der Dunkelheit flackerte ein defektes Leuchtelement. Rahil erinnerte sich an den Hinweis, dass der Angreifer vielleicht noch immer an Bord war. Die Sensoren der Rüstung nahmen keine verdächtigen Aktivitäten wahr, aber das hatte nicht viel zu bedeuten, wenn primäre Technik zum Einsatz kam.

Der Avatar setzte den Weg fort, durch einen intakten peripheren Korridor. Ein seltsamer Geruch lag in der Luft.

»Wir sind sicher, dass Sie vor Ihrem Tod ein Image angefertigt oder zumindest Ihre Erinnerungen gespeichert haben, vermutlich zusammen mit wichtigen Informationen über das Artefakt«, sagte der Avatar. »Wir wissen nicht, wie die Daten gespeichert sind, aber auf Heraklon unterliegt Technik oberhalb der vierten Stufe der Interdiktion. Es gibt sie nur in Ausnahmezonen wie unserer dortigen Botschaft und den Konsulaten. Deshalb müssen wir davon ausgehen, dass Image oder Gedächtnisinhalt nicht in einem dauerhaften Speicher abgelegt sind. In einigen Wochen oder Monaten könnten die Daten unbrauchbar sein. Dann wäre Ihr früheres Leben endgültig verloren, Rahil Tennerit.«

»Aber wie soll ich meine Erinnerungen finden? Ich weiß nichts mehr von meinem Einsatz auf Heraklon. Dieses Image ist wie alt?«

»Ein Jahr.«

»Ein ganzes Jahr!«, entfuhr es Rahil.

»Ein aktuelleres stand leider nicht zur Verfügung«, sagte der Avatar in einem bedauernden Tonfall. Sie traten durch ein offenes Schott, und der sonderbare Geruch wurde stärker. »Es wird keine Rolle spielen, sobald Sie Ihre Erinnerungen auf Heraklon gefunden haben. Sie werden nicht als einfacher Missionar dorthin zurückkehren, Rahil Tennerit. Diesmal brechen Sie mit Exekutor-Privilegien auf. Sie sind bereits bei unserer Botschaft akkreditiert, und Sie erhalten einen Assistenten, der Ihnen helfen wird.«

Dieser Hinweis ließ Rahil nicht unbeeindruckt. Exekutoren waren Sonderbeauftragte der Ägide, dazu befugt, sich über Regeln und Vorschriften hinwegzusetzen, wenn es die Situation erforderte. Seine aktuellen Erinnerungen an Heraklon waren ein Jahr alt; in der Zwischenzeit musste sich die Situation auf dem Planeten zugespitzt haben, denn das Kuratorium verlieh Exekutor-Privilegien nicht ohne Grund.

Entschlossenheit erfüllte Rahil, nicht nur geschaffen von Femtomaschinen und Rüstung. Existierte eine wichtigere Mission als die, der Menschheit das Tor in die Zukunft zu öffnen? Dies gab seinem Leben einen Sinn: Er konnte den wichtigsten aller Dienste leisten, und wenn er Erfolg hatte, tilgte er damit einen Teil seiner Schuld. Überkompensation? Und wenn schon. Hauptsache, es half.

»Die Frist, die uns die Hohen Mächte vor sechshundert Jahren gesetzt haben, geht in einigen Monaten zu Ende. Finden Sie Ihre auf Heraklon gespeicherten Erinnerungen und lösen Sie das Rätsel des Artefakts. Als Exekutor können Sie auf alle Ressourcen zurückgreifen, die Sie brauchen.«

Als Exekutor war er auch nicht mehr an die Nichteinmischungsprinzipien gebunden, an denen die Ägide noch immer festhielt, trotz allem. Es war ein verlockender Gedanke.

»Wie wir hörten, haben die Krion die gegenwärtigen Entwicklungen zum Anlass genommen, sich im Gremium der Evaluatoren erneut dagegen auszusprechen, der Menschheit und den mit ihr assoziierten Sieben Völkern den Status von Sekundären zu geben und uns Zugang zur Kosmischen Enzyklopädie zu gewähren«, sagte der Avatar.

»Die Krion waren immer gegen uns«, sagte Rahil und fragte sich noch immer, was der seltsame Geruch bedeutete.

Der Avatar zog eine Siegeltür auf. »Die Gesserat und Feazelle stehen uns ebenfalls skeptisch gegenüber, vor allem wegen des vom Dutzend begonnenen Krieges, an dem vor einigen Jahrhunderten auch die Polymorphen von Heraklon beteiligt waren.«

Rahil erinnerte sich gut daran; es war Teil seiner Familiengeschichte.

»Umso wichtiger ist Ihre Mission, Exekutor Tennerit.« Der Avatar trat durch die Tür, und es wurde hell im Raum. Im selben Moment identifizierte Rahil den scharfen Geruch.

Es war der Geruch des Todes.

Kryo-Zellen waren an den Wänden aufgereiht, insgesamt neunzehn an der Zahl, jeweils zweieinhalb Meter lang und neunzig Zentimeter breit – die Standardmodule der Ägide. Jede Schmiede verfügte über ein entsprechendes Programm, denn solche Kryo-Einheiten konnten, im All oder auf einer der Gefallenen Welten, über Leben oder Tod entscheiden. In diesem Fall brauchte keine solche Entscheidung getroffen zu werden, denn allein die sichtbaren Verletzungen der Körper in den Zellen deuteten darauf hin, dass keine Schläfer in ihnen ruhten, sondern Leichen.

Der erste Behälter enthielt den Leichnam des Stationsschmieds, eines gläsernen Ippakao. Die kristallenen Elemente seines schmächtigen, fragilen Körpers hatten sich getrübt; Bruchlinien durchzogen die Kapillargefäße in ihnen. Das nur zehn Zentimeter breite Gesicht war zerschmettert, der aus Muskel- und Mineraliensträngen bestehende Hals zerfetzt.

»Wie kam der Angreifer hierher?«, fragte Rahil und dachte daran, dass der Schmied und die achtzehn anderen seinetwegen gestorben waren. »Dies ist eine Station der Ägide, in der Nähe eines Hightech-Planeten der Bruch-Gemeinschaft. Ein Angriff sollte eigentlich unmöglich sein.«

Sein Blick glitt über die Kryo-Zellen, und er fragte sich, wer die Toten geborgen und dort untergebracht hatte. Woher stammten die Behälter überhaupt, wenn die Schmiede zerstört worden war?

»Er kam aus dem Nichts, vielleicht durch ein individuelles Kickin«, erwiderte der Avatar. »Und er könnte noch immer an Bord sein«, betonte er noch einmal. »Auch deshalb ist Eile geboten.« Er deutete zum Schiff, das in der Startmulde wartete: eine zart anmutende Blume aus silbergrauem Synthmetall, die Blütenblätter – das Heck – weit geöffnet und zwischen ihnen, wie kleine Knospen, die Projektionselemente der Variatoren. Ein Shifter der Ägide, ausgestattet mit primärer Technik, sehr schnell und weder auf Sprungsektoren noch die Fraktale der Leskovar angewiesen. Aber das gerade geschaffene und stabilisierte Kickout ermöglichte Transite in Minuszeit über sehr weite Strecken; schneller konnte man praktisch nicht reisen. Es sei denn, man befand sich an Bord eines Kontinuumschiffs der Krion.

Eine Warnmeldung erschien wie vor Rahils Augen, von der

Rüstung in sein Blickfeld eingeblendet: Fehlfunktion im vierten zerebralen Schaltkreis.

Die Meldung verschwand sofort wieder, noch bevor Rahil bewusst den Blick darauf richten konnte, und der Avatar sagte: »Er kam aus dem Nichts, vielleicht durch ein individuelles Kickin. Und er könnte noch immer an Bord sein. Auch deshalb ist Eile geboten.«

Rahil sah den hageren, älteren Mann in der Ägide-Uniform verblüfft an und stellte fest, dass sie die Rampe des Shifters erreicht hatten, dessen Krümmungsfeld zwischen den knospenartigen Generatoren glühte und sie mit einem leisen Summen willkommen hieß. »Dieselben Worte haben Sie an mich gerichtet, als wir eben bei den Kryo-Zellen standen.«

Der Avatar richtete einen ernsten Blick auf ihn. »Wir sind nicht bei den Zellen stehen geblieben«, sagte er. »Kontrollieren Sie die Aufzeichnungen des Empirion.«

Rahil kontrollierte sie, und die Rüstung bestätigte: Sie waren an den Kryo-Zellen vorbeigegangen, und er hatte einen flüchtigen Blick auf den toten Schmied geworfen, mehr nicht. Und die Worte, an die er sich zu erinnern glaubte, waren gerade zum ersten Mal gefallen.

»Ihr Selbst ist noch nicht stabil«, sagte der Avatar sanft. »Der Uterus hat mit maximaler Beschleunigung gearbeitet, weil wir weitere Angriffe fürchteten. Image und Körper müssen vermutlich noch richtig zusammenwachsen.«

Das war eine seltsame Ausdrucksweise für den Avatar einer Maschinenintelligenz; normalerweise sprach man nach einer Wiederherstellung von »Integration«.

Die Station ist beschädigt, dachte Rahil. Das muss Auswirkungen auf den Avatar der Kurator-Maint haben. Oder war mit der Rüstung etwas nicht in Ordnung?

Er beschloss, später gründliche Funktionsanalysen vorzunehmen, und folgte dem Kurator ins Schiff.

Dort wartete ein Polymorpher auf sie.

Der Mann war jung, um die zwanzig, und wie der Avatar trug er eine Uniform der Ägide, die seltsamerweise eine Nummer zu groß wirkte, obwohl sie mit Autoadaptation ausgestattet war und sich, innerhalb gewisser Toleranzen, jeder beliebigen Körperform anpasste. Vielleicht hatte er gerade seine Gestalt gewechselt oder seine Körperstruktur so oft verändert, dass die autoadaptiven Fasern der Uniform an die Grenzen ihrer Leistungsfähigkeit stießen.

»Ich will nicht zurück«, sagte der junge Mann trotzig, und eine Reptilienzunge tastete aus dem von kleinen, grüngelben Schuppen gesäumten lippenlosen Mund. »Ich habe lange genug gebraucht, um Hrkln zu verlassen, und jetzt soll ich zurück wegen ... wegen ...« Er hob die ebenfalls von Schuppen bedeckten Hände und ließ sie wieder sinken. Dann beugte er sich plötzlich vor, und der Ärger im reptilienartigen Gesicht wich Furcht. »Ist er noch da? Treibt er sich noch da draußen herum? Zerstört und tötet er noch immer? Wenn meine Mutter davon erfährt, wird die Ägide ihren Zorn zu spüren bekommen!«

Rahil wechselte einen kurzen Blick mit dem Avatar. Die Kommunikationssysteme der Rüstung waren aktiv geworden, was ihn darauf hinwies, dass der Polymorphe seine Heimatsprache verwendet hatte und nicht das bei der Ägide gebräuchliche Stellar, eine künstliche Sprache, die sich besonders gut für Informationsübermittlung eignete und mit der auch nonsmarte Geräte ohne Auraverbindungen programmiert werden konnten. Die ein Jahr alten Erinnerungen des Images präsentierten ihm Daten aus der Zeit seiner Vorbereitungen auf die fehlgeschlagene erste Heraklon-Mission. Der Polymorphe sprach Tarit, eine von fünf auf Heraklon gebräuchlichen Hauptsprachen, genauer den Dialekt von Munraha, der häufig Vokale unterschlug und sich gerade bei Namen auf Konsonanten beschränkte. Der Name des Planeten klang im munrahanischen Tarit wie ein Knurren: Hrkln. *Munraha ist der zweitgrößte von neunzehn Nationalstaaten auf Heraklon,* flüsterten die Image-Erinnerungen. Weitere Daten flossen über die im Uterus geschaffenen neuronalen Verbindungen, zusammen mit Bildern. Innerhalb eines Sekundenbruchteils erfuhr Rahil, dass Munraha ein Matriarchat war, in dem Männer nur eine untergeordnete Rolle in Staat und Gesellschaft spielten, und dieser Polymorphe dort im Korridor des summenden, startbereiten Shifters wies große Ähnlichkeit mit einem Sohn der Ersten Mutter auf.

Rahil erinnerte sich an einige Worte des Avatars, denen er kaum Beachtung geschenkt hatte, weil er zu sehr von seinen neuen Exekutor-Privilegien überrascht gewesen war. *Sie erhalten einen Assistenten, der Ihnen helfen wird.*

»Ich arbeite allein«, sagte er. Seit fast hundert Jahren war er für die Ägide tätig und in dieser Zeit zu einem ihrer besten Missionare geworden. Deshalb hatte ihn das Kuratorium vor zwei Jahren für die Heraklon-Mission ausgewählt. Er hatte sich das Recht erworben, seine Vorgehensweise zu bestimmen und eventuelle Helfer selbst auszuwählen.

»Diesmal nicht«, erwiderte der Avatar. Seine Gestalt flackerte kurz, und ein Grollen kam aus dem Innern der Station.

Der Polymorphe zuckte zusammen und wich einen Schritt zurück. »Was war das?«, zischte er.

»Das energetische Herz der Station ist bedroht«, sagte der Avatar. »Starten Sie, Rahil Tennerit. Ich kümmere mich um den Angreifer.« Er ging durch den Korridor zur Rampe. »Sie waren in Munraha, als Sie starben. Sammaccan ist Sohn der Ersten

Mutter, und das gibt ihm im Gegensatz zu den anderen Männern die Möglichkeit, sich dort frei zu bewegen. Er ist Ihr …« Der Kurator blinzelte, und Rahils Komm-Systeme empfingen das Wort *Eintrittskarte*, während der Avatar den begonnenen Satz mit »Assistent« beendete.

Die Schlangenaugen des Polymorphen schienen plötzlich zu leuchten. »Ich bin sein Assistent? In den Diensten der Ägide?«

Der Avatar nickte. »So hat es das Kuratorium beschlossen.«

Sammaccan atmete tief durch, und seine Brust schwoll so sehr an, dass sie den oberen Teil der Kleidung füllte. »Es ist mir eine … große Ehre. Ich werde mein Bestes geben! Ich werde …«

Der Avatar des Kurators trat aus dem Schiff. »Bevor ich es vergesse, Exekutor. Vor einigen Wochen erfuhren wir von unserem Missionar auf Kattinga, dass die Großen Familien des Dutzends einen Ascar auf Sie angesetzt haben. Es könnte einen Zusammenhang mit Ihrem Tod auf Heraklon geben. Seien Sie doppelt vorsichtig.« Der hagere, ältere Mann winkte und verschwand. Sofort schloss sich die Luke.

Ein Ascar?, dachte Rahil. Nach all der Zeit? Nach fast einem Jahrhundert? Für einen Moment sah er das Gesicht seines Vaters vor sich, Zorn in den grauen, kalten Augen, aber sein Vater lebte längst nicht mehr. Auf den Welten des Dutzends gab es nicht die Möglichkeit, ein Bewusstseinsimage anfertigen und einen neuen Körper erschaffen zu lassen.

Eine dünne Falte bildete sich mitten in seiner glatten Stirn. *Bevor ich es vergesse?* Maint-Kuratoren vergaßen nichts. Es sei denn, man zerstörte ihre Speicher. Und selbst in dem Fall gab es genug redundante Verzweigungen, um wichtige Informationen – und dies *war* eine wichtige Information – zu bewahren.

Eine Sekunde war verstrichen, mehr nicht. Sammaccan schien Rahils Zögern nicht einmal bemerkt zu haben.

»Zur Pilotenkanzel«, sagte Rahil und ging mit langen Schritten. Eine leichte Vibration, für gewöhnliche taktile Sinne kaum wahrnehmbar, wies ihn darauf hin, dass der Shifter durch den Ätmosphärenschild fiel, der die Startmulde vom All trennte.

Sammaccan folgte ihm und versuchte an seiner Seite zu bleiben. »Was muss ich tun? Wie gehen wir vor? Bekomme ich einen offiziellen Status? Ich meine, einen *ganz* offiziellen? Kann ich als Missionar nach Hrkln zurückkehren? Was meine Mutter dazu sagen wird! Und all die anderen ...« Es folgte ein Wort, das die Kommunikationssysteme der Rüstung mit »Xanthippen« übersetzten.

Rahil antwortete nicht und fällte ein erstes Urteil, auf der Grundlage von Körpersprache, Ausdrucksweise und allgemeinem Verhalten. Sammaccan, Polymorpher von Heraklon, war ein dummer, eingebildeter, unreifer Narr.

»Ich werde es ihnen allen zeigen!«, fuhr der junge Reptilienmensch voller Eifer fort, als sie die Pilotenkanzel betraten. »Ich werde ihnen zeigen, was in mir steckt! Ich werde auf den Stufen des Mutterhauses stehen, in dieser Uniform der Ägide, nein, in einer noch schöneren, mit vielen Abzeichen und glänzenden Medaillen, und mein Ruhm wird heller strahlen als die Sonne am Himmel, und die Mütter werden sich vor *mir* verbeugen ...« Er unterbrach sich, schnappte nach Luft und rief: »*Es frisst uns!*«

Rahil saß bereits im Sessel des Piloten und vergewisserte sich, dass sie auf Kurs waren und alle Systeme des Shifters wie vorgesehen funktionierten. Vor ihnen wuchs das Kickout der Leskovar, eine riesige goldene Blume, die sich anschickte, eine kleine silberne zu verschlingen.

»Es ist ein Transitfraktal«, sagte Rahil und fragte sich, wie viel beziehungsweise wie wenig, dieser Idiot, der sein Helfer sein sollte, von der Ägide und allem anderen wusste. »Es bringt uns nach Heraklon.«

Die zentrale Öffnung des Fraktals nahm den Shifter auf und schickte ihn mit einem Vielfachen der Lichtgeschwindigkeit durch den M-Raum. Rahil Tennerit, zum vierten Mal von den Toten wiederauferstanden, schloss die Augen, blendete die Stimme des Polymorphen aus und dachte an die Mission auf Heraklon und seinen Tod auf jener Welt. Es gab, so wurde ihm klar, bei dieser Sache auch eine sehr persönliche Komponente: Er wollte sein letztes Leben zurückhaben – die Erinnerungen daran – und den Mörder finden, der es ihm genommen hatte.

Nur hunderttausend Kilometer über dem Kickout, das sich zusammenzufalten begann, kroch ein kleines Kontinuumschiff der Krion, dunkel wie die Nacht zwischen den Sternen, aus einer Raumfalte, in der es sich verborgen hatte. Es schenkte der sich langsam um ihre eigene Achse drehenden Station der Ägide ebenso wenig Beachtung wie dem Planeten Ganska und seinen Monden, führte ein nicht länger als eine Nanosekunde dauerndes Datengespräch mit dem Polarisator der Leskovar und glitt dann dem Fraktal entgegen, das es ebenso aufnahm wie zuvor die silberne Blume des Shifters.

Feinde ringsum!
Dicht wie wetterschwarze Wolken
Drängen sie gegen mich heran.

DER ERSTE FEIND

4

Die Schmiede im Zentrum des Ägide-Shifters war eine silbergraue Säule, die sich langsam drehte, während sie von den Systemen des Instrumentenraums neue Energie empfing. Sie gehörte zum einfachen monochromen Typ mit fester, unveränderlicher Programmierung und benötigte daher keinen Schmied für die Anpassung komplexer Produktionsprogramme. Rahil hatte sich eine Analyseeinheit fabrizieren lassen – mit begrenztem Potenzial, aber für seine Zwecke völlig ausreichend –, stand nackt vor dem leise surrenden Apparat und beobachtete, wie er seine Rüstung verschlang. Holografische Fenster öffneten sich über der Werkbank mit den vielen Anschlüssen und Interfaces, und Datenkolonnen wanderten durch die Darstellungsbereiche.

»Wünschen Sie einen einfachen Funktionstest oder eine gründliche Überprüfung?«, erklang die Stimme der Maschinenintelligenz, die das Schiff steuerte und dessen Systeme kontrollierte, darunter auch die Schmiede.

»Ich möchte wissen, ob ich diesem Modell Empirion mein Leben anvertrauen kann«, sagte Rahil.

»Ich verstehe, Exekutor. Überprüfung beginnt. Wünschen Sie Kleidung, während Sie warten?«

»Nein, es ist warm genug.« Exekutor, dachte er und begann mit einer langsamen Wanderung durch den etwa dreißig Quadratmeter großen Instrumentenraum, der sich dort befand, wo der silberne »Blumenstängel« des Schiffes in den Blütenkelch überging. Hatte der Junge, der damals auf Caina davon geträumt hatte, einmal zur Ägide zu gehören, jemals daran gedacht, Exekutor zu werden? Ein Gesicht mit Sommersprossen erschien vor Rahils innerem Auge, aber es gehörte nicht Jazmine, sondern Emily, dem Kindermädchen, das seiner Schwester und ihm von anderen Welten erzählt hatte. Emily mit dem leichten Lächeln und der sanften Hand ... Sie hatte Regeln beschrieben, die Moral und Ethik betrafen und über die sich niemand hinwegsetzen durfte. Und der Knabe, der an ihren Lippen gehangen hatte, nicht nur von ihren Worten fasziniert, war entschlossen gewesen, jene Regeln – die der Ägide – eines Tages zur Grundlage seines Lebens zu machen, denn sie waren ganz anders als der auf Macht ausgerichtete Pragmatismus seiner Familie. Worte seines Vaters hallten aus der Vergangenheit, mit dem dumpfen Klang einer Stimme, die aus dem Grab kam: »Moral und Ethik sind Entschuldigungen der Schwachen. Unsere Familie ist stark und mächtig geworden, weil wir es verstanden haben, alle notwendigen Maßnahmen zu ergreifen, immer und überall. Tu, was getan werden muss, Rahil. So lautet unser Grundsatz. Du wirst es lernen, und ebenso deine Schwester. Du wirst lernen und begreifen, dass ich recht habe, und irgendwann wirst du meinen Platz einnehmen und dieses Prinzip auch deinen Sohn lehren.«

Aber dazu war es nicht gekommen. Rahil hatte Caina verlassen, er war aus dem Dutzend *geflohen*, um nicht die Nachfolge seines Vaters antreten zu müssen, und er hatte seine Schwester überredet, mit ihm zu kommen. Und dann, kurze Zeit später, war Jazmine gestorben.

Nein, damals hatte er nicht davon geträumt, sich über Regeln hinwegzusetzen, aber viele Jahre später, in denen nach zahlreichen Einsätzen die Enttäuschung größer geworden war als die Hoffnung, auf den Gefallenen Welten entscheidende Verbesserungen zu bewirken, hatte er damit begonnen, Kritik zu üben und eine Revision des Regelwerks der Ägide zu fordern. Warum, hatte er immer wieder laut und hartnäckig gefragt, setzte die Ägide nicht alle ihre technischen, politischen und wirtschaftlichen Mittel ein, um den Despotien und Autokratien auf den Gefallenen Welten ein Ende zu setzen? Dass ausgerechnet er mit der Heraklon-Mission beauftragt worden war, hatte ihn angesichts seiner Kritik überrascht – daran erinnerte sich das Image –, aber im Licht der neuen Entwicklungen betrachtet war es vielleicht gar nicht so überraschend. Die Ägide, das Kuratorium … Sie konnten nicht über ihren eigenen Schatten springen, zumal sie sich ständig von den Evaluatoren der Hohen Mächte beobachtet fühlten. Vielleicht war er für die Mission auf Heraklon ausgewählt worden, *weil* er so oft Kritik geübt und ein direkteres Eingreifen gefordert hatte. Vielleicht hatten die Kuratoren *gehofft*, dass er sich über die Regeln hinwegsetzte, um seinen Auftrag zu erfüllen.

Aber es hatte nicht funktioniert. Er war getötet worden.

Und jetzt stand er hier, an Bord eines Shifters, der nach Heraklon flog, offiziell mit Exekutor-Privilegien ausgestattet: Rahil Tennerit, als Kind von Idealen fasziniert, als Erwachsener von ihnen enttäuscht und in seinem vierten Leben berechtigt,

sie zu verraten, um ebenjene Ideale zu bewahren und durchzusetzen.

Er hatte die Augen geschlossen, öffnete sie nun und sah sein
Spiegelbild in der silbernen Säule der inzwischen zur Ruhe
gekommenen Schmiede. Dort stand ein Mann, der etwa fünfunddreißig Jahre alt zu sein schien, schlank, der Körper fast
völlig haarlos, bis auf etwas blonden Flaum am Geschlechtsteil
und ebenfalls blonde Stoppeln auf dem Kopf, die bleiche Haut
voller roter Flecken, wo es zuvor direkte Nervenverbindungen
mit dem Empirion gegeben hatte. Das Gesicht mit den zwei
großen aquamarinblauen Augen war auffallend schmal, ebenso
die Nase.

Rahil wandte sich von der Schmiede ab, setzte seine Wanderung durch den Instrumentenraum fort und kam am Eingang
vorbei, neben dem grüne Indikatoren auf die Unversehrtheit
der Siegel hinwiesen. Zwei weitere Schritte brachten ihn zu
einem Terminal, dessen Anzeigeflächen über die Programme
und Subprogramme der Schmiede Auskunft gaben und ihren
Bereitschaftsstatus bestätigten. Neben diesen Terminals stand
ein Stuhl, vom Formspeicher des Shifters so gestaltet, dass er den
Eindruck erweckte, aus echtem Holz zu bestehen – die Mase-
rung unter der dünnen, transparenten Lackschicht war deutlich
zu erkennen. Rahil zögerte, nahm auf dem Stuhl Platz und legte die Arme auf die Armlehnen. Das Material des Stuhls fühlte
sich sogar nach Holz an, weckte weitere Erinnerungen an seine
Kindheit im Dutzend und ein Leben mit primitiver Technik.
Abrupt stand er wieder auf und fröstelte, obwohl sich an der
Temperatur nichts geändert hatte.

»Alle Komponenten dieses Empirion-Modells funktionieren einwandfrei, Exekutor«, sagte die Maschinenintelligenz des
Shifters.

Rahil kehrte zur Werkbank mit der Analyseeinheit zurück. Die Rüstung erschien in ihrem Ausgabefach, sorgfältig zusammengefaltet, gereinigt und überprüft. Er sah darauf hinab und überraschte sich selbst, indem er nicht sofort die Hand danach ausstreckte. »Was ist mit den Gedächtnismodulen? Gibt es … Inkongruenzen in den Aufzeichnungen?«

Der Analysator surrte leise vor sich hin, und ansonsten blieb es still. Rahil wollte seine Fragen schon wiederholen, als die Shifter-Maint erwiderte: »Was meinen Sie mit ›Inkongruenzen‹, Exekutor?«

»An Bord der Station habe ich den Avatar zweimal die gleichen Worte sprechen hören. In einem Abstand von wenigen Sekunden. Was sagen die Aufzeichnungen dazu?«

Wieder folgte Stille, und Rahil runzelte verwundert die Stirn. Die Analyse der Aufzeichnungen gehörte zur Überprüfung; er hätte sofort Antwort bekommen müssen.

»Die Aufzeichnungen enthalten keine Wortwiederholungen, Exekutor.«

»Sind sie nachträglich verändert worden?«

»Nein. Die Integrität der Daten ist verifiziert.«

Rahil sah noch immer auf die Rüstung hinab, spürte ein leichtes Prickeln im Nacken und fragte sich, ob es sein Instinkt war, der ihn warnte.

»Wie konnte es zu dem Angriff auf die Station der Ägide kommen?«

»Unbekannt. Ich verfüge nicht über genug Informationen, um diese Frage zu beantworten.«

Rahil überlegte, die Gedanken allein von den Femtomaschinen beschleunigt.

»Hat sich kurz vor oder während der Wachstumsphase meines Körpers im Uterus ein Schiff der Station genähert?«

»Nein, Exekutor. Die Station unterlag einem Anflug-Interdikt, vom Kuratorium verhängt. Es diente Ihrem Schutz.«

Die Rüstung lag da und schien ihm zuzuflüstern: *Zieh mich an.* Doch etwas stimmte nicht. Dieses Gefühl wurde immer deutlicher, verstärkt vom Prickeln im Nacken.

»Der Polymorphe, der mich nach Heraklon begleiten soll, Sammaccan … Wie kam er zur Station?«

»Durch ein Kickin«, antwortete die Maschinenintelligenz des Shifters sofort. »Genau eins Komma vier eins Stunden vor Beginn Ihrer Genese. Ein Missionar begleitete ihn und brachte sowohl Ihr Image als auch die DNS für den Uterus.«

Rahil wölbte eine Braue. »Die Leskovar haben ein Minifraktal in der Station installiert?«

»Ja, Exekutor. Es wurde beim Angriff zerstört.«

»Was ist mit dem zweiten Kickin, durch das der Angreifer kam?«

»Von einem zweiten Kickin ist mir nichts bekannt, Exekutor.«

Rahil wölbte eine Braue und erinnerte sich daran, dass der Avatar nur die *Möglichkeit* eines Kickins erwähnt hatte. *Er kam aus dem Nichts, vielleicht durch ein individuelles Kickin.* »Wie viele sind aus dem von den Leskovar installierten Kickin gekommen?«

»Nur die beiden bereits erwähnten: der Missionar, der das Image und Ihre DNS für den Uterus brachte, und Sammaccan.«

»Niemand sonst?«

»Nein«, sagte die Maint des Shifters. »Ich empfehle Ihnen, die Rüstung anzuziehen und das im Hauptspeicher abgelegte Instruktionsprogramm aufzurufen. Vermutlich kann es alle Ihre Fragen beantworten.«

Kein Fehler bei den Aufzeichnungen, dachte Rahil, den Blick nach wie vor auf das Empirion gerichtet. Also ein subjektiver

Faktor, etwas in meiner Wahrnehmung. Liegt es am Image? Ist es noch nicht richtig integriert, oder steckt eine mentale Fehlfunktion dahinter?

Zwei oder drei Sekunden lang rang er mit einem klassischen Dilemma. Wenn es Grund zu der Annahme gab, dass eine solche Fehlfunktion existierte, hätte das Image gelöscht und neu übertragen werden müssen, doch das wäre einem »Tod« dieser neuen Identität gleichgekommen. Rahil wollte nicht sterben, nicht so schnell nach seiner Wiedergeburt.

Das Prickeln im Nacken wurde zu einem Stechen, und diesmal war er sicher – sein Instinkt, nach hundert Jahren in den Diensten der Ägide geschärft, versuchte ihn zu warnen.

Plötzlich begriff Rahil, dass er trotz der Versiegelung des Instrumentenraums nicht allein war.

5

Rahils Blick glitt durch den Raum, vorbei an der silbernen Säule der monochromen Schmiede, über die Instrumente und Geräte, die Anzeigen und Displayfelder. Ein ruhiges, stetiges Summen hing in der Luft, verursacht von der Schmiede, die auf Anweisungen wartete. Der Stuhl neben dem Auswahlterminal passte nicht zum Rest.

»Schiff?«

»Exekutor?«

»Wie viele Personen befinden sich in diesem Raum?«

»Die Sensoren registrieren zwei.«

Ein Polymorpher, fuhr es Rahil durch den Sinn. Ich hätte es wissen müssen.

Er ging zu dem Stuhl. »Ich lasse mich nicht gern ausspionieren.«

Der Stuhl bewegte sich nicht.

»Wenn Sie sich nicht sofort in Ihrer normalen Gestalt zeigen, werde ich dieses Ding zertrümmern!«

Die Stuhlbeine krümmten sich, Sitzfläche und Rückenlehne flossen ineinander und wuchsen in die Länge, veränderten Farbe, Konsistenz und Struktur. Rahil beobachtete, wie sich der Stuhl innerhalb weniger Sekunden in ein humanoides Geschöpf verwandelte, mit einer Haut aus einander überlappenden Schuppen, die jedoch schnell ihre Beschaffenheit veränderten und eine Ägide-Rüstung imitierten: hauchdünn, grün und kobaltblau, den Uniformen hochrangiger Kuratoren der Ägide nachempfunden. Zahlreiche Medaillen baumelten an Brust und Kragen.

»Ich habe Sie ausdrücklich aufgefordert, in Ihrem Quartier zu bleiben. Stattdessen haben Sie sich hierhergeschlichen und meine Privatsphäre verletzt. Warum?«

Sammaccan zischte, und die Medaillen an der nachgebildeten Uniform glänzten und klirrten, als er sich aufrichtete. »Sie weigern sich, meine Fragen zu beantworten!«, platzte es klagend aus ihm heraus, und das Kommunikationssystem des Shifters übersetzte für Rahil. »Obwohl die Einsatzvorschriften der Ägide Sie dazu verpflichten. Immerhin bin ich Ihr Assistent! Sie haben mir nicht einmal gesagt, warum die Reise so lange dauert, obwohl sie angeblich in Minuszeit stattfindet!«

Rahil musterte den vor ihm stehenden Reptilienmenschen nachdenklich. Die Polymorphen waren das Ergebnis genetischer Manipulationen, die während der Zeit des Aufbruchs stattgefunden hatten, vor viertausend Jahren, beim Ersten Exodus von der Erde. Ebenso wie die noch viel exotischeren Segler oder die Acquaä des Maritimen Bundes – Planeten, die weder zu den Gefallenen Welten noch der Bruch-Gemeinschaft zählten und, soweit bekannt, vom *Ereignis* verschont geblieben waren – trugen sie das genetische Erbe des alten Homo sapiens in sich. Aber die damaligen Bioingenieure, Adepten der noch jungen Wissenschaft der »biologisch-ökologischen Adaptation«, hatten den genetischen Code ihrer Vorfahren erweitert, und auf diese Weise waren neue Menschenspezies entstanden, mit einer eigenen Evolution. Die Folgen der damaligen Umweltanpassungen waren nicht immer positiv gewesen, wie die Segler bewiesen, die nach wie vor – auch nach vier Jahrtausenden – eine Gefahr darstellten, vor allem für die peripheren Welten. Auch die Polymorphen, die außer auf Heraklon noch auf vier anderen Welten lebten, genossen keinen besonders guten Ruf, nicht zuletzt wegen des Krieges, an dem sie damals, mit den Tennerits vom Dutzend verbündet, teilgenommen hatten.

Rahil drehte sich um, kehrte zur Analyseeinheit zurück, nahm die Rüstung und streifte sie über. Das Empirion passte sich sofort seinem Körper an und stellte die unterbrochenen Nervenverbindungen wieder her.

»Die Minuszeit betrifft die objektive Dauer des Transits, nicht die subjektive«, sagte er, sprach in einem geduldigen Ton und fragte sich gleichzeitig, wie viel – oder wie wenig – dieser Polymorphe von Heraklon über die Ägide und die Hohen Mächte wusste. »Für uns vergeht während des Transits, während *dieses* Transits, eine Woche subjektive Echtzeit, aber gleichzeitig bewegt uns das Kickout der Leskovar durch Minuszeit, was bedeutet, dass die Dauer des Transits außerhalb unseres Shifters null ist. Mit anderen Worten: Wenn wir das Lagoni-System mit Heraklon erreichen, ist dort in Bezug auf das Nevarezz-System mit Ganska seit unserem Transit keine Zeit vergangen.«

Rahil beobachtete den Polymorphen aufmerksam, während er das Konzept erklärte, und ihm fiel auf, dass Sammaccans Blick mehrmals zur Schmiede huschte.

»Es gibt auch Transite mit Pluszeit, und aus naheliegenden Gründen sind sie problematischer als die mit Minuszeit«, fuhr Rahil fort. Die Rüstung schenkte ihm angenehme Ruhe und schärfte gleichzeitig seine Aufmerksamkeit. »Dabei vergehen subjektiv Tage oder Wochen, aber die objektive Dauer des Transits kann Jahre oder gar Jahrzehnte betragen. Reisen mit Pluszeit sind Reisen in die Zukunft.«

Sammaccans Blick wanderte erneut zur silbernen Säule der Schmiede.

»Hören Sie mir überhaupt zu?«, fragte Rahil.

»Ich will wissen, wie dies funktioniert!«, zischte der Polymorphe, und diesmal übersetzte das Kommunikationssystem der Rüstung für Rahil. Einige rasche Schritte, die seine Medaillen klirren ließen, brachten Sammaccan zur Schmiede. »Ich will wissen, wie man diesen Apparat dazu bringt, all das zu produzieren, was man haben will! Erklären Sie es mir. Ich bin Ihr Assistent. Sie sind mir Auskunft schuldig!«

Der Reptilienmensch schien noch etwas größer zu werden, die Arme und Beine länger. Er überragte Rahil um zwanzig Zentimeter, und die Schlangenaugen sahen auf ihn herab.

»Deshalb sind Sie hierhergekommen?«, fragte Rahil langsam. »Weil Sie wissen wollen, wie die Schmiede funktioniert?«

»Schmiede!«, zischte Sammaccan. »So heißt also der Apparat.« Er streckte die Schultern und holte tief Luft, wodurch sich der Brustkorb unter der Uniformjacke vorwölbte. »Ich bin Sohn der Ersten Mutter von Munraha und Assistent der Ägide. Ich verlange, dass Sie mir die Funktionsweise der Schmiede erklären!«

»Sie *verlangen* das?«

»Für meine Dienste!«, fauchte Sammaccan. Seine Zunge tastete kurz aus dem lippenlosen Mund. »Die Ägide hat mich von Hrkln geholt, damit ich Ihnen helfe. Dafür will ich eine Schmiede!«

In diesen Worten steckten Wahrheit *und* Lüge, bemerkte Rahil. Er bedauerte plötzlich, dass er einen ganzen subjektiven Transittag hatte verstreichen lassen, ohne sich mit dem Instruktionsprogramm des Kurators zu beschäftigen. Es wurde höchste Zeit, Einzelheiten und Umstände seiner Mission kennenzulernen.

»Wozu wollen Sie eine Schmiede?«, fragte Rahil, der die Antwort zu ahnen begann.

Sammaccan hatte zu zittern begonnen, und seine Fingernägel wurden zu Krallen, bildeten sich dann wieder zurück. »Ich brauche sie«, sagte er leiser als vorher. »Ich bin bereit, alles für Sie zu tun. Welche Dienste auf Hrkln Sie auch von mir verlangen, ich werde sie leisten. Aber dafür will ich eine Schmiede.«

»Wann haben Sie Heraklon verlassen, Sammaccan?«, fragte Rahil und beobachtete den Polymorphen aufmerksam. »Seit wann sind Sie bei der Ägide?«

Halb durchsichtige Membranen schoben sich über die Knopfaugen des Reptilienmanns und glitten wieder zurück – ein Blinzeln.

»Seit zwei Wochen.«

Was kann er in zwei Wochen erfahren und gelernt haben?, dachte Rahil. Nicht viel. »Wissen Sie, was es mit der Ägide auf sich hat?«

»Sie ist mächtig!«

»Kennen Sie ihre Geschichte? Wissen Sie über ihre Ziele Bescheid? Haben Sie sich auf Heraklon, in Munraha, darauf vorbereitet, Missionar in Diensten der Ägide zu werden?«

»Vorbereitet?«, wiederholte Sammaccan.

»Haben Sie auf Heraklon in der Botschaft der Ägide oder in einem ihrer Konsulate eine Ausbildung absolviert, die Ihnen als Grundlage für eine zukünftige Missionarstätigkeit dienen könnte?«

Sammaccan blinzelte erneut, offenbar ein Zeichen von Verwirrung. »Ausbildung?«, zischte er. »Man versprach mir, mich zum Missionar auszubilden, wenn ich der Ägide einen Dienst erweisen würde. Einen *wichtigen* Dienst«, fügte er hinzu. »Und dafür will ich eine Schmiede!«

»Welche Dienste auch immer Sie der Ägide und mir leisten, Sammaccan …«, sagte Rahil mit ruhigem Nachdruck. »Sie werden auf keinen Fall eine Schmiede bekommen.«

»Man hat mir Belohnung versprochen!« Sammaccan kreischte fast, und seine Gestalt veränderte sich. Die Arme wurden länger, und auf dem Kopf bildete sich ein gezackter Kamm mit einem langen, nach vorn gewölbten Dorn. »Ich will eine Schmiede! Ich brauche sie!«

Von den Rezeptoren der Rüstung kamen erste Alarmsignale. Rahil empfing sie, sah aber keine unmittelbare Gefahr. Immerhin befand er sich an Bord eines Shifters der Ägide. Es war kein Schiff der Hohen Mächte, ausgestattet mit technologischen Wundern, aber sein Potenzial genügte, um ihn zu schützen, auch vor einem Polymorphen.

»Was möchten Sie mithilfe der Schmiede herstellen, Sammaccan?«

»Waffen!«, stieß der Reptilienmann hervor, der auf dem besten Weg war, sich in ein anderes Wesen zu verwandeln.

»Waffen? Für wen?«

»Für die Männer von Munraha!«, fauchte Sammaccan. »Für unseren Befreiungskampf.«

»Für Ihren ...« Rahil dachte an die Rolle der Männer im matriarchalischen Munraha. »Sammaccan, mit *Waffen* kann Ihnen die Ägide ganz und gar nicht helfen! Das widerspräche ihren Prinzipien. Unsere Aufgabe besteht darin, zu schützen und die Entwicklung auf den Gefallenen Welten vorsichtig in die richtigen Bahnen zu lenken ...« Beziehungsweise in die Bahnen, die das Kuratorium für richtig hält, dachte er, aber die Rüstung schob diesen Gedanken sanft beiseite.

»Der Kurator hat Sie zum Exekutor befördert! Sie haben das Privileg, sich über alle Regeln und Vorschriften der Ägide hinwegzusetzen, um Ihre Mission auf Hrkln zu erfüllen.«

»Die innenpolitische Situation in Munraha ...« Ist völlig unwichtig und interessiert niemanden außerhalb von Heraklon, hätte Rahil fast gesagt. »... hat mit meiner Mission vermutlich nicht viel zu tun, und deshalb finden meine Exekutor-Privilegien bei ihr keine Anwendung.«

Von Sammaccan kam ein Knurren. »Sie können dieses Schiff fliegen? Ich meine ... steuern?«

»Ja, das kann ich«, erwiderte Rahil und ahnte, worauf der Polymorphe hinauswollte. Inzwischen schlugen auch andere Rezeptoren der Rüstung Alarm.

»Können Sie auch mit dieser Schmiede umgehen?«, fragte Sammaccan mit einem lauernden Unterton in der Stimme. »Können Sie sie Dinge herstellen lassen?«

»Ja, das kann ich.«

Die Verwandlung geschah innerhalb eines Sekundenbruchteils, und Rahil fragte sich – mit der Perspektive eines unbeteiligten Beobachters –, wie es der Polymorphe schaffte, so viel Masse so schnell zu bewegen. Wo blieb ihr Trägheitsmoment? Oder hatte Sammaccans Körper in Wirklichkeit gar nicht so viel Substanz? Er erinnerte sich an den Stuhl, der nicht den Eindruck erweckt hatte, besonders schwer zu sein. Vielleicht war die Gestalt des großen, kräftig gebauten Reptilienmenschen nur eine Illusion, geschaffen mit der Absicht zu imponieren. Möglicherweise war Sammaccans Originalkörper viel kleiner, unscheinbarer und leichter. Welche ursprüngliche Gestalt hatten die Polymorphen auf Heraklon?

Rahil kam nicht dazu, entsprechende Informationen aus seinem Image oder der Bordbibliothek des Shifters abzurufen, denn vor ihm erschien eine Wand aus Messern und Dolchen – so sah es aus. Die im Alarmmodus arbeitenden zerebralen Schaltkreise identifizierten die zahlreichen braungelben Klingen als Giftdorne eines Stachlers, einer Spezies aus den Äquatorialwäldern Heraklons. Sie ragten aus einem krummen grauen Rücken, unter dem sich so etwas wie ein Gesicht befand. Mehrere Augen glitzerten in dem Dornenwald und beobachteten Rahil.

»Bringen Sie das Schiff nach Hrkln, sofort!«, knarrte eine Stimme. »Sie werden in Munraha landen und dort die Schmiede all die Dinge herstellen lassen, die ich brauche.«

»Wir fliegen bereits nach Heraklon«, erwiderte Rahil unbeeindruckt. »Die Fluggeschwindigkeit ist durch die Route des Kickouts vorgegeben und lässt sich nicht verändern. Was Sie hier machen, Sammaccan, ist ausgesprochen dumm.«

»Bringen Sie das Schiff *jetzt* nach Hrkln, unverzüglich«, knurrte Sammaccan. »Und sorgen Sie dafür, dass die Schmiede mit der Produktion von Waffen beginnt.«

Rüstung und Femtomaschinen hätten es Rahil ermöglicht, sich mit einem blitzschnellen Sprung in Sicherheit zu bringen, aber stattdessen sagte er: »Schiff, Exekutorschutz.«

»Verstanden, Exekutor.«

Ein vager Glanz legte sich um den Stachler. »Was ist mit

mir?«, brachte Sammaccan verblüfft hervor. »Ich kann mich nicht mehr bewegen. Sie haben mich gelähmt!«

»*Sie* haben mich bedroht.«

»Lassen Sie mich los!«

»Erst möchte ich Ihnen etwas erklären, Sammaccan«, sagte Rahil und hatte plötzlich Mitleid mit dem Polymorphen, der kaum etwas von den Verhältnissen außerhalb seiner Heimatwelt Heraklon wusste.

»Sie sollen mich loslassen!«, ereiferte sich das Geschöpf im Fesselfeld. »Wie können Sie es wagen! Ich bin Sohn der Ersten Mutter von Munraha …«

»Das wollte ich Ihnen gerade erklären, Sammaccan. Woher auch immer Sie kommen und wer auch immer Sie in Ihrer Heimat sind – in der Ägide spielt das alles keine Rolle.«

»Ich will …«

Rahils Mitleid wich Ärger. »Sie sollen mir zuhören! Sie sind hier an Bord dieses Schiffes, um mir bei meiner Mission zu helfen. Stattdessen bereiten Sie mir Probleme. Ich bin Exekutor. Ein Wort von mir, und Sie verlieren Ihren Status als Assistent der Ägide. Ein weiteres Wort, und Sie werden nach Heraklon zurückgeschickt, allein, in Schimpf und Schande.«

Der Stachler bewegte und veränderte sich nicht – das Fesselfeld verhinderte nicht nur Bewegungen, sondern auch Strukturwandel –, aber ein leises Quieken kam von ihm.

Rahil überlegte. Wie sollte er etwas erklären, dessen volle Bedeutung er selbst erst einige Jahre nach Beginn seiner Ausbildung vor einem Jahrhundert erkannt hatte? »Die Ägide wurde vor sechshundert Jahren gegründet, Sammaccan«, sagte er. »Nach einer interstellaren Katastrophe, die einen Teil der Menschheit betraf. Wir sprechen in diesem Zusammenhang vom *Ereignis*.« Rahil zögerte und fragte sich, ob er die Hintergründe des *Ereig-*

nisses schildern sollte. Er entschied sich dagegen, weil es zu weit geführt hätte. Vielleicht war später Zeit dafür. »Was uns Menschen betrifft, waren damals zweihundertdrei Welten in neunundachtzig Sonnensystemen betroffen. Viele ihrer Bewohner starben. Die planetaren Infra- und Datenstrukturen brachen zusammen. Auf den betroffenen Planeten endete die Zivilisation. Barbarei breitete sich aus. Auch auf Heraklon.«

Rahil beobachtete den Polymorphen und hoffte, dass er aufmerksam zuhörte. »Dreizehn Sonnensysteme diesseits des Sagittariusbruchs – damit ist eine besondere Konstellation im All gemeint – blieben damals von der Katastrophe verschont. Zusammen mit den ebenfalls nicht vom *Ereignis* betroffenen Welten der sieben anderen Völker gründeten sie die Bruch-Gemeinschaft, aus der Jahre später die Ägide hervorging. Wissen Sie, was ›Ägide‹ bedeutet, Sammaccan?«

Der Polymorphe schwieg.

»Das Wort bedeutet Schutz, Obhut. Die Ägide schützte, was von unserer Zivilisation übrig war, und traf eine Vereinbarung mit den Hohen Mächten.«

Rahil legte erneut eine kurze Pause ein und dachte an die Unzulänglichkeit von Worten, erst recht dann, wenn Sprecher und Zuhörer aus zwei völlig verschiedenen Kulturen kamen. Komplexe Konzepte vermittelte man am besten mithilfe von zerebralen Schaltkreisen, die damals, während seiner Ausbildung, noch nicht zur Verfügung gestanden hatten. »Hören Sie mir zu, Sammaccan?«

Eine Mischung aus Quieken und Knurren kam aus dem Fesselfeld. »Ich höre.«

»Die Vereinbarung mit den Hohen Mächten sah Folgendes vor«, fuhr Rahil fort, sich dessen bewusst, dass er eine sehr komplizierte Angelegenheit auf geradezu absurde Weise vereinfachte. »Die Menschheit wird in den Kreis der Hohen aufgenommen und erhält Zugang zur Kosmischen Enzyklopädie, wenn sie es schafft, in sechs Jahrhunderten stabilen Frieden zu erreichen und die Gefallenen Welten zur Zivilisation zurückzuführen.«

»Deshalb brauche ich Waffen«, warf Sammaccan ein. »Um die Frauen von Munraha zu zwingen, zivilisiert zu werden.«

Rahil schüttelte den Kopf. »Zivilisation und Waffen vertragen sich nicht besonders gut«, sagte er, obwohl diese Worte nur die halbe Wahrheit waren, vielleicht noch weniger. »Vor sechshundert Jahren begann die Restauration. Die Ägide nahm vorsichtigen Einfluss auf die Entwicklung der Gefallenen Welten. Wir ...« Einmal mehr zögerte Rahil. Was wusste und verstand Sammaccan von Demokratie und Diktatur, von Oligarchien und Autokratien? War er alt und erfahren genug, um zu verstehen, welche Erfahrungswelten sich hinter dem Wort »Technoschock« verbargen? Konnte er, wenn man seine Herkunft berücksichtigte, eine Vorstellung von soziologisch-ökonomischen Entwicklungsmustern haben? »Wir müssen verhindern, dass erneut Chaos ausbricht wie damals nach dem *Ereignis*. Wir steuern die gesellschaftlichen Entwicklungen behutsam in die richtige Richtung ...«

»Wer entscheidet darüber, was richtig und falsch ist?«

Gute Frage, dachte Rahil. Damals hatte er sie selbst gestellt, und die Antwort – beziehungsweise die Antworten, denn es gab mehr als nur eine – hatte ihm nicht gefallen. Es war der Anfang des steinigen, bitteren Wegs der Desillusionierung gewesen. Was blieb, war ein hehres Ideal, kaum mehr als ein Zerrbild der Realität, und die Pflicht. Es war wichtig, die Pflicht zu erfüllen; dieser Gedanke gab Rahil seit hundert Jahren Halt.

»Unsere Erfahrung«, sagte er schließlich, und auch das war nur die halbe Wahrheit. »Die Ägide versucht, die Gefallenen

Welten auf das Niveau der Bruch-Gemeinschaft zu heben, aber das braucht seine Zeit.«

»Sind sechshundert Jahre nicht Zeit genug?«, fragte Sammaccan.

»Nicht, wenn es darum geht, bestimmte Prinzipien zu wahren.«

»Prinzipien, deren Einhaltung die Hohen Mächte verlangen?«

»Ja«, antwortete Rahil. »Menschliche Ethik und Moral spielen dabei ebenfalls eine große Rolle.« Er hörte seine eigenen Worte und konnte sie kaum glauben. Warum sage ich so etwas?, fuhr es ihm durch den Sinn. Ist es nicht besser, Illusionen vorzubeugen und gleich den Blick für die manchmal so bittere Wahrheit zu öffnen?

»Welche Prinzipien?«

»Selbstbestimmung«, sagte Rahil. »Selbsterkenntnis und Freiheit der Gemeinschaft und des Einzelnen.«

»Freiheit«, knurrte der Stachler im Fesselfeld. »Die Männer in Munraha sind unfrei. Die Ägide ist mächtig«, betonte er noch einmal. »Sie verfügt über alle notwendigen Mittel, um uns zu befreien. Warum verzichtet sie darauf? Warum nutzt sie ihre Möglichkeiten nicht, um ihre Vorstellungen von Moral und Ethik bei uns durchzusetzen? Vieles könnte besser werden.«

Die Worte klangen erstaunlich intelligent und passten nicht unbedingt zu Rahils Vorstellung von einem dummen und ignoranten jungen Mann, mit einem Horizont, der auf den einer Gefallenen Welt beschränkt war.

»Weil wir nicht direkt eingreifen dürfen«, sagte Rahil. Das war der wichtigste Punkt, der ihn – so die Erinnerungen des Images – in den letzten Jahrzehnten besonders belastet hatte. Hier der Dienst, die Pflicht, dort das Elend, und dazwischen, der schmale Grat, auf dem die Missionare der Ägide wandelten.

Im Gegensatz zu den Exekutoren, die weitgehend nach eigenem Ermessen handeln konnten. Es ist eine Chance, dachte Rahil. Was kann ich auf Heraklon bewirken, wenn ich so vorgehe, wie ich es für richtig halte, ich allein? Ein verlockender Gedanke, unter anderen Umständen, wenn das Artefakt nicht existiert hätte. »Wir dürfen niemandem unseren Willen aufzwingen. Und was unsere Mittel betrifft ... Überlegene Technik darf nicht in gewissenlose Hände fallen. Dadurch könnte neues Chaos entstehen, neues Elend. Stellen Sie sich vor ...« Er suchte nach einem passenden Vergleich. »Stellen Sie sich vor, der Ersten Mutter von Munraha, oder einer der anderen Mütter, stünde eine polychrome Schmiede zur Verfügung. Damit meine ich eine, die auf die Produktion beliebiger Objekte und Gerätschaften programmiert werden kann.«

»Eine Schmiede, die alles anfertigen kann?«

»Alles, ja. Stellen Sie sich vor, die Mütter von Munraha könnten sich all die Dinge produzieren lassen, die sie sich wünschen. Was wäre das Ergebnis?«

Sammaccan schwieg zwei oder drei Sekunden. »Es würde bedeuten, dass die unterdrückten Männer von Munraha alle Hoffnung auf Freiheit aufgeben müssten. Vielleicht würden die Mütter ihre Herrschaft sogar auf ganz Hrkln ausdehnen. Und darüber hinaus«, fügte er entsetzt hinzu.

»Deshalb bekommen die Gefallenen Welten keine hochentwickelte Technik von uns«, sagte Rahil und hoffte, dass Sammaccan verstand. »Und dieses Prinzip bedeutet auch, dass Sie keine Schmiede von uns erhalten, nicht einmal eine monochrome.«

Der Polymorphe schwieg.

»Aus den gleichen Gründen blieb der Ägide bisher der Zugang zur Kosmischen Enzyklopädie und den technischen Wundern der Hohen Mächte verwehrt«, sagte Rahil. »Der Techno-schock könnte auch bei uns große Umwälzungen hervorrufen und unsere Entwicklung in die falsche Richtung lenken.« Das behaupten die Krion und die anderen jedenfalls, fügte er in Gedanken hinzu. Aber es ist Unsinn. So wie auch unsere Zurückhaltung den Gefallenen Welten gegenüber oft übertrieben ist. Es sind alles nur halbe Wahrheiten, und ein Teil davon kommt Lügen gefährlich nah.

»Sie können mir also nicht helfen?«

»Tut mir leid, Sammaccan. Ich hoffe, Sie haben alles verstanden.«

»Ich habe verstanden, dass Sie jemanden, der in Not ist, seiner Not überlassen wollen.«

»Sammaccan ...«

Ein Signal erklang, wie ein klirrender Glockenschlag.

»Exekutor?«, fragte die Maint des Schiffes.

»Ja?«

»Ich habe gerade festgestellt, dass wir verfolgt werden.«

»Im *M-Raum*?«, fragte Rahil verblüfft.

»Das fremde Schiff nähert sich«, antwortete die Maint. »Es wird uns in einem Tag erreichen, im Transit.«

»Zeig es mir!«

»In einer Aussichtsblase?«

»Ja. Lass mich fallen. Lass *uns beide* fallen.«

Der Formspeicher des Instrumentenraums öffnete den Boden, und Rahil und Sammaccan fielen in den M-Raum.

6

Der grauweiße Tentakel einer energetischen Nabelschnur verband den Shifter mit der Plattform, die unter dem aus silbergrauem Synthmetall bestehenden Leib des Schiffes hing, umgeben vom goldenen Leuchten des M-Raums. Kugeln mit dem silbernen Glanz von Perlmutt schwebten durch das reife gelbe Licht, wie von sanften Strömungen getragen, einige allein, andere als Teil von polyedrischen Strukturen.

»Wo sind wir hier?«, fragte Sammaccan verwundert. »Was ist das?«

Er war kein Stachler mehr, auch kein Reptilienmensch. Ein junger Mann stand dort am Geländer, achtzehn oder neunzehn Jahre alt, von zierlicher Gestalt, gekleidet in eine weite braune Hose und eine graue Hemdjacke, die bis zu den Knien reichte. Dünne Arme mit langen, schmalen Händen ragten aus den Ärmeln. Die Augen im sonderbar flach wirkenden Gesicht – die Nase kaum mehr als eine Andeutung – waren auffallend groß und reflektierten das goldene Licht des M-Raums.

Ein aus sechzig Kugeln bestehendes Gebilde schwebte so dicht über die Plattform hinweg, dass Sammaccan vorsichtig die Hand ausstreckte und es berührte. Wellenförmige Bewegungen gingen von den Stellen aus, an denen seine Fingerkuppen Kontakt mit den Kugeln bekamen, die daraufhin ihre Farbe veränderten und für einen Moment rosarot und smaragdgrün leuchteten.

»Wie die Luftblasen des goldenen Öls, in dem meine Mutter manchmal badet«, sagte Sammaccan verwundert.

»Hier badet niemand«, erwiderte Rahil. »Und dies sind auch keine Luftblasen, sondern makrokosmische Fullerene, ähnlich strukturiert wie aus sechzig Atomen bestehende Kohlenstoffmoleküle. Es sind Superversen aus jeweils sechzig einzelnen

Universen. Und die makrokosmischen Fullerene bilden Schwärme, und die Schwärme sind ihrerseits in Superschwärmen organisiert. Insgesamt sind es 10^{500} Universen, was der Anzahl der möglichen Aufwicklungen der sieben zusätzlichen Raumdimensionen unseres Universums entspricht …« Er unterbrach sich, als er Sammaccans Gesichtsausdruck bemerkte, und gleichzeitig erinnerte er sich an das erste Mal, als er diese Worte nicht gesprochen, sondern gedacht hatte, an Bord eines Raumschiffs namens *Rosenduft*, als Junge, der in einer Bibliothek der Ägide subliminales Wissen aufgenommen hatte. Entsprechende Erinnerungsbilder gewannen erste Konturen, aber der Einfluss der Rüstung löste sie auf, bevor sie Einzelheiten zeigen konnten. »Ich erkläre es Ihnen später, wenn wir Zeit dazu finden. Wichtig ist derzeit nur: Das goldene Licht ist das Medium des multidimensionalen Raums, in dem wir uns hier befinden, und jede dieser Kugeln stellt ein eigenes Universum dar, mit Milliarden von Galaxien, die ihrerseits aus Milliarden von Sternen bestehen.«

Was erzähle ich da?, dachte ein Teil von Rahil. Warum verliere ich Zeit mit Erklärungen, die dieser Polymorphe wahrscheinlich ohnehin nicht versteht? »Sie wissen doch, was ein Universum ist?«, fügte er hinzu.

»Wollen Sie mich beleidigen?«, erwiderte der junge Mann mit den zarten Gliedmaßen, und für einen Moment klang seine Stimme fast nach dem Reptilienzischen. »Natürlich weiß ich, was ein Universum ist! Glauben Sie vielleicht, ich hätte keine Bildung? Meine Mutter hat mich auf die beste Schule von Munraha geschickt!« Zwei oder drei Sekunden stand er mit geballten Fäusten da, in seinen dunklen Augen der Glanz der Empörung. Dann ließ er plötzlich die Schultern hängen und sackte ein ganzes Stück zusammen, während ein Superversum über ihn hinwegschwebte, bestehend aus sechzig Kugeln, die wie

Quecksilber glänzten. »Auf die beste Männerschule hat sie mich geschickt, aber das bedeutet nicht viel«, fügte er kummervoll hinzu. »Es war nur eine *Männer*schule.«

Rahil achtete nicht darauf. »Schiff?«

»Ja, Exekutor?«

»Zeig mir den Verfolger«, sagte Rahil. »Wo ist er?«

Eine rubinrote Linie, dünner als ein Haar, wuchs aus einer der silbernen Kugeln des kosmischen Fullerens, das über der Plattform verharrt hatte. Rahil legte den Kopf in den Nacken und beobachtete, wie die Linie den Shifter erreichte, an der einen Seite des blumenförmigen Schiffes verschwand, an der anderen wieder zum Vorschein kam und dann in einem weiten Bogen zu ihrem Ausgangspunkt zurückkehrte. »Das ist unser Kurs, nehme ich an.«

»Ja«, bestätigte das Schiff.

Eine zweite Linie entstand, grün wie saftiges Gras, mit dem gleichen Ausgangspunkt wie die rote, aber mit einem versetzt verlaufenden Bogen. Sie führte am Shifter vorbei und schnitt die rote Linie hinter ihm, dort, wo sie sich in Richtung der silbernen Kugel zurückneigte, aus der sie kam.

»Das ist die Route des Verfolgers«, sagte die Maint.

»Sie hat den gleichen Ausgangspunkt?«

»Ja, Exekutor. Wer auch immer uns folgt: Er ist durch das Kickout bei Ganska in den Transit gegangen.«

»Es hat sich sofort hinter uns geschlossen«, sagte Rahil. »Das Transitfenster stand nur für kurze Zeit offen.«

»In der Tat.«

»Es könnte bedeuten, dass sich jemand in der Nähe befand, getarnt. Der Unbekannte, der die Station angegriffen hat?«

»Warum sollte er die Station zerstören und dann warten?«, wandte die Maschinenintelligenz des Shifters ein.

»Ja, warum?« Rahil beobachtete die beiden Linien, und mit seinen geschärften Sinnen bemerkte er winzige wellenförmige Bewegungen in ihnen, die von leichten Routeninterferenzen stammten.

»Die Leskovar haben nur den Transit des Shifters geplant«, sagte Rahil. »Andernfalls wäre es nicht zu den Interferenzen gekommen.«

»Korrekt.«

»Wo ist der Verfolger?« Rahils Blick folgte dem Verlauf der grünen Linie. »Zeig ihn mir mit einer Linse.«

Etwas erschien zwischen Fulleren und Shifter, ein Objekt an einem Teil der grünen Linie, die nicht mehr hauchdünn war, sondern angeschwollen wie ein unter Druck stehender Schlauch. Ein dunkler Fleck bewegte sich dort wie ein Käfer an einer Linie, mit dem Unterschied, dass man weder Beine noch andere Details erkennen konnte. Die Umrisse des Objekts blieben verschwommen.

»Der Verfolger tarnt sich mit dem Vibrationsmuster der Interferenzen«, sagte die Maint. »Es lassen sich keine Einzelheiten feststellen.«

Rahils Gedanken rasten in einem kontrollierten Modus, erwogen Möglichkeiten und verwarfen sie wieder.

»Eine Identifizierung ist nicht möglich?«

»Nein.«

Aus dem Augenwinkel sah Rahil, wie Sammaccan langsam über die Plattform wanderte und immer wieder die Hände nach vorbeifliegenden silbrig glänzenden Kugeln oder ganzen Superversen ausstreckte. »Ist Kommunikation möglich?«

»Ich habe versucht, einen Kontakt herzustellen«, antwortete die Maint. »Ohne Erfolg.«

»Vielleicht hat man dich nicht gehört.«

»Oder man will mich nicht hören.«

Rahil überlegte noch immer rasend schnell. »Ein Schiff der Hohen Mächte? Aber warum sollten sie uns verfolgen?«

»Wer kommt sonst infrage?«, erwiderte die Maint.

Den Worten folgte eine Stille, in der Rahil den eigenen Herzschlag als wummerndes Pochen in seiner Brust hörte, beschleunigt von einem erhöhten Stoffwechsel, den die Femtomaschinen stimulierten, damit mehr Energie für das Gehirn und die Verbindung mit den zerebralen Schaltkreisen der Rüstung zur Verfügung stand.

»Könnte es ein ... gestohlenes Schiff sein?«, fragte Rahil leise und dachte dabei an den Ascar, den die Großen Familien des Dutzends angeblich auf ihn angesetzt hatten, nach all der Zeit. War ihr Einfluss so sehr gewachsen? Reichte ihr kriminelles Netzwerk bis zu den Hohen Mächten?

»Das halte ich für unwahrscheinlich.«

Etwas löste sich von dem Käfer-Fleck am grünen Strang der zweiten Route, und ein neuer Faden bildete sich, ein dritter, blau wie Lapislazuli. Er beschrieb keinen Bogen wie die beiden anderen, sondern führte geradewegs zum Shifter.

»Was ist das?«, fragte Rahil.

»Analyse«, antwortete die Maint. Einige Sekunden verstrichen, während der Punkt, der sich vom fremden Schiff gelöst hatte, mit geduldiger Zielstrebigkeit durch den M-Raum kroch, an der dritten Linie entlang, die ihn direkt zum Shifter trug.

»Identifizierung des zweiten Objekts«, sagte die Maschinenintelligenz. »Disruptor der ersten Kategorie. Durchmesser neunundsiebzig Zentimeter. Länge dreihundertvier Zentimeter.«

»Ein Torpedo für den M-Raum.« Rahil beobachtete, wie der Disruptor dem Verlauf der blauen Linie folgte und sich dabei immer mehr vom fremden Schiff entfernte.

»Wenn sich seine Masse nahe genug bei uns in Energie verwandelt, verlieren wir den Routenfokus, den uns das Kickout der Leskovar gegeben hat.«

Rahil nickte langsam. »Wir sollen aus dem Transit geworfen werden.«

»Korrekt. Jemand will Ihre Mission vereiteln, Exekutor.«

»Können wir den Routenfokus wechseln?«

»Nicht während des Transits«, antwortete die Maint. Sammaccan streckte inzwischen nicht mehr die Hände nach vorbeischwebenden Universumskugeln und kosmischen Fullerenen aus, sondern stand in der Nähe, lauschte der Stimme aus dem Nichts und versuchte zu verstehen. »Der Shifter ist in der Lage, dem Disruptionsimpuls zuvorzukommen und den Transit gezielt zu unterbrechen, an einem Ort unserer Wahl. Anschließend müssten wir die Leskovar bitten, uns mit einem neuen Kickout zur ursprünglichen Route zurückzubringen. Oder wir nutzen unsere eigenen Möglichkeiten, den Flug nach Heraklon fortzusetzen.«

»Aber wir würden Zeit verlieren. Vielleicht müssten wir sogar mit Pluszeit fliegen.« Zeit, dachte Rahil. Ein wichtiger Faktor. »Uns bleiben sechs Stunden, nicht wahr?«

»Fünfeinhalb, um ganz sicher zu sein«, erwiderte die Maint. »Ich nehme an, dass der Disruptor darauf programmiert ist, seine Masse in unserer unmittelbaren Nähe zu zünden, aber es lässt sich nicht vollkommen ausschließen, dass es schon vorher geschieht.«

»Was passiert hier?«, fragte Sammaccan. »Was haben die Linien zu bedeuten? Und was ist ein Dis…« Seine Zunge schien ihm bei dem Wort im Weg zu sein.

»Disruptor«, sagte Rahil. »Ich erkläre es Ihnen später. Und auch den Rest. Schiff, bring uns wieder an Bord.«

»Ja, Exekutor.« Die Plattform hob sich der großen silbernen Blume entgegen, die über ihnen aus dem goldenen Leuchten des M-Raums wuchs. Eine Öffnung entstand in der Außenhülle, und wenige Sekunden später befanden sie sich im Instrumentenraum des Schiffes, der inzwischen sein Erscheinungsbild geändert hatte. Die Maint hatte neue Geräte und Apparaturen aus den Formspeichern des Shifters aktiviert, und die Rezeptoren von Rahils Rüstung empfingen Warnsignale. Einige der primären Systeme, die zur Ausstattung des Ägide-Schiffes gehörten, befanden sich im Alarmmodus.

»Sammaccan«, sagte Rahil, »Sie werden jetzt Ihre Kabine aufsuchen *und dort bleiben, bis ich Ihnen Bescheid gebe.*« Er hob die Hand, als der junge Polymorphe protestieren wollte. »Nein, Sie stehen nicht unter Arrest. Ich möchte mir nur keine Sorgen um Sie machen müssen, während ich herauszufinden versuche, was dies alles zu bedeuten hat. Wir werden angegriffen, und uns bleiben fünfeinhalb Stunden, um zu entscheiden, wie wir auf den Angriff reagieren sollen.«

Sammaccans Augen wurden groß. »Ein Angriff?«

»Ja. Schiff, bitte kümmere dich um ihn.«

»Wie Sie wünschen, Exekutor.« Vor dem Polymorphen erschien ein Avatar der Maint: ein junger Mann, etwa im gleichen Alter wie Sammaccan, gekleidet in eine neutrale Uniform der Ägide, der Kopf fast völlig haarlos. »Wenn Sie mir bitte folgen würden ...« Hinter dem Avatar öffnete sich die Tür.

Sammaccan warf Rahil einen letzten Blick zu, senkte den Kopf und verließ den Instrumentenraum.

Rahil wartete, bis sich die Tür wieder geschlossen hatte, nahm dann in einem Sessel Platz, lehnte sich zurück, schloss die Augen und startete das in den Speichern der Rüstung abgelegte Instruktionsprogramm.

Leicht begnügen sich die Sinne
An der Schönheit Tüncherei,
Unbekümmert, ob darinnen
Wahrheit oder Lüge sei.

DIE MISSION

7

Der Raum war weiß und rund. Ein dicker Teppich bedeckte den Boden, gelb wie Safran, und dämpfte Rahils Schritte, als er sich dem runden Tisch in der Mitte des Zimmers näherte. Er kannte ihn gut, diesen Tisch aus blutrotem Marmor, denn er hatte damals, vor hundert Jahren, im Arbeitszimmer seines Vaters gestanden. Doch dahinter saß nicht der ernste, finstere Mann, den er gefürchtet hatte, sondern ein Instruktor der Ägide, ein Mann in mittleren Jahren, mit geradem Rücken und kurzem grauem Haar, die Hände flach auf den Tisch gelegt, den Blick ins Leere gerichtet.

Rahil sank auf den bereitstehenden Stuhl und fragte sich, warum das Programm ausgerechnet den Schreibtisch seines Vaters enthielt.

Als er sich vorbeugte, kam Leben in den grauhaarigen Mann auf der anderen Seite des Schreibtischs. »Ihre Erinnerungen sind

ein Jahr alt, Rahil Tennerit, und Sie möchten bestimmt Einzelheiten Ihrer Mission erfahren.«

Rahil nickte.

»Sie wissen, was auf dem Spiel steht«, sagte der Instruktor.
Seine Hände lagen noch immer flach auf dem blutroten Marmor. »Aufnahme in den Kreis der Hohen Mächte, Zugang zur
Kosmischen Enzyklopädie. In einigen Monaten fällt die Entscheidung, und es sieht nicht gut aus, Exekutor.«

Der Mann lehnte sich langsam zurück, und dabei strichen
seine Hände mit einem Geräusch, das wie ein Flüstern klang,
über den Marmor. »Mit Heraklon haben wir ein Zeichen setzen wollen. Heraklon, Welt des Friedens und der Diplomatie.
Eine Welt der Gespräche und des guten Willens. Mit Botschaften und Konsulaten aller Gefallenen Welten und auch der Ägide. Heraklon sollte den Keim des Friedens bilden, ausgebracht
vor mehr als fünfhundert Jahren in der Hoffnung, dass Früchte
der Harmonie daraus wachsen.«

Rahil wunderte sich über die Ausdrucksweise des Instruktors und sagte: »Seit acht Jahrzehnten gibt es bei den Gefallenen Welten keine Kriege mehr. Das ist ein großer Erfolg der
Ägide.«

»Es könnte sich jetzt ändern. Arhelia und Chetelat vom Bund
der Fünf sind die letzten von vielen Gefallenen Welten, die
Truppen nach Heraklon geschickt haben, eine gemeinsame
Flotte aus siebzehn Sprungschiffen mittlerer Reichweite. Sie
werden das Lagoni-System in drei Wochen erreichen.«

Rahil wölbte beide Brauen. »Das gesamte Lagoni-System ist
eine EMZ.«

»Ihre Informationen sind ein Jahr alt, Rahil Tennerit«, sagte
der Instruktor sanft und erinnerte ihn damit an das Alter des
Images. »Inzwischen hat sich viel geändert. Die entmilitarisierte

Zone existiert praktisch nicht mehr, seit dort ein Segler erschienen ist.«

»Ein Segler?«, fragte Rahil überrascht.

»Ein Späher, wie wir vermuten. Er behauptete, von ›falschen Winden‹ ins Lagoni-System und in die Nähe von Heraklon getragen worden zu sein, aber er wurde nur wenige Tage nach dem Erwachen des Artefakts über der Ebene der Ekliptik entdeckt, etwa eine Lichtminute von Heraklon entfernt, mit stummen Bordsystemen und minimierter energetischer Signatur.«

»Das Artefakt ist erwacht?«

»Vor sieben Monaten begann es damit, sich selbst auszugraben. Nach dem Erscheinen des Seglers entsandte Burion seinen restaurierten Träger nach Heraklon. Der burionische Zentralrat sprach von einer großzügigen Geste, dazu bestimmt, Heraklon vor Angriffen der Segler zu schützen. Wie Sie wissen, ist Burion im Canor-System nur drei Lichtjahre von Heraklon entfernt, aber der Planet liegt ungünstig: Mehrere Lichttage trennen ihn von den nächsten Sprungsektoren, und die dortigen Vektoren sind langsam. Als das burionische Trägerschiff im Lagoni-System aus dem Sprung kam, war bereits ein aus dreizehn Kreuzern bestehender Schneller Verband der Kongregation von Larralde präsent. Nur das Eingreifen der Ägide konnte ein Gefecht verhindern. In den vergangenen Monaten trafen weitere Schiffe im Lagoni-System ein; derzeit sind es einundneunzig, die meisten von ihnen aus alten Beständen. Alle wichtigen Restaurationsmächte der Gefallenen Welten sind vertreten.«

»Ein Pulverfass«, sagte Rahil.

Der Instruktor nickte ernst. »Vor wenigen Tagen haben wir erfahren, dass mehrere Clan-Gruppen der Segler nach Heraklon unterwegs sein sollen. Das könnte der sprichwörtliche Funke sein, der das Pulverfass zur Explosion bringt.«

»Mehrere Clan-Gruppen? Seit wann schließen sich die Clan-Gruppen zusammen? Sie sind untereinander verfeindet.«

»Das waren sie bisher.«

»Und das alles wegen des Artefakts?«

Ein Flackern huschte über die weißen Wände. Rahil sah es nur aus dem Augenwinkel, und als er den Blick darauf richtete, war es schon wieder verschwunden.

»Davon müssen wir ausgehen«, sagte der Instruktor.

»Haben wir inzwischen herausgefunden, was das Artefakt *ist*?«

Der Mann auf der anderen Seite des Schreibtischs lächelte kurz und wurde sofort wieder ernst. »Deshalb schicken wir Sie nach Heraklon. Stellen Sie fest, was es mit dem Artefakt auf sich hat. Verhindern Sie, dass Heraklon, die Welt des Friedens und der Diplomatie, zerstört wird. Nur dann können wir hoffen, bald in den Kreis der Hohen Mächte aufgenommen zu werden.«

»Glauben Sie, die vielen Schiffe im Lagoni-System könnten Heraklon *angreifen*?«

»Eine falsche Entscheidung an Bord eines jener Schiffe könnte zu dem bereits erwähnten Funken werden«, sagte der Instruktor. »Und wenn der Brand beginnt, lässt er sich kaum mehr aufhalten.«

Diese Worte holten einen Gedanken in Rahils Bewusstsein zurück, der ihm vor wenigen Sekunden durch den Kopf gegangen war. »Warum hat die Ägide zugelassen, dass die Situation bei Heraklon auf diese Weise eskalierte?«

Der Grauhaarige schwieg.

Dies war ein Instruktionsprogramm, erinnerte sich Rahil, dazu bestimmt, ihn in seine Mission einzuweisen. Fragen, die in keinem direkten Zusammenhang damit standen, konnte es vielleicht nicht beantworten.

Rahil versuchte es anders und spürte, wie sich – tief in seinem Innern, von Rüstung und Femtomaschinen unerreicht – alter Ärger regte. »Wieso hat die Ägide nicht versucht, die Einhaltung der EMZ-Bestimmungen durchzusetzen?«

»Es wäre auf die Androhung, wenn nicht gar Anwendung von Gewalt hinausgelaufen«, erwiderte der Instruktor.

»Dass einige der Gefallenen Welten Schiffe nach Heraklon schicken konnten, verdanken sie uns«, sagte Rahil. »Ohne unsere Hilfe befänden sie sich noch auf einem weitaus niedrigeren technologischen Niveau. Es ist unsere Verantwortung.«

»Alles ist unsere Verantwortung.« Bei diesen Worten klang der Instruktor fast traurig.

»So groß die technischen Fortschritte mancher Gefallenen auch sein mögen – der Ägide stehen ganz andere Mittel zur Verfügung. Wir könnten Heraklon schützen.«

»Das könnten wir. Aber es käme einem Eingeständnis unseres Versagens gleich.«

»Wir richten uns zu sehr nach den Erwartungen der Hohen Mächte.« Rahil hörte den Nachdruck in seiner Stimme. »Uns sollte es in erster Linie darum gehen, den Menschen auf den Gefallenen Welten zu helfen.«

»Mit dem Wissen der Kosmischen Enzyklopädie *können* wir ihnen helfen, besser als jemals zuvor.«

Rahil seufzte. Solche Diskussionen hatten keinen Sinn, erst recht nicht, wenn sie ein Instruktionsprogramm betrafen. »Die Segler«, sagte er und griff damit einen weiteren Gedanken auf. »Ganz abgesehen davon, dass sich Clan-Gruppen zusammengeschlossen haben, was erstaunlich genug ist … Wie konnten sie sich so schnell auf den Weg machen? Wir wissen, dass sie in Langzeit denken. Wo auch immer sie aktiv werden, stecken langfristige Pläne dahinter. Nehmen Sie nur den Zweitausendjahresplan, dem Greenrose fast zum Opfer gefallen wäre.«

Greenrose zählte zu den Hightech-Welten der Bruch-Gemeinschaft und hatte einen wichtigen Beitrag zur Gründung der Ägide geleistet. Der zwei Jahrtausende umfassende Plan der Segler war lange vor dem *Ereignis* entstanden, schien jenen Kataklysmus aber vorausgesehen und berücksichtigt zu haben. Wie das möglich war, gehörte zu den vielen Fragen, die das *Ereignis* betrafen und noch immer auf eine Antwort warteten. Greenrose wäre damals durch eine schleichende Maint- und Schmieden-Infektion fast zu einem Sprungbrett für die Segler geworden, von dem aus sie die anderen Welten der Bruch-Gemeinschaft und sogar die Ägide hätten übernehmen können.

»Vielleicht sind Heraklon und das Artefakt Teil eines neuen Plans der Segler«, sagte der Instruktor.

»Gibt es konkrete Hinweise?«

»Nein, Exekutor. Bisher spekulieren wir nur. Ich schlage vor, Sie konzentrieren sich auf das Artefakt.«

Rahil stellte fest, dass die Hände des grauhaarigen Mannes noch immer auf dem blutroten Schreibtisch lagen, dicht am Rand. »Sie sprachen von einem Erwachen des Artefakts. Wie ist sein gegenwärtiger Status?«

»Das wissen wir nicht.« Der Instruktor hob die rechte Hand, als gelte es, einem Gesteninterface Anweisungen zu übermitteln. Über dem Schreibtisch bildete sich ein holografisches Fenster und zeigte zunächst nur eine eisverkrustete Felslandschaft, über der Schneeflocken in einem böigen, leise fauchenden Wind tanzten. Das Bild wackelte mehrmals, wie von einem einfachen optischen Sensor aufgenommen, den jemand an der Kleidung trug, und stabilisierte sich dann mit Blick in ein weites Tal. Mehrere Hundert Meter weiter unten ragten die Buckel von Gebäuden aus dem Schnee, den der Wind zu kleinen Hügeln angehäuft hatte. Das Licht starker Scheinwerfer durchdrang die heranziehende Dunkelheit und fiel auf einen pechschwarzen Oktaeder, der knapp zehn Meter weit aufragte und etwa vier durchmaß. »Die Archäologen des Forschungslagers im hohen Norden von Heraklon haben herausgefunden, dass dieser Oktaeder Teil eines größeren Objekts tief im gefrorenen Boden ist, mit einer Masse von ungefähr zweihunderttausend Tonnen, doch bei ihren Ausgrabungsarbeiten sind sie in einer Tiefe von nur wenigen Metern auf ein Hindernis gestoßen, das sich mit ihren Werkzeugen nicht durchdringen ließ. Der Versuch, Proben von dem Objekt zu nehmen, scheiterte ebenfalls. Es widersteht allen mechanischen Einwirkungsversuchen. Welche Geräte auch immer zum Einsatz gelangen, in der Oberfläche des Artefakts entstehen nicht einmal Kratzer. Selbst energetische Schneider sind nutzlos, denn ihre Energie wird absorbiert. Das gilt auch für die Sondierungsimpulse unserer Geräte: Sie reichen nur eins Komma vier Millimeter tief, bevor sie einfach verschwinden. Die Temperatur des Objekts beträgt exakt eins Komma zwei eins neun Grad, und dabei spielt es keine Rolle, wie warm oder kalt es in seiner Nähe ist oder wie viel Energie es absorbiert. Es entzieht seiner Umgebung Wärme, mit dem Ergebnis, dass sich in dem Tal ein Mikroklima gebildet hat; die Durchschnittstemperatur liegt dort um sieben Grad niedriger als in den angrenzenden Bereichen.«

Rahil betrachtete das Artefakt, hörte zu und fragte sich, warum der Instruktor ihm gegenüber auf Dinge hinwies, die er längst kannte. Waren es Redundanzen im Instruktionsprogramm? Wollte das Kuratorium ganz sicher sein, dass er alles verstand?

»Ist noch immer nicht bekannt, wofür das Artefakt die absorbierte Energie verwendet?«

Die Zeitstempel am unteren Rand des holografischen Fensters veränderten sich, als mehrere Einzelaufnahmen folgten, mal bei Tag, mal bei Nacht. Gelegentlich waren kleine Gestalten inmitten von Schnee, Eis und Felsen zu sehen, vermutlich Archäologen. Der schwarze Oktaeder blieb unverändert, bis ...

»Dies ist das letzte Bild«, sagte der Instruktor, und Rahil entnahm dem Zeitstempel, dass es sieben Monate alt war. Es zeigte steinigen Boden, der das Artefakt umgab, durchzogen von breiten Rissen. »Offenbar setzt das Objekt einen Teil der Energie dazu ein, den Boden zu bewegen.«

»Es gräbt sich aus«, sagte Rahil.

»Damit hat es vor sieben Monaten begonnen, ja.«

»Und heute?«

»Wir wissen es nicht, Exekutor. Unsere Sensoren und Drohnen senden keine Daten mehr. Der letzte Bericht der Archäologen liegt gut sechs Monate zurück und ist eine wirre Ansammlung von Worten, als hätte ihn jemand durch einen Scrambler geschickt. Danach haben wir nichts mehr von ihnen gehört.«

»Was ist mit unseren Augen im All, Satelliten und dergleichen?«

Der Mann hinter dem holografischen Bild zuckte die Schultern. »Der Bereich mit dem Artfakt im hohen Norden von Heraklon ist zu einem weißen Fleck geworden, der alle elektromagnetischen Impulse absorbiert. Wir können nicht beobachten, was in jenem Tal geschehen ist, aber wir wissen, dass dort noch immer etwas geschieht. Einige Einheimische, die aus der Eiswüste zurückgekehrt sind, berichten von ›verschwundenem Land‹. Vor einem Monat ist der Kontakt zu einer vom Diplomatischen Rat Heraklons finanzierten arktischen Station abgebrochen, die Ausgangspunkt für einige archäologische Expeditionen war. Sie befindet sich zweihundert Kilometer südlich des Tals im äußersten Norden des Nationalstaats Munraha.«

»Das Artefakt dehnt seinen Einflussbereich aus.« Rahil zögerte kurz. »Wann bin ich gestorben? Und wie viel habe ich herausgefunden?«

»Soweit wir wissen, sind Sie vor etwa zwei Monaten gestorben, und zwar bei dem Versuch, einen Bericht zu übermitteln. Leider wissen wir nicht, was Sie herausgefunden haben, Rahil Tennerit. Aber wir glauben, dass Sie so klug gewesen sind, Ihre Erinnerungen zu speichern, und deshalb schicken wir Sie nach Heraklon zurück.«

»Mit Exekutor-Privilegien«, sagte Rahil und dachte erneut: Ich kann mich über alles hinwegsetzen, über alle Regeln und Vorschriften.

Der Instruktor schien seine Gedanken zu erraten. Und vielleicht war das tatsächlich der Fall. Vielleicht verfügte das Instruktionsprogramm über eine Schnittstelle zu seinem bewussten Selbst. »Das haben Sie sich immer gewünscht, nicht wahr?«

»Ich habe mir oft ein direktes Eingreifen der Ägide gewünscht«, räumte Rahil ein. »Gelegenheit gab es genug. Wie jetzt auf Heraklon. Warum schicken wir nicht einfach einen Aufklärer in die Arktis des Planeten? Mit primärer Technik sollten wir alle Informationen bekommen können, die wir brauchen.«

»Sie wissen, dass das unmöglich ist. Wir würden die Hoheitsrechte des Diplomatischen Rates von Heraklon verletzen. Die Gefallenen Welten würden behaupten, dass wir gegen die Regeln verstoßen, die wir ihnen ›aufgezwungen‹ haben, und bei den Hohen Mächten hieße es vielleicht, dass wir nicht fähig sind, unsere eigenen Prinzipien zu achten.«

Wir würden auf beiden Seiten verlieren, dachte Rahil und

sagte: »Aber ein Exekutor eignet sich bestens als Sündenbock. Er trifft seine Entscheidungen in Eigenverantwortung, und wenn sie falsch sind, kann man ihm die Schuld geben.«

»Ganz so einfach ist es nicht.«

»Es ist nie ganz so einfach«, sagte Rahil. »Aber manchmal machen wir alles unnötig kompliziert.« Er seufzte leise. »Wissen wir inzwischen, ob es sich bei dem Artefakt um primäre Technik handelt?«

»Unsere Experten gehen davon aus.«

»Aber … auf einem Planeten?« Rahils Erinnerungen zeigten, dass er sich diese Frage auch vor der Aufzeichnung des Images gestellt hatte, aus dem jetzt sein Selbst bestand. Die Primären – die ersten Zivilisationen, die das junge Universum geboren hatte – trugen längst keine planetaren Fesseln mehr, denn Planeten waren zu empfindlich und zu kurzlebig. Sie schufen sich ihre eigenen Welten, in zeitlosen Raumfalten oder eingekapselten Dimensionen.

»Wir wissen aufgrund von geologischen Untersuchungen, dass es vor etwa zehn Millionen Jahren in der arktischen Region von Heraklon zu einer großen Explosion kam. Lange Zeit gingen wir von einem Meteoriteneinschlag aus und nahmen an, dass das Artefakt mit dem Meteoriten nach Heraklon kam. Dass es beim Impakt nicht vernichtet wurde, hielten wir für einen weiteren Hinweis darauf, dass es sich um primäre Technik handelt. Aber bevor unsere Sensoren ausfielen, als vor sieben Monaten die Aktivität des Artefakts begann, orteten sie eine temporale Signatur.«

Rahil spitzte die Ohren. Diese Information war neu.

»Inzwischen vermuten wir, dass das Artefakt von Heraklon eine Zeitreise hinter sich hat«, sagte der Instruktor. Er sprach noch immer sehr ruhig, ohne seinen Worten eine besondere

Betonung zu geben. »Die Explosion wurde nicht von einem Meteoriteneinschlag verursacht, sondern von temporaler Lateralenergie, bedingt durch die Masse des transferierten Objekts und die Länge der Reise. Nach den letzten Berechnungen unserer Experten gibt es eine hohe Wahrscheinlichkeit dafür, dass das Artefakt aus der Zukunft kommt.«

»Jemand hat es nach Heraklon geschickt.«

»Ja.«

»Wer? Und zu welchem Zweck?«

»Finden Sie es heraus«, sagte der Instrukteur. »Und verhindern Sie, dass das Artefakt in die falschen Hände gerät. Wenn es wirklich primäre Technik ist, wäre bei den Gefallenen Welten ein Technoschock zu befürchten, der ebenso verheerend sein könnte wie das *Ereignis* vor sechshundert Jahren.«

»Was sagen die Hohen Mächte dazu?«

»Nichts.«

»Nichts?«

»Sie schweigen.«

»Aber wenn es sich bei dem Artefakt wirklich um primäre Technik handelt, so müssten sie doch davon wissen, oder? Ich meine, die Hohen kennen sich doch untereinander?«

Der Instruktor schwieg. Offenbar konnte er mit dieser Frage nichts anfangen.

Rahil sprach einen weiteren Gedanken aus. »Warum ich allein? Wäre es nicht besser, eine Einsatzgruppe zu schicken?«

»Missionare der Ägide sind unterwegs, und einige von ihnen dürften Heraklon inzwischen erreicht haben. Sie werden sich beim Konsulat in Munraha melden, der vereinbarten Kontaktstelle. Dort erfahren Sie Einzelheiten und erhalten Gelegenheit, auf die Hilfe der Missionare zurückzugreifen. Sie sind der einzige Exekutor, Rahil Tennerit.«

»Munraha …«, murmelte Rahil.

»Die arktische Region, in der sich das Artefakt befindet, gehört zum Territorium dieses Nationalstaats. Sammaccan wird Ihnen helfen. Männer gelten in Munraha nicht viel, aber er ist Sohn der Ersten Mutter und kann sich daher in Munraha frei bewegen. Das ist wichtig. Außerdem zählt er zu den Anführern einer Untergrundbewegung, die sich die Befreiung des munrahanischen Mannes zum Ziel gesetzt hat. Mit anderen Worten: Er verfügt über zusätzliche Ressourcen, die sich als nützlich erweisen könnten.«

Rahil gewann erneut den Eindruck, dass die aktuelle Situation wichtige Unterschiede zu der aufwies, die ihm seine Erinnerungen präsentierten. »Warum sollten wir auf planetare Ressourcen solcher Art angewiesen sein? Wir sind die Ägide.«

Das Gesicht des Instruktors verfinsterte sich. »Auch auf Heraklon drohen Auseinandersetzungen zwischen den einzelnen Nationalstaaten. Alle wollen das Artefakt für sich, und alle befürchten, dass es ihnen weggenommen werden könnte.«

»Von einem der anderen Staaten. Oder von uns. Ich schätze, diese Befürchtungen sind nicht ganz unberechtigt.«

Der Instruktor beugte sich vor, und mit einem leisen Knistern strichen seine Hände über den blutroten Marmor. Einen Moment beobachtete Rahil sie fasziniert, denn das Geräusch erinnerte ihn an etwas. »Das Artefakt darf auf keinen Fall in die falschen Hände fallen«, betonte der grauhaarige Mann noch einmal. »Das müssen Sie unbedingt verhindern.«

»Ich nehme an, mit den falschen Händen sind alle Hände außer denen der Ägide gemeint, nicht wahr?«

Der Instruktor schwieg erneut.

»Ist das alles?«, fragte Rahil. Wieder huschte ein Flackern über die weißen Wände, und das Knistern, mit dem die Hände des Instruktors über den Tisch gestrichen waren, erklang erneut, obwohl sich die Hände nicht bewegten.

»Sammaccan wird Ihnen helfen, Exekutor. Wir haben ihn extra für diesen Zweck von Heraklon zur Station der Ägide bei Ganska gebracht. Er verließ den Planeten in der Hoffnung, von uns Waffen für den Freiheitskampf der Männer von Munraha zu bekommen, aber die können wir ihm natürlich nicht geben. Er ist jung und unerfahren …«

Und dumm und dreist, dachte Rahil, der aus dem Augenwinkel die Wände beobachtete und gleichzeitig dem leiser gewordenen Knistern lauschte. Hinter dem Instruktor verdunkelte sich ein Teil der weißen Wand. Umrisse bildeten sich.

»Vielleicht können wir ihn eines Tages zu einem Missionar ausbilden«, sagte der ältere Mann auf der anderen Seite des Schreibtischs. »Stellen Sie ihm in Aussicht, in die Dienste der Ägide treten zu können. Dann wird er …«

Der Instruktor runzelte die Stirn, stand auf, drehte sich halb um … und verschwand.

Aus den dunklen Linien in der weißen Wand hinter dem Schreibtisch wurde ein Fenster, durch das Rahil einen grauen Himmel sah.

Rahil erhob sich. »Programm Ende.«

Nichts geschah. Der Tisch aus blutrotem Marmor stand noch immer vor ihm, fest und massiv, wie damals im Arbeitszimmer seines Vaters, und er befürchtete plötzlich, dass Coltan Jaqiello Tennerit, obwohl seit vielen Jahren tot, den Platz des Instruktors hinter dem Schreibtisch einnehmen konnte: ein Gesicht wie aus Stein gehauen, dunkel und ernst, die Augen kalt, die Lippen unberührt von einem Lächeln. Er glaubte, seinen Blick zu spüren, aus den dunklen Tiefen der Vergangenheit, ein Blick so streng wie das Gesicht und scharf wie ein Messer. Als Knabe hatte er sich davon durchbohrt gefühlt, unfähig, auch nur das kleinste Geheimnis vor ihm zu verstecken. Wäre das aus mir geworden?, fragte er sich, während er zum Fenster sah und ahnte, welcher Anblick ihn dort unter dem grauen Himmel erwartete. Ein Mann, der niemals lächelt und dessen Wort über Leben und Tod entscheidet? Und Jazmine? Was wäre sie gewesen? Eine Frau ohne Herz und ohne einen Sinn für das Schöne? Es schien unmöglich zu sein. In seiner Erinnerung lachte sie immer. Oder *fast* immer. Er hatte versucht, sie so in seinem Gedächtnis zu bewahren: die Augen voller Glanz, im Gesicht ein inneres Licht, das selbst dort Farben schuf, wo sonst alles grau war.

»Schiff?«, fragte Rahil, doch es blieb still bis auf das leise Knistern. Plötzlich stellte er fest, dass er sich bewegte. Wie ein Gast im eigenen Körper beobachtete er die Schritte, die ihn auf die andere Seite des Schreibtischs brachten, der so rot war wie das von seinem Vater vergossene Blut. Er trat ans Fenster, legte die Hände auf den Sims und schaute auf die Stadt unter dem grauen Himmel mit den wenigen breiten Straßen und vielen schmalen Gassen.

»Programm beenden«, sagte er noch einmal, aber er fiel bereits, der Stadt und seinen Erinnerungen entgegen.

8

Jazmine sah aus dem Fenster, während Emily sprach. Regentropfen schlugen an die Scheiben, und einigen von ihnen folgte sie mit den Fingerspitzen auf ihrem Weg hinunter zum Sims. Rahil blickte an seiner Schwester vorbei zu den Schiffen, die am Kai auf höher werdenden Wellen schaukelten. Über ihnen baumelten die Greifarme der Kräne im Wind. Die wenigen Menschen, die bei diesem Wetter noch an den Anlegestellen unterwegs waren, gingen gebückt, die Kapuzen ihrer Regenjacken tief in die Stirn gezogen.

Niemand weiß, dass wir hier sind, dachte Rahil, und dieses Wissen brachte eine wohlige Wärme, fast wie die des Feuers, das hinter ihnen im Kamin brannte. Es ist unser kleines Geheimnis.

Seit einigen Wochen hatten sie viele kleine Geheimnisse mit Emily, ihrem neuen Kindermädchen.

»Hört nur den Wind«, sagte Jazmine, als Emily schwieg. »Wie er zischt und faucht.« Sie wich ein wenig von der Scheibe zurück und griff nach ihrem langen, pechschwarzen Zopf. Das machte sie immer, wenn sie nachdenklich war. »Ist das ein … Taifun?«

Emily lächelte, und dadurch schienen die Sommersprossen in ihrem Gesicht zu tanzen. Sie saß in einem Schaukelstuhl, der knarrte, wenn sie sich bewegte. »Es freut mich, dass du dich an das Wort erinnerst. Nein, Jazmine, das dort draußen ist kein Taifun. Taifune sind viel, viel stärker. Oder waren es.«

»Gibt es sie nicht mehr?«, fragte Jazmine.

»Ich weiß es nicht«, sagte Emily, und es klang fast traurig. »Ich bin lange nicht mehr auf der Erde gewesen.«

»So lange kann das nicht her sein«, sagte der elfjährige Rahil und gab seiner drei Jahre jüngeren Schwester einen Keks vom großen Teller auf dem Tisch. Emily hatte sie selbst gebacken. »Du bist noch jung.«

»Oh, ich bin viel älter, als du denkst, Rahil. Dort, wo ich herkomme …« Sie zögerte.

»Meinst du die Erde?«, fragte Jazmine und knabberte an dem Keks.

»Nein, du meinst die Ägide, nicht wahr?«, sagte Rahil.

Emily lächelte erneut und hob den Zeigefinger an die Lippen. »Pscht. Das ist unser Geheimnis, nicht wahr?«

Jazmine, zart und klein, mit dem langen schwarzen Zopf über ihrer linken Schulter, nickte und strahlte. Sie war genau im richtigen Alter für Geheimnisse.

Draußen fauchte der Wind, und Regen prasselte ans Fenster. Die Greifarme der Kräne bewegten sich wie die Tentakel monströser Geschöpfe. Weiter hinten, inmitten der von den Böen aufgewirbelten Gischt, pflügte ein Schiff durch die Wellen, die Segel längst eingeholt. Rahil beobachtete, wie es den Hafen erreichte und sich mit einer mühelosen Eleganz, die auf die Präsenz starker Maschinen hindeutete, dem Kai näherte. Dort standen mehrere Gestalten, unter ihnen eine, die weder von Caina noch den anderen Welten des Dutzends stammte. Es war ein Insektoide, sehr groß, mit dreieckigem Kopf und langen Knochenfingern, die aus den Ärmeln des Regenmantels ragten. Ein Ascar, jemand aus dem Volk der Jäger, das aus dem galaktischen Kern stammte. Ein Ascar aus der Volksgruppe der Pacana, nach den Zeichen an Mantel und Kopf zu urteilen. Emily hatte ihnen Bilder gezeigt und vom Eisschrein in der arktischen Enklave von Caina erzählt, einem großen Heiligtum für alle Ascar. Was machte er hier, in der Begleitung jener Menschen?, fragte sich Rahil.

Während er den Insektoiden noch beobachtete, drehte sich die große Gestalt um, und plötzlich fühlte sich Rahil von dunklen Facettenaugen angestarrt. Mit einem kurzen Schaudern wandte er sich vom Fenster ab.

»Was weht dort draußen?«, fragte Emily.

»Wind«, sagte Jazmine mit vollem Mund.

»Ein Sturm«, sagte Rahil.

»Da habt ihr beide recht.« Emily nickte zufrieden, und Rahils Blick ging kurz zu den Händen, die in ihrem Schoß ruhten. Sie waren schmal und klein, fast wie die eines Kindes. Er mochte es, wenn sie ihm eine dieser Hände auf den Kopf oder die Schulter legte. Seine Mutter machte das nie, und die Hand seines Vaters fühlte sich anders an, kalt und hart. »Und wie nennen die Leute hier einen richtig heftigen Sturm?«

Rahil wusste, dass sie damit die Bewohner der Stadt Meemken und ganz Cainas meinte. *Die Leute hier.* Konnte man damit die Menschen einer ganzen Welt meinen? Es waren viele, aber es klang nach wenig, nach Provinz und Bedeutungslosigkeit.

»Nordostpassat«, sagte Jazmine und freute sich, dass sie die Antwort wusste.

»Obwohl der Wind aus dem Norden kommt und nicht aus Nordosten.« Der Schaukelstuhl knarrte, als sich Emily zur Seite beugte und ebenfalls einen Keks nahm. Sie betrachtete ihn kurz, biss dann ein Stück von ihm ab. »Die Siedler, die vor viertausend Jahren hierherkamen, brachten den Namen von der Erde mit. Im Lauf der Generationen verlor er seine ursprüngliche Bedeutung und wurde zu einem Synonym für ›Wind‹ oder ›Sturm‹.«

»Viertausend Jahre«, wiederholte Jazmine. »Das sind viele Jahre.«

»Sehr viele«, sagte Emily.

»Bist du so alt?«

Emily lachte. Rahil hörte sie gern lachen. »Nein, nicht ganz, Jazmine. Nicht annähernd.«

Rahil wusste inzwischen, was »Synonym« bedeutete. Die Erklärung für das Wort hatte er in einem der alten Bücher in der Bibliothek seines Vaters gefunden. »Ein Taifun ist ein sehr heftiger Sturm.«

»Die Taifune auf der Erde waren manchmal so stark, dass der Wind ganze Gebäude wegblies«, sagte Emily.

Jazmine hörte auf zu kauen und sah wieder aus dem Fenster. »Kann das auch hier passieren?«

»Nein, hier nicht, Jazmine. Keine Angst.« Emily beugte sich vor, und der Schaukelstuhl knarrte erneut. »Möchtet ihr wissen, wie man die Stürme auf der Erde nannte? Soll ich euch ihre Namen nennen?«

Jazmine nickte aufgeregt, als wären Namen allein schon ein halbes Abenteuer.

»Man nannte sie Orkan oder Hurrikan, Schirokko und Gibli, Leste, Harmattan, Samun, Chamsin, Tramontana, Sarma, Pampero und Joran.«

»So viele Namen für Sturm«, staunte Jazmine und sah aus dem Fenster. »Und bei uns heißt der Wind nur Passat, wenn er besonders stark ist. Warum haben wir nur diesen einen Namen und nicht so viele wie auf der Erde?«

»Weil wir die anderen vergessen haben«, sagte Rahil. »Weil unsere Vorfahren sie vergessen haben.«

Emily musterte ihn. »Das stimmt, Rahil. Du bist ein aufmerksamer Zuhörer. Ja, eure Vorfahren haben die Namen vergessen. Und auch vieles andere.«

»Wie sieht es auf der Erde aus?«, fragte er.

»Sie wurde damals verwüstet, vor sechshundert Jahren«, antwortete Emily und sprach etwas leiser als vorher. Das Prasseln des Regens schien bestrebt zu sein, ihre Stimme zu übertönen. »Dort sieht es schlimm aus, noch schlimmer als hier.«

»Sieht es bei uns schlimm aus?«, fragte Rahil. Er fand, dass alles normal aussah, abgesehen von den Tagen, an denen es Vulkanasche regnete, und an den Tagen danach, wenn der Müll in den Straßen liegen blieb, weil die Transporter in der Asche stecken blieben oder ihre Motoren versagten.

»Ich will nicht von Dingen reden, die schlimm aussehen!«,

rief Jazmine plötzlich und hielt ihren Zopf mit beiden Händen. »Ich will Dinge sehen, die schön sind! Hast du den Würfel mitgebracht?« Ihre Augen wurden groß, und sie strahlte wieder, als sie Emily schmunzeln sah. »Du *hast* ihn mitgebracht!«

»Wie hätte ich ihn vergessen können, mein Schatz?«, sagte Emily. »Ich weiß doch, wie sehr er euch beiden gefällt.« Sie griff in eine Tasche ihres langen Kleids, das kein gewöhnliches Kleid war – es konnte sich verändern und zu einem anderen Kleidungsstück werden; das wusste Rahil, weil er Emily im Familienhaus mehrmals heimlich beobachtet hatte –, und holte einen Würfel hervor, dessen Flächen bereits »lebendig« geworden waren, wie Jazmine es nannte. Bilder leuchteten dort, darin Gestalten und Dinge, die sich bewegten, die darauf warteten, größer und zu *Geschichten* zu werden.

Draußen wurde es dunkler, und Cambronnes bunte Bänder blieben hinter den tief hängenden graubraunen Wolken verborgen. Wind zischte, Regentropfen prasselten an die Fensterscheiben, und im Kamin züngelten Flammen über knisternden Scheiten. Dies war erst ihr zweiter Besuch in der kleinen Wohnung über dem Lagerhaus am Hafen, aber Rahil erschien alles auf eine sehr angenehme Weise vertraut. Er ertappte sich dabei zu bedauern, dass sie bald zum Familienhaus auf dem Hügel zurückkehren mussten, hinter die hohen Mauern, die das Anwesen von der Stadt trennten.

»Rahil?« Jazmine hielt ihm den Würfel entgegen. »Ich habe ihn das letzte Mal gehalten. Diesmal bist du dran.«

Für einen Moment war er versucht, den Würfel mit den wartenden, lockenden Bildern entgegenzunehmen. Aber er wusste genau, wie sehr er Jazmine gefiel und wie gern sie ihn in den Händen hielt.

»Das nächste Mal«, sagte er. »Das nächste Mal nehme ich ihn.«

Jazmines glückliches Lächeln bedeutete ihm viel, aber noch wichtiger war die zufriedene Anerkennung, die in Emilys Gesicht erschien. Fingerkuppen, die eben noch am Fenster den Regentropfen gefolgt waren, strichen über die Seiten des Würfels, und mit einem Knistern wuchsen Bilder, wurden größer als der Tisch und ragten fast bis zur Decke hoch. Eine Stadt erschien, nicht klein und schmutzig wie Meemken, sondern groß und glänzend, bestehend aus Türmen, zwischen denen sich Brücken spannten; sie waren so hoch, dass sie Wolken weiß wie Schnee durchstießen. Flugzeuge ohne Flügel schwebten zwischen ihnen, nicht einige wenige, wie sie manchmal über Meemken erschienen, wenn die Himmelsgezeiten günstig waren und andere Welten des Dutzends in die Nähe von Caina brachten, sondern viele, so viele, dass sich Rahil fragte, wie sie es schafften, Kollisionen zu vermeiden.

»Das ist Ganska im Nevarezz-System«, sagte Emily. »Es gehört zur Bruch-Gemeinschaft, von der ich euch erzählt habe.«

Jazmine löste eine Hand vom immer noch leise knisternden Würfel und ließ sie durch die Stadt gleiten. »Dort bekommt jeder, was er will?«

»Dort bekommt jeder *fast alles*, was er will«, sagte Emily. »Ganska ist eine Hightech-Welt. Wisst ihr noch, was das bedeutet?«

Rahil öffnete den Mund, aber seine Schwester kam ihm zuvor. »Die ganze Welt ist eine Maschine.«

»Beinahe«, sagte Emily und stand auf. Nicht zum ersten Mal staunte Rahil darüber, wie sie sich bewegte, mit sicherer, fließender Eleganz, als hätte sie Knochen aus Gummi in ihrem geschmeidigen Leib. Konnte sie wirklich so alt sein, wie sie behauptete? Die Alten in der Stadt und selbst im Familienhaus bewegten sich anders, einige von ihnen mit Stöcken oder anderen Gehhilfen, der Rücken wie unter einem schweren Gewicht gebeugt. »Im Innern von Ganska und der anderen Hightech-Welten gibt es einen großen Maschinenkern, bestehend aus vielen ... Fabriken, die alles herstellen, was die Menschen brauchen. Und sie stellen all diese Dinge ganz allein her, ohne dass menschliche Arbeit erforderlich ist.«

»Das hast du uns schon einmal erzählt, und ich habe es nicht verstanden«, warf Rahil ein. »Wenn niemand in all den unterirdischen Fabriken arbeitet ... Wie verdienen die Bewohner von Ganska dann ihr Geld? Wie bezahlen sie, was sie kaufen möchten?«

»Auf Ganska gibt es keine Geldwirtschaft mehr.« Emily legte ein Scheit ins Feuer und streckte die Hände kurz den Flammen entgegen. Dann drehte sie sich um. »Die Fabriken gehören allen, nicht einigen wenigen. Und sie produzieren genug für alle. Jeder bekommt, was er braucht.«

»Auch solche Würfel?«, fragte Jazmine. »Kann man sich auf Ganska jeden Tag einen neuen Würfel nehmen?«

»Das ist gar nicht nötig, Schatz. Jeder dieser Würfel enthält mehr Bilder, als du dir jemals ansehen kannst. Einer genügt für ein ganzes Leben.«

»Und wenn man doch einen neuen Würfel möchte?«

»Dann bekommt man einen. Es gibt genug davon. Es gibt von allem genug.«

Das Knistern wiederholte sich, als Jazmine eine andere Seite des Würfels berührte. Die Stadt mit den vielen glänzenden Türmen verschwand, und ein Wald nahm ihren Platz ein, mit Bäumen wie graubraune Säulen, ihre Wipfel ein grünes Dach, durch das hier und dort Sonnenstrahlen fielen. Ihr Licht glitzerte auf den Flügeln großer Schmetterlinge, die zwischen den Bäumen tanzten. Jazmine streckte staunend die freie Hand nach ihnen aus.

»Wenn die Fabriken so viel herstellen, ohne dass jemand in ihnen arbeitet, und wenn genug für alle da ist und niemand bezahlen muss ...«, sagte Rahil, dem es noch immer schwerfiel, sich so etwas vorzustellen. »Warum bringt man solche Maschinen nicht hierher, damit auch bei uns alle bekommen, was sie möchten?«

Ein Schatten fiel auf Emilys Gesicht, obwohl sie noch immer am Kamin stand, vor dem Feuer. »Wenn wir sie hierherbrächten ...«, sagte sie, und Rahil bemerkte, dass sie *wir* sagte. »Wer würde sie kontrollieren? Wer würde die Dinge, die sie produzieren, verteilen, wie und an wen?«

»Aber wenn genug für alle da wäre ...«, sagte Rahil.

»Ist auch genug Macht für alle da?«, erwiderte Emily. Als Rahil verwirrt schwieg, fuhr sie fort: »Gibt es in eurer Schule jemanden, der andere schikaniert und ihnen seinen Willen aufzwingt?«

Jazmine und Rahil sahen sich an. »Mowder«, sagten sie wie aus einem Mund.

»Mowder?«, wiederholte Emily.

»Er ist *grässlich*!«, stieß Jazmine hervor. Für einen Moment vergaß sie den Wald mit den Schmetterlingen und schnitt eine finstere Miene. »Er haut und zwickt und zieht an den Haaren. Uns lässt er in Ruhe, seit Ruben mit seinem Vater gesprochen hat, aber die anderen kriegen es immer wieder mit ihm zu tun. Manchmal hetzt er Herrn Kruzz auf sie.«

»Herr Kruzz?«, fragte Emily.

Jazmine rollte mit den Augen. »So heißt seine Ratte. Er hat eine abgerichtete Flussratte. Sie macht alles, was er ihr sagt. Sie *beißt*, wenn er will, und sie ... stiehlt Sachen für ihn.«

»Eine Flussratte«, sagte Emily nachdenklich und setzte sich wieder in den Schaukelstuhl.

»Ja. Sie ist genauso böse wie er.«

»Stellt euch vor ...« Emily sah kurz zum Fenster, als hielten Regen und Wind die richtigen Worte für sie parat. »Stellt euch vor, Ruben hätte nicht mit Mowders Vater gesprochen. Was wäre dann geschehen?«

»Dann würde er auch uns ärgern!«, antwortete Jazmine sofort. Den Wald und die Schmetterlinge aus dem knisternden Würfel hatte sie vorübergehend vergessen.

»Ich nehme an, die Lehrer bestrafen ihn, wenn er und Herr Kruzz Unfug anrichten, nicht wahr?«

»Ja, wenn sie ihn dabei erwischen.«

»Stellt euch vor, sie würden ihn nicht bestrafen, weil sie Angst vor ihm haben.«

»Warum sollten die Lehrer vor Mowder Angst haben?«, fragte Jazmine verwundert.

Rahil hörte zu und beobachtete.

»Wenn er etwas hat, das ihm Macht über sie gibt?«, erwiderte Emily. »Etwas, durch das er auch Macht über eure Eltern hat. Über alle. Stellt euch vor, niemand könnte Mowder an seinen bösen Streichen hindern oder ihn bestrafen. Wie wäre das?«

Jazmine brauchte nicht lange zu überlegen. »Es wäre *schrecklich*. Ich würde nicht mehr zur Schule gehen.«

Rahil glaubte zu verstehen. »Hast du das eben mit der Frage gemeint, ob genug Macht für alle da ist?«

Wieder erschien ein anerkennendes Lächeln auf Emilys Lippen. »Ja, Rahil, das hast du gut erkannt. Du hast einen sehr intelligenten Bruder, Jazmine.«

»Er ist auch drei Jahre älter als ich.«

»Die Maschinen, die alles produzieren ... Stellt euch vor, wir brächten sie hierher und sie gerieten in die Hände eines Menschen, der wie euer Mowder ist. Der nur an sich denkt und sich dumme Späße mit allen anderen erlaubt.«

»Der den anderen nicht gibt, was sie brauchen?«

»Ja, Rahil. Stellt euch die Maschinen in der Hand eines erwachsenen Mowder vor, der mit ihnen die Geschicke der ganzen Welt bestimmen kann, ohne dass ihm jemand Einhalt gebietet oder er Strafe befürchten muss.«

Rahil versuchte es sich vorzustellen. »Es wäre schlimm.«

»Das ist der Grund«, sagte Emily langsam. »Deshalb bringen wir die Maschinen nicht hierher. Wir bringen nichts hierher, das jemandem zu viel Macht geben könnte. Weil wir vermeiden möchten, dass ein Mowder mit der ganzen Welt machen kann, was er will.«

»Du hast keine Maschinen mitgebracht, aber das hier.« Jazmine hob den Würfel. »Damit bekommt niemand zu viel Macht.«

»Glaubst du, Schatz?«, erwiderte Emily sanft. »Der Würfel enthält Geschichten, und Geschichten können viel verändern, hier drin.« Sie klopfte sich mit dem Zeigefinger an die Schläfe.

Der Wind ließ nach, und das laute Prasseln der Regentropfen am Fenster hörte auf. Plötzlich herrschte Stille im Zimmer, untermalt von einem leisen, zweistimmigen Knistern, das vom Feuer im Kamin und dem Würfel in Jazmines Händen kam.

Ein Knarren gesellte sich ihm hinzu, aber es stammte nicht vom Schaukelstuhl.

Für einen Moment regte sich niemand von ihnen, und Jazmines Hand erstarrte mitten in einem Schmetterlingsschwarm. Sie richtete einen erschrockenen Blick auf Emily, die den Zeigefinger an die Lippen hob.

Rahil blieb still, obwohl er am liebsten gesagt hätte: Dies ist ein Geheimnis; niemand weiß, dass wir hier sind.

Das Knarren wiederholte sich – es stammte von einer Stufe der Holztreppe, da war Rahil sicher –, und dann klopfte es an der Tür.

Mach nicht auf!, wollte er rufen. Lass uns hier sitzen bleiben, ganz still, ohne einen Laut, und so tun, als wäre niemand da. Aber Emily stand auf, und eine seltsame Resignation zeigte sich in ihrem Gesicht. Sie sah erst Jazmine an und dann Rahil, streckte langsam die Hände nach ihnen aus, als wollte sie sie umarmen, und hauchte: »Es tut mir leid.«

»Machen Sie auf«, ertönte draußen eine Stimme. »Wir wissen, dass Sie da sind.«

»Das ist Ruben!«, entfuhr es Jazmine.

Emily öffnete die Tür, und zwei Männer kamen herein: der eine dürr und so groß, dass er sich bücken musste, um nicht mit dem Kopf gegen den Türsturz zu stoßen, der andere kleiner und breiter, mit einem runden Gesicht. Sie trugen dunkle Kleidung mit dem Familienwappen, das die alte Zitadelle von Dymke zeigte, mit den sieben Säulen der Tennerits. Der kleinere, muskulöse Mann blieb neben der Tür stehen, und der Dürre trat mit einigen langen Schritten in die Mitte des Zimmers.

»Ich bringe euch zurück«, sagte Ruben zu Jazmine und Rahil. Er fragte nicht, ob sie mitkommen wollten, und Rahil und seine Schwester dachten nicht einmal daran, ihm zu widersprechen.

Jazmine strich mit dem Daumen über eine Fläche des Würfels, und das Bild des Waldes und der Schmetterlinge verschwand. Sie wollte den Würfel Emily zurückgeben, aber die schüttelte den Kopf.

»Nein, behalt ihn«, sagte Emily. »Und denk daran: ›Halb gesprochen und halb gesungen ...‹«

Hat es nur tönern und hohl geklungen, vervollständigte Rahil in Gedanken den Satz. Es waren die ersten Worte eines alten

91

Gedichts, das Emily oft gesungen hatte, und sie sanken noch tiefer in Rahils Gedächtnis, wie eine Botschaft, die nicht vergessen werden durfte.

»Darel wird sich um Sie kümmern.« Ruben sprach ruhig und fast ohne Betonung, aber in seiner Stimme lag die Härte von Stahl. Es wunderte Rahil nicht, dass Mowder Jazmine und ihn in Ruhe gelassen hatte, nachdem Ruben bei Mowders Vater gewesen war. »Sie werden keinen Widerstand leisten.«

»Glauben Sie?«, erwiderte Emily, und für einen Moment bemerkte Rahil in ihrem Gesicht einen Hauch von Trotz.

»Ja, das glaube ich.«

»Ich genieße Immunität.«

»Immunität?«, wiederholte Ruben mit kaltem Spott. »Ein Kindermädchen? Offizielle Missionare der Ägide genießen Immunität, aber keine Kindermädchen. Nicht bei uns, *Emily*. Darel?«

Der kleinere, breitschultrige Mann trat näher.

»Schaff sie weg«, sagte Ruben leise und führte Rahil und Jazmine zur Tür. Dort zog er Jazmine den Würfel aus der Hand. »Das nehme ich …«

»Aber …«

»Kommt, euer Vater wartet auf euch.«

Rahil warf Emily einen letzten Blick zu, und er spürte, dass es kein gewöhnlicher Abschied war. Etwas zerriss hier, etwas, das er nicht festhalten konnte, und es machte ihn sehr traurig.

»Emily hat nichts getan«, sagte er, als sie die Treppe hinuntergingen.

»Euer Vater meint es gut mit euch«, erwiderte Ruben. »Wartet, bis ihr größer werdet. Dann versteht ihr alles.«

Rahil griff nach der Hand seiner Schwester. Er hatte das Gefühl, in den letzten Minuten etwas größer geworden zu sein. Er begann zu verstehen, und was er verstand, gefiel ihm nicht.

Später am Abend, nach dem Essen, bei dem kaum jemand ein Wort gesprochen hatte, betrat Rahil voller dunkler Ahnungen das Arbeitszimmer seines Vaters. Dort erwartete ihn eine seltsame Szene. Der Würfel, den Ruben Jazmine weggenommen hatte, lag auf dem roten Schreibtisch, und dahinter saß Coltan Jaqiello Tennerit, umgeben von den Anlagen einer Orbitalstation, die größer war als die größten Städte von Caina. Eine seltsame Sehnsucht lag in seinem Gesicht, fast wie Hunger, und verschwand so schnell, dass Rahil nicht ganz sicher war, sie wirklich gesehen zu haben.

»Du wolltest mich sprechen, Vater?«

»Ja«, sagte der Mann am Tisch. »Komm. Komm zu mir.«

»Das ist Jazmines Würfel«, sagte Rahil, als er sich dem roten Schreibtisch näherte. »Emily hat ihn ihr geschenkt.«

Coltan Tennerit warf einen letzten Blick auf die Orbitalstation, von der sich gerade ein großes, aus vielen unterschiedlichen Segmenten bestehendes Raumschiff entfernte, und berührte den Würfel. Das von ihm geschaffene Bild verschwand.

»Er stammt von der Ägide«, sagte Rahils Vater. »Ihr wisst, was ich von solchen Dingen halte.«

»Du sammelst Dinge von der Ägide.« Rahil hörte den Zorn in seiner Stimme und staunte darüber. »Ich habe sie selbst gesehen. Sie liegen drüben im Nebenhaus, in dem Raum, zu dem außer dir nur Ruben Zutritt hat.«

Coltan stand langsam auf, seine grauen Augen kalt wie immer oder vielleicht noch etwas kälter. Er war schlank und ein ganzes Stück kleiner als Ruben, aber größer als Darel. Wie so oft trug er einen dunklen Anzug, der an eine Uniform erinnerte, mit silbernen Spangen an den Schultern. »Woher weißt du das?«

»Vor ein paar Tagen bin ich Ruben gefolgt, heimlich«, sagte Rahil. Es klang fast herausfordernd. »Ich habe ihn beobachtet.«

»Hat dich Emily auf diese Idee gebracht?«

In der Stimme seines Vaters hörte Rahil plötzlich eine Schärfe, die ihm Angst machte, und er schüttelte schnell den Kopf. Auf keinen Fall wollte er Emily zusätzliche Probleme bereiten; sie steckte schon in genug Schwierigkeiten.

»Es sind Studienobjekte«, sagte Coltan langsam und kam hinter dem Tisch hervor. »Wie auch dieser Würfel. Die Techniker und Wissenschaftler der Familie werden alles genau untersuchen. Die Ägide, Rahil. Darüber wollte ich mit dir reden. Ich weiß nicht, was Emily euch erzählt hat, aber *ich* sage dir dies: Die Ägide ist schlecht für uns. Sie versucht, uns zu beeinflussen, uns ihren Willen aufzuzwingen, und manchmal benutzt sie dabei solche Geräte.« Er zeigte auf den Würfel, dessen Flächen kleine Bilder zeigten, die darauf warteten, vergrößert zu werden und Geschichten zu erzählen.

Rahil schwieg. Es gab viel, das er hätte sagen können, und der Zorn in ihm *wollte,* dass er es sagte. Aber die Vernunft warnte davor und setzte sich durch.

»Komm, mein Junge, ich möchte dir etwas zeigen.«

Rahil ließ sich von seinem Vater zum Fenster auf der anderen Seite des Zimmers führen. Coltan öffnete es, und kühle Luft wehte herein. Es hatte aufgehört zu regnen, und nur noch einige wenige Wolken zogen über den Abendhimmel, an dem der Gasriese Cambronne seine bunten Bänder zeigte. Vier der anderen Monde waren zu sehen, groß wie Planeten. Unter dem Riesen am Himmel lag die Stadt Meemken, wie eingezwängt zwischen dem Meer auf der einen Seite und den Bergen auf der anderen. Es brannten nicht viele Lichter in der Stadt – nicht annähernd so viele wie in den Städten, die Emilys Würfel Jazmine und Rahil gezeigt hatte –, aber Meemken wirkte friedlich nach dem Sturm am Nachmittag.

Rahil fühlte die Hand seines Vaters auf der Schulter, kalt und hart. Emilys Hand war immer sanft und warm gewesen.

»Dies ist unsere Stadt«, sagte Coltan Jaqiello Tennerit. »Dies ist unsere Welt. Regiert wird sie von den Räten und Komitees in Dymke, aber die Großen Familien bestimmen ihre Entscheidungen. Und unsere Familie wird bald nach Dymke zurückkehren. Vielleicht schon im kommenden Jahr. Dann werden die Tennerits wieder in der alten Zitadelle wohnen.«

Rahil erinnerte sich daran, was Emily über Recht und Gesetz erzählt hatte, aber er schwieg weiterhin.

Die auf seiner Schulter liegende Hand wurde schwerer.

»Ich arbeite daran, dort einen Platz für dich zu schaffen, Sohn, für dich und deine Schwester. Eines Tages werdet *ihr* die Geschicke der ganzen Welt bestimmen. Ich versuche, sie vor der Ägide zu schützen, damit *ihr* sie bekommt. Verstehst du, Junge?«

Rahil hörte die Worte und verstand, was sein Vater wollte. Und er verstand noch etwas mehr.

»Jazmine und ich, wir werden sie nicht wiedersehen, oder?«

»Wen meinst du?«

»Emily.«

»Nein, Sohn, ihr werdet sie nicht wiedersehen«, sagte Coltan Tennerit. »Sie ist ... von uns gegangen.«

Rahil hatte es geahnt. Als ihn Ruben aus dem kleinen Zimmer über dem Lagerhaus am Hafen geführt und er noch einmal zu ihr zurückgesehen hatte ... Eine Stimme tief in seinem Innern hatte ihm gesagt, dass er Emily zum letzten Mal sah. »Was meinst du mit ›von uns gegangen‹?«

»Ich habe sie zur Ägide zurückgeschickt«, sagte Coltan glatt. »Es ist besser so, glaub mir, Sohn. Eines Tages, wenn du meinen Platz einnimmst, wirst du dankbar sein.«

Rahil sah aus dem Fenster und zu den Sternen, die Cambronne am dunklen Himmel umgaben. Eines Tages verlasse ich diesen Ort, dachte er. Eines Tages werde ich bei euch sein.

9

Etwas brannte in Rahil, und gleichzeitig fröstelte er, denn ihm war kalt, in Herz und Seele.

»Ich habe sie nie wiedergesehen«, murmelte er, noch immer halb in den Bildern der Vergangenheit gefangen.

»Exekutor?«, ertönte eine Stimme aus der Welt jenseits seiner Gedanken und Erinnerungen. »Exekutor Rahil Tennerit? Hören Sie mich? Es ist dringend erforderlich, dass Sie eine Entscheidung treffen. Der Disruptor hat uns fast erreicht.«

Der Disruptor? Aber ihnen blieben doch fünfeinhalb Stunden, bis er auf kritische Distanz herankam, und das Gespräch mit dem Instruktor des Instruktionsprogramms konnte nicht mehr als einige objektive Sekunden gedauert haben.

Die Stimme erklang erneut. »Bitte lassen Sie das, Sammaccan. Die Rüstung nützt Ihnen überhaupt nichts.«

Rahil öffnete die Augen und stellte fest, dass er in einem Sessel lag, dessen Polster ihn wie eine sanfte Hand umfassten. Zwei Meter entfernt im Instrumentenraum des Shifters stand Sammaccan in Gestalt des jungen, zierlich gebauten Mannes und schien zu versuchen, in die Rüstung zu schlüpfen, die in seinen Händen nicht wie Kleidung aussah, sondern wie ein großer rosaroter Hautlappen.

Rahil sah an sich herab. Er war nackt – nicht nur Herz und

Seele froren nach dem Blick in die Vergangenheit, auch der Körper.

Sammaccan steckte beide Hände in die Rüstung, aus deren Kapillaren klare Nährflüssigkeit tropfte. Der Maint-Avatar neben ihm schüttelte den fast haarlosen Kopf. »Sie können mit dem Empirion nichts anfangen. Es ist auf Körper und Geist des Exekutors abgestimmt.«

»Was ... macht er hier?«, brachte Rahil hervor. Er spürte die Aktivität der Femtomaschinen, aber der neue Körper blieb schwach, wie nach einer großen Anstrengung.

»Ich habe ihn hierhergeholt.« Der Avatar näherte sich dem Sessel. »Leider fehlt mir die physische Komponente, Exekutor. Ich brauchte seine Hände.«

»Um mir die Rüstung auszuziehen?«

»Ja, Exekutor. Ich sah keine andere Möglichkeit, Sie zu wecken. Sie befanden sich in einem komaartigen Zustand, und ich vermute, dass die Rüstung dafür verantwortlich ist. Mit dem in ihr abgelegten Instruktionsprogramm scheint etwas nicht zu stimmen.«

Oder mit *mir* stimmt etwas nicht, dachte Rahil besorgt. War es dem Feind in der Station bei Ganska gelungen, den Uterus zu beschädigen, der ihn geschaffen hatte? Oder war das Image fehlerhaft?

»Es sind mehr als fünf Stunden vergangen«, fügte der Avatar hinzu. »Der Disruptor hat uns fast erreicht.«

Rahil setzte sich auf, und die Polster des Sessels folgten seinen Bewegungen. »Visuell«, sagte er, und die Wände des Instrumentenraums verwandelten sich in Projektionsfenster. Das goldene Leuchten des M-Raums strömte in den Raum. Kosmische Fullerene zogen dort draußen ihre Bahn, bestehend aus jeweils sechzig Universen, und zwischen ihnen glänzten drei Linien, dünner als ein Haar. Die rote kennzeichnete den Kurs, den das Kickout der Leskovar dem Shifter gegeben hatte, die grüne den Weg des Verfolgers, der noch immer ein dunkler Fleck mit beinartigen Fortsätzen war, ein Käfer im M-Raum, weit entfernt. Das Blau der dritten Linie trug den Disruptor: ein durch das goldene Glühen fliegender Pfeil, der auf den Shifter zielte.

»Uns stehen drei Zielorte für die kontrollierte Unterbrechung des Transits zur Verfügung«, sagte die Maint. »Bousqute, Kedra und Tavalis. Wir müssen uns schnell entscheiden, innerhalb weniger Minuten.«

Rahil versuchte sich an die Bedeutung dieser drei Namen zu erinnern, aber es fiel ihm schwer, einen klaren Gedanken zu fassen. Die Schwäche des Körpers lähmte das Gehirn, doch nicht genug, um die wachsende Sehnsucht nach einer komplexen Melodie daraus zu vertreiben.

Er stand auf, nackt und frierend, und machte ein, zwei unsichere Schritte in Richtung des Polymorphen. »Geben Sie mir die Rüstung.«

Sammaccan sagte etwas, das für Rahil keinen Sinn gab – er hörte nur einige knurrende und zischende Laute. Er spricht kein Stellar, erinnerte er sich.

»Ich rate Ihnen davon ab, erneut die Rüstung zu benutzen, Exekutor«, sagte der Maint-Avatar. »Wenn sie defekt ist ...«

»Ich habe sie untersucht«, erwiderte Rahil. »Ihre Systeme funktionieren einwandfrei. Vielleicht beschränkt sich der Defekt auf das Instruktionsprogramm.« Er brauchte die Rüstung, begriff er im Nebel seiner Benommenheit. Er brauchte ihre neuronale Stimulation, die ruhige Entschlossenheit, die sie ihm schenkte. Er brauchte ihre Kommunikationssysteme. Und er brauchte sie, weil sie sein Verlangen nach dem Lied der Kosmischen Enzyklopädie dämpfte.

Sammaccan hantierte noch immer mit dem Empirion, dessen zerebrale Schaltkreise dadurch weitere Nährflüssigkeit verloren. Als der nackte Rahil noch näher kam, drehte er sich halb um und zischte etwas.

So langsam und unkoordiniert Rahils Gedanken auch waren: Ihm wurde plötzlich klar, dass Sammaccan gar nicht versuchte, die Rüstung überzustreifen, was ihm auch kaum etwas genützt hätte, da die Interface-Systeme auf Rahils DNS programmiert waren. Er bemühte sich vielmehr, ihre Struktur zu erfassen, um sie seinem polymorphen Potenzial hinzuzufügen.

Rahil machte einen weiteren Schritt, riss dem jungen Mann die Rüstung aus der Hand und gab ihm einen Stoß, der ihn zur Wand taumeln ließ, einem sich langsam drehenden Fulleren entgegen, das dicht am Shifter vorbeischwebte.

Rahil begann sofort, die Rüstung überzustreifen, und als sie die ersten Verbindungen mit seinem Nervensystem herstellte, empfingen die Femtomaschinen in ihm die von den primären Systemen des Shifters stammenden Warnsignale. »Noch eine Minute bis zur kritischen Distanz«, sagte er und spürte, wie sich das Empirion seinem Körper anpasste, Schwäche und Benommenheit vertrieb.

»Die Entscheidung, Exekutor«, sagte der Maint-Avatar.

»Welches der drei Ziele bietet die besten Aussichten, den Flug nach Heraklon mit minimalem Zeitverlust fortzusetzen?«, fragte Rahil. Ein gedanklicher Befehl stattete das Instruktionsprogramm mit einer Sicherheitsschranke aus, die eine unbeabsichtigte Aktivierung des Programms verhindern sollte.

»Tavalis ist eine Welt der Bruch-Gemeinschaft, viereinhalbtausend Lichtjahre von Heraklon entfernt«, sagte die Maint. »In ihrer Nähe gibt es eine Polis der Hohen Mächte mit einem permanenten Kickout. Als Exekutor der Ägide könnten Sie ein Transitprivileg nutzen. Von Tavalis aus wäre es möglich, den Flug nach Heraklon in Minuszeit fortzusetzen.«

Rahil blickte über die Geräte und Apparaturen des Instrumentenraums hinweg ins goldene Leuchten und beobachtete den dunklen Pfeil des Disruptors. Er war noch nicht ganz auf Einsatzreichweite heran, aber seine Farbe veränderte sich.

»Die Annihilation hat begonnen«, sagte die Maint. »Der Disruptor verwandelt seine Masse in Energie. Die Schockwelle trifft uns in ... vierzig Sekunden. Exekutor?«

Rahil überlegte mit beschleunigten Gedanken. Normalerweise hätte er sich sofort für Tavalis entschieden, aber wenn der Verfolger wirklich ein Schiff der Hohen Mächte war, konnte er vielleicht dafür sorgen, dass die Polis ein Empfangskomitee schickte, wenn der Shifter bei ihr in den Normalraum zurückkehrte. Bousqute im Haroun-System lag direkt am Sagittariusbruch und gehörte zu den Gefallenen Welten. Auch von dort aus ließ sich Heraklon erreichen, allerdings nur über Umwege, und vielleicht wäre ihnen wegen der Nähe des Bruchs nichts anderes übrig geblieben, als einen Sprungvektor zu benutzen. Noch schlechter sah es mit Kedra aus, einer unabhängigen Welt abseits der zentralen Routen. Dort gab es vielleicht nicht einmal geeignete Sprungsektoren.

Lucrezia, dachte er plötzlich. Sie hatte vor zwanzig Jahren ihre Tätigkeit als Missionarin beendet und sich nach Kedra zurückgezogen, um dort ein Depot der Ägide zu verwalten. Seit damals hatte er nichts mehr von ihr gehört.

»Kedra«, sagte Rahil. »Bring uns nach Kedra.«

Der Avatar verschwand, das Schiff handelte.

Die Wände wurden undurchsichtig, sperrten den Glanz des M-Raums und das Gleißen des Disruptors aus, der seine Masse in Energie für eine Schockwelle verwandelte. Für ein oder zwei

Sekunden schien etwas an Rahil zu zerren – ein Gewicht hing an jeder einzelnen Körperzelle. Dann kam ein Grollen von den Variatoren im Heck, wie der Donner eines aufziehenden Gewitters, und das Zerren hörte auf.

»Wir haben den Transit unterbrochen«, verkündete die Maint.

»Statusanzeige«, sagte Rahil. »Und Tarnmodus.«

»Tarnmodus ist aktiviert, Exekutor. Passive Fahrt. Nächste notwendige Kurskorrektor in zehn Minuten. Keine aktiven Sondierungssignale.«

Ein holografischer Darstellungsbereich öffnete sich zwischen Rahil und Sammaccan, und darin loderte das sterbende Feuer eines roten Riesen. Der Polymorphe wich unwillkürlich einen Schritt zurück und hob wie zum Schutz beide Hände vors Gesicht.

»Das ist Otiz«, sagte Rahil. »Einst eine gelbe Sonne wie die von Heraklon. Doch dann ging ihr Brennstoff zur Neige, und sie blähte sich immer mehr auf. Die beiden inneren Planeten sind ihr schon zum Opfer gefallen, und der dritte hat sich vor langer Zeit in eine leblose Wüste verwandelt. Doch die Hitze, die alles Leben auf ihm verbrannte, schmolz vor etwa zehntausend Jahren den Schnee und die Gletscher des vierten Planeten, der bis dahin eine Eiswelt gewesen war, und zum Vorschein kamen die Träumenden Städte einer vor Jahrmillionen untergegangenen Zivilisation.«

Sammaccan sah ihn neugierig an; vielleicht erwartete er noch weitere Erklärungen von ihm, aber Rahil dachte an Lucrezia und fragte sich, ob sie in den vergangenen zwei Jahrzehnten mehr über die alten Städte herausgefunden hatte.

»Kein Verfolger in Sicht«, sagte die Maint. »Keine verdächtigen energetischen Aktivitäten.«

Otiz schrumpfte, und blinkende Punkte erschienen oberhalb der Ekliptik des Otiz-Systems. »Vier Schiffe im zwei Lichttage entfernten Sprungsektor. Keine Fraktale. Keine Anzeichen von Aktivität der Hohen Mächte.«

»Was nicht viel bedeutet«, murmelte Rahil. »Sie wissen sich gut zu tarnen, viel besser als wir. Gibt es irgendwelche Hinweise darauf, dass jemand unsere Ankunft bemerkt hat?«

»Nein, Exekutor. Soll ich uns beim hiesigen Depot der Ägide anmelden? Wir könnten die dortigen Kommunikationseinrichtungen nutzen und …«

»Nein«, sagte Rahil. Er hob die Hände, betätigte die virtuellen Kontrollen des Statusfensters und holte den vierten Planeten Kedra heran, eine Welt in Grau und Grün, darüber, wie ein silbernes Schmuckstück, das alte Habitat der *Ereignis*-Flüchtlinge. »Nein«, wiederholte Rahil nachdenklich. »Wir melden uns nicht an. Niemand soll wissen, dass wir hier sind, bis auf … Übermittle der Depotverwalterin eine Nachricht, aber so, dass sie nicht zu uns zurückverfolgt werden kann.«

»Wie lautet die Nachricht, Exekutor?«

Rahil erinnerte sich an die letzte Begegnung mit Lucrezia, vor zwanzig Jahren. Vor einundzwanzig Jahren, korrigierte er sich – das Image war ein Jahr alt. »Frag sie, ob sie inzwischen herausgefunden hat, wie viele Gedanken in einen Kopf passen und wie man ihre Größe misst.«

Und wie oft gewann die Lüge
Ihr betrügerisches Spiel,
Wann den Sinnen nur zur Gnüge
Ihre Larve wohlgefiel.

LUCREZIA

10

Dies ist ein stiller Ort«, sagte Lucrezia, als sie an den Gräbern vorbeischritt. Sie ging langsam, vielleicht wegen der geringen Schwerkraft, setzte vorsichtig einen Fuß vor den anderen. »Ein Ort der Ruhe und der Besinnung. Hier kann man gut nachdenken.«

»Hast du es inzwischen herausgefunden?«, fragte Rahil.

An einem besonders großen Grab blieb sie stehen. »Wie viele Gedanken in einen Kopf passen und wie man ihre Größe misst?«

Rahil bemerkte, dass sie bei diesen Worten nicht lächelte, obwohl angenehme Gedanken damit verbunden waren, sicher nicht nur für ihn, sondern auch für Lucrezia. »Ja«, sagte er. »Du hattest einundzwanzig Jahre Zeit.«

»Viel Zeit, um Antworten auf zwei dumm klingende Fragen zu finden, nicht wahr?«

»Sie sind nicht dumm.«

»Nein«, bestätigte Lucrezia. »Es sind keine dummen Fragen. Und einundzwanzig Jahre sind viel Zeit, ja, aber vielleicht nicht Zeit genug. Früher habe ich selten darüber nachgedacht, über die Zeit, doch die Gedanken daran beherrschen mich immer mehr. Wie viele Gedanken über die Zeit passen in einen Kopf?«

Sie standen nur einige Hundert Meter vom einen Ende des langen Habitatzylinders entfernt, mitten im Friedhof, dessen fast sechshundert Jahre alten Grabsteine an die *Ereignis*-Flüchtlinge erinnerten. Der knapp zehn Kilometer durchmessende und sechzig Kilometer lange Zylinder drehte sich langsam, und die Zentrifugalkraft vermittelte das Gefühl von Gewicht. Mit Grav-Generatoren war dieses Habitat nie ausgestattet gewesen, und ihre nachträgliche Installation hätte die strukturelle Integrität zu sehr belastet. Deshalb drehte sich der Zylinder immer noch, mit der gleichen Geschwindigkeit wie damals, als die Flüchtlinge aufgebrochen waren, um der Katastrophe zu entgehen.

Zehn Kilometer weiter oben bestand der Himmel zum größten Teil aus unterschiedlichen Landschaften: Wälder, Hügel, das silberne Band eines Flusses, einige Gebäude an seinen Ufern. Weiter rechts, tiefer im Innern des Zylinders, erstreckte sich ein Industriepark, natürlich nicht mit Schmieden ausgestattet. Die alten Anlagen waren längst stillgelegt – schon seit Jahrhunderten dienten sie als Museum. An manchen Stellen fanden Restrukturierungsarbeiten statt, und dort zeigten sich die alten Gerüste des Habitats, zwischen ihnen Dämmfelder, die vor Mikrometeoriten besser schützten als meterdickes Synthmetall. Es war eine künstliche Welt, und sie machte keinen Hehl daraus, eine zu sein.

Vor einundzwanzig Jahren hatte Lucrezia sie zu ihrer neuen Heimat gemacht. Den Grund dafür hatte Rahil damals nicht verstanden, und er war nicht sicher, ob er ihn jetzt verstand.

»Ich werde hier liegen, Rahil«, sagte Lucrezia. »In einigen wenigen Jahren werde ich den Flüchtlingen hier Gesellschaft leisten, für immer. Zumindest so lange, wie das Habitat existiert.«

Rahil musterte sie. Aus der grazilen, eleganten, ewig jungen Lucrezia, Tochter einer angesehenen Administratorenfamilie auf Ganska, war eine alte, leicht gebeugt gehende Frau geworden, mit einem Übergewicht von mindestens zwanzig Kilo. Ihr Haar war noch immer so dunkel wie damals, aber nicht mehr so lang, und es hatte seinen Glanz verloren.

Sie bemerkte seinen Blick. »Nein, ich bin nicht krank, Rahil. Eine Krankheit ließe sich heilen. Es sind die Femtomaschinen.«

Natürlich, dachte Rahil. Sie ist keine Missionarin mehr.

»Die kleinen Helfer, die du in dir trägst, die deine Zellen reparieren und mir deine Identität sowie den Exekutor-Status bestätigt haben …« Lucrezia deutete auf den Scanner am Werkzeuggürtel ihrer weiten Kombination. »Ich habe sie nicht mehr. Sie wurden mir damals genommen, als ich meinen Abschied vom aktiven Dienst erklärte. Du kennst die Regeln der Ägide.«

»Du hast wie lange im Außendienst der Ägide gearbeitet? Zweihundert Jahre?«

»Ja.«

»Man hätte eine Ausnahme für dich machen können.« Rahil wollte es erbost klingen lassen, aber stattdessen lag Trauer in seinen Worten.

»Es gibt keine Ausnahmen. Die Regeln müssen eingehalten werden. Was wir von anderen verlangen, müssen wir auch selbst tun.«

»Aber …«

Sie legte ihm die Hand auf den Arm. »Ich weiß. Manchmal ist es sehr schwer. Wir haben oft darüber gesprochen, erinnerst du dich? Auch damals auf Korinth, als wir uns das letzte Mal sahen.«

»Warum?«, brachte er hervor, und sein Blick folgte der Hand, als sie sich von seinem Arm löste. »Warum hast du dich gegen das Leben und für den Tod entschieden?«

Lucrezia lachte leise, doch es klang bitter. »Hast du etwas anderes getan, Rahil? Wie oft bist du inzwischen gestorben?«

Er zögerte und sah auf den Grabstein hinab, vor dem sie standen. *Horatio E. Pechaira, gestorben im Jahre 89 nach dem Aufbruch,* stand dort in goldenen Lettern. *Hier liegt ein Leben begraben, aber nicht die Hoffnung.*

»Du suchst den Tod nur auf andere Weise als ich«, sagte Lucrezia. »Du willst bei der Erfüllung der *Pflicht* sterben, um dich für deine Schuld an Jazmines Tod zu bestrafen. Die Pflicht, die dir Halt gibt, damit du nicht von deinem Weg abkommst, und der Tod als gerechte Strafe und Befreiung. So lautete damals die Diagnose des Psychomechanikers Lynton Hongeva Ayyad. Hat sich daran inzwischen etwas geändert?«

Einige Sekunden verstrichen.

»Und du?«, sagte Rahil langsam, als er den Anflug von Panik mithilfe der Rüstung niedergerungen hatte. »Warum suchst du den Tod?«

»Oh, ich suche ihn nicht. Ich akzeptiere ihn nur, als Konsequenz der Entscheidung, nicht mehr als Missionarin auf den Gefallenen Welten unterwegs zu sein. Ich konnte es damals nicht mehr ertragen, all das Elend zu sehen und nicht *richtig* helfen zu können.« Lucrezia deutete auf den Grabstein. »Ich habe sie oft gesehen, die Hoffnung. In den Augen von Menschen, die fest daran glaubten, mein Eingreifen könnte alles besser machen. Und weißt du was, Rahil? Ich hätte *tatsächlich* alles besser machen können. Mit den richtigen Mitteln. Und der Ägide stehen die richtigen Mittel zur Verfügung. Aber wir dürfen sie nicht einsetzen, zumindest nicht immer. Ich habe die Hoffnung sterben sehen, Rahil, viel zu oft.« Sie seufzte. »Ägide bedeutet Schutz, Obhut. Vor sechshundert Jahren, nach dem *Ereignis*, mag alles gut gemeint gewesen sein, aber heute … Wovor schützt die Ägide die Gefallenen Welten? Vor dem Fortschritt?«

Rahil dachte an Sammaccan, den er in einem Schulungszimmer des alten Industrieparks zurückgelassen hatte, und fragte sich, ob Lucrezia bereit gewesen wäre, ihm Waffen oder gar eine Schmiede zu geben. »Und deshalb bist du hierhergekommen?«

»Ja.« Ein scheues Lächeln erschien kurz auf Lucrezias Lippen. »Es ist einer der Gründe. Ein anderer ist die Gruppe.«

»Die Gruppe? Oh, meinst du Aites, Durrwachter, Crotwell und all die anderen?« Rahil sah die Gesichter vor dem inneren Auge: Freunde und Gefährten, von denen er lange nichts mehr gehört hatte.

»Aites ist seit fünf Jahren tot, gestorben auf Chopelas«, sagte Lucrezia. »Crotwell hat uns nach nur einem Jahr verlassen und arbeitet noch immer als Missionar. Ihm war die relative Unsterblichkeit durch primäre Technik wichtiger als alles andere. Durrwachter hat inzwischen die Leitung der Gruppe übernommen und Spezialisten von unabhängigen Welten und sogar der Bruch-Gemeinschaft zu uns geholt. Wir sind jetzt einhundertvier und arbeiten mit den Archäologen auf Kedra zusammen«, fügte sie stolz hinzu.

Einhundertvier Forscher, die versuchten, die Melodien der Kosmischen Enzyklopädie zu entschlüsseln. Vor fünfundzwanzig Jahren hatte Rahil zwischen zwei Einsätzen an dem Projekt mitgewirkt, hauptsächlich deshalb, weil es ihm einen Vorwand gab, dem Lied zu lauschen und seine Gedanken von ihm forttragen zu lassen. Damals war ihm schnell klar geworden, dass es selbst mit den besten Maints nicht möglich sein würde, den Code zu entschlüsseln. Man musste zu den Hohen Mächten gehören, um auf das Wissen zugreifen zu können, dessen codierte Sphärenklänge das Universum durchzogen und in dem verborgen waren, was die frühen Astronomen und Astrophysiker der Erde vor Jahrtausenden als Drei-Kelvin-Strahlung identifiziert hatten. Es entbehrte nicht einer gewissen Eleganz, fand Rahil, dass das Echo des Urknalls unbegrenztes Wissen in sich trug.

»Seid ihr weitergekommen?«, fragte er und spürte, wie ihn trotz der Rüstung der Wunsch erfasste, das Lied zu hören.

»Wir versuchen es inzwischen mit der Fraktalmathematik der Hosprit«, sagte Lucrezia. Sie wandte sich von den Gräbern ab und ging langsam über den Pfad, der zum Ende des Friedhofs führte, wo ein tropfenförmiger Habitatschweber auf sie wartete. Rahil blieb an ihrer Seite und hörte, wie feiner Kies unter seinen Schritten knirschte. »Die Hosprit haben damit offenbar Erfolge bei ihren Entschlüsselungsversuchen erzielt, bevor sie damals den Sprung in die Gemeinschaft der Hohen Mächte schafften. Die beiden Maints der Archäologen auf Kedra helfen uns bei den FM-Gleichungen. Außerdem arbeiten wir seit ein paar Jahren eng mit den Decodierungsgruppen der Bruch-Gemeinschaft zusammen, insbesondere mit denen auf Greenrose und Daquip.«

»Es hat sich viel getan«, sagte Rahil anerkennend und dachte: Ihr vergeudet eure Zeit. Selbst wenn ihr tausend Maints einsetzt: Es wird euch nie gelingen, das Lied zu entschlüsseln. Es ist viel zu komplex. »An Arbeit scheint es dir hier nicht zu mangeln, wenn man bedenkt, dass du außerdem auch noch ein Depot der Ägide verwaltest.«

Sie erreichten das Tor am Ende des Friedhofs, und dort blieb Lucrezia stehen. »Deshalb bist du hier, Rahil, nicht wahr? Es hat mit der Ägide zu tun, nicht mit mir.«

Rahil zögerte. »Es freut mich sehr, dich wiederzusehen«, sagte er ehrlich. »Und ich brauche deine Hilfe.«

»Betrifft es einen Auftrag?«

»Ja.«

»Diesmal als Exekutor, wie mir deine Femtomaschinen verraten haben«, sagte Lucrezia. »Wirst du wieder sterben?«

Das bin ich bereits, dachte Rahil. Vor zwei Monaten, auf Heraklon. »Ich hoffe nicht«, antwortete er.

»Wie kann ich dir helfen, Rahil?«

»Meine Rüstung muss untersucht werden. Ein Empirion-Modell. Ich fürchte, damit stimmt etwas nicht.« Oder mit meinem Image ist etwas nicht in Ordnung, dachte er, behielt diesen Gedanken aber für sich.

11

Die Geräte im Werkstattraum des Depots waren alt und ganz offensichtlich nicht mit Femtomaschinen ausgestattet, denn sonst hätte es keine Kratzer in ihren Verkleidungen gegeben. Das leise Summen von Elektrizität hing in der stickigen Luft.

»Ich komme nicht oft hierher«, sagte Lucrezia, als Rahil mit dem Zeigefinger über einen einfachen Elaborator strich, der weder mit einer Maint ausgestattet noch mit einer Aura verbunden war. Eine dicke Staubschicht hatte sich darauf gebildet. »Weißt du, wann das Depot zum letzten Mal in Anspruch genommen wurde? Vor drei Jahren. Es geht das Gerücht, dass es ganz geschlossen werden soll. Das Otiz-System wird bald den Aun von den Sieben Völkern übergeben. Sie haben bereits ihre Lebensmacher geschickt und die Ozeane von Kedra besät.« Lucrezia deutete zum Fenster.

Es befand sich in der Außenwand des Flanschs, der sich wie das Habitat drehte, und gehörte damit zum subjektiven Boden – man konnte es betreten. Rahil blieb am Rand stehen und sah auf Kedra hinab. Graue Felslandschaften, schroffe Berge und weite Hochplateaus mit den Ruinen der Träumenden Städte nahmen den größten Teil der nördlichen Hemisphäre ein. Im Süden erstreckten sich grüne Meere, durchsetzt von Inselgruppen. »Ich nehme an, die Farbe stammt nicht von Algen.«

»Nein.« Lucrezia nahm die Rüstung, die Rahil abgelegt hatte, legte sie in einen schrankgroßen Diagnoser und betätigte die vor ihr leuchtenden virtuellen Kontrollen. »Die Meere sind flach und haben sich vor zehntausend Jahren gebildet, als die Gletscher schmolzen. Das Grün geht auf im Wasser gelöste Mineralien zurück, nicht auf irgendwelche Mikroorganismen aus der Zeit der Ausgestorbenen. Für nächsten Monat haben die Aun große Lebensmaschinen angekündigt, und wenn alles so läuft, wie sie es sich vorstellen, werden sie in hundert Jahren auf Kedra siedeln. Du könntest es beobachten, wenn du dann noch in Diensten der Ägide bist. Aber ich werde dann längst tot sein.«

Vielleicht lag es daran, dass Rahils Emotionen der kontrollierende Einfluss der Rüstung fehlte – er fühlte plötzlich eine Trauer schwer wie Blei, und die Gedanken an Jazmine kehrten zurück wie ein plötzlicher Orkan, der durch seine Innenwelt fegte.

Lucrezia schloss die Klappe des Diagnosers, und für ein oder zwei Sekunden fügte sich dem leisen Summen im Werkstattraum des Depots ein Knistern hinzu, das Rahil an den Würfel erinnerte, der Jazmine und ihm vor vielen Jahren auf Caina Geschichten in Bildern erzählt hatte. »Dieses Gerät ist viel leistungsfähiger als die Analyseeinheit eines Shifters. Wir verwenden solche Diagnoser, um die Instrumente und Ausrüstungsmaterialien des Depots zu überprüfen. Wenn mit dem Empirion etwas nicht stimmt, finden wir es heraus.«

»Wie lange dauert es?«, fragte Rahil und dachte an den Verfolger.

»Willst du eine genaue Überprüfung oder nur eine Kontrolle der Hauptsysteme?«

»Ich möchte, dass alles untersucht wird, bis ins letzte Detail.«

»Drei Stunden«, sagte Lucrezia.

»Zeit genug.« Rahil trat auf sie zu, angetrieben von einer plötzlichen Sehnsucht, von einem Verlangen nach dem alten Zauber, den es damals zwischen ihnen gegeben hatte, zuletzt auf Korinth. Er fasste Lucrezia vorsichtig an den Schultern, umarmte sie dann, noch immer behutsam, und zog sie an sich.

Sie versteifte sich in seinen Armen, und in ihren Augen zeigten sich Überraschung und Erschrecken. »Rahil, nein, ich ... Ich bin nicht mehr die Frau, die ich damals gewesen bin. Sieh mich nur an! Ich bin alt und dick und ...«

»Du bist Lucrezia«, sagte Rahil sanft. Erinnerungen stiegen in ihm auf, wie Luftblasen in einem dunklen Meer. »Damals, als du selbst noch Missionarin gewesen bist, und auch auf Korinth, wo wir uns das letzte Mal sahen ... Du hast gesagt, dass man den Augenblick nutzen muss, die Zeit, die uns bleibt, den Moment, den man nicht festhalten kann. Du hast es mit zwei Worten aus einer der alten Sprachen der Erde ausgedrückt.«

Lucrezia sah zu ihm hoch, und einige der Falten schienen aus ihrem Gesicht zu verschwinden, als sie lächelte. »Carpe diem.«

»Ja, genau. Carpe diem«, sagte Rahil und führte sie zur Tür.

Rahil hatte gehofft zu vergessen, die Jahre abzustreifen wie einen Mantel, und wieder zu dem Mann zu werden, der er damals gewesen war, wenigstens für eine halbe Stunde oder vielleicht eine ganze. Aber die Unruhe in ihm blieb, verursacht von Fragen, die auf Antworten warteten, und von Gesichtern aus seiner Vergangenheit. Eines von ihnen gehörte Jazmine, und ihre Lippen bewegten sich manchmal, als wollte sie ihm über die Kluft von Zeit und Tod hinweg etwas sagen. Ein anderes zeigte ihm Lucrezia als Missionarin, schlank und schön, von den Femtomaschinen der Primären jung gehalten, das Gesicht glatt und voller Leidenschaft, die Augen groß und glänzend, das Haar ein dunkler Vorhang, der fast bis zu den Hüften reichte. Aber es war eine Lucrezia, die nicht mehr existierte. Die Frau, die er jetzt in den Armen hielt und die ihn in sich aufgenommen hatte, war alt, älter als es die junge Lucrezia mit zwanzig zusätzlichen Jahren hätte sein sollen. Diese Lucrezia wohnte in einem Körper, der nach der Deaktivierung der Femtomaschinen dem Verfall preisgegeben war und nachzuholen versuchte, was er in den vergangen Jahrzehnten und Jahrhunderten versäumt hatte. Wer als Missionar für die Ägide arbeitete, genoss relative Unsterblichkeit. Doch wer sich, aus welchen Gründen auch immer, aus dem aktiven Dienst zurückzog, ohne Herausragendes geleistet zu haben, verlor den Segen der Immortalität. Die Femtomaschinen wurden stillgelegt oder ganz entfernt, woraufhin der Countdown in den Körperzellen weiterging, schneller als vorher. Soweit Rahil wusste, gab es nur siebenundvierzig Missionare, die während ihrer langen Tätigkeit für die

Ägide so viele Verdienste errungen hatten, dass die Femtomaschinen in ihnen zu permanenten Implantaten geworden waren. Die Hohen Mächte herrschten nicht nur über unendliches Wissen, sondern auch über Leben und Tod.

Diese und andere Dinge gingen Rahil durch den Kopf, als er Lucrezia liebte, und vielleicht merkte sie etwas davon, denn als Rahil ihr in die Augen sah, hatten sie sich mit Tränen gefüllt. Er hielt sie in den Armen, während sich das Bett in der Mitte des Zimmers in einem autonomen Gravitationsfeld drehte. Einmal, als er den Blick von Lucrezia löste, kam er sich fast wie im Innern von Emilys Würfel vor. Drei Wände, Decke und Boden des Zimmers zeigten donnernde Wasserfälle, mehr als einen Kilometer hoch, die sandigen Wogen endloser Wüsten, das grüne Meer eines Waldes, der einen ganzen Kontinent bedeckte, einen Schwarm rosaroter Quallen, die in einem lichtdurchfluteten Ozean schwammen, und die majestätischen, schneegekrönten Häupter hoher Berge. Die vierte Wand war ein Panoramafenster und bot Blick auf Kedra und den roten Riesen Otiz.

Lucrezia weinte lautlos, und für eine seltsame Sekunde wünschte sich Rahil fort, weit weg von allem.

Er rückte näher an sie heran und schlang erneut die Arme um sie, während sich Kedra langsam drehte, grau und grün, eine vor zehntausend Jahren aus dem Eis erwachte Welt. Bald würde es dort unten wieder Leben geben wie zur Zeit der Ausgestorbenen, geschaffen und geformt von den Aun. Für wie lange?, dachte Rahil. Für hunderttausend Jahre? Eine Million? Zehn Millionen? Bis Otiz weiter anschwoll und auch Kedra verschlang? Oder bis der rote Riese als Nova seine Hülle absprengte und in sich zusammenfiel? Millionen von Jahren. Eine Ewigkeit für die Menschen, auch für die Aun von den Sieben

Völkern, und doch kaum mehr als ein Wimpernschlag für die Hohen Mächte, ein Tropfen im Meer ihrer Zeit.

»Es tut mir leid«, schniefte Lucrezia leise.

»Was tut dir leid?«, erwiderte Rahil, beobachtete Kedra und dachte an den Tod von Planeten und Sonnen.

»Dass ich nicht mehr die bin, an die du dich erinnerst.«

Er nahm ihren Kopf zwischen die Hände und wischte mit den Daumen die Tränen fort. »Das Leben ist eine Reise«, sagte er. »Eine Reise, die uns immerzu verändert.«

»Du hast dich nicht verändert. Du bist so jung wie damals.«

Ich bin nicht mehr der Rahil, den du kennst, dachte er. Ich bin gestorben. Aber er sagte: »Unsere Erinnerungen bleiben. Für mich bist du immer die Lucrezia von damals.« Er zögerte kurz und fügte dann hinzu: »Aber es ist nicht fair.«

»Was ist nicht fair, Rahil?«

»Dass du sterben musst. Dass wir alle sterben müssen, wenn wir aufhören, als Missionare für die Ägide zu arbeiten.«

»Vielleicht ändert sich das bald. Wenn uns die Hohen Mächte den Status von Sekundären verleihen.«

Heraklon, dachte Rahil. Die Entscheidung fällt auf Heraklon, vielleicht schon in wenigen Wochen. Und ich liege hier im Bett – neben einer Frau, die in einigen Jahren sterben wird, weil sie den Tod gewählt hat – und denke über den Tod von Sternen nach.

»Sie könnten uns das Leben geben, uns allen«, sagte er, während sich das Bett drehte und die Wand mit den gewaltigen Wasserfällen in sein Blickfeld geriet. »Sie könnten uns die Mittel geben, mit denen wir in der Lage wären, alle unsere Probleme zu lösen. Stattdessen beobachten sie, wie wir uns plagen und abrackern. Und wie wir sterben.«

»Wir könnten den Gefallenen Welten die Mittel geben, die

sie brauchen, um ihre Probleme zu lösen«, murmelte Lucrezia. »Aber wir tun es nicht.«

»Ich würde es tun«, sagte Rahil. »Wenn ich das Kuratorium wäre, wenn ich entscheiden könnte … Ich würde den Gefallenen Welten die Technik der Ägide geben.«

»Bist du sicher?«

»Ja.« Aber warum habe ich dann Sammaccans Anliegen zurückgewiesen?, dachte Rahil. Warum habe ich es abgelehnt, ihm Waffen zu geben, oder eine Schmiede, mit der er alles herstellen kann, was er braucht?

»Möchtest du das Lied hören?«

»Können wir es hören, hier?«, fragte er hoffnungsvoll und mit plötzlicher Sehnsucht.

»Ich bin die Verwalterin des Depots.« Lucrezia lächelte im Halbdunkel. »Ich habe mir bei der Ausstattung meines Quartiers die eine oder andere Freiheit genommen.« Etwas lauter sagte sie: »Wir möchten das Konzert hören.«

Das Rauschen der Wasserfälle und das Fauchen des Windes, der über die Dünen der endlosen Wüste hinwegstrich, wichen einem vertrauten melodischen Summen, und Rahil fühlte sofort, wie die Anspannung von ihm abfiel. Er glaubte, einzutauchen in den Strom aus Tönen, die umso komplexer waren, je mehr man sich auf sie konzentrierte. Mithilfe der Femtomaschinen sensibilisierte er das Gehör und fügte seiner Wahrnehmung eine synästhetische Komponente hinzu, die ihm das Gefühl gab, die Töne nicht nur zu hören, sondern auch zu schmecken, zu riechen und in vielen unterschiedlichen Farben zu sehen. Er rückte näher an Lucrezia heran, spürte ihre Körperwärme und legte den Arm um die Frau, die einst so schön gewesen war. So lagen sie nebeneinander, auf dem schwebenden, sich drehenden Bett, in einem Zimmer wie das Innere eines Geschichten erzählenden Würfels, der ihnen jetzt das Lied der Kosmischen Enzyklopädie sang, und für einige kostbare Minuten schienen sie wieder auf Korinth zu sein, in einem anderen flüchtigen Moment, nicht weniger kostbar als dieser, doch seit zwanzig Jahren verloren.

12

Rahil erwachte, als das Bett zu zittern begann, und mit ihm die Wände des Zimmers. Für einen Augenblick glaubte er an eine Fehlfunktion des Mikrogravitators, der das Bett schweben ließ, aber Lucrezia, die sich neben ihm aufgerichtet hatte, sagte verblüfft: »Ein Gravitationsbeben. Das kann nur bedeuten ...« Noch erklang der Gesang des Wissens im Zimmer, doch das Lied der Kosmischen Enzyklopädie fand ein plötzliches Ende, als Lucrezia sagte: »Zimmer, Infomodus. Was ist geschehen?«

Alle vier Wände verwandelten sich in Darstellungsbereiche, die den Planeten Kedra, das Habitat der *Ereignis*-Flüchtlinge und, aus einer Entfernung von zwei Lichttagen herangezoomt, die vier Raumschiffe zeigten, die noch immer im Sprungsektor des Otiz-Systems auf einen günstigen Vektor für den Sprung warteten. Eingeblendete Grafiken und Datenkolonnen wiesen jedoch darauf hin, dass es noch etwas anderes im Otiz-System gab, nicht weiter als eine halbe Lichtminute von Kedra entfernt, mit einer Masse von 10^{23} kg, was der eines Mondes mit einem Durchmesser von fast fünftausend Kilometern entsprach.

»Welche Ehre für uns«, sagte Lucrezia. »Wir sind tiefste Provinz und bekommen doch Besuch von den Hohen Mächten. Dort erscheint eine Polis. Gleich müsste die Kompensation erfolgen.« Als hätte sie damit das Stichwort gegeben, hörte das Zittern auf. »Na bitte.«

Das Bett war inzwischen auf den Boden des immer noch halbdunklen Zimmers gesunken. Rahil stand auf und griff nach seiner Kleidung.

»Auf dem Weg hierher bin ich verfolgt worden«, sagte er schnell und warf sich vor, wertvolle Zeit vergeudet zu haben. Welcher Teufel hatte ihn geritten und dazu gebracht, seine Mission aus den Augen zu verlieren? Er warf einen Blick auf die Chrono-Anzeigen, als er hastig Hemd und Hose überstreifte – es war gewöhnliche Kleidung, keine Rüstung mit aktiviertem Formspeicher. Drei Stunden hatte er geschlafen; der Diagnoser musste die Untersuchung der Rüstung inzwischen beendet haben. Sammaccan fiel ihm ein. Befand er sich noch im Schulungszimmer des alten Industrieparks, wo er ihn zurückgelassen hatte? »Von einem Schiff, das sich tarnte und von den Hohen Mächten stammen könnte. Es setzte einen Disruptor ein, um mich daran zu hindern, Heraklon zu erreichen. Vielleicht bedeutet das Erscheinen der Polis, dass auch der Verfolger eingetroffen ist. Ich muss so schnell wie möglich aufbrechen.«

Er hatte so hastig gesprochen, dass die einzelnen Worte ineinander übergingen, aber Lucrezia verstand. Sie saß noch immer auf dem Bett, ihre Brüste schwer und schlaff, die Seiten eine gerade Linie, ohne die schmale Taille, die er einst bewundert hatte, Gesicht und Oberkörper voller Falten, der Rücken ein wenig gebeugt. »Heraklon«, sagte sie. »Darum geht es also. Wirst du mutig genug sein, dort von deinen Exekutor-Privilegien Gebrauch zu machen?«

»Das kann ich nur, wenn mich niemand daran hindert, den Planeten zu erreichen.«

Lucrezia griff nach ihrer eigenen Kleidung. »Da ist sie«, sagte sie und deutete auf die Wand vor ihnen. »Die Sternenstadt der Hohen Mächte.«

Wo eben ein Flirren gewesen war, wie von einem Schatten, der sich vor dem schwarzen Hintergrund des Alls bewegte und dabei das Licht einiger ferner Sterne schluckte, erschien plötzlich etwas, das auf den ersten Blick wie eine aus dem Leib eines Planeten gerissene Stadt aussah. Türme, Kuppeln, Polyeder und Gebilde, die wie kristallene Finger und Dorne aussahen, ragten aus einer »oben« flachen, siebenhundert Kilometer durchmessenden Scholle, die aus exotischer Materie bestand, wie die eingeblendeten Datenkolonnen Rahil mitteilten. Unter dieser Scholle orteten die Sensoren des Habitats und der Satelliten in hohen Umlaufbahnen über Kedra poröses Material, wie von Felsen und Gestein durchsetzter lehmiger Boden, aus dem Hunderte von Strängen und Faserbündeln nach »unten« reichten wie aus tiefem Erdreich gerissene Wurzeln. Rahil wusste, dass sie die Vakuumenergie der Raumzeit anzapften und Dunkle Materie konvertierten. Einige Wissenschaftler der Ägide vermuteten, dass diese pseudopodien- oder wurzelartigen Erweiterungen auch dazu bestimmt waren, Dunkle Energie aufzunehmen und sie für den Transit der Polis einzusetzen. Wenn das stimmte, benutzten die Hohen Mächte die beschleunigte Ausdehnung des Raums für die Bewegung ihrer Sternenstädte.

Von den zahlreichen Bauten der Polis, zwischen denen sich Brücken und Bögen spannten, stiegen glühende Punkte auf. Manche glitzerten und gleißten, wenn sie den höchsten Punkt ihrer Flugbahn erreichten, und platzten wie Feuerwerkskörper. Andere verwandelten sich in Satelliten der Polis, schwebten über und unter ihr. Wieder andere flogen funkelnd dem

Planeten entgegen, umkreisten ihn innerhalb weniger Sekunden und kehrten zurück, wobei sie in der Nähe des alten Habitats kurz langsamer wurden, als wollten sie einen Blick darauf werfen.

»Wir sehen nicht die ganze Stadt«, sagte Rahil, während sich Lucrezia anzog. »Nur ein Teil von ihr ist hier. Siehst du?« Er deutete auf eine Stelle über der Polis, wo sich eine dunkle Linie zeigte, wie ein Haarriss im Weltall. Man bemerkte sie nur, wenn man wusste, wonach es Ausschau zu halten galt. Die Datenfenster neben der Sternenstadt beschrieben die Linie als einen Phasenübergang zwischen zwei Raumzeit-Energiezuständen; die Techniker der Ägide sprachen in diesem Zusammenhang von einer Niveau-Weiche.

»Vor neunzehn Jahren, nach meiner Entscheidung, den aktiven Dienst der Ägide zu verlassen, bin ich in einer Polis gewesen«, sagte Lucrezia plötzlich. Sie bemerkte Rahils erstaunten Blick und fuhr fort: »Das Kuratorium übermittelte mir die Einladung eines Evaluators, und nach kurzem Zögern bin ich ihr gefolgt.«

»Ein Evaluator der Hohen Mächte hat dich eingeladen?«

»Ja. Geschieht nicht oft, oder? Es war ein Gesserat, und du weißt ja, dass sich die Gesserat angeblich dagegen ausgesprochen haben, uns Zugang zur Kosmischen Enzyklopädie zu gewähren. Ich war ziemlich aufgeregt, als man mich zu ihm brachte. Weil ich das Gefühl hatte, große Verantwortung zu tragen, eine noch größere als die während meiner Zeit als Missionarin.«

»Was wollte der Evaluator von dir?«

Lucrezia hatte sich angezogen und trat neben Rahil. Gemeinsam beobachteten sie die wie ein kosmisches Juwel glitzernde und schimmernde Polis der Hohen Mächte. »Er fragte, warum

119

ich nicht mehr als Missionarin auf den Gefallenen Welten tätig sein wollte.«

»Man hat dich in eine Sternenstadt eingeladen, um dir eine solche Frage zu stellen?«

»Seltsam, nicht wahr? Ich nannte ihm die Gründe, und dann …« Lucrezia zögerte. »Dann fragte er mich nach dir.«

»Nach *mir*?«, entfuhr es Rahil verblüfft.

»Er fragte, ob du den Wind der Zeit gefühlt hättest, wie er aus verschiedenen Richtungen weht, und wie schwer Wahrheit und Lüge für dich seien.«

»Was?«

Lucrezia schüttelte den Kopf. »Ich habe es auch nicht verstanden, und der Evaluator bot mir keine Erklärung an. Er ignorierte meine Fragen und wünschte mir für den Rest meines Lebens viel Glück.«

»Du hättest ihn darum bitten können, dir die Femtomaschinen zu lassen«, sagte Rahil.

»Ich muss gestehen, dass ich mit dem Gedanken gespielt habe. Für einen Moment war die Versuchung groß. Aber dann habe ich mich dagegen entschieden.«

Rahil wartete, ohne genau zu wissen worauf. Als Lucrezia ihren Worten nichts hinzufügte, sagte er: »Sehen wir nach meiner Rüstung.«

Virtuelle Kontrollen leuchteten vor Lucrezia im Werkstattraum des Depots, und ihre Finger tanzten durch die Luft. Die Ergebnisse der Untersuchungen erschienen vor ihnen.

Lucrezia fasste sie in einem Satz zusammen. »Dein Modell Empirion ist eindeutig manipuliert, Rahil.«

Rahils Gedanken rasten wieder. »Könnte es sich um einen Produktionsdefekt handeln?« Deutlich erinnerte er sich an den

Anblick der zerstörten Schmiede, kurz nachdem er den Uterus verlassen hatte. War die Rüstung bei ihrer Herstellung beschädigt worden?

Wieder huschten Lucrezias Finger durch die virtuellen Kontrollen, während der Diagnoser leise summte. Die Rüstung lag in seinem offenen Fach, nicht mit aktiviertem Formspeicher, sondern als grauer Gewebeklumpen, der gewisse Ähnlichkeit mit der Basismasse aufwies, die die Schmieden für ihre Produktion verwendeten.

»Nein«, sagte Lucrezia. »Das ist extrem unwahrscheinlich. Die Produktionssignatur ist intakt, das kann man hier ganz deutlich erkennen.« Sie zeigte auf ein Struktogramm, das Auskunft über die einzelnen Phasen von Wachstum, Prägung und Programmierung gab. »Jedes Detail stimmt, siehst du? Woraus folgt: Dieses Empirion ist zweifellos in einer Schmiede der Ägide gewachsen.«

Rahil erinnerte sich plötzlich an einen Warnhinweis, der noch an Bord der Station in seinem Blickfeld erschienen war, kurz bevor der Kurator und er den Shifter erreicht hatten. *Fehlfunktion im vierten zerebralen Schaltkreis.*

»Was ist mit den zerebralen Schaltkreisen?«

»Sie sind in Ordnung«, sagte Lucrezia. »Sie haben alle vom Diagnoser übermittelten Testaufgaben so bewältigt, wie man es von ihnen erwarten kann. Die Manipulation scheint die Programmbibliotheken zu betreffen. Interessanterweise stimmen die Prüfsummen mit den Kontrolldaten der Produktionssignatur überein. Dennoch gibt es Inkongruenzen, nur erkennbar bei einem Tiefenscan, wie ihn der Diagnoser durchgeführt hat.«

Rahil hatte das unangenehme Gefühl, dass die Zeit immer mehr drängte. Die Femtomaschinen in seinem Innern erweiterten und schärften seine visuelle Wahrnehmung, wenn auch nicht in dem Maße, die mit der neuronalen Stimulation durch eine Rüstung möglich wurde. Er nahm die Daten in sich auf, verarbeitete sie und zog Schlüsse aus ihnen, während Lucrezia sie noch kommentierte.

»Jemand hat den Programmbibliotheken einen trojanischen Layer hinzugefügt«, sagte er.

»Ich fürchte, darauf läuft es hinaus.« Lucrezia deaktivierte den Diagnoser und nahm den Gewebeklumpen aus dem Fach. Die graue Masse veränderte sofort ihre Struktur und verwandelte sich innerhalb von wenigen Sekunden in Kleidung. »Leider steht mir hier keine Schmiede zur Verfügung, Rahil. Ich kann dir also keine neue Rüstung brüten.«

Rahil stand da, voller dahinjagender Gedanken, die ihn in verschiedene Richtungen führten. Ein Produktionsfehler war auszuschließen – die Existenz eines trojanischen Layers deutete auf bewusste manipulative Absicht hin. Die Frage lautete: Wer wollte ihn manipulieren, und zu welchem Zweck? Eine mögliche Antwort, oder ein Teil der Antwort, lautete: Jemand versuchte, Einfluss auf seine Heraklon-Mission zu nehmen, bevor er den Planeten erreichte. Wer? Gab es eine Verbindung zu dem Schiff, das dem Shifter bei Ganska durchs Kickout der Leskovar gefolgt war und einen Disruptor gegen ihn eingesetzt hatte? Wer war überhaupt dazu in der Lage, den Programmbibliotheken einer Ägide-Rüstung, noch dazu einem Modell Empirion, einen Layer hinzuzufügen, der mit gewöhnlichen Mitteln gar nicht zu entdecken war und nur bei einem Tiefenscan auffiel? Spezialisten der Ägide, dachte Rahil. Vielleicht auch ein Schmied, wenn er genaue Anweisungen bekam. Obwohl … In diesem Fall schien die Manipulation nach dem Brüten stattgefunden zu haben.

Er fühlte Lucrezias fragenden Blick, wagte es aber nicht, seine Überlegungen zu unterbrechen, denn vielleicht brachten sie ihm eine wichtige Erkenntnis. Sekunden verstrichen, während seine Gedanken weitereilten, eine Möglichkeit nach der anderen prüften. Es gab kaum einen Zweifel daran, worum es ging: um seine Mission auf Heraklon, von der so viel abhing. Was war mit Zeit und Gelegenheit? Er war auf Heraklon gestorben, unter Umständen, von denen er nichts wusste, mit ziemlicher Sicherheit nicht als Opfer eines Unfalls, und die Ägide hatte in einem Uterus einen neuen Körper für ihn gebrütet und ihn mit einem Image ausgestattet, das bedauerlicherweise ein ganzes Jahr alt war. Es hatte alles sehr schnell gehen müssen, aber trotzdem war einem Feind Zeit genug geblieben, die Station der Ägide bei Ganska anzugreifen, einen großen Teil von ihr zu zerstören, darunter auch die Schmiede, und viele Personen an Bord zu töten. Wann konnte jemand unter solchen Umständen Gelegenheit gefunden haben, die Rüstung zu manipulieren, die der Kurator der Station für ihn vorbereitet hatte?

Es sei denn …

»Was ist, Rahil?«, fragte Lucrezia leise. »Was denkst du?«

Der Angreifer, der bei Rahils Erwachen irgendwo in der Station versteckt gewesen war … Vielleicht hatte er sich gar nicht verborgen. Vielleicht war seine Aktion erfolgreich gewesen. Rahil erinnerte sich daran, dass keine Überlebenden an Bord der Station gewesen waren, nur Tote, unter ihnen der Schmied. Er hatte allein mit dem Avatar des Kurators gesprochen, mit einer Gestalt aus polarisierter Projektionsenergie. Aber vielleicht war das Geschöpf, das er für den Avatar gehalten hatte, in Wirklichkeit der Angreifer gewesen, von dem auch der trojanische Layer in den Programmbibliotheken des Empirion stammte.

Rahil starrte auf seine Hände, als könnten sie ihm mehr verraten. Wie weit gingen Manipulation und Täuschung? Betrafen sie auch das ein Jahr alte Image und damit seine gegenwärtige

Inkarnation? Oder führten ihn diese Gedanken in eine falsche Richtung? Jemand *hatte* die Station der Ägide angegriffen, was für sich genommen einmalig und unerhört war. Jemand *hatte* die Rüstung verändert, höchstwahrscheinlich zu dem Zweck, Einfluss auf ihn und seine Mission zu nehmen. Jemand – vermutlich ein Schiff der Hohen Mächte – war ihm durch das Kickout der Leskovar in den M-Raum gefolgt, um dort einen Disruptor einzusetzen, der seinen Flug nach Heraklon verhindern sollte.

Und jetzt war eine Polis der Hohen Mächte im abgelegenen und eigentlich unwichtigen Otiz-System erschienen.

»Rahil?«

»Kann ich von hier aus mit dem Schulungszentrum des Industrieparks Kontakt aufnehmen?«

Lucrezia nickte. »Depot, habitatinterne Kommunikation.«

»Kommunikation bereit«, ertönte eine Stimme.

»Ich möchte mit Sammaccan sprechen, den ich in Schulungszimmer siebenundzwanzig zurückgelassen habe.«

Eine kurze Pause. »Die von Ihnen genannte Person befindet sich nicht mehr in Schulungszimmer siebenundzwanzig.«

»Wo ist Sammaccan?«, fragte Rahil. »Wann hat er das Zimmer verlassen?«

»Der aktuelle Aufenthaltsort der genannten Person lässt sich nicht feststellen«, antwortete das Kommunikationssystem des Habitats. »Die Sensoren haben ihn das letzte Mal im zentralen Verteilerflansch erfasst. Er verließ das Schulungszimmer vor zwei Stunden und sechs Minuten.«

Rahil fluchte und griff nach der Rüstung. »Kommunikation, wenn die Sensoren Sammaccan erfassen – beziehungsweise jemanden mit seiner Biosignatur –, so richte ihm von mir aus, dass er sofort zum Shifter kommen soll.« Er unterbrach sich und zögerte einen Moment. Wenn er seine vorherigen Gedankengänge fortsetzte und bei den Schlussfolgerungen konsequent blieb … Die Analyseeinheit an Bord des Shifters hatte das Empirion ebenfalls untersucht und für unbedenklich erklärt. Es konnte daran liegen, dass der Layer nur mithilfe des Tiefenscans eines Diagnosers zu erkennen war, aber vielleicht reichten Manipulation und Täuschung noch weiter. Vielleicht betrafen sie auch den Shifter. »Kommunikation, Anweisung wird zurückgenommen. Verständige mich unverzüglich, wenn die Sensoren Sammaccans Biosignatur erfassen.«

»Bestätigung.«

Lucrezias fragender Blick ruhte noch immer auf ihm. »Dies alles könnte Teil eines Plans sein, der mich daran hindern soll, Heraklon zu erreichen und meine dortige Mission zu erfüllen«, sagte Rahil. Für einen Moment war er versucht, ihr Einzelheiten seines Auftrags zu nennen, aber kein Missionar erzählte von seiner Mission, nicht einmal Partnern und guten Freunden. »Die Hohen Mächte könnten daran beteiligt sein.«

Lucrezias Augen wurden noch etwas größer.

»Ich brauche ein Schiff, das mich aus dem Otiz-System bringt.«

»Dich und deinen Schüler.«

»Er ist nicht mein Schüler. Er …« Rahil unterbrach sich und winkte ab. »Ja, mich und Sammaccan.«

»Ich nehme an, du willst den Shifter nicht mehr benutzen«, sagte Lucrezia. »Uns stehen mehrere Sprungschiffe zur Verfügung, aber die sind zu langsam – du würdest eine ganze Woche brauchen, um den zwei Lichttage entfernten Sprungsektor zu erreichen, und wer weiß, ob dort ein geeigneter Vektor zur Verfügung steht. Unten auf Kedra, im Hauptlager der Archäologen, gibt es leider nur ein einfaches Frachtfraktal.«

»Wohin führt es?«

»Nach Eckrote im Barrnoch-System, einer Welt der Aun, am Rand der Roten Nebel.«

»Etwa … zweihundert Lichtjahre von hier?«

»Ja. Auf Eckrote gibt es ein Kickout, mit dem sich alle wichtigen Verkehrsknotenpunkte der Bruch-Gemeinschaft erreichen lassen. Eine direkte Verbindung nach Heraklon existiert nicht, aber du könntest das Kuratorium kontaktieren und ein Schiff anfordern. Oder du machst von deinen Exekutor-Privilegien Gebrauch und requirierst eins.«

Rahil hielt seine Rüstung in der Hand und fragte sich, ob er sie anziehen sollte. Sie bot viele Vorteile, nicht zuletzt einen besseren Schutz und die Möglichkeit, sich zu verteidigen. Aber vielleicht setzte er sein Bewusstsein dadurch der Gefahr von Manipulation aus. »Höre ich da ein Aber?«

»Ja. Das Fraktal auf Kedra ist nur für Gegenstände vorgesehen, für Fracht, nicht für Personen.«

Eine der beiden Türen des Werkstattraums öffnete sich, und hinter ihr lag ein Korridor, in dem nur wenige Lampen brannten. Niemand stand dort; niemand kam herein.

»Lassen Sie den Unsinn, Sammaccan«, sagte Rahil verärgert. »Zeigen Sie sich.« Welche Gestalt hatte der junge Polymorphe angenommen? Die einer Mikrobe? Aber was war dann mit seiner Masse?

Und warum wies das Kommunikationssystem des Habitats nicht darauf hin, dass die Sensoren Sammaccans Biosignatur erfasst hatten? Es waren Femtomaschinen erforderlich, um eine solche Signatur zu verbergen.

Femtomaschinen oder … ein Tarnanzug mit primärer Technik.

Vor der Tür flimmerte es, und eine Gestalt wurde sichtbar, absurd schmal, nicht breiter als dreißig Zentimeter, und mehr als zwei Meter groß – sie musste sich gebückt haben, um die Tür zu passieren. Hier und dort zeigte sich kurzes Glitzern an ihr, in silbernen und goldenen Tönen – der Rest des Tarnanzugs machte die Gestalt wie durchsichtig und zeigte das, was sich hinter ihr befand.

Der Fremde hätte ganz unsichtbar bleiben können, und abgeschirmt von den Sensoren. Doch er wollte, dass Rahil und Lucrezia ihn sahen, ihn und die Waffe in seiner Hand, gehalten von dünnen Knochenfingern, die aus zahlreichen kleinen Segmenten bestanden und in winzigen Krallen endeten. Der dreieckige Kopf steckte in einem Rezeptorhelm, hinter dessen Visier sich die Umrisse mehrerer dunkler Augenbündel abzeichneten.

»Rahil Tennerit«, knarrte eine Stimme aus der Kommunikationsmaske vor der unteren Hälfte des Gesichts. »Sie sind identifiziert und sehen mich.«

Der Ascar schoss.

Im Sklavendienst der Lüge,
Hab ich den Tag verbracht.
Nun hat der Gnadenschleier leis'
Herabgesenkt die Nacht.

GEDANKENSPIELE

13

Rahil flog zur Seite, noch bevor er die bewusste Entscheidung zum Sprung traf, und etwas heulte an ihm vorbei, so dicht, dass Schmerz in seiner Seite brannte. Er prallte auf den Boden, und für einen Sekundenbruchteil war er wie gelähmt, weil die Femtomaschinen in ihm fast ihr ganzes Potenzial der Reparatur der Wunde widmeten, von der nach dem ersten heftigen Schmerz Taubheit ausging, die den ganzen Körper zu erfassen drohte. Millionen winziger Maschinen in Blut und Gewebe machten sich daran, die Molekülketten des in den Körper gelangten Nervengifts zu zerlegen.

Ein Paralysator, dachte er, und seine Gedanken waren noch immer schnell, wenn auch nicht so schnell, wie sie mit der Rüstung gewesen wären. Er will mich nicht töten, sondern überwältigen.

Er rollte sich nach rechts, auf ein Regal zu, in dem Geräte und

Instrumente lagen, stieß sich mit beiden Beinen davon ab und rutschte dem Empirion entgegen, das neben der Tür auf dem Boden lag. Bevor er es erreichte, zog er die Beine an, rollte sich auf den Rücken und gab sich mit beiden Armen einen Stoß, der ihn mit zusätzlichem Bewegungsmoment auf die Beine brachte. In der einen Hand hielt er die Rüstung, aber er hatte weder eine Waffe noch Gelegenheit, das Empirion anzuziehen.

Der Ascar stand jetzt in der Mitte des Raums, groß und schmal, in der kleinen Krallenhand noch immer den Paralysator, die Augenbündel hinter dem Visier nicht mehr dunkel, sondern lindgrün. Ein Schnarren kam aus der Kommunikationsmaske, und die Umrisse von Schränken und Werkzeugablagen zitterten wie hinter einem Vorhang aus heißer Luft, als sich der Ascar bewegte und die Waffe herumschwang.

Rahil begriff, dass ihm nur noch zwei oder drei Sekunden blieben. Vielleicht gelang es ihm, auch dem nächsten Schuss auszuweichen, aber spätestens der dritte würde ihn treffen.

Er sprang, als wollte er über ein hohes Hindernis hinwegsetzen, das sich direkt vor ihm befand, und wieder heulte es, als ein Pfeilgeschoss des Paralysators unter ihm dahinraste und an der Wand zerbrach. Er fing den Aufprall mit ausgestreckten Händen ab und warf sich zur Seite, hörte dabei einen Schrei, der offenbar von Lucrezia stammte, und dann ein lautes metallisches Pochen.

Als Rahil wieder auf die Beine kam, drehte sich der Ascar zu Lucrezia um, die ihm einen fünfzig Zentimeter langen Sensorbalken an den Rezeptorhelm geschmettert hatte. Die große, dürre Gestalt schwankte, und für einen Moment sah es aus, als könnte sie das Gleichgewicht verlieren und fallen. Aber der mit Minimotoren ausgestattete Tarnanzug richtete den Ascar wieder auf und hob den Waffenarm.

Lucrezia bewegte sich genau in dem Augenblick, als der Ascar schoss, und ein Zusammentreffen unglücklicher Umstände wollte, dass der kleine, pfeilförmige Bolzen mit dem Nervengift Lucrezias offenen Mund traf, als sie zur Seite auszuweichen versuchte. Das Geschoss bohrte sich in den Gaumen und setzte das Toxin dort frei, in unmittelbarer Nähe des Gehirns. Noch im Fallen riss Lucrezia die Augen auf, und Blut spritzte aus ihrem Mund, als sie schwer auf den Boden prallte und reglos liegen blieb.

In ihrem Körper gab es keine Femtomaschinen, dazu imstande, das Gift in seine molekularen Bestandteile zu zerlegen, und in unmittelbarer Nähe des Gehirns konnte das Toxin tödlich wirken. Vielleicht gab es für Lucrezia – die davon überzeugt gewesen war, erst in einigen Jahren sterben zu müssen, und die oft den Friedhof besucht hatte, auf dem sie bestattet werden wollte – nur dann eine Überlebenschance, wenn sofort die Medozentrale des Habitats verständigt wurde.

Aber jeder Versuch, sie zu retten, hätte für Rahil bedeutet, dem Ascar Gelegenheit zu geben, ihn endgültig außer Gefecht zu setzen.

Er sprang erneut, traf mit dem Fuß des gestreckten Beins ein Kniegelenk und hörte, wie es knackte. Die dürre Gestalt, halb durchsichtig und mit inzwischen rot gewordenen Augenbündeln, schwankte erneut, und Rahil hörte das leise Brummen der Minimotoren wie das Summen eines nahen Insektenschwarms. Die Waffe in der Krallenhand zischte wie eine Schlange und spuckte einen weiteren kleinen Giftpfeil, der etwas anders heulte als die ersten drei und außerdem seine Flugbahn veränderte, als sei er in der Lage, das Ziel selbst anzuvisieren.

Rahil, bereits auf dem Weg zur zweiten Tür des Werkstattraums, zog daraus den Schluss, dass sich die Ehrenregeln des

Ascar geändert hatten. Er erinnerte sich nur vage daran, denn es lag viele Jahre zurück, dass er sich zum letzten Mal mit den Ascar beschäftigt hatte – die Datenbanken der Rüstung hätten ihm Auskunft geben können.

Die Rüstung …

Sie hatte noch immer die Struktur von Kleidung, als er mit ihr die zweite Tür erreichte, verfolgt vom Geschoss aus der Waffe des Ascar. Es traf ihn am Rücken, als er die Tür aufstieß, und mit der freien Hand griff Rahil nach dem kleinen Bolzen und riss ihn aus der Wunde, bevor er sich ganz in seinen Körper bohren konnte. Wieder fühlte er brennenden Schmerz, der fast sofort einer sich schnell ausbreitenden Taubheit wich. Es gelang ihm noch, die Tür hinter sich zuzuwerfen und zu blockieren, indem er »Zugang sperren!« hervorstieß, dann gaben die Beine unter ihm nach, und er sank auf den Teppichboden des Salons von Lucrezias Apartment. Während sich die Femtomaschinen in ihm erneut daranmachten, das Toxin zu neutralisieren – was diesmal, trotz der größeren Dosis, schneller gehen sollte, da sie es bereits kannten –, zerrte Rahil an seiner Kleidung und versuchte, sich von ihr zu befreien. Seine Wahrnehmung war nicht mehr geschärft, da es für die Femtomaschinen andere Prioritäten gab, und er hörte nichts hinter der geschlossenen Tür. Wie viel Zeit blieb ihm, bis es dem Ascar gelang, die Tür zu öffnen oder einen anderen Zugang zum Apartment zu finden? Dreißig Sekunden? Vielleicht sogar eine ganze Minute? Würde er es wagen, die Tür zur sprengen? Nein, wohl kaum. Er hatte offenbar den Auftrag erhalten, sein Opfer gefangen zu nehmen, nicht zu töten, und eine Explosion hätte die Integrität des Habitats gefährdet. Vielleicht wäre es zu einer explosiven Dekompression gekommen, mit unabsehbaren Folgen.

Im Halbdunkel sah Rahil einen Fleck, der über dem Verriegelungsmechanismus der Tür erschien, heller und breiter wurde. Offenbar hatte der Ascar seine Waffe auf energetische Emissionen umgeschaltet und schickte sich an, das Schloss aus der Tür zu brennen.

Weg mit dem Hemd, auch mit der Hose. Rahil lag auf dem Rücken, rutschte weiter von der Tür fort und fühlte sich von einem leichten Prickeln erfasst, als er die Rüstung überzustreifen begann.

»Kommunikation!«, stieß er hervor und verfluchte die Taubheit, die vom Rücken bis in die Beine reichte und nur langsam nachließ.

Keine Antwort.

»Depot, Kommunikation, hier spricht Rahil Tennerit, in Diensten der Ägide. Ich bin mit Exekutor-Privilegien ausgestattet. Identifiziere mich mithilfe des Bestätigungssignals meiner Femtomaschinen.«

Wieder blieb alles still, bis auf ein dumpfes Sirren, das von der Tür kam.

»Dies ist ein Notfall«, fuhr Rahil fort und zog das Empirion an sich hoch. »Die Depotverwalterin Lucrezia Andalora schwebt in Lebensgefahr und braucht sofortige medizinische Hilfe.«

Niemand antwortete, abgesehen vom Sirren, das ein wenig lauter wurde.

Am Unterleib, zwischen den Beinen und im Kreuz spürte Rahil plötzlich stechenden Schmerz, als sich die Rüstung mit seinem Nervensystem verband, während die Femtomaschinen noch damit beschäftigt waren, das Toxin zu neutralisieren. Es schien etwas länger zu dauern als sonst, alle Verbindungen herzustellen, und vor Rahils innerem Auge erschienen die vertrauten Auswahlmenüs. Die Programmbibliotheken rührte er nicht an, entschied sich für die wichtigsten Optionen und spürte, wie die neuronale Stimulation begann und ihn neue Kraft durchströmte, als die Femtomaschinen auf die Energiezellen der Rüstung zurückgreifen konnten.

Rahil war mit einem Satz auf den Beinen und lief durch die Wohnung, spürte dabei die leichten Unterschiede der von Mikrogravitatoren geschaffenen Schwerefelder und passte seine Schritte automatisch an. Eine herrliche Leichtigkeit von Körper und Geist erfüllte ihn, als die Rüstung Denken und Reflexe beschleunigte – der Nebel zwischen seinen Gedanken lichtete sich, und die Schwere wich aus den Muskeln. Was zuvor in der Düsternis halb verborgen gewesen war, bekam klare Konturen, als die zerebralen Schaltkreise des Empirion seine Wahrnehmung verbesserten. Nirgends ging Licht an, aber Rahil brauchte auch keins, um sich zu orientieren. Er sprang über einen niedrigen Tisch hinweg, wich einem Sessel aus, passierte eine weitere Tür und fand sich plötzlich im Schlafzimmer wieder. Drei Wände waren schwarz, und die vierte zeigte den Planeten Kedra, mit den Wolken eines ausgedehnten Tiefdruckgebiets über dem Hauptkontinent, der von den nördlichen Polarregionen bis zum Äquator reichte. Rahil lief ums Bett, erreichte eine kleinere Tür auf der anderen Seite, riss sie auf und stürmte in einen schmalen Flur, von dem er nicht wusste, wohin er führte. Seine Gedanken waren klar, ohne emotionalen Ballast, aber das schützte ihn nicht davor, Fehler zu machen, und als er die Tür am Ende des Korridors erreichte, befürchtete er, in eine Sackgasse geraten zu sein: Die Tür war versperrt und verfügte nicht über einen manuellen Öffnungsmechanismus.

Rahil blieb stehen und hörte ein dumpfes Knacken – war es dem Ascar gelungen, die Eingangstür aufzubrechen? Zurück konnte er jetzt nicht mehr; er wäre dem Verfolger direkt entgegengelaufen.

»Kommunikation«, sagte er leise. Auch diesmal blieb eine Reaktion aus, woraus Rahil schloss, dass der Ascar die Interfacesysteme des Apartments lahmgelegt hatte. Mit einer mentalen Anweisung aktivierte er das Kommunikationssystem der Rüstung und fügte ihm sofort einen Schutzfilter hinzu, um es vor Überladung durch eventuelle Störsignale des Ascar zu schützen. Dann schickte er seinen Exekutorcode ins Komm-System des Habitats und versuchte, einen Alarm auszulösen, bekam jedoch die Meldung, dass kein Kontakt hergestellt werden konnte.

Dafür gab es mehrere mögliche Erklärungen, und eine lautete: Der Ascar hatte seinen Einsatzbereich mit einer Nullzone umgeben, die keine elektromagnetischen Signale passieren ließ; vermutlich trug er einen entsprechenden Generator bei sich. Die Sensoren des Habitats würden die Nullzone natürlich bemerken, aber wahrscheinlich hielten sie sie nur für eine Anomalie, die eine Untersuchung erforderte. Eine Maint wäre in der Lage gewesen, aus drei ungewöhnlichen Faktoren – ein »leerer« Bereich ohne EM-Aktivität; eine Depotverwalterin, die nicht mehr zu erreichen war, und ein Exekutor der Ägide, den die Sensoren ebenfalls nicht mehr erfassten – den Schluss zu ziehen, dass ein Alarm ausgelöst werden musste. Doch mit einer solchen Maschinenintelligenz war das alte Habitat nicht ausgestattet.

Die Femtomaschinen hatten die letzten Reste des Nervengifts neutralisiert. Rahil verband sie mit dem Kommunikationssystem der Rüstung und begann damit, dem Schloss der Tür Codefolgen zu übermitteln, etwa einhunderttausend pro Sekunde, während seine Ohren, vom Empirion sensibilisiert, Schritte in der Wohnung hörten. Ihm kam eine Idee, und er setzte sie sofort in die Tat um. Der nächste Mikrogravitator befand sich im

Schlafzimmer, nahe genug, um ihn trotz der Nullzone mit einem starken Kommandosignal zu erreichen. Rahil zweigte einen Teil seines Komm-Potenzials dafür ab, den Gravitator etwa hundertmal schnell hintereinander ein- und auszuschalten, was die anderen zur Anpassung zwang und eine Fluktuationswelle auslöste, die innerhalb einer Sekunde alle Mikrogravitatoren im Apartment erfasste. Ein Rumpeln kam aus einem der Zimmer, als der Ascar fiel, und dann reagierte die Sicherheitsautomatik und brachte die Gravitatoren in den Rejustierungsmodus von null Komma eins G.

Rahil war auf die plötzliche Mikroschwerkraft vorbereitet und hielt sich an der Wand mit den Saugnäpfen fest, die das Empirion an den Händen gebildet hatte.

»Du kannst mir nicht entkommen, Rahil Tennerit, Sohn des Coltan Jaqiello Tennerit und Tochter der Vivienne Guandique Belidor«, kam eine Stimme über einen sekundären Kanal des Komm-Systems. Rahil schloss ihn sofort, verstärkte den Schutzfilter und hörte das Flüstern einer Erinnerungsstimme: *Vor einigen Wochen erfuhren wir von unserem Missionar auf Kattinga, dass die Großen Familien des Dutzends einen Ascar auf Sie angesetzt haben. Es könnte einen Zusammenhang mit Ihrem Tod auf Heraklon geben*, hatte der Kurator an Bord der Station gesagt. Aber wenn der Kurator in Wirklichkeit der Angreifer war, und seine Auskünfte Lügen …

Es klickte, und die Tür surrte zur Seite. Rahil löste die Hände von der Wand, und ein leichter Luftzug trug ihn durch die Öffnung in einen vertikalen Schacht, in dem offenbar geringerer Luftdruck herrschte. Dort erfasste ihn die Zentrifugalkraft des rotierenden Habitats, und er hielt sich gerade noch rechtzeitig an einer Sprosse der Leiter fest, die an einer Wand nach unten und nach oben führte. Seine Beine baumelten kurz über einer

Tiefe, die ihn anzusaugen schien. Dann fanden die Füße Halt, und er kletterte nach oben, so schnell er konnte.

Warum hatten die Großen Familien des Dutzends einen Ascar auf ihn angesetzt, und welchen Zusammenhang gab es mit Heraklon und seinem dortigen Tod vor etwa zwei Monaten?, überlegte Rahil, während sein Körper agierte und von ganz allein zu wissen schien, worauf es ankam. Sein Vater war längst tot – Rahil hatte die Entwicklungen auf Caina während der vergangenen Jahrzehnte ganz bewusst nicht verfolgt und wusste daher nicht, wann Coltan gestorben war und wer jetzt seinen Platz am blutroten Schreibtisch eingenommen hatte. Welches Interesse konnten die Familien nach all der Zeit an ihm haben? Und wieso gerade jetzt?

Heraklon, dachte er. Alle Wege führten dorthin.

Dreißig Sprossen weiter oben stieß er auf eine Luke mit mechanischer Verriegelung. Rahil öffnete sie und erreichte einen schmalen Gang, der aus einer Mischung von Stahl und Kunststoff bestand und offenbar zur externen Verschalung des Habitats gehörte. Er hörte Geräusche weiter unten im vertikalen Schacht, lief los und fragte sich, ob es wagen sollte, die Programmbibliotheken der Rüstung zu öffnen. Eigentlich blieb ihm keine Wahl, denn von den Bibliotheken aus konnte er auf die Datenbanken zugreifen, und er brauchte Informationen über die Struktur des Habitats – es hatte keinen Sinn, einfach nur durch die Dunkelheit zu laufen und zu hoffen, dass sich ihm irgendwo und irgendwie eine Möglichkeit bot, den Verfolger endgültig abzuschütteln.

Nach einem objektiv nur wenige Mikrosekunden langen Zögern öffnete er die Bibliotheken und erhielt sofort Informationen über den Ascar. Das innere Auge sah ihn deutlich, schaute durchs Visier und deutete die Anordnung der Augenbündel, ihre Farbe und die wie Tätowierungen aussehenden Reifezeichen auf dem Streifen Knochenhaut, der zwischen den Bündeln und der Kommunikationsmaske erkennbar war. Ein Ascar der Pacana-Gruppe, die in der arktischen Enklave von Caina lebte, in unmittelbarer Nähe des Eisschreins, der bei allen Volksgruppen der Ascar als großes Heiligtum galt. Rahil erinnerte sich plötzlich daran, als Kind auf seiner Heimatwelt einmal einen solchen Pacana-Ascar gesehen zu haben, an jenem verregneten Tag am Hafen von Meemken, am letzten Tag mit Emily. Dass es sich um dieses Individuum – beziehungsweise um diese Individuums*version* – handelte, war extrem unwahrscheinlich, aber nicht ausgeschlossen, wenn man die Umstände bedachte. Die Ascar verfügten über einen Extrasinn, der sie auf ihrem Heimatplaneten im galaktischen Kern zu gefürchteten Jägern gemacht hatte: Sie konnten die einzigartige, unverwechselbare Biosignatur eines einzelnen Geschöpfs erfassen und sie unter Millionen und sogar Milliarden anderen wiederfinden, in einem Umkreis von mehreren zehntausend Kilometern. Wenn sie auf einem Planeten die Witterung ihres Opfers aufgenommen hatten, konnte es nur entkommen, wenn es die betreffende Welt verließ, ohne Spuren zu hinterlassen. Und selbst dann gelang den Ascar manchmal die Verfolgung, selbst über Lichtjahre hinweg, als gäbe es für ihren Extrasinn keine räumlichen und zeitlichen Beschränkungen. Hatte ein Pacana-Ascar damals Rahils Witterung aufgenommen und sie zusammen mit vielen anderen seinem Duft-Archiv hinzugefügt, um die Möglichkeit zu haben, irgendwann einmal darauf zurückzukommen?

Es strömten weitere Informationen über die Ascar und dieses spezielle Exemplar in Rahils Bewusstsein, und er nahm sie auf, ohne ihnen seine volle Aufmerksamkeit zu widmen. Wichtiger waren die in den Datenbanken enthaltenen Schemata des Habitats, die nicht vor dem inneren Auge erschienen, sondern direkt in seinem Blickfeld, als ein spinnennetzartiges Muster, das ihm mitteilte: Von diesem Gang aus gab es keinen Zugang zum Depot der Ägide. Enttäuschung streifte ihn – er blieb ohne Waffe.

Dann bemerkte er etwas anderes, während er eine Drucktür passierte und sie hinter sich schloss, ohne sie verriegeln zu können. Nur etwa hundert Meter trennten ihn von einem alten Hangar mit Wartungskapseln, die einst für Instandhaltung und Reparatur der peripheren Habitatsektionen benutzt worden waren. Die Frage, ob sie einsatzbereit waren, ließ sich erst beantworten, wenn er sie erreichte. Für einen Flug zum Planeten waren sie ungeeignet, denn sie verfügten nur über schwache Triebwerke und keine Abschirmfelder, die Schutz vor der Reibungshitze beim Eintritt in die Atmosphäre boten. Aber ihr Antriebspotenzial reichte für einen Flug zum Orbitallift, den die Ägide vor Jahren installiert hatte, als Gegenleistung für die Benutzung des Habitats als Depot, und als Eintrittskarte für Kedra.

Orbitallift, dachte Rahil, als er weiterlief. Höhe dreißigtausend Kilometer, bis zur Endstation im stationären Orbit. Zehn Millionen Monofasern, zu einem nur dreißig Zentimeter dicken Strang vereint und von einem internen Energiefaden verstärkt – einfache sekundäre Technik der Leskovar, der Ägide gestiftet. Und die Ägide hatte sie Kedra zum Geschenk gemacht.

Rahil warf eine weitere Drucktür hinter sich zu, ohne langsamer zu werden, und versuchte erneut, eine Verbindung zum Kommunikationssystem des Habitats herzustellen. Es gelang ihm auch diesmal nicht. Es gab keine Möglichkeit, Sammaccan zu verständigen oder die Medozentrale zu benachrichtigen. Was war mit Lucrezia? Lebte sie noch?

Die neuronale Stimulation unterdrückte diesen Gedanken sofort.

Einige schnelle Schritte brachten Rahil in den Hangar. Im für gewöhnliche Augen sichtbaren elektromagnetischen Spektrum herrschte völlige Dunkelheit, aber das Zusammenwirken von Rüstungssensoren und Femtomaschinen gab ihm eine fast normale wirkende, wenn auch nicht ganz farbechte Sicht. Er sah sofort, dass er mit drei der vier Wartungskapseln nichts anfangen konnte. Halb demontiert lagen sie neben der Schiene des Akzelerators, in verschiedenen Stadien der Restauration. Die vierte hingegen ruhte auf der Schiene: eine fünf Meter durchmessende Kugel, oben und unten abgeflacht wie ein Planet an den Polen, die stählerne Außenhülle fleckig, an der einen Seite Hoheitszeichen, die längst nichts mehr bedeuteten, die Luke wie einladend geöffnet. Werkzeuge lagen auf dem Boden, als hätte bis eben jemand an diesem Ort gearbeitet.

An der Wand rechts neben dem Akzelerator befand sich einer der alten Kommunikationsanschlüsse des Habitats. Rahil betätigte die Kontrollen, ohne dass etwas geschah, und überlegte, ob er einige seiner Femtomaschinen in den Apparat schicken sollte, mit dem Auftrag, ihn zu reparieren oder durch die Kabelverbindungen, sofern sie noch existierten, eine Botschaft in den Kontrollkern des Habitats zu tragen.

Hinter ihm sprang die Drucktür des Hangars auf, und eine Stimme knarrte: »Ich habe Sie erneut gestellt, Rahil Tennerit. Und von hier aus gibt es keine Flucht mehr für Sie.«

Rahil drehte sich zum Ascar um, der seinen Tarnanzug ganz deaktiviert hatte. Der große, dürre Jäger hob die eine Hand, und ein Funken löste sich von ihr, stieg bis zur Decke auf, leuchtete heller und vertrieb die Schatten aus dem alten Hangar. Das gehörte zum Erfüllungsritual der Jagd, erkannte Rahil dank der Informationen aus den Datenbanken: Die Schatten verschwanden, und mit ihnen die Zweifel an der Identität.

Der Ascar trat näher, den Paralysator schussbereit in der anderen Hand. Er hinkte, aber nur ein wenig, obwohl Rahils Tritt ihm ein Kniegelenk gebrochen hatte. Er schien zumindest einen Teil seiner Regenerationsfähigkeit für die Heilung jener Verletzung verwendet zu haben, obwohl er, wie Rahil jetzt sah, einen voll ausgebildeten, wenn auch noch schlaffen und inaktiven Ekdysis-Kokon auf dem Rücken trug. Mit den zusätzlichen Daten verstand er auch die Reifezeichen auf der Knochenhaut über der Kommunikationsmaske: Der Ascar stand kurz vor der Verpuppung; der erfolgreiche Abschluss dieser Jagd bedeutete für ihn, dass er sich zu einer neuen Individuumsversion verjüngen konnte.

Rahil gab seinen Femtomaschinen den Befehl, sich auf die Neutralisierung einer massiven Dosis Nervengift vorzubereiten. Er wusste, dass der Ascar recht hatte, dass er nicht entkommen konnte. Weit und breit gab es keine Deckung, abgesehen von der Wartungskapsel auf der Schiene des Akzelerators, und ihre Luke war mehrere Meter entfernt. Die Rüstung verbesserte auch sein physisches Leistungsvermögen, machte ihn aber nicht schneller als die Reflexe eines erfahrenen Jägers.

Hinter dem Visier veränderten die Augenbündel des Insektoiden erneut die Farbe und gewannen einen violetten Ton – die Farbe des Triumphs.

Der Ascar hob die Waffe.

Rahil handelte instinktiv und warf sich zur Seite, der Luke entgegen, obwohl er wusste, sie nicht rechtzeitig erreichen zu können.

Der Paralysator heulte nicht.

Rahil prallte schwer auf den Boden und sah dabei aus dem Augenwinkel, wie ein Schatten aus dem Korridor hinter dem Ascar kam, ein dunkles, geflügeltes Geschöpf mit einer Art

Schrumpfkopf auf einem langen, dünnen Hals. Silberne und goldene Lichter huschten über den deaktivierten Tarnanzug des Jägers, als er sich umzudrehen begann, doch er war nicht schnell genug. Der Schatten erreichte ihn, und ein Flügel verwandelte sich in einen Arm, der in einer großen Faust endete, und diese Faust schmetterte gegen den Rezeptorhelm des Ascar. Es knackte laut, und der Insektoide sackte in sich zusammen. Im Fallen verkrampfte sich die Krallenhand, und der Auslöser der Waffe wurde betätigt. Der Paralysator heulte – Tonhöhe und Lautstärke waren den Ehrenregeln eines Ascar angemessen, der seine dritte Verjüngung hinter sich hatte und in spätestens einhundert Tagen den Eisschrein aufsuchen musste, um mit einer neuen Inkarnation zu beginnen und die alte im wahrsten Sinne des Wortes auf Eis zu legen –, aber das Betäubungsgeschoss jagte über Rahil hinweg und bohrte sich zehn Meter entfernt in einen Instrumentenblock, der aus einer anderen Wartungskapsel stammte.

»Nein!«, rief Rahil, als der Arm mit der großen Faust nach oben kam und erneut zuschlagen wollte. »Er ist außer Gefecht gesetzt. Das genügt.«

»Er ist ein Feind.« Aus dem geflügelten Wesen wurde ein junger, zierlich gebauter Mann, dessen dünne Arme in langen, schmalen Händen endeten, nicht in großen Fäusten. »Feinde muss man töten«, betonte Sammaccan.

Für einen Moment fühlte sich Rahil trotz der Umstände von traurigem Ärger erfasst, denn jene Worte weckten bittere Erinnerungen an seinen Vater. »Nicht hier«, sagte er und stand auf. »Nicht bei der Ägide.« Dies unterscheidet uns von euch, dachte er, sprach den Gedanken aber nicht laut aus.

Sammaccan wich einen Schritt von der liegenden Gestalt fort. »Das ist ein Ascar, nicht wahr? Die Stimmen des Zimmers,

141

in dem ich gewesen bin … Sie haben mir davon erzählt, und von vielen anderen Dingen.« Voller Stolz hob der Polymorphe den Kopf. »Die Ascar sind sehr gefährlich, und ich habe ihn ganz allein besiegt, Sie haben es selbst gesehen. Jetzt stehen Sie in meiner Schuld, Rahil Tennerit, Exekutor der Ägide. Sie sind mir zu Dank verpflichtet und …«

Der Ascar stöhnte, und plötzlich umgab ihn das vage Grau eines Schirmfelds wie eine dünne Nebelwolke. Hinter dieser energetischen Barriere bewegte sich der Jäger, noch unkoordiniert und benommen, tastete mit der einen Krallenhand nach der auf dem Boden liegenden Waffe und rückte mit der anderen den Rezeptorhelm zurecht, der oben eine deutlich sichtbare Delle aufwies.

Ich hätte Sammaccan nicht am zweiten Schlag hindern sollen, dachte Rahil und fragte sich, wie groß die Regenerationsfähigkeiten des Ascar waren. Wie schnell konnte er sich erholen?

Der Jäger begann bereits aufzustehen. Über ihm leuchtete noch immer das Licht an der Decke des Hangars, aber es verblasste allmählich.

»In die Kapsel!«, rief Rahil. Als Sammaccan nicht sofort reagierte, fluchte er leise, ergriff dessen Arm, zerrte ihn durch die Luke und schloss sie.

»Ich habe in dem Zimmer viel Rätselhaftes gesehen«, sagte Sammaccan, während Rahils Finger über die Kontrollen huschten, gelenkt von den Informationen aus den Datenbanken seiner Rüstung. »Den Unterschied zwischen der sogenannten Bruch-Gemeinschaft und der Ägide habe ich noch nicht ganz begriffen, aber beide sind voller Wunder. Ich frage mich allerdings, wie ihr solche Wunder schaffen konntet, obwohl ihr ganz offensichtlich dumm seid.«

»Dumm?«, wiederholte Rahil und aktivierte den Akzelerator,

dessen Akkumulatoren nur ein Viertel der üblichen Startenergie enthielten. Mit einem kaum spürbaren Ruck setzte sich die Wartungskapsel in Bewegung und kroch quälend langsam über die Schiene. Weiter vorn öffnete sich das Schott der Schleuse.

»Es ist dumm, einem Feind Gelegenheit zu geben, sich wieder zu erholen und erneut anzugreifen«, sagte Sammaccan. »Das habe ich schon als kleines Kind auf Hrkln gelernt.«

Die Kapsel verfügte nicht über ein Interface, das es Rüstung und Femtomaschinen erlaubte, die von den Sensoren ermittelten Daten direkt zu empfangen. Rahil war auf die Anzeigen der zweidimensionalen Displays angewiesen, und eins von ihnen zeigte ihm den Hangar – von dem Ascar war nichts mehr zu sehen.

Rahil überlegte, ob er die Startprozedur unterbrechen sollte, entschied sich aber dagegen. Hinter ihnen schloss sich das Schott, und ein erst lautes und dann schnell leiser werdendes Brummen deutete darauf hin, dass Pumpen die Luft aus der Schleuse saugten.

Das Außenschott öffnete sich, und ein Kraftfeld, geschaffen von der Energie des Akzelerators, hob die Kapsel an und stieß sie nach draußen ins All.

14

Sammaccan quiekte, als er in der plötzlichen Schwerelosigkeit zur Decke des kleinen Kontrollraums emporschwebte. Rahil langte mit der einen Hand nach oben und zog ihn wieder herunter, während er mit der anderen Tasten betätigte, die vor sechshundert Jahren von den Fingern der *Ereignis*-Flüchtlinge berührt worden waren. Die Manövrierdüsen der Kapsel zündeten, und ein leichtes Schweregefühl stellte sich ein.

»Schnall dich an«, sagte er und versuchte noch einmal, das Kommunikationssystem des Habitats zu erreichen. Eine Sekunde später meldeten Femtomaschinen und Rüstung einen weiteren Misserfolg. »Wie hast du mich gefunden?«

Sammaccan seufzte tief und zufrieden. »Danke, dass du mich duzt, Rahil Tennerit. Ich weiß dein Vertrauen sehr zu schätzen.«

Rahil achtete nur halb auf die Worte und war damit beschäftigt, das Komm-System der Kapsel zu untersuchen und gleichzeitig Kurs auf den Orbitallift zu nehmen. Die Informationen der Missionsdatenbank wiesen ihn darauf hin, dass sich in Munraha auf Heraklon nur Personen duzten, die entweder ein intimes Verhältnis unterhielten oder durch ein besonderes Band des Vertrauens miteinander verbunden waren. Aber bei mir gibt es einen anderen Grund, dachte Rahil mit kühler Rationalität. Ich habe ihn geduzt, weil ich diesen dummen, eingebildeten Jungen nicht ernst nehmen kann. Obwohl er mich gerettet hat.

Sammaccan erzählte davon, dass er das Schulungszentrum des alten Industrieparks verlassen hatte, als die vielen Stimmen und Bilder in seinem Kopf zu viel für ihn geworden waren. Er berichtete von seinen Streifzügen durch das Habitat und von den Streichen, die er mit diversen Verwandlungen Besuchern und Personal gespielt hatte. Rahil hörte nur mit halbem Ohr hin und bemühte sich, die Bordsysteme der alten Wartungskapsel zu verstehen – die Datenbanken des Empirion enthielten nur allgemeine Angaben über die Funktionsweise, keine Details. Das Komm-System schien nicht zu funktionieren, oder er gab über die Tasten Anweisungen, mit denen es nichts anzufangen wusste. Dass er die später installierten, moderneren Kommunikationssysteme des Habitats nicht erreichen konnte, besorgte ihn, denn es bedeutete vielleicht, dass es noch immer etwas gab, das die Signale blockierte. Wohin war der Ascar verschwunden? Schützte sein Tarnanzug auch vor Kälte und Vakuum des Alls? War er zur Wartungskapsel gelaufen, um sich beim Start an ihr festzuhalten? Befand er sich jetzt noch immer dort draußen und wartete darauf, dass sie den Lift erreichten und die Luke öffneten?

Rahil vergewisserte sich, dass die Luke von innen verriegelt war, und versuchte dann, die Ausrichtung der visuellen Sensoren so zu verändern, dass er mit ihnen die Außenseite der Kapsel überprüfen konnte. Die Bildschirme zeigten ihm nur fleckigen Stahl und Hoheitszeichen, die zum größten Teil aus parallelen und horizontalen Strichen bestanden.

Wenn sich der Ascar tatsächlich dort draußen befand, so in einem von den Sensoren nicht erfassten toten Winkel.

»Die Stimmen haben oft von der Bruch-Gemeinschaft und der Ägide erzählt«, sagte Sammaccan und kam damit auf etwas zurück, das er schon zuvor erwähnt hatte. »Wo ist der Unterschied?«

Rahil überprüfte die Treibstoffanzeigen – die Manövrierdüsen verwendeten ein altes chemisches Agens – und erhöhte den Schub. Die Kraft, die Sammaccan und ihn sanft in ihre Sessel drückte, wurde etwas stärker. Ein Statusdisplay wies darauf hin, dass die Entfernung zum Orbitallift noch zweitausend Kilometer betrug.

»Mit der Bruch-Gemeinschaft sind die dreizehn Sonnensysteme gemeint, die sich diesseits des Sagittariusbruchs befinden und vor sechshundert Jahren vom *Ereignis* verschont blieben«, sagte Rahil geistesabwesend, während er weiterhin die Kontrollen betätigte und den Blick auf die Bildschirme gerichtet hielt. Er hatte Sammaccan im Schulungszentrum des Habitats unter dem Vorwand zurückgelassen, dass er mehr Kenntnisse über die Welten außerhalb von Munraha und Heraklon brauchte, wenn er seine Aufgaben als Assistent der Ägide wahrnehmen wollte. Aber in Wirklichkeit hatte er ihn für ein paar Stunden loswerden wollen. »Etwas später schlossen sich ihr die Welten der Sieben Völker an, die ebenfalls mit einem blauen Auge davongekommen waren, sozusagen.«

Sammaccan nickte eifrig. »Die Chormiki, Aun, Ippakao, Kzosek, Panyko, Milwee und Chandswangh.«

»Die Bruch-Gemeinschaft hat sich damals ihren technologischen Standard bewahrt, während die Gefallenen Welten ...«

»Ins Chaos stürzten«, sagte Sammaccan finster, und für einen Moment klang seine Stimme wieder wie ein Repitilienzischen.

»Ja«, bestätigte Rahil und fuhr seinen Alarmmodus um eine Stufe herunter. Die Femtomaschinen verlangsamten seinen Herzschlag und reduzierten den Stoffwechsel, aus dem sie einen Teil ihrer Betriebsenergie bezogen. Das Empirion blieb im defensiven Modus. Die Bildschirme zeigten noch immer eine leere Außenhülle, und schließlich schaltete Rahil die visuellen Sensoren um. Das dünne Band des Orbitallifts, schematisch hervorgehoben, erschien über einem rostbraunen Teil des Planeten und führte hinab zu einer weiten Hochebene am Rand des Tiefdruckgebiets, das er an der Wand von Lucrezias Schlafzimmer gesehen hatte. »Die Bruch-Gemeinschaft gründete die vom Kuratorium geleitete Ägide, eine von ihr unterstützte unabhängige Organisation, die erst vor allem als Mittler zwischen ihr und den Hohen Mächten agierte und dann mit Entwicklungshilfe auf den Gefallenen Welten begann.«

»Auch auf Hrkln.«

»Auch auf Heraklon, ja.« Und auch im Dutzend, auf Caina, dachte Rahil. Für ein oder zwei Sekunden sah er Emilys Gesicht vor sich und beobachtete, wie es mit dem von Lucrezia verschmolz. Jazmine erschien nicht vor seinem inneren Auge – die neuronale Stimulation verhinderte das –, aber die Erinnerungen an sie, schmerzhaft und qualvoll, lagen immer auf der Lauer.

Ein neuer Gedanke tauchte an die Oberfläche seines Bewusstseins: Sammaccan hatte gar nicht danach gefragt, was der Ascar von ihm wollte. Von Lucrezia und dem, was mit ihr geschehen war, wusste er nichts, aber hätte er nicht nach dem Ascar und dem Grund für seinen Angriff fragen sollen?

Rahil warf einen kurzen Blick zur Seite. Sammaccan versuchte, sich entspannt zu geben, aber die eine Hand tastete immer wieder nach dem Gurt, und die Unterlippe zitterte leicht. Offenbar versuchte der junge Polymorphe, seiner Vorstellung von Männlichkeit zu entsprechen und sich mutig zu geben, aber ein aufmerksamer Beobachter wie Rahil erkannte die Anzeichen von Anspannung und Furcht. Lag es am Flug mit dieser antiquierten Wartungskapsel? Oder gab es einen anderen Grund?

Weitere Gedanken warteten darauf, dass er ihnen seine volle Aufmerksamkeit widmete. Die Stimulation durch die Nervenkomponenten und zerebralen Schaltkreise der Rüstung gab all den Dingen Priorität, die mit der Mission in Zusammenhang standen. Mehrmals erschienen vor seinem inneren Auge Bilder, die versuchten, ihm Lucrezia zu zeigen, aber unter dem Einfluss der geistigen Stimulation und Selektion lösten sie sich schnell auf.

Rahil vergewisserte sich, dass die Kursdaten stimmten, überprüfte dann noch einmal den Treibstoff und stellte fest, dass ihm genug Spielraum blieb. Er hätte zum Habitat zurückkehren und dort dem Kontrollzentrum von den jüngsten Ereignissen berichten können. Es wäre sogar möglich gewesen, zur Polis zu fliegen und die dort repräsentierten Hohen Mächte um Hilfe zu bitten. Aber vielleicht stand ein Repräsentant ebenjener Hohen Mächte mit dem Schiff in Verbindung, das im M-Raum einen Disruptor gegen den Shifter eingesetzt hatte.

»Die Ägide steht also über der Bruch-Gemeinschaft?«, fragte Sammaccan.

»Ja«, antwortete Rahil und setzte seine Überlegungen fort. Er hatte noch einen Entscheidungsspielraum von etwa einer Minute. Anschließend hätte ein Kurswechsel zu viel von dem chemischen Treibstoff verbraucht.

»Also kann die Ägide der Gemeinschaft Befehle erteilen, und sie muss gehorchen?«

»Nein«, sagte Rahil, den Blick auf die Anzeigen gerichtet. »Die Geschicke der Gemeinschaft werden von der Unionskonferenz bestimmt, die aus Abgeordneten aller Welten besteht und einen Vorsitzenden und dreizehn Beiräte wählt. Die Konferenz befindet auch darüber, welche ökonomischen Ressourcen der Ägide zur Verfügung gestellt werden, und sie ernennt ein Drittel der Mitglieder des Kuratoriums, das über die Regeln und Prinzipien der Ägide wacht.«

»Und die anderen zwei Drittel?«, fragte Sammaccan sofort.

»Die Hohen Mächte nominieren ein weiteres Drittel, und das letzte Drittel setzt sich aus ehemaligen Missionaren zusammen, den sogenannten Verdienstvollen.«

»Oh«, sagte Sammaccan. »Oh.« Er zog einmal mehr an dem Gurt auf seiner Brust und zuckte zusammen, als mehrere Kontrollleuchten auf dem Instrumentenblock vor ihm blinkten. »Die Verdienstvollen. Sie sind unsterblich, nicht wahr? Bist du ebenfalls unsterblich, Rahil Tennerit?«

Die Fragen lenkten Rahil nicht ab, während er noch immer mit einer Entscheidung rang. Er dachte schnell genug und hätte am liebsten geantwortet: Wie kann man unsterblich sein, wenn man dreimal gestorben ist? Nicht zum ersten Mal versuchte er, sich an die Tode zu erinnern, aber wenn es im Gedächtnis dieses Images Erinnerungen daran gab, blieben sie hinter Traumaschranken verborgen. Vielleicht begann nach jedem Tod ein ganz neues Leben, auch wenn es die gleiche Person betraf, beziehungsweise eine Kopie von ihr. Im einen Augenblick befand sich Rahil Tennerit, Missionar der Ägide, an einem Ort und starb, unter welchen Umständen auch immer, und im subjektiv nächsten erwachte er nach der Wiederherstellung in einem Uterus, als neue Inkarnation seiner selbst, ausgestattet mit allen Erinnerungen seines Vorgängerselbst minus Todestrauma, der Ersatzkörper jung, das Bewusstsein durch den Uterus aufgefrischt.

Wir sind wie die Ascar, dachte er plötzlich. Auch wir verjüngen uns und leben dadurch viele zusätzliche Jahre. Aber wir können nicht einfach aus dem alten Körper schlüpfen und uns einen neuen wachsen lassen; wir müssen sterben, um ein neues Leben zu beginnen.

Und er dachte: Für uns Missionare ist der Tod nur eine unangenehme Unterbrechung unseres Dienstes für die Ägide. Wir werden wiedergeboren, weil die Hohen Mächte uns die dafür notwendige Technik zur Verfügung gestellt haben. Andere Menschen bleiben im Tod gefangen, für immer, bis ans Ende der Zeit, wie Jazmine.

An dieser Stelle griff die neuronale Stimulation ein, weil die Gedanken ausuferten und starke Emotionen weckten. Rahil merkte, dass er seine Entscheidung getroffen hatte, als Ergebnis anderer Überlegungen, die den Verfolger im M-Raum und den

Ascar betrafen, die möglichwerweise identisch waren. Wenn der Jäger nicht irgendwo an der Außenhülle lauerte, was Rahil inzwischen für sehr unwahrscheinlich hielt, boten ihm Wartungskapsel und Orbitallift eine gute Möglichkeit, dem Ascar zu entkommen. Unten im Hauptlager der Archäologen von Kedra gab es ein einfaches Kickout, durch das sich Eckrote erreichen ließ, eine Welt der Aun, und von dort aus konnte er den Weg nach Heraklon fortsetzen.

Nur zwei oder drei Sekunden waren vergangen, nicht mehr, als Rahil antwortete: »In meinem Körper befinden sich winzige Maschinen, die Zellschäden und dergleichen reparieren. Sie halten mich jung. Was die Verdienstvollen betrifft ... Es sind siebenundvierzig Missionare, die so gute Arbeit für die Ägide geleistet haben, dass sie nach dem Ende ihres Dienstes die Maschinen in ihrem Innern behalten durften. Sie sind unsterblich, ja, solange sie keinem Unfall zum Opfer fallen.«

»Und du, Rahil Tennerit?«, fragte Sammaccan, und dabei veränderte sich der Tonfall seiner Stimme. »Kannst du sterben, trotz der Maschinen in deinem Innern?«

»Ja«, sagte Rahil und beobachtete auf dem Hauptdisplay, wie der Orbitallift näher kam. »Ja, ich kann sterben. Aber wenn ich tot bin, kann ich wiedergeboren werden, mit fast allen meinen Erinnerungen.«

»Aber nicht mit allen.«

»Nein.«

»Und die Wiedergeburt findet in einer Schmiede statt.«

»Ja. In einem Uterus.« Rahil lehnte sich in der Schwerelosigkeit zurück, gehalten von den Gurten. Noch zehn Minuten bis zum Orbitallift.

»Die Stimmen in dem Zimmer haben mir davon erzählt«, sagte Sammaccan. Er klang noch immer anders und zeigte inzwischen keine Anzeichen von Furcht mehr. Rahil fragte sich, ob es an der Schwerelosigkeit lag, die für den jungen Polymorphen aus Munraha auf Heraklon völlig neu sein musste. Vielleicht hatte sich sein an Veränderungen gewöhnter Körper inzwischen angepasst. »Wie funktionieren Schmieden?«

Rahil sah auf die Kontrollen und überlegte, ob es Sinn hatte, Sammaccan primäre Technik zu erklären, und ob er überhaupt imstande war, die Erklärungen zu verstehen. Er hat noch immer nicht danach gefragt, was es mit dem Ascar auf sich hat, dachte er.

Emily fiel ihm ein. Emily mit den Sommersprossen, die in ihrem Gesicht tanzten. Sie hatte es verstanden, selbst die kompliziertesten Dinge einfach auszudrücken.

»Schmieden sind … besondere Fabriken, die uns die Hohen Mächte zur Verfügung gestellt haben. Mit ihnen kann man herstellen, was man will, selbst komplexe Geräte.«

»Auch Waffen«, sagte Sammaccan finster, und Rahil sah kurz zur Seite.

»Ja, auch Waffen. Einfache, monochrome Schmieden verfügen über festgelegte Programme, die die Produktionsmöglichkeiten auf bestimmte Dinge beschränken. Bei leistungsfähigeren, polychromen Modellen können ausgebildete Schmiede neue Programme erstellen, mit denen sich neue Produkte herstellen lassen.«

»Sie erschaffen Dinge aus dem Nichts?«, fragte Sammaccan.

»Nicht aus dem Nichts«, sagte Rahil langsam und erinnerte sich an den Elfjährigen, der er damals in Meemken gewesen war und der Emily gefragt hatte, warum die Ägide keine Fabriken, die alles herstellen konnten, nach Caina brachte, auf dass dort niemand mehr Not leiden musste. »Unsere Schmieden verwenden Basismasse für die Produktion. Aber rein theoretisch können Schmieden jede beliebige Materie für die Herstellung gewünschter Objekte verwenden.«

»Warum haben euch die Hohen Mächte die Schmieden gegeben?«, fragte Sammaccan. »Und all die anderen Maschinen, kleine und große.«

»Damit wir unsere Aufgabe besser erfüllen können.«

»Und woraus besteht eure Aufgabe? Ich meine, unsere«, fügte Sammaccan sofort hinzu. »Ich gehöre dazu. Ich bin Assistent der Ägide!«

»Unsere Aufgabe besteht darin, den Gefallenen Welten zu helfen«, sagte Rahil mit erzwungener Geduld.

»Heraklon ist eine Gefallene Welt«, sagte Sammaccan und sah Rahil an. »Wenn ihr ... wenn wir die Geschenke der Hohen Mächte an Hrkln und die anderen Welten weitergeben würden, wäre ihnen sehr geholfen. Sie könnten produzieren, was sie wollen und brauchen.«

»So einfach ist das nicht«, erwiderte Rahil, obwohl seine Gedanken oft in diese Richtung gegangen waren. »Solche Maschinen bedeuten Macht, und diese Macht darf nicht in die falschen Hände geraten. Ich habe schon versucht, es dir zu erklären ...« Er unterbrach sich, als er den Kopf drehte und Sammaccans Blick begegnete. Er entsann sich daran, wie seine großen Augen das goldene Licht des M-Raums reflektiert hatten. Jetzt waren sie dunkel, wie zwei schwarze Fenster, die es nicht gestatteten, in den Raum dahinter zu sehen, einen Raum, der nicht leer war, sondern voller starrender Augen. Rahil fühlte sich plötzlich mit einer neuen Art von fraktalem Muster konfrontiert: Augen innerhalb von Augen. Nicht ein Geschöpf musterte ihn, nicht eine Person, sondern viele. Gewann er damit einen Eindruck von der wahren Natur des Polymorphen? Wechselte Sammaccan auch die Persönlichkeit, wenn er eine andere Gestalt annahm?

»Maschinen«, sagte Sammaccan und brach damit den Bann. Aus dem Instrumentenblock vor ihm kam ein Piepen, wie als Antwort. »Maschinen«, wiederholte er und fügte als junger Polymorpher und nicht als Assistent der Ägide hinzu: »Was macht ihr, wenn euch die Hohen Mächte eines Tages die Maschinen wegnehmen? Ihr seid abhängig von ihnen. Ihr werdet von Maschinen regiert. Sogar im Kuratorium sind Maschinen vertreten, haben mir die Stimmen des Schulungszimmers erzählt.«

»Maints sind keine gewöhnlichen Maschinen. Sie …«

»Bei uns auf Hrkln sind Maschinen dumm«, sagte Sammaccan. »Wir herrschen über sie, nicht sie über uns.«

Unsere Maschinen sind nicht dumm, dachte Rahil. Sie sind intelligent, viel intelligenter als du. Aber er erwiderte: »Wir sind gleich da. Ich muss mich jetzt auf die Steuerung konzentrieren.«

Das stimmte nicht, aber es gab Rahil einen Vorwand, das Gespräch zu beenden. Während er neue Sensordaten abrief und den Kurs überprüfte, dachte er an die Fragen, die Sammaccan ihm gestellt hatte und durchaus einen Sinn ergaben, wenn man seine Herkunft berücksichtigte. Aber noch interessanter waren vielleicht die Fragen, die er *nicht* gestellt hatte. Er hatte nicht nach dem Ascar gefragt, und auch nicht nach dem *Ereignis*, das vor sechshundert Jahren auf der anderen Seite des Sagittariusbruchs stattgefunden hatte, und das fand Rahil erstaunlich genug. Wusste er darüber Bescheid? Hatte er bei den mentalen Lektionen im Schulungszentrum davon erfahren?

Es war etwa eine Minute still gewesen, als Sammaccan fragte: »Was ist mit Jazmine?«

Rahils Kopf fuhr herum, und für mehrere Sekunden herrschte emotionaler Aufruhr in ihm, trotz der neuronalen Stimulation durch die Rüstung. Er starrte den Polymorphen verblüfft an.

»Was?«, brachte er schließlich hervor. »Was hast du gesagt?«

Sammaccans große Augen blinzelten langsam, wie die eines Reptils. »Ich habe nichts gesagt, Rahil Tennerit. Ich habe das hier bestaunt.« Er deutete auf einen Bildschirm, der die Polis der Hohen Mächte zeigte, eine gewaltige Stadt im Weltraum, voller Lichter.

»Du hast Jazmine erwähnt.« Rahils Stimme war rau, fast ein Krächzen. »Du hast gefragt, was mit ihr sei.«

»Wer ist Jazmine?«, fragte Sammaccan, und Rahil hörte ehrliche Neugier in diesen Worten.

Ein akustisches Signal verlangte seine Aufmerksamkeit. Rahil streckte die Hände nach den Kontrollen aus. »Wir haben den Orbitallift erreicht.«

15

Der von der Ägide konstruierte Orbitallift funktionierte vollautomatisch; die Endstation befand sich dreißigtausend Kilometer über Kedra. Kontrolliert und verwaltet wurde der Lift von einer einfachen Maint ohne eigenes Bewusstsein und damit ohne Personenstatus. Sie empfing die von den Femtomaschinen übertragene Exekutor-Autorisierungssignatur, stellte mithilfe eines autoadaptiven Polymerschlauchs eine Verbindung zur Wartungskapsel her und gestattete es Rahil und Sammaccan, an Bord eines Inspektionsmoduls zu gehen, das mit einem Gravitator ausgestattet war und nur wenige Minuten später mit vergleichsweise hoher Geschwindigkeit dem Planeten entgegenfiel, gehalten und geführt von dem dreißig Zentimeter dicken Strang aus Monofasern. Nach einer halben Stunde musste das Modul die Geschwindigkeit auf nur vierhundert Stundenkilometer verringern, denn weiter unten glitten langsame Frachtbehälter an dem Strang dem Planeten entgegen, zweiundzwanzig mehrere Dutzend Meter durchmessende Kugeln, wie Tautropfen an einem Seidenfaden.

Rahil überprüfte die Kontrollen und stellte fest, dass sie angesichts der geringen Geschwindigkeit mehr als einen Tag brauchten, um das planetare Ende des Orbitallifts im Hauptlager der Archäologen zu erreichen. Er bedauerte, so viel Zeit zu verlieren, aber es ließ sich nicht ändern. Das Kommunikationssystem des Inspektionsmoduls funktionierte einwandfrei, aber er verzichtete trotzdem darauf, mit dem Habitat Kontakt aufzunehmen. Unter den gegebenen Umständen hielt er es für besser, möglichst wenig Aufmerksamkeit zu erregen, und deshalb entschied er sich auch dagegen, die Archäologen auf Kedra – unter ihnen Durrwachter, wie er von Lucrezia erfahren hatte – zu benachrichtigen. Durch das Frachtfraktal auf Kedra nach Eckrote, eine Welt der Aun, das war der erste Schritt. Dort gab es ein großes Kickout, das zu den wichtigsten Verkehrsknotenpunkten der Bruch-Gemeinschaft führte, aber Rahil wollte es nicht sofort benutzen, sondern zunächst der Botschaft der Ägide einen Besuch abstatten, um sich neu auszurüsten, Informationen über die aktuelle Situation einzuholen und die nächsten Schritte zu planen. Vielleicht musste er gar nicht durchs Kickout, was einen Umweg bedeuten würde; vielleicht war die Niederlassung der Ägide auf Eckrote in der Lage, ihm ein Schiff zur Verfügung zu stellen, mit dem er direkt nach Heraklon fliegen konnte.

Während der nächsten Stunden nahm Rahil mehrmals Sondierungen mit den internen und externen Sensoren vor, suchte im Inspektionsmodul und an seinen Außenseiten nach Biosignaturen und Anzeichen von verdächtiger Aktivität. Er fand nichts, und auch bei den kurzen Komm-Gesprächen mit der Maint am Ende des Orbitallifts ergaben sich keine Hinweise darauf, dass ihnen der Ascar gefolgt war. Es deutete alles darauf hin, dass er sich noch im Habitat befand. Schließlich entspannte sich Rahil so weit, dass er überlegte, ob er die Rüstung ablegen sollte. Aus Sicherheitsgründen entschied er sich dagegen – er wollte sich nicht noch einmal überraschen lassen. Sammaccan war nicht mehr ganz so schwatzhaft wie noch während des Flugs mit der Wartungskapsel, aber er stellte weitere Fragen, die vor allem den Orbitallift, Kedra und die Träumenden Städte betrafen.

»Wieso heißen sie Träumende Städte?«, wollte er wissen und trug seinen Teller erneut zur kleinen monochromen Schmiede des Inspektionsmoduls. Zu ihren Programmen gehörten drei-undzwanzig Mahlzeiten, und Sammaccan schien entschlossen zu sein, sie alle zu probieren. Der Appetit des Polymorphen war erstaunlich. Vielleicht brauchte er all die Kalorien, nachdem er mehrmals die Gestalt gewechselt hatte. Wie viel Energie be-nötigte die Restrukturierung seines Körpers? »Können Städte träumen?«

Rahil sah aus einem der großen Fenster zum Planeten hinab. Das Tiefdruckgebiet war ein riesiger weißer Wirbel, und der Strang des Orbitallifts führte mitten hinein. Zu befürchten gab es nichts, so stark die Winde auch sein mochten. Der Strang aus zehn Millionen Monofasern konnte enorm hohen Belastungen standhalten, und sowohl die Frachtbehälter als auch das Inspek-tionsmodul ließen sich mit Schirmfeldern schützen.

»Der Name geht auf die ersten Archäologen zurück, die Kedra besuchten«, sagte er, während er an seine Mission und den Ascar dachte. »Zwei von ihnen waren latente Empathen und empfingen während des Schlafs Bilder, die sie sich zunächst nicht erklären konnten. Wie sich schließlich herausstellte, enthalten die Städte der Ausgestorbenen von Kedra Bewusstseinsspeicher, vergleichbar mit den Image-Archiven der Ägide. Dass sie nach all den Jahrmillionen nicht völlig leer sind, ist erstaunlich genug.« Rahil unterbrach sich, als er vor dem weißen Wolkenwirbel ein kleines dunkles Dreieck bemerkte, das nach Süden glitt, den Meeren von Kedra entgegen. Er vermutete, dass es sich um einen Beobachter der Aun handelte, einen Vorboten der Lebensmaschinen, die in einem Monat eintreffen sollten. Eine über die Femtomaschinen hergestellte kurze Verbindung mit der Maint des Lifts bestätigte diese Annahme.

»Körperlose Seelen, in Maschinen gefangen?«, fragte Sammaccan mit vollem Mund. Es klang halb entsetzt und halb fasziniert.

Rahil lehnte sich in seinem Sessel zurück. Ihn quälten noch immer bange Gedanken, aber die Rüstung sorgte dafür, dass sich angenehme Ruhe in ihm ausbreitete. Diesen besonderen Zustand mochte er, ruhiges, entspanntes Nachdenken, wie zwischen Wachen und Schlafen. Deutlich spürte er die Nähe weiterer Gedanken, die darauf warteten, dass er sich mit ihnen befasste, und einige von ihnen betrafen seine Mission auf Heraklon. Sammaccan störte.

»Erinnerungen, in besonderen Speichern abgelegt, als Botschaft für die Zukunft.« Das glaubte zumindest Durrwachter, erinnerte sich Rahil. »Leg dich hin, Sammaccan. Du musst müde sein, und es dauert eine Weile, bis wir die Oberfläche des Planeten erreichen. Schlaf.«

»Ich bin nicht müde, Rahil Tennerit«, widersprach Sammaccan, schob den Teller ins Abstellfach der kleinen Schmiede und beobachtete interessiert, wie er sich auflöste. »Ich habe noch viele Fragen. Ich möchte mehr lernen, um ein guter Assistent der Ägide zu werden.«

Rahil seufzte. »Du kannst mit der Maint reden, wenn du möchtest. Stell ihr die Fragen. Ich muss nachdenken.«

Sammaccan sank in den Formspeichersessel auf der anderen Seite des Raums, direkt an einem Fenster, und griff nach dem Kommunikations-Interface – solche Geräte kannte er vom Schulungszentrum im alten Industriepark des Habitats.

Rahil schloss die Augen.

Er ließ sich von Ruhe umfangen, versuchte, alles andere auszublenden und zurückzukehren an den Ort zwischen Schlaf und Wachsein, in jenen besonderen Dämmerzustand, aus dem manchmal überraschende Erkenntnisse wuchsen. Dort wartete er auf die Gedanken, deren Nähe er zuvor gespürt hatte, in der Hoffnung, dass sie ihm halfen, einige seiner Fragen zu beantworten.

Stattdessen sah er Lucrezias aufgerissene Augen, als das pfeilförmige Geschoss mit dem Toxin in ihrem Mund verschwand. Sie war tot, zweifellos. Ohne sofortige medizinische Hilfe hatte sie einen solchen Treffer nicht überleben können. Vielleicht wäre sie noch am Leben, wenn er die Möglichkeit gehabt hätte, die Medozentrale des Habitats zu verständigen. *Es ist deine Schuld*, flüsterte eine vertraute Stimme in ihm. *So wie auch Jazmines Tod deine Schuld war.*

Ganz bewusst griff Rahil auf die neuronale Stimulation zurück und ließ sich von ihr dabei helfen, diese Gedanken zu verscheuchen. Ruhe. Er brauchte Ruhe.

Er wartete, nicht ohne eine gewisse Sorge, die ihn daran hinderte, ganz den Zustand völliger Ruhe zu erreichen, denn er wusste: Wenn er nicht nur die äußeren Augen schloss, sondern auch die inneren, wenn er ganz auf Wachsamkeit verzichtete, so konnte der im Empirion vorhandene trojanische Layer eine mentale Saat ausbringen, aus der Ideen und Vorstellungen keimten, die nicht seine eigenen waren. Es bestand die Gefahr, dass er zu einer Marionette wurde, ohne etwas davon zu merken.

Dieser Gedanke brachte Rahil zu den anderen, die sich tief im Unbewussten gebildet hatten.

Einer von ihnen lautete: Die Restaurationsmächte der Gefallenen Welten haben einundneunzig Schiffe nach Heraklon geschickt, die meisten von ihnen aus alten Beständen, die nicht zuletzt mit unserer Hilfe wieder einsatzfähig gemacht wurden. Selbst die in Langzeit denkenden Segler haben ihre Feindseligkeiten untereinander vergessen und sind nach Heraklon unterwegs. Warum? Wegen der vagen Hoffnung auf ein Artefakt, das ihnen vielleicht primäre Technik in die Hände geben würde? Wir wissen seit vielen Jahren, dass bei den Gefallenen Welten der Schmuggel mit sekundärer und auch primärer Technik blüht. Meistens sind es eher unwichtige Dinge, die keinen nennenswerten Einfluss auf bestehende Machtverhältnisse haben, und wenn sie in einen von den Hohen Mächten geschaffenen Interdiktionsbereich geraten, funktionieren sie nicht mehr …

Rahil unterbrach den ersten Gedanken und konzentrierte sich auf einen anderen. Wenn das Artefakt auf Heraklon wirklich aus der Zukunft stammt, wer hat es geschickt? Die Primären? Wer von ihnen? Und wenn es sich um primäre Technik handelt, könnte es dann nicht mit einem Interdiktionsfeld neutralisiert werden? Wenn das Artefakt, was auch immer es ist, nicht mehr funktioniert, so hat es keinen Wert mehr für all jene Mächte der Gefallenen Welten, die es unbedingt in ihre Hände bekommen wollen. Mit der Neutralisierung des Artefakts wäre das Problem gelöst, oder?

Der erste Gedanke schob den zweiten beiseite und verlangte, weitergedacht zu werden. Arhelia und Chetelat vom Bund der Fünf, Burion, die Kongregation von Larralde, selbst die Segler … Warum unternehmen sie solche Anstrengungen? Warum riskieren sie gewaltsame Konfrontationen und sogar einen Krieg, der uns den Zugang zur Kosmischen Enzyklopädie kosten könnte? Ihrer Meinung nach muss es den Aufwand lohnen.

Der dritte Gedanke, der sich aus den ersten beiden ergab, lautete: Sie wissen mehr über das Artefakt als wir. Und das ist absurd. Wie können die Restaurationsmächte der Gefallenen Welten und die Segler mehr darüber wissen als die Ägide?

Ein vierter Gedanke, umgeben von zunehmender Beunruhigung, wuchs direkt aus dem dritten: Sie wissen mehr über das Artefakt als ich. Vielleicht verfüge ich nicht über alle Informationen.

Und der fünfte Gedanke flüsterte: Wer hat mir Informationen vorenthalten, und warum? Wem und was kann ich trauen? Der Kurator der Ägide-Station, der von einem Angreifer sprach … Vielleicht war er es selbst, der die Station angegriffen, den Schmied und die anderen getötet hat. Vielleicht geht die Manipulation der Rüstung auf ihn zurück. Aber er hat mich auch vor dem Ascar gewarnt, und der Ascar ist eine echte Gefahr, kein Zweifel. Wie passt er ins Bild?

Hinter dem fünften Gedanken drängten sich weitere, die noch keine klaren Fragen stellten, aber von Unbehagen begleitet waren, das ihn selbst betraf, sein neues, viertes Leben mit einem Image, das ein Jahr alt und deshalb unvollständig war.

Die in Rahil entstandene Unruhe wurde so stark, dass er schließlich ganz in den wachen Zustand zurückkehrte und die Augen öffnete.

Sammaccan stand am Fenster, blickte staunend nach draußen und beobachtete eine halb transparente Sphäre, die dem Inspektionsmodul am Liftstrang entlang zum Planeten folgte. Rahil hob den Kopf.

Der Polymorphe bemerkte die Bewegung. »Da ist jemand drin«, sagte er aufgeregt. »In dem Ding da draußen.«

»Es ist ein IKV, und ich nehme an, es stammt von der Polis.« Rahil stand auf und näherte sich dem Fenster.

»IKV?«

»Ein Interkosmisches Vehikel der Hohen Mächte.« Als Rahil die Verwirrung in Sammaccans Gesicht sah, fügte er hinzu: »Ein kleines Raumschiff, das nicht den Gesetzen unseres Universums unterworfen ist. Und was du darin siehst …«

Die Rüstung schärfte seine Sinne, insbesondere die visuelle Wahrnehmung, und er nahm drei Gestalten im milchigen Innern der Sphäre wahr. Zwei von ihnen schienen über Dutzende von Gliedmaßen und mehrere Köpfe zu verfügen, aber sie veränderten sich die ganze Zeit über, flossen manchmal sogar ineinander und verschmolzen zu einem einzelnen Wesen. Die dritte Gestalt war nicht mehr als eine undeutliche Silhouette, aber Rahil glaubte, die Umrisse eines Humanoiden zu erkennen, umgeben von anderen Konturen, die vielleicht auf Geräte und Instrumente zurückgingen.

Plötzlich entfalteten die Femtomaschinen in Rahil eine seltsame Aktivität. Sie kommunizierten mit der Sphäre neben dem Inspektionsmodul, ohne ihn an ihrer Kommunikation teilhaben zu lassen oder auch nur einen Hinweis darauf zu geben, worüber sie sprachen.

»Und was ich darin sehe …«, sagte Sammaccan.

»Es sind Vertreter der Hohen Mächte.« Rahil verspürte jähe Müdigkeit, als hätte ihm jemand von einem Moment zum anderen einen großen Teil seiner Kraft genommen.

»Alle drei? Welche Hohen Mächte sind es? Und was machen sie?«

»Sie beobachten uns«, sagte Rahil und wankte zu seinem Sessel zurück. Sie haben mit meinen Femtomaschinen gesprochen, dachte er. Worüber? »Zwei von ihnen könnten Gesserat sein, oder vielleicht Krion«, fügte er hinzu, als er in die Polster sank. »Bei der dritten Gestalt bin ich mir nicht sicher.«

Auf der anderen Seite des Fensters blitzte es, und die Sphäre verschwand. Sammaccan reckte den Hals, sah aber nur Kedra und den gewaltigen weißen Wolkenwirbel, dem sie mit vierhundert Kilometern pro Stunde entgegenkrochen.

»Leg dich hin und schlaf, Sammaccan«, sagte Rahil. »Es dauert noch einen Tag, bis wir unser Ziel erreichen. Ruhen wir uns aus, solange wir Gelegenheit dazu haben. Der Transit durch das Frachtfraktal dürfte anstrengend genug werden.«

Er schloss erneut die Augen und schickte sein Ich noch einmal den wartenden Gedanken entgegen, aber diesmal fiel es an ihnen vorbei und auf die andere Seite der schmalen Linie zwischen Wachen und Schlafen. Worüber auch immer die Femtomaschinen mit den Vertretern der Hohen Mächte im IKV gesprochen hatten, die Kommunikation schien viel Energie verbraucht zu haben, Kraft, die nicht nur aus den Energiezellen der Rüstung kam, sondern auch aus seinem Körper.

Rahil schlief, während die Zeit dahintropfte, Sekunden zu Minuten wurden und Minuten zu Stunden. Er schlief, und in seinen Träumen sah er die Gesichter von Toten, das Blut darin so rot wie der Schreibtisch im Arbeitszimmer seines Vaters. Die Münder der Toten bewegten sich und formten Worte, die Rahil hörte, obwohl sie lautlos blieben. »Du bist schuld«, sagten die Toten, aber sie meinten nicht ihn, sondern seinen Vater, denn er hatte sie umgebracht, wenn auch nicht – oder nicht immer – mit eigenen Händen.

Als Rahil Stunden später erwachte, vielleicht geweckt von Sammaccans Schnarchen, fühlte er sich ausgeruht und wieder auf seine Pflicht fixiert, wie in all den Jahren, seit er Caina verlassen hatte. Sie war es, die seinem Leben Sinn gab, nach alldem, was geschehen war. Er musste seine Pflicht erfüllen, und die Mission auf Heraklon gab dieser Pflicht eine ganz neue Dimension.

Mit diesem Gedanken schlief er wieder ein und träumte diesmal von Emily und Jazmine.

Ist nichts als Spiegelbild von deinem Sein;
Nur du bist Wahrheit, doch das Bild ist Schein.

HOHE WORTE

16

Der Strang des Orbitallifts sang im Sturm, der an ihm zerrte und Vibrationen schuf. Rahil hörte sein pfeifendes Lied während der letzten Kilometer, als Wolken grau wie Schiefer an den Fenstern vorbeifegten und Regentropfen wie Geschosse gegen die Scheiben hämmerten. Es wurde mal lauter, mal leiser, und klang nach einem geisterhaften Klagen, als das Inspektionsmodul in eine tiefe Schlucht sank, ausgewaschen vom Schmelzwasser der Gletscher, am Ende von Kedras Eiszeit vor zehntausend Jahren. Die Wolken blieben über ihnen zurück, und die Fenster gewährten Blick auf enorme Fluten, grau wie der Fels des Hochlands, die sich durch Strömungskanäle tiefer in die Schlucht ergossen – es sah nach dem Beginn einer Sintflut aus.

Erschrocken wich Sammaccan ein, zwei Schritte vom Fenster zurück. »Wir werden ertrinken!«

»Zu solchen Unwettern kommt es hier immer wieder«, sagte Rahil. »Die Archäologen sind bestimmt darauf vorbereitet.«

Kurze Zeit später hielt das Inspektionsmodul an, und eine Stimme verkündete: »Sie haben die Bodenstation erreicht.«

Die Tür öffnete sich.

Wind heulte, der Strang des Orbitallifts sang, und Servomotoren surrten, als zwei Justizdrohnen mit gezückten Waffen näher stapften. Sie waren fast zwei Meter groß und unverkleidet: nackte humanoide Gestalten aus Polymeren und Synthmetall, auf der Brust das kobaltblaue Justiz-Emblem.

»Sie sind verhaftet«, schnarrte die erste Drohne. Das Fokussierungsfeld vor der Mündung ihrer Waffe leuchtete in einem warnenden Gelb.

Der Wind blies kalte Luft und Regenspritzer ins Inspektionsmodul. Rahil zog sich den aus der Schmiede stammenden wasserabweisenden Mantel enger um die Schultern. Sammaccan hatte seinen bereits zugeknöpft und sich die Kapuze über den Kopf gezogen.

»Was legt man mir zur Last?«, fragte Rahil, obwohl er die Antwort kannte.

»Die Ermordung von Lucrezia Bonavista«, antwortete die zweite Drohne. »Wir sind beauftragt, Sie in Gewahrsam zu nehmen, bis alle Umstände des Verbrechens geklärt sind und eine Verhandlung stattfinden kann.«

Hinter den beiden Justizdrohnen trat eine große, hagere Gestalt in den Lichtschein der mobilen Lampe, die mehrere Meter über den Drohnen schwebte, von einem Mikrogravitator gehalten – die Böen konnten sie nicht einmal einen Millimeter weit bewegen. Unter dem Hut mit der breiten Regenkrempe zeigte sich das Gesicht eines Mannes fortgeschrittenen Alters, das Gesicht von Falten durchzogen, mit staubgrauen Augen, die Nase lang und schmal, die Lippen dünn und blutleer.

»Ich möchte wissen, warum Sie es getan haben«, sagte der

Mann mit brüchiger Stimme, darin der Klang von Zorn und Schmerz. »Warum haben Sie Lucrezia umgebracht?«

Weiter entfernt, in Regen und Nacht, standen Leute, die Rahil ohne die Erweiterung seiner Sinne nicht bemerkt hätte, Archäologen und Angehörige des technischen Personals. Er achtete nicht auf sie und konzentrierte sich auf den Mann. Fünfundzwanzig Jahre waren vergangen, und die Zeit war nicht spurlos an ihm vorübergegangen.

»Wir haben niemanden umgebracht!«, sagte Sammaccan. »Wir …«

Rahil legte ihm die Hand auf die Schulter. »Erkennst du mich nicht?«, fragte er Durrwachter. »Vor zweieinhalb Jahrzehnten habe ich dir auf Greenrose viel Glück bei dem Versuch gewünscht, die Kosmische Enzyklopädie zu entschlüsseln.«

»Was?« Durrwachters graue Augen wurden größer. Tief in ihnen brannte das Feuer der Besessenheit noch heißer als damals. Er schien inzwischen gelernt zu haben, es zu verbergen, und ein unaufmerksamer Beobachter hätte es vielleicht nicht bemerkt. Aber Rahil kannte jene Glut, das Verlangen nach dem Lied der Kosmischen Enzyklopädie. Bei Durrwachter war es so übermächtig geworden, dass er ihm sein ganzes Leben verschrieben hatte. »Rahil? Bist du das?« Er trat neben die Drohne, deren Waffen noch immer auf Rahil und Sammaccan zeigten. »Aber … Meine Güte, du hast dich überhaupt nicht verändert! Du bist nicht einen Tag älter.«

Nach meiner Wiederherstellung bin ich sogar etwas jünger als damals, dachte Rahil. Er wies seine Femtomaschinen an, die Autorisierungssignatur zu übermitteln, und die beiden Justizdrohnen ließen sofort ihre Waffen sinken. »Bestätigung«, schnarrte die erste Drohne. »Wir warten auf Ihre Anweisungen, Exekutor Tennerit.«

»Ich ordne Wachdienst an, für euch und alle anderen Drohnen im Lager«, sagte Rahil sofort. »Für eine Stunde ist das Kickout Sperrgebiet. Zugang haben nur Dürrwachter, mein Assistent und ich.« Aus dem Augenwinkel sah er, wie Sammaccan bei den letzten Worten tief durchatmete und stolz das Kinn hob.

»Zu Befehl, zu Befehl«, antworteten die beiden Drohnen, drehten sich um und stapften durch den Regen davon.

»Was ist los?«, fragte Durrwachter besorgt. Er erinnerte sich an die Waffe in seiner Hand und steckte sie ein. »Was ist im Habitat passiert? Wer hat Lucrezia getötet?«

»Bitte bring uns zum Fraktal«, sagte Rahil. »Unterwegs erkläre ich dir alles.«

»Ihr wollt das Frachtfraktal benutzen?«, erwiderte Durrwachter erschrocken. »Es ist für Fracht bestimmt und für Personen ungeeignet. Es fehlen Kompensatoren.«

Zusammen mit Sammaccan trat Rahil aus dem gelandeten Inspektionsmodul und wurde sofort vom Wind erfasst, der durch eine breite Lücke zwischen den Frachtbehältern fauchte. Regen klatschte ihm ins Gesicht. »Habt ihr Neutro?«

»Für den Notfall, ja.«

»Dies ist ein Notfall.«

Sie schritten durch den Regen, im Lichtschein der mobilen Lampe, die ihnen durch die Nacht folgte. Als sie den Kreis der Frachtbehälter verließen, wurde der Wind noch stärker, und Rahil beobachtete, wie Sammaccan die Kapuze zuschnürte, bis nur noch ein schmaler Schlitz für die Augen übrig blieb. Regenwasser sammelte sich in großen Pfützen zu beiden Seiten der Wege, die durch das Lager der Archäologen führten, vorbei an langgestreckten Gebäuden, hinter deren Fenstern Licht brannte. Hier und dort schwebten leistungsstärkere mobile Lampen in größerer Höhe und drängten die Nacht zurück. Eine besondere Lichterkette im Norden weckte Rahils Aufmerksamkeit, denn in ihrem Schein ragte eine transparente Barriere auf, bestehend aus Polymeren und Synthmetall. Hinter dieser mehrere Dutzend Meter hohen Wand brodelten und donnerten, halb in der Nacht verborgen, gewaltige Wassermassen, gespeist von den Regenfluten aus den vielen Strömungskanälen. Auch diesseits der Barriere gab es breite Rinnen, durch die Regenwasser in tiefe Auffangbecken am Rand der Ruinenstadt weiter im Süden floss, und von dort aus wurde es nach Westen geleitet, in ein anderes Tal, wo es sich mit den graubraunen Fluten jenseits der Polymer-Synthmetall-Wand vereinte. Ohne die Barriere wäre das Lager der Archäologen einfach weggespült worden. Nicht so die Stadt der Ausgestorbenen, die während der letzten Jahrtausende vom Wasser aus dem Felsgestein gewaschen worden war. Ihre Gebäude bestanden aus einem keramikartigen Material, das hohem Druck ebenso standhalten konnte wie extremen Temperaturschwankungen. Dass in den meisten Fällen nur noch Ruinen von ihnen übrig waren, lag nicht am Wasser.

»Als uns vor sieben Stunden Lucrezias Tod gemeldet wurde ...«, sagte Durrwachter. »Wir konnten es nicht fassen. Und als uns dann die Maint mitteilte, dass kurz nach Lucrezias Ermordung zwei Personen das Habitat mit einer der alten Wartungskapseln verlassen hatten und zum Orbitallift geflogen waren ...«

Ein Blitz flackerte über den Himmel und machte für einen Sekundenbruchteil die Nacht zum Tag. Sammaccan zuckte heftig zusammen und sah besorgt zur Barriere im Norden, die all das Wasser staute und rechts und links am Lager vorbeiströmen ließ. Das Licht der mobilen Lampe über ihnen erreichte seine Augen, und Rahil bemerkte, dass sie sich verändert hatten und jetzt aus vielen einzelnen Facetten bestanden.

»Ihr habt die Insassen des Inspektionsmoduls für die Täter gehalten«, sagte Rahil und beschäftigte sich in Gedanken bereits mit dem Frachtfraktal. Der Transit wurde bestimmt nicht leicht. »Ein Ascar hatte es auf mich abgesehen.«

Durrwachter blieb stehen. »Ein *Ascar*?«

»Ja, vom Dutzend ausgeschickt. So hat es mir der Kurator mitgeteilt, von dem ich meinen aktuellen Auftrag bekommen habe.«

»Holt dich deine Vergangenheit ein?« Durrwachter ging weiter und führte seine beiden Begleiter an einem langen Gebäude vorbei, dessen Fenster dunkel waren. Das überstehende Dach bot etwas Schutz vor dem Regen.

»Vielleicht. Wo befindet sich das Kickout?«, fragte Rahil.

Durrwachter streckte die Hand aus und deutete durch die stürmische Nacht nach Südwesten. »Dort drüben, beim alten Lager. Es sind nur ein paar Hundert Meter. Du hast es ziemlich eilig, wie?«

»Ja.«

Sie stapften weiter durch den Regen, vorbei an überquellenden Pfützen, deren Wasser auch die Polymer-Wege erreichte.

»Lucrezia wäre in einigen Jahren gestorben.«

»Ich weiß. Wir haben darüber gesprochen.« Rahil sah sich immer wieder um und hielt auch mit den Sensoren der Rüstung Ausschau nach eventuellen Verfolgern. Er sah nur einige in Regenmäntel gehüllte Männer und Frauen, die noch beim Orbitallift standen, und die patrouillierenden Drohnen.

»Das macht es nicht weniger schlimm«, sagte Durrwachter.

»Das ist mir klar.« Wieder flackerte ein Blitz, riss die Gebäude des Lagers aus der Nacht und ließ die Fluten jenseits der Barriere noch bedrohlicher erscheinen. Auf der anderen Seite, im Süden, ragten die aus dem Fels gewaschenen Bauten der

Ausgestorbenen auf, viele von ihnen so schwarz, dass sie den Eindruck erweckten, das Licht ihrer Umgebung aufzusaugen. Damit erinnerten sie Rahil an die in seinen Datenbanken enthaltenen Bilder des Artefakts auf Heraklon, und für eine Sekunde fragte er sich, ob eine Verbindung existierte. Aber das war praktisch ausgeschlossen. Diese Gebäude, beziehungsweise ihre Reste, stellten das Vermächtnis einer vor Jahrmillionen untergegangenen Hochkultur dar, und das Artefakt – der schwarze Oktaeder im hohen Norden von Heraklon – kam aus der Zukunft.

»Es muss eine Untersuchung stattfinden«, sagte Durrwachter und stemmte sich dem Wind entgegen, die eine Hand zum Hut gehoben, damit er nicht davonwehte. »Das ist das Mindeste, was Lucrezia verdient hat. Wir können sie nicht einfach begraben, ohne zu klären, unter welchen Umständen sie gestorben ist. Wir brauchen deine Aussage.«

»Ich kann nicht bleiben.« Rahil sah sich erneut um und glaubte, bei der transparenten Wand aus Polymeren und Synthmetall einen Schatten zu erkennen, der nicht dorthin gehörte. Als er eine genauere Sondierung mit den Sensoren der Rüstung vornahm, war der Schemen wieder verschwunden. »Mein Assistent und ich, wir müssen sofort weiter nach Eckrote, zur dortigen Niederlassung der Ägide.«

»Es geht um eine wichtige Mission«, fügte Sammaccan hinzu. Die zugezogene Kapuze des Regenmantels dämpfte seine Stimme, und offenbar verfügte Durrwachter nicht über ein Komm-Modul, denn er richtete einen fragenden Blick auf Rahil.

»Mein Assistent betont die Wichtigkeit unserer Mission«, sagte Rahil und ging schneller, als er glaubte, voraus, das Ziel zu erkennen: ein mehrstöckiges Gebäude, angestrahlt von mehreren schwebenden Lampen, mit einem funkelnden Fraktalsymbol der Leskovar über dem Eingang.

»Der Justizdelegat könnte auf die Idee kommen, dir zu befehlen, bis zum Ende der Untersuchung auf Kedra oder im Habitat zu bleiben«, sagte Durrwachter.

»In dem Fall müsste ich von meinen Exekutor-Privilegien Gebrauch machen.«

Durrwachter hielt ihn plötzlich am Arm fest. »Verdammt, bedeutet dir ihr Tod denn gar nichts? Ihr wart damals ein Paar ...«

Rahil löste die Hand mit sanftem Nachdruck von seinem Arm. »Ich trage ein Empirion, das meine Gefühle dämpft. Ich versichere dir, dass ich Lucrezias Tod mindestens ebenso bedauere wie du. Sie ist zu einem Kollateralopfer meiner Mission geworden.«

»Ein Kollateralopfer, wie? Meine Güte, ich bin froh, dass ich mich damals gegen die Ägide entschieden habe. Lucrezia hatte ebenfalls die Nase voll.«

Rahil ging weiter, Sammaccan an seiner Seite, blickte durch die Nacht und sondierte mit den Sensoren der Rüstung. Die Pflicht, dachte er mit der Entschlossenheit, die ihm die neuronale Stimulation verlieh. Letztendlich kommt es nur darauf an. Jeder von uns muss seine Pflicht erfüllen.

Der Wind wurde noch stärker, fegte durch das Lager und trieb den Regen fast waagerecht vor sich her.

»Sie hat sich gewünscht, unseren Durchbruch mitzuerleben«, sagte Durrwachter, als er mit schnellen Schritten zu Rahil und Sammaccan aufgeschlossen war. Er sprach laut, um das Heulen des Windes zu übertönen. »Lucrezia. Sie hoffte, lange genug zu leben, um den ersten Entschlüsselungserfolg mit uns zu feiern. Wir sind nicht mehr weit davon entfernt, Rahil. Noch ein oder zwei Jahre, und wir haben die erste Sequenz decodiert. Zwei Maints helfen uns dabei, die Fraktalmathematik der Hosprit anzuwenden, und endlich sehen wir Licht am Ende des Tunnels.«

Ja, dachte Rahil, aber es ist nicht das Licht des Ausgangs, das ihr dort seht, sondern von etwas, das euch entgegenkommt und euch alle zermalmen wird. »Die Sucht wird euch alle erwischen, bevor es euch gelingt, auch nur einen einzigen Ton zu decodieren.«

»Ich bin nicht süchtig!«, erwiderte Durrwachter sofort und bewies damit, dass Rahil einen wunden Punkt berührt hatte. »Ich …«

Er unterbrach sich, als plötzlich das Licht im Lager ausging. Einige Sekunden herrschte völlige Finsternis, und dann flackerte ein Blitz.

Das Tosen des durchs Tal strömenden Flutwassers vermischte sich mit dem vom dunklen Himmel kommenden Donnern, und darin verlor sich fast das Krachen der Explosion, die unweit der Barriere einen zweiten Blitz schuf. Rahil hielt mit Augen und Sensoren Ausschau und bemerkte einen undeutlichen, farblosen Schemen im Regen, den vagen Umriss einer humanoiden Gestalt.

»Was …«, begann Durrwachter.

»Deine Waffe!«, stieß Rahil hervor. »Gib sie mir!« Als Durrwachter nicht sofort reagierte, langte Rahil in die Tasche von Durrwachters Regenmantel und holte die Waffe daraus hervor. Leider verfügte sie nicht über ein Interface, das direkte Verbindungen mit einer Rüstung ermöglichte. Kühl und fremd lag sie in Rahils Hand, und wahrscheinlich ließ sich damit gegen einen voll ausgerüsteten Ascar nicht viel ausrichten; aber sie war immer noch besser als gar nichts.

»Was auch immer geschieht«, zischte er Sammaccan zu, »bleib an meiner Seite.«

Der Polymorphe nickte.

Mit der freien Hand ergriff Rahil Durrwachters Arm und zog

ihn mit, als er den Weg zum mehrstöckigen Gebäude fortsetzte. Es waren nicht nur die mobilen Lampen ausgefallen; auch hinter den Fenstern brannte kein Licht mehr.

»Ich sehe überhaupt nichts«, knurrte Durrwachter. Ein Windstoß riss ihm den Hut mit der breiten Regenkrempe vom Kopf, und er versuchte vergeblich, ihn festzuhalten.

»Es ist der Ascar«, sagte Rahil schnell. »Er hat eine der Justizdrohnen erledigt. Ich hab ihn bei der Barriere gesehen.« Er sah kurz nach Norden und sondierte mit den Sensoren der Rüstung, aber die Gestalt, die sich eben noch kurz gezeigt hatte, blieb verschwunden. »Offenbar ist es ihm irgendwie gelungen, die Energieversorgung des Lagers zu unterbrechen. Wie groß ist die Autonomie des Fraktals?«

Durrwachter stolperte in der Dunkelheit und trat in eine große, tiefe Pfütze. Wieder flackerte ein Blitz, und sein jäher greller Schein spiegelte sich in weit aufgerissenen grauen Augen wider. »Vier Minuten bei voller Transitbereitschaft«, antwortete Durrwachter. »Aber das Frachtfraktal hat keine Kompensatoren, Rahil …«

»Darauf hast du bereits hingewiesen.«

»Und das Neutro haben wir in unserer medizinischen Station auf der anderen Seite des Lagers«, fügte Durrwachter hinzu.

Rahil riss die Tür des Gebäudes mit dem Fraktalsymbol der Leskovar auf und betrat einen großen, finsteren Raum. Das Heulen des Windes wurde leiser, als die Tür hinter ihnen zufiel. »Kannst du etwas sehen, Sammaccan?«

»Einigermaßen.«

Rahil ließ Durrwachters Arm los. »Lässt sich die Tür irgendwie blockieren?«

»Nein. So etwas ist bisher nie nötig gewesen.«

Rahil sah sich um. Frachtkisten standen in der Nähe, und er

173

überlegte, ob sie einige davon vor die Tür schieben sollten. Er entschied sich dagegen, weil er keine Zeit verlieren wollte. »Wo ist das Fraktal?«

»Ganz hinten.«

Licht gleißte durch ein nahes Fenster, gefolgt vom Krachen einer zweiten Explosion, die recht nahe zu sein schien. Rahil zog Durrwachter erneut mit sich, als er mit Sammaccan an seiner Seite durch den dunklen Raum hastete, vorbei an Frachtbehältern, einige von ihnen leer und geöffnet, andere geschlossen und versiegelt, für den Transport bereit.

Im rückwärtigen Teil des Gebäudes brannten Notlampen; die Geräteblöcke einer Transitstelle summten, gespeist von Reserveenergie. Rahils Femtomaschinen erkannten sofort die primäre Technik in den Instrumenten und aktivierten die virtuellen Kontrollen. Geisterhafte Displayfelder erschienen mitten in der Luft und gaben Auskunft über den Status des nahen Kickouts: ein vier Meter hoher und unten abgeflachter, nach außen gespreizter Ring; die Form erinnerte an das alte Omega-Symbol. Das körnige Grau der Transitbereitschaft füllte den Ring. Darin zeichneten sich die Linien von Fraktalen ab, wie Schnörkel, die versuchten, sich gegenseitig zu umschlingen.

»Transit nach Eckrote«, sagte Rahil und trat zum Kickout. Sammaccan blieb an seiner Seite, ohne zu wissen, was ihm bevorstand.

»Warnung«, erklang die fast melodische Stimme einer Maint. »Dieses Kickout ist nur für den Transit von Fracht bestimmt und nicht mit Kompensatoren ausgestattet.«

Rahil machte zwei weitere Schritte zum Frachtfraktal, drehte sich dann halb um und hielt die Waffe bereit. »Hast du die Möglichkeit, dich vor Schmerz zu schützen, Sammaccan?«

»Warum?«, fragte der Polymorphe besorgt.

»Haben dir die Stimmen im Schulungszentrum des Habitats von Kickouts und Kickins erzählt?«

»Ich habe sie nicht danach gefragt.«

»Dieses Fraktal hier ist nur für den Transit von Material bestimmt, nicht für den von Personen. Normalerweise sind Kompensatoren notwendig, aber die fehlen hier, und leider haben wir auch kein Neutro, das uns vor Schmerzen bewahrt. Es wird wehtun.«

»Das ist weit untertrieben, Rahil«, warf Durrwachter ein. »Ihr ...«

Rahil brachte ihn mit einem Wink zum Schweigen.

»Es besteht Gefahr für Ihre physische und psychische Integrität«, gab die Maint zu bedenken. »Daher rate ich dringend ...«

»Transit vorbereiten«, wies Rahil die Maschinenintelligenz an. Jede verstreichende Sekunde verringerte die energetische Autonomie des Frachtfraktals, und die Maint würde sich in den Schlafmodus zurückziehen, noch bevor die kritische Schwelle erreicht war.

Das Zischen und Fauchen des Windes schwoll wieder zu einem Heulen an, und dafür gab es nur eine Erklärung: Jemand hatte die Tür geöffnet.

»Transit wird vorbereitet«, sagte die Maint, und die virtuellen Statusanzeigen veränderten sich. Vor Rahil und Sammaccan wurde das körnige Grau zu glattem Perlmutt, wie die Universumskugeln im M-Raum, und aus den Schnörkeln wuchsen bunte Blumen, so komplex und sich selbst wiederholend wie die fraktalen Muster des Kickouts, das die Leskovar bei Ganska geschaffen hatten. »Verbindung nach Eckrote wird hergestellt.«

Mit einem gedanklichen Befehl rejustierte Rahil die Sensoren der Rüstung und beobachtete mit ihnen Veränderungen in den Bewegungsmustern der Luft. Durrwachter stand in der Nähe – die grauen Augen noch immer groß und erschrocken, das Haar klatschnass, mit einer kleinen Regenwasserlache zu seinen Füßen –, und seine Lippen bewegten sich, aber Rahil hörte die Worte nicht. Alle seine Sinne waren auf die Wahrnehmung des Gegners konzentriert.

In der Dunkelheit zwischen zwei offenen Frachtbehältern bewegte sich etwas, und Rahil schoss mit der Waffe in seiner rechten Hand. Es handelte sich um einen einfachen Inhibitor, wie er von Ordnungs- und Sicherheitskräften verwendet wurde, und es genügte schon eine schlichte EM-Abschirmung, um die Mikronadeln abzulenken, die das Nervensystem der Zielperson blockieren sollten.

Für den Bruchteil einer Sekunde zeichneten sich in der Finsternis jenseits des schwachen Lampenscheins die Umrisse einer Gestalt ab, die eine Waffe hob. Gleichzeitig ertönte die Stimme der Maint und durchdrang Rahils Wahrnehmungsfilter, der Unwichtiges von Wichtigem trennte.

»Verbindung hergestellt. Die Restenergie genügt für zwanzig Sekunden Transitstabilität. Ich möchte noch einmal darauf hinweisen, dass das Fehlen von Kompensatoren ...«

Der Rest verlor sich im Heulen einer anderen Waffe. Rahil hatte es erwartet und war zur Seite getreten, vor Sammaccan, der inzwischen nicht mehr die Kapuze des Regenmantels über dem Kopf trug und dessen Gesicht wieder reptilienhafte Züge gewann. Er gab dem jungen Polymorphen einen Stoß, sodass dieser in die bunten fraktalen Muster kippte – sie schwammen in Perlmutt, wie Blumen auf der Oberfläche eines Sees, und öffneten sich für ihn. Das gleiche Bewegungsmoment, von stimulierten Muskeln geschaffen, trug Rahil ins Kickout. Die Rüstung versuchte, ihn vor dem Schmerz zu bewahren, aber er schrie trotzdem, als etwas Körper und Geist packte und beides langsam zerriss, Stück für Stück.

17

Zeit verstrich. Es musste Zeit vergehen, denn er dachte, und Denken erforderte Zeit, aber das Gefühl dafür fehlte, was vielleicht daran lag, dass Rahil keine Verbindung mehr mit dem Empirion spürte. Seine Gedanken wirbelten durcheinander wie von einem Windstoß erfasstes Laub, und als er sie zu ordnen begann, nahm er zur Kenntnis, dass die körperliche Komponente nicht ganz fehlte. Er stand auf etwas – er spürte Boden unter sich –, und als er den Arm hob, sah er die eigene Hand, seltsam glatt und jung, fast wie die einer anderen Person. Und dann, ohne dass er sich bewegte, stieg er auf, als hätte jemand seine Augen genommen, aus dem Kopf gelöst und nach oben getragen. So sah er sich selbst, noch immer in einen nassen Regenmantel gehüllt, und dicht hinter ihm, nur wenige Zentimeter vom Nacken entfernt, schwebte ein kleiner, pfeilförmiger Bolzen, gefüllt mit einem Toxin, das ihn betäuben sollte.

»Offenbar vertraut der Ascar darauf, dass die Femtomaschinen in Ihrem Körper auch große Schäden reparieren können«, ertönte eine Stimme aus dem grauen Nichts, das ihn umgab. »Wenn der Bolzen Ihren Nacken träfe, käme es zu einer ernsten Verletzung des Rückgrats. Ihr Verfolger wollte ganz sicher sein, Sie außer Gefecht zu setzen.«

Rahil wollte sich umsehen und feststellen, woher die Stimme kam und wem sie gehörte, aber stattdessen glitt sein Blick zu dem Geschoss aus dem Paralysator des Ascar, und er betrachtete die glatte silberne Hülle, unter der das Gift wartete.

»Was geschieht mit mir?«, fragte er, hörte die eigene Stimme und sah, wie sich seine Lippen bewegten.

»Derzeit gar nichts, wie Sie eigentlich erkennen sollten«, antwortete die Stimme aus dem Nichts. »Möchten Sie vielleicht, dass etwas geschieht? Soll ich das Geschoss loslassen, damit es Sie trifft? Soll ich *Sie* loslassen, damit der Schmerz Sie zerfetzt?«

Nein, dachte Rahil.

»Na bitte«, fuhr die Stimme fort. »Und denken Sie jetzt nicht, dass ich Ihre Gedanken lese. Oh, Sie haben es gerade gedacht ... Ob Sie denken oder sprechen, es macht keinen Unterschied, Rahil Tennerit. Nicht hier. Nicht für mich.«

»Wo ist Sammaccan? Wer sind Sie?«

»Sammaccan befindet sich in einem anderen Moment des Transits. Und was meine Identität betrifft ... Ahnen Sie nicht zumindest, mit wem Sie es zu tun haben?«

Rahils Augen – seine Perspektive – kehrte in den Kopf zurück, und er war sich auf unangenehme Weise des Geschosses dicht hinter seinem Nacken bewusst. »Sie haben den Transit unterbrochen.«

»Das habe ich, ja.«

»Ich nehme an, Sie befinden sich in der Polis, die vor Kurzem im Otiz-System erschienen ist. Sie gehören zu den Hohen Mächten.«

»In der Tat, Rahil Tennerit. Nun, ich glaube, Ihr Bewusstsein hatte inzwischen genug Zeit für die Umstellung. Sind Sie bereit für eine weitere Veränderung?«

Eine weitere Veränderung?, dachte Rahil.

»Ja«, sagte die Stimme, und das farblose Nichts wich einer grünen Hügelkuppe. Ein Tisch stand vor Rahil, aus weißem

Marmor mit smaragdgrünen Intarsien, die fraktalen Mustern nachempfunden waren, seine Beine dünne kannelierte Säulen. Die vier Stühle am Tisch bestanden aus einem halb durchsichtigen pinkfarbenen Material, wie Rosenquarz, und sie wirkten sehr fragil. Doch einer von ihnen trug das Gewicht eines nicht eben leicht aussehenden Geschöpfs, das an einen Choloepus erinnerte: ein Gesserat. Es bewegte sich auch mit der Trägheit eines Faultiers, als es mit einer Hand winkte und auf den nächsten Stuhl deutete. »Nehmen Sie Platz. Ich möchte ein bisschen mit Ihnen plaudern.«

»Plaudern?« Rahil sank auf einen der Stühle und stellte fest, dass er keinen Regenmantel mehr trug, sondern eine kurze Hose, aus der weiße Beine ragten, und darüber einen lindgrünen Kasack. Was war aus seiner Rüstung geworden? Er spürte sie noch immer, das glaubte er zumindest, aber er sah sie nicht an seinem Körper. »Haben Sie mich deshalb aus dem Transit geholt? Um ein wenig mit mir zu *plaudern*?«

»Oh, Sie befinden sich noch immer im Transit, Rahil«, erwiderte der Gesserat leichthin. »Dies ist nicht mehr als ein gestohlener Moment. Minuszeit, wenn Sie so wollen. Sie können doch einen Moment Ihrer Zeit für mich erübrigen, oder?«

»Bleibt mir eine Wahl?«

Ein überraschend menschlich wirkendes Lächeln erschien im pelzigen Gesicht des Gesserat. »Sie haben die Wahl zwischen einem gemütlichen kleinen Plausch und dem Geschoss, das auf Ihren Nacken zielt. Vom Transitschmerz ganz zu schweigen.«

Leichter Dunst hatte den grasbewachsenen Hügel umgeben, wie nach einem heftigen Regenschauer, und jetzt lichtete er sich, als leichter Wind aufkam, der Rahil warm über die Beine strich. Ein Glitzern erschien am Fuß des Hügels und breitete sich von dort bis zum fernen Horizont aus, ein Funkeln wie von zahllosen Eiskristallen, die das Licht brachen und eine vom Blickwinkel des Beobachters abhängige Farbenpracht schufen.

»Alles hängt vom Blickwinkel des Beobachters ab, Rahil«, sagte der Gesserat. »Haben Sie jemals daran gedacht? Oh, natürlich haben Sie das. Ich bitte um Entschuldigung. Selbst eine Spezies wie Sie ist zu solchen Erkenntnissen fähig.«

Rahil beobachtete noch immer das bunte Glitzern und wünschte sich, mehr von den einzelnen Kristallen zu sehen, woraufhin sie für ihn anschwollen, wie von unsichtbaren Händen zu ihm getragen, und so groß wurden, dass sie sich als Gebäude entpuppten, von variabler Größe und Geometrie. Im Innern dieser Gebäude gab es weitere Bauwerke, die kleiner sein mussten, wie der menschliche Verstand behauptete, und doch fühlte Rahil, dass sie nicht weniger Platz boten. Alles hing vom Willen ihrer Bewohner ab, die auch über ihr eigenes Erscheinungsbild befanden. Er hörte ihre Stimmen wie das Rauschen des Windes in den Baumwipfeln eines Waldes, und ebenso komplex wie das Lied der Kosmischen Enzyklopädie.

»Natürlich sind die Stimmen so komplex wie das, was Sie ›Lied‹ der Enzyklopädie nennen«, sagte der Gesserat. »Immerhin ist die Enzyklopädie unser Kommunikationsmedium. Durch sie sprechen wir miteinander, über die Abgründe von Raum und Zeit hinweg.«

Wieder glaubte Rahil, Herablassung in der Stimme des großen, massigen Geschöpfs auf der anderen Seite des Tisches zu hören, und Ärger erwachte in ihm. Wie arrogant der Gesserat war, wie eingenommen von sich und seiner Überlegenheit. Er hatte sich nicht einmal vorgestellt.

Das pelzige Wesen deutete eine Verbeugung an. »Ich bitte um Verzeihung. Mein Name lautet Jar Enhelian Gavira Enei

Cropcor'al'Tentero az Halgewi. Das ist vermutlich ein bisschen lang für Sie, und deshalb dürfen Sie mich Zacharias nennen.«

»Zacharias?«

Der Gesserat hob und senkte die Schultern, was ebenfalls sehr menschlich wirkte. »Ein Name ist so gut wie jeder andere.«

»Namen bedeuten Identität.«

»Bei Ihnen«, erwiderte Jar Enhelian Gavira Enei Cropcor' al'Tentero az Halgewi, der Zacharias genannt werden wollte. »Sie brauchen einen Namen, um sich abzugrenzen, um das zu benennen, was Sie für Identität halten und doch nur eine Illusion ist, von Ihrem Gehirn geschaffen, das sich um einen Körper kümmern muss, eine Beschäftigung, der es alles unterordnet. Sie stehen erst am Beginn einer langen Entwicklung. Vielleicht schaffen Sie es in einigen Millionen Jahren, das aufzugeben, was Sie für Identität halten, und den Kosmos so zu sehen, wie er wirklich ist, oder zumindest einen Teil davon.« Bei den letzten Worten veränderte sich die Stimme des Gesserat und wurde ernster. »Es ist einer der Gründe, warum Sie noch nicht zu den Hohen Mächten gehören und keinen Zugang zur Kosmischen Enzyklopädie haben. Oh, ich muss noch einmal um Entschuldigung bitten, Rahil Tennerit. Möchten Sie etwas zu essen oder zu trinken?«

Zacharias winkte, und plötzlich war der Tisch voller Speisen und Getränke. Schüsseln und Teller standen dort, mehr als eigentlich auf dem Tisch Platz finden sollten, gefüllt mit herrlich duftenden Spezialitäten, und Dutzende von Kelchgläsern mit perlenden Flüssigkeiten.

»Vor einigen Jahrtausenden Ihrer Zeit lebte ein Mensch, der von Technik sprach, die so hoch entwickelt ist, dass sie wie etwas erscheint, das Sie Magie nennen. Ich glaube, die genauen

Worte lauteten: ›Jede hinreichend fortschrittliche Technologie ist von Magie nicht zu unterscheiden.‹ Und doch ist diese Technik recht einfach und mit den Schmieden verwandt, die wir Ihnen zur Verfügung gestellt haben. Andere Dinge, wie diese ›Polis‹, sind weitaus komplexer. Sie würden staunen, Rahil Tennerit. Selbst über das, was Sie mit Ihrem begrenzten Wahrnehmungsvermögen erkennen könnten.«

Rahil hob den Blick vom Bankett, musterte das Geschöpf auf der anderen Seite des Tisches und erinnerte sich daran, dass die Gesserat der Aufnahme der Menschheit in den Kreis der Hohen Mächte skeptisch gegenüberstanden. »Warum wollen Sie mich unbedingt beeindrucken, Zacharias? Warum wollen Sie mir mit kleinen Tricks Ihre Überlegenheit beweisen?«

»Oho«, erwiderte der Gesserat und lehnte sich auf dem unter ihm knarrenden Stuhl zurück. »Versuchen Sie, mich zu provozieren?«

Wenn er wirklich alle meine Gedanken erfasst, warum sprechen wir dann miteinander, warum benutzen wir Worte?, dachte Rahil.

»Weil Gedanken für Sie weniger bedeuten als ausgesprochene Worte«, sagte der Gesserat, und wieder lag Ernst in seiner Stimme. »Weil Sie – und damit beziehe ich mich erneut auf Ihre Spezies – Konzepte, Ideen und Vorstellungen mit ausgesprochenen Worten konkretisieren müssen. Ohne solche Worte bleiben sie vage, ohne die Substanz von Bedeutung. Was unsere Überlegenheit betrifft, mein lieber Rahil Tennerit ...« Der Gesserat rümpfte die Nase. »Wir – und damit meine ich alle Hohen Mächte, selbst die Krion, die auf dem Status von Primären beharren, obwohl sie meiner bescheidenen Meinung nach Sekundäre sind – stehen so weit über Ihnen wie Sie über ... Amöben.«

Ein Schimmern lenkte Rahil ab, und als er den Kopf hob, spannte sich ein breiter messinggelber Bogen wie eine Himmelsstraße über dem Hügel, dem Glitzern der Regenbogenstadt entgegengewölbt. In diesem weit gespannten Bogen bildeten sich Blasen, aus denen dunkle Punkte der Stadt entgegenfielen. Einige von ihnen näherten sich dem Hügel und verwandelten sich dabei in IKV-Sphären, von denen Lichtblitze ausgingen, als Zacharias eine feingliedrige Hand hob und ihnen zuwinkte.

»Es sind Heimkehrer und Besucher«, sagte der Gesserat. »Aus anderen Poleis und aus fernen Galaxien. Zwei von ihnen kommen aus der Zukunft, was für Sie von besonderem Interesse sein dürfte.«

Rahil drehte ruckartig den Kopf und stellte fest, dass sich der Gesserat verändert hatte. Was eben noch wie ein Choloepus ausgesehen hatte, schien mindestens die Hälfte seiner Masse verloren zu haben. Das dort auf dem Stuhl sitzende Geschöpf war gläsern wie ein Ippakao, mit dünnen Gliedmaßen, die wie die Stadt zu Füßen des Hügels aus zahllosen Kristallen zu bestehen schien.

»Ist das Ihre wahre Gestalt?« Rahil war zweimal zuvor Gesserat begegnet, einmal auf Greenrose, bei einer auch von den Hohen Mächten besuchten Konferenz der Ägide, und das zweite Mal während eines Einsatzes auf Filyan. Bei beiden Gelegenheiten hatte er große, pelzige Wesen gesehen, die sich langsam und bedächtig bewegten, mit Augen, die anderen das Gefühl gaben, winzig und unbedeutend zu sein.

»Dass eine solche Frage von Ihnen kommt, wundert mich nicht«, antwortete der Gesserat. Er sprach noch immer mit tiefer, rauer Stimme. »Für Leute wie Sie gibt es nur eine ›wahre‹ Gestalt. Fragen Sie Sammaccan, was er von einem solchen Konzept hält. Ich habe mich nicht verändert, Rahil Tennerit. Es ist

Ihre Wahrnehmung, die Ihnen Streiche spielt, hier an diesem Ort, der Ihre Sinne überfordert.«

Rahil blickte an sich herab und stellte fest, dass er stand, ohne eine Erinnerung daran, aufgestanden zu sein. Langsam setzte er sich, und als er wieder über den Tisch sah, saß dort ein großes, pelziges Geschöpf, das für den Stuhl viel zu schwer zu sein schien.

»Hören Sie auf damit«, sagte er und spürte, wie er die Fäuste ballte. »Hören Sie auf, mit mir zu spielen, Zacharias! Ich bin so, wie ich bin, und ich bin das, *was* ich bin. Ich kann nichts dafür. Körper und Geist gehorchen einem genetischen Programm, für das ich keine Verantwortung trage. Ich versuche zu lernen und mich weiterzuentwickeln, und gleichzeitig weiß ich, dass mir Grenzen gesetzt sind. Aber das alles gibt Ihnen nicht das Recht, sich über mich lustig zu machen. Und Arroganz ist nicht gerade ein Zeichen von Reife.«

Einige Sekunden herrschte Stille, und dann hörte Rahil ein seltsames Geräusch aus der Ferne: Es klang nach brechendem Glas.

»Die beiden Besucher aus der Zukunft«, sagte Rahil, als der Gesserat schwieg. »Sind sie der Grund, warum Sie mich hierhergeholt haben? Möchten Sie mit mir über das Artefakt auf Heraklon sprechen?«

»Ich möchte Sie etwas fragen, Exekutor der Ägide«, sagte der Gesserat, während sich über ihnen die goldene Himmelsstraße aufzulösen begann, wobei sie ihre Farbe wechselte. Aus dem glänzenden Gelb wurde ein stumpfes Grün, das schnell einem opalisierenden Blau wich. Fransen erschienen an den Rändern, fraktale Muster, von denen dünne Linien ausgingen und sich in nur einem Moment im ganzen Band ausbreiteten. Ein Schimmern, ein Flackern, und der Himmel über der Polis war wieder leer. »Haben Sie den Wind der Zeit gefühlt, wie er aus verschiedenen Richtungen weht? Und wie schwer sind Wahrheit und Lüge für Sie?«

Rahils Gedanken machten einen Sprung. »Sie sind der Evaluator, mit dem Lucrezia gesprochen hat.«

»Der bin ich, ja.«

»Lucrezia ist tot.«

Der Gesserat beugte sich vor und seufzte tief. »Ich weiß«, sagte er traurig. »Es tut mir sehr leid.«

Neuer Ärger regte sich in Rahil, hier an diesem Ort, an dem er nicht von neuronaler Stimulation unter Kontrolle gehalten wurde. »Sie hätten ihr damals die Femtomaschinen lassen können, als sie aus dem aktiven Dienst der Ägide schied. Lucrezia ist einem Geschoss des Ascar zum Opfer gefallen, der mich verfolgt, aber zum Tode verurteilt wurde Sie damals von Ihnen. Die Femtomaschinen hätten den angerichteten Schaden reparieren können.«

Die Schultern des Gesserat sackten ein wenig. »Es tut mir aufrichtig leid. Wenn ich allein die Entscheidungen treffen könnte, hätte sie die Femtomaschinen behalten. Aber das Gremium bestand auf der Einhaltung der Regeln.«

»Das Gremium?«

»Ich bin nicht der einzige Evaluator, Rahil Tennerit. Und gerade Sie sollten wissen, wie schwer es sein kann, gewisse Entscheidungen zu treffen. Der Tod, das Ende der Existenz, ist eine solche Tragödie, dass mich der Gedanke daran betroffen macht, selbst heute noch, nach all den Jahrmillionen und Jahrmilliarden. Oder vielleicht ist es gerade die lange Zeit unserer eigenen Existenz, die den Tod so absurd erscheinen lässt.«

»Sie könnten uns helfen, ihn zu besiegen«, sagte Rahil. Die Worte lagen in ihm bereit, diese und andere, seit vielen Jahren, geschaffen von bitteren Gedanken. »Sie könnten uns dabei helfen, die immense Tragödie des Todes zu überwinden. Die dazu notwendige Technik haben Sie.«

Der Gesserat nickte bedächtig. »Das stimmt. Die Femtomaschinen sind nur ein kleiner Teil davon, nicht nur aufgrund ihrer physikalischen Größe. Es gibt andere Methoden, den Tod zu überwinden. Ein ganzes Kapitel der Kosmischen Enzyklopädie erzählt davon.«

»Ein ganzes Kapitel der Enzyklopädie, zu der wir keinen Zugang haben.«

»Der Tod, Exekutor Rahil, ist auch ein Entwicklungsmotor. Er treibt die Entwicklung einer Spezies voran. Er schafft Platz für Neues.«

»Glauben Sie, das hat es für Lucrezia leichter gemacht?«, erwiderte Rahil scharf.

»Nein, Exekutor, gewiss nicht. Aber wir reden hier auch nicht von Individuen, obwohl Sie darauf bestehen, alles aus einer solchen Perspektive zu sehen. Wir reden von Völkern und notwendigen Entwicklungen.«

»Was sind *notwendige* Entwicklungen? Wer entscheidet darüber, was ›notwendig‹ ist?«

»Wissen Sie das wirklich nicht?«, erklang die tiefe Stimme des Gesserat. »Oder bezieht sich Ihr Zorn auf die Erkenntnis, dass *nicht* zu helfen manchmal schwerer ist, als Hilfe zu leisten?«

»Dummes Zeug«, zischte Rahil und starrte auf seine Fäuste. »Wie kann man einem Kranken keine Medizin geben?«

»Das ist die falsche Metapher, Rahil Tennerit, und Sie sollten intelligent genug sein, das zu erkennen. Es geht hier nicht um Kranke, die geheilt werden müssen, sondern um Entwicklungstendenzen ganzer Spezies. Sie haben eben gefragt, wer die Entscheidungen trifft, und ich antworte: jene, die es besser wissen.

Lassen Sie mich ein Bild benutzen, das weitaus angemessener ist. Warum entscheiden Eltern für ihre Kinder? Nicht deshalb, weil sie größer und stärker sind und den Kindern daher ihre Entscheidungen aufzwingen können. Sie entscheiden, weil sie über mehr Wissen und Erfahrungen verfügen und somit erkennen können, was für die Kinder gut ist. Warum haben Sie Sammaccan Waffen verweigert, die er sich für den Befreiungskampf in Munraha wünscht? Weil Sie wissen, wie viel Unheil er und seinesgleichen damit anrichten können. Sie mussten nicht einmal sehr mit sich selbst ringen, um sein Anliegen abzulehnen, obwohl Sie den Regeln der Ägide kritisch gegenüberstehen.«

Woher weiß er das alles?, dachte Rahil und fragte sich, wie viel von ihm für den Gesserat offenlag.

»Und deshalb verweigern Sie uns die Unsterblichkeit und alles andere?«, erwiderte er. »Weil Sie glauben, wir könnten Unheil damit anrichten?«

Der Gesserat ächzte leise und stand auf. »Kommen Sie, Exekutor. Lassen Sie uns zwei, drei Schritte gehen, damit ich Ihnen das Universum zeigen kann.«

Rahil stand plötzlich an der Seite des pelzigen Wesens, machte mit ihm zusammen einen Schritt durchs Gras … und glaubte sich plötzlich im Innern eines Spiegels der Welten, der aus Myriaden einzelner Facetten bestand. Jede noch so kleine Bewegung bewirkte einen perspektivischen Wechsel und zeigte ihm anstelle der glitzernden Stadtlandschaft ambientale Impressionen Tausender Planeten. Wüstenlandschaften erstreckten sich am Fuß des Hügels, der zum Fixpunkt in diesem wilden Tanz der Welten wurde, gefolgt von Wäldern aus großen, korallenartigen Bäumen, Seen aus jadegrünem Wasser und Bergen mit Lava speienden Vulkanschlünden, die Rahil für einen Moment an Caina und Meemken erinnerten. Nur ein Blinzeln war nötig, um das Wasser der Seen durch flüssiges Methan zu ersetzen, die Bäume durch Felsnadeln, auf denen sich Kohlendioxidschnee sammelte, und die Wüsten in Wolkenmeere von Gasriesen. Er sah Landschaften, die den Träumen Wahnsinniger entsprungen zu sein schienen, fühlte Hitze, die Metall verflüssigte, und eine Kälte, die alles erstarren ließ. Auf Hunderten von Welten – manche von ihnen wie Kedra in den Umlaufbahnen um alternde Rote Riesen, andere halb vergessen am Rand des Gravitationsfelds von Weißen Zwergen – sah er die Ruinen von Völkern, die kritische Momente in ihrer Entwicklungsgeschichte nicht überlebt hatten, und er teilte die Trauer der Gestalten, die dort zwischen in Trümmern liegenden Hoffnungen wanderten, vorbei am Schutt von Hochmut und Ignoranz.

»Wir haben den Anfang und das Ende gesehen«, ertönte die Stimme des Gesserat. »Öfter als Sie zählen könnten.«

»Warum helfen Sie dann nicht?« Die Worte sprangen von Rahils Lippen. »Warum sehen Sie all dem Leid tatenlos zu? Warum haben Sie Ihr Wissen nicht benutzt, um zu verhindern, dass jene Völker untergehen?«

»Sie verstehen nicht«, erwiderte Zacharias. »Die Zivilisationen, die Sie gesehen haben … Sie sind untergegangen, *weil* wir versucht haben, ihnen zu helfen.«

Stimmen flüsterten und schwollen innerhalb weniger Sekunden zu einem wahren Orkan, und Bilder begleiteten sie, zeigten ihm Millionen von Welten. Rahil schnitt eine Grimasse, hielt sich die Ohren zu und schloss die Augen, aber die Stimmen und Bilder füllten seinen Kopf, es gab kein Entrinnen. Er konnte keinen klaren Gedanken mehr fassen und glaubte, den Verstand zu verlieren.

Plötzlich herrschte wieder Stille, und warmer Wind strich ihm über die nackten Beine. Rahil öffnete die Augen. Er saß am weißen Tisch, dem Gesserat gegenüber, auf der Kuppe des Hügels, vor dem wie ein funkelnder Teppich die Polis lag.

»Auch wir haben unsere Erfahrungen gemacht«, sagte Zacharias. »Auch wir haben gelernt. Damals, als wir weniger klug waren, wollten wir helfen, aber bittere Erfahrungen lehrten uns: Zu viel Hilfe kann ebenso schädlich sein wie zu wenig. Was Sie gerade erlebt haben, Exekutor: Hätten Sie es länger ausgehalten, auch nur für ein oder zwei Minuten?«

Rahil schüttelte benommen den Kopf.

»Und doch haben Sie nur einen Tropfen des Ozeans gesehen, der das Universum ist. Es war ein direkter Kontakt mit der Kosmischen Enzyklopädie, Exekutor. Woraus sich die Frage ergibt: Ist die Menschheit bereit? Wie *kann* sie bereit sein, wenn Sie, ein Exekutor der Ägide, nicht imstande sind, den unmittelbaren Kontakt auch nur ein paar Minuten lang auszuhalten?«

Jahrmilliarden der Evolution trennen uns von den Hohen Mächten, dachte Rahil und versuchte, die Benommenheit von sich abzuschütteln. Von einem direkten Kontakt mit der Enzyklopädie ist nie die Rede gewesen, nur von einem Zugriff darauf.

Er spürte den Blick des Gesserat, fühlte sich von ihm wie seziert, und als er diesem unermesslich alten Wesen in die Augen sah, regten sich andere Gedanken in ihm, vorsichtig, als wollten sie nicht entdeckt werden. Einer von ihnen raunte: Warum hat er mich nach dem Wind der Zeit gefragt, und nach Wahrheit und Lüge? Ein anderer wisperte: Er hat mehrmals Exekutor gesagt, anstatt meinen Namen zu nennen, als wollte er dieses Wort betonen. Könnte es sein, dass er …

Rahil wagte es nicht, den Gedanken zu Ende zu denken.

Mit einer Agilität, die gar nicht zu der massigen Gestalt zu passen schien, stand Jar Enhelian Gavira Enei Cropcor'al'Tentero az Halgewi alias Zacharias auf. »Damit ist unsere kleine Plauderei beendet. Ich möchte Sie nicht länger aufhalten.«

»Warten Sie.« Rahil erhob sich ebenfalls. »Sie und die anderen Hohen Mächte … Sie sind in Raum und Zeit zu Hause, nicht wahr? Ich meine …«

»Ich weiß, was Sie meinen, *Exekutor*. Dieses Universum hat uns vor langer Zeit geboren, aber wir haben seine Fesseln längst abgestreift. Wir bewegen uns frei durch Raum und Zeit.«

»Dann wissen Sie um das Artefakt auf Heraklon Bescheid«, sagte Rahil und versuchte, einen Gedanken zu denken, *ohne* ihn zu denken.

Aus dem warmen Wind wurde kalter, und er fror in seiner kurzen Hose und dem dünnen lindgrünen Kasack. Er fühlte, wie sich die Polis veränderte. Oder vielleicht änderte sich die Art und Weise, wie er sie wahrnahm: Die schimmernde Stadt dehnte sich aus, als der Horizont fortrückte, in unendliche Ferne, und der bis dahin silbergraue, leere Himmel füllte sich mit Gebäuden – die Perspektive weckte Erinnerungen an das alte Habitat über Kedra, und Rahil fragte sich kurz, ob sein Gehirn diese Verbindung herstellte, um etwas Abstraktes, das außerhalb seiner Erfahrung lag, vertraut erscheinen zu lassen. Aber dieser Eindruck des Vertrauten existierte nur an der Oberfläche, begriff er einen Sekundenbruchteil später. Er war wie der erste, oberflächliche Eindruck eines Fraktals, das den Anfang von etwas viel Komplexerem darstellte. Was er für Gebäude gehalten hatte – in der von Anthropomorphismus geprägten Annahme, dass die Angehörigen der Hohen Mächte wie Menschen etwas benötigten, in dem sie wohnen konnten –, waren in Wirklichkeit Zugänge und Passagen, hinter denen sich individuelle Welten verbargen, von den Primären und Sekundären nach ihrem Willen gestaltet. Die Poleis waren keine Städte in dem Sinne, sondern eher Treffpunkte oder Fokusse. Sie befanden sich dort – oder erschienen dort –, wo sich in den Ereignisstrukturen der Raumzeit gewisse Wahrscheinlichkeiten häuften und …

Ein eisiger Windstoß traf Rahil, so heftig, dass er wankte und sich am Tisch festhielt.

»Erstaunlich«, sagte der Gesserat leise und schüttelte wie ein Mensch den Kopf. »Bemerkenswert. Ich habe Sie in direkten Kontakt mit der Enzyklopädie gebracht, aber dies …« Er hob die Hand, wie um sich zu verabschieden.

Rahil fühlte die Nähe des Geschosses, das der Ascar auf ihn abgefeuert hatte, und den auf ihn wartenden Transitschmerz. »Das Artefakt auf Heraklon«, wiederholte er, ohne den Gedanken ganz zu denken. »Sie wissen davon, nicht wahr?«

»Ja.«

»Sie haben darauf hingewiesen, dass Geschöpfe wie Sie nicht mehr an Zeit und Raum gebunden sind.«

»Nicht an das, was Ihrer Vorstellung von Raum und Zeit entspricht. Wir sind Teil des Existierenden; wir bewegen uns innerhalb seiner Grenzen.«

»Sie sind sehr alt«, sagte Rahil vorsichtig und jonglierte noch immer mit dem einen Gedanken. »Sie haben die Vergangenheit gesehen.«

»Ja.«

»Und die Zukunft? Sehen Sie auch die Zukunft?«

»Es gibt nicht *die* Zukunft, Exekutor. Es gibt so viele Zukünfte, wie es Universen gibt.«

»Zehn hoch fünfhundert«, sagte Rahil.

»Mehr oder weniger«, erwiderte der Gesserat, und seine ledrigen Lippen deuteten ein Lächeln an. »Die M-Theorie, die Ihre Vorfahren auf der Erde entwickelt haben, ist sehr interessant, hat aber ihre Schwächen.«

»Wir haben sie inzwischen erweitert«, sagte Rahil und spürte, wie seine Konzentration zerfaserte. Begann für ihn die Rückkehr in den Transit? »Wenn Sie die Zukunft sehen, Zacharias, oder die Zukünfte, all die Ereignisse, die sich aus dem Jetzt ergeben und *ergeben könnten* ... Dann wissen Sie auch, was auf Heraklon geschieht und geschehen wird.«

»Das weiß ich, ja.«

»Das Artefakt kommt aus der Zukunft«, sagte Rahil und wählte jedes Wort mit großer Sorgfalt. »Jemand hat es geschickt. Jemand, der mit Zeit und Raum so umgehen kann wie Sie.«

Der Gesserat wartete.

»Jemand hat das Artefakt nach Heraklon geschickt, um Einfluss auf die Vergangenheit zu nehmen, auf unsere Gegenwart. Was auch immer geschieht und geschehen wird: Es ist das Ergebnis einer Einflussnahme aus der Zukunft. Wie sollen wir uns gegen so etwas wehren können? Wie sollen wir, die Menschheit, eine Prüfung bestehen, wenn der Prüfer mogelt?«

Der weiße Tisch mit den smaragdgrünen Intarsien löste sich auf, ebenso die Stühle. Das Grün des Hügels wich einem farblosen Grau, das auch die Polis absorbierte. Nur der Gesserat blieb da, groß und massig, wie von einem schweren Gewicht auf seinen pelzigen Schultern gebeugt.

»Niemand hat gesagt, dass es leicht für Sie sein würde, Exekutor.«

»Können wir nicht wenigstens Fairness erwarten, zumindest von Ihnen?«, fragte Rahil, als sich graues Nichts um ihn schloss. »Welchen Sinn hätte sonst alles?«

»Sinn?«, wiederholte der Gesserat. Seine Stimme kam aus dem Grau des Transits. »Suchen Sie nach einem Sinn, Exekutor? Und nach *welchem* Sinn? Wer hat behauptet, dass alles einen *Sinn* haben muss?«

Der nicht von Kompensatoren gelinderte Schmerz flammte wieder auf, ein Feuer, das in jeder einzelnen Körperzelle brannte und sich langsam über die Nervenbahnen fraß. Die Rüstung konnte nichts dagegen ausrichten, denn ihre organischen Komponenten waren selbst betroffen.

»Alles, was geschehen kann, wird geschehen«, ertönte die brummende Stimme des Gesserat. »Irgendwo, irgendwann. So lautet das Gesetz des Existierenden.«

»Bedeutet es nicht auch, dass Sie mir helfen werden und damit einen kleinen Ausgleich schaffen für die Einflussnahme aus der Zukunft?«

»Ich bin ein Evaluator«, lautete die Antwort. »Ich beobachte und bewerte. Ich helfe dabei, die Grundlage für eine Entscheidung zu schaffen. Es gibt Regeln, wie Sie sehr wohl wissen, *Exekutor*. Wie können Sie von mir erwarten, dagegen zu verstoßen?«

»Ich weiß auch, dass Regeln einen gewissen Spielraum lassen. Und dass es Situationen gibt, die es erfordern, jenseits der üblichen Regeln zu handeln. Deshalb hat mich die Ägide zum Exekutor gemacht. Weil jemand anders gegen die Regeln verstieß.«

»Nun gut, Rahil Tennerit«, drang erneut die Stimme des Gesserat durchs Grau, und Rahil bemerkte, dass sie jetzt wieder seinen Namen nannte. »Wenn Sie auf Heraklon sind … Wenden Sie sich an Äguizabel den Verwahrer. Vielleicht kann er Ihnen helfen. Oh, und noch etwas.«

Wieder schienen Rahils Augen den Kopf zu verlassen, und er beobachtete, wie er dastand im Grau, in einen nassen Regenmantel gehüllt, der pfeilförmige Bolzen mit dem Toxin nur wenige Zentimeter von seinem Nacken entfernt. Das Geschoss bewegte sich, es erzitterte und bekam Dellen, knickte und brach, wie von einer unsichtbaren Hand zerdrückt. Splitter fielen und verschwanden, bevor sie den Boden erreichten, den Rahil unter seinen Füßen spürte.

»Das muss genügen«, sagte der Gesserat.

»Danke«, brachte Rahil mühsam hervor.

»Danken Sie mir nicht, Exekutor. Sie wissen nicht, was Sie erwartet.«

Schmerz schleuderte Rahil nach Eckrote.

Und wo mit schwertbewehrter Siegerhand
Der Lüge Drachen du erschlagen?

TIEFER FALL

18

Rahil blinzelte im hellen Licht und begriff, dass er zum ersten Mal in seinem neuen Leben Sonnenschein auf einem Planeten sah. Er schmerzte in den Augen, brannte darin fast wie das Feuer, das der Transit ohne Kompensatoren in seinen Zellen entzündet hatte. Er kniff die Augen zu, aber das Gleißen kam, nur wenig gedämpft, durch die Lider, begleitet von zahlreichen Geräuschen, die zu einem akustischen Chaos verschmolzen – selbst das leiseste Geräusch, das Summen von Insektenflügeln, tönte laut wie das Dröhnen von Trommeln.

Reizüberflutung, dachte Rahil und schickte der Rüstung einen gedanklichen Befehl, der ihre Sensoren deaktivierte und die zerebralen Schaltkreise in den Bereitschaftsmodus schaltete. Dann versuchte er aufzustehen und reduzierte auch die von den Femtomaschinen gesteuerte Sensibilisierung seiner Sinne.

Er schwankte auf Beinen weich wie Gummi, hob die Lider und sah auf Sammaccan hinab beziehungsweise auf das, was aus dem jungen Polymorphen geworden war. Ein rostroter Gewebeklumpen lag im Empfangsbereich des sich hinter ihnen wölbenden Kickins, fleischig und feucht auf der einen Seite, borkig und wie vernarbt auf der anderen. Rechts und links ragten Gliedmaßen daraus hervor, halb geformt, die Arme nicht von den Beinen zu unterscheiden; der Kopf war ein Buckel ohne Augen, die Nase sah aus wie ein mehrfach gebrochener langer Schnabel. Leises Wimmern kam von dem zitternden Etwas, das den Eindruck machte, von einem Dislokator getroffen worden zu sein. Hatte der Ascar mit einer solchen Waffe auf Sammaccan geschossen? Oder war das gegenwärtige Erscheinungsbild des Polymorphen das Ergebnis des Transitschocks, der seine Körperstruktur durcheinandergebracht hatte?

Von einer Maint gesteuerte Drohnen waren damit beschäftigt gewesen, Frachtbehälter in Empfang zu nehmen oder für den Transit vorzubereiten. Sie rührten sich nicht mehr, bis auf eine, die mit mehrgelenkigen Beinen heranstapfte. Bei jedem Schritt spiegelte sich Sonnenschein auf ihrem Leib aus Synthmetall.

»Bitte bewegen Sie sich nicht«, sagte die Drohne. »Das medizinische Zentrum ist bereits verständigt.«

»Das Kickin«, brachte Rahil hervor. »Es muss geschlossen werden.« Der Ascar durfte keine Gelegenheit erhalten, ihm nach Eckrote zu folgen.

»Ich bin nicht befugt, das Frachtfraktal stillzulegen, solange keine Gefahr für diese Anlage besteht«, antwortete die Maint mit der Stimme der Drohne. »Eine solche Entscheidung kann nur der zuständige Volontär treffen. Er ist ebenfalls verständigt.« Das große, spinnenartige Geschöpf aus Synthmetall und Polymeren aktivierte einen Formspeicher, und einer seiner langen Greifarme, die auch die Funktion von Beinen erfüllen konnten, verwandelte sich in einen Stuhl. »Bitte nehmen Sie Platz und schonen Sie sich.«

Rahil schlug nach einem bunt schillernden Insekt, das dicht vor seinem Gesicht schwebte und rasend schnell mit winzigen, durchsichtigen Flügeln schlug. Er fragte sich kurz, ob es diese Flügel gewesen waren, deren Summen er zuvor als Trommelschlag gehört hatte. Stimmen erklangen, von Menschen und einem Chormiki, und eilige Schritte näherten sich, aber Rahil achtete nicht darauf und schaute dem Insekt nach, das seiner Hand ausgewichen war und nach oben flog, dem Gitter entgegen, das sich über dem noch immer aktiven Kickin spannte – es diente als Schild, der den Transitbereich vor elektromagnetischen Störsignalen schützte, insbesondere vor den elektrischen Entladungen, zu denen es manchmal bei Unwettern kam.

Ich bin schon einmal hier gewesen, dachte er und spürte kaum, dass die Beine unter ihm nachgaben. Die Drohne stützte ihn mit zwei anderen Greifarmen und setzte ihn auf den Formspeicherstuhl, als drei Personen herbeieilten, zwei Menschen und ein vogelartiger Chormiki, alle drei mit den Emblemen des Volontariats am Kragen: Bürger der Bruch-Gemeinschaft, die freiwillig Arbeit leisteten, obwohl sie auf den nicht vom *Ereignis* betroffenen Welten ein Leben in Muße hätten führen können, ohne den Zwang, sich ihren Lebensunterhalt zu verdienen. Während die beiden Menschen entsetzt auf den Gewebehaufen starrten, der Sammaccan war, und der Chormiki mit dem Schnabel klapperte und Fragen stellte, deren Sinn Rahil nicht verstand, sah er durch die breiten Lücken im Gitter, blinzelte im Sonnenschein und senkte den Blick zum Meer, dessen aquamarinblaues Funkeln jenseits der Stadt bis zum Horizont und darüber hinaus reichte. Ja, ich bin schon einmal hier gewesen, damals, einige Jahre nach Jazmines Tod, nachdem ich das Dutzend verlassen habe. Während seiner Ausbildung zum Missionar der Ägide war er mit einem Katamaran aufs offene Meer hinausgefahren und hatte sich so weit von den schwimmenden Städten der Außenweltler und den Produktionsstationen der Aun entfernt, dass eine rechtzeitige Rückkehr unmöglich gewesen war, als der Sturm über ihn hereinbrach. Der Psychomechaniker Lynton Hongeva Ayyad hatte später von einem unbewussten Selbstmordversuch gesprochen, von einer dissoziativen Identitätsstörung aufgrund ausgeprägter Schuldgefühle und einer latenten Todessehnsucht, und Rahil fragte sich, ob das stimmte. Lautete die unter dem Gewicht von fast hundert Jahren verborgene Wahrheit vielleicht, dass er ganz bewusst mit der Absicht aufgebrochen war, seinem Leben ein Ende zu setzen?

Wieso erinnere ich mich jetzt daran?, dachte er, als der Chormiki einen medizinischen Scanner auf ihn richtete und die Anzeigen mit einem besorgten Zwitschern kommentierte, während sich die beiden anderen Volontäre um Sammaccan kümmerten. Weil die Rüstung die Erinnerungen daran unterdrückt hat, beantwortete er sich die eigene Frage. Dann sagte er:

»Das Kickin. Deaktivieren Sie das Frachtfraktal. Ich mache hiermit von meinen Befugnissen als Exekutor der Ägide Gebrauch und weise Sie an, das Kickin zu schließen, sofort.«

Etwas anderes war wichtig, und er musste darauf hinweisen, solange er noch Kraft genug hatte. »Es tut weh«, sagte er leise. »Es tut weh.«

»Ein Transit durch ein Kickout ohne Kompensatoren ...«, begann der Chormiki.

Aber Rahil meinte den anderen Schmerz, auch nach hundert Jahren kaum gedämpft.

Müde schloss er die Augen, und als er sie wieder öffnete, befand er sich im medizinischen Zentrum und sah ins Gesicht eines Kurators.

»Ich brauche ein Schiff«, sagte Rahil und stand auf. Tatendrang erfüllte ihn, was ihm einen sicheren Hinweis darauf bot, dass die Rüstung wieder aktiv war. Er schaute an sich herab, als der Formspeicher des Empirion reagierte: Aus dem Kittel, den er im Bett getragen hatte, wurde eine schlichte beigefarbene Hemd-Hose-Kombination. »Und ich brauche eine neue Rüstung«, fügte er hinzu. »Mit dieser stimmt was nicht.«

»Wer sind Sie?«, fragte der Kurator.

»Das Kickin.« Rahil ging zur Tür. »Ist es deaktiviert? Ich habe den Volontären eine entsprechende Anweisung gegeben.« Er sah sich um. »Und wo ist Sammaccan? Hat er sich erholt? Geht es ihm besser?« Er winkte vor der Tür, aber das Gesteninterface reagierte nicht. Die Tür blieb selbst dann geschlossen, als er die Sensorplatte des Coders berührte.

»Wer sind Sie?«, wiederholte der Kurator, der noch immer neben dem Bett stand, in dem Rahil erwacht war.

»Warum öffnet sich die Tür nicht? Ich habe schon genug Zeit verloren und muss mich sofort auf den Weg machen.« Er wies seine Femtomaschinen an, dem Coder einen Prioritätsimpuls zu schicken, doch eine Bestätigung des Signals blieb aus, und die Tür rührte sich nicht von der Stelle.

Rahil drehte sich um und sah das kleine Gerät in den Händen des Kurators: der schwarze Stift eines selektiven Interdiktors. Damit konnte der Kurator im Umkreis von einigen Dutzend Metern jede Technik oberhalb der Stufe vier neutralisieren. Rahils Femtomaschinen und die technischen Komponenten der Rüstung funktionierten noch, was bedeutete, dass der Interdiktor nur den Coder der Tür lahmgelegt hatte.

Wachsam musterte er den Kurator, einen Mann um die fünfzig: der Kopf völlig haarlos, die Brauen buschig und weiß wie Schnee, die Lider mit Aun-Symbolen tätowiert. Er trug eine weite Hose, die ihm nur bis zu den Waden reichte, und ein ebenfalls sehr weites, kakifarbenes Hemd. Wenn nicht die Symbole der Ägide am Kragen gewesen wären – und die primäre Technik in seiner Hand –, hätte man ihn für einen Reisenden halten können, einen der Bürger, die ihren Anteil an den kollektiven ökonomischen Ressourcen nutzten, um weite interstellare Reisen zu unternehmen und sich die Welten der Bruch-Gemeinschaft anzusehen.

»Ich bin Cregan Dymond und leite die hiesige Niederlassung der Ägide«, sagte der kahlköpfige Mann. »Ich frage zum dritten Mal: Wer sind Sie?«

Er sprach sanft und freundlich, aber es gab in seiner Stimme einen warnenden Unterton. Warmer Wind wehte durch das breite offene Fenster hinter dem Bett und trug den würzigen Duft des nahen Meeres herein. Von der schwimmenden Stadt waren nur die höchsten Gebäude zu sehen, aber in der Ferne zeigte sich die dunkle Silhouette einer Produktionsstation der maritimen Aun. Dort gibt es lokale Fraktale mit Verbindungen zum großen Kickout im Orbit, flüsterten sonderbare Gedanken in ihm. Wenn es mir gelingt, diesen Mann zu überwältigen …

Erschrocken schob er diesen Gedanken beiseite.

»Ich bin Exekutor Rahil Tennerit, in dringender Mission auf dem Weg nach Heraklon«, sagte er.

»Nach *Heraklon*?« Die buschigen weißen Brauen wölbten sich.

»Ja.« Rahil wandte sich von der Tür ab und kehrte langsam in Richtung Bett zurück.

Der Kurator richtete den Interdiktor auf ihn. »Bitte bleiben Sie dort stehen.«

Rahil machte noch einen Schritt, weil es die Rüstung so wollte. »Was soll das?«

»Rahil Tennerit ist vor zwei Monaten auf Heraklon ums Leben gekommen.«

»Ich bin wiederhergestellt worden, in der Ägide-Station bei Ganska. Der dortige Kurator hat mir im Auftrag des Kuratoriums Exekutor-Status verliehen.«

Die weißen Brauen zogen sich zusammen. »Von einer solchen Wiederherstellung ist mir nichts bekannt.«

»Meine Mission ist von großer Bedeutung«, sagte Rahil und spürte, wie sein Herz schneller schlug. Die Rüstung bereitete ihn auf rasches Handeln vor. »Vielleicht hat das Kuratorium beschlossen, sie geheim zu halten. Die Autorisierungssignatur meiner Femtomaschinen sollten Sie inzwischen empfangen haben.«

»Ja«, sagte Cregan Dymond. Er sprach noch immer ruhig. »Ich muss sagen, dass sie außerordentlich gut gefälscht ist. So gut, dass selbst unsere Scanner sie für echt gehalten haben. Aber die Signatur kann nicht echt sein.«

Drei Schritte, dachte Rahil. Kann mich das Empirion schnell genug machen, um drei Schritte zurückzulegen, bevor Dymond den Interdiktor gegen mich einsetzt?

»Wieso soll sie nicht echt sein?«, fragte er.

»Weil das Kuratorium den auf Heraklon gestorbenen Rahil Tennerit schon vor drei Wochen wiederhergestellt und anschließend auf seine eigenen Anweisungen hin alle von ihm gespeicherten Images gelöscht hat. Woraus folgt: Sie können nicht Rahil Tennerit sein. Sie sind eine Fälschung.«

Rahil sprang ohne eine bewusste Entscheidung. Seine Hände streckten sich dem kahlköpfigen Mann entgegen … und dann lag er plötzlich vor dem Bett und zitterte in Schockstarre, als die vom Interdiktor manipulierten Femtomaschinen Muskeln und Nerven widersprüchliche Signale schickten.

»Wer sind Sie?«, ertönte über ihm die Stimme des Kurators.

Rahil konnte nicht antworten. Seine Zähne klapperten viel zu heftig.

19

Die Roten Nebel glühten am Himmel, wie ein großer Vorhang, den jemand vor die Sterne gezogen hatte. »Ich bin dort gewesen«, sagte Rahil und deutete nach oben. »Mitten in den Roten Nebeln. Auf Principato im Dennehy-System. Vor …« Er überlegte kurz. »Siebenundfünfzig Jahren.«

»Principato ist eine Gefallene Welt, nicht wahr?«, fragte die Frau auf der anderen Seite der unsichtbaren Interdiktionsbarriere. Es wimmelte in der Nähe von primärer Technik, teilten ihm die Sensoren der Rüstung mit, die man erstaunlicherweise nicht von ihm gelöst hatte. Es war kurz nach Mitternacht, und sie saßen auf der Dachterrasse des zweihundert Stockwerke hohen Gebäudes, dessen obere vier Etagen die Niederlassung der Ägide auf Eckrote enthielten. Rechts, hinter der Brüstung, ging es Hunderte von Metern in die Tiefe, und links, vor der entspannt am Tisch sitzenden Frau, erstreckte sich ein Interdiktionsfeld, das mit einer erneuten Schockstarre drohte, wenn Rahil ihm zu nahe kam. Sie trug das feuerrote Haar hochgesteckt, und Sommersprossen bildeten einen Bogen, der über die Nase und beide Wangen reichte. Rahil fühlte sich an Emily erinnert.

»Ja, mit einer autokratischen Regierung. Wir haben versucht, dort das Bildungssystem zu verbessern.«

»Wir?«, fragte die Frau, die Milissa Gauwain hieß und Psychomechanikerin in Diensten der Ägide war, nicht älter als

202

dreißig oder fünfunddreißig. Rahil fragte sich, ob sie jemals auf einer Gefallenen Welt gewesen war und echtes Elend gesehen hatte.

»Lucrezia und ich.« Rahil zögerte kurz. »Und Crotwell. Der war ebenfalls mit dabei. Glaube ich.«

»Das glauben Sie?«

»Ich bin mir nicht ganz sicher. Es ist lange her.«

Milissa hatte zwei kleine Geräte vor sich auf dem Tisch liegen. Sie sahen wie schmale, dünne Etuis aus, stammten aus einer polychromen Schmiede der Ägide, stellten die Sensoren des Empirion fest, und steckten voller primärer Technik. Rahil vermutete, dass ihn Milissa die ganze Zeit sondierte und Aufzeichnungen anfertigte.

»Mithilfe der zerebralen Schaltkreise müssten Sie sich eigentlich an alles erinnern können«, sagte die Psychomechanikerin sanft. »Außerdem sind Sie gerade wiederhergestellt worden, und das Image ist frisch in Ihnen verankert. Es dürfte keine Gedächtnislücken geben.«

»Ich habe bereits darauf hingewiesen, dass mit der Rüstung etwas nicht stimmt. Mit hoher Wahrscheinlichkeit ist sie manipuliert worden.«

»Von wem?«

»Keine Ahnung.«

Milissa warf einen kurzen Blick auf die beiden Instrumente. Rahil bemerkte es, obwohl ihr Gesicht halb im Schatten verborgen war. Die nächste Lampe auf der großen Dachterrasse war fünf oder sechs Meter entfernt und befand sich schräg hinter der Psychomechanikerin. Ihr Licht erreichte Milissas Gesicht nur, wenn sie den Kopf hob und ein wenig zur Seite drehte, und dann schienen ihre Sommersprossen zu tanzen, wie die in Emilys Gesicht vor über hundert Jahren.

»Wenn Sie Gedächtnislücken haben, Rahil … Es könnte auch bedeuten, dass Ihr Image fehlerhaft ist. Es würde zu allem anderen passen.«

Ihre Stimme hatte einen sonderbaren Klang, fand er. Sie schien irgendwo in seinem Innern einen Resonanzkörper zu finden, der sich der Kontrolle durch Rüstung und Femtomaschinen entzog. Er fragte sich, ob sie das hatte, was man auf Greenrose »goldene Stimme« nannte, die Fähigkeit, ihren Worten empathischen Nachdruck zu verleihen. Manipuliert sie mich?, dachte er, und dieser Gedanke führte zu anderen, die, so musste er zugeben, an Paranoia grenzten. Dass man ihm die Rüstung nicht abgenommen hatte, wunderte ihn noch immer, aber vielleicht gab es dafür einen guten Grund. Vielleicht war das Empirion inzwischen zu einem Instrument geworden, mit dem die Psychomechanikerin ihn kontrollierte. Ebenso die Femtomaschinen. Möglicherweise unterlagen sie nicht mehr seinem Willen, sondern suchten im Auftrag Milissas und des Kurators nach versteckten Wahrheiten.

Rahil sah erneut zu den Roten Nebeln hoch und beobachtete, wie sich ein Schatten vor sie schob, gesäumt von zahlreichen blinkenden Lichtern. Femtomaschinen und Sensoren der Rüstung schärften sein Sehvermögen, damit er Einzelheiten des großen Himmelsschiffs der Milwee erkennen konnte, bestehend aus Dutzenden von Plattformen, untereinander durch Treppen und Brücken verbunden. Darüber blähten sich an die Hundert große und kleine Ballons – sie trugen das Himmelsschiff, wie es die Traditionen der Milwee verlangten. Rahil fragte sich, ob er dies alles wirklich sah oder aber in einem Verhörzimmer lag, Körper und Geist mit einem primären Simulator verbunden, der ihm eine falsche Realität vorgaukelte.

»Sitzen wir tatsächlich hier, Milissa?«

Sie lächelte. »Seit drei Stunden. Es wird allmählich spät.«

»Ich habe Ihnen alles erzählt, was Sie wissen wollten«, sagte Rahil. »Sind Sie jetzt bereit, mir zwei Fragen zu beantworten?«

»Wenn ich kann.«

»Wo ist Sammaccan, und wie geht es ihm?«

Milissa lächelte erneut, halb im Schatten. »Sind das beide Fragen?«

»Nein, nur eine.«

»Sammaccan befindet sich zwei Stockwerke unter uns. Wir haben ihn behandelt, und inzwischen hat er sich gut erholt. Der Transit ohne Kompensatoren wird keine dauerhaften Schäden bei ihm hinterlassen.«

Rahil fühlte eine Last von sich genommen, von deren Existenz er bis eben gar nichts geahnt hatte.

»Und die zweite Frage?«, sagte die Psychomechanikerin, als Rahil schwieg.

»Was geschieht auf Heraklon und im Lagoni-System?«

Milissas Blick huschte erneut zu den beiden kleinen Geräten auf dem Tisch, und was auch immer sie dort sah, es schuf eine dünne Falte in ihrer ansonsten völlig glatten Stirn.

»Die Lage spitzt sich zu«, sagte sie nach kurzem Zögern. »Die Unionskonferenz und das Kuratorium haben beschlossen, das Lagoni-System zu isolieren, soweit das jetzt noch möglich ist. Wenn Sie mich fragen, kommt diese Maßnahme reichlich spät.« Eine gewisse Schärfe erklang jetzt in Milissas Stimme. »Die letzte Meldung, die wir erhalten haben, betrifft eine Flotte aus fast tausend Seglern, in der elf Clan-Gruppen präsent sind, unter ihnen die Breaz und die Ten-Shapino. Sie sind gestern im Lagoni-System eingetroffen, wie wir per Nullzeit erfahren haben.«

Das war ein Privileg der Ägide, wusste Rahil. Die Nullzeit-Kommunikation nutzte einen Teil der überall präsenten Kosmischen Enzyklopädie für den direkten, sofortigen Austausch von Informationen über Hunderte und Tausende von Lichtjahren hinweg. Nicht einmal alle Welten der Bruch-Gemeinschaft waren damit ausgestattet. Viele von ihnen verwendeten für die interstellare Kommunikation semipermanente Verbindung durch Sprungvektoren, die Schwankungen unterlagen, oder Relaisstationen in den von Kickouts geöffneten Transittunneln, die allerdings den Phänomenen von Plus- und Minus-Zeit ausgesetzt waren – manchmal konnten Nachrichten ohne nennenswerten Zeitverlust über Zehntausende von Lichtjahren übermittelt werden, doch in anderen Fällen erreichten sie ihr Ziel erst nach Wochen oder Monaten.

»Fast *tausend*?«, fragte Rahil. »Sie können wohl kaum von ›falschen Winden‹ ins Lagoni-System getragen worden sein, wie der Späher behauptete.«

»Wir gehen davon aus, dass ihre Flotte im relativistischen Flug unterwegs war«, sagte Milissa. »Die Kickouts können sie nicht benutzt haben, und in den Sprungvektoren hätten wir sie früher oder später entdeckt. Außerdem hätten sie die Vektoren nach Heraklon gar nicht verwenden können, weil wir seit einer guten Woche einen Wellenstörer und zwei Fluktuatoren bei den Sprungsektoren des Lagoni-Systems einsetzen. Nicht einmal mit geschmuggelter primärer Technik wären sie in der Lage gewesen, die Störungsfronten zu durchdringen. Wir gehen davon aus, dass die elf Clan-Gruppen hundertfünfzig Jahre im relativistischen Flug unterwegs waren und von Quebal kommen.«

»Hundertfünfzig Jahre«, sagte Rahil nachdenklich und spürte, wie die zerebralen Schaltkreise der Rüstung diese Information verarbeiteten. »Es ist ein neuer Plan. Wie damals die Sache mit Greenrose. Die Segler haben erneut in Langzeit gedacht. Wie sieht ihr Plan aus?«

»Wir nehmen an, dass es ihnen wie allen anderen um das Artefakt geht.«

»Wenn sie anderthalb Jahrhunderte unterwegs gewesen sind, müssen sie schon damals vom Artefakt gewusst haben. Wie ist das möglich?«

»Das wissen wir nicht.«

Rahil beobachtete, wie die Lichter des Himmelsschiffs der Milwee über Milissas Gesicht strichen, es mal aus den Schatten holten und dann wieder darin versteckten. Einige rote und grüne Reflexe gaben ihren Zügen etwas Fratzenhaftes.

»Bruch-Gemeinschaft und Ägide haben vierzig Schiffe im Lagoni-System, aber sie genügen natürlich nicht, um die Lage zu kontrollieren«, sagte die Psychomechanikerin. »Außerdem sind uns ohnehin die Hände gebunden.«

»Manchmal sollten wir die Fesseln abstreifen.«

»Ich kenne Ihre Meinung, Rahil.« Milissa Gauwain sprach noch immer sanft. Nichts schien sie aus der Ruhe bringen zu können. »Sie haben sich oft genug über die Regeln beklagt. Wer auch immer Sie zum Exekutor gemacht hat, er fand fruchtbaren Boden in Ihnen.«

Rahil musterte die Psychomechanikerin mit neuer Wachsamkeit. Für einen Moment hatte er vergessen, worum es bei diesem Gespräch ging.

»Bringen Sie den Diplomatischen Rat von Heraklon dazu, ein offizielles Hilfegesuch an die Ägide zu richten«, sagte er. »Dann *können* wir eingreifen, mit allen unseren Mitteln. Oder mit fast allen«, fügte er hinzu, als Milissa zu einem Einwand ansetzte.

»Der Diplomatische Rat existiert nicht mehr«, sagte Milissa auf der anderen Seite der Interdiktionsbarriere. »Es gibt niemanden, der uns rufen kann. Die Botschafterin von Munraha hat uns um Hilfe gebeten, aber auf die Anfragen einzelner Nationalstaaten können wir nicht eingehen. Die derzeitige Lage auf Heraklon ist ... sehr unübersichtlich. Drei von uns in den Einsatz geschickte Missionare melden sich nicht mehr. Einer von ihnen hatte den Auftrag, die von Seglern eingesetzten Akkumulatoren zu neutralisieren. Es scheint ihm nicht gelungen zu sein, denn unsere Satelliten berichten, dass sich die Signalsammler in den Netzen von Heraklon weiter ausbreiten.«

In den Netzen, dachte Rahil. Heraklon hatte keine dichte Aura wie die Welten der Bruch-Gemeinschaft, nur einzelne planetare Netze mit limitierten Schnittstellen. Das konnte sich in diesem Fall als Vorteil erweisen. Seine Gedanken kreisten erneut um die Mission, stimuliert von der Rüstung.

»Die Ägide könnte den Einsatz von Akkumulatoren als kriegerischen Akt der Segler interpretieren«, sagte er. »Als den Versuch, erst die Datennetze und dann den Planeten unter ihre Kontrolle zu bringen. Es würde ein Eingreifen der Ägide rechtfertigen.«

»Zwei Poleis der Hohen Mächte sind zehn Lichtminuten über der Ekliptik des Lagoni-Systems in Position gegangen, Rahil.«

»Ein Logenplatz«, kommentierte er. »Sie beobachten und bewerten.«

»Und sie achten darauf, ob wir die Regeln einhalten. Dies ist unsere große Prüfung, Rahil. Wenn wir sie bestehen, haben wir bewiesen, dass wir den Aufstieg verdienen. Selbst wenn uns die Hohen Mächte nicht sofort den Status von Sekundären gewähren und in ihre Gemeinschaft aufnehmen: Sie werden die Kosmische Enzyklopädie für uns öffnen, oder zumindest Teile von ihr.«

Rahil dachte an den Evaluator Jar Enhelian Gavira Enei Cropcor'al'Tentero az Halgewi, der Zacharias genannt werden wollte, und fragte sich, warum er der Psychomechanikerin nichts von der Begegnung mit ihm erzählt hatte.

»Wenn es zum Krieg kommt, haben wir verloren«, erwiderte er. »Wenn wir eingreifen und die Souveränität der Bewohner von Heraklon verletzen, haben wir verloren. Wenn wir gegen die Regeln der Nichteinmischung verstoßen, haben wir verloren. Eine solche Situation ...«

»... verlangt einen Exekutor? Jemanden, der sich über die Regeln hinwegsetzt?«

Rahil ging nicht darauf ein. »Der andere Rahil, der vor drei Wochen wiederhergestellt wurde und alle aufgezeichneten Images löschen ließ ... Gehört er zu den drei Missionaren, die nach Heraklon geschickt worden sind und sich nicht mehr melden?«

»Darauf kann ich Ihnen leider keine Antwort geben.«

»Weil Sie es nicht wissen, oder weil Sie es mir nicht verraten dürfen?«

Milissa lächelte und warf wieder einen kurzen Blick auf die Anzeigen der beiden kleinen Geräte. »Sie haben mich gebeten, Ihnen zwei Fragen zu beantworten. Das habe ich getan, sehr ausführlich sogar.«

»Beantworten Sie mir eine dritte, Milissa. Sie lautet: Warum die ganze Aufregung? Fast tausend Segler, die sogar Akkumulatoren auf Heraklon abwerfen, zwei Poleis der Hohen Mächte, der restaurierte Träger von Burion, ein Schneller Verband der Kongregation von Larralde und wer weiß wie viele Schiffe der übrigen Restaurationsmächte ... Sie alle wollen das Artefakt. Warum? Was ist so Besonderes daran? Abgesehen davon, dass es vermutlich aus primärer Technik besteht und aus der Zukunft kommt.«

Das Himmelsschiff der Milwee war weitergezogen, und oben, von Sternen gesäumt, glühten wieder die Roten Nebel, mitten in ihnen eine Welt namens Principato. In ihrem fahlen Schein wirkte Milissas hochgestecktes Haar wie eine erstarrte Flamme. »Hat man Ihnen das nicht mitgeteilt, als Sie den Exekutor-Status bekamen?«

»Nein.«

Die Psychomechanikerin zögerte und schien nach den richtigen Worten zu suchen. »Sind Sie mit dem ›Füllhorn‹ vertraut, Rahil?«

»Ich nehme an, Sie meinen nicht den alten Mythos.«

»Nein.«

»Dann vermute ich, dass sich Ihre Frage auf den ersten Kontakt der Bruch-Gemeinschaft mit den Hohen Mächten bezieht, vor sechshundert Jahren. Kurz nach der Gründung der Ägide wurde das Kuratorium in eine Polis der Krion und Feazelle eingeladen …«

»Die Silberne Stadt«, sagte Milissa.

»So nannte man sie. Die Hohen Mächte zeigten den Kuratoren damals die Funktionsweise einer polychromen Schmiede, von der wir heute wissen, dass sie besonders leistungsfähig war. Sie produzierte nicht nur Materialien und kleinere Geräte, sondern ganze Maschinen und Raumschiffe vom Shifter-Typ.«

»Jene Schmiede war etwa hundertmal so leistungsfähig wie die polychromen Schmieden, die uns heute zur Verfügung stehen.« Milissa schaute nachdenklich in die Nacht jenseits der Brüstung, und Rahil fragte sich, ob er tatsächlich aus dem Mittelpunkt ihrer Aufmerksamkeit gerückt war. Oder machte sie ihm etwas vor? »Praktisch alle Komponenten der Silbernen Stadt stammten von ihr, und die Polis hatte einen Durchmesser von mehr als zweitausend Kilometern.«

Der Blick der Psychomechanikerin kehrte zu Rahil zurück. »Das Artefakt auf Heraklon … Wir vermuten, dass es sich um eine Superschmiede handelt, tausendmal so leistungsfähig wie das ›Füllhorn‹ der Silbernen Stadt.«

Während Rahil noch versuchte, sich eine solche Schmiede vorzustellen, fuhr Milissa fort: »Alle Kommunikationsverbindungen in den Norden von Heraklon sind unterbrochen. Selbst unsere mit primärer Technik ausgestatteten Satelliten empfangen nichts: Die fragliche Region im hohen Norden von Heraklon absorbiert alle Sondierungssignale, und inzwischen ist nicht mehr nur das Tal mit dem Fundort betroffen. Das von den Aktivitäten des Artefakts beeinflusste Gebiet wächst. Wir gehen davon aus, dass die Superschmiede damit begonnen hat, den Planeten zu fressen.«

»Zu fressen?«

»Sie benutzt ihn als Basismasse. Für die Herstellung von …« Milissa zuckte die Schultern. »Wir wissen es nicht. Aber eine Superschmiede könnte eine Art … Schöpfungsmaschine sein. Sie kennen die Gerüchte.«

»Vom künstlichen Universum? Dem Eldorado der Hohen Mächte?«

»Ein Kosmos, den sie seit Jahrmillionen bauen, nach ihren Wünschen, mithilfe von Superschmieden«, sagte Milissa.

Ein kalter Windzug strich Rahil über den Nacken, aber vielleicht fröstelte er nicht nur deshalb. »Eine außer Kontrolle geratene Superschmiede …«

Milissa nickte. »Ja. Sie könnte eine ebenso schlimme Katastrophe heraufbeschwören wie damals das *Ereignis*.«

»Warum greifen die Hohen Mächte nicht ein?«, fragte Rahil und fühlte noch immer Kälte im Nacken. Oben hatten sich einige Wolken halb vor die Roten Nebel geschoben, und auf der Dachterrasse des zweihundert Stockwerke hohen Gebäudes wurde es dunkler. Das Licht der Lampen schien sich zu trüben, und Rahil fragte sich kurz, warum die Sensoren seiner Rüstung nicht kompensierten. »Die Superschmiede kann nur von ihnen stammen.«

»Wissen wir das?«, hielt ihm Milissa entgegen. »Können wir da sicher sein? Die Vergangenheit ist ehern, die Gegenwart veränderlich und die Zukunft voller Möglichkeiten.«

»Das klingt nach einem Zitat. Von wem stammt es?«

Ein Lächeln huschte über Milissas Lippen. »Von mir selbst. Nun, die Gedankengänge der Hohen Mächte bleiben uns weitgehend verborgen. Vielleicht greifen sie ein, bevor es zu einer Katastrophe kommt, vielleicht auch nicht. Derzeit beschränken sie sich darauf zu beobachten, wie wir mit dem Problem umgehen. Und damit wären wir wieder bei Ihnen, Rahil.«

»Bei mir?«, fragte Rahil, aber er wusste, was die Psychomechanikerin meinte.

»Jemand hat Sie geschaffen und Ihnen Exekutor-Status gegeben, angeblich mit dem Auftrag, das Problem des Artefakts auf Heraklon zu lösen.«

»Niemand kann Femtomaschinen eine falsche Exekutor-Signatur verleihen.«

»Niemand, den wir kennen. Sie haben selbst von Manipulation gesprochen, Rahil.«

»Vielleicht ist der andere Rahil Tennerit eine Fälschung«, sagte Rahil und spürte, wie seine Anspannung wuchs. Die Rüstung reagierte darauf und traf Vorbereitungen für eine Konfrontation. Allein das war schon seltsam genug. Die fest in der molekularen Struktur verankerte Basisprogrammierung verhinderte, dass Rüstungen gegen Personal und Einrichtungen der Ägide eingesetzt werden konnten. Dass er versucht hatte, den Kurator Cregan Dymond anzugreifen, ließ sich nur damit erklären, dass etwas in seinem Unterbewusstsein ihn nicht für einen echten Repräsentanten der Ägide gehalten hatte. In diesem Fall bestand nicht der geringste Zweifel, und doch spürte Rahil, wie ihm das Empirion dabei half, sich auf einen Kampf vorzubereiten.

Von einem der kleinen Geräte auf dem Tisch kam ein leises Piepsen.

»Bitte bleiben Sie ruhig, Rahil«, sagte Milissa und wirkte noch immer völlig entspannt. Die Interdiktionsbarriere schützte sie. »Wir wissen, dass der andere Rahil Tennerit echt ist. Wir haben ihn selbst wiederhergestellt und in den Einsatz geschickt.«

»Also muss mein Exekutor-Status falsch sein, obwohl er nicht gefälscht werden kann?« Rahil erinnerte sich an den Verfolger während des Transits durch den M-Raum, vielleicht ein Schiff der Hohen Mächte, an den Disruptor. Er dachte an die Polis, die bei Kedra erschienen war, und kurz darauf das Erscheinen des Ascar. Gab es einen Zusammenhang? »Nur die Hohen Mächte wären in der Lage, Femtomaschinen eine falsche Signatur zu geben.«

»Warum sollten sie so etwas tun?«

»Warum sollte uns jemand in der Zukunft eine Superschmiede schicken, die damit begonnen hat, einen Planeten zu fressen? Was stellt sie mit der Materie her, die sie aufnimmt? Wer ...« Einer der vielen Gedanken, die hinter Rahils Stirn miteinander wetteiferten, drängte sich nach vorn. »Wer ist der Schmied? Nur monochrome Schmieden arbeiten autonom. Alle anderen brauchen einen Schmied, der sie programmiert und ihre Funktionen überwacht. Wenn das Artefakt auf Heraklon wirklich eine Superschmiede ist ... Wer ist dann ihr Schmied?«

»Es erschien vor zehn Millionen Jahren in der Arktis von Heraklon«, sagte Milissa. »Aber aktiv wurde das Artefakt erst vor gut sieben Monaten.«

»Im vorletzten der sechshundert Bewährungsjahre, die die Ägide mit den Hohen Mächten vereinbart hat. Man könnte meinen, jemand wollte uns daran hindern, Zugang zur Kosmischen Enzyklopädie zu erlangen.«

»Das ist eine interessante Überlegung, Rahil«, kam Milissas Stimme aus den Schatten, die ihre Gestalt umhüllten. »Was veranlasst Sie dazu?«

»Es fällt mir schwer, an Zufälle zu glauben. Was den Schmied betrifft ...«

»Ja, Rahil?«

»Der Aktivitätsbeginn des Artefakts vor sieben Monaten könnte bedeuten, dass zu jener Zeit ein Schmied dort eingetroffen ist.«

»Nicht unbedingt. Denkbar wäre auch ein hibernierender Schmied.«

»Jemand, der mit dem Artefakt aus der Zukunft kam und zehn Millionen Jahre darin geschlafen hat?«, fragte Rahil. »Warum ist es überhaupt zehn Millionen Jahre in unserer Vergangenheit erschienen?«

»Das wissen wir nicht.«

»Vielleicht musste es reifen«, spekulierte Rahil mit beschleunigten Gedanken. »Und der Schmied kann auch viel später eingetroffen sein. Vielleicht erst vor einigen Jahren.«

»Wir haben alle Aufzeichnungen überprüft«, sagte die Psychomechanikerin. »Nicht nur die auf Heraklon, sondern auch unsere, die der Satelliten und unserer Missionare. Der Kreis der Personen, die den hohen Norden des Planeten aufsuchten, ist sehr begrenzt und besteht zum größten Teil aus Archäologen. Niemand von ihnen kam als Schmied infrage, soweit wir das feststellen konnten. Sie selbst sind ebenfalls beim Artefakt gewesen, vor Ihrem Tod. Außerdem ...«

Milissa zögerte, und Rahil fühlte ihren sondierenden Blick. Er wartete.

»Vor siebenundachtzig Jahren kam ein Schiff des Dutzends nach Heraklon«, fuhr die Psychomechanikerin fort. »Es hatte einen neuen Botschafter für die Große Versammlung an Bord. Und es machte einen Abstecher in die arktische Region von Heraklon.«

Rahil beugte sich vor. »Ein Schiff des Dutzends?«

»Aus Ihrer Heimat, ja. Was wieder zu Ihnen führt.«

»Und zu dem anderen Rahil Tennerit, den Sie vor drei Wochen wiederhergestellt haben.«

Milissa Gauwain ließ sich davon nicht ablenken. »Wer steckt hinter Ihnen?«

Rahil war noch immer damit beschäftigt, die letzte Information zu verdauen. Er legte sich Worte zurecht, als eine Sternschnuppe über den dunklen Himmel raste. Es musste ein recht großer Meteorit sein, denn er zog einen langen Schweif durch die Nacht. Für eine halbe Sekunde fiel helles Licht auf die schwimmende Stadt, die sich hinter der Brüstung und zweihundert Stockwerke tief unten erstreckte, und der Ozean von Eckrote schien sich in Silber zu verwandeln. »Glauben Sie, eine der Restaurationsmächte, die Schiffe nach Heraklon geschickt haben, um Anspruch auf das Artefakt zu erheben, hat mich zu seinem Werkzeug gemacht? Halten Sie es wirklich für möglich, dass man auf irgendeiner der Gefallenen Welten fähig wäre, eine in Femtomaschinen abgelegte Exekutor-Signatur so zu fälschen, dass sie nicht einmal von primärer Technik als Fälschung erkannt werden kann? Ich bitte Sie, Milissa!«

Die Psychomechanikerin musterte ihn einige Sekunden wortlos. Dann seufzte sie leise, nahm die beiden kleinen Geräte, die vor ihr auf dem Tisch lagen, und stand auf. »Es ist spät geworden.«

Rahil erhob sich ebenfalls und spürte, wie sein Puls schneller wurde. Die Rüstung reagierte auf seinen Instinkt, und der schrie eine Warnung. »Was geschieht jetzt?« Als die Frau ihm gegenüber zögerte, fuhr er drängend fort: »Bitte lassen Sie mich gehen. Ich bin Rahil Tennerit, Exekutor der Ägide. Ich muss nach Heraklon und verhindern, dass das Artefakt in die falschen Hände gerät. Irgendwo auf dem Planeten befinden sich meine kompletten Erinnerungen, und wenn ich sie gefunden habe, weiß ich vermutlich, wie es vorzugehen gilt.« Äguizabel der Verwahrer, dachte er, nannte den Namen aber nicht.

»Sie sind Rahil Tennerit, kein Zweifel, aber ein falscher«, erwiderte die Psychomechanikerin, und es klang fast traurig. »Wir vermuten, dass jemand mit Ihrer Hilfe die Superschmiede auf Heraklon unter seine Kontrolle bringen will. Das Dutzend könnte in diese Sache verwickelt sein …«

»Moment mal. Glauben Sie vielleicht, ich sei im Auftrag der Großen Familien unterwegs? Das ist doch absurd! Ein Ascar verfolgt mich. *Er* handelt im Auftrag des Dutzends, nicht ich.«

»Ihre Rüstung ist manipuliert«, sagte Milissa. »Und vermutlich auch Ihr Image. Wir müssen beides untersuchen, um ganz sicher zu sein. Wir können uns keine Fehler leisten; es steht zu viel auf dem Spiel.«

Rahils Instinkt schrie noch lauter. Er starrte die Psychomechanikerin an, durch die Interdiktionsbarriere, die normalerweise unsichtbar blieb; doch die Sensoren der Rüstung reagierten auf seinen Wunsch, sie zu sehen, und zeigten sie ihm als vagen Schleier, in sein Blickfeld eingeblendet. Sie bildete einen Bogen, einen Halbkreis, der rechts und links an der Brüstung endete.

»Glauben Sie, dass ich Ihnen Informationen vorenthalte?«, fragte Rahil, während er nach einem Fluchtweg suchte, der nicht existierte. »Glauben Sie, dass ich lüge?«

Milissa hob kurz die beiden kleinen Geräte. »Nein. Die Sondierungen haben ergeben, dass Sie die Wahrheit sagen. Aber es spricht einiges dafür, dass Sie etwas zurückhalten, dass Sie mir nicht die ganze Wahrheit gesagt haben. Und deshalb …«

»Sie wollen mich deinstallieren!«, entfuhr es Rahil.

»Das ist ein hässlicher Ausdruck.«

»Wenn Sie mich für eine Fälschung halten und glauben, dass ich über geheime Informationen verfüge, können Sie sich nicht darauf beschränken, eine Kopie meines Bewusstseins zu erstellen, praktisch ein Image von einem Image. Die Informationen könnten genetisch in mir codiert sein, und vielleicht vermuten Sie, dass eine Entschlüsselung nur möglich ist, solange Rüstung, Körper und Image miteinander verbunden sind.« Darum hatte sie ihm das Empirion gelassen, begriff er plötzlich. »Also bleibt nur eine analytische Deinstallation in einem Uterus. Sie wollen mich in meine Einzelteile zerlegen.«

»Das klingt noch schlimmer, Rahil«, sagte Milissa mit aufrichtiger Anteilnahme.

»Welche Worte auch immer man wählt, sie ändern nichts am Resultat. Ich werde aufhören zu existieren.« Gab es keine Möglichkeit, die Interdiktionsbarriere zu durchdringen, ohne dass sie eine Schockstarre auslöste? Rahil überlegte, die Femtomaschinen sowie alle Systeme der Rüstung stillzulegen, dann zu springen und sie anschließend wieder zu aktivieren. War die Interdiktion so beschaffen, dass sie allein die Barriere betraf oder auch den Bereich dahinter, vielleicht die ganze Dachterrasse? Es gab nur eine Möglichkeit, es herauszufinden.

Rahil spannte die Muskeln.

Ein leises Piepen kam von einem der beiden kleinen Geräte, und fast gleichzeitig sagte Milissa Gauwain: »Davon rate ich Ihnen ab, Rahil. Sie würden das Bewusstsein verlieren und nicht wieder erwachen, bevor wir mit der Untersuchung beginnen.«

»Sie wollen mich töten.«

Die Psychomechanikerin verzog andeutungsweise das Gesicht. »Offenbar drücken Sie sich gern drastisch aus. Natürlich speichern wir Ihr Bewusstsein. Wir erstellen ein Image, das später auf einen anderen Körper übertragen werden kann.«

»Falls Sie es für richtig halten«, sagte Rahil. »Und falls der andere Rahil Tennerit nicht beschließt, das Image ebenso wie die übrigen zu löschen.«

»Das ist sein Privileg. Er ist der echte, authentische Rahil Tennerit. Sie sind eine illegale Kopie.«

»Es bedeutet den Tod für mich.«

»Sie sind schon dreimal gestorben, Rahil«, betonte Milissa. »Auch dieser ›Tod‹ ist nicht endgültig. Ihrem Psychoprofil habe ich entnommen, dass Sie ein ausgeprägtes Pflichtgefühl haben. Denken Sie jetzt an Ihre Pflicht, Rahil, das macht es vielleicht leichter für Sie. Durch Ihre Untersuchung erfahren wir möglicherweise, wer versucht, das Artefakt auf Heraklon unter Kontrolle zu bringen, und das könnte uns dabei helfen, diese Krise zu bewältigen. Sie sind Missionar der Ägide, Rahil; Sie erweisen uns einen großen Dienst.«

Aber es bedeutet, dass ich sterben muss, in einem Uterus deinstalliert, dachte Rahil. Es war eine Sache, bei einer Mission zu sterben, unerwartet, mit der Gewissheit, wiederhergestellt zu werden und das Leben in einer neuen Inkarnation fortzusetzen. Hier lag der Fall ganz anders. Es war praktisch eine Hinrichtung, und es fehlte die Garantie auf Wiedergeburt.

»Ich bin kein Missionar mehr, sondern Exekutor«, sagte Rahil und wollte springen, als sich hinter Milissa Gauwain die Tür öffnete.

Ein Mann um die fünfzig, mit haarlosem Kopf und buschigen weißen Brauen, trat auf die Dachterrasse. Er machte ein, zwei unsichere Schritte, und Wind erfasste seine zerfranste, irgendwie unfertig wirkende Kleidung.

»Kurator Dymond?«, fragte Milissa verwundert. »Stimmt was nicht?«

Die Gestalt des Kurators verschwamm, wie hinter einem plötzlichen Hitzeflirren und verwandelte sich innerhalb einer Sekunde. Aus dem Humanoiden Cregan Dymond wurde ein geflügeltes Geschöpf – eine Mischung aus Vogel, Schlange und Echse –, das seine ledrigen Schwingen ausbreitete, die Psychomechanikerin mit dem langen Schnabel zur Seite stieß und sich nach vorn warf, durch die Interdiktionsbarriere. Zwei kräftige Beine streckten sich Rahil entgegen, zwei Greifklauen packten ihn wie große Hände, während die Flügel schlugen, und das Geschöpf riss ihn über die Brüstung hinweg.

Sie fielen durch die Nacht, den vielen Lichtern der schwimmenden Stadt entgegen.

20

Rahil zitterten die Knie, als er schließlich, nach einem im wahrsten Sinne des Wortes atemberaubenden Sturzflug, wieder festen Boden unter den Füßen hatte. Sammaccan war so klug gewesen, in einem dunklen Teil der Stadt zu landen, inmitten von niedrigen Gebäuden, die unbewohnt zu sein schienen und vielleicht als Lagerhallen dienten. Einige Dutzend Meter entfernt standen Transportfahrzeuge in Reih und Glied und warteten auf Volontäre oder von einer Maint übermittelte Arbeitsanweisungen.

Aus dem geflügelten Geschöpf mit dem langen Schnabel und den großen Greifklauen wurde wieder der Polymorphe aus Munraha auf Heraklon, ein knapp zwanzig Jahre junger Mann, schmächtig und in eine weite braune Hose und eine Hemdjacke gekleidet, die in Wirklichkeit keine Kleidung waren, sondern Teil seines Körpers.

»Wie stellst du es an?«, fragte Rahil und spürte, wie ihn die Rüstung beruhigte. »Ich meine, das geflügelte Geschöpf, das uns hierhergebracht hat, war viel größer als du und hatte vermutlich auch mehr Masse.« Der Stuhl fiel ihm ein, auf den er sich im Instrumentenraum des Shifters gesetzt hatte. Er war klein gewesen, und bestimmt leichter als der junge Mann, der da vor ihm stand. »Wie stellst du das mit dem Massenunterschied an?«

»Ich nehme und gebe«, sagte Sammaccan. »Ich öffne eine Tür, mit meiner … dritten Hand, und dahinter gibt es genug Masse für jede Gestalt, die ich annehmen möchte, und es gibt auch genug Platz, um das, was ich nicht brauche, dort abzulegen.«

Rahil bemerkte die kurze Pause bei der simultanen Übersetzung durch das Kommunikationssystem der Rüstung und schloss daraus, dass »Tür« nicht ganz das passende Wort war. Wie eine Auslagerung, dachte er, und Erinnerungen schlüpften an der mentalen Kontrolle vorbei. Die *Rosenduft*, die gar nicht nach Rosen geduftet hatte, dachte er. Die geschrumpften, ausgelagerten Dinge an Bord. Jazmine …

»Warum fragst du mich jetzt danach, Rahil Tennerit?«, fügte Sammaccan erstaunt hinzu. »Sollten wir nicht besser fliehen?«

Rahil sah an dem zweihundert Stockwerke hohen Gebäude empor, von dem sie gerade heruntergesprungen waren. Licht kam aus manchen Fenstern, aber viele waren dunkel. Ganz oben leuchtete ein rotes Warnsignal und wies auf eine dringende Angelegenheit der Ägide hin. Es war nur noch eine Frage von Sekunden oder höchstens Minuten, bis die Aura der Aun-Welt Eckrote Nachrichten über einen angeblich falschen Rahil Tennerit enthielt.

»Ja, du hast recht, das sollten wir besser. Aber vorher …« Rahil trat auf Sammaccan zu und streckte die Hand aus. Der Polymorphe ergriff sie zögernd. »Ich danke dir. Von jetzt an bist du nicht nur mein Assistent, sondern auch mein Freund, Sammaccan von Heraklon. Und ich verspreche dir: Wenn du mir weiterhin so gute Dienste leistest, setze ich mich dafür ein, dass du Missionar werden kannst.«

Die Brust des Polymorphen schwoll voller Stolz an. »Kann ich meinen Brüdern in Munraha dann Waffen bringen?«, fragte er hoffnungsvoll.

Rahil seufzte. »Komm«, sagte er, und sie eilten durch die Nacht.

Die Nacht wurde zum Tag, als sie sich dem Hafen der großen schwimmenden Stadt näherten. Dutzende von mobilen Lampen schwebten wie kleine Sonnen über der Menge, die vor dem großen Katamaran mit den schneeweißen Segeln wartete. Laute Stimmen übertönten die Nachrichten, die jeder hören konnte, der mit der Aura von Eckrote verbunden war. Einige dieser Nachrichten betrafen jemanden, der sich als Missionar der Ägide ausgab, und seinen Komplizen, zwei gefährliche Individuen, die sofort den Justizdelegaten gemeldet werden mussten. Über dem zweihundert Stockwerke hohen Gebäude mit der Niederlassung der Ägide leuchteten keine Warnsignale mehr, sondern die Gesichter der beiden Gesuchten, wie zwei Vollmonde am dunklen Himmel.

Rahils Rüstung hatte sich bis zur Stirn ausgedehnt und seine Züge verändert, und Sammaccan war zu einem Mann Anfang dreißig geworden, gekleidet in einen Anzug aus kleinen blau-weißen Schuppen, der zum Meeresmotiv der Kreuzfahrt passte. Niemand würde sie erkennen, nicht einmal ein Delegat, der besonders aufmerksam Ausschau hielt. Und auf ihre Biosignaturen programmierte Sensoren würden es schwer haben, sie in dieser Menschenmenge zu finden. Sie hatten Glück, doch auf diesen launischen Verbündeten konnten sie sich nicht auf Dauer verlassen.

»Wie lautet der Plan, Rahil Tennerit?«, fragte Sammaccan aufgeregt. Er versuchte so sehr, unauffällig und harmlos zu wirken, dass er sich damit fast schon verdächtig machte.

Sie hatten den Rand der Menge erreicht und setzten den Weg langsam in Richtung des Katamarans am Kai fort. Über zwei Rampen gingen Passagiere an Bord.

Aus den Datenbanken der Rüstung erhielt Rahil Informationen über das Spektakel. Die Nacht des brennenden Meers, so nannten es viele Besucher. Der große Tanz der Aun, hieß es bei den Außenweltlern, die schon seit längerer Zeit auf Eckrote lebten. Auf der Nordhalbkugel fand dieser Tanz dreimal im Jahr statt, und immer lockte er viele Schaulustige an.

»Der Plan?«, wiederholte Rahil und schob sich an zwei Chormiki vorbei, die mit einem hageren Milwee sprachen. Dahinter standen mehrere junge Menschen mit Volontärsemblemen an der bunten Kleidung und hörten sich die Ausführungen eines virtuellen Fremdenführers an, der über die Fruchtbarkeitszyklen der Aun sprach. »Wir gehen an Bord und schnappen uns eins der Rettungsboote, wenn wir weit genug von der Stadt entfernt sind. Damit nehmen wir Kurs auf eine der Produktionsstationen der Aun. Dort gibt es Fraktale, die uns zum großen Kickout im Orbit bringen.«

»Und dann? Und dann?«, fragte Sammaccan aufgeregt. Er

senkte den Kopf, als sie an mehreren Frauen vorbeikamen. Nach einigen weiteren Schritten sah er scheu zurück, als könnte er es kaum fassen, dass keine der Frauen ein scharfes Wort an ihn gerichtet hatte.

»Von dort aus geht es weiter nach Heraklon«, sagte Rahil leise, obwohl das Wie noch ungeklärt war.

Sie reihten sich ein in die Schlange der Wartenden, und als sie sich einer der beiden Rampen näherten, fragte Sammaccan mit gedämpfter Stimme: »Wie kommen wir an den Kontrollen vorbei, Rahil Tennerit?«

»Kontrollen? Dies ist Eckrote, eine Welt der Bruch-Gemeinschaft. Es gibt genug Ressourcen, und sie stehen allen zur Verfügung.«

»Jeder kann an Bord gehen, ohne zu bezahlen, ohne kontrolliert zu werden?«

Verwunderung veränderte das Gesicht des Polymorphen, und für einen Moment trat der jüngere Mann zutage, der offenbar Sammaccans natürliche Gestalt war. Aus dem Augenwinkel beobachtete Rahil die Leute in der Nähe, aber niemand schien etwas bemerkt zu haben.

»Hier wird nicht bezahlt«, erwiderte er leise. »Hier gibt es kein Geld.« Aber dafür gab es auf Eckrote eine Aura und jede Menge Hightech, sogar primäre Technik, mit der man auch gut getarnte Personen aufspüren konnte. Wenn es ihnen nicht gelang, den Planeten in den nächsten Stunden zu verlassen, würde man sie entdecken. Sie mussten schnell handeln, bevor aus der lokalen Fahndung der Ägide eine globale wurde und alle Kickins und Kickouts, die sich auf und von Eckrote erreichen ließen, mit einer auf die Signaturen der beiden Gesuchten programmierten Bioschranke ausgestattet waren. Wenn das geschah, saßen sie im Barrnoch-System fest.

Einige Stunden, drei, vielleicht vier, so groß war das Zeitfenster. Daran dachte Rahil, als er zusammen mit Sammaccan über die Rampe ging, hinter einer hochgewachsenen Kzosek, deren Anblick etwas in ihm berührte, das mit Jazmine in Zusammenhang stand. Bevor sich Erinnerungsbilder formen konnten, griff die Rüstung ein, kanalisierte sein Denken und übermittelte ein Warnsignal: Er brauchte dringend etwas zu essen, und zwar etwas Kalorienreiches. Das Empirion war bereits dazu übergegangen, die subkutanen Fettreserven zu verwerten, und die Femtomaschinen hatten ihre Aktivitäten gedrosselt, was dazu führte, dass Rahils Wahrnehmung schrumpfte. Sie hatten viel durchgestanden, und die energetischen Reserven von Rüstung und Femtomaschinen gingen zur Neige. Mattigkeit breitete sich in Rahil aus, als er der Kzosek folgte, und die von der großen Frau mit dem eckigen, zur Hälfte transparenten Kopf geweckten Erinnerungen verhießen nichts Gutes. Es bedeutete, dass sich sein Denken und Fühlen verselbstständigte und nicht mehr allein den Notwendigkeiten der Situation gehorchte. Mit anderen Worten: Er wurde unkonzentriert, ließ sich ablenken.

Sie brachten die Rampe hinter sich; als sie auf dem etwa hundertfünfzig Meter langen und vierzig Meter breiten Steuerbordrumpf des Katamarans standen, fühlte sich Rahil wie am Hinterkopf berührt und drehte sich um.

Es warteten noch immer viele Passagiere am Kai, Menschen und andere, im hellen Schein von Lampen wie Sonnen, und hinter ihnen erstreckte sich die schwimmende Stadt, eine von Hunderten auf den weiten Ozeanen von Aun. Viele Gebäude duckten sich dunkel in der Nacht, wie die Rücken schlafender Riesen. Andere reckten sich hell dem Himmel entgegen, wie der Turm mit der Niederlassung der Ägide, umgeben von bunten Lichtern, viele von ihnen Teil der Aura von Eckrote.

Rahil stand neben Sammaccan an der Reling, und die nächsten Personen waren einige Meter entfernt. Niemand stand nahe genug, seinen Kopf zu berühren.

Zu Tausenden schalteten sich Femtomaschinen ab, damit die biochemische Energie für die wichtigsten ausreichte. Die Erweiterung der Sinne funktionierte noch immer, mit gewisser Einschränkung auch die synästhetische Verarbeitung von Signalen, und Rahil begriff, dass er gerade ein weiteres Warnsignal erhalten hatte. Diesmal betraf es nicht seinen Zustand, sondern eine Gefahr.

Der Ascar befand sich in der Nähe.

Vielleicht lauert er dort im Dunkeln, in der Finsternis zwischen den Gebäuden. Oder er stand mit aktiviertem Tarnschirm unter den Passagieren und wartete auf eine Gelegenheit, an Bord zu gehen. Rahil drehte den Kopf und versuchte, ein klareres Signal zu bekommen, aber eine Lokalisierung war nicht möglich. Es blieb die Gewissheit, dass der Verfolger da war, vielleicht nur einige Dutzend Meter entfernt.

»Was ist?«, fragte Sammaccan. Auch er war müde. Das Morphen und seine Art der Auslagerung von Masse kosteten ihn vermutlich viel Kraft. In seinem Gesicht zuckte es gelegentlich, und die Züge des dreißigjährigen Mannes schienen manchmal zu zerfließen wie Wachs in der Nähe einer Flamme.

»Er ist hier.« Rahil wandte sich von der Reling ab, ergriff Sammaccan am Arm und zog ihn mit sich. »Der Ascar. Vielleicht ist das Frachtfraktal nicht rechtzeitig deaktiviert worden.«

»Wo?« Sammaccan sah sich erschrocken um. Einige der blauweißen Schuppen seines Anzugs verwandelten sich in einen graubraunen Hautlappen, und Rahil trat dichter an ihn heran, damit die anderen Passagiere die Veränderung nicht bemerkten. »Wo ist er?«

»Ich weiß es nicht«, zischte Rahil. »Aber wenn du dich weiterhin so auffällig benimmst, dürfte es ihm nicht schwerfallen, uns zu finden.«

Sie gingen über den Steuerbordrumpf, fort von der Rampe. Rahil reaktivierte die schlafenden Femtomaschinen und schaltete die Rüstung auf volle Abwehrbereitschaft. Ein Teil der Mattigkeit verflog, und die Bewegungen der anderen Passagiere an Bord schienen langsamer zu werden, als das Empirion Wahrnehmung und Reaktionsvermögen verbesserte. Wie lange konnte er diesen voll aktiven Modus beibehalten, bevor ihn die Kräfte verließen? Nicht mehr als eine halbe Stunde, dachte Rahil. Nicht genug Zeit, um eine Flucht zu planen, die einigermaßen Aussicht auf Erfolg bot. Konnten sie ein Rettungsboot stehlen und damit entkommen? Damit hätten sie vermutlich Aufsehen erregt, und Rahil befürchtete, dass sie mit einem Boot nicht schnell genug gewesen wären. Für einen Sekundenbruchteil orteten die Sensoren und Rezeptoren der Rüstung den Schatten einer energetischen Signatur inmitten der Wartenden am Kai. Die Emissionen waren von einem Tarnfeld abgeschwächt; den zerebralen Schaltkreisen und Femtomaschinen gelang keine klare Identifizierung, aber vielleicht verfügte der Ascar über eine Individualkapsel, und die wäre in jedem Fall schneller gewesen als ein Beiboot.

Vier breite, gewölbte Brücken verbanden die beiden Rümpfe des Katamarans, über dem die weißen Segel in der nächtlichen Brise knarrten. Rahil eilte mit Sammaccan über die zweite, denn dort war, im Schein mehrerer kleiner Orientierungslichter, eine Luke geöffnet, die ins Innere des Schiffes führte. Die meisten Passagiere hatten kein Interesse daran und standen an der Reling oder den Aussichtsplattformen weiter oben, um das Panorama zu genießen, aber wenn es irgendwo ein Versteck gab, dann nur im Innern des Katamarans. Noch auf dem Weg zur Luke wies Rahil Femtomaschinen und Rüstung an, seinen Körpergeruch zu verändern und Hautpartikeln und Haaren, die er unterwegs verlor, eine veränderte genetische Struktur zu geben. Er forderte Sammaccan auf, seine eigenen Spuren auf ähnliche Weise zu verwischen, und der Polymorphe schien zu verstehen, was er meinte.

»Der Verfolger soll sich die Nase an mir verderben, Rahil Tennerit«, sagte er, was auch immer das bedeutete.

Stille erwartete sie im Innern des Schiffes. Das Knarren und Knattern der Segel war nicht mehr zu hören, und das Rauschen des Meeres reduzierte sich auf ein leises Seufzen. Sie eilten durch gewölbte Gänge und begegneten nur gelegentlich einigen Passagieren, die den Eindruck erweckten, sich verlaufen zu haben. Eine dicke Chandswangh, die sich offenbar mithilfe eines Mikrogravitators bewegte, wollte Rahil nach dem Weg fragen, aber er hielt nicht an und eilte einfach an ihr vorbei, was sie mit einem verärgerten Schnaufen quittierte.

Wie weit würde der Ascar gehen, um ihn zu fassen? Wie war es nach den Fehlschlägen, die er hatte hinnehmen müssen, um seine Ehrenregeln bestellt? Würde er im Verborgenen bleiben und Rücksicht auf die anderen Personen an Bord nehmen, oder war er bereit, sich ganz offen zu zeigen, auch vor zahlreichen Augenzeugen, und Kollateralschäden in Kauf zu nehmen? Gab es an Bord dieses Katamarans einen Ort, wo sie selbst vor den besonderen Sinnen eines Ascar geschützt waren?

Der Kollaps kam so überraschend, dass Rahil nach Luft schnappte. Er taumelte, prallte gegen die Wand und versuchte, sich daran festzuhalten. Seine Femtomaschinen schalteten sich ab, als nicht mehr genug Energie zur Verfügung stand – um weiterhin in Betrieb zu bleiben, hätten sie dem Körper so viel Kraft entziehen müssen, dass Rahil sofort bewusstlos geworden wäre.

»Rahil Tennerit …«, erklang eine Stimme in seiner Nähe. »Ich fühle mich nicht gut.«

Rahil stieß sich von der Wand ab und sah, dass Sammaccan halb in sich zusammengesunken war, der eine Arm gestreckt und der andere in einem für normale Humanoide unmöglichen Winkel geknickt. Seine Augen waren fast so groß geworden wie die der Kzosek, und die Nase verformte sich, wurde breiter und flacher.

Hier im Gang können wir nicht bleiben, wollte Rahil sagen, aber er brachte nur ein Krächzen hervor. Er wankte zur nächsten Tür, die nicht abgeschlossen war, zog sie auf und sah etwas, durch einen Schleier der Benommenheit, das ein Lagerraum zu sein schien. Sein Blickfeld engte sich ein, und er merkte, dass selbst die eigentlich autarke Rüstung, die über eine eigene Energieversorgung verfügte, mit Sicherheitsdeaktivierungen einzelner Komponenten begann. Die zerebralen Schaltkreise fuhren auf eine minimale Aktivitätsstufe herunter, auf die Programmbibliotheken war kein Zugriff mehr möglich. Nur der integrierte Formspeicher bewahrte seine volle Funktion.

Dies ist mehr als nur Erschöpfung, begriff Rahil, als er auf Sammaccan zutaumelte, den Polymorphen an beiden gummiartigen Armen packte und ihn in den Lagerraum zog. Der Dunst der Benommenheit, durch den seine Gedanken krochen, war so dicht geworden, dass Rahil ungewöhnlich lange brauchte, um zur richtigen Schlussfolgerung zu gelangen.

Interdiktion.

Es befand sich jemand an Bord, der ein Interdiktionsfeld geschaffen hatte, das primäre Technik wie die Femtomaschinen in Rahil und einige Teile des Empirion neutralisierte und vielleicht aufgrund einer besonderen Funktionsspezifikation auch Sammaccan beeinflusste. Nur eine Person kam dafür infrage: der Ascar. Aber für ein Interdiktionsfeld, das primäre Technik neutralisierte, genügte die Hightech der Bruch-Gemeinschaft nicht; dafür war Technologie der Primären erforderlich. Woraus sich die Frage ergab: Woher hatte der Ascar einen Interdiktor?

Rahil schloss die Tür, lehnte sich schwer atmend dagegen und beobachtete, wie sich Sammaccans Beine in eine amorphe Masse verwandelten. Einzelheiten blieben ihm verborgen, was er nicht bedauerte. Das einzige Licht in dem kleinen Lagerraum stammte von einem schmalen Fenster hoch oben in der gegenüberliegenden Wand – offenbar zeigte es zum Bereich zwischen den Rümpfen des Katamarans und empfing somit kein direktes Lampenlicht.

Chaos herrschte in Rahils Bewusstsein. Seine Gedanken wirbelten durcheinander, Gefühle zogen wirre Bahnen – es fehlte die gewohnte Koordination durch Femtomaschinen und Rüstung. Wie sollte er unter diesen Umständen einen Ausweg finden? Außerdem breitete sich Müdigkeit in ihm aus und ließ ihn kraftlos zu Boden sinken, direkt neben dem jungen Polymorphen, der vergeblich versuchte, wieder feste Gestalt zu gewinnen. Augen formten sich in dem Gewebebrei, das eine mit Iris und Pupille, das andere aus zahlreichen Facetten bestehend. Daneben entstand ein Mund, aus dem klickende Laute kamen.

Wenn er uns hier findet, sind wir erledigt, dachte Rahil und bemühte sich, wieder auf die Beine zu kommen. Die Rüstung löste sich nicht von ihm, wie er zunächst befürchtet hatte – die Nervenverbindungen existierten nach wie vor –, aber das Interdiktionsfeld deaktivierte auch die letzten defensiven Systeme. Das Empirion wurde zu einer nutzlosen zweiten Haut an seinem Leib, die nicht einmal mehr taktile Reize übertrug.

Die Tür sprang auf, schwang herum und schlug mit solcher Wucht an die Wand, dass mehrere Gegenstände aus den Regalen fielen. Eine Gestalt zeichnete sich im Licht des Flurs ab, und Rahil versuchte, sie zu erkennen.

»Rahil Tennerit, Sie sind identifiziert und sehen mich«, knarrte eine Stimme.

»Ich sehe nichts, verdammt«, ächzte Rahil und stemmte sich halb hoch. Die Bewegung kostete ihn so viel Kraft, dass er sofort wieder zu Boden sank. Ihm wurde schwarz vor Augen, aber er blieb bei Bewusstsein und hörte, wie der Ascar in den Lagerraum stapfte. Eine kalte Hand berührte ihn – kalt wie der Eisschrein auf Caina, dachte Rahil –, und aus der Dunkelheit vor seinen Augen schälte sich ein dreieckiger Kopf, der in einem verbeulten Rezeptorhelm steckte. Das Visier wies zwei lange Sprünge auf, und dahinter zeichneten sich mehrere dunkle Augenbündel ab. Der Tarnanzug funktionierte nicht mehr richtig. An einigen Stellen machte er den Träger wie durchsichtig, an anderen war er dunkler als die Nacht außerhalb des Katamarans.

Die auffälligste Veränderung betraf den Ekdysis-Kokon auf dem Rücken des Ascar. Er war fleckig und schlaff, an einer Stelle aufgerissen. Flüssigkeit war ausgelaufen, hatte eine dünne Kruste wie Schorf an der Öffnung gebildet und darunter einen langen Streifen auf dem Tarnanzug hinterlassen. Die Reifezeichen auf der Knochenhaut über der Kommunikationsmaske konnte Rahil ohne die Datenhilfe der Rüstung nicht deuten, aber eins stand fest: Dieser Ascar würde sich in absehbarer Zeit nicht verpuppen können; mit seiner Verjüngung zu einer neuen Individuumsversion musste er warten, bis er imstande war, sich einen neuen Kokon wachsen zu lassen.

Der Transfer durchs Frachtfraktal hat ihn offenbar mehr mitgenommen als uns, dachte Rahil mit einer gewissen Genugtuung.

Der Gesserat fiel ihm ein. Jar Enhelian Gavira Enei Cropcor'al'Tentero az Halgewi – wie seltsam, dass er sich so genau an diesen komplizierten Namen erinnerte. Zacharias. Er hat uns geholfen, dachte Rahil. Und der Ascar musste ohne seine Hilfe auskommen.

Er blinzelte, und am Rand der Ohnmacht sah er plötzlich nicht mehr durchs gesprungene Visier des Ascar, sondern auf eine Waffe.

»Sie haben mir mein neues Leben genommen, Rahil Tennerit«, knarrte die Stimme des Jägers. »Jetzt muss ich lange warten, bis ich mich verjüngen kann, vielleicht zu lange. Ich sollte Sie töten, aber die Regeln der Jagd sind wichtiger als mein Zorn. Dies ist ...« Es folgte ein Zischen und Knarren, das für Rahil ohne Bedeutung blieb. »... und ich folge dem Pfad der Ehre. Dieser Auftrag ist bald erfüllt.«

Rahil spürte gar nicht mehr, wie der Ascar mit dem Inhibitor auf ihn schoss. Seine Gedanken fielen in Dunkelheit und fanden dort, von den Fesseln der Rüstung befreit, Bilder der Vergangenheit.

INTERLUDIUM

VERGANGENE PFADE

»Manchmal sind es die Pfade der Vergangenheit, die in die Zukunft führen. Und manchmal sind es die Fesseln der Vergangenheit, die uns in der Gegenwart festhalten.«

So sprach Geraldo Dekener Skafec, Vorsitzender des Gründungsrats der Ägide, als Erster Gesandter bei den Hohen Mächten akkreditiert, heute Ehrenmitglied des Kuratoriums und einer der Unsterblichen, zum Missionarsschüler Lidder, als jener mit 17 Jahren nach dem Weg in die Zukunft fragte.

Auch in die allergröbsten Lügen
Mischt oft ein Schein von Wahrheit sich.

GESTERN, VOR HUNDERT JAHREN

21

Die ersten beiden Stunden an diesem Vormittag waren pure Langeweile, und Rahil, inzwischen dreizehn Jahre alt, verbrachte sie zum größten Teil damit, aus dem Fenster zu schauen. Die von den Großen Familien für ihre Kinder eingerichtete Schule befand sich am Hang eines von insgesamt elf Hügeln, auf deren Kuppen sich die Familienburgen erhoben, unter ihnen auch die Zitadelle der Tennerits. Im Tal breitete sich die Stadt Dymke aus, viel größer als Meemken, eine urbane Landschaft in graubraunen Tönen, halb verhüllt von Regen und niedrig hängenden Wolken, wie gefangen zwischen den Hügeln. Rahil hätte gern an einem Fenster gesessen, um den Regentropfen an der Scheibe mit dem Zeigefinger zu folgen, so wie Jazmine es vor zwei Jahren getan hatte, in der kleinen Wohnung am Hafen von Meemken, bevor Ruben und Darel den Zauber jenes Nachmittages zerstört hatten. Doch dort saß nur Dillon, »dicker Di« genannt, mit einem anzüglichen Grinsen in seinem feisten Gesicht, als wüsste er, dass er den Platz einnahm, den Rahil sich wünschte, und als wollte er ihm sagen: *Ich werde immer den Platz einnehmen, den du dir wünschst.* Dillon stammte von Swanick, einer anderen Welt des Dutzends, und er gehörte zu den Dejoie, einer der Großen Familien, die zu den Rivalen der Tennerits zählte und für ihre Verbannung nach Meemken mitverantwortlich war. Das wusste Rahil inzwischen, und noch viel mehr, aber es interessierte ihn nicht, zumindest nicht so, wie es seinem Vater gefallen hätte, mit »Anteilnahme und Passion«, wie er es nannte. Rahil sah an Dillon vorbei, beobachtete die an der Fensterscheibe herabrinnenden Regentropfen und stellte sich vor, wie sie alles widerspiegelten, wenn man sie aus der Nähe betrachtete: kleine, kurzlebige Objekte, die doch viel mehr zeigen konnten, als sie selbst waren. Er stellte sich kleine Menschen auf den Tropfen vor, winzige Bewohner, die ihre winzige Welt für wichtig hielten und vielleicht gar nicht wussten, dass außerhalb davon eine viel größere und viel wichtigere Welt existierte, so wie jenseits der grauen Regenwolken, die vom Meer kommend über Dymke hinwegzogen, jenseits von Caina und dem Dutzend.

Während Rahil aus dem Fenster sah, glaubte er plötzlich, Emily in der halb beschlagenen Scheibe zu erkennen. Sie schien zu winken und ihm etwas sagen zu wollen, denn ihre Lippen bewegten sich. Er sah genauer hin und ignorierte die abfällige, beleidigende Handbewegung, die Dillon unter dem Tisch machte …

»Rahil?«, erklang eine Stimme. »Dürfte ich den jungen Herrn Tennerit bitten, mir ein wenig von seiner Aufmerksamkeit zu schenken?«

Rahil blinzelte. »Was?«

»Ja, ich meine dich«, sagte Tutorin Awilda Kossin. Groß und schlank stand sie da, direkt vor Rahils Tisch, ihr Hosenanzug so grau wie die Regenwolken über Dymke, der Blick eisern. Es war ein seltsamer Blick, fand Rahil, denn er hatte das Gefühl, dass hinter der strengen Fassade eine noch viel strengere Person darauf wartete, endlich einmal zum Vorschein kommen zu dürfen. Die Tutorin war wie ein knurrender Sandlöwe, der sich zurückhalten musste, obwohl er gern das Maul geöffnet und zugeschnappt hätte.

Der Vergleich gefiel Rahil, und er beschloss, später Jazmine davon zu erzählen, die in der anderen Klasse saß.

»Bitte entschuldige die Störung, Rahil«, sagte die graue Awilda Kossin mit beißendem Spott, der Dillon ein leises Lachen entlockte. »Sei doch so nett und erkläre uns, warum wir nicht zulassen dürfen, dass sich die Ägide in unsere Angelegenheiten einmischt.«

»Die Ägide?«, fragte Rahil.

Die Tutorin kehrte nach vorn zurück und drehte sich dort um. »Ja, die Ägide. Wie ich hörte, hat dir eine Missionarin Privatunterricht gegeben. Du solltest also darüber Bescheid wissen.«

Bei diesen Worten lachte Dillon etwas lauter, und einige der anderen Schüler stimmten mit ein. Rahil erinnerte sich an Worte seines Vaters, die nicht an ihn gerichtet gewesen waren, sondern an seinen Sekretär Ruben. *Wir sind nach Dymke zurückgekehrt, aber noch immer Ausgestoßene. Es wird Jahre geduldiger Arbeit erfordern, bis wir den alten Status zurückerlangt haben und mehr anstreben können.*

Trotz regte sich in Rahil. Er hatte keine Angst vor Dillon und den anderen, auch nicht vor der Tutorin. Sie konnte ihn nicht so bestrafen, wie sie wollte, denn er *war* ein Tennerit, und seine Familie *hatte* Einfluss.

Stimmen kamen vom Flur, dumpf, ohne dass man einzelne

Worte verstehen konnte. Rahil achtete nicht darauf und dachte an Emily und ihre Schilderungen.

»Ich glaube, es wäre gut, wenn die Ägide zu uns käme«, sagte er. »Sie könnte uns dabei helfen, Fabriken zu bauen, die alles herstellen, was wir benötigen, ohne dass jemand dort arbeiten muss. Ich habe Bilder gesehen. Auf den Welten der Ägide braucht niemand zu hungern. Dort ist niemand arm ...«

»Was ist das für ein Unsinn!«, unterbrach ihn die Tutorin. »Welche Flausen hat dir die Missionarin da in den Kopf gesetzt? Ja, Dillon?«, wandte sich Awilda Kossin an den dicken Di, dessen Zeigefinger die Luft durchbohrte.

Das Grinsen blieb in seinem Gesicht, als er sagte: »Die Ägide will mit ihrer überlegenen Technik Einfluss auf uns nehmen und die Entwicklung unserer Zivilisation so steuern, wie es ihr gefällt. Wir hätten überhaupt nichts mehr zu sagen.«

Eine Welt, in der du nichts mehr zu sagen hättest, wäre besser als diese, dachte Rahil. Er öffnete den Mund, um die Ägide zu verteidigen, als die Tür aufsprang und ein Bewaffneter hereinstürmte. Rahil glaubte zuerst, dass er vermummt war, damit niemand ihn erkannte, aber die vermeintliche Maske war ein Visier, mit Außenwelttechnik bestückt. Die Gestalt orientierte sich kurz, hob eine klobige Waffe und richtete sie auf Rahil.

Schreie ertönten, aber Rahil hörte sie gedämpft, wie durch eine Decke, die jemand zwischen ihm und dem Geschehen aufgespannt hatte. Awilda Kossin, grau wie der Regen, riss die Augen auf und streckte die Arme aus, als könnte sie dadurch verhindern, dass Schreckliches passierte. Zwei der vorn sitzenden Schüler sprangen auf, doch sie ließen sich dabei sonderbar viel Zeit und waren viel langsamer als sonst. Der dicke Di, sein Mund ein großes O, versuchte, unter den Tisch zu kriechen.

Am Fenster verharrten die Regentropfen, als warteten sie auf etwas.

Es knallte, und Rahil bekam plötzlich einen Stoß, der ihn nach hinten warf. Und dann lag er auf dem Rücken, starrte an die Decke und fragte sich, was geschehen war und warum es dunkel wurde und so kalt.

»Wer steckt dahinter?«, fragte jemand, und Rahil fand, dass sich so ein zorniger Gletscher anhören musste, wenn er eine Stimme gehabt hätte. Mit geschlossenen Augen lag er da, wie von einem Traum in einen anderen geglitten, in der Brust eine Taubheit, die langsam, ganz langsam, Schmerz wich.

»Die Joulwan, vermuten wir«, antwortete eine zweite Stimme.

Rahil, noch immer halb vom Schlaf umarmt, erkannte sie beide. Die erste Stimme gehörte seinem Vater, die zweite dem Sekretär Ruben.

»Wie konnte der Mann ins Schulgebäude gelangen?«, fragte Coltan Jaqiello Tennerit, und seine Worte waren noch immer kalt, voller Zorn. »Wieso haben die Wächter ihn nicht aufgehalten?«

»Das wissen wir noch nicht«, antwortete Ruben. Er klang zerknirscht und bedrückt. »Unsere Ermittlungen laufen. Alle Sicherheitslücken, die wir entdecken, werden sofort geschlossen.«

»Das will ich auch stark hoffen. Bis morgen erwarte ich von Ihnen die Namen der Verantwortlichen. Wir werden sie zur Rechenschaft ziehen, ein Exempel statuieren.«

»Wir stehen noch immer unter Beobachtung, Sire …«

»Und wenn schon! Jemand hat versucht, meine Kinder umzubringen! Das werden die verdammten Joulwan büßen. Haben Sie gehört, Ruben? Das werden sie *büßen*!«

»Ich rate zur Vorsicht, Sire. Wir sind gerade erst aus Meemken zurück, und die letzte Gesetzeskampagne der Räte und Komitees von Dymke ...«

»Die verdammten Räte und Komitees sind mir schnuppe! Setzen Sie sich mit den Strategen zusammen, Ruben. Arbeiten Sie einen Plan aus.«

»Es existiert bereits ein Plan, Sire. Ein langfristiger, wie Sie wissen. Unüberlegte Aktionen könnten ihn in Gefahr bringen.«

»Deshalb sollen sich die Strategen alles gut überlegen! Was den Angreifer betrifft ... Ich möchte bei seinem Verhör zugegen sein.«

»Es tut mir leid, Sire.«

Kurze Stille folgte, und dann: »Was tut Ihnen leid, Ruben?«

»Der Angreifer wurde getötet.«

»Sie haben den verdammten Kerl umgebracht, ohne ihn zu verhören?« Die Stimme von Rahils Vater klang jetzt nicht mehr zornig, sondern verblüfft und fassungslos.

»Der Angreifer war kein Mensch, sondern eine biologische Drohne, Sire«, sagte Ruben. »Er hatte einen Sprengsatz im Kopf, und der wurde ferngezündet. Bei der Explosion kam auch einer meiner Leute ums Leben.«

»Eine Bio-Drohne? Das bedeutet, die Joulwan haben einen Uterus.«

Rahil hätte gern die Augen geöffnet, aber die Lider waren zu schwer. Sein Vater schien trotzdem etwas zu merken, denn rasche Schritte näherten sich dem Bett, in dem Rahil lag, und etwas berührte ihn an der Stirn, etwas Raues, vielleicht ein Finger.

»Rahil?«, fragte sein Vater vorsichtig. »Es wird alles gut, Rahil, hörst du?«

Er hörte es und nickte, die Augen noch immer geschlossen, aber er wusste, dass nicht alles gut werden konnte, nicht in Dymke, nicht auf Caina. Der Tod lag hier auf der Lauer, im grauen Regen ebenso wie im warmen Sonnenschein am Meer. Wohin man auch ging, wohin man auch sah, die Dunkelheit war immer nur ein Blinzeln entfernt und konnte sich selbst hinter einem freundlichen Lächeln verbergen.

Er schaffte es, den Mund zu öffnen, nur ein bisschen. »Jazmine?«, brachte er hervor. »Was ist mit ihr?« Ich muss sie schützen, dachte er. Ich muss darauf achten, dass ihr nichts passiert.

»Sie ist unverletzt, Rahil. Ihr ist nichts geschehen. Und du wirst bald wieder gesund, hörst du?«

Wie kann man auf einer kranken Welt gesund werden, richtig gesund?, dachte Rahil und schlief ein.

Als er das nächste Mal erwachte, gelang es ihm, die Augen zu öffnen, doch um ihn herum blieb es so dunkel, dass er eine Hand zu den Augen hob, um festzustellen, ob sie auch wirklich offen waren. Nach und nach lösten sich einige der Schatten auf, vertrieben vom Licht, das durch eine schmale Lücke zwischen den zugezogenen Vorhängen fiel, und in diesem matten Schein sah er eine Silhouette. Rahil erschrak nicht – die Mattigkeit, die ihn vor dem Schmerz in der Brust schützte, hielt auch Furcht von ihm fern; er fühlte nur vage Neugier.

»Wer bist du?«, flüsterte er.

Die Gestalt bewegte sich, mehr erschrocken als er, und trat ins blasse Licht: eine Frau, gekleidet in ein Gewand, das in der Dunkelheit ohne Farbe blieb und bis zum Boden reichte. Dichtes Haar fiel auf schmale Schultern.

»Ich bin's, Rahil, deine Mutter.«

Sie kam noch etwas näher, blieb aber so weit vom Bett entfernt stehen, dass sie ihn nicht einmal mit ausgestreckter Hand berühren konnte. Rahil fragte sich, wie lange er seine Mutter nicht mehr gesehen hatte. Tage bestimmt, vielleicht sogar Wochen. Er erinnerte sich nicht genau, und das beschämte ihn ein wenig. Er schloss die Augen, um etwas Kraft zu schöpfen, denn er wollte seiner Mutter sagen, dass sie ruhig näher kommen und ihm die Hand auf die Schulter legen konnte, so wie es Emily getan hatte. Doch als er die Lider wieder hob, war Vivienne Guandique Belidor nicht mehr da, und er dachte, dass er vielleicht nur geträumt hatte, dass seine Mutter gar nicht wirklich bei ihm gewesen war.

Jazmine fiel ihm ein. Jazmine, die so gern den Würfel mit den vielen Bildern betrachtet hatte. Während Rahil in der Dunkelheit lag, die Augen offen und auf den Spalt zwischen den Vorhängen gerichtet, aus dem das Licht des Gasriesen Cambronne kam, stellte er sich vor, dass Jazmine so werden könnte wie ihre Mutter. Er stellte sich vor, wie auch sie eines Tages in einem dunklen Zimmer stand und sich davor fürchtete, den eigenen Sohn zu berühren.

Wir müssen fort von hier, dachte er. Wir müssen weg, bevor sich die Schatten ganz um uns schließen und nie wieder loslassen. Wir müssen weg, Jazmine, bevor du so wirst wie unsere Mutter und ich wie unser Vater.

Es waren große Gedanken, die durch einen kleinen Kopf gingen, den eines Kindes, aber sie fanden trotzdem Platz darin, schlugen Wurzeln und warteten auf Reife.

»Hier können wir nicht bleiben, Jaz«, sagte Rahil, als er mit Jazmine allein war. Die Krankenpflegerin, die ihn zu seiner Schwester gebracht hatte, war gegangen, und endlich waren sie zusammen und allein, zumindest in diesem Zimmer. Draußen im Flur standen zwei von Rubens Wächtern, aber ihre Ohren reichten nicht so weit. Er sprach trotzdem leise, für den Fall, dass sie besser hörten, als er vermutete. »Wir müssen weg.«

»Weg wohin?«, fragte Jazmine. Sie saß auf dem Bett, im durchs Fenster fallenden Sonnenschein, beide Hände an ihrem langen schwarzen Zopf, als brauchte sie etwas, woran sie sich festhalten konnte.

Rahil trat ans Fenster und sah auf die Stadt Dymke hinab, die jetzt nicht mehr grau in grau zwischen den Hügeln lag, in Regen und niedrige Wolken gehüllt. Die zentralen Bereiche, bis hin zum Hafen mit seinen Frachtern, Transportern und Kränen, zeigten bunte Dächer mit verzierten Giebeln, und zwischen ihnen erstreckten sich breite Straßen, über die zahlreiche Fahrzeuge rollten, und von hohen Bäumen gesäumte Wandelalleen, auf denen Hunderte von Menschen unterwegs waren und den warmen Sonnenschein genossen. Zum Rand hin, nach Norden, wurden die Gebäude kleiner und primitiver, und sie verloren ihre Farben. Dort blieb das Leben grau, auch wenn die Sonne schien. Es waren die Unterkünfte der Arbeiter, die sich in den neuen Industriegebieten im Nordwesten, über denen immer eine dichte Dunstglocke hing, ihren Lebensunterhalt verdienten, und der Feldknechte, die durch Verträge an die Farmen und Gehöfte im Westen gebunden waren. In Meemken gab es ähnliche Viertel, wenn auch viel kleiner, und Rahil erinnerte sich daran, dass Emily ihnen damals eins gezeigt hatte. Ihr Vater hatte nichts davon erfahren; es war ihr Geheimnis geblieben.

»Weißt du noch, als uns Emily die Arbeiter und Knechte von Meemken gezeigt hat?«, fragte Rahil. Er sprach noch immer leise, damit ihn die Leibwächter vor der Tür nicht hörten. »Erinnerst du dich an ihre Hütten und die Felder mit der Vulkanasche?«

»Willst du *dorthin*?«, fragte Jazmine verwundert.

Rahil lächelte, aber es war ein schmerzhaftes Lächeln. »Nein. Dies alles ist nicht richtig. Ich glaube, das wollte uns Emily damals sagen, Jaz. Die Arbeiter, die in solchen Hütten hausen müssen, die Knechte, die auf den Aschefeldern schuften … In der Ägide braucht niemand zu arbeiten. Dort geht es allen besser. In der Ägide gibt es Fabriken, die selbstständig alles herstellen, was die Menschen brauchen, und was sie produzieren wird gerecht verteilt. Du hast die Bilder gesehen, erinnerst du dich?«

»Willst du deshalb weg?«, fragte Jazmine.

Es war einer der Gründe, aber nicht der Hauptgrund. Zumindest nicht dafür, dass er hier und jetzt mit seiner Schwester darüber sprach.

»Nein«, sagte Rahil. »Ich will weg, weil das, was in der Schule geschehen ist, noch einmal passieren könnte.«

»Vater hat gesagt, dass sich so etwas nie, nie wiederholen wird.« Jazmine sprang vom Bett und kam zum Fenster. »Nie«, betonte sie noch einmal.

Rahil dachte an das, was er inzwischen wusste. Seine Augen und Ohren sahen und hörten mehr, als so mancher der Erwachsenen glaubte; er war immer sehr aufmerksam gewesen und auch neugierig. Schon vor Monaten hatte er begonnen, die Zusammenhänge besser zu verstehen.

»Unser Vater und seine Leute können nicht immer bei uns sein.« Er sprach so leise, dass es fast ein Flüstern war. »Sie können uns nicht immer beschützen. Die anderen Großen Familien, insbesondere die Joulwan … Sie mögen uns nicht, Jaz. Irgendwann schicken sie wieder jemanden, der uns töten soll, oder sie verstecken eine Bombe, oder …«

»Willst du mir Angst machen, Rahil?«

Er legte seiner Schwester den Arm um die Schultern. »Nein, Jaz. Es ist nur … Wir sind in etwas hineingeboren, das mir nicht gefällt.« Hinter diesen wahren Worten steckte eine noch viel größere Wahrheit, die Rahil erst erahnte. Sie ragte drohend vor ihm auf, wie ein dunkler Berg, den er nicht ersteigen wollte.

»Ich bin froh, dass dir nichts passiert ist, Rahil«, sagte Jazmine. Er lächelte, diesmal ohne Schmerz. »Ich auch!«

Doch Jazmine blieb ernst. »Du hast recht, Rahil. Was die anderen Familien angeht, meine ich. Und deshalb können wir nicht weg. Wir müssen auch an Vater und Mutter denken. Sie brauchen unseren Schutz.«

Rahil sah auf seine Schwester hinab, die noch immer mit beiden Händen ihren Zopf hielt. Sie schaute aus dem Fenster, aber ihr Blick galt nicht Dymke, sondern dem Gasriesen Cambronne, der den größten Teil des Himmels einnahm. Fünf andere Welten des Dutzends waren zu sehen, Monde eines Giganten und doch so groß wie Planeten. Bei zwei von ihnen war ihre orbitale Bewegung deutlich zu erkennen: Sie krochen über Cambronnes braunes Äquatorband.

»*Wir* müssen unsere Eltern schützen?«, fragte Rahil überrascht.

»Wenn wir größer sind. Wenn Vater und Mutter alt werden. Wir müssen ihnen helfen, damit die anderen Familien uns nicht besiegen und zurückschicken nach Meemken oder an einen noch schlimmeren Ort.«

Wind schien durchs geschlossene Fenster zu kommen, kalter Wind, und Rahil erzitterte, ohne sich etwas anmerken zu lassen. Er erzitterte tief in seinem Innern, denn ihm wurde plötzlich klar, dass die Zeit drängte. Jazmine war sieben gewesen, als sie Emilys Würfel in der Hand gehalten und die knisternden Bilder bestaunt hatte, und ihre Erinnerungen daran verblassten. Sie verloren ihre Farben, den Zauber von einst. Und sie ließ sich von ihrem Vater beeinflussen, der ihr gegenüber immer genau den richtigen Ton fand. Rahil war dreizehn, kein Kind mehr und noch kein Mann, dazu imstande, in das neue Land zu blicken, das sich vor ihm erstreckte, in die Welt der Erwachsenen, und was er dort sah, erschreckte ihn. Es war eine düstere Welt, die da vor ihm lag. Es gab nur wenig Licht in ihr, und oft fiel es auf Blut und Leid, auf Schmerz und Tod. Noch waren sie beide Opfer, Jazmine und er, aber wenn sie zu lange warteten, wurden sie vielleicht zu Tätern, ob sie wollten oder nicht.

Rahil strich seiner Schwester übers schwarze Haar und fragte sich, wie er sie überzeugen und dazu bringen konnte, mit ihm zu gehen. Er hätte ihr sagen können, dass Ruben und die anderen Mörder waren, dass sie Leben auslöschten, wenn Coltan Jaqiello Tennerit es ihnen befahl, und er befahl es ihnen oft, weil es Konkurrenten auszuschalten galt, Rivalen und unbequeme Leute, die zu viel wussten. Er hätte ihr sagen können, dass er die Räte und Komitees in Dymke bestach, mit dem Geld seiner illegalen Geschäfte, die dann durch neue Gesetze legalisiert wurden. Er hätte ihr sagen können, dass sich ihr Vater nicht um Recht und Gerechtigkeit scherte, dass er mit den anderen Großen Familien um Dominanz über das Dutzend rang und zu ebenjenen Menschen zählte, die die Ägide als Grund dafür nannte, warum sie den Gefallenen Welten keine moderne Technik zur Verfügung stellte. Ihr Vater, so hätte er sagen können, verkörperte das, was Emily einmal »Regression« genannt hatte. Er hielt die Tür für den Fortschritt nicht nur geschlossen, sondern stattete sie außerdem mit zusätzlichen Schlössern und Riegeln aus, damit niemand sie öffnen konnte. Aber Jazmines Geist weilte noch ganz in der Welt des Kindes, obwohl ihr Körper sich zu entwickeln begann, und Rahil fürchtete, dass sie solche Dinge nicht verstand oder nicht aus der richtigen Perspektive sah. Wie sollte er sie davon überzeugen, dass es richtig war, Caina und das Dutzend zu verlassen?

»Glaubst du, dass sie eines Tages zurückkehrt?«, fragte Jazmine.

Rahil hatte, in Gedanken versunken, ein Flugzeug beobachtet, das mit brummenden Motoren über die Stadt hinwegglitt; der Sonnenschein spiegelte sich auf den doppelten silbernen Tragflächen.

»Wen meinst du?«

»Emily«, sagte Jazmine. Sie drehte den Kopf und sah zu ihm hoch. »Glaubst du, sie kehrt irgendwann zurück?«

Emily, dachte er.

»Ich weiß nicht«, sagte er. »Vielleicht.«

22

Die Zitadelle der Tennerits war nicht die größte der elf Familienburgen auf den Hügeln von Dymke, aber die älteste. Teile davon sollten fast viertausend Jahre alt sein und damit bis in die Zeit der Besiedlung des Dutzends zurückreichen. Auch während der ersten Wochen nach seiner Genesung durfte Rahil die Zitadelle nicht verlassen, denn Coltan und Vivienne fürchteten um seine Sicherheit. Er erhielt Privatunterricht, manchmal zusammen mit Jazmine, aber die Nachmittage und frühen Abende waren lang, und um der Langeweile zu entfliehen, begann er damit, Streifzüge zu unternehmen. Er stellte sich vor, dass es verborgene Schätze in der Zitadelle gab, versteckt vielleicht in den Kellergeschossen, hinter bröckelndem Mauerwerk und dicken Türen aus altem Holz. Es war eine dunkle, fremde Welt, in die seine Laterne nur für kurze Zeit Licht brachte, und Rahils Fantasie bevölkerte sie mit Geschöpfen, wie er sie in den Bildern von Emilys Würfel gesehen hatte. Manchmal fürchtete er sich, wenn steile Treppen in dunkle Tiefen führten und er das Gefühl bekam, an Mauern vorbeizuschleichen, die seit vierzig Jahrhunderten kein Geräusch gehört hatten. Einmal fand er ein im Boden eingelassenes Gitter, das Metall schwarz wie die Tiefe darunter, und als er einen Stein in jene Schwärze fallen ließ, hörte er nicht einmal einen Aufprall. Daraufhin wich er von dem Gitter zurück und hielt sich auch von den anderen beiden fern, die er tags darauf fand; die schrecklich tiefe Finsternis darunter erschien ihm zu bedrohlich.

Er erzählte niemandem von seinen Ausflügen, nicht einmal Jazmine, die einmal fragte, wo er gewesen war, weil sie ihn nachmittags nicht in seinem Zimmer angetroffen hatte. Die Tunnel und verborgenen Räume der Zitadelle wurden zu seinem Rückzugsort, wo er träumen und nachdenken konnte. Er suchte nach Antworten, ohne die Fragen zu kennen, aber die Dunkelheit hinter dem engen Lichtkreis seiner Laterne blieb stumm.

Bis er am Ende der vierten Woche nach seiner Genesung Stimmen hörte.

Im westlichen Teil der Zitadelle hatte er oberhalb der Kellergewölbe einen besonders kleinen Tunnel gefunden, so niedrig, dass er nur gebückt in ihm gehen konnte, und als er nach einigen Dutzend Metern an einer Abzweigung verharrte, kam ein Flüstern aus der Finsternis.

Geister, dachte Rahil und erstarrte. Phantome. Die Seelen von Menschen, die vor vier Jahrtausenden in diesen Gemäuern gestorben waren, vielleicht als Opfer schrecklicher Folter, und nie Ruhe gefunden hatten.

Aber es waren die Gedanken eines Kindes, die ihm da durch den Kopf gingen, und er schob sie beiseite, und kroch, nach kurzem Zögern, weiter durch den Tunnel, aus dem das Flüstern kam. Nach einigen Metern wich die Mauer rechts ein wenig zurück, und Rahil drehte den Docht der Laterne herunter, als sich die Finsternis vor ihm in dunkles Grau verwandelte. Etwas Licht, blass wie ein Wintertag im Norden, filterte durch den Schmutz, der eine dicke, vielleicht viele Jahrhunderte alte Kruste auf einem kleinen Fenster dicht über dem Boden bildete. Zwei Stimmen erklangen dahinter, gedämpft, die Worte nur zu verstehen, wenn man sich ganz auf sie konzentrierte. Rahil näherte sich vorsichtig und stellte die Laterne so ab, dass ihr Schein nicht aufs kleine Fenster fiel. Dann beugte er sich vor und spitzte die Ohren.

»Er ist der Letzte«, sagte jemand. Die Stimme klang vertraut, war aber so leise, dass es einige Sekunden dauerte, bis Rahil sie identifizierte. Ruben. »Die beiden anderen sind vor einer Stunde gestorben.«

»Wie konnte das geschehen?«, fragte die zweite Stimme, und Rahil hielt unwillkürlich den Atem an. Sein Vater! »Die Droge wirkt nicht tödlich. Jedenfalls hat sie bis jetzt nie tödlich gewirkt. Wenn uns Duartes minderwertiges Zeug untergeschoben hat ...«

Duartes war jemand von außerhalb, wusste Rahil, ein Mann nicht von der Ägide, sondern aus der Bruch-Gemeinschaft. Er handelte mit verbotenen Dingen, darunter geschmuggelter Außenwelt-Technik.

»Das würde er nicht wagen, Sire. Ich vermute eher, dass diese Männer ein Implantat in sich tragen, das auf solche Drogen reagiert und sie tötet, bevor sie uns etwas verraten können.«

Einige Sekunden herrschte Stille, und dann hörte Rahil ein Geräusch wie ein Klatschen. »Wo befindet sich der Uterus der Joulwan?«, fragte Coltan Jaqiello Tennerit scharf. »Wie sind sie in seinen Besitz gelangt? Welche Pläne hat dein Patron? Heraus damit! Wann will er die nächsten Attentäter schicken? Wo sollen sie zuschlagen?«

Rahil hatte den Atem so lange angehalten, dass er plötzlich nach Luft schnappen musste, und das nächste Geräusch verlor sich halb in dem Zischen.

»Es nützt nichts, wenn Sie ihn schlagen, Sire«, sagte Ruben. »Er spürt es gar nicht mehr. Das Implantat bringt ihn um.«

Wieder folgte Stille, und diesmal dauerte sie länger. Rahil lauschte und überlegte, ob er etwas Schmutz von dem alten Fenster kratzen sollte. Aber damit hätte er sich vielleicht verraten.

Nach einer Weile hörte er Rubens Stimme. »Er ist tot, Sire.«

»Schaffen Sie ihn mir aus den Augen!« Das war Coltan: aufgebracht, enttäuscht, zornig. »Weg mit ihm! Lassen Sie ihn verschwinden, wie die anderen.«

Wie die anderen, dachte Rahil und erinnerte sich an die Worte, die Ruben vor drei Jahren an Darel gerichtet hatte: *Schaff sie weg.*

Emily …

Er beugte sich vor und versuchte, einen Blick durch das Fenster zu werfen, aber es war zu schmutzig. Er konnte nicht einmal erkennen, wie groß der Raum war, in dem sich sein Vater und Ruben befanden, oder welchem Zweck das Zimmer diente. Er wusste nur, dass dort gerade jemand gestorben war.

Plötzliche Furcht ließ ihn zittern. Er fragte sich, was mit ihm geschehen würde, wenn man ihn an diesem Ort entdeckte.

Ein seltsames Geräusch ertönte auf der anderen Seite des schmutzverkrusteten Fensters, eine Art klingelndes Fauchen, und Rahils Vater sagte: »Gehen Sie jetzt, Ruben. Rufen Sie die anderen zu einer Besprechung. In einer Stunde.«

»Ja, Sire.«

Rahil rückte noch etwas näher an das Fenster heran und achtete darauf, dass er die Laterne mit seinem Körper abschirmte. Stille herrschte, und in dieser Stille schien das leise Zischen seines Atems immer lauter zu werden. Die Luft in dem schmalen, dunklen Tunnel war abgestanden und voller Staub, und in seiner Nase begann es zu kitzeln. Einige Sekunden lang kämpfte er gegen den Niesreiz an.

Plötzlich kam helles Licht durchs Fenster.

Rahil fuhr unwillkürlich zurück – auf einmal war es so hell, als hielte jemand auf der anderen Seite eine Lampe an die verdreckte Scheibe. Aber das Licht verschwand so schnell, wie es gekommen war, und graue Düsternis kehrte zurück. Mit ihr kam etwas, das keine Substanz hatte und sich nicht greifen ließ; aber es war da, für ein oder zwei Sekunden, strich Rahil über die Haut, prickelte in seinen Ohren und verließ ihn dann wieder.

»Ich grüße Sie, Exzellenz«, hörte er seinen Vater sagen.

Das war eine weitere Überraschung. Die Anrede »Exzellenz« verwendete Coltan nur bei hohen Würdenträgern, meistens gegenüber Mitgliedern der Regierung von Caina oder des Dutzends, und manchmal enthielt dieses eine Wort eine Ironie, die nur wenige Eingeweihte wahrnahmen. Rahil hatte einmal gehört, wie sein Vater es ausgesprochen hatte, bei einem Empfang des Pontifex der Großen Einen Kirche, und er hatte den Schatten des abfälligen Lächelns gesehen, das dabei auf Coltans Lippen gelegen hatte. Später, bei einem Gespräch mit seinen Beratern, hatte er den Pontifex von Swanick verächtlich »Gecko« genannt, ein Wortspiel, das sich auf die Abkürzung GEK bezog.

Diesmal lag keine Geringschätzung in dem Wort. Ganz im Gegenteil. Rahil hörte Respekt und sogar Ehrfurcht. Der Gruß

seines Vaters galt jemandem, dem er einen höheren Rang zu-
erkannte.

Eine Stimme ertönte, und Rahil begriff sofort, dass es nicht
die Stimme eines Menschen sein konnte. Sie war dumpf wie ein
Bass, und gleichzeitig so durchdringend wie die höchsten Töne
einer Flöte. Sie kratzte an Rahils Trommelfellen und löste Staub
von den Wänden des Tunnels. Die kleine Flamme am herun-
tergedrehten Docht der Laterne schien sich mit der gleichen
Ehrfurcht zu ducken, die Coltan Jaqiello Tennerit in das Wort
»Exzellenz« gelegt hatte.

Dem dunklen Brummen und hellen Pfeifen folgte eine fremde Stimme. »Wie kommen die Pläne voran?«, fragte der Fremde, und Rahil überlegte, wer der Unbekannte sein mochte.
Dann fiel ihm ein, dass er eine solche Stimme schon einmal
vernommen hatte, in den Bildern, die Emily »holografisch« genannt hatte. Sie kam weder von einem Mann noch einer Frau.
Es war eine künstliche Stimme, mit der eine kleine Maschine
sprach, ein Gerät namens »Interpreter«, das fremde Sprachen
übersetzen konnte.

»Unsere Pläne kämen besser voran, wenn wir mehr Hilfe von
Ihnen bekämen, Exzellenz«, sagte Coltan, und wieder brachte
das letzte Wort großen Respekt zum Ausdruck.

Es brummte und pfiff, und dann sagte der Interpreter: »Sie
bekommen die Hilfe, die notwendig ist, und manchmal sogar
etwas mehr. Der Junge lebt, nicht wahr?«

»Er lebt, ja.«

»Das ist wichtig.«

»Wichtig ist auch, dass die Joulwan über einen Uterus verfügen.« Rahil hörte jetzt Zorn in der Stimme seines Vaters. »Woher, frage ich mich. Wie kommt eine biologische Schmiede
nach Caina? Wer hilft den Joulwan?«

Ein Brummen kam aus dem Raum, so tief, dass sich Rahil die Ohren zuhielt, weil es in ihnen wehtat. Der ganze Tunnel schien zu beben, und die Laterne hinter ihm klirrte leise. Mit einer Hand hielt er sie fest.

»Die Dinge sind in Bewegung geraten, in Vergangenheit, Gegenwart und Zukunft«, sprach der Interpreter. »Bald wird es noch mehr Bewegung geben.«

»Wann, Exzellenz?«, fragte Coltan. »Und welche Art von Bewegung meinen Sie?«

»Das werden Sie erfahren, wenn es so weit ist, Tennerit. Ich habe Ihnen dies mitgebracht.«

Etwas stach in Rahils Brust, und um dem Schmerz vorzubeugen, der sich auf diese Weise ankündigte, drehte er den Oberkörper zur Seite. Er hatte ohnehin schon verrenkt dagesessen, und voller Anspannung, und als er das rechte Bein streckte, um sich in eine bequemere Position zu bringen, bekam er plötzlich einen Krampf. Sein Fuß stieß dicht neben dem Fenster an die Wand.

Die Stille schien plötzlich noch tiefer zu werden: eine Stille, die alle externen Geräusche schluckte und Rahils Herzschlag laut wie einen Trommelwirbel machte. Er wartete mit angehaltenem Atem, in den Ohren ein Dröhnen und Rauschen, von dem er befürchtete, dass man es in ganz Dymke hörte.

Dann kehrten das Brummen und Pfeifen zurück, und der Interpreter sagte: »Wir sind nicht allein.«

Rahil hatte bereits die Laterne in der Hand und floh durch den dunklen Tunnel.

Zwei Tage später erkrankte Rahil.

Es begann mit Übelkeit am Morgen, gegen Mittag bekam er leichtes Fieber, und am späten Nachmittag wurde er so schwach, dass er sich kaum mehr auf den Beinen halten konnte. Der Arzt glaubte an eine Erkältung und gab ihm ein Mittel, das das Fieber senkte, doch als Rahil am nächsten Morgen erwachte, fühlte er sich noch schwächer und hatte einen seltsamen Ausschlag bekommen, den sich der Arzt nicht erklären konnte. Und das Fieber stieg. Ein Feuer brannte in Rahil, so heiß, dass sich die Grenzen zwischen Wirklichkeit und Traum verschoben. Gestalten erschienen an seinem Bett, aber er wusste nicht, ob sie tatsächlich existierten oder Produkte seiner Fantasie waren. Einmal schlug er die Augen auf und fand sich in einem Tunnel wieder, dunkel und eng wie der, in dem er das Gespräch zwischen seinem Vater und dem Fremden belauscht hatte. Er hatte keine Lampe und hörte, wie sich vor ihm in der Finsternis etwas bewegte, wie dieses Etwas immer näher kam; umdrehen konnte er sich nicht, denn der Tunnel war zu eng. Er versuchte zurückzukriechen und stieß sich immer wieder mit den Händen ab, kam jedoch viel zu langsam voran. Von Angst gepackt sah er ein Auge aus der Finsternis kommen, und jene Stimme, dumpf und mit einem Pfeifen im Hintergrund, fragte: »Warum hast du gelauscht, Junge? Was hast du gesehen, was gehört?«

Das Wesen mit dem Auge streckte etwas aus, das vielleicht ein Arm war, oder auch ein Tentakel oder ein Ast, und Rahil schrie, als er eine Berührung fühlte.

»Ganz ruhig, mein Junge, ganz ruhig.« Das war die Stimme seines Vaters, und er stand neben dem Bett, im sonst steinernen Gesicht eine Sorge, die Rahil dort noch nie gesehen hatte. Was er gefühlt hatte, war Coltans Hand auf seiner Schulter. Weiter hinten wartete Vivienne, stumm wie eine Statue, und auch so steif und unbewegt. Auch diesmal wahrte sie Abstand und vermied es, Rahil nahe zu kommen.

Der Zitadellenarzt war da, ein vertrockneter alter Mann, der verängstigt wirkte, und noch jemand, den Rahil zum ersten Mal sah, ein Mann in mittleren Jahren, dessen helle Haut verriet, dass er weder auf Caina geboren war noch auf einer anderen Welt des Dutzends. Er stand direkt neben Coltan, in etwas gekleidet, das eine Art Uniform zu sein schien, aber ohne Rangabzeichen und ohne das Symbol der Ägide.

»Ich habe jemanden mitgebracht, der dir helfen kann, Sohn«, sagte Rahils Vater.

Es muss schlimm um mich stehen, dachte Rahil. Es muss mir wirklich sehr schlecht gehen, wenn mein Vater bereit ist, die Hilfe eines Außenweltlers in Anspruch zu nehmen.

Aber vielleicht, dachte er dann, ist dies alles nur ein Traum. Vielleicht schafft der Fieberwahn Trugbilder und Hirngespinste in meinem Geist.

Der fremde Mann kam ganz nahe heran und richtete ein Gerät auf Rahil, das ebenso schlicht wirkte wie seine Uniform. Er sah auf die Anzeigen und wölbte überrascht die Brauen.

»Ein Fraktalschatten«, sagte er. »Der Junge ist einem schlecht abgeschirmten Kickout ausgesetzt gewesen.« Er wandte sich Coltan zu. »Hier? Auf Caina? In dieser Zitadelle?«

Das Gesicht von Rahils Vater wurde wieder völlig ausdruckslos. »Können Sie ihm helfen?«

»Das kann ich, ja. Aber …«

»Dann helfen Sie ihm. Jetzt sofort.«

Die Stimmen und Gesichter wichen fort. Rahil schloss die Augen und fragte sich, ob man im Traum einschlafen konnte.

Als Rahil erwachte, war es dunkel im Zimmer, und für einen Moment glaubte er, dass er wieder nur träumte, dass ihn der Fieberwahn vielleicht zurückbrachte in den Tunnel. Aber er fühlte sich anders, besser, der Kopf war klarer, das Feuer aus seinem Innern war verschwunden. Nach einigen Sekunden begriff er, dass es Nacht geworden war.

An der Seite des Bettes bewegte sich jemand.

»Was hast du gesehen, was gehört?«, flüsterte jemand.

Entsetzen packte Rahil, kalt wie Eis, und lähmte ihn. Sein Vater stand dort, eine dunkle Silhouette im noch dunkleren Zimmer. Bis auf die Augen, die ein seltsames Licht zeigten, ein mattes Glühen, das von innen zu kommen schien. Dann merkte Rahil, dass sie einen kleinen Lichtstrahl reflektierten, den Cambronne oben durch eine von den Vorhängen unerreichte Ecke des Fensters schickte.

Er lag da, unfähig sich zu rühren, und starrte zu seinem Vater hoch.

»Rahil? Bist du wach?«

»Ich glaube … es geht mir besser.«

Coltan legte ihm die Hand auf die Stirn. »Du bist nicht mehr so heiß. Du musst dich erholen, Sohn. Hörst du? Du musst wieder gesund werden.«

»Ja, Vater.«

Die Silhouette bewegte sich, und kurze Zeit später war Rahil allein in einem Zimmer, in das der Gasriese Cambronne gerade genug Licht schickte, um hier und dort die Umrisse der Einrichtung in der Dunkelheit erscheinen zu lassen. Es dauerte eine Weile, bis sein Herz langsamer schlug und er sich so weit beruhigt hatte, dass er einschlief.

Zwei Wochen später fand das Perlenschnurfest statt, das diesmal besonders eindrucksvoll war, weil sich vor dem gestreiften Riesen Cambronne nicht nur sieben Monde aufreihten, sondern neun. Dementsprechend hoch schlugen die Wellen an die Flutmauern von Dymkes Hafen. Tagsüber konnte man selbst in der Zitadelle das Donnern der Brandung hören. Erst als der Abend kam, rückte es hinter die Musik, zu der zuerst die Kinder tanzten, dann junge Paare in der Adoleszenz. In diesem Jahr fiel das Fest mit dem Mittsommertag zusammen, und das Wetter meinte es gut mit den Feiernden, denn der Himmel blieb frei von Regenwolken. Auf dem Platz in der Zitadellenmitte, umgeben von den sieben Säulen der Tennerits, waren Banketttische aufgestellt, und viele Gäste standen dort, mit Gläsern in der Hand. Als die Dunkelheit des Abends über den Himmel kroch, wurde die Musik lauter und die Stimmung ausgelassener. Rahil hatte sich gut erholt, blieb aber abseits der anderen und beobachtete das Geschehen mit einer Distanz, die sich nicht auf Meter beschränkte; im Geiste und mit seinen Gefühlen war er noch viel weiter entfernt. Er sah, wie die eingeladenen hohen Gäste – Repräsentanten der anderen Großen Familien und Würdenträger aus Dymke – ihre Rivalität mit falschem Lächeln zu tarnen versuchten.

Manchmal glaubte er sich noch immer wie im Fieber. Er begann, hinter die Fassade zu blicken. Masken verrutschten, Schleier hoben und senkten sich, freundliche Gesichter wurden zu Fratzen. Wo lag die Wahrheit, wo die Lüge? Ließ sich beides überhaupt noch voneinander trennen, oder war es so ineinander verwoben, dass es gar keinen Sinn mehr hatte, Unterschiede machen zu wollen?

»Geht es dir nicht gut?«, fragte eine vertraute Stimme. »Wirst du wieder krank?«

Jazmine stand neben ihm, in einem weißen Kleid mit roten Schleifen an den Seiten. Es war das Kleid eines Kindes, und es schien nicht mehr zu ihr zu passen, trotz ihrer zehn Jahre.

Er saß hier allein, weil er eine Last trug. Weil er befürchtete, zwischen den anderen Leuten von ihr zerdrückt zu werden.

Jazmine sah etwas in seinem Gesicht, denn sie kam noch etwas näher und fragte: »Möchtest du mit mir reden?«

»Wenn es unser Geheimnis bleibt.« Rahil flüsterte fast. »Wenn du mir versprichst, es niemandem zu verraten. *Niemandem.*«

Jazmine nickte, zog sich einen Stuhl heran und nahm Platz.

Rahil erzählte ihr von dem dunklen, engen Tunnel, vom schmutzverkrusteten Fenster und dem Raum dahinter, von dem Mann, der beim Verhör gestorben war, und von dem Fremden.

»Er war kein Mensch«, sagte er leise. »Und er kam nicht durch eine verborgene Tür herein. In jenem Zimmer befand sich ein Kickout, und sein Licht hat mich krank gemacht.«

»Strahlung«, sagte Jazmine nachdenklich und ernst. Sie griff wieder nach ihrem langen schwarzen Zopf und streichelte ihn wie etwas, das Zuwendung brauchte. »So hat es Emily genannt. Strahlung. Aber hätte dann nicht auch Vater krank werden müssen?«

»Vielleicht war er geschützt«, sagte Rahil. »Da ist noch etwas, Jaz.« Für seine Schwester musste es den Anschein haben, dass es ihm schwerfiel, eine schreckliche Wahrheit auszusprechen, aber in Wirklichkeit rang er mit einer Lüge. Zumindest hier, glaubte er, ließ sich eine klare Trennlinie ziehen. »Ich habe gehört, wie Ruben und Vater über Emily sprachen. Als Darel und Ruben sie damals weggebracht haben ...«

»Ja?«, fragte Jazmine.

»Vater hat ihnen befohlen, sie zu töten. Er hat Emily auf dem Gewissen, Jaz. So wie jenen Mann.« *Und wie all die anderen, von denen du noch nichts weißt.*

In wichtigen Dingen hatte Rahil seine Schwester noch nie belogen, und dies *war* wichtig. Trotzdem, er sah keinen anderen Weg. Manchmal, überlegte er, heiligt der Zweck tatsächlich die Mittel.

Jaz saß reglos da, das Gesicht plötzlich leer und bleich.

»Verstehst du jetzt, warum wir von hier fortmüssen?« Rahil versuchte, seine Stimme nicht zu drängend klingen zu lassen. Die Entscheidung fiel hier und heute, und der Rest ihres Lebens hing davon ab. Wenn eine Lüge nötig war, um ihnen zu helfen, den richtigen Weg zu beschreiten … Rahil war bereit, diese Schuld auf sich zu nehmen.

»Sie haben darüber gesprochen?«, fragte Jazmine leise. »Du hast es wirklich gehört?«

»So wahr ich hier sitze«, erwiderte Rahil und hob zur Geste des Eids Zeige- und Mittelfinger an die Lippen. »Ich schwöre es.« Er ließ die Hand wieder sinken. »Von jetzt an müssen wir Pläne schmieden, Jaz, verstehst du? Wir müssen sorgfältig planen, wenn wir Caina verlassen und zur Ägide gelangen wollen. Und wir müssen sehr vorsichtig sein, denn auch Vater und der Fremde haben Pläne, und ich fürchte, wir spielen eine Rolle darin.«

DER RING

23

Dies war der älteste Teil der Zitadelle, mit Mauern, in denen man den Atem der Geschichte hören konnte, wenn man nur richtig hinhörte. Rahil kam nicht oft hierher, denn an diesem Ort fühlte er die Last fremder Jahre. Große Porträts hingen an grauen Steinwänden, die all die Kriege des Dutzends überstanden hatten, und von ihnen blickten ernste Gesichter aus der Vergangenheit in die Gegenwart. So alt auch alles sein mochte, nirgends zeigte sich Staub. Jeden Tag sorgten die Bediensteten für Sauberkeit; es war, als hielten sie damit das Vergangene fest und lebendig.

Vor einem der großen Bilder blieben sie stehen, und Rahil spürte die Hand seines Vaters auf der Schulter. Sie übte einen unangenehmen Druck aus.

»Das ist Jere Laureno Tennerit«, sagte Coltan. »Mein Ururgroßvater. Mit ihm begann der Wiederaufstieg unserer Familie.

Die Söhne und Enkel setzten sein Werk fort, und hier stehen wir, die Letzten seiner Nachkommen. Wir werden vollenden, was er begann. Das ist unsere Pflicht. Wir machen die Tennerits wieder zu dem, was sie einst waren.«

Es war Rahils vierzehnter Geburtstag, und er befürchtete plötzlich, dass ihm dieser Tag nicht gefallen würde. Etwas in der Stimme seines Vaters bescherte ihm Unbehagen.

Er ging weiter, um der Hand auf seiner Schulter zu entkommen, gab Interesse an den Bildern, Büsten und Statuen vor, an den vielen Objekten und Resten von Kleidungsstücken, die in Vitrinen ruhten. Wir sind hier im Innern eines Schreins, dachte er. Und er ruht auf einem Altar, den unsere Vorfahren sich selbst errichtet haben.

Ein besonders großes Gemälde in düsteren Farben weckte seine Aufmerksamkeit. Es zeigte eine Welt in Flammen. Feuer fiel von Gebilden am Himmel, die vermutlich Raumschiffe darstellen sollten, und Rauch verhüllte die Städte unter ihnen. Rahil trat etwas näher und betrachtete die Gestalten auf den Straßen: Männer, Frauen und Kinder, die entsetzt nach oben starrten. Manche hatten die Hände erhoben, als könnten sie das vom Himmel kommende Verderben auf diese Weise abwenden.

»Die Eklipse«, sagte sein Vater. »Das Ende unserer ersten Zivilisation.«

Rahils Blick fand, was er suchte: unfertige Gesichter in der von Panik erfassten Menge, Menschen mit mehr als nur zwei Armen und Beinen, manche von ihnen mit den Augen und Schuppen von Reptilien. Er zeigte darauf. »Die Wandler, nicht wahr?«

»Die Polymorphen von Heraklon«, bestätigte Coltan. »Wir waren damals mit ihnen verbündet. Von dieser Zitadelle aus schmiedete Juranjo Rett Tennerit die Allianz mit ihnen, vor fast fünfhundert Jahren. Zusammen hätten wir wahre Größe erreichen können, aber sieh nur, was die Ägide mit uns gemacht hat.«

Rahil schwieg, obwohl er wusste, dass jene Schiffe am Himmel von Caina nicht von der Ägide kamen, sondern von Larralde. Die Kongregation hatte sich damals zusammen mit Burion und anderen Mächten der Gefallenen Welten gegen die versuchte Übernahme gewehrt. Die Ägide hatte damit nichts zu tun.

»Das dürfen wir nie vergessen, mein Sohn«, sagte Coltan und legte ihm erneut die Hand auf die Schulter. Sie schien noch schwerer zu sein als vorher. »Die Ägide und alle anderen dort draußen sind unsere Gegner. Wir müssen allein stark werden.«

Leere Worte, dachte Rahil und staunte über die Klarheit dieser Gedanken. Wissen machte den Unterschied. Seit mehreren Monaten besuchte er immer wieder die Botschaft der Ägide in Dymke, verkleidet und mit einer Maske, die er in der privaten Schatzkammer seines Vaters gefunden und entwendet hatte. In der Botschaft gab es eine frei zugängliche Bibliothek mit historischen Aufzeichnungen, und er vertraute deren Informationen ebenso, wie er den Bildern von Emilys Würfel vertraut hatte – es gab keinen Grund für ihn, ihre Wahrheit anzuzweifeln. Sein Vater hingegen hatte oft gelogen, und ein Lügner verdiente kein Vertrauen.

Er betrachtete das große Bild, während er das schwere Gewicht der Hand seines Vaters auf der Schulter spürte. Juranjo Rett Tennerit hatte sich damals mit den Polymorphen verbündet, um seine Rivalen in den anderen Großen Familien auszuschalten. Gestaltwandler von Heraklon waren in die Rollen der Patrone geschlüpft und hatten nach und nach die Kontrolle über die zwölf Welten des Dutzends übernommen. Aber das waren nur die ersten Schritte gewesen. Juranjo Tennerits Ehrgeiz gab sich nicht mit der Macht über Cambronnes Monde zufrieden – er streckte die Hände nach den Sternen aus, nach Burion und der Kongregation von Larralde, nach den anderen Gefallenen Welten. Vielleicht hatte er sogar die Herrschaft über die Bruch-Gemeinschaft und die Ägide geplant, mit Polymorphen, die dort jene Plätze einnahmen, wo alle wichtigen Entscheidungen getroffen wurden. Mit den besonderen Geschöpfen von Heraklon, die jede beliebige Gestalt annehmen konnten, und ausreichend primärer und sekundärer Technik wäre es Juranjo vielleicht sogar gelungen, seine Pläne zu verwirklichen. Die Ägide hatte eingegriffen, nicht direkt, das war nicht ihre Art, aber Informationen konnten auch Waffen sein, und Larralde hatte mit typischer Heftigkeit reagiert.

Über Jahrhunderte hinweg hatten die Tennerits an den katastrophalen Folgen von Juranjos Größenwahn gelitten. Die Überlebenden ihrer Familie waren nach Meemken verbannt worden, vielleicht in der Hoffnung, dass einer der dortigen Vulkanausbrüche erledigte, was Larraldes Schiffen und dem Zorn der anderen Großen Familien vorenthalten geblieben war: die endgültige Auslöschung der Tennerits. Jere Laureno war es schließlich gelungen, neue Verbindungen zu knüpfen, wichtige Verbündete bei den Räten und Komitees zu finden und Einfluss zu gewinnen. Seine Söhne und Enkel setzten diese Arbeit fort, und jetzt ...

Und jetzt stehen wir hier in unserer alten Zitadelle, dachte Rahil, während er vorgab, weiterhin das große Bild zu betrachten, und die Hand seines Vaters wie Blei auf seiner Schulter lag. Wir sind aus der Verbannung zurückgekehrt, und die alten Sünden der Tennerits sind vergessen, oder fast. Aber es geschehen neue, und es gibt neue Pläne, die auch mich und Jaz betreffen. Die Vergangenheit, die hier überall präsent ist, greift nach der Gegenwart und darüber hinaus, und wenn ich mich von ihr ergreifen lasse, gibt es keine Zukunft, weder für mich noch für Jazmine.

Es waren große Gedanken, die ihm da durch den Kopf gingen, aber sein Kopf schien gewachsen zu sein und hatte Platz für sie. Und sie wogen schwer, noch schwerer als die Hand auf seiner Schulter.

»Heute ist dein vierzehnter Geburtstag«, sagte Coltan, und wieder lag der seltsame Ton in seiner Stimme. »Es sind noch zwei Jahre bis zu deiner Volljährigkeit, aber ich möchte eine Tradition fortsetzen, die mein Ururgroßvater Jere Laureno wiederaufleben ließ. Als sein erstgeborener Sohn vierzehn Jahre alt wurde, erklärte er ihn ganz offiziell zu seinem Nachfolger und erteilte ihm die ersten geschäftlichen Vollmachten.«

Beide Hände schlossen sich um Rahils Schultern und drehten ihn herum. Sein Vater sah ihm in die Augen, ernst, betont würdevoll und vielleicht auch mit … Stolz?

»Dies ist ein großer Tag für uns beide, Rahil«, sagte Coltan. »Von heute an gehörst du zu unserer operativen Gruppe und erhältst Gelegenheit, dich direkt an unseren Geschäften zu beteiligen. Ruben und Darel werden dich einweisen. Du wirst …«

Die Tür auf der anderen Seite des Saals öffnete sich, und jemand sah herein. »Duartes ist da, Sire.«

Coltan winkte ungeduldig. »Ja, ja, er soll warten. Wir kommen gleich.«

Die Tür wurde wieder geschlossen.

Rahils Vater hob die rechte Hand und zog einen Ring von seinem kleinen Finger. Filigranes Gold umfasste einen Rubin, rot wie der Schreibtisch in Coltans Arbeitszimmer.

»Diesen Ring habe ich von meinem Vater erhalten, und der erhielt ihn von seinem und so weiter. Er ist neunhundert Jahre alt, und sein Gold soll von einem anderen Ring stammen, den ein Juwelier auf der Erde anfertigte, noch vor dem Ersten Exodus. Was den Rubin betrifft ...« Coltans Lippen verzogen sich zu einem kurzen Lächeln. »Die Patrone der Joulwan besaßen einmal ein Zepter, das angeblich von einem König der alten Erde stammte. Mein Ururgroßvater stahl es ihnen, und dies ist einer der Steine, die das Zepter schmückten. Du siehst, er hat eine ganz besondere symbolische Bedeutung.«

Coltan nahm Rahils rechte Hand, drückte den Ring in die Handfläche und schloss die Finger darum. »Es ist der Ring des Patrons, Sohn. Jetzt gehört er dir.«

Der Ring war seltsam kalt, und als sie zur Tür gingen, die eben ein Bediensteter geöffnet hatte, dachte Rahil: Wenn ich diesen Ring trage, wird sich seine Kälte auf mich übertragen. Ich werde zu Eis erstarren, tief in meinem Innern. Herz und Seele werden gefrieren.

24

Duartes stammte von Greenrose: ein schmächtiger Mann, älter als Rahils Vater, mit tief in den Höhlen liegenden Augen und einem haarlosen Kopf, der Rahil an einen Totenschädel erinnerte, über dessen Knochen sich fleckige Haut spannte. Er spielte den Grandseigneur, trug Kleidung aus Stoffen, die es auf Caina nicht gab, und nannte sich Geschäftsmann, war aber nichts weiter als ein Schmuggler, der viel Geld mit Dingen verdiente, die das Dutzend eigentlich nicht erreichen sollten. Emily hatte damals davon gesprochen, dass auf einigen besonders hoch entwickelten Welten der Bruch-Gemeinschaft keine Geldwirtschaft mehr existierte, weil die großen Maschinen im Innern der Planeten alles produzierten, was die Menschen brauchten, erinnerte sich Rahil. Er fragte sich, warum jemand wie Duartes auf Geld aus war, obwohl er auf Welten wie Ganska und Greenrose alles bekommen konnte, was er wollte, ohne etwas dafür tun zu müssen.

Der in ein buntes Gewand gekleidete Händler erhob sich, als das Oberhaupt der Tennerits mit seinem Sohn hereinkam. »Sie werden staunen, Coltan, was ich diesmal für Sie habe!«

Coltan Jaqiello Tennerit runzelte die Stirn.

»Sire«, fügte Duartes hinzu, und daraufhin nickte Rahils Vater und nahm hinter einem breiten Schreibtisch Platz, der aus dunklem Holz bestand und dünne Beine hatte. Rahil blieb daneben stehen und bemerkte Ruben und Darel, die im Hintergrund warteten, neben dem Fenster, durch das Cambronne ins Zimmer sah. Es war ein heller Tag, sonnig und warm, aber in diesem Raum mit den dicken Teppichen und dunklen Möbeln blieb es kalt und düster.

»Haben Sie mir endlich eine Schmiede gebracht?«, fragte Coltan.

Duartes' Blick glitt zu Rahil.

»Von heute an gehört mein Sohn zur operativen Gruppe«, sagte Coltan. »Er wird zum Mann, und daher werden wir ihn wie einen Mann behandeln. Wir brauchen keine Geheimnisse mehr vor ihm zu haben.« Eine gewisse Selbstzufriedenheit lag in diesen Worten, und Rahil hörte das »fast«, das sein Vater weggelassen hatte. Er war nicht so dumm zu glauben, dass man ihn jetzt in alle Familiengeschäfte einweihen würde.

Duartes näherte sich dem Schreibtisch, aufmerksam von Ruben und Darel beobachtet. An seinem Gürtel und den Handgelenken bemerkte Rahil kleine Geräte, und er fragte sich, welchen Zweck sie erfüllten.

»Eine Schmiede kann ich Ihnen unmöglich besorgen, darauf habe ich Sie mehrmals hingewiesen, Sire. Die Ägide hat Sensoren in der Umlaufbahn, denen derartige primäre Technik nicht entgehen würde.«

»Die Ägide«, zischte Coltan und warf seinem Sohn einen kurzen Blick zu.

»Außerdem ist es sehr schwer, an solche Maschinen heranzukommen. Ich würde Aufmerksamkeit auf mich ziehen, Coltan, Sire, und das würde meine Rolle unglaubwürdig machen, die ich hier für Sie spielen kann.«

Duartes sprach ruhig; in seinen Worten lag Gelassenheit. Die Körpersprache bildete einen gewissen Kontrast dazu, denn immer wieder deutete der Händler Gesten an, die bei jemand anders Unterwürfigkeit zum Ausdruck gebracht hätten. Doch das Glitzern in seinen Augen, und die Andeutung eines Lächelns in den Mundwinkeln verlieh diesen Gesten einen leisen, hintergründigen Spott, der mit etwas mehr Deutlichkeit einem Affront gleichgekommen wäre. Duartes war ein hoch intelligenter, selbstbewusster Mann, erkannte Rahil mit einer Aufmerksamkeit, die kaum mehr etwas Kindliches hatte. Dieser Mann teilte seinem Vater mit: Ich weiß, dass Sie hier das Sagen haben und ich Ihnen ausgeliefert bin, solange ich mich an diesem Ort aufhalte. Aber ich weiß auch, dass Sie mich brauchen, und Sie sollten mich besser nicht zu herablassend behandeln.

»Die Joulwan haben einen Uterus«, erwiderte Coltan ebenso ruhig, aber mit eisiger Stimme. »Vor acht Monaten haben sie eine Bio-Drohne gegen meinen Sohn eingesetzt.«

»Ich weiß. Aber es steht keineswegs fest, dass die Drohne aus einem Uterus stammt.« Duartes trat noch einen Schritt näher. »Ich glaube, die Joulwan *wollten*, dass Sie von der Existenz einer biologischen Schmiede ausgehen, Coltan. Ich glaube, sie sind schwächer, als es den Anschein hat, und vermutlich gilt das auch für die anderen Großen Familien.«

Coltan beugte sich vor, und seine Finger spielten mit einem Dolch, der vor ihm auf dem Schreibtisch lag. Er drehte ihn so, dass die lange, dünne Klinge auf den Außenweltler zeigte. »Sie haben auch die Kunit und Araschni beliefert.«

Duartes zuckte andeutungsweise die Schultern, und dabei kam ein leises Knistern von seinem Gewand. Der Stoff glänzte, obwohl das durchs Fenster fallende Sonnenlicht ihn nicht erreichte. »Kleine Dinge. Nichts Bedeutendes. Um den Schein zu wahren.«

»Welchen Schein?«

»Dass ich niemanden bevorzuge, Coltan. Dass ich auf niemandes Seite stehe.«

»Sind Sie sicher, dass der Uterus, in dem die Joulwan die Bio-Drohne heranwachsen ließen, nicht von Ihnen stammt?«

»Wie kann er von mir stammen, wenn er überhaupt nicht existiert?« Duartes löste ein unscheinbares Objekt von seinem Gürtel, ein silbernes Rechteck, etwa zehn Zentimeter lang und kaum dicker als die Klinge des Dolchs auf dem Schreibtisch. »Mit Ihrer Erlaubnis, Sire ...« Er bückte sich, um den Gegenstand auf den Boden zu legen.

Ruben und Darel näherten sich wachsam.

»Wie stabil ist der Boden dieses Zimmers?«, fragte Duartes. »Hält er es aus, wenn man ihn plötzlich mit einem großen Gewicht belastet?«

Coltan beäugte das auf dem Boden liegende Objekt argwöhnisch. »Ist das ein ... Gravitator?«

»Etwas viel Besseres.« Duartes, neben dem silbernen Rechteck hockend, lächelte jetzt ganz offen. »Es ist ein spezieller Formspeicher, mit einem ebenso speziellen Dislokator verbunden, einem Auslagerer. Wenn ich mich recht entsinne, befindet sich ein Treppenhaus unter diesem Raum, nicht wahr? Hält der Boden ... sagen wir ... drei Tonnen aus?«

»Ich denke schon«, sagte Coltan. »Dies ist eine Festung, mit dicken Mauern und Böden.«

»Dies *war* einmal eine Festung, vor ein paar Tausend Jahren. Vielleicht sollten wir besser auf Nummer sicher gehen, mit diesem Stabilisator hier.« Duartes löste einen zweiten Gegenstand von seinem Gürtel, etwas, das wie ein kleiner Stift aussah, und drückte auf das eine Ende. Dann berührte er das silberne Rechteck an der Seite, richtete sich auf, wich zurück und legte den »Stift« auf den Schreibtisch. Rahil hörte ein leises Klicken, dann ein Summen, und das Rechteck schwoll an, so schnell, dass sich keine klaren Konturen zeigten und verdrängte Luft wie ein Wind aus dem Nichts durchs Zimmer zischte. Innerhalb von zwei oder drei Sekunden wurde aus dem unscheinbaren silbergrauen Rechteck ein grauer Würfel, dessen schnelles Wachstum erst ein Ende fand, als er gegen den Schreibtisch stieß und ihn ein Stück nach hinten schob. Der dahinter sitzende Coltan war mit einem Satz auf den Beinen.

Der Boden unter dem Würfel knirschte leise, und dann war es still. Aus einer seiner Wände ragte ein Türknauf hervor.

Der Händler streckte die Hand nach dem Knauf aus und öffnete eine Tür. Licht kam aus dem Innern des Würfels.

Duartes machte eine einladende Geste und betrat den Würfel. Coltan kam hinter dem Schreibtisch hervor und folgte ihm langsam, nachdem er Ruben und Darel ein Zeichen gegeben hatte. Rahil schloss sich seinem Vater voller Staunen an.

Das Innere des Würfels war etwa so groß wie der kleine Salon im Südflügel der Zitadelle, ungefähr sechs mal sechs Meter, und in seinem Zentrum brannte mitten in der Luft ein Feuer, von dem Licht ausstrahlte, aber keine Hitze. Rahil trat neugierig näher und streckte vorsichtig die Hand danach aus, fühlte aber selbst dann keine Wärme, als seine Finger die seltsame Flamme berührten. Die Wände bestanden aus Schränken, und Duartes öffnete einige von ihnen. Rahil erkannte sofort, was sie enthielten: Waffen.

Duartes breitete die Arme aus. »Inhibitoren, Paralysatoren, Destruktoren und so weiter. Insgesamt siebenundachtzig, mein lieber Coltan, Sire. Außerdem ...« Er öffnete ein Fach dicht über dem Boden, und darin befanden sich zwei Gegenstände, die wie gläserne Vitrinen aussahen. »... zwei Replikatoren.«

»Replikatoren?«, wiederholte Coltan. Er drehte sich langsam und versuchte, sich nichts anmerken zu lassen, aber Rahil wusste die subtilen Veränderungen im Gesicht seines Vaters zu deuten: Er war zufrieden; vielleicht freute er sich sogar.

»Jeweils ausgestattet mit genug komprimierter Basismasse für zehn Replikationen.« Duartes richtete sich wieder auf, und für einen Moment sah er im Licht der seltsamen Flamme in der Mitte des Zimmers wie ein wandelnder Leichnam aus, wie eine alte Mumie, durch einen Hightech-Zauber zu neuem Leben erweckt. Rahil fragte sich, wie alt dieser Mann war und warum er sich nicht einer der Verjüngungsbehandlungen unterzog, die es auf Welten wie Ganska und Greenrose gab. »Stellen Sie sich diese Geräte wie kleine Schmieden vor, Coltan, Sire. Schmieden, die keine eigenen Dinge schaffen können und darauf beschränkt bleiben, bereits existierende Objekte zu kopieren. Zwei Replikatoren mit jeweils zehn Kopien. Suchen Sie sich aus, wovon Sie zwei, drei oder zehn Exemplare haben wollen.« Der Händler drehte sich wie zuvor Coltan im Kreis. »Dies ist mein Geschenk für Sie. Für Ihren Feldzug.«

Feldzug?, dachte Rahil.

»Wie funktioniert dies?«, fragte Coltan leise. »Ein kleines silbernes Etui … Und daraus wird ein drei Tonnen schwerer Würfel voller Waffen und mit genug Platz, um uns aufzunehmen.« Er verharrte plötzlich und machte einen Schritt zur Tür. »Wenn der Würfel jetzt schrumpfen würde, mit uns in seinem Innern … Was geschähe dann mit uns?«

»Oh, er würde nur außen schrumpfen, nicht aber in seinem Innern.« Duartes grinste, und dadurch wirkte sein Kopf noch mehr wie ein Totenschädel. »Für uns würde sich nichts verändern, abgesehen davon, dass sich die Tür nicht öffnen ließe. Externe Beobachter müssten zu dem Schluss gelangen, dass wir ebenfalls schrumpfen und ausgelagert werden, aber wir nähmen in unserer physischen Welt keine Veränderung wahr. Objektivität und subjektive Wahrnehmung, mein lieber Coltan, darum geht es hier. Sire«, fügte er hinzu.

Er fühlt sich noch sicherer als zuvor, dachte Rahil, und sein Blick ging kurz durch die offene Tür nach draußen, wo Ruben und Darel warteten; deutliches Misstrauen stand in ihren Gesichtern. Dies ist seine Welt. Nicht dieser Würfel, aber seine Technik.

»Die Reduktion des Würfels würde uns zusammen mit seiner Hauptmasse in ein Pocket-Universum transferieren. Die objektiven Umstände unserer Existenz würden sich verändern, nicht aber die subjektiven. Allerdings müssten wir damit rechnen, in einigen Stunden zu ersticken, denn dieser Raum ist nicht mit einer eigenen Luftversorgung ausgestattet. Wir stehen hier in einer recht teuren Spielerei, mein lieber Coltan. Dort, wo ich herkomme, gibt es effizientere Methoden der Masse-Auslagerung, aber ein solcher Würfel genügt völlig, den Sensoren der Ägide und eventuellen Beobachtern der Hohen Mächte ein Schnippchen zu schlagen.«

Rahil bemerkte im Gesicht seines Vaters eine Veränderung, die er nicht zu deuten vermochte. Ärger auf den Händler und Schmuggler war da, unübersehbar für jemanden, der ihn gut kannte, aber als Duartes die Hohen Mächte erwähnte, huschte ein Schatten über das Eis in den Augen. War Coltan erschrocken?

Das Oberhaupt der Tennerit-Familie trat durch die Tür; Ruben und Darel wichen sofort zur Seite.

»Ein Geschenk?« Coltan drehte sich um. »Dies ist ein Geschenk?«

»Von mir für Sie.« Duartes verließ den Würfel ebenfalls, und Rahil folgte ihm rasch. Der Händler schloss die Tür und drehte den Knauf, woraufhin der graue Würfel schrumpfte. Nur wenige Sekunden später hatte er sich wieder in das silberne Rechteck verwandelt, den Gegenstand, der einem Etui ähnelte. Duartes hob ihn auf und legte ihn neben den Stift auf den Schreibtisch. »Sie können dies so oft benutzen, wie Sie wollen, Coltan. Die Energiequelle ist praktisch unerschöpflich. Ich zeige Ihnen, wie man mit diesen beiden Objekten umgeht. Es ist ganz einfach.«

Selbst für jemanden wie Sie, Coltan. Das sagte Duartes nicht, aber Rahil hörte die Worte trotzdem, mit der neuen Aufmerksamkeit des Jungen, der kein Kind mehr war, und sein Vater vernahm sie ebenfalls.

»Ein Geschenk, wie?« Coltan näherte sich dem Händler und blieb so dicht vor ihm stehen, dass sich ihre Nasen fast berührten. »Vergessen Sie nicht, wo Sie sind, Duartes. Vergessen Sie nicht, was Sie hier bei uns sind und wer ich bin.« Er sprach betont ruhig, mit kalter, aber nicht mit eisiger Stimme, und irgendwie klang es dadurch noch drohender. »Hier genügt ein Wort von mir, Duartes, und Ihre Existenz wird ausgelöscht.«

»Sie haben eben ein Beispiel von Relativität gesehen, Sire«, sagte der Händler. »Manchmal ist selbst der Tod relativ.«

»Bei Ihnen mag das der Fall sein, aber nicht bei uns.« Coltan trat hinter den Schreibtisch, nahm den Dolch und richtete die Spitze auf Duartes. »Ich weiß, dass es auf Ihren Welten möglich ist, Gedanken und Erinnerungen zu speichern und für sie in einem Uterus einen neuen Körper wachsen zu lassen. Ich weiß auch, dass diese Technik nicht allen zur Verfügung steht, nur einigen Auserwählten. Selbst wenn Sie Zugang dazu haben und … wiederauferstehen könnten: Es wäre ein anderer Mann, nicht der, der hier vor mir steht. *Sie* würden sterben, für immer. Hier. Ein Stoß mit diesem Dolch würde genügen. Ins Herz, oder in die Schläfe.«

Duartes zögerte. »Wäre es nicht dumm, einen Lieferanten wie mich zu töten?«

Für einen Moment hing alles in der Schwebe, und Rahil glaubte, zwei Welten zu sehen: eine, in der Duartes lebte, und die andere, in der er starb. Der in die Zukunft führende Strom der Möglichkeiten teilte sich hier, und Rahil fragte sich, wie eine Welt ohne diesen mumienhaften Mann aussähe. Der Dolch in Coltans Hand konnte entscheiden, welche der beiden Welten Realität gewann.

»Noch dazu jemanden, der Ihnen ein so kostbares Geschenk macht?«, fügte Duartes hinzu, als die Stille etwas zu lange dauerte.

»Ich nehme keine Geschenke von Ihnen an, wie Sie sehr wohl wissen«, sagte Coltan und legte den Dolch neben die beiden Hightech-Gegenstände. Er lächelte, wie zufrieden über das Ende dieser kleinen Auseinandersetzung. »Sie bekommen das Übliche.«

»Ich danke Ihnen, Sire.« Duartes neigte den Kopf.

Coltan griff nach Etui und Stift, steckte beides ein. Rahil dachte daran, dass sein Vater jetzt drei Tonnen in der Tasche trug, einen ganzen Raum voller Waffen, in dem sie sich eben noch befunden hatten. »Ich möchte eine Schmiede von Ihnen, Duartes. So bald wie möglich. Und am besten eine polychrome.«

Ein fast schrilles Lachen kam von dem Händler. »Eine polychrome ist völlig ausgeschlossen. So was lässt sich nicht schmuggeln, ohne dass jemand bei der Ägide oder den Hohen Mächten Verdacht schöpft. Außerdem: Wer sollte sie bedienen und programmieren?«

»Ja«, murmelte Coltan. »Wer könnte ihr Schmied sein?«

»Selbst eine monochrome Schmiede wäre äußerst schwierig, glauben Sie mir, Coltan, Sire. Äußerst schwierig, fast unmöglich.«

Coltan winkte. »Aber nicht ganz unmöglich. Nutzen Sie Ihre Verbindungen. Bringen Sie mir eine Schmiede. Bei unserem nächsten Treffen.«

»Sire ...«

»Sie können jetzt gehen, Duartes. Und denken Sie daran: Ich wäre bereit, Ihnen exklusive Handelsrechte für zwölf Welten einzuräumen. Darel, bringen Sie unseren Gast hinaus.«

»Sehr wohl, Sire.« Der breitschultrige, muskulöse Leibwächter näherte sich.

»Sorgen Sie dafür, dass er alles bekommt, Darel. Die Tennerits nehmen und geben.«

»Ja, Sire.«

Für zwölf Welten, dachte Rahil und wünschte sich plötzlich, an diesem Tag nicht vierzehn Jahre alt geworden zu sein, sondern nur elf oder zwölf. Er spricht bereits für zwölf Welten, und es war die Rede von einem Feldzug.

»Du willst Krieg führen, Vater?« Die Worte platzten aus Rahil heraus, als sich die Tür hinter Duartes und Darel schloss.

Sein Vater kam wieder hinter dem Schreibtisch hervor und legte ihm den Arm um die Schultern. Er war noch schwerer als zuvor die Hand, um mindestens drei Tonnen schwerer.

»Mein Ururgroßvater zog gegen die Joulwan, Araschni, Kunit, Lancz, Brental und die übrigen Großen Familien in den Krieg, als er vierzehn war, mein Sohn. Er stahl das Zepter. Mit ihm begann eine neue Ära, und auch du erlebst den Beginn eines neuen Zeitalters.«

»Du willst Krieg führen?«

»Die Tennerits werden sich den Platz zurückerobern, der ihnen gebührt, Sohn. Und du ...« Coltan holte tief Luft. »Du wirst als Offizier eine Kampfgruppe leiten, wie es die Tradition will.«

»Ich soll kämpfen?«, fragte Rahil. »Ich soll in den Krieg ziehen?«

»Ausgerüstet mit Waffen von den Hightech-Welten der Bruch-Gemeinschaft. Und mit Schilden und Schutzschirmen. Niemand wird dir Widerstand leisten können. Du wirst ein strahlender Held sein. Ruben bereitet dich auf deine Aufgabe vor.« Coltan klopfte seinem Sohn auf die Schulter. »Ich bin stolz auf dich.«

Wie betäubt folgte Rahil dem dürren, großen Sekretär hinaus. Er wollte kein strahlender Held sein. Er wollte nicht kämpfen und dabei riskieren, jemanden zu töten oder selbst getötet zu werden.

Er will mich zwingen, so zu werden wie er, dachte Rahil erschrocken, als er mit Ruben durch den Saal ging, vorbei an dem Gemälde, das die Welt in Flammen zeigte.

Wie zuvor, als Coltan den Händler mit dem Dolch bedroht hatte, teilte sich der Weg in die Zukunft. Der eine führte in eine

Welt rot wie Blut, rot wie der Schreibtisch im Arbeitszimmer seines Vaters; der andere verlor sich im Dunst des Ungewissen.

Es ist so weit, dachte Rahil. Wir können nicht länger warten. Jazmine, du musst mutig sein. Und ich ebenfalls.

Sie mussten Caina und das Dutzend verlassen, bevor das Ungeheuer des Krieges kam und sie beide verschlang.

Und endlos alles Raum, und alles, alles Flucht,
In unermessnes Nichts ein Schweben ohne Laut.
Der Tod stellt seinen schwarzen Spiegel auf …

DIE FLUCHT

25

Der Sandsturm machte es leichter.

Böiger Wind pfiff durch die Gassen von Dymke und heulte über die Plätze, zerrte an Gerüsten und Markisen, rüttelte an Türen und Fensterläden, schüttelte Sträucher und Bäume. Rahil und Jazmine gingen geduckt im Windschatten der Häuser und entkamen so den stärksten Böen, die in der Lage gewesen wären, sie von den Beinen zu reißen, aber der Sand kroch unter ihre Mäntel, kratzte in den Ohren, juckte in den Augen und brannte im Mund. Es war Sand fein wie Staub, und er schmeckte bitter wie die Vulkanasche, die so oft auf Meemken niedergegangen war. Er kam aus der Wüste im Westen, die sich über fast zweitausend Kilometer erstreckte, und im Herbst, wenn der Passat drehte, fegten Stürme über das weite Ödland und trugen den Sand nach Dymke und weit übers Meer.

Der Sandsturm machte die Flucht leichter, weil sie weder die Tücher vor den Gesichtern noch die langen Mäntel erklären mussten, und weil bei diesem Wetter nur die Leute in der Stadt unterwegs waren, denen keine Wahl blieb.

In einer Nische an einer fast windstillen Ecke blieben sie stehen, um Luft zu schnappen. Ein Transporter brummte und schaukelte an ihnen vorbei, beladen mit Frachtgut von den Fabriken. Inzwischen hatten sie den Stadtrand erreicht. Im Norden erstreckten sich die Quartiere der Arbeiter und Feldknechte, kleine Häuser und Hütten, wie geduckt im Wind; im Westen, hinter den Hügeln und Felswällen – Überbleibsel einer alten Mauer, die vor Jahrtausenden als Schutz vor dem Passat gebaut worden war – lag die Wüste. Und dort, in einer Mulde, gab es etwas, das es auf Caina eigentlich nicht geben sollte: ein Hightech-Raumschiff. Das Schiff, mit dem Duartes gekommen war.

»Mir ist schlecht«, sagte Jazmine mit gedämpfter Stimme. Das Tuch vor dem Gesicht ließ nur die Augen frei.

»Bestimmt liegt es an der Aufregung«, erwiderte Rahil. Seit drei Stunden waren sie unterwegs, und Jazmine hatte ständig befürchtet, dass jemand sie erkannte. »Es ist nicht mehr weit.«

»Wir könnten noch zur Botschaft«, sagte Jazmine. »Vielleicht hilft man uns dort weiter.«

Rahil zog sein Tuch nach unten, obwohl auf der anderen Straßenseite einige Arbeiter unterwegs waren. Selbst wenn sie den Sohn des Patrons der Tennerits kannten – Rahil trug die Maske, die aus dem geheimen Zimmer seines Vaters stammte. Es war erstaunlich, wie wenig davon er nach dem anfänglichen Prickeln spürte. Sein Gesicht fühlte sich normal an, aber er wusste: Ein Blick in den Spiegel hätte ihm eine ganz andere Person gezeigt, einen Jungen mit gröberen Zügen und dunkleren Augen. Vor einigen Monaten, bei der Entdeckung der Maske, hatte er sich gefragt, wie sie es anstellte. Irgendwie schien sie auf die Wünsche des Trägers zu reagieren. Vor einem reflektierenden Stück Glas hatte Rahil die Maske mehrmals aufgesetzt und abgenommen, und jedes Mal hatte ihm das Glas ein anderes Gesicht gezeigt, das sich veränderte, wenn er an bestimmte Personen dachte. Er hatte herausgefunden, dass sich ihre Struktur nur zu Anfang beeinflussen ließ, unmittelbar nach dem Aufsetzen. Anschließend blieb die Maske stabil, bis er sie wieder absetzte.

Der Wind legte eine Pause ein, wie um Atem zu holen, und Rahil sagte: »In der Botschaft der Ägide würde man uns fragen, wer unsere Eltern sind, Jaz. Wir müssten uns zu erkennen geben, und man würde unseren Vater verständigen.« Rahil fragte sich kurz, warum er nicht »unsere Eltern« sagte. »Und Coltan würde Druck ausüben und die Botschaft zwingen, uns auszuliefern.«

Ein weiterer Transporter rollte an ihnen vorbei, in einer Wolke aus Staub und Sand. Als sein Brummen im Zischen des Windes verschwand, sagte Jazmine: »Ich habe mit Mutter gesprochen.«

Rahil sah seine Schwester fragend an. Ihr schwarzer Zopf ragte unter der Kapuze hervor.

»Ich habe sie gefragt, ob Vater Emily umgebracht hat«, sagte Jazmine.

Rahil erstarrte innerlich. Er hatte die Tür mit einer Lüge geöffnet; die Wahrheit konnte sie wieder zustoßen.

»Sie wusste nicht einmal, wer Emily war«, fügte Jazmine traurig hinzu. »Sie hat sich überhaupt nicht an sie erinnert.«

Emilys Gesicht stand deutlich vor Rahils innerem Auge, mit ihren Sommersprossen und dem freundlichen Lächeln. Er spürte sogar ihre Hand, nicht tonnenschwer wie die seines Vaters, sondern leicht wie eine Feder, und angenehm. Als er versuchte, das Gesicht von Vivienne Guandique Belidor aus seiner Erinnerung zu rufen, blieb es farblos und fremd: eine Frau, die in seinem Leben kaum eine Rolle gespielt hatte, abgesehen davon, dass er aus ihrem Schoß geschlüpft war. Unsere Erinnerungen entscheiden für uns, dachte Rahil. Sie lassen fallen, was keine Rolle für uns spielt.

»Komm, Jaz.« Rahil zog das Tuch wieder vors Gesicht, um beim Atmen nicht zu viel Sand in Mund und Nase zu bekommen. »Wenn wir uns nicht beeilen, startet Duartes ohne uns.«

Sie traten aus der Nische, eilten nach Westen und folgten dem Verlauf eines Wegs, der an den letzten Gebäuden vorbeiführte, und dann weiter zu den Resten der alten Mauer und den Hügeln. Der Wind rauschte in den Wipfeln der Bäume, die hier der Wüste trotzten, und der Sand knisterte über ihre großen Blätter. Hier war außer ihnen niemand unterwegs, und der Sturm verwehte ihre Spuren, stellte Rahil zufrieden fest.

Eine halbe Stunde lang kletterten sie zwischen vom Sand glatt geschliffenen Felsen und erreichten schließlich die Kuppe der ersten Anhöhe. Vor ihnen lag die Mulde, wie ein großes Loch, das jemand zwischen die Hügel gegraben hatte, und dort stand ein spinnenartiges Gebilde aus Materialien, die auf Caina und den anderen Welten des Dutzends nicht hergestellt werden konnten. Emily hatte von Synthmetall und Polymeren gesprochen, erinnerte sich Rahil.

»Es ist klein«, sagte Jazmine überrascht. Es klang fast enttäuscht. »Wie kann ein Frachtschiff so klein sein. Wo sind all die Dinge, die es transportiert?«

Sie brachten den Hang hinter sich, und das Schiff schien größer zu werden, als sie näher kamen, aber nicht viel. Auf acht halb gespreizten Beinen stand es da und summte wie ein Insekt, laut genug, um das in der Mulde leiser gewordene Fauchen des Windes zu übertönen. Die Beine ragten aus einem mehrfach segmentierten, etwa fünfzehn Meter langen grauen Oval, das kleine warzenartige Ausbuchtungen aufwies.

Auf der anderen Seite des summenden Schiffes, halb hinter der Rampe verborgen und wie eingezwängt zwischen zwei Felsen, stand einer der sonderbaren Räume, die aus dem Nichts wuchsen und innen mehr Platz boten als draußen. Vor der Tür stand Duartes und hielt etwas in der Hand, das Emily einmal »Pad« genannt hatte.

Rahil und Jazmine gingen an den Beinen des Raumschiffs vorbei. Als sie fast die Rampe erreicht hatten, hörte der schmächtige Mann etwas und drehte sich ruckartig um. Er trug keinen Mantel, nur eine leichte Jacke, und Rahil merkte, dass es hier keinen wehenden Sand gab – etwas hielt ihn von der Mulde fern.

»Wer seid ihr?«, stieß Duartes hervor und fügte diesen drei Worten ein viertes hinzu, in einer fremden Sprache. Sofort kam etwas aus dem Schiff und die Rampe herunter, ein anderthalb Meter großes Maschinenwesen, das sich auf drei Beinen bewegte und verblüffend schnell war. Es blieb vor Rahil und Jazmine stehen und richtete etwas auf sie, das vermutlich eine Waffe war.

»Zwei Passagiere«, sagte Rahil.

»Zwei was?« Duartes ließ sein Pad sinken.

»Wir möchten Caina verlassen.«

»Weg mit den Tüchern vor dem Gesicht«, sagte Duartes. »Ich will sehen, mit wem ich es zu tun habe.«

Rahil und Jazmine zogen die Tücher nach unten.

»Zwei Kinder«, sagte Duartes verblüfft.

»Wir können bezahlen«, sagte Rahil. »Wir haben gesehen, wie Sie mit Ihrem Schiff gelandet sind. Dies ist unsere Chance, dachten wir uns. Es ist schon lange unser Wunsch, Caina und das Dutzend zu verlassen. Wir können bezahlen«, betonte Rahil noch einmal.

»Ihr wollt die Landung gesehen haben?«, erwiderte Duartes. »Obwohl ich nachts und von einem Tarnschirm geschützt gelandet bin?«

»Wir können gut sehen«, sagte Jazmine.

Duartes lachte und winkte, woraufhin die Maschine – eine Drohne; Rahil hatte solche Apparate auf den Bildern der Botschaftsbibliothek gesehen – zur Seite wich.

»Kommt her, kommt her!«, rief Duartes. »Ich will euch aus der Nähe sehen.«

Als sie sich dem Händler näherten, traten zwei Gestalten aus der Tür des Raums zwischen den Felsen. Schmal und groß waren sie, und fast so grau wie das Oval, aus dem die acht Beine des Schiffes wuchsen. Ihre Kleidung bestand aus Dutzenden von Stoffstreifen, untereinander durch dünne geflochtene Schnüre miteinander verbunden. Die Arme wiesen zwei Gelenke auf, ebenso die Beine, und der Hals war ein langes, mehrfach gedrehtes Bündel aus Knorpeln und Muskeln. Er trug einen eckigen Kopf, die eine Seite schuppig, die andere sonderbar glatt und semitransparent – man konnte die Umrisse des Gehirns erkennen. Die Augen waren groß, nahmen fast die Hälfte des Gesichts ein, und zwischen ihnen wölbte sich eine zierliche Nase. Der Mund mit den vollen Lippen wirkte erstaunlich menschlich.

Quietschende Stimmen erklangen. »Was sind das für Leute?«, fragte das eine Geschöpf, und fast gleichzeitig sagte das andere: »Es sind Augen, die sehen, und Ohren, die hören. Und sie haben einen Mund, der sprechen kann, zu uns und zu anderen. Niemand soll erfahren, dass wir hier sind. Die Augen müssen blind werden, die Ohren taub und der Mund stumm.«

Ein Objekt erschien in einer langen, schmalen Hand, und die Gestalt richtete es auf Rahil und Jazmine.

Duartes trat vor und drückte die Hand mit dem Gegenstand darin – eine weitere Waffe, vermutete Rahil – nach unten. »Um Himmels willen, Magda, es sind *Kinder*!«

»Auch Kinder sprechen«, sagte Magda.

»Kinder sprechen viel«, sagte die zweite Gestalt, die ein Spiegelbild der ersten zu sein schien. Anders angeordnete Stoffstreifen bildeten die einzig erkennbaren Unterschiede. »Sie reden und reden und verraten alles.«

»Diese Kinder wollen weg von hier, Magdalena, wer könnte es ihnen verdenken?« Duartes blickte zum Sand empor, den der Wind über die Hügel hinweg Richtung Stadt und Meer trug. »Und wenn sie uns begleiten, können sie niemandem etwas verraten.«

»Bedeutet das, Sie nehmen uns mit?«, fragte Rahil hoffnungsvoll. Er hielt noch immer Jazmines Hand.

»Was habt ihr angestellt? Warum wollt ihr weg? Und was würden eure Eltern sagen, wenn ihr einfach verschwindet?«

»Wir sind allein«, sagte Rahil. »Niemand wird uns vermissen. Und wir haben nichts angestellt. Wir möchten nur weg von hier und ein anderes Leben führen.«

Er schaute an Magda und Magdalena vorbei in den Raum, der größer war als jener mit den Waffen in der Zitadelle. Kisten und andere Behälter stapelten sich darin, und ganz hinten, halb hinter einer großen Tonne, stand ein Aquarium, in dem sich etwas bewegte.

Duartes trat vor die Tür. »Oh, hier haben wir einen neugierigen jungen Mann. Vielleicht sollten wir doch besser dafür sorgen, dass seine Augen blind werden.«

»Zustimmung, Zustimmung«, sagten Magda und Magda-

lena wie aus einem Mund. Ihre großen Augen blinzelten misstrauisch.

Rahil griff in die Tasche und holte etwas hervor. »Wir haben
das hier. Genügt es als Bezahlung?«

Er gab Duartes den Ring, den er von seinem Vater erhalten
hatte, mit einem der Steine, die das vom legendären Jere Laureno Tennerit gestohlene Zepter der Joulwan geschmückt hatten.

Duartes nahm den Ring entgegen und betrachtete ihn. »Nicht
schlecht, mein Junge, nicht schlecht. Hübsches Glas.«

»Es ist ein echter Edelstein«, sagte Rahil. »Und er steckt in
echtem Gold.«

Duartes lächelte. »Gold, mein Junge, hat längst seinen Wert
verloren. Zumindest bei uns in der Zivilisation. Jede Schmiede
kann mit dem richtigen Programm Gold produzieren. Und was
den Stein betrifft …«

»Er ist authentisch und hat historische Bedeutung.« Der Ring
als Bezahlung für den Flug, das war der Plan. Aber was, wenn
der Händler den Ring ablehnte? Rahil musste sich eingestehen,
dass er an diese Möglichkeit überhaupt nicht gedacht hatte.

»Haben will, haben will«, quietschte Magda und streckte Finger wie dünne Zweige nach dem Ring aus.

Magdalena stieß ihre Hand beiseite und griff selbst nach dem
Ring. »Ich bin älter als du. Als Erstgeschlüpfte kann ich entscheiden, wer was erhält.«

Duartes schloss die Hand um den Ring. »Das Schiff gehört
mir. Die Bezahlung für eine Passage geht an mich.«

Jazmine starrte die beiden fast zwei Meter großen Gestalten
mit den eckigen Köpfen neugierig an, und Duartes bemerkte
ihren Blick.

»Wenn ich vorstellen darf …«, sagte er und deutete eine Verbeugung an. »Magda und Magdalena, die Zickigen Zwillinge,

wie ich sie nenne. Sie lassen kaum eine Gelegenheit aus, sich zu streiten. Wie man kaum übersehen kann, sind es keine Menschen, sondern Kzosek. Sie gehören zu einem der Sieben Völker.« Bei den letzten Worten wurde Duartes' Stimme leiser und nachdenklicher. »Junge Dame, kann es sein, dass wir uns schon einmal über den Weg gelaufen sind? Du kommst mir irgendwie bekannt vor.«

Rahil trug die Maske, die ihn vor Erkennung schützte. Jazmine hatte ihm gesagt, dass sie dem Händler nie begegnet war, und für Rahil gab es nicht den geringsten Grund, daran zu zweifeln. Aber konnte es sein, dass Duartes irgendwo in der Zitadelle Bilder von Jazmine gesehen hatte? Wenn er sich jetzt daran erinnerte, war ihr Plan ruiniert. Er wäre bestimmt nicht bereit gewesen, Sohn und Tochter des Tennerit-Patrons von Caina fortzubringen. Er hätte fürchten müssen, dass Coltan Jaqiello früher oder später davon erfuhr, und dann wäre es um die guten geschäftlichen Beziehungen geschehen gewesen.

»Ich habe das Asylum heute zum ersten Mal seit Wochen verlassen«, sagte Jazmine, und Rahil bewunderte den Einfallsreichtum seiner Schwester.

»Aus einem Asylum kommt ihr, wie?«, brummte Duartes, und für einen Moment erschien fast so etwas wie Anteilnahme in seinem mumienartigen Gesicht. »Aus einem der hiesigen Waisenheime? Kein Wunder, dass ihr wegwollt.« Er steckte den Ring ein. »Na schön, ich nehme euch mit. Aber nur bis nach Greenrose. Dort müsst ihr selbst sehen, wie ihr zurechtkommt. Was aber eigentlich kein Problem sein sollte, denn dort seid ihr in der *Zivilisation*.«

Es klang seltsam, dieses Wort, sowohl bewundernd als auch verächtlich.

»Na schön«, sagte Duartes mit einem letzten abschätzenden Blick auf Rahil und Jazmine. »Hinein in die *Rosenduft* mit euch. Damit meine ich das Schiff.« Er lachte kurz. »Euch ist doch klar, dass es ein Sprungschiff ist, nicht wahr?«

»Ja«, sagte Rahil und eilte mit Jazmine die Rampe hoch. Tiefe Erleichterung erfüllte ihn. Jazmine hatte beide Hände um ihren langen schwarzen Zopf geschlossen, und wieder sah es aus, als hielte sie sich daran fest. Oben in der Luke zögerte sie. Nur noch einige wenige Schritte, und wir haben es geschafft, dachte Rahil. »Ein Sprungschiff, ja. Es bringt uns fort von Cambronne und dem Dutzend.«

»Ihr verlasst diese Welt zum ersten Mal, nicht wahr?«, fragte Duartes. »Ihr seid noch nie mit einem solchen Schiff unterwegs gewesen?«

»Nein«, sagte Rahil.

»Dann erwartet euch die eine oder andere Überraschung. Es könnte unangenehm werden. Den meisten Reisenden sind Kickouts lieber.«

Rahil hörte die Worte und verstand auch, was sie bedeuteten, auf eine geistesabwesende, distanzierte Weise. Aber in diesen Sekunden galt seine Aufmerksamkeit Jazmine und der Furcht in ihrem zarten Gesicht. Sie schien ihn zu fragen, ob sie wirklich den letzten Schritt tun sollten, und er nickte.

»Magda, Magdalena, schrumpft unsere Fracht, und dann lasst uns von hier verschwinden«, sagte Duartes.

Rahil sah nach unten, als die Drohne an ihnen vorbei ins Schiff stapfte. Eine der beiden Kzosek-Frauen schloss die Tür des Raums, holte ein kleines Gerät hervor und betätigte seine Kontrollen. Der Raum zwischen den Felsen, groß und sicher schwerer als drei Tonnen, schrumpfte und schien sich dabei zusammenzufalten. Umrisse überlagerten sich, und für einen Moment sah es aus, als existierten mehrere Räume, die sich vom ersten nur durch ihre Größe unterschieden. Ein dumpfes Zischen fügte sich dem wartenden Summen des Schiffes hinzu, und die Felsen zu beiden Seiten des immer kleiner werdenden Raums schrumpften ebenfalls. Zwei Rauchfäden stiegen auf, wie von einem verborgenen Feuer, das den Stein verbrannte.

Verblüffend schnell und agil, vermutlich dank der doppelten Gelenke in den Beinen, liefen Magda und Magdalena die Rampen hoch ins Schiff. Duartes wartete, bis ein kleiner Würfel von dem Raum übrig geblieben war, und nicht mehr als zwei Haufen Sand von den Felsen, steckte seine Fracht dann in die Hosentasche und kam ebenfalls die Rampe hoch.

»So etwas habt ihr noch nie gesehen, was? Auf Greenrose gibt es Informationszentren, wo ihr Antworten auf eure Fragen bekommt. Wenn ihr dort eintrefft, haben sich bestimmt viele Fragen angesammelt.«

»Die Felsen«, sagte Rahil. »Was ist mit den Felsen passiert?«

»Was glaubst du, wie viel Energie erforderlich ist, um so viel Masse auszulagern?« Duartes klopfte auf die Hosentasche mit dem Würfel. »Der Frachtraum hat das Gestein als Brennstoff für die Erzeugung der notwendigen Energie verwendet. Was dir vermutlich überhaupt nichts sagt, da du von einer primitiven Gefallenen Welt stammst, auf der sich die Technik gerade anschickt, das Dampfmaschinenzeitalter zu verlassen.« Er klopfte Rahil auf die Schulter. »Kommt jetzt und habt Geduld bis Greenrose.«

26

»Ich hoffe, ihr habt es euch gut überlegt«, sagte Duartes und betätigte virtuelle Kontrollen in der kleinen Pilotenkanzel der *Rosenduft*. Er saß in einem großen Sessel, der sich wie ein Maul halb um ihn geschlossen hatte. »Welche Freunde auch immer ihr im Dutzend zurücklasst ... Es wird euch nicht nur die räumliche Distanz von ihnen trennen, sondern auch viel Zeit. Wir fliegen in die Zukunft, mein Junge.«

»In die Zukunft?«, wiederholte Rahil und beobachtete, wie das Schiff startete. Etwas, das wie ein Fenster mitten in der Luft aussah, zeigte ihm, wie die Mulde zwischen den Hügeln unter ihnen zurückblieb, und dann die Stadt Dymke und das Meer. Und die Welt – der Mond – Caina. Die anderen elf Monde erschienen, ebenso groß wie Welten, und auch die kleineren Satelliten des Gasriesen. Es ging so schnell, und er merkte überhaupt nichts, kein Zittern im Boden, kein Schaukeln, kein Donnern von Triebwerken. Nichts. Wenn nicht die Bilder, die er durch das Fenster mitten in der Kanzel sah, gewesen wären, hätte er geglaubt, dass sich das Schiff noch immer auf Caina befand.

»Es gibt hier nur einen Sprungsektor, der sich ohne Kickout erreichen lässt.« Duartes' Finger strichen durch blaue und grüne Symbole, die vor ihm erschienen, und Cambronne rückte an den Rand des Fensters, machte Sternen Platz. An einigen Stellen blinkten Symbole, mit denen Rahil nichts anzufangen wusste, und am rechten Rand erschienen Hinweise in einer Sprache, die er nicht kannte. »Dummerweise bietet er nur Pluszeit-Vektoren.«

»Pluszeit?«

»Der Flug nach Greenrose dauert für uns nur ein paar Tage«, sagte Duartes und drehte sich halb um. »Aber wenn wir unser

Ziel erreichen, mein Junge, sind für den Rest des Universums mehr als zwei Jahre vergangen. Wo ist deine Freundin?«

»Sie ist nicht meine Freundin, sondern meine Schwester«, antwortete Rahil und begriff ein paar Sekunden zu spät, dass er damit etwas preisgab, das er vielleicht besser für sich behalten hätte. »Sie befindet sich in der Kabine, die du uns gegeben hast. Es geht ihr nicht gut.«

»Dann kümmere dich besser um sie. In zwei Stunden sind wir beim Sprungsektor, und dann solltet ihr beide in den Netzen liegen, wie ich es euch erklärt habe. Wenn wir springen, möchtest du *nicht* irgendwo an Bord unterwegs sein, glaub mir. Später gewöhnt man sich daran, aber für euch ist es das erste Mal, und es kann sehr unangenehm sein, glaub mir.«

Etwas piepte vor Duartes, und sofort wandte er sich wieder den leuchtenden Kontrollen zu, die sich seinen Bewegungen anpassten und so vor ihm wölbten, dass er sie mühelos erreichen konnte. »Oh, die Ägide hat hier einige neue Sensoren versteckt, die nach Schiffen wie meiner *Rosenduft* Ausschau halten.« Er winkte. »Geh jetzt, Junge, geh. Kümmere dich um deine Schwester. Bitte die Zickigen Zwillinge um Hilfe, wenn es ihr nicht besser geht. In medizinischen Sachen und dergleichen kennen sie sich gut aus.«

Rahil verließ die Pilotenkanzel und ging durchs Raumschiff, das zwar nur fünfzehn Meter durchmaß, aber in seinem Innern eine Vielzahl von kleinen Gängen und schmalen Schächten aufwies. Die Tür der Kabine, in der Duartes seine beiden Passagiere untergebracht hatte, stand offen, und eine sehr blasse Jazmine saß auf einem der beiden halb zusammengerollten Netze, die an Hängematten erinnerten. Haken und Leisten hatten aus den Wänden zu beiden Seiten geragt, waren jetzt aber verschwunden. Es war ein Phänomen, das Rahil aus den Bildern von Emilys

Würfel und den Aufzeichnungen der Botschaftsbibliothek kannte: Formspeicher. Das Material der Wände verfügte über eine Art Gedächtnis, aus dem man verschiedene Formen und Strukturen abrufen konnte.

Rahil setzte sich neben seine Schwester und legte ihr die Hand auf die Stirn – sie war nicht so heiß, wie er befürchtet hatte.

»Das Fieber scheint ein wenig gesunken zu sein«, sagte er hoffnungsvoll. »Geht es dir besser?«

»Ein bisschen vielleicht«, erwiderte Jazmine. »Ich weiß nicht genau. Es fühlt sich alles seltsam an.«

»Duartes meinte, ich sollte die beiden Kzosek-Frauen um Hilfe bitten, falls es dir schlechter geht. Angeblich kennen sie sich mit Medizin und so aus.«

Jazmine zog sich auf dem Netz an die Wand zurück und griff wie hilfesuchend nach ihrem Zopf, aus dem sich einige Strähnen gelöst hatten. »Ich möchte nicht, dass sie mich berühren.«

Rahil lächelte. »Ich gehe nur zu ihnen, wenn sich dein Zustand verschlechtert. Also sieh zu, dass du dich erholst.« Er stand auf und zog das Netz auseinander. »Schlüpf hinein, Jaz. Deck dich zu. Schlaf, wenn du kannst.«

Sie kam seiner Aufforderung nach.

»Wir haben es geschafft«, sagte er. »Wir haben Caina verlassen. Ein neues, besseres Leben erwartet uns. Dort, woher Emily kam. Ein besseres Leben in einer besseren Welt.« Es klang irgendwie leer, fand Rahil. Es waren Worte, die erst noch Sinn und Bedeutung bekommen mussten. Aber er sprach sie trotzdem, für Jazmine, denn vielleicht brauchte sie außer ihrem Zopf noch etwas, an dem sie sich festhalten konnte.

Er setzte sich auf das zweite Netz, das sich sofort seinem Gewicht anpasste, beobachtete seine bleiche Schwester und versuchte, einen klaren Gedanken zu fassen. Sie waren tatsächlich unterwegs, auf dem Weg zur Bruch-Gemeinschaft, zur Ägide, mit all ihren Wundern und den Welten, wo niemand arbeiten musste, weil es dort genug von allem Notwendigen gab. Doch das Bild von der Zukunft, so strahlend, bunt und prächtig es von Caina aus betrachtet auch gewesen sein mochte, verlor etwas von seinen Farben, als er auf dem Sicherheitsnetz saß, dem Summen der *Rosenduft* lauschte – die überhaupt nicht nach Rosen roch – und versuchte, seinen Platz in dieser neuen Realität zu bestimmen. Derzeit beschränkte sich die neue Welt auf das Raumschiff eines Schmugglers, und er fühlte sich fremd darin, wie ein Eindringling, der nach einem Platz für sich suchte. Eine richtige Welt – der Mond eines Gasriesen wie Caina oder ein ganzer Planet – war viel größer, und Rahil befürchtete plötzlich, dass dort alles noch fremdartiger sein würde.

Dies ist der erste Schritt, dachte er und versuchte sich selbst zu beruhigen. Der erste von vielen, und vielleicht der schwerste.

Jazmine war eingeschlafen. Rahil lehnte sich an die Wand, schloss die Augen und dachte daran, wie Coltan Jaqiello Tennerit reagieren mochte, wenn er merkte, dass Sohn und Tochter verschwunden waren. Selbst wenn er überall nach ihnen suchen ließ, und selbst wenn es ihm gelang, jemanden zur Ägide zu schicken, um dort nach ihnen Ausschau zu halten … Zwei Jahre würden vergangen sein, wenn sie Greenrose erreichten, und bis dahin glaubte ihr Vater vermutlich, dass sie irgendwo einem Unfall zum Opfer gefallen waren.

Rahil fragte sich, ob er um sie trauern würde.

Ein Wimmern weckte ihn fast zwei Stunden später. Erschrocken beugte er sich vor, so abrupt, dass er fast das Gleichgewicht verloren hätte, weil das Netz unter ihm zu schaukeln begann. »Jaz?«

Rote Flecken hatten sich in ihrem Gesicht gebildet, und Schweiß glänzte auf ihrer Stirn. Rahil fasste sie vorsichtig an den Schultern. »Jaz?«

Sie zitterte am ganzen Leib und wimmerte erneut, erwachte aber nicht. Die Lider blieben geschlossen, die Augen darunter in Bewegung. Ich habe geschlafen, dachte Rahil. Ich habe geschlafen, während es meiner Schwester immer schlechter ging.

Sie würde sich nicht von allein erholen. Er hatte wertvolle Zeit vergeudet. Jaz brauchte Hilfe.

Rahil lief in den Gang und machte sich auf die Suche nach Magda und Magdalena.

Das Innere des Schiffes hatte sich verändert. Überall waren Materialgedächtnisse – Formspeicher – aktiv geworden und hatten der *Rosenduft* eine wabenartige Struktur verliehen. Rahil kam sich wie in einem Irrgarten vor, und nachdem er fünf oder sechs kleine Kammern durchquert hatte, verlor er die Orientierung. Das Schiff blieb nicht statisch. Es veränderte sich noch immer, schuf neue Wände dort, wo eben noch Türen gewesen waren, ließ kleine Öffnungen entstehen, durch die sich Rahil mit Mühe und Not zwängte, ließ aus Wänden Geräteblöcke und andere Objekte wachsen, deren Zweck Rahil verborgen blieb.

»Uns trennen nur noch einige Minuten vom Sprung«, ertönte eine Stimme aus dem Nichts, als Rahil ein kleines Loch hinter sich gebracht hatte und vor einem grauschwarzen Aggregat verharrte, das aus mehreren Segmenten bestand, die sich langsam ineinanderschoben. »Habt ihr gehört? Damit meine ich unsere beiden Passagiere. Ich kenne nicht einmal eure Namen … Wenn ihr noch nicht in den Netzen liegt, so kriecht jetzt hinein.«

»Hilfe!«, rief Rahil. »Ich brauche Hilfe! Meiner Schwester geht es sehr schlecht!«

»Habe ich dir nicht gesagt, dass du dich an die beiden Zicken wenden sollst?«, antwortete die körperlose Stimme.

Rahil klopfte an die Wand. Das kleine Loch war zugewachsen, und es gab keine andere Öffnung. Immer weniger Licht kam von der Decke.

»Lassen Sie mich hier raus, Duartes!«, rief er. »Zeigen Sie mir den Weg.«

Für einige Sekunden war nur das Summen des Schiffes zu hören.

»Du kennst meinen Namen, Junge? Das finde ich erstaunlich, denn ich kann mich nicht daran erinnern, ihn dir genannt zu haben.«

»Meine Schwester braucht dringend Hilfe!« Rahil klopfte erneut an die Wand.

»Mein Junge, ich schätze, du wirst mir noch die eine oder andere Frage beantworten müssen«, ertönte Duartes' Stimme. Die Wand vor Rahil klappte auseinander, und ein Licht erschien vor ihm, kaum größer als ein glänzender Punkt, tanzte durch einen dunklen Gang, in dem zylindrische Komponenten und Stangengeflechte auseinanderrückten. »Folge dem Licht. Es bringt dich zu Magda und Magdalena.«

Rahil sprang durch den Gang.

Ein dumpfes Grollen kam aus dem Teil des Schiffes, den er für das Heck hielt, und Duartes verkündete: »Ich versuche, den Sprung hinauszuzögern, Junge, aber die Kursdaten sind programmiert, und die Maint meiner guten alten *Rosenduft* verhindert alles, was das Schiff in Gefahr bringen könnte. Wir sind bereits im Vektor, und wenn wir das Sprungmanöver jetzt abbrechen, riskieren wir unsere strukturelle Integrität. Falls dir das was sagt.«

Rahil folgte dem Licht um eine Ecke und sah sich einer runden Kabine gegenüber, in perlmuttartig schimmerndes Licht getaucht, das aus den Wänden kam. Die Tür stand halb offen, und Rahil riss sie ganz auf.

»Bitte, Sie müssen kommen, sofort!«, rief er. »Meine Schwester ist sehr krank!«

»Noch zwei Minuten, Junge«, warnte Duartes. »Die Initialsequenz läuft, und jetzt gibt es kein Zurück mehr. Setz dich irgendwohin. Warte, ich versuche eine Sitzgelegenheit für dich zu schaffen.«

Aus der nahen Wand wuchs etwas, das wie ein Stuhl aussah, aber Rahil achtete nicht darauf, stand noch immer in der Tür der runden Kabine und beobachtete die beiden Kzosek-Frauen. Sie steckten in durchsichtigen Kokons, die in halber Höhe schwebten und über nabelschnurartige Stränge mit den Wänden verbunden waren. Die Arme hatten sie sich auf die Brust gelegt und die Augen geschlossen.

»Magda, Magdalena, ich brauche Ihre Hilfe«, brachte Rahil hervor. »Meine Schwester …«

Etwas zog an seinen Gedanken. So fühlte es sich an: wie eine Hand, die ihm von hinten in den Kopf griff und an seinen Gedanken zog.

Eine der beiden Kzosek-Frauen öffnete die Augen und sagte etwas mit ihrer quietschenden Stimme, von der Membran des Kokons gedämpft.

»Noch eine Minute, Junge. Setz dich. Halt dich irgendwo fest. Der erste Sprung ist sehr unangenehm, hörst du? Du kannst jetzt nichts mehr für deine Schwester tun.«

»Magda und Magdalena«, sagte er. »Sie haben sich … eingesponnen. Wie Insekten.«

»Die beiden Zicken sind keine Menschen. Darüber haben wir schon gesprochen, erinnerst du dich? Beim Sprung ziehen sie sich in ihre Kokons zurück und schlafen. Dreißig Sekunden, Junge. *Halt dich irgendwo fest!*«

Für einen Moment glaubte Rahil, hinter der Stimme des Händlers einen seltsamen Gesang zu hören, leise Töne, die direkt zu Herz und Seele sprachen. Aber dann kam wieder die Hand, die nach seinen Gedanken griff, und diesmal blieb sie in seinem Kopf, streckte Finger durch die Gehirnwindungen, bis hin zu den Augen.

Rahil drehte sich um und wankte zu dem Stuhl, der aus der Wand gewachsen war. Auf halbem Weg dorthin sprang die *Rosenduft* durch den Vektor, und Rahil fiel durch Raum und Zeit.

Schwerelos schwebte er in dem schmalen Gang, einige Meter vor dem Stuhl und den Haltevorrichtungen daran, gerade so weit davon entfernt, dass er sie mit ausgestreckten Armen nicht erreichen konnte. Es gab keine Gravitation mehr an Bord, und so fiel er, während er reglos schwebte, stürzte zusammen mit dem Schiff in eine Kluft zwischen den Dimensionen. Für einige Sekunden war ihm so kalt, dass er fröstelte, und dann kam eine Hitze, die ihm Schweiß aus den Poren trieb. Schließlich kehrte ein Teil der Schwerkraft zurück, und er sank dem Boden entgegen, fühlte ihn kurz darauf unter den Füßen und beobachtete, wie die Welt zerriss.

Überall um ihn herum bildeten sich haarfeine Linien, im synthetischen Metall der Wände ebenso wie in den Polymerstrukturen der Waben, die das ganze Schiff durchzogen und ihm während des Sprungs zusätzliche strukturelle Stabilität gaben. Von diesen Linien gingen weitere Linien aus, begleitet von einem Knistern und Kratzen wie von tausend Messern, die das ganze Schiff zerschnitten. Es regte sich keine Furcht in Rahil – er wurde nicht einmal unruhig –, als er an sich hinabblickte und feststellte, dass die Messer auch ihn selbst zerstückelten, in einzelne Teile, die immer kleiner und kleiner wurden. Schließlich lösten sie sich von ihm, ohne dass Blut floss. Die Fragmente seines Leibs gerieten in Bewegung, wie von dem Wunsch erfüllt, sich voneinander zu trennen. Aber die Loslösung war nicht komplett, denn es gab Fäden zwischen den vielen winzigen Teilen, hauchdünne Linien, viel dünner als ein Haar, und sie leuchteten, wenn er den Blick auf sie richtete.

Rahil begriff: Das Schiff, und er mit ihm – alles an Bord – zerfiel in seine existenziellen Teile, in seine fraktalen Komponenten, in individuelle repetitive Muster, die seine Existenz als Ganzes begründeten. Und die bunten Linien, die für ihn leuchteten ... Es waren fraktale Strings, eingebettet in die 10^{500} möglichen Aufwicklungen der sieben zusätzlichen Raumdimensionen, und gleichzeitig bildeten sie Brücken zur selben Anzahl von Universen im M-Raum. Was er hier sah, war die Grundstruktur des Existierenden, der Mutterboden, aus dem die Realität wuchs.

Woher weiß ich das alles?, fragte sich Rahil, während die Welt um ihn herum zerbrach und sich neu zusammenfügte. Fragen flüsterten in ihm, in sein Bewusstsein gelenkt von der Hand, die eben noch an seinen Gedanken gezerrt hatte. Sie schenkte ihm auch Antworten, sanft und unaufdringlich, und eine von ihnen lautete: Du hast dieses Wissen in der Bibliothek der Ägidenbotschaft von Dymke aufgenommen, und durch den Würfel, den Emily dir und deiner Schwester gezeigt hat. Die einzelnen Pixel der Bilder, die du dort betrachtet hast, enthielten zusätzliche Informationen. Mit jedem Wort, das du gelesen hast, strömten weitere Informationen in deinen Geist. Du weißt viel mehr, als du ahnst. Aber du brauchst Zeit, dieses Wissen zu verarbeiten.

Er wusste auch, was es mit den leisen Tönen auf sich hatte,

die hinter Duartes' Stimme erklungen waren. Ihm wurde plötzlich klar, was der Händler von seinem Vater bekommen hatte.

Rahil versuchte, sein Wissen zu sortieren und darin eine neue Orientierung zu finden, die es ihm erlaubte, sich in einer verwirrend komplex gewordenen Welt zu bewegen. Seine Schwester brauchte noch immer Hilfe, aber er wusste, dass es während dieser fraktalen Phase des Sprungs in den M-Raum keine Möglichkeit gab, Jazmine zu helfen, nicht einmal dann, wenn die beiden Kzosek-Frauen aus ihren Kokons gekrochen wären. Das war erst nach dem Abklingen der fraktalen Schockwellen möglich.

Und was ist mit mir?, dachte er und bewegte sich langsam durch eine Welt voller Risse und voller Fäden, die alles zusammenhielten. Wieso gehe ich durchs Schiff und denke? Wieso kann ich mich fragen, warum ich denke?

Auch darüber hatte er gelesen, zwischen anderen Worten, oder in ihnen: Der erste Sprung lief für das Bewusstsein eines intelligenten Wesens auf eine sehr traumatische Erfahrung hinaus, doch hier war er, klar bei Verstand, soweit er das beurteilen konnte, und Herr seiner Sinne. Vielleicht sogar etwas mehr als sonst, denn er glaubte, besser zu hören und zu sehen, besser zu verstehen. Die Schockwellen schienen eine Bremse in seinem Geist gelöst zu haben; die Gedanken waren schneller geworden, als trüge er Femtomaschinen in sich oder vielleicht eine der Rüstungen, wie sie die Missionare der Ägide verwendeten. Hat Emily eine Rüstung getragen?, dachte er und erinnerte sich so deutlich an ihr Gesicht, dass er die Sommersprossen darin zählen konnte.

Dann stand er neben der Pilotenkanzel in einer Tür, hinter der eine zweite, größere Tür in den »entschrumpften« Lagerraum führte, und dort sah er Duartes, verbunden mit einem Bluter.

Das Wesen ähnelte einem knorrigen weißgrauen Baum und hielt ihn in Armen, die so durchsichtig waren wie die eine Kopfhälfte der Kzosek-Frauen. Der nackte Duartes, seine Haut voller Falten und Runzeln, hing schlaff in diesen Armen, den Mund offen, die Augen halb geschlossen. Dutzende von Dornen hatten sich ihm in den greisenhaften Körper gebohrt; sein Blut floss durch die »Äste« des Wesens und kehrte unten durch die »Wurzeln« zurück, angereichert mit Peptiden, die die Blut-Hirnschranke durchdrangen und wie besonders starke Endorphine auf Gehirn und Hypophyse einwirkten.

Und hinter dem Bluter, der Duartes sanft wie ein Kind in seinen Armen trug, stand das Aquarium, das Rahil kurz vor dem Start gesehen hatte. In dem grünlich schimmernden Wasser schwammen zierliche Kreaturen, die vage Ähnlichkeit mit den Seepferdchen der alten Erde aufwiesen. Aber sie hatten einen metallischen Glanz, schienen aus Gold und Silber zu bestehen, und die Augen in ihren pferdeartigen Köpfen waren rot wie Rubine.

Rahil stand dort in der Tür, sah die Elektroden und verstand. Duartes hatte das Aquarium unter Strom gesetzt, was den Tippiki – so nannte man diese Wesen auf Caina – Schmerzen zufügte. Leidende Tippiki schrien, und für menschliche Ohren klangen die Schreie wie zarte Töne, die einen leisen Widerhall in ihren Herzen und Seelen schufen. Drei der insgesamt etwa zwanzig Tippiki waren bereits tot.

Rahil wusste, was die Ägide vermutete: dass die Tippiki halb intelligent waren, Teil einer Schwarmintelligenz, die sich im Großen Rund entwickelte, dem Ozean auf der Südhalbkugel von Caina. Eine Vereinbarung zwischen der Regierung von

Caina und der Ägide hatte die Geschöpfe unter besonderen Schutz gestellt, denn sie waren sehr selten geworden, und man befürchtete, dass sich fatale Folgen für die Evolution der Schwarmintelligenz ergeben konnten, wenn die Zahl der Tippiki weiter sank.

Duartes hatte die zwanzig Exemplare von Coltan Jaqiello Tennerit erhalten, und er nutzte sie auf seine Weise: um den Liedern ihres Schmerzes zu lauschen, und durch diese Lieder den Gesängen der Kosmischen Enzyklopädie.

Rahil fragte sich, ob ein Teil des Wissens, das ihn wie ein reißender Fluss durchströmte, auf die gewaltige Bibliothek der Hohen Mächte zurückging. Er fühlte sich der Kosmischen Enzyklopädie nahe, als er, noch immer von den fraktalen Schockwellen des Sprungs umgeben, in der Tür stand und beobachtete. Vielleicht kam er ihr ebenso nahe wie Duartes, der vermutlich längst nach ihr süchtig geworden war. Hier, in diesem delikaten Moment, der das Schiff starken strukturellen Belastungen aussetzte und für die Psyche höher entwickelter Lebewesen traumatisch sein konnte, schufen die Schmerzensschreie der Tippiki eine Verbindung zur Kosmischen Enzyklopädie. Und Duartes' Geist verlor sich in den zauberhaften Klängen des Wissens.

Aber nicht ganz.

Umgeben von Myriaden fraktalen Rissen und ebenso vielen Schiffsteilen, die sich aus repetitiven Mustern wieder zusammenfügten, stand Rahil in der Tür und fühlte etwas in seinen Händen, ohne den Blick senken und feststellen zu können, um was es sich handelte. Aber Duartes sah es, als er ein Auge öffnete – vielleicht hatte ihn der Bluter auf die fremde Präsenz aufmerksam gemacht.

»Du …«, brachte er undeutlich hervor, wie jemand, der aus tiefem Schlaf erwachte. »Du bist nicht …«

Die Hand in Rahils Kopf löste einen weiteren Gedanken aus, bevor sie sich aus seinem Schädel zurückzog: die Maske! Ich trage sie nicht mehr. Ich halte sie in der Hand.

Er drehte sich um und lief durch fraktales Chaos, das neuer Ordnung wich, als die Schockwellen des Sprungs nachließen.

Doch dies erwäge: Jählings naht der Tod,
Und keiner sagt dir, wo noch wann er droht.

DAS ENDE EINES WEGES

27

Rahil saß neben seiner zitternden, fiebrigen Schwester, als
Duartes in Begleitung von Magda und Magdalena erschien. Die
beiden Kzosek-Frauen blieben im Gang stehen und wechselten
einige Worte in ihrer Sprache mit leise quietschenden Stimmen.
Der Händler, in eine graue Kutte gekleidet, kam mit finsterer
Miene herein.

»Du hast eine verdammte Maske getragen«, sagte er und
deutete auf den Gewebelappen in der Ecke. »Autoadaptives mi-
metisches Gewebe hält keine fraktalen Schockwellen aus, mein
Junge. Wer bist du? Heraus damit! Und wenn dies dein erster
Sprung war … Wie konntest du dann an Bord unterwegs sein?
Wieso bist du nicht einfach umgekippt?«

Duartes unterbrach sich und kniff die Augen zusammen.
»He, ich kenne dich. Ich habe dich schon einmal gesehen. Du
bist …«

»Ja«, sagte Rahil und hielt die Hand seiner Schwester.

Duartes' Ärger darüber, getäuscht worden zu sein, verwandelte sich in Erschrecken. »Die Zitadelle in Dymke, auf Caina. Ich habe dich in der Zitadelle gesehen. Du bist …«

»Ja, ich bin der Sohn des Familienoberhaupts. Ich heiße Rahil. Rahil Tennerit. Und dies ist meine Schwester Jazmine.« Nach den fraktalen Schockwellen des Sprungs und dem Kontakt mit dem latenten Wissen in ihm, ausgelöst vielleicht von den Klängen der Kosmischen Enzyklopädie, fühlte sich Rahil in Körper und Geist taub. Es war ihm gleichgültig, dass Duartes jetzt seine wahre Identität kannte. Wichtig war nur, dass Jazmine wieder gesund wurde. Sie lag mit offenen Augen da, den Blick auf ihn gerichtet, aber er wusste nicht, ob sie ihn sah. »Sie braucht Hilfe. Sie sehen ja, dass es ihr schlecht geht.«

»Wenn ich gewusst hätte, dass du ein Tennerit bist …« Duartes schnappte nach Luft, und Rahil erahnte die Gedanken, die ihm durch den mumienhaften Kopf gingen.

»Sie hätten mich nicht mitgenommen; deshalb habe ich die Maske getragen«, sagte Rahil.

»Ich kann dich nicht auf Greenrose absetzen«, ächzte Duartes, und hinter ihm quietschten die Stimmen der beiden Kzosek-Frauen. Die eckigen Köpfe auf den langen Hälsen neigten sich von einer Seite zur anderen. »Ich muss dich zurückbringen. Coltan würde mir dies nie verzeihen, und meine Geschäfte im Dutzend …«

Die Taubheit fiel von Rahil ab, und kalte Entschlossenheit packte ihn. Er ließ Jazmines Hand los und stand auf.

»Wenn Jazmine sich nicht erholt …« Die Worte schienen zu schwer und zu groß zu sein, aber er brachte sie trotzdem hervor. »Wenn sie stirbt … Ich werde sagen, dass Sie sie umgebracht haben. Ich werde behaupten, von Ihnen entführt worden zu sein. Und wissen Sie, was mein Vater dann mit Ihnen macht?«

Duartes stand da, hager in seiner grauen Kutte, das Gesicht bleich wie das eines Toten.

»Kinder sprechen viel«, quietschte eine der beiden Kzosek-Frauen. »Sie reden und reden und verraten alles. Manchmal lügen sie, und manchmal glaubt man ihren Lügen.«

»Sei still, Magda«, zischte Duartes.

»Machen wir die Augen blind, die Ohren taub, und den Mund stumm«, fügte die andere Kzosek-Frauen hinzu. Sie kamen näher, aber Duartes stand in der Tür und versperrte ihnen den Weg.

»Von dir will ich ebenfalls nichts hören, Magdalena.«

In Rahil regte sich Unsicherheit unter dem gletscherkalten Eis seiner Entschlossenheit. Hatte er einen Fehler gemacht? Spielte Duartes vielleicht mit dem Gedanken, Magdalenas Vorschlag zu beherzigen und ihn umzubringen?

»Ich weiß, was Sie jetzt denken«, sagte Rahil, und vielleicht wusste er es tatsächlich. »Aber mir scheint, auch Ihre beiden Begleiterinnen reden gern. Und wer weiß, vielleicht hat doch jemand gesehen, wie wir an Bord Ihres Schiffes gegangen sind. Es ist nicht ganz auszuschließen. Und wenn mein Vater erfährt, dass Sie meine Schwester und mich ermordet haben …«

Zwei oder drei Sekunden entschieden über Leben und Tod.

»Ich bringe dich zurück, Junge«, sagte Duartes. »Dich und deine Schwester. Magda und Magdalena werden sich um sie kümmern. Und du … Wer weiß, was dein Vater mit *dir* macht, wenn er dich zurückbekommt.«

Was auch immer geschieht, Jazmine muss am Leben bleiben, dachte Rahil. Das ist das Wichtigste.

Dann trat er zur Seite, damit die beiden Kzosek-Frauen Jazmine helfen konnten.

Rahil wanderte durch die *Rosenduft*, und nach drei Stunden glaubte er, jeden Winkel des Schiffes zu kennen. Duartes hatte sich in sein privates Quartier neben der Pilotenkanzel zurückgezogen, und vielleicht lag er dort wieder in den Armen des Bluters. Oder er schmiedete Pläne für die Rückkehr zum Dutzend und überlegte sich bereits, wie er die Präsenz von Sohn und Tochter des Familienoberhaupts der Tennerits an Bord seines Schiffes erklären sollte. Rahil suchte nach einem Ausweg, während er einen Fuß vor den anderen setzte, durch Gänge, deren Struktur jetzt stabil blieb: vom Heck zum Bug und von dort wieder zurück. Das Summen des Schiffes begleitete ihn, und manchmal begegnete er einer Drohne, die aus einem Zimmer kam und in einem anderen verschwand.

Das Wissen, das während des Sprungschocks in ihm erwacht war, schlief wieder tief unter der Oberfläche seines Bewusstseins, unzugänglich für alle suchenden Gedanken. Er hatte das Gefühl, aus dem Wissen zurückgefallen zu sein in einen Zustand der Ignoranz, in dem er nur versuchen konnte, diesen Mangel durch ein Mehr an Entschlossenheit wettzumachen. Aber Entschlossenheit allein brachte ihn hier nicht weiter.

Seine Gedanken drehten sich im Kreis, während die Zeit tröpfelte und rann und immer wieder die Frage auftauchte, wie es Jazmine ging.

Als er erneut den Bug des Schiffes erreichte, hatte sich die Tür des privaten Quartiers geöffnet, und Duartes, noch immer in seiner grauen Kutte, stand dort mit Magda und Magdalena.

»Wie geht es ihr?«, stieß Rahil hervor und lief die letzten Meter.

»Ihr Zustand ist jetzt stabil«, antwortete Duartes. »Komm, Junge, sehen wir sie uns an.«

Seine Worte klangen seltsam, fand Rahil. Er folgte ihm in

einen Seitengang, der nicht zu der Kabine führte, in der er Jazmine zurückgelassen hatte, sondern zur linken Seite der *Rosenduft*, in einen weißen Raum, in dem seine Schwester mitten in der Luft schwebte. Ein lindgrünes Leuchten trug sie, wie ein Kissen aus Licht. Sie war noch immer blass, aber in ihrem Gesicht gab es keine Flecken mehr, und sie lächelte matt.

»Es kitzelt«, sagte sie. »Das grüne Licht, es kitzelt.«

Rahil war sofort an ihrer Seite. »Wie geht es dir?«

»Besser«, erwiderte Jazmine und rang sich noch ein Lächeln ab. Ihre linke Hand war fest um den langen schwarzen Zopf geschlossen. »Aber ich bin müde.«

»Schlaf, Kind, schlaf«, sagte Duartes erstaunlich sanft, nahm Rahil am Arm und zog ihn zur Tür. Die beiden Kzosek-Frauen blieben in dem weißen Raum, wandten sich den Geräten an den Wänden zu und bedienten virtuelle Kontrollen.

Draußen im Korridor, umgeben von der summenden Stimme des Schiffes, sagte Duartes: »Wir haben ihren Zustand stabilisiert, aber es geht ihr noch immer nicht gut.«

Neue Sorge entstand in Rahil. »Was ist mit ihr? Welche Krankheit hat sie?«

»Es ist keine Krankheit, sondern eine genetische Manipulation, Junge. Weißt du darüber Bescheid? Über Gene und so weiter?«

»Gene sind die Baupläne für den Körper«, sagte Rahil und schaute zurück ins weiße Zimmer, wo Jazmine noch immer auf einem Kissen aus Energie ruhte. Sie hatte die Augen geschlossen und schien zu schlafen. Die beiden Kzosek-Frauen standen inmitten von virtuellen Kontrollen, ihre Hände und Arme waren ständig in Bewegung.

Duartes nickte. »Gene bestimmen nicht nur unser Aussehen und die Beschaffenheit unseres Körpers. Sie sind in gewisser

Weise der Motor, der unsere Funktionen antreibt. Bei deiner Schwester hat jemand die Gene verändert. Magda und Magdalena haben DNS-Modifikationen bei normalerweise inaktiven Genen gefunden – das sind Steuerungsschalter, die bei Betätigung neue Funktionen bereitstellen und bereits existierende beeinflussen. Einige dieser schlafenden Gene sind erwacht.«

»Aber ... was bedeutet das?«, fragte Rahil verwirrt.

»Es bedeutet ...« Duartes atmete tief durch. »Es bedeutet, dass jemand auf Caina die DNS deiner Schwester manipuliert hat, als sie noch sehr klein war, vermutlich kurz nach ihrer Geburt. Und die dafür notwendige Technik steht in deiner Heimat nicht zur Verfügung.«

Duartes hob die Hände, als er Rahils Blick bemerkte. »Nein, ich habe damit nichts zu tun, Junge. Aber ich schätze, dein Vater weiß Bescheid. Frag ihn danach, wenn ich dich zu ihm zurückgebracht habe. Vielleicht sind auch deine Gene manipuliert, wer weiß? Die Zwillinge könnten es schnell feststellen.«

Rahil wich einen Schritt zurück. »Mir geht es gut. Und ich lasse mich nicht von ihnen untersuchen.«

Duartes musterte ihn nachdenklich. »Vielleicht hat es etwas damit zu tun, dass du die fraktalen Schockwellen so gut ertragen hast, obwohl es dein erster Sprung war. Es *war* doch dein erster Sprung, oder? Hast du Caina nie zuvor verlassen?«

»Nie«, sagte Rahil. »Und ich werde meinen Vater nicht fragen können, weil ich nicht zurückkehre.«

Das Sanfte verschwand aus Duartes' Gesicht. »Ich fürchte, da bleibt dir keine Wahl.« Ein weiterer tiefer Atemzug, hinter dem, wie Rahil vermutete, zahlreiche Gedanken lagen. »Durch die Pluszeit sind zwei objektive Jahre vergangen, wenn wir Greenrose erreichen, und ich hoffe, dass Coltan nichts von deiner Präsenz an Bord meiner guten alten *Rosenduft* weiß. Er wäre fähig, mir einen Ascar hinterherzuschicken, ja, das wäre er. Einen von diesen insektoiden Burschen, die bei euch zum Eisschrein pilgern. *Sehr* unangenehme Typen. Ich muss bei Greenrose einige Dinge erledigen, geschäftliche Dinge, aber anschließend fliegen wir sofort zurück, mein Junge. Hoffentlich erwischen wir einen neutralen Vektor oder vielleicht einen mit Minuszeit. Dein Vater wird ohnehin sauer auf mich sein, denn er erwartet mich in einigen Monaten zurück, spätestens in einem Jahr, und zwar mit ganz besonderer Ware.«

»Mit einer Schmiede«, sagte Rahil. »Die Waffen für den Krieg produzieren kann.«

»Waffen, ja, und noch mehr.« Duartes knurrte fast. »Du weißt zu viel, Junge, und das ist nicht gut.«

»Ich kehre nicht zurück«, sagte Rahil. Er sah erneut zurück ins weiße Zimmer. »Ich lasse meine Schwester auf Greenrose behandeln. Dort kann man ihr bestimmt helfen.«

»Tut mir leid, Junge. Meine Geschäfte im Dutzend sind zu wichtig.«

Duartes drehte sich um und ging.

Rahil blieb im Korridor vor dem weißen Zimmer stehen und fragte sich, wie er fliehen konnte.

28

Drei Tage später, kurz vor dem Ende des Sprungs, hatte Rahil noch immer keine Lösung für das Problem gefunden. Jazmine befand sich wieder in ihrer kleinen Kabine und schlief die meiste Zeit über, aber manchmal fühlte sie sich kräftig genug, ihn bei seinen eher stumpfsinnigen Wanderungen durch das Schiff zu begleiten. Rahil wusste nicht, ob Duartes oder die beiden Kzosek-Frauen ihr von der genetischen Manipulation erzählt hatten, und er vermied es, dieses Thema anzuschneiden. Stattdessen sprachen sie über ihre Zukunft auf Greenrose, einer Hightech-Welt mit all den Dingen, die ihnen die Bilder von Emilys Würfel gezeigt hatten. Sie malten sich ihr neues Leben in bunten Farben aus, und es freute Rahil, dass er beobachten konnte, wie Jazmines Augen dabei zu glänzen begannen, wie sie lächelte und sich auf all das Neue freute. Sie wusste nicht, was er wusste: dass Duartes sie nach Caina zurückbringen wollte. Rahil fragte sich, was sie dort erwarten würde. Ein Krieg, so viel stand fest. Aber hinter diesem großen Plan, der die Herrschaft der Tennerits über das Dutzend und die übrigen Großen Familien betraf, gab es noch etwas anderes, das seine Schwester und ihn betraf. Wenn es tatsächlich zu einer genetischen Manipulation gekommen war ... Wer hatte sie durchgeführt, mit welcher Technik? Und zu welchem Zweck? Was steckte dahinter?

Rahil erinnerte sich an den Tunnel über den Kellergewölben im westlichen Teil der Zitadelle, an die seltsame Stimme, die er gehört hatte, an die Präsenz eines Fremden, von seinem Vater mit »Exzellenz« angesprochen. Gab es einen Zusammenhang mit diesem Fremden? Wer war er? Hatte die genetische Manipulation mit dem Einverständnis von Coltan stattgefunden? Davon ging Rahil aus, aber das brachte ihn der Antwort auf die Frage nach dem Zweck nicht näher.

Doch so sehr diese Fragen auch an ihm nagten, sie rückten sofort in den Hintergrund, wenn er, allein und von Jazmine unbeobachtet, darüber nachdachte, wie sie Duartes entkommen sollten. Er schränkte ihre Bewegungsfreiheit an Bord des Schiffes nicht ein, weil das überhaupt nicht nötig war. Wenn Beiboote oder Rettungskapseln existierten, mit denen man die *Rosen-*

duft verlassen konnte, so waren sie geschrumpft, *ausgelagert* und damit unzugänglich. Rahil konnte nur hoffen, dass die »geschäftlichen Dinge«, die Duartes bei Greenrose erledigen musste, seiner Schwester und ihm eine Gelegenheit zur Flucht gaben.

Rahil hockte, tief in Gedanken versunken, in der Ecke eines kleinen Raums im Heck des Schiffes, als die *Rosenduft* plötzlich erzitterte und er ein Geräusch vernahm, das sich anhörte, als ließ jemand in der Ferne Dutzende von Tellern fallen. Das Scheppern hallte durchs ganze Schiff, und es dauerte nicht lange, bis quietschende Stimmen erklangen. Rahil trat in den Korridor und beobachtete, wie die beiden Kzosek-Frauen ihr Quartier verließen und nach vorn eilten, wo Duartes, in eine kobaltblaue Kombination gekleidet, aus der Pilotenkanzel kam.

»Was war das, was war das?«, rief eine der Zwillinge.

»Etwas hat uns aus dem Sprung geholt, einige Sekunden früher als geplant.« Duartes kehrte in den kleinen Pilotenraum zurück, als ihn die Kzosek-Frauen erreichten, und Magda und Magdalena zwängten sich hinter ihm in die Kanzel. Lautes Piepen und Klicken kam von den dortigen Instrumenten.

Rahil fragte sich nach dem Grund für die Aufregung. Was für einen Unterschied machten einige wenige Sekunden bei einem Sprung, der mehr als drei Tage gedauert hatte? Vor der offenen Tür der Pilotenkanzel blieb er stehen und beobachtete, wie mitten in dem kleinen Raum, zwischen den gestikulierenden Kzosek-Schwestern, das Fenster entstand, das er schon einmal gesehen hatte. Es zeigte den Weltraum, die wolkenverhangene Kugel eines Planeten – Greenrose? – und davor etwas, das wie eine silberne Kugel mit langen Stacheln aussah.

»Können wir noch fliehen?«, fragte die linke Kzosek-Frau, und Rahil sah, wie Adern in der transparenten Seite ihres Schädels pulsierten. »Ein schneller Sprung, ganz schnell?«

»Wie denn?«, knurrte Duartes. Seine Hände fegten durch virtuelle Kontrollen. »Die Akkumulatoren sind leer. Außerdem hängt ein verdammter Schnapper an uns.« Er schlug mit der flachen Hand aufs Instrumentenpult. »Die Sensoren, die wir beim Dutzend geortet haben, kurz vor dem Sprung! Das war kein Zufall – sie haben uns aufgelauert. Etwas muss zur Ägide durchgesickert sein.«

»Jemand hat zu viel geredet, zu viel geredet!«, quietschten die Kzosek-Frauen.

Das Fenster in der Mitte des Raums verschwand plötzlich, ebenso die meisten virtuellen Kontrollen. Duartes starrte erschrocken auf die Instrumente.

»Interdiktion, Interdiktion!«, heulten die Zwillinge.

Rahil hörte, wie das Summen des Schiffes leiser und dumpfer wurde. Gleichzeitig schien er an Gewicht zu verlieren, und er schloss daraus, dass sich die künstliche Schwerkraft verringerte.

Vor Duartes blinkte etwas, und direkt neben ihm erschien das Gesicht eines ernsten Mannes mit stahlgrauem Haar.

»Hier spricht Kurator Eleveld, von der Ägide-Station Greenrose«, sagte der Mann. »Ihr Schiff befindet sich in einem Interdiktionsfeld. Sie stehen im Verdacht des Technologieschmuggels. Bereiten Sie die Schleuse vor; zwei unserer Missionare kommen gleich an Bord. Falls Sie Widerstand in irgendeiner Form leisten, bin ich befugt, Ihr Schiff zu konfiszieren.« Das Gesicht des ernsten Mannes wurde etwas größer; er schien sich vorzubeugen. »Haben wir uns verstanden, Erasmo Duartes?«

Duartes zeigte kühle Gelassenheit. »Ich habe nichts zu verbergen, Kurator. Ihre beiden Missionare sind mir willkommen.«

»Wir werden sehen«, sagte der Mann. »Wir werden sehen.«

Das Gesicht verschwand.

Zwei oder drei Sekunden saß Duartes stocksteif da, und dann

drehte er sich mit einem Ruck um. »Magda, Magdalena, schrumpft alles, was Verdacht erregen könnte. Lagert so viel wie möglich aus.«

»Wenn sie mit Dimensionsschnüfflern kommen, nützt uns auch die Auslagerung nichts«, erwiderte eine der Kzosek-Frauen schrill.

»Wir verstecken die Anker der Auslagerungen beim Triebwerk, im Schatten der energetischen Signatur. Dort hat selbst ein Schnüffler Mühe, sie zu finden. Schnell! Uns bleiben höchstens fünf Minuten!«

Er sprang auf und sah Rahil.

»Du hast mir gerade noch gefehlt!«, stieß er hervor. »Magda, bring ihn zu seiner Schwester, und sorg dafür, dass er dort bleibt und keinen Unfug anstellt.«

Eine der Kzosek-Frauen stand plötzlich neben Rahil und packte ihn am Arm.

»Warte.« Duartes kam näher und richtete den Zeigefinger auf Rahil. »Gleich kommen zwei Missionare der Ägide an Bord, und sie werden nach Dingen suchen, die sie besser nicht finden sollten. Falls sie dir und deiner Schwester Fragen stellen … Ihr seid das, was ihr behauptet habt: zwei harmlose Passagiere. Du weißt nichts, ist das klar?«

»Er weiß viel, zu viel!«, rief Magdalena aufgebracht.

»Du weißt nichts, Junge«, zischte Duartes. »Wenn du den Leuten von der Ägide irgendetwas sagst … Wir haben noch die eine oder andere Überraschung auf Lager, glaub mir. Bereite dich vor, Magdalena. Hol, was notwendig ist. Magda, bring ihn fort.«

Die große Kzosek ging so schnell, dass Rahil kaum mit ihr Schritt halten konnte und halb durch den Korridor geschleift wurde. In der Kabine saß Jazmine auf dem schmalen Bett und zitterte trotz der um die Schultern geschlungenen Decke. Sie war blasser als noch vor einigen Stunden, und Rahil begriff, dass es ihr wieder schlechter ging.

»Ihr bleibt hier.« Diesmal quietschte Magdas Stimme nicht, sondern klang wie das Fauchen eines Raubtiers. »Ihr rührt euch nicht von der Stelle. *Nicht von der Stelle*«, betonte sie noch einmal, sprang in den Korridor und lief los.

In den Korridoren und Räumen der *Rosenduft* war es dunkler geworden. Gelegentlich kam ein Klappern aus der Düsternis, und es folgten andere Geräusche, die Rahil nicht identifizieren konnte. Die künstliche Schwerkraft war etwa auf die Hälfte ihrer ursprünglichen Stärke gesunken und schien wieder stabil zu sein.

»Was ist los?«, fragte Jazmine. »Was geschieht?«

»Die Ägide kommt, das geschieht«, erwiderte Rahil mit grimmiger Zufriedenheit und fragte sich, was Duartes mit den »Überraschungen« gemeint hatte. »Zwei Missionare kommen an Bord, um hier nach Beweisen zu suchen.«

»Nach Beweisen wofür?«

»Für Duartes' Verbrechen.«

»Was hat er Schlimmes getan?«, fragte Jazmine.

Rahil versuchte, eine noch vage Idee festzuhalten. »Er hat verbotene Dinge nach Caina gebracht«, sagte er geistesabwesend und schaute in den Korridor, wo es jetzt mehr Schatten als Licht gab. »Und er quält die Tippiki, die er von unserem Vater bekommen hat.«

»Aber was machen wir, wenn er verhaftet wird?«, fragte Jazmine, und Rahil sah, dass sie nicht wie sonst nach ihrem Zopf griff. Sie wirkte erschöpft, obwohl sie lange geschlafen hatte. Und sie zitterte. Er schlang den Arm um sie, wie um sie zu wärmen. »Wer bringt uns dann nach Greenrose?«

»Wir sind schon da«, sagte Rahil, und da war sie, die Idee, klar und deutlich: der Ausweg, wie auf einem Bild, das ihm jemand vor die Augen hielt. Der einzige Ausweg, den es gab; einen anderen sah er nicht.

»Wir sind schon da?«, fragte Jazmine. »Wir haben Greenrose erreicht?«

Rahil hatte ein dumpfes Pochen gehört, wie von etwas, das an die Außenhülle der *Rosenduft* schlug, und jetzt klangen Stimmen durch den schmalen Korridor.

»Hör mir zu, Jaz, hör mir zu.« Er zog den Arm zurück und nahm ihr Gesicht in beide Hände. »Es wird alles gut, hörst du? Wir haben Greenrose erreicht. Duartes wird uns nicht zurückbringen.«

»Er will uns zurückbringen?«

Rahil biss sich auf die Zunge. »Es ist einiges passiert, während du geschlafen hast.« Die Stimmen im Korridor näherten sich. »Es wird alles gut«, sagte er schnell. »Was auch immer geschieht.«

»Das klingt nicht gut, Rahil. Wenn du so sprichst …«

Er stand auf und war mit drei schnellen Schritten am Eingang. Zwei neue Personen befanden sich an Bord und gingen vor Duartes und den beiden Kzosek-Frauen durch den Korridor, beide in die schlichten Uniformen gekleidet, die er manchmal in der Ägide-Botschaft von Dymke gesehen hatte: ein junger Mann mit auffallend hellem, ovalem Gesicht und eine ältere Frau mit grauem Haar, das einen Kranz auf dem Kopf bildete.

»Ich versichere Ihnen, dass wir nichts an Bord versteckt haben«, sagte Duartes.

»Wir werden sehen«, erwiderte die Frau und benutzte dieselben Worte, die Rahil in der Pilotenkanzel vom Kurator gehört hatte. »Wir werden sehen. Culd?«

Der junge Mann neben ihr blickte auf die Anzeigen eines kleinen Geräts in seiner Hand. »Ich bin mir nicht sicher. Als wir das Schiff aus dem Sprung geholt haben, war die Signatur klar und deutlich. Jetzt ist sie weg. Oder fast. Es ist nur noch ein kümmerlicher Rest von ihr da.«

»Es liegt an der Störungsfront durch das vorzeitige Sprungende, daran liegt es«, sagte eine der beiden Kzosek-Frauen, und Rahil bemerkte, dass sie ein Armband trug, verbunden mit einer mattschwarzen Schiene, die bis zum ersten Armgelenk reichte. Knollenartige Verdickungen daran funkelten schwefelgelb.

»Von wegen Störungsfront.« Die Frau schnaubte. »Was haben Sie diesmal geschmuggelt, Duartes?«

»Geschmuggelt? *Ich?* Ich transportiere Hilfsgüter, und gelegentlich auch Passagiere«, fügte Duartes rasch hinzu, als die Frau Rahil bemerkte.

Die Gruppe blieb vor der Kabine stehen. Rahil fühlte den Blick der Missionarin und beobachtete, wie ein Teil der Strenge aus ihrem Gesicht wich. Sie sah ganz anders aus als Emily, und doch erinnerte sie ihn irgendwie an sie, trotz der fehlenden Sommersprossen und der anderen Augen.

»Und wer seid ihr?«, fragte die Frau sanft. Ihr Blick ging zu Jazmine. »Und was ist mit ihr? Ist sie krank?«

»Sie leidet an Frostfieber, einer Krankheit auf Caina.« Duartes versuchte, neben die Missionarin zu treten, die in der Tür der Kabine stand und nicht zur Seite wich. Hinter ihr sah der junge Mann namens Culd noch immer auf die Anzeigen seines Geräts. »Es sind zwei Flüchtlinge aus einem Kriegsgebiet des Dutzends.«

»Aus einem Kriegsgebiet? Und Sie haben in Ihrer Großzügigkeit beschlossen, sie mitzunehmen und vor einem schrecklichen Schicksal zu bewahren?«

»Das Mädchen tat mir leid«, behauptete Duartes. »Ich dachte, es könnte auf Greenrose behandelt werden.«

»Frostfieber, sagen Sie? Und wie lange hat der Sprung gedauert?«

»Dreieinhalb Tage, Sarah«, sagte Culd, bevor Duartes antworten konnte. »Der Schnapper hat seine Daten eben übertragen. Dreieinhalb Tage subjektiv. Aber mit Pluszeit zwei Jahre.«

»Ich kenne das Frostfieber von Caina, Duartes«, sagte die Missionarin namens Sarah. »Ohne Behandlung wird es in zwei Tagen kritisch.«

»Wir *haben* das Mädchen behandelt!«, rief Duartes. »Wir …«

Er unterbrach sich. Dies war der Moment, dachte Rahil. Wie auf Caina, als sie vor der Entscheidung gestanden hatten, an Bord des Raumschiffs zu gehen oder nicht. Aber dieser Moment wog noch schwerer, das fühlte er deutlich, und je länger er wartete, desto mehr wuchs sein Gewicht.

»Es stimmt nicht«, sagte er, und ein Teil des Gewichts löste sich auf. Der erste Schritt war getan.

»Junge …«, knurrte Duartes.

»Sie halten die Klappe!«, fauchte ihn Sarah an. »Was stimmt nicht?«, fragte sie dann sanft.

»Das mit den Hilfslieferungen«, sagte Rahil und achtete nicht auf das zornige Funkeln in Duartes' Augen. »Er hat Waffen nach Caina gebracht, die meinem Vater bei einem Krieg gegen die anderen Großen Familien des Dutzends helfen sollen. Das ist meine Schwester Jazmine, und ich bin Rahil. Rahil Tennerit. Unser Vater ist Coltan Jaqiello Tennerit, Patron der Tennerits von Caina. Wir sind geflohen, weil wir nicht in den Krieg verwickelt werden wollen.« Rahil hatte schnell gesprochen und holte Luft. »Meine Schwester hat kein Frostfieber, sondern leidet an den Folgen einer genetischen Manipulation, die mit verbotener Technik auf Caina vorgenommen wurde.«

»Damit habe ich nichts zu tun, nichts!«, rief Duartes. Wahrscheinlich stimmte das sogar, dachte Rahil, aber es spielte keine Rolle.

»Er und die beiden Kzosek-Frauen, sie haben ihre Schmuggelwaren versteckt. In einem geschrumpften Raum ...«

»Ausgelagert?«

» ... ja, und sie haben die Auslagerung beim Triebwerk versteckt, damit sie nicht gefunden werden kann.«

»Im Schatten der energetischen Signatur?«, fragte Sarah und drehte sich halb um.

»Ich habe hier was gefunden.« Culd hob das kleine Gerät.

»Ich bitte um Asyl«, fügte Rahil hinzu, und das waren eigentlich die wichtigsten Worte. »Ich bitte um Asyl für meine Schwester und mich.«

Die wichtigsten Worte, ja. Worte, die über ihre Zukunft entschieden, und vielleicht über Leben und Tod.

»Der Junge hat recht«, sagte Culd in die Stille hinein. »Ich habe sie jetzt ganz deutlich lokalisiert. Die Auslagerung befindet sich im energetischen Schatten des Triebwerks.«

Sarah wandte sich Duartes zu und lächelte zufrieden. »Diesmal kommen Sie nicht ungeschoren davon.«

»Wer sind diese Leute?«, erklang eine neue Stimme.

Jazmine stand neben Rahil, zitterte und schien sich kaum auf den Beinen halten zu können. Er stützte sie.

»Ich bitte um Asyl bei der Ägide!« Rahil rief fast. »Bitte lassen Sie nicht zu, dass diese Leute meine Schwester und mich nach Caina zurückbringen.«

»Duartes bringt dich nirgends hin, das garantiere ich dir«, sagte Sarah. »Und was das Asyl betrifft ...«

Die beiden Kzosek-Frauen bewegten sich plötzlich. Eine von ihnen versetzte dem jungen Mann einen Schlag, der ihn gegen die Wand auf der anderen Seite des Korridors schleuderte. Die andere – die mit dem Armband und der mattschwarzen Schiene – gab Duartes einen Stoß, der ihn in die kleine Kabine taumeln ließ, schwang die Faust herum und wollte sie der Missionarin ins Gesicht schmettern. Dicht vor Sarahs Nase flimmerte es, und die Faust der Kzosek traf auf eine energetische Barriere, die aussah wie eine dünne, flackernde Membran.

Rahil begriff, dass die Missionarin der Ägide eine Rüstung trug, die automatisch reagiert und sie vor dem Schlag geschützt hatte.

Viele Dinge geschahen gleichzeitig: Bewegungen wie die eines wachsenden Fraktals, in dem sich neue Muster zeigten, alle miteinander zusammenhängend, verzahnt wie die Einzelteile eines überaus komplexen Mechanismus. Ein Teil von Rahil schien zu wissen, was wichtig war und was nicht, denn er rückte manche Einzelheiten an den Rand seiner Aufmerksamkeit und andere in den Mittelpunkt. Er sah das Funkeln in den großen Augen der Kzosek, die versucht hatte, Sarah niederzuschlagen, ein Funkeln, geboren aus Zorn und auch aus Schmerz. Er sah, wie sie den Arm beugte, und auch die Hand, wodurch sich zwei der schwefelgelben Knollen vom Armband lösten. Wie in verlangsamter Zeit stiegen sie auf, und eine von ihnen flog auf den jungen Mann zu, der weiter hinten im Korridor gerade versuchte, wieder auf die Beine zu kommen. Die kleine gelbe Kugel näherte sich ihm, platzte und gab mehrere silberne Nadeln frei, die sich dem Mann, als er den Kopf hob, in die Augen bohrten. Mit einem leisen, röchelnden Ächzen sank er auf den Boden zurück und regte sich nicht mehr.

Die zweite Kugel platzte dicht vor der Missionarin, und fünf der sieben darin enthaltenen Nadeln versuchten, die Barriere zu durchdringen. Die Membran aus Energie flackerte und zischte und verbrannte die Nadeln, zumindest die fünf. Die anderen beiden flogen über Duartes hinweg, der sich fallen ließ, und Rahil sah sie direkt auf sich zukommen.

Die Missionarin hielt eine Waffe in der Hand und schien bereits einen Schuss abgegeben zu haben, denn eine der beiden Kzosek-Frauen fiel, während sich die andere zur Flucht wandte. Rahil nahm auch diese Bewegungen wahr, aber sein Blick galt vor allem den beiden Nadeln. Er hielt noch immer die zitternde Jazmine fest und warf sich mit ihr zur Seite, aber er war langsam, viel langsamer als die schnellen Nadeln. Eine streifte ihn an der Stirn, als er neben dem schmalen Bett zu Boden ging, ohne Jazmine loszulassen. Er rollte sich halb auf sie, um sie zu schützen, und allmählich kam die Welt um ihn zur Ruhe. Taubheit breitete sich in ihm aus, und der Wunsch, die Augen zu schließen und zu schlafen, wurde so stark, dass Rahil ihm fast nachgegeben hätte. Mühsam hob er den Kopf.

Dort stand Sarah, halb gebückt, in der einen Hand eine Waffe, die andere am Kragen von Duartes' kobaltblauer Kombination. Der junge Mann, Culd, lag noch immer reglos im Korridor, und Blut quoll aus seinen Augen. Neben ihm setzte sich die zuvor zu Boden gegangene Kzosek auf und hob die Arme, als sie die auf sie gerichtete Waffe sah.

Rahil fühlte sich noch immer halb betäubt, und die Arme gehorchten ihm nur widerwillig, als er sich hochstemmte, um Jazmine nicht länger mit seinem Gewicht zu belasten. Sie blieb liegen und sah zu ihm hoch.

»Komm«, krächzte er. »Ich helfe dir auf.«

Er griff nach ihrer Hand.

»Junge …«, sagte Sarah.

»Komm, Jaz.« Rahil zog, aber ihre Hand blieb schlaff; ihre Finger schlossen sich nicht um seine.

Eine der beiden silbernen Nadeln steckte in Jazmines Schläfe, und Blut rann an ihr entlang. Die andere hatte sich durch die Stirn in den Kopf gebohrt und einen kleinen roten Fleck hinterlassen.

Rahil starrte auf seine Schwester hinab. »Jaz?«

Sie sah nicht zu ihm hoch. Sie starrte ins Leere, mit Augen, aus denen das Leben gewichen war.

Jazmine war tot.

Der schwarze Himmel des Weltraums wölbte sich über der Kuppel des Hangars, in dem die *Rosenduft* stand, und an diesem Himmel ging ein grüner Planet auf, nicht annähernd so groß wie Cambronne, aber größer als Caina und die anderen Welten des Dutzends, eingesponnen in ein Netz aus Satelliten, Raumstationen, Habitaten, Werften und automatischen Orbitalfabriken: Greenrose.

»Sie können sie wiederbeleben«, sagte Rahil. »Dies ist die Ägide. Hier gibt es technische Mittel, mit denen man Tote wiederauferstehen lassen kann.«

Sarah stand neben ihm und strich ihm sanft übers Haar, während bewaffnete Sicherheitsoffiziere Duartes und die beiden Kzosek-Frauen abführten. Zwei vogelartige Geschöpfe – Chormiki erinnerte sich Rahil – steuerten eine schwebende Bahre mit Culds Leichnam aus dem Schiff.

»Mit einem Uterus könnten wir einen Körper schaffen, der wie deine Schwester aussieht«, sagte Sarah traurig. »Aber was ist mir ihrem Geist, Rahil, mit ihrer Seele? Ihr Bewusstsein wurde nie aufgezeichnet. Selbst wenn wir die primäre Technik in diesem Fall anwenden könnten … Der Körper bliebe leer.«

»Sie ist tot«, sagte Rahil. »Sie ist wirklich *tot.* Und es ist meine Schuld.«

Sarah ergriff ihn an den Schultern und drehte ihn so, dass sie ihm in die Augen sehen konnte. »Es ist *nicht* deine Schuld, Rahil, hörst du? Red dir das nicht ein. Sonst trägst du für immer offene Wunden in deiner Seele.«

»Ich habe sie dazu überredet, Caina mit mir zu verlassen«, sagte Rahil und blickte erneut zu dem grünen Planeten hoch, der so viel versprach. »Mit einer Lüge«, fügte er hinzu.

»Was auch immer deine Schwester veranlasst hat, dich zu begleiten ... Für ihren Tod bist nicht du verantwortlich. Eine der beiden Kzosek-Schwestern hat sie auf dem Gewissen, und wir werden sie dafür bestrafen.«

Die Hände der Missionarin wichen von Rahils Schultern. »Was dich betrifft ...«, fuhr Sarah fort. »Du hast um Asyl gebeten, nicht wahr?«

Er nickte nur und dachte an Jazmine, die nie wieder ihren langen schwarzen Zopf halten würde.

»Nun, vielleicht finden wir in der Ägide einen Platz für dich, Rahil Tennerit.«

ZWEITER TEIL

HERAKLON

»Heraklon wird den Hohen Mächten ein Beispiel dafür geben, was die Menschheit zu leisten vermag unter den richtigen Voraussetzungen«, sagte der Akkreditierte Geraldo Dekener Skafec. »Heraklon wird uns die Tür zur Kosmischen Enzyklopädie öffnen.«

Die Ägide war achtzig Jahre jung, und der Akkreditierte war achtzig Jahre älter, ohne älter geworden zu sein. Die Femtomaschinen in seinem Innern, ein Geschenk der Hohen Mächte, waren unablässig damit beschäftigt, Zellschäden zu reparieren und seinen Körper zu erhalten.

Sie standen auf dem Plateau der »Hohen Pforte«, einem Pass, der durch ein fast fünfzehn Kilometer hohes, bis in die Stratosphäre aufragendes Gebirge führte. Unter ihnen erstreckten sich die Wälder des Tieflands Cimeno wie ein grünes Meer.

»Was siehst du, Meister?«, fragte Lidder, einst ein Schüler und inzwischen Missionar im Ruhestand. Er hatte viel geleistet, aber nicht genug, um unsterblich zu werden wie sein alter Lehrer, der Jahrzehnte jünger zu sein schien als er.

»Ich sehe eine Welt für Dutzende von Menschenvölkern«, sagte Skafec. »Ich sehe eine Welt zahlreicher Kulturen, die alle in Frieden leben.« Er legte seinem ehemaligen Schüler, einst jung und jetzt ein alter Mann, die Hand auf die Schulter. »Ich sehe eine Welt der Diplomatie, die Wiege einer neuen Zivilisation. Ich sehe Hoffnung.« Er lächelte. »Ich sehe die Zukunft.«

Mehr als fünfhundert Jahre später kam der Krieg nach Heraklon.

Jetzt stand der Mensch und wies den Sternen
Das königliche Angesicht,
Schon dankte in erhabnen Fernen
Sein sprechend Aug dem Sonnenlicht.

EIN WIEDERSEHEN

29

Wie schwer Erinnerungen sein können, dachte Rahil, als er aus dem Fenster des Zimmers sah, in dem er seit drei Tagen mit Sammaccan gefangen war. Mit welchem enormen Gewicht manche von ihnen auf der Seele lasten. Die Flucht von Caina zusammen mit Jazmine, die tragischen Ereignisse an Bord der *Rosenduft* ... Viele Jahrzehnte lagen sie zurück, doch es fühlte sich an, als wäre es gestern geschehen, so klar waren die Bilder, selbst wenn er nicht schlief und träumte.

Ein blauweißer Riese loderte im All, wie zum Greifen nahe, und ohne die Filter wäre er für Rahils Augen viel zu hell gewesen. Rahil beobachtete den gewaltigen Stern, und das Fenster blendete Informationen ein, als die Sensoren seine Aufmerksamkeit bemerkten. Eine Sonne vom B-Typ, nach dem alten Klassifikationssystem, mit 96 Sol-Radien und einer Leuchtkraft, die die der Sonne der alten Erde um fast das Tausendfache übertraf.

»Ich glaube, wir haben das Ziel unserer Reise erreicht«, sagte Rahil und drehte den Kopf. Sammaccan lag im großen Sessel neben dem Bett, nicht völlig amorph, aber noch immer ohne stabile Gestalt. Derzeit war mehr als die Hälfte seines aufgedunsen wirkenden Körpers von Schuppen bedeckt, und der Kopf wies eine gewisse Ähnlichkeit mit dem eines Chormiki auf. Ein Schnabel mit Schuppenhaut klapperte kurz, und darüber funkelten schwarze Knopfaugen. »Oder zumindest ein Etappenziel. Wo sind wir, Schiff?«

»Diese Frage kann ich nicht beantworten«, kam eine neutrale Stimme aus dem Nichts.

»Ich bin ein Exekutor der Ägide«, sagte Rahil. »Ich verlange Auskunft.« Es war nicht das erste Mal, dass Rahil diese Worte an die Maschinenintelligenz des Schiffes richtete, und dass er sie erneut wiederholte, verriet in aller Deutlichkeit den Zustand seines Bewusstseins. Der Ascar hatte ihm die Rüstung abgenommen, und die Femtomaschinen blieben durch ein Interdiktionsfeld blockiert. Rahil war nicht daran gewöhnt, seine Gedanken und Gefühle selbstständig unter Kontrolle zu halten; das Ergebnis war, dass ihm konzentrierte Überlegungen schwerfielen und erstaunlich viel Kraft kosteten.

»Ich unterliege weder den Gesetzen der Bruch-Gemeinschaft noch den Regeln der Ägide«, lautete die Antwort der körperlosen Stimme.

Rahil sprach die erste Frage aus, die ihm in den Sinn kam. »Von wem empfängst du deine Anweisungen?«

»Von Aisch-ta-Halem.«

Rahil beobachtete, wie Sammaccan einmal mehr versuchte, humanoide Gestalt anzunehmen. »Lautet so der Name des Ascar, der uns verschleppt hat?«

Diesmal blieb alles still. Es war Rahils siebter oder achter Versuch, die Maint des Schiffes in ein Gespräch zu verwickeln, in der Hoffnung, dass sich ihm irgendein Ansatzpunkt bot, aber es dauerte nie lange, bis die Maschinenintelligenz einfach schwieg. Er fragte sich, ob sie mit einer Bewusstseinsschranke ausgestattet war, die sie daran hinderte, Eigeninitiative zu entwickeln.

Eine kurze Vibration weckte seine Aufmerksamkeit, und er glaubte seine Vermutung bestätigt.

»Hast du das gefühlt, Sammaccan?«, fragte er. »Das leichte Zittern des Schiffs? Ich glaube, wir sind an Bord eines Shifters. Ein Sprungschiff ist dies gewiss nicht, und wir sind auch nicht durch ein Kickout in einen Transittunnel geflogen. Wenn dies wirklich ein Shifter ist, kann er Heraklon trotz der Sperrung des Lagoni-Systems erreichen.«

Sammaccan gab ein unartikuliertes Knurren von sich und bewegte dabei einen Mund, der noch immer Ähnlichkeit mit einem Schnabel aufwies, obwohl er diesmal zu einem halbwegs menschlich wirkenden Kopf gehörte. Selbst wenn er in der Lage gewesen wäre, Worte in seiner Sprache zu formulieren – Rahil hätte sie nicht verstanden. Ohne die Kommunikationssysteme der Rüstung gab es eine linguistische Barriere zwischen ihnen, die eine Verständigung verhinderte.

Rahil wandte sich wieder dem Fenster zu, das jetzt einen anderen Anblick bot. Sie waren dem blauweißen Riesen noch näher gekommen. Er füllte das ganze Blickfeld aus, und vor dem grellen Lodern, gedämpft von den Filtern, zeichnete sich ein dunkles Objekt ab, offenbar das Ziel des Shifters. Instinktiv wartete Rahil darauf, dass ihm die Bibliotheken der Rüstung Informationen übermittelten, aber er blieb auf sich allein gestellt, ohne das Datenflüstern, das ihn sonst immer begleitete und so sehr Teil von ihm geworden war, dass sein Fehlen für ihn einer Amputation gleichkam.

»Das scheint eine Raumstation zu sein«, sagte Rahil. Sammaccan konnte ihn nicht verstehen, aber er sprach trotzdem, denn es half ihm, seine Gedanken in geordnete Bahnen zu lenken.

Der dunkle Fleck rückte näher; klare Umrisse zeichneten sich ab und schließlich Details. Lange Zylinder ragten aus einem zentralen Konus und rotierten langsam, geschützt von riesigen Reflektoren, die die Strahlungsfluten des Riesensterns ablenkten. Dieser Sonnenschild war es, der Rahil den ersten Hinweis bot, denn Krümmungsfelder und energetische Blocker erfüllten den gleichen Zweck weit effizienter.

»Das ist keine gewöhnliche Raumstation, sondern ...« Er versuchte sich zu erinnern, kramte in einem Gedächtnis, das ihm ohne die Hilfe der Femtomaschinen atrophisch erschien. »Es ist eine Festung, vom Typ Goliath, wenn ich mich nicht sehr irre. Sie muss mindestens dreitausend Jahre alt sein, Sammaccan, und es bedeutet, dass dieser blaue Riese zu den Barrieresternen gehört.«

Hinter ihm keuchte der Polymorphe, und Rahil sah dessen Spiegelbild im Fenster, als der Shifter den Kurs veränderte und die alte Festung von der einen Seite des Fensters zur anderen glitt. Sammaccans Haut wurde hart und steif, und er streckte Arme und Beine, die in langen Tastfäden endeten. Wie viel Kraft kosteten die Veränderungen, die Sammaccan nicht unter Kontrolle hatte?, fragte sich Rahil. Und welche Art von Interdiktion, die Femtomaschinen lahmlegte, nahm einem Polymorphen von Heraklon die Möglichkeit, eine feste, stabile Gestalt zu gewinnen?

»Die Barrieresterne sind nicht weit vom Sagittariusbruch entfernt«, fuhr Rahil fort und beobachtete die alte Festung, deren Reflektoren seit drei Jahrtausenden dem enormen Strahlungsdruck eines blauweißen Riesensterns ausgesetzt waren. »Damals gab es hier Zapfer, die einen Teil der Sonnenenergie aufnahmen; sie sollten die interstellaren Sprungvektoren verändern. Die alte Erde fürchtete einen Angriff der Tia aus dem Orionarm, und man glaubte, Angriff sei die beste Verteidigung. Damals ...« Er zögerte und suchte erneut in seinem Gedächtnis. »Die Imperialen Ingenieure schufen ein Schwarzes Loch und schickten es durch einen modifizierten Sprungsektor zur Zentralwelt der Tia.«

Hinter ihm krächzte Sammaccan, und Rahil dachte: Kriege, immer wieder Kriege. Das ist unsere Geschichte. Kein Wunder, dass uns einige der Hohen Mächte ablehnend gegenüberstehen.

Dieser Gedanke führte zu einem anderen, der ihn daran erinnerte, dass er schon seit einer ganzen Weile nicht mehr das Lied der Kosmischen Enzyklopädie gehört hatte. Das Verlangen danach überfiel ihn mit solcher Wucht, dass ihm die Knie weich wurden. Mit einer Hand stützte er sich am Fenster ab, das trotz der Nähe des blauen Riesen kühl war.

»Ich dachte, das Ereignis hätte die Festungen aller Barrieresterne zerstört«, sagte Rahil und bemühte seine ganze Willenskraft, um das unerfüllbare Verlangen niederzuringen, verfluchte dabei den Ascar, der ihm die Rüstung genommen und die Femtomaschinen blockiert hatte. In seinem eigenen Bewusstsein lauerten verräterische Fallen, an denen ihn das Empirion bisher vorbeigeführt hatte. »Aber offenbar habe ich mich geirrt. Die Frage lautet: Warum bringt uns der Ascar ausgerechnet hierher? He, was ist das?«

Etwas löste sich von der Masse der alten Festung und näherte sich dem wartenden Shifter: eine Kugel mit abgeflachten Polen und zahlreichen Buckeln. Rahil versuchte, weitere Einzelheiten zu erkennen, aber plötzlich wurde das Fenster dunkel.

»Schiff?«

»Ich höre.«

»Ich möchte sehen, was draußen geschieht.«

Es blieb still.

»Schiff?«

»Ich habe neue Anweisungen erhalten. Dies ist meine letzte Mitteilung. Die Kommunikation mit Ihnen wurde mir untersagt.«

Stille folgte diesen Worten, und Rahil lauschte ihr einige Sekunden. Er hörte nicht einmal mehr das leise Summen, das aus dem Schiff kam und sie bisher begleitet hatte. Der Shifter ruhte, schien wie sie zu warten.

Sammaccan rutschte aus dem Sessel neben dem Bett und kroch, noch immer mehr Insekt als Mensch, zur nahen Hygienezelle, deren Tür sich vor ihm öffnete. Wimmernde Geräusche kamen aus seiner Mundöffnung.

Halb in der Hygienezelle erbrach sich der Polymorphe, und eine Lache aus halb verdautem Brei bildete sich auf dem Boden, der fast sofort darauf reagierte und das Erbrochene absorbierte.

Echtes Mitgefühl regte sich in Rahil, ungedämpft von der Rüstung, und einige schnelle Schritte trugen ihn zu Sammaccan, der unter der Interdiktion noch mehr litt als er selbst. Vorsichtig drehte er ihn auf die Seite, damit er nicht an seinem Erbrochenen erstickte. Wieder wimmerte der Polymorphe, erbebte dann am ganzen Leib wie in einem Schüttelkrampf. Rahil hielt ihn fest.

»Ruhig, ganz ruhig«, sagte er, obwohl Sammaccan ihn nicht verstand. »Es geht dir schlecht, ich weiß, und du bist schwach. Du musst essen und das Essen für dich behalten, hörst du?«

Drei Augen sahen zu ihm hoch, zwei aus Hunderten von grünblau schimmernden Facetten bestehend, das andere verblüffend normal. Eine Zunge wie die einer Schlange tastete aus der Mundöffnung, und es folgte ein leises Zischen und Fauchen.

Rahil drehte sich um, als er ein anderes Geräusch hörte.

Der Ascar stand in der offenen Tür des Raums, der seit drei Tagen ihre Zelle war.

Zwei Dinge fielen Rahil sofort auf: Die Gestalt in der Tür trug keinen Tarnanzug, und auf dem Rücken fehlte der Ekdysis-Kokon. Der dreieckige Kopf steckte diesmal nicht in einem Rezeptorhelm, sondern war halb von einem wie Seide glänzenden Tuch umhüllt. Unter der knochigen Stirn mit den Reifezeichen, die ohne das Empirion für Rahil bedeutungslos blieben, bewegten sich mattschwarze Augenbündel. Eine ebenfalls schwarze Kommunikationsmaske in Form einer breiten Sichel bedeckte die untere Gesichtshälfte.

»Meine Mission endet hier, Rahil Tennerit«, schnarrte eine tiefe Stimme aus der Maske. »Sie werden übergeben.«

»Sie verstoßen gegen die Gesetze der Bruch-Gemeinschaft und der Ägide«, sagte Rahil und fragte sich, ob er diese Worte auch mit der Rüstung gesprochen hätte. Sie klangen dumm und ineffizient, doch Zorn zwang ihn, sie an den Ascar zu richten. »Ich bin Exekutor der Ägide …«

»Sie sind mein Gefangener«, unterbrach ihn der Ascar. Er wich in den Korridor zurück, und Rahil beobachtete, dass er ein wenig hinkte. Das Knie schien noch immer verletzt zu sein, obwohl es Behandlungsmethoden gab, die Knochenbrüche schnell in Ordnung bringen konnten. Trug der Ascar die Verletzung als eine Art Ehrenmal? Ohne das Empirion erinnerte sich Rahil kaum an die Ehrenregeln, und das war ein weiterer Nachteil, denn so konnte er nicht vorhersagen, wie der Ascar in bestimmten Situationen reagieren würde.

Dadurch wurde jeder Fluchtversuch noch riskanter. Während der drei vergangenen Tage hatte Rahil zwar Zeit genug gehabt, darüber nachzudenken, aber mangelnde Konzentration und das ungewohnte Durcheinander der eigenen Gefühle machten ihm schwer zu schaffen. Wie sollten Sammaccan und er fliehen, solange die Gestalt des Polymorphen instabil blieb und sie sich nicht einmal verständigen konnten? Das Raumschiff, in dem sie sich befanden, schien ein Shifter zu sein, und das war, soweit Rahil erkennen konnte, der einzige positive Aspekt ihrer gegenwärtigen Situation – ein Shifter bot ihnen die Möglichkeit, nach Heraklon zu gelangen. Rahils lange Überlegungen, gestört von treibenden Gedanken und ungeordneten Emotionen, führten zu dem unbefriedigenden Ergebnis, dass sie auf eine günstige Gelegenheit warten mussten. Sie brauchten zusätzliche Informationen, um die Lage zu beurteilen und zu entscheiden, wann sie versuchen konnten, den Ascar zu überwältigen.

Einen Ascar, der über einen besonderen Jagdinstinkt verfügte und einen Inhibitor in der Knochenhand hielt. Die Waffe bewies, dass er sie nicht töten wollte, zeigte aber auch, dass er auf alles vorbereitet war.

Rahil fiel etwas ein. »Ich nehme an, Ihre Mission betrifft vor allem mich«, sagte er.

»Das ist korrekt«, bestätigte der Ascar, dessen Augenbündel in ständiger Bewegung waren.

»Mein ... Assistent«, sagte er und deutete auf Sammaccan. »Das Interdiktionsfeld ist eine Belastung für ihn. Er leidet, obwohl er mit Ihrer Mission nichts zu tun hat. Wie lässt sich das mit Ihren Ehrenregeln vereinbaren?«

Der Ascar zögerte, und hinter seiner Kommunikationsmaske ertönte ein Knarren, das nicht übersetzt wurde. Die Knochenfinger der freien Hand berührten ein kleines Gerät am Instrumentengürtel, und Rahil glaubte, eine Veränderung zu spüren. Für einen Moment war ihm, als erwachten die Femtomaschinen aus ihrem Schlaf, aber der Eindruck täuschte; sie blieben inaktiv.

Sammaccan hörte auf zu wimmern. Einige Sekunden blieb er zitternd in der offenen Tür der Hygienezelle liegen, und dann wurde aus dem Zittern ein langsames Morphen, das Konturen und Struktur seines Körpers veränderte. Er verwandelte sich wieder in den knapp zwanzig Jahre jungen Mann mit den hageren Armen, schmalen Händen und großen Augen in einem seltsam flach wirkenden Gesicht. Simulierte Kleidung erschien, aber nicht überall gleichzeitig.

»Kommen Sie jetzt, Rahil Tennerit.« Der Ascar winkte mit der Waffe. »Sie werden übergeben.«

Er kann es gar nicht erwarten, mich loszuwerden, dachte Rahil und trat in den Korridor, gefolgt von Sammaccan, der Mühe hatte, sich auf den Beinen zu halten. Als Rahil ihn stützte, flüsterte der Polymorphe etwas. »Tut mir leid, aber ich verstehe dich nicht.«

»Seien Sie still, Rahil Tennerit«, schnarrte der Ascar hinter ihnen. »Sprechen Sie nur, wenn Sie dazu aufgefordert werden.«

Als sie durch den Gang schritten, umgeben von glatten grauen Wänden, erinnerte sich Rahil an die Worte des Kurators in der Ägide-Station bei Ganska. *Vor einigen Wochen erfuhren wir von unserem Missionar auf Kattinga, dass die Großen Familien des Dutzends einen Ascar auf Sie angesetzt haben.*

Die Großen Familien, dachte er. Fast hundert Jahre waren vergangen, seit Jazmine und er damals von Caina geflohen waren. Wollte ihn der Ascar einem Gesandten der Großen Familien übergeben? Wer hatte jetzt die Macht im Dutzend? Was war aus Coltan Jaqiello Tennerits Kriegsplänen geworden?

Der Kurator hatte noch etwas gesagt, fiel Rahil ein: *Es könnte einen Zusammenhang mit Ihrem Tod auf Heraklon geben.*

Andere Worte flüsterten in Rahils Gedächtnis, als sie an mehreren offenen Türen vorbeikamen, hinter denen sich Instrumentenräume mit aktiven virtuellen Kontrollen erstreckten. Worte, die Milissa Gauwain an ihn gerichtet hatte. *Vor siebenundachtzig Jahren kam ein Schiff des Dutzends nach Heraklon. Es brachte einen neuen Botschafter für die Große Versammlung. Und es machte einen Abstecher in die arktische Region von Heraklon.*

Die erste Überraschung erwartete Rahil am Ende des langen, gewölbten Korridors. Als sich dort die Tür öffnete, gab der Ascar dem Schiff eine Anweisung, aber entweder hatte er zu lange damit gewartet, oder die Maint, ob Bewusstseinsschranke oder nicht, ließ sich zu viel Zeit damit, die Anweisung auszuführen. Das breite Fenster in der gegenüberliegenden Wand, vom Formspeicher des Shifters geschaffen, trübte sich zwar, aber Rahil erkannte eine halbtransparente Kugel, die mit dem Schiff verbunden zu sein schien.

Verblüfft blieb er stehen. »Ein Interkosmisches Vehikel? Die *Hohen Mächte* sind an dieser Sache beteiligt?«

Der Ascar hob die Waffe. »Gehen Sie weiter, Rahil Tennerit.«

Nur eine Minute später betraten sie den Hangar des Shifters, und dort gab es für Rahil die zweite, noch größere Überraschung.

Zehn Männer und Frauen in blauschwarzen Uniformen standen dort neben einem Atmosphärenschild, durch den ein energetischer Tunnel zu dem Kugelschiff führte, das Rahil zuvor aus dem Fenster ihrer Zelle gesehen hatte. Dort war die

Schleuse ebenfalls geöffnet, und helles Licht fiel auf weitere uniformierte Gestalten.

»Hier ist der Gefangene«, sagte der Ascar und trat beiseite. »Die Übergabe findet jetzt statt. Meine Mission ist erfüllt.«

Ein Mann trat hinter den Uniformierten neben dem Atmosphärenschild hervor und kam näher. Er war mittelgroß und schlank, schien um die sechzig zu sein und war ähnlich gekleidet wie die anderen. Allerdings fehlten bei seiner Uniform die blauen Ausrüstungstaschen, und an den Schultern glänzten silberne Spangen.

Rahil stand sprachlos da und glaubte, seinen Augen nicht trauen zu können.

»Ich verstehe deine Überraschung«, sagte der Mann, ohne zu lächeln. Kühle lag in den Augen, und das Gesicht blieb verschlossen. »Viel Zeit ist vergangen. Aber ich bin es wirklich. Ich grüße dich, mein Sohn.«

Vor Rahil stand Coltan Jaqiello Tennerit, sein Vater.

30

Heraklon, schien das Summen des Schiffes zu flüstern. Heraklon, dachte Rahil. Dort entschied sich die Zukunft der Menschheit. Dort lagen die Antworten auf seine Fragen.

Der Formspeicher des Shifters hatte eine Art Lounge geschaffen, mit einem breiten Panoramafenster, das einen ungewohnten Anblick bot. Es zeigte nicht den M-Raum mit seinen 10^{500} Universen, von den menschlichen Sinnen wie Kugeln mit dem silbernen Glanz von Perlmutt wahrgenommen, sondern vertrautes All, schwarz und unendlich tief, darin Sterne und

Nebel wie erstarrte Flammen. Aber nicht stationär, nicht statisch. Die Sterne bewegten sich und strichen vorbei, die näheren schneller als die weiter entfernten. Die Gase interstellarer Nebel huschten wie Wolkenfetzen einer planetaren Atmosphäre dahin. Einmal mehr bedauerte Rahil das Fehlen einer Rüstung. Auf seine gewöhnlichen, unverbesserten Sinne angewiesen, wusste er nicht, ob das, was ihm die Augen zeigten, tatsächlich der Realität entsprach.

Das galt nicht nur für die Aussicht, die das große Fenster bot, sondern auch für den Mann, der dort im Sessel saß: entspannt zurückgelehnt, die Fingerspitzen aneinandergedrückt, in der schwarzen Uniform mit den silbernen Schulterspangen nicht eine Falte zu viel. Zwei der zehn Gardisten, die mit Coltan Jaqiello Tennerit an Bord gekommen waren, standen rechts und links neben der Tür, und gelegentlich warfen sie misstrauische Blicke in Richtung Sammaccan, der sich in einer Ecke des Raums auf einer Liege ausgestreckt hatte und schlief. Die Wächter wären gar nicht nötig gewesen, musste sich Rahil eingestehen. Sein Vater trug nicht nur eine Rüstung, sondern auch Femtomaschinen in seinem Körper – die kleinen Interfacemodule im rechten Ohr und am Nacken boten einen deutlichen Hinweis und verrieten einen technischen Standard, wie er vor dreißig oder vierzig Jahren bei der Ägide üblich gewesen war. Bedeutete das, dass sich die Unterstützung durch die Hohen Mächte in Grenzen hielt?

Rahils Femtomaschinen funktionierten noch immer nicht, obwohl der Ascar längst das Schiff verlassen hatte, um den Eisschrein auf Caina zu besuchen und sich dort vermutlich einen neuen Ekdysis-Kokon zu spinnen. Das Interdiktionsfeld existierte nach wie vor, und vermutlich wurde es jetzt von seinem Vater kontrolliert.

»Der Shifter wird von einem IKV gezogen«, sagte Rahil

schließlich. »Wir sehen das All, aber wir sind nicht Teil davon. Wir befinden uns in der Blase eines Kontinuumschiffs.«

»Eigentlich bewegen wir uns gar nicht«, sagte Coltan. »Das IKV verändert nur unsere Bezugskoordinaten.«

Rahil fragte sich, ob sein Vater verstand, was er sagte. »Was bedeutet dies alles?«

Coltan wölbte die Brauen. »Das ist alles? Fast hundert Jahre sind vergangen, seitdem du deinen Vater zum letzten Mal gesehen hast, und du fragst nur, was dies zu bedeuten hat? Freust du dich nicht, mich wiederzusehen?«

»Du müsstest längst tot sein.«

»Ich bin tot gewesen und wiederauferstanden, wie du.«

»Wer steckt dahinter?«, fragte Rahil. Er stand noch immer am Fenster, den Sternen nahe und gleichzeitig durch mehr von ihnen getrennt als nur durch Distanz. Derzeit war er nicht mehr Teil des Universums dort draußen. »Vielleicht jene Stimme, die ich damals im alten Verlies gehört habe, nachdem du den Gefangenen umgebracht hattest.«

Coltan runzelte die Stirn. »Was?«

»Helles Licht kam, und dann erklang die Stimme, übersetzt von einem Interpreter. Du hast den Fremden ›Exzellenz‹ genannt. Zwei Tage später bin ich krank geworden. Weil ich dem Fraktalschatten eines schlecht abgeschirmten Kickouts ausgesetzt gewesen war.«

Während er diese Worte sprach, regte sich ein Gedanke in ihm. Seine Schwester und er, sie waren als kleine Kinder genetisch manipuliert worden, oder vielleicht schon früher, noch im Mutterleib. Jazmine war deshalb an Bord der *Rosenduft* erkrankt, doch bei ihm hatten sich nie irgendwelche Symptome gezeigt. Konnte es sein, dass ihn jener Fraktalschatten davor bewahrt hatte, wie Jazmine zu erkranken?

Coltan blieb zurückgelehnt sitzen, wirkte jetzt aber nicht mehr ganz so entspannt. »Du bist da gewesen?«

Rahil ging nicht auf die Frage ein. »Ich nehme an, der Fremde war ein Repräsentant der Hohen Mächte. Von Plänen habt ihr damals gesprochen. Es ging letztendlich um die Herrschaft der Tennerits über das Dutzend.«

Coltan lächelte. »Es geht um mehr, mein Sohn, um viel mehr.«

Er erhob sich mit einer glatten, eleganten Bewegung, trat auf Rahil zu und umarmte ihn. Rahil war davon so überrascht, dass er stocksteif dastand und sogar den Atem anhielt. Sein Vater löste die Arme von ihm und wich einen Schritt zurück.

»Das mit dem Ascar tut mir leid«, sagte Coltan. Sein Gesicht wirkte seltsam glatt. Auch das bot für den Blick des Eingeweihten einen Hinweis auf die Rüstung. »Ich habe keine andere Möglichkeit gesehen, dich aus der Gewalt der Ägide zu befreien.«

»Aus der Gewalt der Ägide?«

»Wir haben es mehrmals versucht«, fuhr Coltan fort, und Rahil nahm zur Kenntnis, dass er diesmal von »wir« sprach. »Einmal konnten wir dich erreichen, auf Principato in den Roten Nebeln, vor siebenundfünfzig Jahren. Aber die Ägide zog es vor, dich umzubringen, anstatt dich uns zu überlassen.«

Es klang so absurd, dass Rahil lachte. »Die Ägide hat mich umgebracht?«

»Du erinnerst dich natürlich nicht daran«, sagte Coltan. Er sprach mit der von Femtomaschinen geschaffenen Ruhe. »Man gab dir einen neuen Körper, und deine aufgezeichnete Seele – das ›Image‹, wie man es nennt – enthielt gefälschte Informationen.«

»Die Ägide tötet keine Missionare«, sagte Rahil.

»Nicht direkt, mein Sohn. Aber sie kann Umstände schaffen, unter denen ein Missionar getötet wird.«

»Das ist doch Unsinn!«, entfuhr es Rahil. »Du willst nur von deinen eigenen Verbrechen ablenken! Was ist mit Jazmine und mir? Du hast uns genetisch manipulieren lassen, und deshalb ist Jaz gestorben!«

Das stimmt nicht, flüsterte eine Stimme in Rahil. Deine Schwester ist nicht wegen der Genmanipulation gestorben, sondern weil du sie nicht beschützt hast. Du bist schuld an ihrem Tod.

Sein Vater musterte ihn mit einem seltsamen Blick.

»Ich hätte dich gern an meiner Seite gehabt, als wir den Krieg gegen die anderen Großen Familien führten«, sagte er, und Rahil gewann den Eindruck, dass jedes Wort zu einem großen Puzzle gehörte, von dem er nur einen kleinen Teil sah und noch weniger verstand. »Jere Laureno, mein Ururgroßvater, er begann damals damit, den Plan zu entwickeln. Vielleicht dachte er in Langzeit, wie die Segler.«

Ein neues Lächeln erschien auf Coltans Lippen, und Rahil begriff, dass die letzten Worte seines Vaters scherzhaft gemeint waren.

»Er bekam Hilfe, zugegeben, aber sein Genie verdient trotzdem Anerkennung«, sagte Coltan voller Zufriedenheit. »Leider konnte er nicht vorhersehen, dass die Lage auf Heraklon außer Kontrolle geriet.«

»Soll das heißen, dass Jere Laureno damals von dem Artefakt auf Heraklon wusste?«

»Er erfuhr davon«, erwiderte Coltan. »Und er hatte das Talent, alles in einem großen Zusammenhang zu sehen.« Er breitete die Arme aus, eine Geste, die nicht nur die Lounge des Shifters betraf. »Andernfalls wären wir nicht hier.«

Rahil fiel etwas ein. »Vor siebenundachtzig Jahren kam ein Schiff des Dutzends nach Heraklon. Es brachte einen neuen Botschafter für die Große Versammlung und machte einen Abstecher in die arktische Region des Planeten.«

»Es ist lange her«, sagte Coltan, und für eine Sekunde fiel ein Schatten auf sein Gesicht. »Seitdem haben sich die Dinge bedauerlicherweise nicht so entwickelt, wie wir es uns erhofft haben. Deshalb brauchen wir dich.«

»Wer ist dein Helfer?«, fragte Rahil scharf. »Wer verrät das Konkordat der Hohen Mächte?« Und dann offenbarte sich ihm die Erkenntnis mit voller Wucht. »Du hast es auf die Superschmiede abgesehen!«

»*Alle* haben es auf die Superschmiede abgesehen, mein Sohn«, sagte Coltan. »Aber *wir* werden sie bekommen.«

Fast ein Jahrhundert und mehrere Tode trennten ihn von Mowder und seiner Flussratte, Herrn Kruzz, aber plötzlich erinnerte sich Rahil wieder an sie und Emilys sommersprossiges Gesicht, damals, an jenem verregneten, stürmischen Tag, als sie über Maschinen gesprochen hatte, die alles produzierten. *Stellt euch die Maschinen in der Hand eines erwachsenen Mowder vor, der mit ihnen die Geschicke der ganzen Welt bestimmen kann, ohne dass ihm jemand Einhalt gebietet oder er Strafe befürchten muss.* Rahil stellte sich die Superschmiede auf Heraklon in den Händen seines Vaters vor, und er sah einen interstellaren, galaktischen Mowder, der allen anderen seinen Willen aufzwingen konnte.

Es wäre das Ende des Menschheitstraums von der Aufnahme in die Gemeinschaft der Hohen Mächte gewesen. All das, wofür die Ägide sechshundert Jahre gearbeitet hatte, wäre umsonst gewesen. Rahil dachte an die Kosmische Enzyklopädie und ihre Verheißung von Wissen. Sie wäre, zumindest für die nächsten

Jahrtausende, ein ätherisches Lied geblieben, voll sirenenhafter Verlockung, ohne ihr Wissen preiszugeben.

Ein dunkles Brummen ertönte, gefolgt von einem hellen Pfeifen, und die künstliche Stimme eines Interpreters übersetzte: »Wir nähern uns dem Ziel.«

Coltan stand auf. »Danke, Exzellenz.«

»Es gibt Komplikationen.«

Rahil beobachtete, wie ein Schatten auf das Gesicht seines Vaters fiel. »Von welcher Art?«

Wieder brummte und pfiff es.

»Die Konflikte im Lagoni-System sind eskaliert«, übersetzte der Interpreter. Die künstliche Stimme schien ihren Ursprung bei Coltan zu haben – offenbar kam sie von der silbernen Nadel an seinem Kragen. Was Rahils Vermutung bestätigte, dass der unbekannte Helfer bei den Hohen Mächten seinen Vater zwar mit moderner Technik ausgestattet hatte, aber nicht mit dem Besten vom Besten. So schien die Rüstung, die er trug, über keine eigenen Kommunikationssysteme zu verfügen. Was war mit den Femtomaschinen? Konnten sie seine Wahrnehmung erweitern, die Gedanken beschleunigen und Gefühle filtern? Oder beschränkten sie sich darauf, Zellschäden im Körper zu reparieren, den Stoffwechsel zu optimieren und relative Unsterblichkeit zu gewährleisten?

Wenn es Rahil gelungen wäre, sein Empirion an sich zu bringen und die eigenen Femtomaschinen zu reaktivieren beziehungsweise das Interdiktionsfeld zu neutralisieren, so hätte er eine gute Chance gegen seinen Vater gehabt, trotz der Gardisten, die ihn schützten.

Für zwei oder drei Sekunds konzentrierte er sich auf die periphere Sicht, die mit sensorischer Erweiterung wesentlich besser gewesen wäre. Sammaccan lag noch immer auf der

Couch in der Ecke, aber er schlief nicht mehr. Die ungewöhnlich großen Augen im flachen Gesicht waren geöffnet – er beobachtete und hörte zu. Vermutlich versuchte er wie Rahil, einen Eindruck von der Situation zu gewinnen und festzustellen, ob es eine Möglichkeit zur Flucht gab. Rahil riskierte es nicht, ihm ein Zeichen zu geben. Er vertraute darauf, dass sich der Polymorphe nicht zu irgendwelchen Unbesonnenheiten hinreißen ließ, solange ihre Chancen schlecht standen.

»Und die Lage auf dem Planeten hat sich ebenfalls verschlechtert«, übersetzte der Interpreter. »Vielleicht ist es uns nicht möglich, Sie direkt über dem Zielgebiet abzusetzen.«

»Exzellenz? Sie dürften doch Mittel und Wege haben …«

»Es befinden sich zwei Poleis im Lagoni-System. Wir dürfen nicht riskieren, entdeckt zu werden. Die Situation erfordert Kompromisse.«

»Exzellenz …«

Ein Signal erklang, wie mehrere Glocken, die gleichzeitig schlugen. »Kursänderung.« Es war eine andere Stimme, vielleicht die des Schiffes. Oder hatte Rahils Vater mehrere Helfer? »Die Gravitationsstrukturen im Zielgebiet haben sich geändert.«

»Ich dachte, Ihr Schiff …«, begann Coltan Jaqiello Tennerit, und Rahil hörte alten, fast vergessenen Trotz in den Worten seines Vaters.

»Mein Schiff kann unter allen Umständen manövrieren«, sagte der Fremde. »Aber es kann auch entdeckt werden, und variable Gravitationsfelder sind eine Gefahr für den Shuttle, mit dem ich Sie absetze. Außerdem …«

»Ja?«, fragte Coltan, als es mehrere Sekunden still blieb.

»Die Interdiktion ist verschärft worden und betrifft alle Technik über der Stufe drei, Ausnahmezonen existieren nicht mehr. Es ist eine Maßnahme, die sich nicht nur gegen Hightech-Intrusion richtet. Sie soll auch helfen, die Wirkung von Akkumulatoren und Logikbomben der Segler einzuschränken.«

»Und wenn schon«, brummte Coltan. »Wir …«

»Ihre Rüstungen werden ebenso wenig funktionieren wie die Femtomaschinen in Ihnen«, sagte die Stimme. »Ich rate Ihnen dringend zu mehr Vorsicht, als Sie in gewissen anderen Situationen gezeigt haben. Wenn Sie sterben, werden Sie tot bleiben. Eine zweite Chance gibt es nicht.«

»Wie meinen Sie das?«

»Das Artefakt ist hyperaktiv, außer Kontrolle geraten. Es wird den ganzen Planeten …«

Von einem Augenblick zum anderen war es so still, dass Rahil den schweren Atem seines Vaters hörte. Sammaccan bewegte sich, aber wenn er zunächst daran gedacht hatte, die Gestalt zu wechseln und anzugreifen, so überlegte er es sich anders – er blieb liegen, wartete weiterhin ab.

»Exzellenz …«

»Strukturelle Veränderungen in der lokalen Raumzeit deuten darauf hin, dass sich eine Polis näher an Heraklon heranmanövriert. Das erhöht die Entdeckungsgefahr. Eine neue Situationsbewertung ergibt …« Das Brummen und Pfeifen wurde lauter, und Coltans Interpreter übersetzte: »Die geänderten Umstände erfordern sofortiges Handeln. Ihnen bleiben fünf Minuten, um sich einsatzbereit an Bord des Shuttles einzufinden.«

»Du kommst mit mir, Rahil.« Coltan ging mit langen Schritten zur Tür und winkte die beiden dort stehenden Wächter zu Sammaccan, der sich bereits von der Liege rollte und aufstand.

In der offenen Tür blieb Coltan kurz stehen. »Worauf wartest du? Komm! Oder willst du mich zwingen, Gardisten zu rufen, die dich … eskortieren?«

Dies war nicht der richtige Moment, dachte Rahil, als er zu seinem Vater ging. Heraklon war ohnehin sein Ziel, und vielleicht bot sich eine Möglichkeit, wenn sie den Planeten erreichten. Die Interdiktion bedeutete, dass Coltan und die Gardisten mit ihrer modernen Ausrüstung nichts anfangen konnten.

Und dann war da noch Sammaccan, der sich auf Heraklon, seiner Heimatwelt, gut auskannte. Das mochte sich als großer Vorteil erweisen.

Auf dem Weg zum Hangar stellte Rahil fest, dass sie sich an Bord eines restaurierten Raumschiffs befanden, dem nur hier und dort moderne Anlagen wie zum Beispiel Formspeicher hinzugefügt worden waren. Vielleicht gehörte es zur Tarnung, aber es mochte auch ein Hinweis darauf sein, dass diese Aktion seines Vaters improvisiert war, aus der Not geboren. Wände, Böden und Decken der Korridore, durch die sie schritten, bestanden aus altem, fleckigem Synthmetall und Verbundstoffen. An einigen Stellen hatten energetische Schneider Spuren hinterlassen, meistens dort, wo die alten Anlagen durch moderne Geräte und Instrumente ergänzt worden waren.

Rahil vermutete, dass es sich um ein Schiff aus der Zeit der Imperialen Föderation handelte, wie die Festung, die sich über der Korona des blauen Riesen hinter einem immer noch funktionierenden Hitzeschild duckte, seit dreitausend Jahren. Ein Relikt aus ferner Vergangenheit, aus der Zeit des terranischen Größenwahns, aber sicher kein geeignetes Transportmittel für den Flug in ein Konfliktgebiet, in dem es auch noch gefährliche Gravitationsverschiebungen gab. Vielleicht hatte sich Coltan all den anderen restaurierten Schiffen hinzugesellen wollen, die von vielen Gefallenen Welten nach Heraklon gekommen waren. Aber aus eigener Kraft hätte er es wohl kaum geschafft, denn alles deutete darauf hin, dass das energetische Potenzial des Kugelschiffes sehr begrenzt war; vermutlich verfügte es nicht einmal über ein Sprungtriebwerk. Es fehlte das leise, Bereitschaft signalisierende Summen von Variatoren, und die meisten Räume lagen im Dunkeln. Wo es hell war, stammte das Licht meistens von mobilen Lampen, wie sie in der Bruch-Gemeinschaft üblich waren.

Sie kamen an mehreren Fenstern vorbei, und durch eins von ihnen sah Rahil eine große, halb durchsichtige Sphäre, in der unterschiedliche geometrische Formen einen langsamen Tanz vollführten, der sie zusammenbrachte und dann wieder voneinander trennte. Ein IKV der Hohen Mächte. Rahil vermutete, dass es dasselbe Interkosmische Vehikel war, das zuvor den Shifter in einer Kontinuumblase transferiert hatte.

Im großen Hangar schwebte eine mobile Lampe unter der Decke, und ihr Licht fiel auf einen Shuttle, der kaum jünger zu sein schien als das Schiff. Die Flanken aus Synthstahl waren verfärbt, vielleicht aufgrund von Reibungshitze bei Atmosphärenflügen, was bedeutet hätte, dass keine ausreichenden Schirmfelder existierten.

Es brummte und pfiff, und der Interpreter an Coltans Kragen übersetzte: »Beeilen Sie sich. Der Shuttle muss in einer Minute bereit sein.«

Rahil warf einen Blick über die Schulter zu Sammaccan, der von den beiden Gardisten eskortiert, einige Meter hinter ihnen stand. In seinem Gesicht sah er eine stumme Frage, die er derzeit nicht beantworten konnte. Er zuckte die Schultern, in der Hoffnung, dass der Polymorphe verstand, ging dann mit seinem Vater an Bord.

Das Innere des Shuttles hätte kaum schlichter sein können. Vielleicht hatte dieses kleine, primitive Raumschiff einmal dem orbitalen Transport von Fracht gedient, denn es erwartete sie ein großer Raum mit notdürftig verkleideten Wänden, leeren Kontaktstellen für energetische Verankerungen und etwa zwei Dutzend Polymersesseln, die ganz offensichtlich aus einer anderen Epoche stammten: Jeder von ihnen verfügte über eine autarke Energieversorgung für ein Fesselfeld, das gravitationelle Veränderungen ausglich und das Trägheitsmoment neutralisierte. Sieben Männer und Frauen in blauschwarzen Uniformen nahmen weiter hinten in den Sesseln Platz. In der Bugkanzel saß eine drahtige Frau mit kurzem Haar an den altertümlichen Kontrollen und sah kurz zur Seite, als Coltan, Rahil und die beiden Gardisten mit Sammaccan nach vorn kamen.

»Sire ...«, sagte sie und nickte kurz. »Alle Systeme bereit.«

Coltan setzte sich und deutete auf den Sessel neben dem seinen. »Hierher, mein Sohn.«

Die Luke klappte mit einem dumpfen Surren zu.

»Hangar auf«, sagte Coltan.

Die vier wie Zähne ineinanderfassenden Teile des Außenschotts glitten auseinander, und der zarte Schleier eines Atmosphärenschilds erschien, dicht dahinter das IKV, das sich vom Kugelschiff gelöst hatte. Einige Sekunden lang schwebte es direkt vor dem Hangar.

Wieder erklang ein Brummen und Pfeifen.

»Ich wünsche Ihnen Erfolg«, ertönte es aus dem Interpreter.

»Ich danke Ihnen, Exzellenz. Ich werde mich erkenntlich zeigen.«

Coltan wartete auf eine Antwort, aber es kam keine. Stattdessen raste das IKV plötzlich fort und gab den Blick frei auf Heraklon.

Eine schwarze Kappe schien sich auf die nördliche Hemisphäre des blaugrünen Planeten gelegt zu haben, dunkler als eine planetare Nacht. Das Artefakt, dachte Rahil.

Dann sprang der Shuttle nach draußen ins All, Heraklon entgegen, und nur eine Sekunde später schmetterte die Faust eines Titanen auf ihn herab.

Wie kommt der Argwohn in die freie Seele?
Vertrauen, Glaube, Hoffnung ist dahin.
Denn alles log mir, was ich hochgeachtet.

GEFRESSENE WELT

31

Ein Objekt, groß wie ein Haus, zerriss den Shuttle, und die Luft entwich mit einer explosiven Dekompression, deren Donnern rasch zu einem dünnen Heulen wurde, das schnell verklang. Mehrere Sitze wurden nach draußen ins All gerissen, und Rahil versuchte instinktiv, sich irgendwo festzuhalten. Nur eine dünne Schicht aus fokussierter Energie trennte ihn vom Vakuum – das individuelle Schutzfeld des Sessels war automatisch aktiv geworden. Die Reste des Shuttles, geborsten und halb zerfetzt, drehten sich schnell, und Heraklon glitt mehrmals dort vorbei, wo eben noch die Pilotenkanzel gewesen war.

Für ein oder zwei Sekunden galten Rahils Gedanken, losgelöst von den Ereignissen um ihn herum, der eigenen Sterblichkeit. Er trug keine Rüstung mehr, die ihn vor schweren Verletzungen bewahren konnte, und wenn er hier starb, am Ziel seiner Mission, am Himmel von Heraklon, würde es niemanden geben, der ihm einen neuen Körper gab. Für die Ägide war er nicht der echte Rahil Tennerit, und wer sonst hätte ihn wiederauferstehen lassen können?

Dann verschwanden diese Gedanken so plötzlich aus seinem Kopf, als hätte sie jemand gepackt und herausgerissen. Er schien ein zweites und drittes Augenpaar zu öffnen und auch mit zusätzlichen Ohren zu hören. Erleichterung durchströmte ihn, fast so intensiv wie bei jemandem, der an Nyktophobie litt und plötzlich in helles Tageslicht trat.

Das von seinem Vater geschaffene Interdiktionsfeld existierte nicht mehr – die Femtomaschinen in Rahil erwachten und erweiterten seine Sinne.

Selbst wenn noch funktionierende Bordsysteme des Shuttles existierten, Rahil konnte sich nicht mit ihnen verbinden, denn es gab keine geeigneten Schnittstellen. Aber das Schutzfeld, das ihn vor der saugenden Leere des Alls schützte, und die Wände des dem Planeten entgegenfallenden Shuttles stellten für seine sensorischen Erweiterungen keine nennenswerten Hindernisse dar. Er sah die beiden Poleis der Hohen Mächte: die eine fast zwanzig Lichtminuten über der Ekliptik und mit einem Durchmesser von neunhundert Kilometern nicht besonders groß; die andere nur fünfzig Millionen Kilometer von Heraklon entfernt und gewaltig, mit einem fast zehntausend Kilometer langen zentralen Oval, von dem in einem Winkel von jeweils fünfundvierzig Grad langgestreckte Ellipsen ausgingen. Rahil nahm auch die energetischen Verbindungen in dem M-Raum wahr, ein Gespinst aus dunklen Fäden, an denen sich die glühenden Punkte von Interkosmischen Vehikeln bewegten.

Zwischen den beiden Sternenstädten der Hohen Mächte, wie von ihnen in die Zange genommen, leuchteten die Signalfeuer energetischer Emissionen im All, ausgehend von Triebwerken und Waffensystemen. Auch ohne die zerebralen Schaltkreise der Rüstung konnte Rahil zumindest einen Teil der von den Sensoren übermittelten Informationsflut verarbeiten und wusste die einzelnen Schiffe der Restaurationsmächte voneinander zu unterscheiden. Er sah den Schnellen Verband der Kongregation von Larralde, der nicht mehr aus dreizehn Kreuzern bestand, sondern aus einundzwanzig, zwei von ihnen offenbar beschädigt, denn ihr Leuchten im Emissionsspektrum war schwächer; außerdem zogen sie einen Schweif aus entweichender Luft hinter sich hervor. Nicht weit von ihnen entfernt manövrierte der alte Träger von Burion, mithilfe der Ägide restauriert und jetzt wieder zu einer Waffe geworden. Eine Wolke aus kleinen Jägern umgab ihn, und gelegentlich lösten sich einige aus dem Schwarm und stoben den Schnellen Kreuzern entgegen.

Ein Dutzend von der Bruch-Gemeinschaft oder der Ägide stammende Shifter versuchten, ihnen den Weg zu versperren, damit es nicht zu einem direkten Kontakt zwischen den verfeindeten Mächten kam.

Mehrere unabhängige Planeten der Gefallenen Welten schienen sich verbündet und gemeinsam einen Sprung-Schlepper verwendet zu haben, der ihre nur mit Unterlichttriebwerken ausgestatteten Schiffe über eine viele Lichtjahre breite Kluft ins Lagoni-System gebracht hatte. Am Ziel wandten sie sich dann gegeneinander und setzten Partikelwolken mit Mikrosprengköpfen ein. Die Femtomaschinen filterten charakteristische Signaturen aus der Signalflut und teilten Rahil mit, dass auch Schiffe vom Konzil der Gerechten, dem Bund von Bryar, den Namhaften Drei sowie von Kupihea, Freidet, Gembe und den Drei Freien Zonen im Lagoni-System präsent waren. Einige Emissionen blieben undeutlich, vielleicht deshalb, weil sie von den Gravitationsfluktuationen der beiden Poleis beeinflusst wurden.

Einer der beschädigten Kreuzer von Larralde explodierte. Er verwandelte sich in eine Feuerblume, die kurz aufblühte, schnell verwelkte und in der Dunkelheit des Alls verschwand.

Rahil nahm das alles mit seinen von den Femtomaschinen erweiterten Sinnen wahr, während sich das Wrack des Shuttles drehte – während sein Vater neben ihm mit großen Augen starrte und Sammaccan auf der anderen Seite gegen das Schutzfeld seines Sitzes ankämpfte, obwohl ihn nur die dünne Membran aus Energie vor dem Tod bewahrte –, und er dachte: Wir haben verloren. Die Menschheit hat verloren. Heraklon hat demonstrieren sollen, dass wir in Frieden leben können, wenn man uns die Möglichkeit dazu gibt. Eine Welt der Diplomatie und Verständigung, dazu bestimmt, alle Konflikte friedlich zu lösen, eine Keimzelle für eine neue Menschheit hier bei den Gefallenen Welten. Aber an diesem Ort ertönt nicht die Stimme des Friedens. Waffen sprechen, und anstelle von Verständigung töten wir uns gegenseitig. Und die Hohen Mächte ... Sie sind hier und beobachten alles. Sie sitzen auf den Logenplätzen, während wir auf der Bühne ein trauriges Spektakel für sie veranstalten.

Rahil sah durch den offenen Bug des Shuttles zum Planeten. Mehrere Hundert Meter entfernt fiel das Objekt, das den Shuttle getroffen hatte, Heraklon entgegen. Eine Ironie des Schicksals wollte, dass es sich um einen inaktiven Satelliten der Ägide handelte.

Kurzer Schwindel erfasste Rahil, nicht ausgelöst von der Schwerelosigkeit, sondern von der beginnenden Schrumpfung seines Wahrnehmungshorizonts. Sie näherten sich dem Planeten – erste Vibrationen wiesen darauf hin, dass sie bereits die obersten Luftschichten berührten – und gerieten damit in das Interdiktionsfeld von Heraklon.

Ein Schatten glitt über die Reste des Shuttles hinweg, und zeichnete sich für ein oder zwei Sekunden vor dem Hintergrund des Planeten ab.

Ein Segler.

Zuerst sah Rahil die unteren Segel, in der Nähe des Planeten halb eingefahren, als sie das Licht der Sonne einfingen und es in Betriebsenergie und Antriebskraft verwandelten. Sie glitzerten wie Silber und Gold, wenn man sie aus einem Blickwinkel betrachtete, und wie Smaragd und Rubin aus einem anderen. Die Größe ließ sich kaum abschätzen, da sich Rahils Blicken nur ein Teil der Segel darbot, aber er erinnerte sich auch ohne die externen Gedächtnismodule der Rüstung daran, dass sie Tausende von Quadratkilometern groß sein konnten: filigrane Netze, im interplanetaren und vor allem interstellaren Raum weit ausgebreitet, um das Licht der Sterne zu sammeln und in Kraft zu verwandeln, die Leben und Geschwindigkeit bedeutete. Für die Segler gab es keine Kickouts, Kontinuumblasen oder Sprungvektoren, und dennoch waren sie ständig auf Reisen, legten Hunderte oder Tausende von Lichtjahren zurück. Bei Langstreckenflügen beschleunigten sie oft bis dicht an die Lichtmauer, und Relativität und Dilatation machten ihre Reisen durch den Raum auch zu Reisen in die Zukunft.

Jetzt waren sie hier bei Heraklon, tausend von ihnen, elf Clan-Gruppen, die vermutlich von Quebal kamen und hundertfünfzig Jahre im relativistischen Flug unterwegs gewesen waren. Seit hundertfünfzig Jahren wissen sie vom Artefakt, denn deshalb sind sie hier, dachte Rahil und versuchte, den Segler trotz der taumelnden Rotation des Shuttle-Wracks im Auge zu behalten. Zwischen den Segeln spannten sich Taue aus Synthmetall, dünn wie Fäden, und zwischen ihnen hingen, wie im Gespinst einer kosmischen Spinne gefangen, die Gondeln der

Reisenden, wie sich die Angehörigen der Clans oft selbst nannten, ohne dabei einen Unterschied zwischen sich und dem Segler zu machen. Aus gutem Grund. In den meisten Fällen waren sie fest mit ihm verwachsen: biologische Komponenten des Seglers, die ihren menschlichen Ursprung weit hinter sich gelassen hatten. Und die Segler waren über Datenbrücken untereinander verbunden und somit Teil eines größeren Ganzen, eines Schwarms, auch wenn die Entfernung unter ihnen Lichtjahre betrug. Die Übertragung der Signalketten – die Gedanken des Schwarms – konnte also Jahre dauern, aber was bedeutete das schon für kybernetische Geschöpfe, die relativistisch lebten und deren Lebenserwartung sich auf Tausende von Jahren belief?

Der Shuttle, aufgerissen und energetisch tot, drehte sich, und als erneut Heraklon und der Segler vor dem offenen Bug erschienen, sprang ein Licht von einer der Gondeln in den Gespinsten und kam rasend schnell näher. Rahil glaubte an den Einsatz einer Waffe und überlegte, warum sich der Segler die Mühe machte, auf das Wrack zu schießen, von dem keine Gefahr für ihn ausging. Dann sah er, dass der vermeintliche Energietorpedo in Wirklichkeit ein Assimilierer war, vermutlich gesteuert von einem Biomodul, und er hielt nicht auf den Shuttle zu, sondern auf den Ägide-Satelliten, der ihn in ein Wrack verwandelt hatte.

Die Erschütterungen wurden heftiger, und Rahil beobachtete, wie sich Metall- und Verbundstofffetzen von den Rändern des großen Lochs lösten und weggerissen wurden. Heraklon wuchs vor ihnen, größer als Eckrote, größer als Greenrose oder die alte Erde auf der anderen Seite des Sagittariusbruchs: eine blaugrüne Kugel mit einem Durchmesser von sechzehntausend Kilometern und einer Schwerkraft, die um etwa zwölf Prozent über der Norm lag.

Wir werden schwer sein dort unten, dachte Rahil, um gleich darauf die Dummheit dieses Gedankens zu erkennen; offenbar hatten Aktivität und Effizienz der Femtomaschinen bereits stark nachgelassen. Es war ein dummer Gedanke, weil sie den Planeten mit ziemlicher Sicherheit gar nicht lebend erreichen würden.

Aus dem Augenwinkel sah Rahil, wie das Schutzfeld des Gardisten, der rechts neben Sammaccan saß, plötzlich flackerte und verschwand. Der Mann schwebte in die Höhe, schnappte im Vakuum vergeblich nach Luft ... und wurde gegen die Wand geschleudert, als etwas dichtere Atmosphäreschichten den Shuttle abbremsten und seine Drehung veränderten. Dort blieb er hängen, von der Zentrifugalkraft festgehalten, die Augen bereits vereist.

Aber er wird nicht lange in Eis erstarrt bleiben, dachte Rahil benommen. Die Reibungshitze wird ihn braten, und uns mit ihm.

Sammaccan sah ihn an, sein Gesicht eine Fratze. Der Mund bewegte sich, aber natürlich hörte Rahil kein Wort.

Wieder erschien der Segler; der Ägide-Satellit hing fest im Griff des Assimilierers – seine Technik war ein kostbarer Schatz für den Schwarm.

Eine heftige Erschütterung erfasste den Shuttle, und plötzlich gab es dort, wo eben noch die Leiche gewesen war, ein weiteres Loch. Mit den immer noch erweiterten Sinnen konnte Rahil ein orbitales Trümmerfeld aus Resten anderer Satelliten und vermutlich mehreren auseinandergebrochenen Raumschiffen wahrnehmen. Der Shuttle war mitten hindurchgeflogen, und eigentlich konnten sie von Glück sagen, dass er nicht völlig zertrümmert worden war.

Heraklon wanderte vom Bug zur Seite, kehrte dann nach vorn zurück, eine Welt, verunstaltet von einem schwarzen

Krebsgeschwür, von einem dunklen Fraß, der die arktischen Regionen ganz verschlungen hatte und weite Ausläufer nach Süden streckte.

Schlagartig schrumpfte Rahils Welt, als das stärker werdende Interdiktionsfeld die Femtomaschinen deaktivierte. Technik oberhalb der Stufe drei funktioniert nicht mehr, dachte Rahil und versuchte, sich daran zu erinnern, was das konkret bedeutete. Seine Gedanken flogen nicht mehr, sondern krochen träge dahin, und einer von ihnen hatte eine Erklärung dafür, die Rahil erschreckte und einen Adrenalinschub auslöste. Sie lautete: Kohlendioxid. Er erstickte nach und nach an der Luft, die er ausatmete, weil der Sessel zwar über eine autarke Energieversorgung verfügte, nicht aber über einen separaten Gasrecycler. Vielleicht erstickte er, bevor er zusammen mit den anderen verbrannte. Er fragte sich, was weniger unangenehm war: nach und nach das Bewusstsein zu verlieren oder innerhalb eines Sekundenbruchteils in der enormen Reibungshitze zu verglühen.

Das Wrack tauchte tiefer in die Atmosphäre des Planeten, und dort war Heraklon nicht mehr nur eine Kugel, sondern eine riesenhafte Welt, von der sich nur ein Teil durch die Löcher im Bug und in der Flanke des Shuttles zeigte. Sonnenschein glitzerte auf Seen und großen Binnenmeeren, strich funkelnd über die weißen Kappen hoher Berge und brachte ausgedehnten Wäldern Licht und Leben. Ohne die Erweiterung seiner Sinne kehrte für Rahil das Gefühl zurück, halb taub und blind zu sein, und hinzu kam die Benommenheit, die seine Gedanken träge machte. Er versuchte, einzelne Regionen des Planeten zu identifizieren, um sich von der Furcht vor dem nahen Tod abzulenken. Heraklon musste dem Rahil Tennerit, der dort unten vor etwa zwei Monaten gestorben war, vertraut geworden sein, aber die Erinnerungen des Toten – wenn sie überhaupt noch existierten – gehörten nicht zu dem Image, mit dem er wiedergeboren war. Vielleicht warteten sie bei Äguizabel auf ihn. So viele Fragen, dachte er müde. Und so wenige Antworten. Vielleicht war es das, was ihn am meisten daran störte, in wenigen Sekunden oder höchstens Minuten zu ersticken oder zu verbrennen: zu sterben, ohne zu erfahren, *warum* er sterben musste, ohne zu wissen, was es mit dem Artefakt auf sich hatte, und mit den Plänen der verschiedenen Gruppen und Mächte, die es in ihren Besitz bringen wollten.

Ein Gesicht schaute ihn vom Planeten her an: zwei große runde Seen für die Augen, darunter ein langer, schmaler, der die Nase bildete, und wiederum darunter drei kleinere, ebenfalls rund, aber miteinander durch natürliche Kanäle verbunden. Daran erinnerte er sich deutlich – in den holografischen Bildern, die er sich vor einem Jahr während der Vorbereitungen auf die Mission angesehen hatte, waren diese Seen mehrmals erschienen. Er erinnerte sich an einen Gedanken: *Heraklon sieht mich an.* Im Westen davon erstreckten sich die Wälder des Tieflands Cimeno, und weiter im Norden ragte der »Wall« auf, ein Gebirge, dessen höchste Gipfel bis in die Stratosphäre reichten. Es geriet außer Sicht, noch während Rahil sich an den Namen zu erinnern versuchte.

Ein Brummen ertönte um ihn herum, und das erschien ihm seltsam und absurd, denn im Wrack gab es längst keine Luft mehr. Dann begriff er, dass sich die Vibrationen des Bodens unter ihm in der Luft fortpflanzten, die im Innern des Schutzfelds gefangen war. Es ist die Ouvertüre meines Todes, dachte er und begann zu lachen, weil er das aus irgendeinem Grund komisch fand.

Er schloss die Augen nur für einen Moment, und als er sie wieder öffnete, starrte er auf schwarzen Weltenfraß hinab. Die

Reste des Bugs glühten in der Reibungshitze, Wolkenfetzen huschten vorbei, wie dunkle Schatten, vom Glühen kurz in geisterhaftes Licht getaucht, und darunter erstreckte sich eine Finsternis, die elektromagnetische Strahlung verschiedener Wellenlängen ebenso verschlang wie die Materie des Planeten. Mitten in dieser Schwärze, hoch im Norden, wie eine Spinne in ihrem immer größer werdenden Netz, lag das Artefakt und fraß Heraklon. Schade, dass wir nicht landen können, dachte Rahil am Rand einer dunklen Taubheit, die er als sehr angenehm empfand. Es sind nur zwei- oder dreihundert Kilometer. Wir könnten zum Artefakt gehen und …

Und was?, dachte ein anderer Teil von ihm, der sich einen Rest von Klarheit bewahrt hatte. Glaubst du vielleicht, du müsstest nur anklopfen, um … von wem hereingelassen zu werden? Dem Schmied, der die Superschmiede in Betrieb genommen hat? Und willst du ihn fragen, was er schmiedet, wozu er die Masse des Planeten benötigt und was er mit ihr herstellt?

Aus dem Brummen war ein Donnern geworden, das ihm die Trommelfelle zerriss. Oder vielleicht auch nicht, denn er hörte noch immer etwas, als das Donnern plötzlich aufhörte und einem Zischen wich wie von entweichender Luft.

Ein Atemzug, der noch einige vereinzelte Sauerstoffmoleküle in Rahils Lunge brachte, noch ein müdes Blinzeln, und aus der Nachtseite des Planeten mit dem schwarzen Mal des Artefakts wurde heller Tag. Ein Wirbelsturm bildete sich über der blaugrünen Weite des südlichen Korallenmeers, und weiter vorn kam die Küste des Tausend-Hügel-Lands in Sicht, im Landesinnern die Große Graue Leere, wie die Einheimischen das tausend Kilometer breite Staubmeer nannten. Eine unangenehme, fast unzivilisierte Region mit nur einer großen Stadt am Westufer der Großen Leere: Jadoo, Hauptstadt von Applonia, einem von Heraklons neunzehn Nationalstaaten. Dort gab es nicht nur zahlreiche Konsulate, sondern auch einen Raumhafen.

Warum fällt mir das jetzt ein?, dachte Rahil. Weckt der Sauerstoffmangel Erinnerungen, die tief in mir vergraben waren? Und warum denke ich solche Gedanken? Weiß ich mit den letzten Momenten meines Lebens nichts Besseres anzufangen?

Ein weiterer Gedanke stieg in ihm auf, klarer als die anderen: Ich sterbe zusammen mit meinem Vater. Wer hätte das gedacht?

Wolken wie schmutzige Watte empfingen das Wrack des Shuttles, und Rahils Lider sanken erneut, weil er nicht mehr die Kraft hatte, sie oben zu halten. Außerdem war es angenehm, einfach die Augen zu schließen und sich dem weichen Nichts hinzugeben. Nur ein bisschen ausruhen, etwas Kraft schöpfen …

Vage spürte er, dass um ihn herum Bewegung entstand. Etwas schüttelte ihn, so heftig, dass ihm die Zähne klapperten. Er verlor die Orientierung und wollte die Augen öffnen, um festzustellen, was geschah, doch die Lider schienen tonnenschwer zu sein, während sich gleichzeitig sein Körper sonderbar leicht anfühlte. Dass er überhaupt etwas fühlte, erstaunte ihn, bedeutete es doch, dass er noch lebte.

Es donnerte und krachte, und die Ouvertüre des Todes, die ihn eben zum Lachen gebracht hatte, schwoll zu einem Crescendo an. Rahil hätte sich gern die Ohren zugehalten, aber wenn er noch Hände hatte, so spürte er sie nicht.

Irgendwann wurde es still. Und kalt. Die Kälte machte ihm erst klar, wie warm es bis eben gewesen war. Er nahm sie in sich auf, mit mühsamen, schmerzvollen Atemzügen.

»Hier liegt noch einer«, erklang eine Stimme. Etwas berührte ihn, und dieselbe Stimme rief: »He, er lebt noch!«

Vorsichtige Finger öffneten seine Augen, und dafür war Rahil dankbar, denn ohne Hilfe hätte er die schweren Lider nicht heben können.

Er lag in einem Trümmerfeld, unter einem Himmel grau wie Schiefer.

Ich lebe, dachte er. Und ich bin auf Heraklon.

32

Regentropfen hämmerten auf ein Dach, und es klang nach dem Rattern von Projektilwaffen. Ihm war kalt, er zitterte, fühlte sich schwer. Hände hüllten ihn in Decken, und zwei von ihnen, zwei sanfte, behutsame Hände, hoben ihm den Kopf an und führten einen Löffel an seine Lippen. Rahil aß und trank mehrmals in dieser kalten, von Regen und Sturm heimgesuchten Nacht, und irgendwo tief in seinem Innern erlebte er eine sonderbare Art von Déjà-vu, denn er glaubte sich an eine andere Welt zu erinnern, auf der ihn Regen und Sturm erwartet hatten.

Einmal sah er ein Gesicht über sich, hell und oval, von rotbraunen Locken umgeben, darin zwei große Augen grün wie Jade. Das Gesicht einer jungen Frau, nicht älter als dreißig, an ihrer Jacke das Emblem des Volontariats der Bruch-Gemeinschaft. Aber er wusste nicht, ob dieses Gesicht wirklich existierte oder aus den Tiefen seiner Träume und wirren Erinnerungen aufgestiegen war.

Als er ein anderes Mal erwachte, schaukelte alles um ihn herum, und ein wechselhaftes, mal lautes, mal leises Brummen begleitete die Bewegungen. Er begriff, dass er auf der Ladefläche eines Wagens lag, und das Brummen schien von einem Verbrennungsmotor zu stammen.

Die Plane über ihm war offen, und er sah den Nachthimmel von Heraklon. Sterne leuchteten dort, und einige der hellen Punkte bewegten sich, vielleicht Satelliten oder Raumschiffe.

Das Gesicht erschien erneut über ihm, und eine sanfte, behutsame Hand berührte ihn an der Stirn. »Eine kleine Pause«, sagte die junge Frau und deutete nach oben. »Die nächste Regenfront ist unterwegs, und danach geht's richtig los. Die letzten Meldungen der noch funktionierenden Satelliten deuten darauf hin, dass der Zyklon über dem Korallenmeer in diese Richtung zieht. Wenn er uns erreicht, sollten wir die Stadt verlassen haben und am besten schon auf der anderen Seite des Großen Grau sein.«

Rahil versuchte zu antworten, brachte aber nur ein Krächzen hervor.

»Sprechen Sie Stellar?«, fragte die Frau. »Verstehen Sie mich?«

Rahil nickte, und dann fielen ihm wieder die Augen zu.

Als er die Lider, jetzt nicht mehr ganz so schwer, das nächste Mal hob, begrüßten ihn ein grauer Tag und viele Stimmen. Rahil blieb ruhig liegen und versuchte, seine Gedanken zu ordnen und sich zu orientieren. Er befand sich im Innern eines improvisierten Gebäudes, das aus Zeltplanen und Blechteilen bestand und offenbar in aller Eile errichtet worden war, denn manche Komponenten passten nicht richtig zusammen – hier und dort pfiff der Wind durch Ritzen und zerrte an den Planen. Vereinzelte Tropfen klatschten aufs Blechdach, vielleicht die Vorboten weiteren Regens.

Das Innere des Gebäudes war in zahlreiche große und kleine Nischen aufgeteilt, und als Rahil den Kopf hob, sah er Männer und Frauen, die durch den Flur und die anderen Räume eilten. Nur wenige von ihnen trugen Kleidung aus synthetischen Stoffen, von einer Schmiede hergestellt. Die meisten Hosen, Hemden, Jacken und Mäntel schienen aus verarbeiteten Naturfasern zu bestehen. Es herrschte allgemeine Aufregung, und niemand achtete auf Rahil, als er aufstand und sich dabei sehr vorsichtig bewegte. Sein ganzer Leib fühlte sich wund an, aber es schien nichts gebrochen zu sein. Die Knie waren weich, vielleicht wegen der höheren Schwerkraft, gaben jedoch nicht unter ihm nach, als er die ersten Schritte machte.

Sie führten ihn zu seinem Vater.

Er lag direkt an der Wand, die zum einen Teil aus einem Blechsegment bestand, von dem der Lack bröckelte, und zum anderen aus einer fleckigen, im Wind knarrenden Plane. Mit geschlossenen Augen lag er auf dem Feldbett, die Decke bis zum Kinn hochgezogen, das schmale Gesicht eingefallen; blasse Haut spannte sich über hohen Wangenknochen, Bartstoppeln legten einen Schatten auf Wangen und Kinn.

Am Kragen des Schlafenden glänzte die silberne Nadel des Interpreters. Rahil streckte die Hand danach aus und nahm sie, hob dann die Decke an. Coltan Jaqiello Tennerit trug eine Art Krankenkittel, wie er selbst, und darunter klebten noch einige Überbleibsel der Rüstung an seinem aus einer biologischen Schmiede stammenden Leib.

»Oh, Sie sind auf den Beinen.«

Rahil drehte sich um und sah die junge Frau mit den rotbraunen Locken. »Es geht mir besser«, sagte er vorsichtig und versuchte, einen Eindruck von ihr zu gewinnen. »Was ich Ihnen zu verdanken habe, nehme ich an.«

Wieder fielen Tropfen aufs Blechdach. Rahil hob instinktiv den Kopf.

»Es wird bald schlimmer«, sagte die Frau. »Die Ausläufer des Wirbelsturms erreichen uns in der kommenden Nacht, und bis dahin sollten die Schiffe unterwegs sein und Nabbuk möglichst weit hinter sich gelassen haben. Andernfalls müssten sie demontiert werden, denn der Sturm würde sie zerfetzen, und wir wissen nicht, wie lange die Staubschiffe in Jadoo noch für die Evakuierung zur Verfügung stehen. Die Akkumulatoren der Segler sind dorthin unterwegs. Es heißt sogar, eine Logikbombe hätte die Datennetze des Raumhafens und der Konsulate getroffen.«

Sie hatte schnell gesprochen und teilte ganz offensichtlich die Aufregung der anderen Männer und Frauen, die hinter ihr noch immer durch die Nischen und Zimmer des Gebäudes hasteten – einige von ihnen führten humpelnde Verletzte und Kranke.

»Wie bitte?«, brachte Rahil hervor.

»Oh, entschuldigen Sie.« Die Frau kam einige Schritte näher. »Ich bin Lonora und gehöre zum Volontariat von Heraklon. Meine Freunde und ich, wir haben Sie aus dem Wrack des Shuttles geholt.«

»Ich heiße Rahil. Es ist noch etwas übrig geblieben? Vom Shuttle, meine ich.«

»Nicht viel. Und dass Sie überlebt haben, grenzt an ein Wunder. Nein, vielleicht *ist* es ein Wunder. Die anderen hatten nicht so viel Glück.«

Rahil deutete auf den Schlafenden und hätte fast »mein Vater« gesagt. In der einen Sekunde des Zögerns fiel ihm etwas ein.

»Dieser Delinquent lebt.«

»Oh«, sagte die Frau. »Delinquent?«

»Er hat gegen die Gesetze der Ägide verstoßen«, sagte Rahil. »Ich bin Missionar mit Exekutor-Status und wollte ihn zur Botschaft in Couron bringen.«

»Couron in Munraha?« Lonora klang skeptisch. »Das ist ziemlich weit weg. Zum Glück für uns, denn ein Ausläufer des Fraßes breitet sich dorthin aus.« Sie maß Rahil mit einem nachdenklichen Blick. »Der Mann dort soll ein Delinquent sein und Sie ein Exekutor der Ägide? Er trug eine Rüstung …«

»Ich habe Femtomaschinen in mir«, sagte Rahil schnell. »In der hiesigen Interdiktion funktionieren sie nicht, aber wenn Sie einen Signaturleser haben, können Sie damit meine Identität verifizieren.« Es sei denn, Milissa Gauwain hat den Exekutor-Status auf Eckrote löschen lassen, dachte Rahil, als er Lonora durch den Flur in ein anderes Zimmer folgte, in dem ein heilloses Durcheinander aus primitiven Geräten, Werkzeugen und analogen Informationsträgern herrschte. Während die junge Volontärin in dem Chaos nach einem Gerät suchte, das die Identitätssignale passiver Femtomaschinen erfassen konnte, trat Rahil zum breiten Fenster, dessen Scheibe einen langen Sprung aufwies, und blickte nach draußen.

Ein Lager aus Tausenden Zelten und ebenso vielen Hütten und Baracken erstreckte sich an den Hängen eines langen Höhenzugs mit einer pastellfarbenen Stadt zu seinen Füßen, vermutlich Nabbuk. Überall im Lager waren Menschen unterwegs, junge und alte, Frauen, Männer und Kinder, zu Fuß, auf Karren, die von zotteligen Tieren mit langen, krummen Hörnern gezogen wurden, oder auf den Ladeflächen brummender, schnaufender Transporter, deren Antriebsmaschinen eine Mischung aus Verbrennungsmotor und Dampfmaschine zu sein schienen. Wenn es Verkehrsregeln gab, so wurden sie nicht beachtet, und das Ergebnis war ein wildes, insektenhaftes Gewimmel. Hier und dort standen Uniformierte auf Podien und Podesten, schwangen Fahnen und versuchten, den Verkehr in geordnete Bahnen zu lenken, mit nur wenig Erfolg.

Flüchtlinge, dachte Rahil. Dies ist ein Flüchtlingslager.

»Die Menschen fliehen«, sagte er.

Er hatte leise gesprochen, aber Lonora hörte ihn trotzdem. »Man kann es ihnen wohl kaum verdenken. Und dies ist nur die Spitze des Eisbergs. Was ich damit sagen will ...«

»Ich verstehe die Metapher. Dies hier ist erst der Anfang.«

»Ja. Es ist nicht viel übrig vom Frieden auf Heraklon, Rahil. Der Fraß treibt die Völker nach Süden. Die alten Grenzen werden nicht mehr respektiert. Die Ägide hat viel zu spät eingegriffen; das war ein Fehler.«

Es erstaunte Rahil, dass sie tatsächlich eingegriffen hatte. Daraus ließ sich der Schluss ziehen, dass das Kuratorium der Panik nahe war. »Was ist geschehen?«

»Sie wissen es nicht?«, fragte Lonora hinter ihm, während er weiterhin aus dem Fenster sah und das Chaos im Flüchtlingslager beobachtete. Ein Strom aus Menschen ergoss sich über die Hänge zur Stadt und zum Hafen, wo man die Gerüste von sechs riesigen Staubschiffen vorbereitete. »Ich dachte, Sie sind Exekutor der Ägide.«

»Das bin ich auch, wie Sie feststellen werden, sobald Sie den Signaturleser gefunden haben. Aber nicht nur hier auf Heraklon überstürzen sich die Ereignisse.«

»Die Ägide hätte das Lagoni-System schon vor ein paar Jahren isolieren sollen. Mir scheint, im Kuratorium hat man den Ernst der Lage zu spät erkannt. Vor einem Monat sind mehrere Shifter in Jadoo eingetroffen. Es heißt, eine Spezialistengruppe will versuchen, das Artefakt unter Kontrolle zu bringen und den Fraß zu beenden.«

Eine Spezialistengruppe, wiederholte Rahil in Gedanken. Vielleicht gehört ihr der andere Rahil Tennerit an. Der, den Milissa Gauwain für den richtigen hielt.

Ihm fiel etwas ein. »Kennen Sie einen gewissen Äguizabel?«

»Äguizabel? Wer soll das sein?«

»Ein Verwahrer.« Mehr hat mir der Gesserat, der Zacharias genannt werden wollte, nicht verraten, dachte Rahil. Nur einen Namen habe ich von ihm bekommen, und etwas, das ein Titel oder eine Berufsbezeichnung sein könnte. Zu welchem Volk gehört dieser Äguizabel? In welcher Region von Heraklon ist er zu Hause? Wie dumm, hierherzukommen und einfach nur einen Namen zu nennen, in der Hoffnung, jemanden zu treffen, der ihn kennt und mir seine Adresse nennen kann.

»Oh, ich bin erst seit zwei Monaten hier«, sagte Lonora und kramte noch immer in ihren Sachen. »Unsere Gruppe wollte bei der Evakuierung helfen. Inzwischen bin ich mir nicht mehr sicher, ob es eine gute Idee war, nach Heraklon zu kommen. Seit ein paar Tagen habe ich das Gefühl, dass wir hier alle Teil einer Lawine sind, die sich gerade in Bewegung gesetzt hat. Ah, hier ist er.«

Die Volontärin kehrte mit etwas zurück, das nach einem kleinen Stift aussah. Das Objekt summte leise, als sie es auf Rahil richtete. »Sie tragen tatsächlich Femtomaschinen und …« Sie zögerte kurz und sah auf das kleine Display. »Der Exekutor-Status wird bestätigt.«

Rahil ließ sich seine Erleichterung nicht anmerken.

»Was auch immer er Ihnen gesagt hat, glauben Sie ihm kein Wort«, kam eine Stimme von der Tür.

Lonora und Rahil drehten sich um.

Coltan Jaqiello Tennerit stand dort in seinem Krankenkittel und mit einer über die Schultern geworfenen Decke. Er wirkte zehn Jahre älter als noch an Bord des Shuttles, und offenbar hatte er Mühe, sich auf den Beinen zu halten. Sein rechter Arm ruhte in einer Polymerschiene, ausgestattet mit Stimulanzringen für beschleunigte Heilung – medizinische Technik schien von der Interdiktion nicht betroffen zu sein. Ein Mann in Lonoras Alter, an seiner Kleidung ebenfalls ein Emblem des Volontariats, wollte ihn stützen, aber Coltan stieß seine Hand beiseite.

»Er ist mein Sohn«, fügte Coltan hinzu. »Wir sind Missionare im Dienst der Ägide, mit der Untersuchung des Artefakts beauftragt.«

»Oh«, sagte die Volontärin. Ihr Blick ging einige Male zwischen den beiden Männern in Krankenkitteln hin und her.

»Es lässt sich leicht beweisen«, sagte Coltan. »Sie brauchen nur unseren genetischen Code zu untersuchen.«

Der Stift in Lonoras Hand summte. »Er trägt ebenfalls Femtomaschinen.« Sie ließ den Signaturleser sinken. »Sie haben ihn einen Delinquenten genannt«, wandte sie sich an Rahil. »Was hat er sich zuschulden kommen lassen?«

Mit den zerebralen Schaltkreisen der Rüstung und aktiven Femtomaschinen wäre es ihm leichtgefallen, sich eine plausible Geschichte einfallen zu lassen. Rahil hatte das Gefühl, dass sein Gehirn noch immer nicht richtig funktionierte, was an den Nachwirkungen der Verletzungen liegen mochte, die er sich beim Absturz zugezogen hatte, oder vielleicht daran, dass die höhere Schwerkraft von Heraklon ihm die zurückgekehrte Kraft aussaugte. Sein Vater stützte sich an der Tür ab, weil er seinen zitternden Beinen nicht traute, und Rahil sehnte sich nach einem Stuhl.

Er entschied sich für die Wahrheit, eingebettet in eine Lüge. »Es gibt kaum ein Verbrechen, das er nicht begangen hat. Er ist tatsächlich mein Vater, aber er gehört zu denen, die das Chaos im Lagoni-System und auf Heraklon verursacht haben, weil sie das Artefakt in die Hände bekommen wollen. Seine Femtomaschinen sind illegal. Er kommt von einer Gefallenen Welt. Darf ich vorstellen? Coltan Jaqiello Tennerit, autokratischer Herrscher des Dutzends. Inzwischen bist du doch zum Regenten über Cambronne und seine Monde aufgestiegen, Vater, oder?«

Ein oder zwei Sekunden herrschte Stille.

Dann fragte der junge Mann, der Rahils Vater gestützt hatte: »Alles in Ordnung, Lonora? Brauchst du Hilfe?«

In diesem Augenblick kam ein lauter Pfiff von draußen, gefolgt von einem lang anhaltenden Schnaufen. Die Volontärin sah aus dem Fenster. »Die Leute dort draußen brauchen Hilfe, Felton. Es kommt schon wieder ein Zug mit Flüchtlingen.« Sie ging zur Tür und drehte sich noch einmal um. »Wer immer Sie auch sind …«, sagte Lonora, und ihre Worte galten sowohl Rahil als auch seinem Vater. »Sie haben doppeltes Glück. Sie haben den Absturz überlebt, und Sie sind bei uns gelandet, im wahrsten Sinne des Wortes. Im Grunde genommen ist es mir gleich, wer Sie sind. Felton, die anderen und ich … Oh, wir sind hierhergekommen, um zu helfen, nicht, um Fragen zu stellen. Heute Abend brechen die Schiffe auf, und wir nehmen Sie mit. Morgen Nachmittag erreichen wir Jadoo, wenn alles gut geht, und dort bringen wir Sie und die anderen Flüchtlinge an Bord eines der Evakuierungsschiffe. Bis dahin erwarte ich von Ihnen, dass Sie hier nicht noch mehr Unruhe stiften, klar?«

Lonora gesellte sich den Leuten im Flur hinzu, die offenbar alle nach draußen strebten. Rahil wollte das Zimmer ebenfalls verlassen, aber Coltan versperrte ihm den Weg. In dem Krankenkittel bot er einen seltsamen, fast komischen Anblick. »Wir müssen nach Norden, mein Sohn. Verstehst du? Wir müssen zum Artefakt. Wir beide …« Er wollte Rahil die Hand auf die Schulter legen, aber der stieß sie beiseite.

»Das Blatt hat sich gewendet«, sagte Rahil mit der Kühle, die sein Vater ihm gegenüber so oft an den Tag gelegt hatte. »Du wirst dich umgewöhnen müssen. Hier gibst du keine Befehle.«

Draußen war das Chaos schier atemberaubend. Zigtausende von Menschen strömten wie eine lebende Flut durch die Straßen und Gassen des Flüchtlingslagers, das sich kilometerweit über die Hänge der Berge erstreckte, die das Staubmeer auf allen Seiten umschlossen – im Westen, Norden und Süden verschwanden ihre graubraunen Felsrücken im Dunst, aus dem immer wieder große, schwere Regentropfen fielen. Rahil kletterte trotz schmerzender Muskeln auf ein wackliges Podium neben dem Eingang des Hospitals, in dem er erwacht war; von dort aus hatte er einen besseren Blick.

Dunstschwaden hingen über der pastellfarbenen Stadt, grau wie das Staubmeer der Großen Leere. Im Hafen, halb verschleiert, ragten die Gerüste der sechs Schiffe auf, die Rahil bereits aus dem Fenster gesehen hatte: Stangen und Bögen aus Leichtmetall und den Knochen der Ora-Ori, die in den Savannen südlich der Wälder von Cimeno heimisch waren – die Flügel jener Vögel erreichten eine Spannweite von fast fünfzehn Metern, und ihre hohlen Knochen waren außerordentlich stabil. Die horizontalen Balken oben und an den Seiten trugen Segel, noch zusammengerollt und fest verschnürt. Im Innern der Gerüste, an den Stangen und Holmen befestigt, hingen große und kleine Nutzlastbeutel, einige von ihnen mit eigenen Segeln ausgestattet. Die Entfernung war ziemlich groß, und Rahil musste sich mit seinen gewöhnlichen, unverstärkten Sinnen begnügen, aber er glaubte zu erkennen, dass bereits Tausende von Passagieren an Bord gingen. Die meisten von ihnen schritten über Rampen, aber die besonders Mutigen kletterten Strickleitern Dutzende von Metern hoch und suchten sich einen bequemen Platz in den Netzen und Beuteln. Unten steckten die langen Ausleger und zum Teil auch die Verstrebungen zwischen ihnen tief im Staub, den der Wind in trägen Wogen wie die Wellen eines Meeres an die Kais und Piere schwappen ließ. Sie empfingen Auftrieb gebendes Gas aus Tanks, hauptsächlich Helium. Daran erinnere ich mich, dachte Rahil, während er mit weichen Knien auf dem Podium stand, sich an einer Geländerstange festhielt und aufkommender Wind an seinem Krankenkittel zerrte. Ihm war kalt, aber er achtete nicht darauf, ebenso wenig auf die Regentropfen, die nun in kürzeren Abständen kamen; ein besonders großer klatschte ihm mitten auf die Stirn. Daran erinnere ich mich, dachte er erneut. Aber was geschieht mit dem Staub der Großen Leere, wenn es stärker regnet? Versickert das Wasser darin? Oder wird ein Brei daraus, der die Ausleger der Schiffe hemmt? Bestimmt hatte er sich vor seinem ersten Einsatz auf Heraklon auch mit diesen Dingen beschäftigt, aber warum sollte er sich solche Informationen einprägen, wenn man sie ganz einfach in den externen Gedächtnismodulen einer Rüstung ablegen konnte?

Was würde geschehen, wenn die Schiffe mit Tausenden von Flüchtlingen im Staub stecken blieben, der sich durch Regen in Schlamm verwandelte? Und wenn der Sturm sie erreichte?

Ein weiterer Gedanke tauchte in Rahil auf: Mein Weg führt nicht nach Jadoo am Westufer der Großen Grauen Leere, sondern nach Norden, nach Munraha und zum Artefakt.

Er drehte sich halb um, ohne die Hände von der Geländerstange zu lösen.

Oberhalb des Flüchtlingslagers rollte ein Zug über eine von insgesamt drei am Hang angelegten Trassen: eine schier endlose Schlange aus rumpelnden, schwankenden Waggons, gezogen von zwei stählernen Ungetümen, die wie Metall gewordene Ochsen oder Büffel schnauften und keuchten und dabei Wolken aus dichtem grauweißem Dampf gen Himmel bliesen. Lokomotiven, erinnerte sich Rahil, der solche Apparaturen in historischen Aufzeichnungen gesehen hatte. Angetrieben von Kesseln, in denen Feuer Wasser erhitzte. Mobile Dampfmaschinen.

Der Wind wurde stärker, riss die Dampfwolken aus den Schornsteinen der beiden Lokomotiven und trieb sie den vielen Menschen entgegen, die aus den Waggons kletterten, kaum dass der Zug angehalten hatte.

Das Podium wackelte so heftig, dass Rahil fast das Gleichgewicht verloren hätte. Oder waren es seine Beine, die ihn nicht mehr tragen wollten? Dann sah er eine Bewegung aus dem Augenwinkel und drehte den Kopf.

Jemand kletterte zu ihm hoch.

Es war ein junger Mann von zierlicher Gestalt, mit dünnen Armen und langen, schmalen Händen, gekleidet nicht in einen Patientenkittel, sondern eine weite braune Hose und eine graue Hemdjacke. Auf den ersten Blick wirkten die Sachen normal, aber wenn man genauer hinsah ... Die Regentropfen perlten an dem Stoff ab, schienen ihn gar nicht richtig zu berühren.

Rahil lächelte. »Sammaccan!«, sagte er erfreut und fühlte sich gleichzeitig ein wenig schuldig. Seit seinem Erwachen hatte er weder an den Polymorphen noch die anderen Männer und Frauen gedacht, die an Bord des Shuttles gewesen waren.

Der junge Mann erwiderte das Lächeln, öffnete den Mund und zischte wie ein Reptil.

»Warte.« Rahil griff in die Tasche des Kittels, holte den Interpreter hervor, den er seinem Vater abgenommen hatte, und schaltete das kleine Gerät ein, in der Hoffnung, dass es nicht der Interdiktion unterlag.

»Wenn dieses Ding nicht funktioniert, müssen wir irgendwie mit Gestensprache zurechtkommen, Sammaccan«, sagte er.

Das Gerät blieb stumm. Die kleine Maschinenintelligenz, mit der es ausgestattet war, konnte entweder nicht feststellen, an wen sich die Worte richteten – oder sie schlief den Schlaf der Interdiktion.

Sammaccan zischte erneut, und eine Stimme kam aus der silbernen Nadel. »Wir haben überlebt, Rahil Tennerit.«

Rahil hatte zum zweiten Mal Gelegenheit, sich zu freuen. »Das haben wir, ja. Und mit diesem Interpreter können wir uns verständigen.«

Noch während er diese Worte sprach, umgeben vom Chaos des Flüchtlingslagers und unter einem grauen Himmel, aus dem kalte Regentropfen fielen, dachte er: Wie haben wir überlebt? Wie *können* wir überhaupt überlebt haben?

Wie schnell war der Shuttle in den oberen Luftschichten des Planeten gewesen? Zwanzigfache Schallgeschwindigkeit? Vielleicht noch etwas mehr. Kein Schirmfeld hatte das alte, aufgebrochene Raumfahrzeug geschützt. Die Reibungshitze und eigene kinetische Energie hätten es in Stücke reißen müssen, mit allem, was sich in seinem Innern befand.

Und doch stehen wir hier, ging es Rahil durch den Kopf. Einigermaßen gesund und munter. Und unverletzt, bis auf meinen Vater, der sich offenbar den rechten Arm gebrochen hat. Er sah an sich herab, betastete erst die Brust und dann die Beine, wie auf der Suche nach Verletzungen, die bisher seiner Aufmerksamkeit entgangen waren.

»Hier stimmt was nicht«, sagte er leise, und der Wind stahl ihm die Worte von den Lippen.

Sammaccan blickte über die vielen Flüchtlinge hinweg zur Stadt Nabbuk und den sechs Staubschiffen. »Dies ist meine Welt«, übersetzte der Interpreter seine Worte. »Aber sie verändert sich. Sie hat sich bereits verändert. Wie mag es in Munraha aussehen?«

»Bruch-Gemeinschaft und Ägide evakuieren den Planeten«, sagte Rahil, von den eigenen bohrenden Gedanken abgelenkt. Ein weiterer Regentropfen traf ihn über den Augen, und es fühlte sich nach einem Finger an, der ihm an die Stirn klopfte. »Die Volontäre dieses Lagers wollen uns nach Jadoo mitnehmen, aber unsere Reise geht nach Norden, zum Artefakt …«

Er sah zum Zug, aus dessen Waggons noch immer Flüchtlinge kletterten. Die schnaufende Lokomotive stand am Ende der Gleise, an einer runden Plattform, die sich offenbar drehen ließ. »Wir hätten ein Transportmittel, aber uns fehlt ein Lokomotivführer.«

»Ha!«, machte Sammaccan und ließ seine Brust voller Stolz anschwellen. »Unsere Maschinen mögen nicht so hochentwickelt sein wie die der Ägide, Rahil Tennerit, aber wir sind nicht ihre Diener, sondern ihre Herren. Ich weiß, wie man mit einer Lokomotive umgeht. Ich habe es als Sohn der Ersten Mutter gelernt, auch in der Hoffnung, eines Tages mit einem Zug unsere Kämpfer in den Kampf zu führen.«

Rahil klopfte ihm auf die Schulter. »Wie wär's, wenn du dich zunächst mit nur einem Passagier begnügst?«

33

Es regnete in Strömen, und böiger Wind trieb dunkle Wolken über den Himmel. In der Stadt und im Flüchtlingslager brannten erste Lampen, obwohl es noch eine Stunde dauerte, bis die Sonne unterging.

»Wohin wollen Sie?«, fragte Lonora, als Rahil und Sammaccan Anstalten machten, das Hospital zu verlassen. Rahil hatte sich Kleidung aus heraklonischen Textilien besorgt: eine dunkle Hose, die ihm etwas zu groß war, darüber ein Hemd aus weichem Stoff und eine Kapuzenjacke, die dem Regen hoffentlich lange genug standhielt. Sammaccan trug einen Beutel, der etwas Proviant enthielt, gerade genug für ein oder zwei Tage; mehr hatte er in aller Eile nicht gefunden.

»Wir vertreten uns ein wenig die Beine«, erwiderte Rahil und versuchte nicht, die Lüge zu verschleiern. Er wollte so schnell wie möglich los, bevor sein Vater merkte, was sie beabsichtigten.

Die junge Volontärin richtete einen gleichzeitig missbilligenden und argwöhnischen Blick auf ihn. »Der Regen macht alles schwieriger«, sagte sie. »Wir haben eben erfahren, dass die Balancierer der sechs Staubschiffe noch an der Arbeit sind. Das Gewicht der Schiffe muss neu tariert werden, was bedeutet, dass sich die Abreise verzögert.«

»Dann haben wir ja noch etwas mehr Zeit.« Rahil zog die Plane im Eingang beiseite. Der Wind wehte Regen herein.

»Wir wissen nicht genau, wann der Sturm kommt«, fügte Lonora schnell hinzu. »Wir empfangen nichts mehr von den Satelliten. Felton und die anderen vermuten, dass die Segler sie zerstört oder assimiliert haben. *Und* es gibt keinen Kontakt mehr mit Jadoo.« Sie sprach so, als hielte sie Rahil für den Verantwortlichen.

»Wir sehen uns später«, sagte Rahil, der sich nicht aufhalten lassen wollte. Sammaccan stand mit gesenktem Kopf da – die Nähe einer Frau rief tief in ihm verankerte Verhaltensmuster wach –, und Rahil ergriff ihn am Arm und zog ihn nach draußen.

Regen prasselte auf sie herab, und es war noch kälter geworden. Als sie durch Schlamm und tiefe Pfützen in Richtung Gleise stapften, fragte sich Rahil, ob es auch früher geschehen war, dass ein Tiefdruckgebiet die Temperaturen in den tropischen oder subtropischen Breiten von Heraklon so weit sinken ließ. Oder lag es daran, dass das Artefakt im hohen Norden nicht nur die Substanz des Planeten fraß, sondern auch immer mehr Wärmeenergie aufnahm?

»Wenn du jedes Mal erstarrst, sobald du eine Frau siehst, steht es schlecht um euren Freiheitskampf«, sagte Rahil und wich einer Flüchtlingsgruppe aus, die mit einem schwer beladenen Karren durch den Schlamm unterwegs war. Das Krummhorn vor dem knarrenden Wagen schnaufte und schnaubte, und rechts und links von ihm zogen mehrere Männer an Seilen und Riemen.

»Wir tragen auch Fesseln in unserem Innern«, übersetzte die silberne Spange an Rahils Kragen Sammaccans Zischen. »Sie zu lösen ist besonders schwer.«

Vielleicht haben wir alle Fesseln im Kopf, dachte Rahil, während sie durch den Regen gingen und versuchten, im Windschatten der Zelte und Hütten zu bleiben. Welche trage ich? Wer hat sie meinem Geist angelegt?

Er sah sich mehrmals um, aber in den grauen Vorhängen des Regens und dem Gewirr der Flüchtlinge fiel ihm niemand auf, der Ähnlichkeit mit seinem Vater hatte.

Je mehr sie sich den Trassen weiter oben am Hang näherten, desto weniger Flüchtlinge waren zwischen den Behausungen des Lagers unterwegs. Der Zug auf dem ersten Gleis stand still, die Schiebetüren der Waggons geöffnet. Die Lokomotive schien zu schlafen: Es kam nur noch wenig Dampf aus ihrem Schornstein, und sie schnaufte leiser als zuvor das Krummhorn vor dem Karren.

»Hilf mir«, sagte Sammaccan, trat zwischen Lokomotive und ersten Waggon und hantierte an Stangen und Schläuchen.

Und so wurde Rahil zum Assistenten seines Assistenten. Er nahm einen der großen Schraubenschlüssel entgegen, die Sammaccan aus einem Fach unter dem Waggon zog, und stellte sich eher ungeschickt an, als er versuchte, Schraubverbindungen zu lösen.

Der Polymorphe deutete auf die eingefetteten Stangen und dicken Schläuche. »Mach alles los, Rahil Tennerit«, sagte er. »Ich sorge inzwischen für die Befeuerung.«

»Für was?«

»Feuer, Rahil Tennerit«, sagte Sammaccan und rollte mit den Augen. »In der Lokomotive muss ein Feuer brennen, damit wir fahren können.«

Rahil machte sich an den Stangen und Schläuchen zu schaffen, drehte lächerlich primitive Schrauben und versuchte, sich daran zu erinnern, wie Lokomotiven funktionierten. Etwa zehn Minuten später hatte er die letzte Verbindung gelöst, legte den Schraubenschlüssel ins Fach unterm ersten Waggon zurück und ging dicht am Gleis entlang nach vorn. Kurz darauf fand er eine Leiter an der Seite der Lok, die für die lächerlich dünnen Schienen viel zu groß und schwer wirkte. Rahil fragte sich, wie so ein Ding fahren konnte – ein rein *mechanisches* Etwas –, ohne dass es dauernd zu Unfällen kam.

Wind pfiff am Zug entlang und versuchte, ihm die Kapuze vom Kopf zu reißen, als er nach oben kletterte.

Hitze erwartete ihn.

Sie kam aus einer großen offenen Klappe, durch die Sammaccan eine Schaufel Kohle nach der anderen schüttete. Flammen loderten im Ofen der Lokomotive. Noch einige Schaufeln mehr, dann schloss Sammaccan die Klappe und deutete auf ein Durcheinander aus Hebeln und analogen Anzeigeinstrumenten, die meisten in Form von runden Skalen, auf denen lange schwarze Zeiger zitterten. Hatte Rahil eben noch geglaubt, dass es nicht so schwer sein konnte, eine primitive Dampfmaschine zu bedienen, die den Motor der Lokomotive darstellte, sah er sich plötzlich von so viel Primitivität überfordert.

Sammaccan deutete auf ein Instrument. »Achte auf diese Anzeige, Rahil Tennerit«, sagte er und schien sich in der Rolle des Instruktors zu gefallen. »Wenn der Zeiger diese Stelle hier erreicht, ziehst du den Hebel da eine Kerbe nach unten. Nur eine, hast du gehört?«

»Was passiert dann?«, fragte Rahil. Und als Sammaccan Anstalten machte, auf der anderen Seite der Lok auszusteigen, fügte er besorgt hinzu: »Wohin willst du?«

»Wenn du den Hebel ziehst, fährt die Lok los, aber erst muss der Kessel genug Druck haben«, antwortete der Polymorphe. »Ich gehe zur Drehscheibe und bereite dort alles vor. Wir müssen die Lok drehen, Rahil Tennerit. Oder willst du den ganzen weiten Weg nach Munraha rückwärts fahren?«

Rahil behielt das Instrument im Auge und beobachtete argwöhnisch, wie der zitternde Zeiger über die Markierungen kroch. Als er die Stelle erreichte, auf die Sammaccan gedeutet hatte, schloss er die Hand um den Hebel und zog ihn eine Kerbe nach unten.

Das stählerne Ungetüm erwachte.

Ein Zischen kam von der Lokomotive, so laut, dass es im ganzen Flüchtlingslager zu hören sein musste, dann ein fast zornig klingendes Schnaufen, und sie setzte sich in Bewegung. Plötzlich erinnerte sich Rahil wieder, auch ohne Femtomaschinen, die sein Gedächtnis stimulierten. Das Feuer im Kessel verwandelte Wasser in Dampf für Zylinder, die die Dampfkraft auf Pleuelstangen übertrugen. Diese Stangen wiederum waren über eine Treibkurbel mit einer Achse verbunden. Ein einfaches Prinzip. Wieso brauchte man dafür so viele analoge Instrumente und Hebel?

Ihm fiel plötzlich ein, dass Sammaccan nicht gesagt hatte, wie man anhielt, und *wo* er anhalten sollte.

Und wie konnte man feststellen, wohin man fuhr? Rahil suchte nach Spiegeln oder irgendeiner Vorrichtung, mit deren Hilfe man sehen konnte, was sich vor der Lokomotive befand, aber solche Sehhilfen existierten offenbar nicht. Er streckte den Kopf durchs Fenster auf der linken Seite und blinzelte im Regen. Weiter vorn zeichnete sich im grauen Zwielicht eine Gestalt ab und winkte, aber was bedeuteten die Gesten?

Unten drehten sich die großen Metallräder der Lokomotive, untereinander durch Stangen verbunden. Dampf zischte zwischen ihnen hervor, und noch viel mehr Dampf kam vorn aus dem Schornstein, in langsamen Schüben, wie der Atem der Lok. Sie schien sich ihre eigene Nebelwand schaffen zu wollen, doch das ließ der Wind nicht zu: Er packte den Dampf und riss ihn mit sich, trug ihn zum Flüchtlingslager.

»Sammaccan!«, rief Rahil in den Regen, der ihm ins Gesicht klatschte. »Wie hält man an?« Nur eine Sekunde später kam er sich ziemlich dumm vor. Selbst wenn der Polymorphe ihn hörte – ohne die Stimme des Interpreters konnte er mit den Worten überhaupt nichts anfangen.

Rahil bewegte sich und stieß dabei gegen einen Hebel. Ein Pfeifen erklang, noch viel lauter als zuvor das Zischen der erwachenden Lokomotive, laut genug, um vielleicht sogar in der Stadt Nabbuk gehört zu werden.

Auf der anderen Seite kletterte jemand an Bord. Sammaccan schüttelte sich einmal, und die Regennässe fiel von ihm ab. »Anhalten!«, zischte er. »Ich habe es dir doch zugerufen, Rahil Tennerit.«

Er bewegte die Hebel, als hätte er sein ganzes Leben nichts anderes getan, und schnaufend wurde die Lokomotive langsamer.

»Das Pfeifen«, fügte er hinzu. »Alle haben es gehört. Auch dein Vater.« Er klopfte ans Glas eines Instruments, und der schwarze Zeiger darunter machte einen kleinen Sprung zur nächsten Skalenmarkierung. »Ich drehe die Scheibe. Wenn sie ruht, Rahil Tennerit ... Dann zieh erneut diesen Hebel hier, wieder um eine Kerbe nach unten, ja?«

»In Ordnung.«

Sammaccan verschwand einmal mehr im Regen, und einige Sekunden lang lauschte Rahil dem Prasseln der Tropfen und dem leiser gewordenen Schnaufen der Lok. Es war noch dunkler geworden. Dichte schwarze Wolken zogen über den Himmel, schluckten das Licht der Sonne und kündigten den Wirbelsturm an, den Rahil während des Absturzes gesehen hatte. Wie haben wir überlebt?, dachte er, sah aus dem Fenster und beobachtete, wie sich die große Scheibe, auf der die Lok stand, langsam drehte. Ein Motor brummte irgendwo hinter den Regenvorhängen. Können die Schirmfelder der Sitze ausgereicht haben?

Er erinnerte sich vage daran, dass er fast erstickt wäre. Die letzte Phase des Absturzes, das endgültige Auseinanderbrechen des Shuttles, das Verglühen seiner Trümmer in der dichter gewordenen Atmosphäre, der Tod der Gardisten, der Coltan mitgenommen hatte – das alles fehlte in seinem Gedächtnis.

Weiter unten am Hang bewegten sich einige Gestalten. Mit Taschenlampen und Laternen näherten sie sich dem Zug, unter ihnen eine junge Frau mit rotbraunem Haar, das nass an ihrem Kopf klebte. Was würden Lonora, die anderen Volontäre und die Flüchtlinge davon halten, dass er sich anschickte, eine Lokomotive zu stehlen?

Die Drehscheibe bewegte sich nicht mehr. Rahil zog den Hebel, wieder nur bis zur ersten Markierungskerbe, und die große Lok schnaubte wie ein lebendiges Wesen. Sie atmete grauweißen Dampf, den der Wind über den Hang wehte, und die Gestalten verschwanden kurz darin.

Die Lokomotive wurde schneller und schnaufte, fuhr jetzt auf einem anderen Gleis in Richtung der Waggons, die sie Stunden zuvor gezogen hatte. Die Gestalten am Hang verschwanden hinter ihnen. Wo blieb Sammaccan?

Weitere Sekunden verstrichen, und Rahil überlegte schon, ob er den Hebel in die Ruhestellung zurückschieben sollte, in der Hoffnung, dass die Lok dann langsamer wurde und schließlich anhielt, aber das hätte Lonora und den anderen am Hang Gelegenheit gegeben, ihn zu erreichen.

Es vergingen noch einige Sekunden, und dann kletterte Sammaccan in den Führerstand der Lokomotive. Wie zuvor genügte ihm ein kurzes Schütteln, um trocken zu werden, aber Rahil bemerkte mehrere dunkle Flecken an seiner »Kleidung«, die aus Körpermasse bestand. Sofort zog Sammaccan den Fahrthebel zwei weitere Kerben nach unten, öffnete dann die große Klappe des Ofens und begann damit, Kohle und Dung aus dem Tender hineinzuschaufeln.

Die Lokomotive wurde schneller, und ihr rhythmisches Schnaufen kam in kürzeren Abständen.

»Wo hast du gesteckt?«, fragte Rahil. »Ich dachte schon, du wolltest mich allein fahren lassen.«

Sammaccan schaufelte. »Es kamen Leute. Ich habe sie abgelenkt.«

Wie, wollte Rahil fragen, aber dazu kam er nicht, denn aus dem Augenwinkel sah er eine Bewegung, und plötzlich erklang eine vertraute Stimme.

»Ich hoffe, ihr habt noch Platz für einen weiteren Passagier«, sagte Coltan Jaqiello Tennerit und rutschte, auf dem Rücken liegend, über die Kohlen und den getrockneten Dung des Tenders. Sein rechter Arm steckte noch immer in einer Polymerschiene, und in der linken Hand hielt er eine Waffe und richtete sie auf seinen Sohn.

Wer siegt,
Wenn eine Welt,
Die auf Frieden schwor,
Ihren Kampf verlor
Und nun im Sterben liegt?

NACH NORDEN

34

Die Waffe in Coltans linker Hand war lächerlich primitiv: eine
Vorrichtung aus Metall, dazu bestimmt, kleine Treibsätze aufzunehmen, deren Explosion Projektile aus dem Lauf schleuderte. Aber sie konnte verletzen und sogar töten, zumal Rahil
keine Rüstung trug.

Der Mann, den Rahil seit sieben oder acht Jahrzehnten tot
geglaubt hatte, blieb vor dem Haufen aus Kohle und Dung stehen, die Kleidung schmutzig, Rußflecken im Gesicht. Er lächelte sein altes kühles, herablassendes Lächeln, selbst hier, auf dieser von Chaos heimgesuchten Welt, und obwohl er allein war.
Einige Momente vergingen, angefüllt mit zahlreichen Gedanken und Erinnerungen. Rahil begriff instinktiv, dass er sofort
handeln musste und keine Situation zulassen durfte, in der sein
Vater erneut die Oberhand gewann.

Er braucht mich, dachte er, als er sprang. Er hat mich suchen lassen. Er hat keine Mühen gescheut, mich zu finden. Er glaubt, mich zu benötigen, um das Artefakt unter seine Kontrolle zu bringen. Er wird nicht auf mich schießen.

Coltan schoss.

Vielleicht war es Überraschung, die seinen Finger am Abzug krümmte. Oder er reagierte ebenso instinktiv wie Rahil. Eine kleine Flamme leckte aus der Mündung der Waffe, und das Projektil – so schnell, dass Rahil es selbst mit erweitertem Sinn nicht gesehen hätte – schlug gegen die eiserne Wand über der Kesselklappe und surrte als Querschläger davon.

Mit der einen Hand schlug Rahil seinem Vater die Waffe aus den Fingern – sie fiel zwischen die Kohle- und Dungbrocken des Tenders –, und die andere rammte er ihm, zur Faust geballt, ins Gesicht. Blut spritzte aus Coltans Nase, als er zur Seite fiel und fast aus dem Führerhaus der Lokomotive gerutscht wäre. Sein Kopf ragte aus der offenen Tür und verfehlte einen vorbeistreichenden Laternenpfahl nur um wenige Zentimeter.

Sammaccan stand an den Hebeln, die Augen groß, und Rahil starrte auf seinen Vater hinab, mit einem weiteren Moment der Entscheidung konfrontiert. Ein kräftiger Tritt genügte, um seinen Vater ganz durch die Tür zu stoßen, und inzwischen war die Lokomotive so schnell, dass er beim Sturz auf die Trasse vermutlich tödliche Verletzungen erlitten hätte.

Rahil hob den Fuß.

Sammaccan zischte. »Er ist dein Vater«, klang es aus dem Interpreter an Rahils Kragen.

»Bedauerlicherweise«, knurrte Rahil, und es war eine fremde Stimme, die da aus seinem Mund kam, von einem anderen Rahil tief in ihm.

»Wir haben dasselbe Ziel«, sagte Coltan. Er lag noch immer

da und wagte es nicht aufzustehen. Ein weiterer Laternenpfahl huschte vorbei.

»Mag sein, aber wir haben nicht die gleichen Absichten.«

»Wir können uns gegenseitig helfen«, sagte Coltan schnell. »Es ist eine weite Reise, selbst mit der Lokomotive.«

»Wozu brauche ich deine Hilfe? Ich bin Exekutor.«

»Ja, und sieh nur, was die Ägide angerichtet hat!«

»Sie hat nicht …«

»Sie hat nichts getan, bis es zu spät war. Ich bezweifle, dass die Ägide derzeit einen guten Ruf auf Heraklon genießt. Du könntest in Schwierigkeiten geraten, wenn du dich auf deine Exekutor-Privilegien berufst. Die Interdiktion ist ausgeweitet, und nur wenige Geräte sind davon ausgenommen, zum Beispiel der Interpreter, den du mir gestohlen hast. Die Evakuierung läuft im großen Stil, und es dauert sicher nicht mehr lange, bis alle Botschaften und Konsulate leer sind. Von wem erwartest du dann noch Hilfe?«

Rahil sah wortlos auf seinen Vater hinab. Emily fiel ihm ein, und für einen Moment sah er ihr Lächeln, und wie sich dadurch die Sommersprossen in ihrem Gesicht bewegten.

»Was ist aus ihr geworden?«, sagte er. »Aus Emily, meine ich. Was hast du mit ihr gemacht?«

»Emily?«

»Eine Missionarin der Ägide. Damals in Dymke. Ich war zehn oder elf. Sie hat Jazmine und mich unterrichtet. Ruben und Darel haben sie weggebracht.«

»Ruben und Darel …« Es schien Coltan ebenso schwer zu fallen, sich an diese Namen zu erinnern. »Sie sind lange tot. Und was diese Emily betrifft … Ich erinnere mich nicht an sie. Mein Sohn, darf ich dich darauf hinweisen, dass es nicht besonders bequem ist, hier halb in der Tür zu liegen?«

»Und Mutter«, sagte Rahil. Wie lange hatte er nicht an seine Mutter gedacht?

»Darf ich aufstehen?«

Nach kurzem Zögern wich Rahil einen Schritt zurück und beobachtete, wie sich sein Vater ganz ins Führerhaus der Lokomotive zog und aufstand. Der Regen hatte ihm Ruß und Blut aus dem Gesicht gewaschen. Er tastete nach seinem rechten Arm in der Polymerschiene und schnitt eine Grimasse.

»Deine Mutter, mein Sohn ...« Coltan klopfte sich Schmutz von der Kleidung und warf einen kurzen Blick dorthin, wo er die Waffe vermutete. Rahil trat zum Tender, fand die Schusswaffe und hob sie auf. »Sie starb kurz nach eurem Verschwinden. Sie hing sehr an dir und Jazmine.«

»Das hat sie gut zu verbergen gewusst«, sagte Rahil und hielt die Waffe in der Hand. Damit wäre es noch leichter gewesen. Leichter als ein Tritt.

»Deine Mutter ...« Coltan schien nach Worten zu suchen. »Sie ...« Er gab es auf. »Lass uns nicht von deiner Mutter reden. Viele Jahrzehnte sind vergangen. Wir sind hier auf Heraklon. Das Artefakt wartet auf uns.«

Rahils Hand bewegte sich wie von allein und richtete die Waffe auf seinen Vater, mitten auf die Brust. Der Zeigefinger krümmte sich um den Abzug.

»Jazmine hätte nicht sterben müssen«, sagte er. »Wir hätten damals beide auf Caina bleiben können, wenn du ...«

Wenn du was?, dachte Rahil. Wenn du dich anders verhalten hättest? Wenn du nicht Coltan Jaqiello Tennerit gewesen wärst?

»Das Schiff des Dutzends, das vor siebenundachtzig Jahren nach Heraklon kam«, sagte Coltan. »Es brachte nicht nur einen neuen Botschafter zur Großen Versammlung. Ich weiß, warum es damals in die Arktis dieses Planeten flog.«

Das kühle Lächeln kehrte in Coltans Gesicht zurück. »Und ich weiß, wo du einen gewissen Äguizabel finden kannst.«

Ein Blitz flackerte über den dunklen Himmel, Donner grollte, und dann begann es *richtig* zu regnen.

Die Lokomotive stampfte durch die Nacht, und manchmal verwandelte sich ihr rhythmisches Schnaufen in ein Röcheln und Keuchen, wie von einem lebenden Geschöpf, das nicht genug Luft bekam. Rahil stand auf der einen Seite des Führerhauses, schaute aus dem Fenster und sah nur vom dunklen Himmel strömendes Wasser. Der Regen fiel so dicht, dass sein Blick selbst dann nur wenige Meter reichte, wenn Blitze die Finsternis für einen Sekundenbruchteil zerrissen.

Sie waren seit mehreren Stunden unterwegs, und es fiel Rahil immer schwerer, die Augen offen zu halten. Die höhere Schwerkraft von Heraklon zerrte an seiner Kraft, und außerdem hatte er sich noch nicht von den Nachwirkungen des Absturzes erholt. Er sehnte sich nach einem trockenen Ort, wo er sich hinlegen und die Augen schließen konnte. Wann immer er den Kopf drehte, begegnete er dem Blick seines Vaters, und er fragte sich, ob Coltan nicht müde war. Wartete er darauf, dass sein Sohn vor Schwäche umkippte, dass er in eine Ecke sank und einschlief? Würde er dann versuchen, die Waffe wieder an sich zu nehmen?

Manchmal fuhren sie durch Tunnel, und dann fürchtete Rahil, dem Ersticken nahe zu sein. Das Schnaufen und Röcheln der Lokomotive schwoll an, und der Rauch, den sie durch ihren Schornstein blies, wurde nicht mehr vom Wind fortgerissen, sondern geriet ins Führerhaus. Der Gestank war schier unerträglich. Fossile Brennstoffe und getrockneter Kot von Tieren, vielleicht von den Krummhörnern, die Rahil im Flüchtlingslager gesehen hatte … Er wagte kaum sich vorzustellen, was ihm da in Lunge und Poren geriet, und diesmal waren keine Femto-maschinen zur Stelle, die alle toxischen Substanzen schnell abbauten und angerichtete Zellschäden reparierten.

Manchmal glaubte Rahil, Lichter in der Dunkelheit zu erkennen, aber vielleicht spielte ihm seine Müdigkeit einen Streich. Sammaccan überprüfte die Instrumente, betätigte Kurbeln und Hebel und schaufelte Kohle und Dung, der noch grässlicher roch, wenn er von regennassen Stellen des Tenders stammte. Rahil half ihm manchmal mit der Schaufel, bis Sammaccan schließlich den Kopf schüttelte, einen Klappstuhl aus einem Fach zog, ihn in die Ecke am Fenster stellte und Rahil mit sanftem Nachdruck darauf drückte.

»Ruh dich aus«, zischte er, und der Interpreter übersetzte. »Es ist eine lange Reise.«

Coltan saß auf den Kohlen, die linke Hand zum Gesicht gehoben. »Ich glaube, du hast mir die Nase gebrochen.«

Und wenn schon, dachte Rahil. »Wie haben wir überlebt?«, fragte er.

»Genügt es dir nicht, dass wir noch am Leben sind?«

»Wieso ausgerechnet wir drei? Alle anderen sind tot, nicht wahr?«

»Nein.« Coltan rutschte ein wenig zur Seite, als Sammaccan erneut nach der Schaufel griff, die Klappe öffnete und das hungrige, feurige Maul der Lokomotive mit noch mehr Kohle und Dung fütterte. Wenigstens haben wir es warm, dachte Rahil. »Zwei meiner Gardisten haben ebenfalls überlebt. Ich nehme an, dass sie sich jetzt an Bord eines Staubschiffes befinden und nach Jadoo unterwegs sind.«

»Sind die Schirmfelder stark genug gewesen, um uns während der letzten Phase des Absturzes zu schützen?«, fragte Rahil. »Und hat die Atemluft in ihrem Innern ausgereicht?«

Coltan betastete erneut seine Nase und zuckte die Schultern.

Es gibt mehrere Möglichkeiten, dachte Rahil, als er schwer und müde auf dem Stuhl saß und mit dem inneren Auge beobachtete, wie die Gedanken in seinem Kopf kreisten. Hatte der Gesserat namens Zacharias erneut von der überlegenen Technik der Hohen Mächte Gebrauch gemacht? Rahil gefiel die Vorstellung eines Helfers im Hintergrund, der über die Magie von »hinreichend fortschrittlicher Technologie« verfügte, denn sie gab ihm das Gefühl, nicht ganz so hilflos zu sein. Völlig ausgeschlossen war es nicht, denn immerhin befanden sich zwei Poleis im Lagoni-System, eine von ihnen in der Nähe von Heraklon. Aber es war auch möglich, dass der Verbündete seines Vaters eingegriffen hatte, um zu verhindern, dass sein menschliches Werkzeug ums Leben kam.

Menschliches Werkzeug, wiederholte Rahil in Gedanken. Ich gehe automatisch davon aus, dass es keine echte Partnerschaft ist, dass mein Vater nur benutzt wird, aber ich sollte mich hüten, voreilige Schlüsse zu ziehen.

»Wer hat dir geholfen?«, fragte er. »Wer ist dein Verbündeter bei den Hohen Mächten?«

»Du wirst alles erfahren, wenn wir beim Artefakt sind, mein Sohn.«

»Das Schiff, das vor siebenundachtzig Jahren nach Heraklon kam und den neuen Botschafter brachte«, sagte Rahil. »Warum flog es nach Norden in die Arktis?«

Diesmal lächelte Coltan. »Alles zu seiner Zeit, mein Sohn, alles zu seiner Zeit.«

Der Wind wehte Regen herein, und Rahil duckte sich weiter in die Ecke. Einige Tropfen trafen die heiße Kesselklappe und verdampften zischend.

»Du hast gesagt, dass du weißt, wo ich Äguizabel finden kann«, sagte Rahil. »Wo?«

Sammaccan ließ die Schaufel sinken und schien ebenfalls auf die Antwort zu warten. Der Interpreter übersetzte die ganze Zeit über; er konnte dem Gespräch also folgen.

»In Lautaret.«

»Bei den Vogelmenschen?«, zischte Sammaccan. Es klang nicht sonderlich begeistert.

»Ist das weit von hier?«, fragte Rahil und fühlte, wie ihm selbst die Zunge schwer wurde. Das Schnaufen und Keuchen der Lokomotive wurde leiser, auch das Heulen des Windes und der prasselnde Regen. Er konnte der Müdigkeit nicht mehr lange standhalten.

Sammaccan überlegte. »Lautaret befindet sich mehr als tausend Kilometer nordwestlich von hier. Wir müssen bei der nächsten Verteilerstation die Trasse wechseln. Von Lautaret aus sind es noch einmal tausend Kilometer bis zum Süden von Munraha. Es ist ein Umweg.«

Aber es ist ein Umweg, der sich lohnen könnte. »Lass uns dorthin fahren, Sammaccan«, sagte Rahil mühsam. Die Lider sanken; er konnte sie nicht oben halten. »Nach Lautaret.«

Er schlief ein.

35

Ein Schaukeln weckte Rahil, und als er die Augen öffnete, sah er Sammaccan, der mehrere Hebel betätigte und dann auf der anderen Seite des Führerhauses aus dem Fenster sah. Coltan saß vor dem geschrumpften Vorrat an Kohlen und Dung im Tender, nahm die Polymerschiene mit den Stimulanzringen ab und bewegte versuchsweise den Arm.

Das Schaukeln wiederholte sich, stärker als vorher. Im Tender gerieten die Kohle- und Dungbrocken in Bewegung und rutschten zur Seite. Coltan stützte sich mit dem gerade von der Schiene befreiten rechten Arm ab und verzog das Gesicht.

»Wasser«, zischte Sammaccan und wandte sich wieder den Instrumenten zu. »Zu viel Wasser. Das Gleisbett ist unterspült.«

Rahil vergewisserte sich, dass er noch immer die Waffe in der Hosentasche hatte, stand auf und blickte auf seiner Seite aus dem Fenster. Der Himmel hing grau und niedrig über einer Landschaft, die sich durch den Regen in der vergangenen Nacht in eine Seenplatte verwandelt hatte. Wie hoch die Sonne stand, ließ sich nicht abschätzen. Rahil beugte sich etwas weiter aus dem Fenster, sah nach vorn und stellte fest, dass die Gleise in einem der neuen Seen verschwanden. Am fernen Horizont zeichneten sich im Dunst die Konturen eines Gebirges ab.

Plötzlich neigte sich die Lokomotive gefährlich weit zur Seite, und Rahil klammerte sich fest.

Sammaccan öffnete die Klappe, griff nach der Schaufel und fütterte erneut die hungrige Feuerbüchse.

»Wir müssen weiter«, sagte Sammaccan, und es klang bemerkenswert ruhig. »Wir müssen weiter, bevor die Trasse instabil wird.«

»Wissen wir, wie tief das Wasser dort vorn ist?«, fragte Rahil.

»Nein, aber wir haben keine Wahl.« Sammaccan deutete nach draußen. »Dies ist das Sumpfland von Hirezi. Zu Fuß kämen wir hier keine hundert Meter weit.«

Ein Zischen kam von der Lok, als wollte sie dem Polymorphen zustimmen, und Sammaccan drosselte ein wenig die Geschwindigkeit. Dann stand er am Fenster, eine Hand am Fahrthebel, beugte sich nach draußen und schaute nach vorn. Rahil fragte sich, ob er die ganze Nacht auf den Beinen gewesen war. Er musste müde sein.

»Ist das alles?«

Rahil drehte sich um. Sein Vater saß noch immer vor den Kohlen des Tenders und sah in den Beutel, den Sammaccan aus dem Flüchtlingslager mitgenommen hatte. Er nahm ein Stück Brot und biss hinein. »Das reicht nicht lange«, sagte er mit offenem Mund.

Rahil trat auf ihn zu und riss ihm den Beutel aus der Hand.

»Willst du deinen Vater verhungern lassen?«, fragte Coltan.

Rahil antwortete nicht und legte den Beutel zu seinem Schemel in der Ecke. Dann ging er, die Knie noch immer weich, zu Sammaccan. Das flache Gesicht des Polymorphen erschien ihm schmaler, die großen Augen trüber. Mitten in der Stirn hatte sich die Haut in farblose Schuppen verwandelt.

»Du musst müde sein«, sagte Rahil. »Wenn es nur darum geht, diesen einen Hebel zu betätigen und Kohle in den Kessel zu schaufeln … Damit komme ich zurecht. Du solltest schlafen.«

»Nicht jetzt, Rahil Tennerit. Es ist zu gefährlich.«

»Wenn die Lokomotive kippt, dann kippt sie. Du kannst sie nicht wieder aufrichten.«

»Es kommt auf die richtige Geschwindigkeit an«, erwiderte Sammaccan. »Wir müssen … ausbalanciert sein.«

Rahil fragte sich noch, was der Polymorphe mit den letzten Worten meinte, als etwas anderes seine Aufmerksamkeit erregte. Durch das Fenster auf Sammaccans Seite des großen Führerhauses sah er in der Ferne eine graue Wolke, dunkler als der Himmel. Sie bewegte sich wie ein Schwarm aus Vögeln oder Insekten.

Sammaccan bemerkte seinen Blick und ließ die Schaufel sinken. »Ich weiß nicht, was das ist, Rahil Tennerit. Ich habe es zum ersten Mal gesehen, als es hell wurde. In jener Richtung liegt Boyenga, die Stadt der Spiegel, die Sonnenlicht in Elektrizität verwandeln.«

»Boyenga?« Coltan kam näher. »Das ist die Hauptstadt von Uhtanien, nicht wahr? Dort gibt es Konsulate und auch eine Niederlassung des Dutzends.«

Rahil beobachtete die graue Wolke und fragte sich, wie viele Helfer sein Vater auf Heraklon gehabt hatte und wie viele von ihnen übrig waren. Vor siebenundachtzig Jahren war ein Schiff des Dutzends gekommen und hatte den arktischen Regionen einen Besuch abgestattet. So weit reichten Coltans Pläne in Hinsicht auf das Artefakt zurück, und vielleicht sogar noch weiter, wenn stimmte, was sein Vater über Jere Laureno gesagt hatte.

Er schaute erneut nach draußen, und plötzlich wusste er, was es mit dem grauen Wogen in der Ferne auf sich hatte. Einmal mehr bedauerte er, seine Sinne nicht mithilfe der Femtomaschinen schärfen zu können.

»Assimilierer«, sagte er. »Von den Seglern auf Heraklon abgesetzt, auf der Suche nach lokalen Netzwerken und verwertbarer Technologie.« Nachdenklich fügte er hinzu: »Ich frage mich, wie sie trotz der Interdiktion funktionieren können.«

»Sie arbeiten mit phasenverschobenen Komponenten, die nicht von den Interdiktionsfeldern erfasst werden«, sagte Coltan. »Es gibt Mittel und Wege, das Technologieverbot der Ägide auszuhebeln. Du brauchst mich gar nicht so groß anzusehen, mein Sohn. Ich hatte fast hundert Jahre Zeit, das eine oder andere zu lernen.«

Ein Langzeitplan …

»Wie konnte Jere Laureno von dem Artefakt auf Heraklon wissen?«, fragte Rahil. Und die elf Clan-Gruppen der Segler, die von Quebal kommen und hundertfünfzig Jahre im relativistischen Flug unterwegs gewesen sind, dachte er. Und all die anderen, die sich um das Artefakt streiten, alle Bemühungen der Ägide während der letzten sechs Jahrhunderte zunichte machen.

»Die Ägide hat immer versucht, uns zu isolieren«, sagte Coltan, und Rahil wusste, dass er mit »uns« nicht nur das Dutzend meinte, sondern alle Gefallenen Welten. »Aber so hoch und dick die Mauern auch sind: Früher oder später klettern Informationen darüber hinweg oder kriechen durch Ritzen.«

Die Gefallenen Welten hatten nicht nur Botschafter und Konsuln nach Heraklon geschickt, sondern auch Leute, die auf das Sammeln von Informationen spezialisiert waren. Aber das erklärte nicht alles. Zehn Millionen Jahre hatte das Artefakt in der Arktis von Heraklon gelegen, der weitaus größte Teil von ihm tief im Boden. Es hatte dort gelegen, inaktiv, und gewartet. Worauf? Auf das Eintreffen der Menschen? Wann war Heraklon besiedelt worden?

Rahil überlegte, während die Lokomotive immer stärker schaukelte. Wenn ich mich weniger auf externe Gedächtnismodule verlassen hätte, fiele es mir jetzt nicht so schwer, mich zu erinnern, dachte Rahil. Wie viele andere Welten war Heraklon beim Ersten Exodus von der alten Erde aus besiedelt worden, vor viertausend Jahren, aber jene erste Besiedlung war nicht sonderlich erfolgreich gewesen, und einige Jahrhunderte später hatte eine zweite stattgefunden, bei der auch viele genetisch veränderte Menschen nach Heraklon gekommen waren. Und während all dieser Zeit, während weitere Jahrtausende vergingen, wartete das Artefakt im Hohen Norden. Wann war es entdeckt worden? Vor etwa hundertsechzig Jahren, schätzte die Ägide aufgrund von Hinweisen in lokalen historischen Dokumenten. Die elf Clan-Gruppen der Segler, unter ihnen die verfeindeten Breaz und die Ten-Shapino, hatten anderthalb Jahrhunderte im relativistischen Flug verbracht, und die Vorbereitungen darauf mussten länger als nur einige Jahre gedauert haben. Die Segler dachten in Langzeit; sie waren gründlich. Woraus sich der Schluss ziehen ließ: Sie mussten von dem Artefakt und seiner Bedeutung gewusst haben, bevor Wissenschaftler der Bruch-Gemeinschaft und der Ägide Gelegenheit gefunden hatten, erste Eindrücke von dem Objekt aus der Zukunft zu gewinnen.

Rahils Gedanken beschleunigten sich, und er versuchte, sich von nichts ablenken zu lassen. Er spürte, dass eine wichtige Erkenntnis auf ihn wartete. Noch immer beobachtete er den Assimilierer-Schwarm in der Ferne. Vor allem die Frage, wer das Artefakt aus der Zukunft geschickt hatte, und warum es vor zehn Millionen Jahren hier gelandet war, zu einer Zeit, als es noch kein intelligentes Leben auf dem Planeten gegeben hatte, wollte sich in den Vordergrund drängen, aber Rahil schob sie beiseite. Wie konnten die Segler von dem Artefakt erfahren haben, als weder die Bruch-Gemeinschaft noch die Ägide etwas davon gewusst hatten? Rahil erinnerte sich vage daran, dass er auch während der Vorbereitungen auf seine erste Mission das Gefühl gehabt hatte, weniger zu wissen als viele andere, obwohl der Ägide ganz andere Möglichkeiten offenstanden als zum Beispiel den Informationssammlern der Gefallenen Welten. Wissen überwand nicht einfach so viele Lichtjahre. Es kletterte nicht allein über hohe Mauern. Wissen musste getragen werden.

Von wem? Jemand hatte vor der »offiziellen« Entdeckung des Artefakts auf Heraklon davon gewusst, und dieser Jemand hatte das Wissen Unbefugten zugänglich gemacht. Wer kam infrage? Wer verfügte in dieser Hinsicht über mindestens ebenso gute Möglichkeiten wie die Ägide?

Die Antwort lag auf der Hand: die Hohen Mächte.

Doch das ergab überhaupt keinen Sinn. Warum sollten die Hohen Mächte die Segler vor etwa zweihundert Jahren von dem Artefakt auf Heraklon informiert haben, damit sie bei Quebal eine Flotte zusammenstellten und sich im relativistischen Flug auf den Weg machten, um *gerade jetzt* im Lagoni-System einzutreffen, vergleichsweise kurze Zeit nach dem Erwachen des Artefakts?

Hier lauerten weitere Fragen, die mindestens ebenso wichtig waren, und eine von ihnen lautete: Was hatte das Artefakt vor einem knappen Jahr aus seinem Schlaf geweckt?

Rahil erinnerte sich an seine Begegnung mit dem Gesserat, einem Evaluator des Gremiums, das darüber befinden sollte, ob die Menschheit bereit war, in den Kreis der Hohen Mächte aufgenommen zu werden, oder ob man ihr zumindest Zugang zur Kosmischen Enzyklopädie gestatten durfte. Jar Enhelian Gavira Enei Cropcor'al'Tentero az Halgewi, genannt Zacharias, hatte sich nicht auf die Rolle des neutralen Beobachters beschränkt, sondern aktiv in das Geschehen eingegriffen, an einer bestimmten Stelle. Er hatte Rahil geholfen. Warum? Und der Fremde, den sein Vater mit »Exzellenz« angesprochen hatte ... Auch Coltan Jaqiello Tennerit verfügte seit vielen Jahren über einen Helfer. Allem Anschein nach reichte jene Hilfe bis zu seinem Ururgroßvater Jere Laureno zurück, und das waren wie viele Jahre? Mindestens zweihundert, eher mehr als weniger. Aus Coltans Andeutungen ging hervor, dass Jere Laureno schon damals – noch vor der Entdeckung des Artefakts – Dinge in die Wege geleitet hatte, die Heraklon betrafen. Er musste Informationen erhalten haben, und wieder kamen dafür nur die Hohen Mächte infrage.

Rahil drehte den Kopf und stellte fest, dass sein Vater ihn beobachtete. »Woran denkst du, mein Sohn?«

Genau in diesem Augenblick kippte die Lokomotive.

Rahil verlor das Gleichgewicht, fiel und rutschte über den Boden, der offenen Tür auf der anderen Seite des Führerhauses entgegen, gefolgt von Kohle und stinkenden Dungbrocken. Instinktiv streckte er die Arme aus, bekam etwas zu fassen und klammerte sich daran fest. Es war ein Hebel, und es schien ein wichtiger zu sein, denn Sammaccan quiekte erschrocken und zerrte ihn in die ursprüngliche Position zurück, was Rahil Gelegenheit gab, woanders Halt zu finden und sich von der Tür wegzuziehen, durch die schmutziges braunes Wasser hereinschwappte.

Für einen Augenblick hing alles in der Schwebe, nicht nur die schwere, wie erschrocken schnaufende Lokomotive auf dem schiefen, vom Regenwasser unterspülten Gleisbett, sondern das Schicksal einer ganzen Welt. Rahil hing da, zwischen der offenen Tür und den Hebeln, die Sammaccan betätigte wie jemand, der virtuos ein ganz besonderes Instrument spielte, und seltsamerweise hatte er das Gefühl, nur die richtigen Gedanken denken zu müssen, um alles in Ordnung zu bringen, um nicht nur die Lok aufzurichten, sondern auch Heraklon, um alles ins Lot zu bringen.

Ein Klappern und Rasseln kam aus dem vorderen Teil der Lokomotive, als verlagerten sich dort Gewichte. Dampf entwich pfeifend aus Ventilen und vermischte sich mit dem Dunst, der wie eine faserige Decke über den zu Seen gewordenen Sümpfen hing. Die Lokomotive keuchte und richtete sich wieder auf, als hätte sie einen Schwächeanfall überwunden und neue Kraft gefunden. Sammaccan schwankte und taumelte, als die Gefahr vorüber war. Rahil kam auf die Beine, stützte seinen

Assistenten und führte ihn zu der Ecke, in der immer noch, wie von einer unsichtbaren Hand festgehalten, der Schemel stand. Er ließ Sammaccan darauf hinabsinken.

»Ruh dich aus, mein Freund«, sagte er. »Du hast genug getan. Ich steuere die Lok. Ich habe dir zugesehen und weiß Bescheid.« Hoffentlich, fügte er in Gedanken hinzu.

»Die nächste Verteilerstation«, brachte Sammaccan erschöpft hervor. Weitere Schuppen hatten sich auf seiner Stirn gebildet, und die Augen veränderten sich. »Wir müssen dort die Trasse wechseln, um nach Lautaret zu fahren.«

»Ich wecke dich«, versprach Rahil. »Schlaf.«

Sammaccan schloss die Augen und sackte in sich zusammen. Rahil drehte sich um und beobachtete, wie Coltan etwas von seinem Handrücken löste, das nach einem Blutsauger aussah und vermutlich mit dem schmutzigen Wasser hereingekommen war. Er nahm das kleine, braune Geschöpf zwischen Daumen, Zeige- und Mittelfinger, zerquetschte es und warf die Reste nach draußen.

Rahil dachte an Emily und konnte sich nicht gegen die Vorstellung wehren, dass sie wie der kleine Blutsauger von den Fingern seines Vaters langsam zerquetscht worden war.

36

»Es ist eine Superschmiede, mein Sohn«, sagte Coltan Jaqiello. »Das Artefakt ist eine Superschmiede, die alles produziert, was man sich wünscht. *Alles!* Weißt du, was das bedeutet?«

Sammaccan lag zusammengesunken in der Ecke des Führerhauses, halb Mensch und halb Reptil, umschlungen von mehreren dünnen Tentakeln, die ihm vor einer Stunde gewachsen waren, als die langsam fahrende Lokomotive die Seen des überfluteten Sumpflands hinter sich zurückgelassen hatte. Rahil beobachtete ihn und fragte sich, ob er ihn wecken sollte, entschied sich aber dagegen. Erneut kontrollierte er die Anzeigen, stellte fest, dass der Druck im Kessel gesunken war, öffnete die Klappe und griff nach der Schaufel.

»Hast du gehört, Sohn?« Coltan saß im Tender und rückte zur Seite, als Rahil Kohle und Dung schaufelte. »Das Artefakt ist eine Superschmiede. Es könnte uns jeden Wunsch erfüllen.«

Uns, dachte Rahil und gab Brennstoff in den Ofen der Lokomotive. Wen meinst du mit *uns*?

»Die Emily, an die du dich nicht erinnerst, Vater … Ich glaube, ich habe sie geliebt. Ja, ich glaube, sie war die erste Liebe meines Lebens.«

»Was?«

Rahil kontrollierte die Stellung der Hebel – alles in Ordnung, soweit er das beurteilen konnte –, beugte sich dann aus dem Fenster und sah nach vorn. Die Landschaft wurde hügeliger, die Konturen des vor ihnen liegenden Gebirges deutlicher. Der Himmel über ihnen blieb grau und im Süden dunkel. Dort tobte der Sturm, und Rahil fragte sich kurz, was aus Lonora und den vielen Flüchtlingen geworden sein mochte, die sich von den Staubschiffen Rettung erhofft hatten.

»Meine erste Liebe«, wiederholte Rahil und sah Emily vor dem inneren Auge, mit ihren Sommersprossen und dem sanften Lächeln. In den ersten Jahren nach Jazmines Tod hatte er Emily in seinen Erinnerungsbildern manchmal mit langem schwarzem Haar gesehen, zu einem Zopf geflochten, nach dem sie mit der einen Hand griff, als wollte sie sich daran festhalten. Aber jene Phase, in der die Erinnerungen an Emily mit denen an seine

Schwester verschmolzen, war längst vorbei, und als reifer Erwachsener wusste er die Gefühle des Jungen besser zu deuten. Für einige wenige Wochen war Emily damals nicht nur eine Art Ersatzmutter für ihn gewesen, sondern auch Fokus für seine ersten pubertären Träume. Das Leben schien schöner gewesen zu sein, weil es sie gab, und auch das, was sie repräsentierte.

»Hast du nicht gesagt, dass du damals erst zehn oder elf warst?«

»Ja.«

»Ein zehnjähriger Knabe kann keine Frau lieben, das ist absurd«, sagte Coltan.

Rahil musterte seinen Vater, und vielleicht sah er ihn, jetzt mit den Augen des Erwachsenen, zum ersten Mal so, wie er wirklich war: nicht nur arrogant, sondern auch dumm und arm in Seele und Herz. Ein Mann, der irgendwann zu einem emotionalen Krüppel geworden war und mit seinem Streben nach Macht vielleicht zu kompensieren versuchte, was ihm fehlte. Der Blutsauger fiel ihm ein, das kleine Geschöpf, braun wie das schmutzige Wasser, das es ins Führerhaus der Lokomotive gespült hatte. Es wäre nicht nötig gewesen, das kleine Wesen zu zerquetschen; Coltan hätte sich damit begnügen können, es einfach nur von seiner Hand zu lösen und hinauszuwerfen.

»Was hast du damals mit ihr gemacht?«, fragte Rahil. »Mit Emily.«

»Was soll ich mit ihr gemacht haben?«

»Ruben und Darel haben sie in deinem Auftrag fortgebracht«, sagte Rahil. »Jaz und ich haben sie nie wiedergesehen.«

»Mein Sohn, ich erinnere mich nicht einmal an sie«, erwiderte Coltan.

Das stimmte vielleicht. Wie viele Erinnerungen an sein früheres Leben hatte sich das Oberhaupt der Tennerits und inzwischen auch des Dutzends bewahrt? Wie oft war er gestorben? Wie oft hatte ihm der Uterus seines Helfers neues Leben verliehen? Von welcher Qualität waren die zuvor angefertigten Images gewesen?

»Ich habe von der Superschmiede gesprochen ...«, sagte Coltan.

»Und ich habe dich gehört.«

»Sonst hast du nichts dazu zu sagen?«

»Was erwartest du von mir?«

Coltan winkte, eine Geste, die dem ganzen Planeten galt. »Du hast all die Jahre für die Ägide gearbeitet. Sieh dir an, was sie aus Heraklon gemacht hat.«

»Die Ägide?« Rahil schüttelte den Kopf. »Menschliche Vermessenheit hat die gegenwärtige Situation auf Heraklon herbeigeführt. Habgier und Streben nach Macht sind schuld am Ende des Traums vom Frieden. Ich nehme an, du bist damit gut vertraut.«

»Ich versuche, die Fesseln abzustreifen, die uns die Ägide angelegt hat«, sagte Coltan. Er sprach ruhig; die Worte waren tief in ihm verwurzelt. »Seit ihrer Gründung vor fast sechshundert Jahren versucht sie, ihre Überlegenheit abzusichern, indem sie den sogenannten Gefallenen Welten ihre Technik vorenthält. Das übliche Spiel: Die Mächtigen bewahren ihre Macht, indem sie die Unterdrückten schwach halten.« Ein dünnes Lächeln erschien auf Coltans Lippen. »Warum verteidigst du die Ägide, mein Sohn? Wie ich hörte, hast du sie oft kritisiert, in den letzten Jahren immer häufiger.«

Rahil beobachtete seinen Vater, wie er da im Tender saß, auf dem geschrumpften Haufen aus Kohle und Dung, die Beine angezogen, die Arme um die Knie gezogen, das Gesicht wieder voller Ruß. Hatte Coltan ihn beobachten lassen? Aber wenn das der Fall war ... Warum hatte er es dann für notwendig gehalten, einen Ascar auf ihn anzusetzen?

»Die Ägide unterdrückt niemanden«, sagte er.

»Oh, es gibt viele Formen der Unterdrückung, mein Sohn.«

»Nenn mich nicht so. Nenn mich nicht ›mein Sohn‹.«

Coltan wölbte eine Braue. »Du wirst immer mein Sohn bleiben, was auch geschieht.«

»Ich habe die Ägide kritisiert, weil sie zu passiv ist, weil sie nicht eingreift, wo ein Eingreifen nötig wäre. Es sind Leute wie du, die alles so schwer machen.«

»Leute wie ich?«

»Kleine Autokraten, die an einem aufgeblasenen Ego leiden«, sagte Rahil und versuchte, ebenso ruhig zu sprechen wie sein Vater, obwohl es in ihm brodelte. »Die alles ihren eigenen Interessen unterordnen. Die in anderen Menschen nur Werkzeuge sehen, bestenfalls dafür geeignet, bei der Durchsetzung ihrer Ziele zu helfen. Es sind Menschen wie du, Vater, die uns immer wieder in Kriege verwickeln und unsere Aufnahme in den Kreis der Hohen Mächte bisher verhindert haben. Sie sprechen oft von Freiheit und Befreiung, aber letztendlich geht es ihnen doch nur um die Befriedigung ihres Egos. Ja, ich habe die Ägide kritisiert, Vater, manchmal mit scharfen Worten. Ich habe sie kritisiert, weil sie nicht aktiv gegen Leute wie dich vorgeht. Man sollte arroganten kleinen Provinzdiktatoren wie dir sofort das Handwerk legen und nicht zulassen, dass sie Einfluss genug gewinnen, Hunderte, Tausende oder gar Millionen von Leben auszulöschen.«

»Wünschst du dir den Tod deines Vaters, mein Sohn?«, fragte Coltan fast vorwurfsvoll.

»Wie viele Menschen hast du allein auf Caina getötet? O nein, nicht du selbst«, fügte Rahil hinzu, als sein Vater zu einer

Antwort ansetzte. »Mit einem Befehl an Darel und Ruben. Und an andere wie sie. Wie viele Menschen sind dort gestorben, weil sie dir im Weg standen? Und der Krieg, von dem du damals gesprochen hast und bei dem ich Truppen kommandieren sollte, erinnerst du dich? Wie viele Menschen hat er das Leben gekostet? Wenn du jetzt an der Spitze des Dutzends stehst, so stehst du dort auf einem Berg aus Leichen. Ob ich mir deinen Tod wünsche? Ich wünschte, du bekämst nur einen Teil von dem zurück, was du selbst ausgeteilt hast. Aber das ist ein persönlicher Wunsch, ausgesprochen vom Menschen namens Rahil Tennerit. Wenn ich dir als Missionar und Exekutor der Ägide antworten soll: Du verkörperst die schlechtesten Eigenschaften der Menschheit und vielleicht jene, die am tiefsten in ihr verankert sind. Da bin ich mir nicht ganz sicher. Aber ich *weiß*, dass wir das, was du repräsentierst, überwinden müssen, um *menschliche* Menschen zu werden, wenn das einen Sinn ergibt. Leute wie du müssen endgültig Vergangenheit werden, wenn wir Zugang zur Kosmischen Enzyklopädie haben wollen und zu den Hohen Mächten aufsteigen möchten.«

»Mein Sohn …« Coltan stand langsam auf und klopfte sich Schmutz von der Hose. »Vielleicht liegen wir mit unseren Ansichten gar nicht so weit auseinander.«

»Glaubst du?« Rahil sah auf die Instrumente und griff erneut nach der Schaufel.

»Wir wollen beide eine freie, vereinte Menschheit, die den ihr gebührenden Platz einnimmt. Das Artefakt könnte uns dabei helfen.«

»Gehe ich fehl in der Annahme, dass du dabei an eine freie, vereinte Menschheit unter deiner Führung denkst?«, fragte Rahil und schippte Kohle und Dung in den feurigen Schlund der Lokomotive. Sammaccan lag noch immer in der Ecke und schlief, aber manchmal zuckten seine Beine und Arme. Wovon träumte jemand, der halb Mensch und halb Reptil war?

»Jemand muss die nötigen Entscheidungen treffen«, sagte Coltan ernst. »Jemand muss weit genug vorausblicken, um die nötigen Entscheidungen treffen zu können.«

Rahil nickte und fütterte die Lokomotive.

»Und du hast natürlich diesen Weitblick. Als religiöser Mann würdest du behaupten, von Gott auserwählt zu sein oder etwas in der Art. Aber da du nicht an Götter und dergleichen glaubst … Vielleicht bist du davon überzeugt, mit einer besonderen Gabe gesegnet zu sein.«

»Verstehst du denn nicht, Junge?« Zum ersten Mal erklang Ärger in Coltans Stimme. »Wir müssen fortführen, was Jere Laureno damals begann. *Er* war es, der die Vision hatte, dessen Blick weit in die Zukunft reichte. Mit dem Artefakt können wir erreichen, *was wir wollen.* Wir beide, Vater und Sohn. Du hast eigene Vorstellungen davon, wie Ägide und Menschheit organisiert sein sollten? Mit dem Artefakt kannst du deine Vorstellungen durchsetzen! Darum geht es, mein Sohn. Die Macht ist da; man muss sie ergreifen und Gebrauch von ihr machen.«

Rahil gab noch eine Schaufel Kohle ins Feuer der Lokomotive, schloss die Klappe wieder und versuchte, seinen Groll im Zaum zu halten. Leicht fiel es ihm nicht. »Woher weißt du so genau, was es mit dem Artefakt auf sich hat? Hat dir dein Helfer davon erzählt?«

In seinem Unterbewusstsein musste es die ganze Zeit über gearbeitet haben, und jetzt, während er noch die Schaufel in der Hand hielt, hatte er das Ergebnis klar vor Augen.

»Das Schiff des Dutzends, das vor siebenundachtzig Jahren einen Botschafter für die Große Versammlung brachte und dann in die Arktis von Heraklon flog … Es brachte noch jemanden, nicht wahr? Seine eigentliche Mission bestand darin, jemanden zum Artefakt zu bringen. Einen Wissenschaftler? Einen Archäologen? Mit wem hättest du hoffen können, Kontrolle über das Artefakt – die Superschmiede – zu erlangen?«

Coltan schwieg.

»Mit einem Schmied!«, sagte Rahil. »Das Schiff hat einen Schmied zum Artefakt gebracht!«

»Glaubst du?«, fragte Coltan, und seine Stimme klang seltsam.

»Wer ist es?«, stieß Rahil hervor und fragte sich für einen schweren, düsteren Moment, ob *alles* verloren war, ob dieser Mann, sein Vater – mit leeren Händen, ohne eine Waffe – den Sieg errungen hatte. »Welchen Schmied hast du zum Artefakt geschickt?«

Aber dann begriff er, dass etwas nicht stimmte. Das Schiff des Dutzends war vor siebenundachtzig Jahren nach Heraklon gekommen, und das Artefakt – die Superschmiede – hatte weiter geschlafen, bis vor etwa sieben Monaten. Wenn damals wirklich ein Schmied im Auftrag des Dutzends das seltsame, aus der Zukunft stammende Objekt in der Arktis dieses Planeten erreicht hatte: Warum war er erst Jahrzehnte später aktiv geworden? Und warum fraß das Artefakt den Planeten?

Und warum war Coltan, Oberhaupt der Tennerits und Regent des Dutzends, hier auf Heraklon? Warum hatte er sich, obwohl sein Schmied im oder beim Artefakt war, selbst hierher auf den Weg gemacht? Warum setzte er sich solchen Gefahren aus, und warum hatte er seinen Sohn von einem Ascar suchen lassen?

Er hat den Ascar beauftragt, mich zu ihm zu bringen, weil er meine Hilfe braucht, dachte Rahil und versuchte, Ordnung in seine umherwirbelnden Gedanken zu bringen. Aber *wozu* braucht er meine Hilfe? Bisher war er davon ausgegangen, dass

Coltan seine Exekutor-Privilegien benötigte, aber angesichts der derzeitigen Lage auf Heraklon ließ sich damit nicht mehr viel anfangen.

»Woran denkst du, mein Sohn?«

Nenn mich nicht so, verdammt, dachte er und sagte: »Ich denke an die Pläne, die dein krankes Hirn geschmiedet hat.« Geschmiedet, wiederholte er in Gedanken; das ist der richtige Ausdruck. »Aber etwas ist schiefgegangen, nicht wahr? Der Schmied, den du vor siebenundachtzig Jahren nach Heraklon geschickt hast … Er hätte das Artefakt längst für dich sichern sollen. Aber es schlief weiter und erwachte erst vor sieben Monaten. Ganz offensichtlich hat der Schmied nicht die Arbeit geleistet, die du von ihm erwartet hast.«

Die Lokomotive fuhr an einem Schuppen vorbei, und Rahil sah aus dem Fenster. Keine zweihundert Meter entfernt gab es weitere Gebäude und ein Gewirr aus Gleisen. Er schob den Fahrthebel in die Ruhestellung, ging zum Polymorphen und berührte ihn an der schuppigen Schulter. »Sammaccan? Wir sind da. Wir haben die Verteilerstation erreicht.«

DIE STUMMEN ZEUGEN

37

Direkt neben der Weiche, die zur Trasse nach Lautaret führte,
lag ein toter Segler.

Rahil näherte sich ihm vorsichtig, die Waffe in der Hand,
obwohl er bezweifelte, dass sie ihm gegen aktive Assimilierer,
die auf der Suche nach Biomaterial waren, etwas genützt hätte.
Das filigrane Gespinst aus dünnen Polymerstangen und den Fo-
lien der Sonnensegel lag zerfetzt und über die Landschaft verstreut, so weit der Blick reichte. Trümmer ragten wie Hügel in
der Dämmerung auf, dunkel vor einem dunkler werdenden
Himmel, an dem erste, kalt glitzernde Sterne erschienen. Weit
entfernt im Osten zeigten sich Lichter, die vielleicht von einer
Stadt stammten, und eine dicke Rauchsäule wuchs dort gen
Himmel.

»Hier hat ein Kampf stattgefunden«, sagte Coltan.

»Nicht hier«, erwiderte Rahil. »Bei der Stadt im Osten. Ich
nehme an, die Segler haben sie angegriffen. Dieser hier wurde

abgeschossen und schaffte es bis hierher.« Vielleicht war es Boyenga, die Stadt der Spiegel, dachte Rahil und sah sich nach Sammaccan um, der vermutlich Bescheid wusste. Der Polymorphe schien sich gut erholt zu haben und besaß wieder menschliche Gestalt. Er zog einen von mehreren Hebeln bei einem großen Signalmast, und von der Weiche vor Rahil und seinem Vater kam ein lautes Klacken.

Rahil ging zum größten Trümmerstück neben dem Gleis, einer halb geschmolzenen und dann wieder erstarrten Ansammlung von Synthmetall und Polymeren, darin eingeschlossen die verkohlten Reste einer biologischen Komponente. Es ließ sich nicht erkennen, ob dies der Hauptkörper des Seglers gewesen war. Auf der einen Seite ragte etwas aus der Masse, das ein Arm gewesen sein mochte, verbunden mit den Resten eines Sensorclusters. Auf der anderen lagen die Überbleibsel einer Lebenserhaltungszelle für die empfindlichen Nervenapparate des Seglers, für das Gehirn und die mit den Bordsystemen verbundenen atrophierten Muskeln. Rahil überlegte kurz, ob sich das Schiff für den Menschen darin, den Segler, tatsächlich wie eine Erweiterung seines Körpers anfühlte.

Dieser Segler fühlte nichts mehr.

»Ich verstehe nicht, wie sich Menschen so etwas antun können«, sagte Coltan. Er war an Rahil herangetreten und starrte auf die Trümmer hinab. »Aber natürlich sind das gar keine Menschen mehr.«

Rahil schwieg eine Weile, dann erwiderte er leise: »Seit viertausend Jahren entwickeln wir uns in verschiedene Richtungen: Polymorphe, Segler, Acquaä, Vogelmenschen und all die anderen. Aber wir haben einen gemeinsamen Ursprung. Sind wir menschlicher, nur weil wir uns die ursprüngliche Körperform bewahrt haben?«

Sein Vater maß ihn mit einem kühlen Blick. »Die Ägide hat dir Flausen in den Kopf gesetzt, mein Junge. Wie kannst du uns ernsthaft mit diesen Geschöpfen vergleichen? Sie haben ihre Individualität aufgegeben und sich mit Maschinen verbunden! Sie haben sich Maints untergeordnet!«

»Vielleicht ist das eine neue Evolutionsstufe«, sagte Rahil und stieß mit dem Fuß die verkohlten Reste einer biologischen Komponente an. Ein Aschebrocken löste sich und fiel zu Boden. »Ich weiß nicht, ob dir deine Kriege im Dutzend Zeit gelassen haben, andere Welten zu sehen, Vater. Ich habe viele gesehen, und daher weiß ich: Das *Normale* existiert nicht. Normalität bezieht sich auf eine bestimmte Sichtweise. Es ist das anthropomorphische Prinzip, das den Beobachter veranlasst, sich als das Maß aller Dinge zu sehen. Aber was wir für normal halten, ist nur ein kleiner Ausschnitt der Wirklichkeit. Weitaus in der Mehrzahl ist das, was uns fremd und abwegig erscheint.«

Rahil hob den Blick von den Trümmern des Seglers und sah seinen Vater an. Früher hatte er sich vor dem gefürchtet, was Coltans Augen manchmal zeigten; jetzt erfüllte ihn die kühle Überheblichkeit darin mit Abscheu. »Das ist einer der Gründe, warum die Ägide die Gefallenen Welten isoliert und versucht, ihre Entwicklung vorsichtig in die richtigen Bahnen zu lenken. Weil es dort andere wie dich gibt: kleingeistige, engstirnige Despoten, die glauben, alle Weisheit für sich gepachtet zu haben. Anthropomorphische Idioten, die der ganzen Menschheit ihren Unsinn aufzwingen würden, wenn sie die Möglichkeit hätten.«

»Stattdessen zwingt uns die Ägide ihren Unsinn auf«, sagte Coltan, und es ärgerte Rahil, dass sein Vater so ruhig blieb. »Sechshundert Jahre lang hat sie uns gezwungen, auf einem niedrigen technischen Niveau zu leben ...«

Wir schaffen es nie, dachte Rahil, und für zwei oder drei Sekunden fühlte er sich von einer Verzweiflung gepackt, die ihm den Atem nahm. Wir bekommen nie Zugang zur Kosmischen Enzyklopädie, von einer Aufnahme in den Kreis der Hohen Mächte ganz zu schweigen. Weil es immer Menschen wie meinen Vater geben wird, die ihr eigenes Ego über alles andere stellen. Wenn wahre Reife mit Demut beginnt, haben wir noch einen weiten Weg vor uns.

Sein Vater sprach noch immer, aber Rahil hörte nicht mehr zu, ließ seinen Blick wandern und spürte, wie sich die Verzweiflung in Trauer verwandelte. Heraklon war der Prüfstein gewesen, das Modell für eine bessere Menschheit, die Bereitschaft zeigte, aus ihren Fehlern zu lernen, gerade nach dem *Ereignis*. Jetzt brannte eine Stadt im Osten, vielleicht Boyenga, Hunderttausende flohen aus dem Norden, Segler griffen den Planeten an, und das Artefakt fraß sich aus der Arktis in die südlicheren Regionen. Für die Kulturen auf Heraklon kam das Ende; Recht und Ordnung zerbrachen. Das Experiment des Friedens und der Diplomatie, vor sechs Jahrhunderten begonnen, scheiterte hier und heute, und damit waren alle Hoffnungen dahin. Wir bleiben auf uns allein gestellt, dachte er, ausgeschlossen vom Wissen des Universums, und schuld daran sind Menschen wie mein Vater, die sich für schlauer halten und mit ihrer dummen Arroganz alles ruinieren.

»Hörst du mir überhaupt zu?«, fragte Coltan.

Es wurde jetzt schnell dunkler, und im Osten, über den Lichtern der Stadt, hing der gelbrote Widerschein eines Feuers. Wind kam auf und strich mit einem kalten Flüstern über die Landschaft. Hier und dort knackte es in den abkühlenden Trümmern des Seglers.

»Du bist nicht der Einzige, der es auf das Artefakt abgesehen hat, Vater«, sagte Rahil. »Die Segler werden alles daransetzen, es unter ihre Kontrolle zu bringen. Und es gibt noch andere, dort oben, die nur auf eine Gelegenheit warten.« Er deutete zum Himmel hoch, und als hätte er damit das Zeichen gegeben, raste ein Flammenball über den Himmel und verschwand jenseits der Berge im Norden. Es dauerte eine Weile, bis ein Grollen aus der Ferne kam.

»Das war kein Segler«, sagte Coltan. »Es muss ein Satellit gewesen sein, oder ein Schiff.«

»Andere sind vielleicht schon im Norden gelandet«, fuhr Rahil fort. »Dein Helfer bei den Hohen Mächten, Vater ... Er hat nicht nur dir geholfen. Vielleicht haben die Segler zur gleichen Zeit vom Artefakt erfahren wie Jere Laureno, und daraufhin bereiteten sie einen Schwarm vor. Und die anderen Gefallenen Welten, die Schiffe hierherschickten ... Auch sie erfuhren davon. Hast du dich jemals gefragt, welches Spiel dein Helfer treibt?«

»Wir werden das Artefakt bekommen, mein Sohn«, sagte Coltan Jaqiello Tennerit.

»Wir?«, fragte Rahil. »Ich werde dafür sorgen, dass *du* es nicht bekommst, Vater, und wenn es das Letzte ist, was ich tue.«

»Vielleicht änderst du deine Meinung, wenn wir es erreichen, mein Sohn.«

»Das bezweifle ich sehr.« Rahil drehte sich um, als er ein rhythmisches Schnaufen hörte. Die Lokomotive näherte sich langsam, und Sammaccan sah aus dem Fenster. »Es geht weiter.«

Sie kletterten ins Führerhaus, und Sammaccan zog den Fahrthebel nach unten. Die Lokomotive schnaufte lauter und wurde schneller.

»Mit ein wenig Glück erreichen wir morgen Mittag Lautaret«, sagte der Polymorphe, und der Interpreter an Rahils Kragen übersetzte. »Ich hoffe nur, dass der Outzen durch all den Regen nicht zu sehr angeschwollen ist.«

Der Outzen, erinnerte sich Rahel, war ein Fluss, der in den Bergen entsprang und ins ferne Korallenmeer mündete.

»Ist noch was zu essen da?« Coltan suchte nach dem Beutel mit den Resten ihres Proviants. »Dieser Körper will ernährt werden.«

Rahil wollte wach bleiben, aber das sanft gewordene Schaukeln der Lokomotive und die Wärme des in ihr brennenden Feuers machten seine Lider schwer. Wenn er aus dem Schlaf schreckte, begegnete er fast immer dem Blick seines Vaters, der versuchte, es sich im immer leerer werdenden Tender so bequem wie möglich zu machen.

Später in der Nacht hielten sie an einer verlassenen Station, weil der Brennstoff knapp wurde und die Lok Wasser aufnehmen musste. Rahil half Sammaccan, so gut er konnte, und dabei staunte er darüber, wie viel Kraft in dem so zierlich wirkenden Polymorphen steckte. Die Lok hielt neben einem Turm aus Holz und Metall, und Sammaccan öffnete mehrere Klappen. Erst aus der letzten kam eine kleine Lawine aus Kohle – nur Kohle diesmal, kein Dung –, und im Tender wich Coltan fluchend und in einer Wolke aus schwarzem Staub hustend beiseite.

Anschließend öffnete Sammaccan einen Deckel weiter vorn auf der Lokomotive, und unter seiner Anleitung zog Rahil einen dicken Schlauch heran, der von einem zweiten, runden Turm ausging.

»Dass wir nach all dem Regen Wasser brauchen …«, sagte er und hielt den Schlauch, als Sammaccan vorn das Ventil öffnete.

»Wir sind hier in Gannoe«, sagte der Polymorphe. Das Rauschen und Plätschern des in den Bauch der Lokomotive strömenden Wassers untermalte seine Worte. »So nennt mein Volk diese Tiefebene südlich des Krusor-Gebirges, das wir morgen erreichen. Gannoe ist doppelt so groß wie Munraha und hat doch nur ein Viertel der Einwohner. Ein karges, dünn besiedeltes Land, das jetzt völlig leer zu sein scheint.« Er deutete zu den Häusern hinter der Station, deren Umrisse sich vage in der Nacht abzeichneten. Türen und Fenster waren dunkel; nirgends brannte eine Lampe. »Es war so dünn besiedelt, weil es fast nie geregnet hat und im trockenen Boden kaum etwas wuchs.« Sein Blick ging zu den Regenwasserseen, die sich selbst hier gebildet hatten. »Alles verändert sich, Rahil Tennerit.«

»Die Dinge verändern sich immer«, erwiderte Rahil. »Nichts bleibt, wie es ist. Aber dies ...« Er spürte den kalten Wind, der aus dem Norden wehte. »Das Artefakt ändert das Klima des Planeten. Es nimmt Wärme auf, viel mehr als früher. Es frisst Energie und Materie.«

»Wozu, Rahil Tennerit?« Sammaccan schloss das Ventil und gab den Schlauch frei. »Was macht es damit?«

»Wenn ich das wüsste.«

Als die Lok, mit Wasser und neuem Brennstoff versorgt, wieder durch die Nacht ratterte, fragte sich Rahil, ob sein Vater Bescheid wusste. Der Schmied, den Coltan vor siebenundachtzig Jahren zum Artefakt geschickt hatte ... Mit welchen Programmen war er gekommen? Was hatte die Superschmiede für Coltan herstellen sollen?

Als die Nacht ihrem Ende entgegenging, schlief Rahil auf seinem Schemel in der Ecke erneut ein und träumte von einer Frau mit Sommersprossen, die gleichzeitig ein Mädchen mit schwarzem, zu einem langen Zopf geflochtenem Haar war. Er erwachte, als eine Hand seine Schulter berührte, und für einen erschrockenen Moment dachte er, dass es die Hand seines Vaters war, wie früher. Er zuckte zurück, stieß mit dem Kopf gegen die eiserne Wand und verzog das Gesicht.

»Wir haben den Outzen erreicht«, sagte Sammaccan. »Und es sieht nicht gut aus.«

Coltan stand auf der anderen Seite des Führerhauses und blickte aus dem Fenster. Rahil stand auf und merkte, dass ein grauer Tag begonnen hatte und die Lokomotive stehen geblieben war. Sie stand auf den Gleisen und schnaufte wartend, während ein dumpfes, brodelndes Rauschen von weiter vorn kam.

Rahil beugte sich durch die offene Tür auf seiner Seite des Führerhauses.

Die Brücke vor ihnen sah nicht mehr wie eine Brücke aus, sondern wie eine schmale, von hohen Geländern gesäumte Straße, die unmittelbar über dem Fluss verlief. Dicht darunter wälzten sich braune Wassermassen tosend und donnernd durch eine Schlucht, die der Fluss nun fast ganz ausfüllte. Rahil beobachtete, wie die Wellen mit Baumstämmen und anderen Objekten spielten, die sich kaum identifizieren ließen. Einmal glaubte Rahil, etwas zu erkennen, das nach einem primitiven Fahrzeug aussah, aber es verschwand sofort wieder in den reißenden Fluten. Manchmal verkeilten sich Gegenstände unter der Brücke, und dann stoben die Wellen daran hoch, bis sie das Geländer erreichten, und schwappten darüber hinweg.

Rahil schätzte die Breite des Flusses an dieser Stelle auf sieben- oder achthundert Meter.

»Wie lange brauchen wir bis zur anderen Seite?«, fragte er.

»Aus dem Stand?« Sammaccan überlegte. »Etwa zwei Minuten. Mit ein bisschen Anlauf … Weniger als eine.«

»Gibt es keinen anderen Weg nach Lautaret?«

»Die nächste Trassenbrücke befindet sich etwa sechshundert Kilometer östlich von hier«, sagte Sammaccan. »Wir könnten sie bis heute Abend erreichen, wenn alles gut geht. Und wenn wir unterwegs Brennstoff finden.« Er deutete zum nur halb vollen Tender.

»Und wir müssen auf der anderen Seite der Schlucht zurück.«

»Ja.«

»Zwei Tage«, brummte Coltan von der anderen Seite. »Es ist nicht unbedingt so, dass wir jede Menge Zeit hätten. Ich bin dafür, dass wir es hier versuchen.«

»Die Brücke könnte jeden Moment einstürzen«, sagte Rahil. »Sie besteht nicht aus Synthmetall oder Polymeren, die fast unbegrenzt belastbar sind. Die Pfeiler sind aus Stein und könnten einfach weggespült werden. Es wundert mich, dass die Brücke überhaupt noch steht.«

»Heute Mittag könnten wir in Lautaret sein«, sagte sein Vater. »Bei Äguizabel, dem Verwahrer. Er verwahrt viele Dinge, vielleicht auch … deine Erinnerungen?«

Rahil richtete einen scharfen Blick auf seinen Vater. »Woher weißt du das?«

»Oh, ich *weiß* es nicht. Ich vermute es nur.«

Sammaccan bediente bereits mehrere Hebel, und die Lokomotive zischte lauter und länger. Die eisernen Räder knirschten über die Gleise, als die Lok vom reißenden Fluss und der Brücke zurückwich, die jeden Augenblick fortgerissen werden konnte.

Ich bin Exekutor der Ägide, aber diesmal kann ich nicht auf Wiedergeburt hoffen, dachte Rahil. Wenn ich hier sterbe, bleibe ich tot.

Hebel klickten, schwarze Zeiger in runden Instrumenten zitterten, und das Schnaufen der Lok hörte kurz auf, als Sammaccan ein ganzes Stück vom Fluss entfernt anhielt. Dann zog er den Fahrthebel ganz nach unten, und das rhythmische Zischen und Fauchen begann erneut und wurde schnell lauter.

»Haltet euch gut fest!«, rief Sammaccan.

Als wenn uns das helfen könnte, fuhr es Rahil durch den Sinn. Wenn die Brücke einstürzte, fielen sie zusammen mit der Lokomotive ohne eine Überlebenschance in die tosenden braunen Fluten. Einige Sekunden lang beobachtete er seinen Vater, der auf der anderen Seite des Führerhauses am Fenster stand und das Geschehen wie fasziniert beobachtete. Angst schien er nicht zu haben. Er wirkte höchstens ein wenig besorgt, und Rahil war nicht einmal sicher, ob die Sorge dem eigenen Überleben galt oder sich auf das bezog, was ihn nach Heraklon gebracht hatte – er schien mehr um den Erfolg *seiner* Mission zu bangen als um das eigene Leben.

Rahil beugte sich halb durch die offene Tür und sah nach vorn.

Jenseits des Flusses ragten die steilen Wände des Krusor-Gebirges auf, das sich über fast dreitausend Kilometer von Westen nach Osten erstreckte. Seine höchsten Gipfel ragten nicht bis in die Stratosphäre wie die des Walls nordöstlich des Tieflands Cimeno, aber sie waren hoch genug, um selbst in den Tropen unter normalen klimatischen Bedingungen weiße Gewänder aus ewigem Schnee und Eis zu tragen. Jetzt waren sogar die Vorberge verschneit, deren Hänge einige Kilometer hinter dem Outzen begannen.

Der Fluss …

… war ein donnerndes braunes Ungeheuer, und die Lokomotive raste ihm entgegen, seinem Brodeln und Brausen, den schaumlosen, schmutzigen Wellen, die an der Brücke zerrten. Rahil hörte ihr Gurgeln und Schmatzen, obwohl die Lokomotive wie ein wildes Tier schnaubte und fauchte und das Donnern des Flusses versuchte, alle anderen Geräusche zu übertönen. Und dann war der Fluss zum Greifen nahe, direkt unter den Gleisen, spritzte manchmal über sie hinweg, als wollte er nach der Lokomotive greifen, die mit fünfzig oder sechzig Stundenkilometern über die Brücke keuchte und schneller wurde.

»Wir schaffen es!«, rief Sammaccan, öffnete die Klappe und schaufelte Kohle ins Feuer. »Wir schaffen es!«

Er rief es immer wieder, bis das Donnern des Flusses so laut wurde, dass der Interpreter seine Worte nicht mehr von den anderen Geräuschen trennen konnte und schwieg.

Die Welt bestand nur noch aus Schienen, einem Geländer aus eisernen Verstrebungen und einem Fluss, der mit solcher Kraft an den Brückenpfeilern zerrte, dass Rahil ein Zittern und Beben zu spüren glaubte, bis er merkte, dass seine weichen Knie die Ursache dafür waren.

Etwa in der Mitte der Brücke schaukelte die Lok einmal, als überlegte sie, ob sie von ganz allein in den Fluss springen sollte. Rahil klammerte sich an einer Stange fest, und für ein oder zwei Sekunden war er so erschrocken, dass er die einzelnen Flocken des vom Metall abblätternden blaugrünen Lacks in allen Einzelheiten sah, wie bei einer plötzlichen Erweiterung seiner Sinne.

Auf der anderen Seite des Führerhauses rief Coltan etwas und deutete nach draußen. Sammaccan achtete nicht auf ihn und schaufelte Kohle, ohne zu schwitzen, aber Rahil reckte den Hals und sah durchs Fenster einen besonders großen Baumstamm, der auf die Mitte der Brücke zuhielt.

Rahil beobachtete ihn, schätzte seine Geschwindigkeit ab, verglich sie mit der der Lokomotive und gelangte zu dem wenig erbaulichen Schluss, dass beide einem Rendezvous entgegenstrebten.

»Wir müssen schneller werden!«, rief er. Sammaccan hielt inne, schüttelte den Kopf und deutete auf seine Ohren.

Rahil löste die Hände von der Stange, die ihm bisher Halt geboten hatte, sprang zum Polymorphen und riss ihm die Schaufel aus der Hand.

»Wir müssen schneller werden!«, wiederholte er und hörte, wie der Interpreter übersetzte. »Kümmere du dich um die Hebel und den anderen Kram. Ich sorge dafür, dass die Lok genug zu fressen hat.«

Er schaufelte, als hinge sein Leben davon ab, was durchaus der Fall sein mochte, und im Gegensatz zu Sammaccan brach ihm schon nach kurzer Zeit der Schweiß aus. Flammen loderten im Bauch der Lokomotive, und Rahil spürte ihre Hitze, wenn er sich der Klappe zuwandte und noch mehr Kohle ins Feuer warf, das sie sofort zu verschlingen schien. Aus dem Schnaufen der Lok wurde ein hektisches Keuchen, und sie flog fast über die Gleise. Einmal hielt Rahil kurz inne und sah den gewaltigen Baumstamm nur einige Dutzend Meter entfernt.

Ein Pfiff kam von vorn, vom Kessel, und ein Blick durch die Tür auf seiner Seite des Führerhauses zeigte Rahil weißen Dampf. Das Pfeifen wiederholte sich, und Sammaccan rief etwas von einem »Sicherheitsventil« und deutete auf mehrere runde Instrumente, hinter deren fleckigem Glas schwarze Zeiger in den roten Bereich wanderten.

Rahil achtete nicht darauf und wollte noch mehr Kohle in die Feuerbüchse schaufeln, aber Sammaccan stieß mit dem Fuß die Klappe zu.

Er richtete sich auf, die Schaufel noch immer in der Hand, und wagte es kaum, an seinem Vater vorbei durchs Fenster zu sehen.

Lokomotive und Baumstamm verpassten ihr Rendezvous

um einige Meter. Der von den braunen Fluten herangetragene Rammbock war viel zu groß für die schmale Lücke zwischen Gleisen und Fluss – die Wellen schmetterten ihn gegen die Brücke, direkt neben einem ihrer Pfeiler.

Rahil hastete zur Tür auf seiner Seite des Führerhauses, streckte den Kopf hinaus und blickte nach hinten. Wellen stiegen auf, Wasser spritzte noch höher … und die Brücke brach.

Stein zerbarst. Eisenstangen bogen sich und gaben nach. Unter dem Gleisbett schien sich der Druck eines Geysirs zu entfalten; Befestigungselemente und zerfetzte Schwellen wurden nach oben gewirbelt. Die Gleise gerieten in Bewegung, wie zwei stählerne Schlangen, die plötzlich entschieden, sich erst in die eine und dann in die andere Richtung zu winden.

»Wir schaffen es!«, rief Sammaccan, zog Hebel, klopfte auf das Glas von Instrumenten, drehte kleine Kurbeln und betätigte Ventile. »Wir schaffen es!«

Nein, wir schaffen es nicht, dachte Rahil. Noch etwa zweihundert Meter trennten sie vom anderen Ufer des Outzen, wo die Wassermassen des zornigen Flusses große Erdbrocken aus den Böschungen rissen. Die beiden Schlangen, zu denen die Schienen geworden waren, bewegten sich zu schnell. Nieten sprangen aus den Bahnschwellen hinter der Lok, und der Outzen schien seine Anstrengungen zu verdoppeln, das eiserne, keuchende Ungetüm zu erreichen, das es wagte, ihm zu trotzen. Die Wellen türmten sich höher auf, leckten nach der Brücke und warfen Treibgut gegen die Pfeiler.

Noch hundert Meter. Die Brücke bebte und schwankte, und mit ihr die Lokomotive. Sammaccan und Coltan riefen etwas, und es kam eine Stimme aus dem Interpreter, aber Rahil hörte nur ein schnelles Klacken und begriff plötzlich, dass es von seinen Zähnen stammte.

Noch fünfzig Meter, und dicht hinter ihnen gab ein Pfeiler nach. Die Trasse neigte sich zur Seite, aus dem Beben wurde ein Ruck, die Lokomotive kippte …

Und dann richtete sie sich wieder auf, als sie das Ufer erreichte und über Schienen rasselte, die festen Boden unter sich hatten.

Rahil schnappte nach Luft, als er merkte, dass er den Atem angehalten hatte. Sein Gesicht war schweißnass, und es lag nur zum Teil an der Hitze des Feuers, das im Bauch der Lok loderte.

Sammaccan strahlte, und sein Gesicht schien dabei breiter und runder zu werden. »Ich habe doch *gesagt*, dass wir es schaffen!«, rief er. »Na, *bin* ich ein guter Lokomotivführer?«

Rahil klopfte ihm auf die Schulter. »Das bist du, mein Freund, das bist du.«

Dann sank er auf den Schemel, weil die Knie unter ihm nachgaben.

38

Kurz nach Mittag hielten sie in einem kleinen Tal, weil Sammaccan ein Radlager der Lokomotive untersuchen wollte, das schon seit einer ganzen Weile quietschte. Das Tal lag eingebettet zwischen den Vorbergen des Krusor im Norden und einem kleinen, felsigen Höhenzug im Süden, hinter dem die Fluten des Outzen strömten. Die dichte Wolkendecke war aufgebrochen, und warmer Sonnenschein fiel auf Rahil, als sie die Ruinen in der Mulde vor ihnen betrachteten. Es waren die Reste von Gebäuden, die vor fünfeinhalb Jahrhunderten zerstört worden waren, wie auf Schildern vor dem abgesperrten Bereich zu lesen war. Aber die Bauten hatten nicht aus Stein bestanden, sondern aus keramischen Materialien, Synthmetallen und den damals gebräuchlichen Polymeren. Und es war keine Stadt gewesen, sondern eine ausgedehnte Bunkeranlage, vielleicht sogar mit Brütern für Menschen der Zweiten Phase ausgestattet. Erinnerungen an seine Vorbereitungen entfalteten sich in Rahil.

»Die Stummen Zeugen«, sagte er. »Es gibt sie auf mehreren Welten. Sie erinnern an die Katastrophe vor sechshundert Jahren.«

Coltan zuckte die Schultern. »Zeugen nützen nicht viel, wenn sie stumm sind, oder? Wie dem auch sei … Ich sehe mich nach was Essbarem um«, sagte er und machte sich auf den Weg zu einer nahen Siedlung aus einfachen Steinhütten. Nichts regte sich dort. Rahil vermutete, dass sich die Einwohner des Ortes mit einem der Züge, die durch das Tal gekommen waren, auf den Weg nach Süden gemacht hatten. Aber offenbar waren nicht alle bereit gewesen, ihre Heimat zu verlassen. Auf der anderen Seite des Tals erstreckten sich Wiesen und Felder an den sanft geneigten, der Sonne zugewandten Hängen, und Gestalten bewegten sich dort. Einmal glaubte Rahil, das Tuckern eines Motors zu hören, und als er nach dem Ursprung dieses Geräuschs Ausschau hielt, bemerkte er eine Staubwolke, die von einem der Hangäcker aufstieg.

Staub, dachte er. Hier hatte es nicht geregnet. Man hätte das Tal für eine Oase des Friedens in einer Welt halten können, die immer mehr auf eine globale Katastrophe zusteuerte, wenn nicht die Ruinen gewesen wären, die von einem alten Krieg kündeten, und die verlassene Siedlung daneben.

Sammaccan richtete sich auf, hob seine Hände und änderte ihre Beschaffenheit, woraufhin der Schmutz von ihnen abfiel.

Er deutete auf die Ruinen. »Es gibt noch andere Orte wie diesen, weiter im Westen und einen ganz tief im Süden, dort, wo das Meer Eis zu tragen beginnt. Ich bin einmal hier gewesen, als Kind, als meine Mutter nach Ziarion im Westen reiste. Ihre Gefährtinnen brachten mich hierher. Es war ein Tagesausflug, und ich erinnere mich an Sonne und Hitze. Ich weiß noch, dass ich damals gefragt habe, was es mit dem alten Krieg auf sich hat, was damals auf Hrkln, der Welt des Friedens, geschehen war. Eine der Dienerinnen antwortete mir, es hinge mit dem *Ereignis* zusammen. Als ich fragte, was das *Ereignis* sei, bekam ich eine Ohrfeige und den Rat, nicht so neugierig zu sein. Was ist damals geschehen, Rahil Tennerit? Kannst du es mir sagen?«

Rahil beobachtete, wie sein Vater den Ort erreichte und in einem der lehmbraunen Steinhäuser verschwand. »Das *Ereignis* ist der Grund«, sagte er, und der Interpreter an seinem Kragen übersetzte.

»Der Grund? Wofür?«

»Für alles«, sagte Rahil. »Für das, was mit Heraklon geschieht. Der Grund, weshalb wir hier sind.«

»Konnte die Dienerin meine Frage damals nicht beantworten, weil sie nichts davon wusste? Oder ist das *Ereignis* ein Geheimnis, über das man nicht spricht?«

Das Wort *Ereignis* klang diesmal anders bei Sammaccan, obwohl es Rahil über den Umweg des Interpreters erreichte. Sonst hatte er es immer mit einer besonderen Betonung ausgesprochen.

Das Tuckern in der Ferne verklang, und für einige wenige Sekunden war es völlig still im Tal. Selbst die Lokomotive hinter ihnen, die leise vor sich hingeschnauft hatte, schien den Atem anzuhalten und zu lauschen. Dann kehrte das Flüstern des leichten Windes zurück, und mit ihm das Zischen der Lok.

Rahil ging über den staubigen Weg, der ihm nach all dem Schlamm seltsam erschien, und näherte sich der Absperrung, hinter der eine Böschung recht steil in die Tiefe reichte. Rechts und links der Treppe wuchs Gestrüpp in Felsspalten, doch weiter unten fand die Vegetation keine Ritzen mehr, in denen sie sich mit ihren Wurzeln festklammern konnte. Dort bestanden die Wände aus glattem Synthmetall und waren gewölbt, vielleicht die Reste einer Kuppel. Wie der obere Teil verschwunden war, blieb Spekulationen überlassen. Vieles kam dafür infrage, überlegte Rahil. Damals war man mit dem Einsatz der Waffen nicht wählerisch gewesen. Das ganze Tal mochte das Ergebnis eines Gefechts an diesem Ort sein. Wer auch immer sich damals hier verschanzt hatte: Rahil bezweifelte, dass jemand am Leben geblieben war. Er fragte sich, ob vor sechshundert Jahren einige Menschen der Zweiten Phase Heraklon erreicht hatten. Wahrscheinlich nicht. Aber ein Teil ihrer Truppen, vom *Ereignis* verstreut, konnte es bis hierher geschafft haben.

»Die Menschheit stand schon einmal an der Schwelle eines neuen Zeitalters«, sagte Rahil langsam und betrachtete dabei die Ruinen, die stumm von Tod und Zerstörung berichteten, von Leid und Hybris. Sein Vater irrte sich; auch stumme Zeugen konnten viel erzählen. »Vor gut sechshundert Jahren. Wir hatten die Hand auf der Klinke der Tür, hinter der eine bessere Zukunft auf uns wartet. Vielleicht hatten wir die Tür sogar schon einen Spaltbreit geöffnet. Aber dann führte die Zweite Phase zum *Ereignis*, das Chaos brachte und fast mit der Isolierung der Menschheit von allen anderen galaktischen Völkern geendet hätte. Die Gründung der Ägide trug dazu bei, dass wir eine zweite Chance bekamen. Damals gaben uns die Hohen Mächte sechshundert Jahre Zeit. Eine letzte Frist für eine letzte

Möglichkeit. Sie geht in wenigen Monaten zu Ende, diese Frist, und ich fürchte, ich fürchte …«

»Was war das *Ereignis*?«, fragte Sammaccan. »Was geschah damals?«

»Die Zweite Phase, oder die ›Diaspora‹, wie sie die Gebrüteten und ihre Anhänger nannten …« Rahil versuchte, seine Gedanken zu ordnen. Sammaccan hatte inzwischen einiges über Bruch-Gemeinschaft und Ägide erfahren, aber er kannte die historischen Hintergründe nicht. Wie sollte er ihm mit einigen wenigen Worten erklären, was geschehen war?

»Vor viertausend Jahren brach der Mensch ins All auf«, sagte Rahil. »Von der alten Erde, die heute zu den Gefallenen Welten zählt und auf der kaum mehr jemand lebt. Die neuen Welten veränderten den Menschen, und es begannen lokale Evolutionen. Die menschlichen Gene beugten sich dem Druck neuer Umwelten und passten sich an. Doch einigen Menschen genügte das nicht. Auf manchen Welten wurde der genetische Code gezielt geändert, mithilfe von Maints.«

Von Sammaccan kam ein Geräusch, das fast wie das Schnaufen der Lokomotive klang. »Ihr habt euch von *Maschinen* verändern lassen? Nicht nur, dass ihr Maschinen erlaubt, euch zu regieren, wie du mir erzählt hast, Rahil Tennerit … Ihr habt ihnen auch gestattet, eure Körper zu verändern?«

»Wir werden nicht von Maschinen regiert, Sammaccan, das verstehst du falsch«, erwiderte Rahil, fragte sich aber, ob das stimmte. Auf einigen Welten der Bruch-Gemeinschaft neigte man dazu, wichtige Entscheidungen den Maints zu überlassen, die auch die Produktionskomplexe im Innern der Planeten steuerten und dafür sorgten, das alle Menschen Zugang zu den Produkten und Dienstleistungen hatten, die ihre Grundbedürfnisse befriedigten. »Maschinen *helfen* uns. Einige von ihnen sind

Instrumente und Werkzeuge, andere so intelligent, dass sie gleichwertige Partner geworden sind.«

Sammaccan schnaubte. »Sieh dir das an, Rahil Tennerit.« Er deutete auf die Lokomotive. Weißgrauer Rauch kam aus ihrem Dampfdom, stieg langsam auf und dehnte sich dabei zu einer Wolke aus. »Soll ich mit diesem Ding reden? Soll das mein Partner sein? *Du* bist mein Partner, ein Mann von der Ägide, ein Exekutor, ein lebendes Wesen. Maschinen müssen Dinge bleiben, ohne Macht.«

»Möchtest du wissen, was es mit dem *Ereignis* auf sich hat? Oder sollen wir darüber reden, was Maschinen sind und was nicht?«

»Erzähl mir mehr, Rahil Tennerit. Du hast vom genetischen Code gesprochen ...«

»Weißt du, was das ist?«

Sammaccan nickte. »Ein Bauplan für den Körper, nicht wahr?«

»Ja. Es wurden neue Menschen geschaffen, neue *Arten* des Menschen«, sagte Rahil. »Auf diese Weise entstanden die Ahnen der heutigen Segler und Acquaä. Auch die Vogelmenschen, zu denen wir unterwegs sind, verdanken ihre Existenz den damaligen genetischen Manipulationen.«

»Und auch wir, die Polymorphen von Munraha, nehme ich an.«

»Ja. Es war die Erste Phase, und du selbst bist ein Ergebnis davon«, sagte Rahil. Er sah zum verlassenen Ort neben den Stummen Zeugen und beobachtete, wie sein Vater aus einem Haus kam und in einem anderen verschwand. »Die neuen Menschenarten schlugen eigene Entwicklungswege ein, und manche von ihnen führten zu völliger Autonomie und sogar Feindseligkeit den gewöhnlichen Menschen gegenüber wie bei den Seglern. Vor achthundert Jahren begann dann in den Denkfabriken von Bonafede im Sagittariusbruch das, was später die ›Zweite Phase‹ beziehungsweise ›Diaspora‹ genannt wurde: die Entwicklung von höherer Intelligenz. Was genau damals geschah, lässt sich heute nur schwer nachvollziehen, denn die Sonnensysteme im Sagittariusbruch waren direkt vom *Ereignis* betroffen, das die dortigen Planeten vollkommen verwüstete. Es wird vermutet, dass es der Diaspora, der ersten Generation der Veränderten, gelang, einfache biologische Schmieden zu konstruieren, primitive Uteri, gesteuert von Maints mit Bewusstseinsschranken. Wie sie das schafften, ist unklar.«

»Was sind Bewusstseinsschranken?«, fragte Sammaccan.

»Programme, die verhindern, dass eine Maschinenintelligenz ein eigenes Bewusstsein entwickelt.«

»Klingt nach einer guten Idee.«

Rahil seufzte innerlich. »Solche Schranken sind eine Vergewaltigung von Intelligenz, Sammaccan. Gerade du solltest ein offenes Ohr für die Freiheit des Denkens haben.«

»Ein offenes Ohr?«

»Besonderes Verständnis aufgrund der eigenen Situation«, erklärte Rahil. »Nun, die Humax, wie sie sich nannten – optimierte Menschen mit maximierter Intelligenz – waren steril, aber die Uteri schufen immer mehr von ihnen, und es dauerte nur fünfzig oder sechzig Jahre, bis sie die Macht in den Sagittarius-Systemen übernahmen. Sie dachten noch schneller und präziser als später Menschen wie ich, mit Femtomaschinen ausgestattete Missionare der Ägide, und wie die Segler neigten sie zu Langzeit-Plänen, die sich über einen Zeitraum von mehreren Generationen erstreckten. Sie begannen mit einer Hierarchisierung des Homo sapiens, indem sie Menschen für verschiedene Aufgaben schufen, mit abgestufter Intelligenz. Ihre Mittelsmänner brachten Uteri zu den Welten außerhalb der Sagittarius-Region, auch zur alten Erde, und diese Uteri schufen im Verborgenen neue Menschen, mit der Aufgabe, Einfluss zu gewinnen und schließlich die Macht zu übernehmen. Die Lage spitzte sich schnell zu, und etwa hundertfünfzig Jahre nach dem Brüten des ersten Humax geschah das Unvermeidliche.«

»Es kam zum Krieg?«

Rahil musterte den Polymorphen, sein flaches Gesicht mit den großen Augen, in denen sich keine Überraschung zeigte, die nicht einmal blinzelten. Hinter ihm stand die Lok und wartete darauf, sie nach Lautaret zu bringen.

»Ja«, bestätigte Rahil. »Es kam zum Krieg. Die menschliche Geschichte scheint eine Abfolge von Kriegen zu sein, und das ist einer der Gründe dafür, warum es bei den Hohen Mächten skeptische Stimmen gibt, Stimmen, die sich damals wie heute gegen eine Aufnahme der Menschheit in ihren Kreis ausgesprochen haben. Ja, es kam zum Krieg, aber er ließ sich nicht mit den anderen vergleichen, die die Menschen seit der Zeit des Aufbruchs geführt hatten, zum Beispiel gegen die Aievo aus der Canis-Major-Zwerggalaxie, die vor dreitausend Jahren plötzlich aus einem Kickout der Krion kamen, nicht weit von der alten Erde entfernt, die damals noch dicht besiedelt war. Oder gegen die Tia aus dem Orion-Arm.« Bei diesen Worten erinnerte sich Rahil an die Barrieresterne und den blauweißen Riesen, wo sein Vater auf den Ascar gewartet hatte. »Es war ein Krieg Menschen gegen Menschen, wie so oft vor der Zeit des Aufbruchs, und alles deutete auf einen Sieg der Diaspora hin. Die Humax bauten noch mehr Uteri, und die produzierten jeden Tag Tausende von Kriegern. Sie brauchten viel Energie für ihre Brüter und die gewaltigen Werften, in denen Schlachtschiffe und Kampfdrohnen entstanden, und auch darauf schienen sie vorbereitet zu sein, denn sie zapften nicht nur Sonnen an, sondern den Raum selbst, seine Vakuumenergie.«

»Davon habe ich gehört«, warf Sammaccan ein. »Die Stimmen im Schulungszentrum des Habitats haben darüber berichtet. Vakuumenergie, wie seltsam. Wie kann das Leere etwas enthalten? Dann ist es doch nicht mehr leer! Man nennt sie auch Dunkle Energie, nicht wahr?«

»Ja und nein«, erwiderte Rahil und hielt nach seinem Vater Ausschau. Nichts rührte sich zwischen den Gebäuden. »Die Vakuumenergie und die Dunkle Energie sind miteinander verwandt. Wir vermuten, dass die Poleis der Hohen Mächte, ihre Sternenstädte, Vakuumenergie und Dunkle Energie für die Fortbewegung verwenden. Den Neuen Menschen muss es damals gelungen sein, eine vergleichbare Technik zu entwickeln. Leider ist nichts davon übrig geblieben.«

»Was geschah?«

»Die Imperialen Ingenieure erinnerten sich an ihren Erfolg beim Kampf gegen die Tia – das Schwarze Loch, das sie durch einen modifizierten Sprungsektor zur Zentralwelt der Tia schickten, hatte seinen Zweck erfüllt. Sie versuchten es mit einer ähnlichen Taktik und schickten einige Dutzend Mikrokollapsare zu den Vakuumpumpen der Sagittarius-Energiesenken. Und damit lösten sie eine fatale Kettenreaktion aus.«

Rahil schwieg einige Sekunden und ließ seinen Blick durchs Tal schweifen, das vielleicht vor sechshundert Jahren durch den Einsatz einer Waffe entstanden war.

»Die Kettenreaktion übertraf die schlimmsten Befürchtungen«, fuhr er fort. »Von den zerstörten Energiesenken in der Sagittarius-Region breitete sie sich durch Sprungvektoren aus, und dadurch erreichte die Zerstörungsfront auch andere, viele Lichtjahre entfernte Sonnensysteme. Die Welten der Humax wurden vernichtet. Einige von ihnen brachen auseinander, andere verwandelten sich in leblose Wüsten. Sonnen wurden zu Novä. Und selbst Planeten weit abseits der stellaren Region, die wir heute unter der Bezeichnung Sagittariusbruch kennen, waren betroffen. Eine sogenannte Hyperkopplung führte dazu, dass die heimlich von den Humax installierten Uteri zu Sprungbrettern für die Zerstörungsfront wurden – offenbar waren sie untereinander durch ein energetisches Netzwerk verbunden.«

Rahil schüttelte den Kopf. »Das klingt nach sekundärer oder sogar primärer Technik. Vielleicht hätten wir, unter anderen Umständen, den Aufstieg zu den Hohen Mächten ganz allein geschafft. Aber so mussten wir sie um Hilfe bitten und unser völliges Versagen eingestehen. Die Welle der Vernichtung breitete sich immer weiter durch die Sprungvektoren aus, und alles deutete darauf hin, dass sich eine galaktische Katastrophe anbahnte. Der Imperialen Föderation blieb nichts anderes übrig, als sich an die Hohen Mächte zu wenden, mit der Bitte, die Zerstörungsfront einzudämmen. Vor allem die Krion und Feazelle sind damals aktiv geworden. Wie sie es schafften, die Kettenreaktion zu unterbrechen, wissen wir nicht. Vielleicht erfahren wir es eines Tages, wenn wir Zugang zur Kosmischen Enzyklopädie erhalten. Wie dem auch sei: Zurück blieb eine Zone der Zerstörung.«

»Der Sagittariusbruch.«

»Ja. Aber auch außerhalb davon waren viele Welten schwer getroffen.«

»Die Gefallenen Welten«, sagte Sammaccan.

»So nennen wir sie heute. Die Sprungsektoren in vielen Sonnensystemen waren durch die Kettenreaktion gestört: Ihre Vektoren endeten im Nichts zwischen den Galaxien oder wiesen starke Fluktuationen auf. Das bedeutete: Auf der anderen Seite des Sagittariusbruchs, der wie eine Feuerschneise wirkte, waren die Verbindungen zwischen den Sonnensystemen unterbrochen. Diesseits der toten Zone gab es dreizehn Systeme, die von der Katastrophe verschont geblieben waren und ihr Entwicklungsniveau halten konnten.«

»Die Bruch-Gemeinschaft«, sagte Sammaccan.

»Ja. Und die Sieben Völker. Auf der anderen Seite des Sagittariusbruchs waren zweihundertdrei Welten in neunundachtzig Sonnensystemen nicht nur direkt von den Zerstörungen betroffen, sondern auch isoliert. Reisen zu den nächsten Systemen dauerten Jahrzehnte, wenn sie überhaupt möglich waren. Innerhalb kurzer Zeit brach die ganze Infrastruktur zusammen. Die ökonomischen Systeme kollabierten. Hunger und Elend breiteten sich aus. Das Erbe der Diaspora kratzte die dünne Tünche der Zivilisation vom wahren menschlichen Wesen, wie es Zyniker ausdrückten.«

Rahil deutete auf die Ruinen in der Mulde. »Vielleicht gelang es einigen Kriegern der Diaspora hierherzufliehen. Ich weiß, dass ich mich mit der Vergangenheit von Heraklon beschäftigt habe, aber offenbar bin ich so dumm gewesen, die Informationen in den zerebralen Schaltkreisen der Rüstung abzulegen. Oder in den Speichern der Femtomaschinen. So oder so, derzeit erinnere ich mich nicht daran, was damals hier geschah.«

Eine Zeit lang blickten sie beide auf die Stummen Zeugen hinab, die von vergangenem Chaos berichteten. Leichter Wind kam auf, flüsterte in den Baumwipfeln, griff nach dem weißen Dampf der Lokomotive und wehte ihn fort.

Ein Blitzen am Himmel weckte Rahils Aufmerksamkeit, ein Gleißen, das für zwei oder drei Sekunden fast so hell war wie die Sonne und dann schnell verschwand. Er wartete auf ein Geräusch, auf ein Donnern oder Grollen, aber es blieb alles still, bis auf die Stimme des Windes.

»Dort oben wird noch immer gekämpft«, sagte Rahil leise.

»Was ist mit den neuen Menschen, den Humax, passiert?«, fragte Sammaccan. »Sind damals welche entkommen? Und was wurde aus ihren … Brutmaschinen?«

»Von den Welten und Basen der Diaspora blieb nichts übrig. Und wenn einige der Humax dem Weltenbrand entgingen, so sind sie längst tot, ohne Nachkommen hinterlassen zu haben.«

Rahil beobachtete, wie sein Vater aus einem anderen Gebäude kam als dem, das er vor einigen Minuten betreten hatte. Seine Hände waren leer; offenbar hatte er keine Lebensmittel gefunden.

»Mein Partner hat mir eine traurige Geschichte erzählt«, sagte Sammaccan, als Coltan Jaqiello zurückkehrte. »Jetzt verstehe ich die Geschichte der Stummen Zeugen.«

»Du verstehst sie«, fügte Rahil hinzu. »Aber er versteht sie nicht.«

Coltan zuckte die Schultern. »Hier gibt es nichts zu essen. Die Einwohner haben alles mitgenommen, als sie das Tal verließen.« Er deutete auf die Lokomotive. »Ist die Lok repariert? Können wir weiter?«

»Ich weiß nicht, wie man das Lager wechselt«, erwiderte Sammaccan. »Ich kann eine Lokomotive fahren, aber sie nicht reparieren. Dazu sind Mechaniker da, für Reparaturen. Ich bin der Sohn der Ersten Mutter.«

»Und wenn schon«, brummte Coltan, stapfte zur Lok und kletterte ins Führerhaus.

Rahil und Sammaccan folgten ihm. »Hält das Lager bis Lautaret?«, fragte Rahil.

»Das wird sich zeigen.«

Wie schwer sind Wahrheit und Lüge,
Wenn die Wirklichkeit nur ein Schein,
Wenn man nie kann sicher sein,
Was sich zur Realität zusammenfüge?

LAUTARET

39

Sie hatten bis zum Mittag in Lautaret sein wollen, aber Sammaccan schonte das quietschende Lager, indem er langsamer fuhr,
und sie mussten an einer weiteren verlassenen Station anhalten
und Wasser und Brennstoff aufnehmen. Der große Behälter an
den Gleisen enthielt nur noch wenig Kohle, nicht einmal genug,
um ein Viertel des Tenders zu füllen, und die geringere Geschwindigkeit sollte auch gewährleisten, dass sich der Appetit
der Lok in Grenzen hielt. Am späten Nachmittag, als die Sonne
hinter den Bergen verschwand und es erstaunlich schnell kühler
wurde, obwohl sie sich noch immer in der Nähe der tropischen
Zone von Heraklon befanden, kam ihnen ein Zug entgegen.

Eine Rauchwolke im Nordwesten kündigte ihn schon von
Weitem an. Zuerst befürchteten sie, dass der Rauch von einem
großen Feuer aufstieg, dass vielleicht Lautaret in Flammen
stand, weil dort Trümmer eines Raumschiffs oder Satelliten nie-

dergegangen waren; oder vielleicht hatte ein Angriff der Segler stattgefunden. Aber Sammaccan veränderte seine Augen, sah aus dem Fenster und meinte schließlich, es sei ein Zug, zum Glück unterwegs auf der anderen Trasse, die schon seit einer ganzen Weile parallel zu ihren Gleisen verlief.

Es war ein langer Zug, mehr als einen Kilometer lang schätzte Rahil, und zwei Lokomotiven zogen ihn, beide größer als die, mit der sie unterwegs waren. Der Lokomotivführer sah Rahil nur für ein oder zwei Sekunden, als sich die Loks begegneten, gerade lange genug, um einen Blick in ernste, rußgeschwärzte Gesichter zu werfen. Es folgte eine schier endlose Kolonne aus grauen und braunen Waggons, einige von ihnen geschlossen, die meisten offen, die auf ihnen sitzenden und liegenden Flüchtlinge Wind und Wetter ausgesetzt. Männer und Frauen, Alt und Jung, aus drei oder vier Generationen bestehende Großfamilien, sie alle flohen vor dem hungrigen Artefakt im Norden, das immer größere Teile des Planeten verschlang. Auch Verletzte befanden sich unter der menschlichen Fracht, die die beiden Lokomotiven nach Süden zogen, viele von ihnen nur notdürftig verbunden, wie es schien.

»Sind das Flüchtlinge aus Lautaret?«, wandte sich Rahil an Sammaccan. Der Lärm war so groß, dass er schreien musste, um sich verständlich zu machen.

»Nein«, erwiderte der Polymorphe und schaufelte Kohle durch die offene Klappe. »Ich vermute, der Zug kommt aus Mudrick bei den Zwei Großen Flüssen im Westen. Dort gibt es eine Verbindung nach Norden. Das dort …« Er nickte in Richtung des vorbeirauschenden Zugs. »… sind vor allem Ambagi aus Katanien. Mudrick ist die zweitgrößte Stadt von Katanien, Rahil Tennerit«, fügte Sammaccan hinzu, gab eine weitere Schaufel Kohle in den Ofen und schloss die Klappe. »Dort werden gute Dampfmaschinen hergestellt. Meine Mutter hat viele solche Maschinen aus Katanien bezogen.«

Dampfmaschinen, dachte Rahil, als der letzte Waggon des langen Zuges vorbeirasselte und es ruhiger wurde. Wir hätten ihnen moderne Transportmittel geben können, automatische Produktionsanlagen fast wie Schmieden und leistungsfähige medizinische Technik. Stattdessen haben wir dafür gesorgt, dass Dampfmaschinen mit das Modernste sind, was den Völkern von Heraklon zur Verfügung steht.

Der Himmel wurde dunkler, und es dauerte nicht lange, bis die ersten Sterne erschienen. Rahil blickte aus dem Fenster und hielt nach Anzeichen von Gefechten in der Nähe des Planeten Ausschau, aber nirgends blitzte es. Im Osten ging ein Mond auf, und das wunderte ihn, denn Heraklon hatte gar keine Monde.

»Die Hohen Mächte haben eine ihrer beiden Poleis im Lagoni-System ganz nahe an den Planeten herangebracht«, sagte er und drehte sich um. »Möchte dein Helfer eingreifen, Vater? Er wäre vielleicht imstande, das Artefakt zu neutralisieren und Heraklon den Frieden zurückzugeben.«

»Ich weiß nicht, wozu die Hohen Mächte imstande wären«, erwiderte Coltan. »Ich weiß nur, dass sie dieser Welt ebenso wenig helfen wie die Ägide. Wer von beiden ist besser, wer schlechter? Wir sind auf uns allein gestellt, mein Sohn. Wir waren es immer. Aber wir werden nicht mehr lange hilflos sein.«

Die ganze Zeit über war ein dumpfes Knirschen vom defekten Lager gekommen, und jetzt wurde es, trotz der langsamen Fahrt, zu einem Heulen lauter als das Zischen der Lok. Es folgte ein Klappern und Klacken, und ein Rad blockierte. Sammaccan betätigte hastig die Hebel, und nach einigen wenigen Metern kam die Lokomotive zum Stehen.

Sie stiegen aus und sahen sich den Schaden an.

Öl war aus dem defekten, heiß gelaufenen Lager gespritzt. Eine Führungsstange hatte sich gelöst, war zwischen die anderen Stangen geraten und hatte sie verbogen.

»Kannst du das reparieren?«, fragte Rahil.

»Ich allein? Nein, unmöglich.« Sammaccan stieß mit dem Fuß ans ölverschmierte Rad. »Das können nur richtige Techniker reparieren.« Er deutete nach vorn in die Dunkelheit. »Wir müssen zu Fuß weiter.«

»Wie weit ist es noch?«, fragte Coltan.

»Nicht mehr weit. Einige Kilometer. Wenn wir uns beeilen, erreichen wie Lautaret, bevor die Zugänge zu den Nestern geschlossen werden.«

Sie machten sich auf den Weg, nachdem Rahil den Beutel mit dem restlichen Proviant aus dem Führerhaus geholt hatte. Er enthielt nur noch zwei kleine Behälter mit klebrig gewordenem Brei, von dem Rahil trotz seines Hungers nichts essen wollte – vom Geruch wurde ihm übel. Coltan teilte seinen Abscheu nicht und verschlang den Inhalt des einen Behälters, und als Rahil den anderen Sammaccan anbot, schüttelte der den Kopf.

»Vielleicht später.«

»Stimmt was nicht?«, fragte Rahil, der vor einigen Minuten die ersten Anzeichen von Nervosität bei Sammaccan bemerkt hatte.

»Es ist alles in Ordnung, Rahil Tennerit«, erwiderte der Polymorphe und schritt neben den Gleisen durch die Nacht. Rahil war für den neuen Mond an Heraklons Himmel dankbar, denn ohne sein Licht wäre die Nacht so finster gewesen, dass er nicht einmal zwei Meter weit gesehen hätte.

»Kommt darauf an«, brummte Coltan, der auf der anderen Seite der Trasse ging, bei den Schienen, über die der lange Zug gekommen war.

»Was kommt worauf an?«

»Mach dir keine Sorgen, Rahil Tennerit. Ich komme zurecht.«

»Du kommst mit *was* zurecht, verdammt?«, fragte Rahil mit plötzlich aufflammendem Ärger. Er war hungrig, er hatte Durst – leider gab es nichts mehr zu trinken –, und er war müde. Außerdem gingen ihm zu viele Fragen durch den Kopf, für die er keine Antworten hatte.

»Mit den Vogelmenschen«, sagte Coltan, der trotz des Glühens der Polis am Himmel kaum mehr als ein Schemen war. »Hast du diesen Punkt bei deinen Missionsvorbereitungen übersehen? Oder hat er dich nicht interessiert?«

»Sammaccan?«, fragte Rahil.

Der vor ihm gehende Polymorphe murmelte etwas, so leise, dass der Interpreter nicht darauf reagierte.

»Die Vogelmenschen von Lautaret sind in großen Familien organisiert, mein Sohn«, sagte Coltan und schien besondere Freude an den letzten beiden Worten zu haben. »Wie kleine Nationen in der größeren, die sie alle zusammen bilden. Vergleichbar vielleicht mit den Clans der Segler.«

»Und?«

»Einige dieser Familien haben Krieg gegen Munraha geführt, vor hundertfünfzig Jahren, nicht wahr?«

Sammaccan murmelte erneut etwas, das der Interpreter nicht übersetzte. »Es war kein Krieg«, sagte er dann. »Jedenfalls kein richtiger. Es war ein Konflikt zwischen den Arrospide von Lautaret und der damaligen Ersten Mutter.«

»Du gehörst zur Familie jener Ersten Mutter, habe ich recht?«, fragte Coltan.

»Der Konflikt wurde beigelegt.« Sammaccan trat nach einem Stein.

»Aber nicht vergessen. Ich habe gehört, die Vogelmenschen vergessen nie etwas, vor allem dann nicht, wenn sie sich bei Geschäften übervorteilt glauben. Die damalige Erste Mutter hat sich für sehr schlau gehalten.«

Sammaccan zischte wie eine Schlange.

»Was bedeutet das alles?«, fragte Rahil und ahnte neue Schwierigkeiten.

»Es bedeutet, dass dein *Assistent* …« Coltan gab diesem Wort einen spöttischen Klang. »… in Lautaret Probleme bekommen könnte. Große Probleme. Die Arrospide sind noch immer eine der einflussreichsten Familien in den ›Nationen der Täler‹, und wie gesagt: Sie vergessen nichts. Oh, sie haben ihre Vorstellung von Ehre und halten sich daran. Mit anderen Worten: Sie achten die damals mit der Ersten Mutter von Munraha getroffenen Vereinbarungen. Aber sie mögen keine Polymorphen in der Nähe ihrer Nester, und wenn sie erfahren, dass jemand aus der Familie der Ersten Mutter da ist … Sie könnten auf die Idee kommen, für damals Vergeltung zu üben.«

Rahil ging etwas schneller und schloss zu Sammaccan auf. »Stimmt das?«

»Dass die Arrospide unter den Nationen der Täler und Schluchten noch immer einen Groll gegen die Nachkommen der damaligen Ersten Mutter hegen? Ja, es stimmt.«

»Droht dir in Lautaret Gefahr?«

»Ich behalte diese Gestalt«, brummte Sammaccan. »Ich sehe aus wie du, wie ihr. Und ich bin Assistent eines Exekutors der Ägide.«

Rahil hörte den Stolz in diesen Worten. »Du hättest mich darauf hinweisen sollen.«

»Warum? Der Verwahrer ist wichtig für dich, ja? Er ist vielleicht im Besitz deiner Erinnerungen, ja?«

»Ja, aber …«

»Mit der Lokomotive kommen wir nicht weiter, Rahil Tennerit. Und zu Fuß ist der Weg nach Norden zum Artefakt viel zu weit. Wir brauchen ein Transportmittel, ja? Die Vogelmenschen haben Luftschiffe und Flugboote. Damit kommen wir schnell voran.«

Rahil nahm zur Kenntnis, dass Sammaccan weder Munraha noch Waffen für den Befreiungskampf der dortigen Männer erwähnte. Es ging ihm um die Mission, um das Artefakt, und er war bereit, sich dafür in Gefahr zu begeben.

»Ich verstehe, mein Freund«, sagte er und klopfte dem Polymorphen auf die Schulter. »Und ich danke dir.«

»Es ist die Pflicht, Rahil Tennerit«, erwiderte Sammaccan. »Die Pflicht ist wichtig, nicht wahr?«

»Ja«, sagte er langsam. »Ja, die Pflicht ist wichtig.«

»Hängt davon ab, in wessen Diensten man steht, mein Sohn«, warf sein Vater von der anderen Seite der Gleise ein.

Sie gingen schweigend weiter, Rahil tief in Gedanken versunken, und eine halbe Stunde später erreichten sie einen Bahnhof am Rand der Schlucht mit den Nestern von Lautaret. Die Gebäude lagen dunkel da, und nichts regte sich im schwachen Licht der Polis, die schnell über den Himmel wanderte. Hinter dem Bahnhof teilten sich die beiden Trassen, deren Verlauf sie bis hierher gefolgt waren. Eine führte nach Westen, nach Mudrick bei den Zwei Großen Flüssen, die andere nach Norden in Richtung Munraha, durch einen v-förmigen Einschnitt zwischen zwei hohen Bergrücken, an deren Hängen sich hier und dort Lichter zeigten. Aus der Schlucht hinter dem Bahnhof kam nicht nur ein sanftes Glühen, sondern auch ein Brummen, das Rahil nicht zu deuten wusste.

Als sie sich einer Treppe näherten, die zwischen hoch aufragenden Felsen in die Schlucht führte, traten plötzlich zwei Gestalten aus dem Schatten des letzten Bahnhofsgebäudes. »Wer seid ihr?«, säuselte die eine. »Woher kommt ihr?«, sang die andere.

So hörte es sich an: wie eine Mischung aus Flüstern und Gesang, die Stimme des Windes in den Baumwipfeln eines dichten Waldes. Einer der beiden Vogelmenschen hob etwas, das nach einer Armbrust aussah, und Rahil erinnerte sich daran, dass diese Waffen Pressluft und kleine Bolzen verwendeten, die mit Gift bestückt sein konnten – in dem Fall wäre jede Verletzung tödlich gewesen.

Rahil trat an Sammaccans Seite und entschied, zumindest teilweise bei der Wahrheit zu bleiben. Dass er nicht von Heraklon stammte, ließ sich kaum verbergen. »Ich bin Exekutor der Ägide«, sagte er. »Und dies sind meine beiden Assistenten.« Er verließ sich darauf, dass der Interpreter richtig übersetzte.

»Ägide«, erwiderte die eine Gestalt, und von der anderen kam ein leises Knurren, auf das der Interpreter nicht reagierte.

Die beiden Vogelmenschen waren klein – sie reichten Rahil kaum bis zur Brust – und sehr schmächtig, mit langen, dünnen Gliedmaßen und einem ledrigen, aus schmalen Schultern ragendem Hals. Die Augen in den ebenfalls ledrig wirkenden Gesichtern waren überraschend klein, die Nase kaum mehr als eine Andeutung und der Mund lippenlos. Große Ohren neigten sich nach vorn und blieben ständig in Bewegung. Rahil erinnerte sich an noch etwas anderes: Die Vogelmenschen von Heraklon konnten zwar sehen, orientierten sich aber vor allem mithilfe von akustischen Signalen.

»Wir möchten nach Lautaret«, sagte er.

»Warum möchtet ihr nach Lautaret?«, fragte der eine Vogelmensch sofort, und der andere fügte hinzu: »Was wollt ihr dort? Was will die Ägide in Lautaret?«

Warum lügen, wenn die Wahrheit genügt und sogar hilfreich sein könnte?, dachte Rahil. »Wir möchten jemanden besuchen«, sagte er. »Den Verwahrer Äguizabel.«

»Besuchen«, wiederholte der eine Geflügelte, breitete kurz die Schwingen aus und faltete sie dann wieder zusammen. »Äguizabel, Äguizabel«, sang der andere.

Die Sprechweise der Vogelmenschen weckte unangenehme Erinnerungen in Rahil, an zwei Kzosek-Frauen, die Zickigen Zwillinge.

»Frag sie, ob die Nester noch geöffnet sind, Junge«, flüsterte Coltan, der ganz nahe an Rahil herangetreten war.

»Geöffnet sind sie noch, geöffnet«, antworteten die beiden Vogelmenschen wie aus einem Mund, als Rahil die Frage gestellt hatte. »Was bringt ihr dem Verwahrer mit? Was bringt ihr mit?«

»Neugieriges Pack«, sagte Coltan so leise, dass der Interpreter seine Worte nicht übersetzte. »Sag ihnen, das geht sie einen Dreck an. Sie sollen uns vorbeilassen. Immerhin sind wir die Ägide, mein Sohn, und der Ägide gebührt Respekt, nicht wahr?«

»Es sind keine Dinge, die wir bringen, sondern wichtige Informationen«, erwiderte Sammaccan.

Er hatte seine Kleidung verändert und sich den Anschein gegeben, einen langen, dünnen Mantel zu tragen, mit einer Kapuze, die ihm tief in die Stirn reichte. Dadurch blieb sein flaches Gesicht größtenteils im Schatten, zumal er den Kopf so hielt, dass ihn das Licht der wie ein Mond über den Himmel ziehenden Polis nicht erreichte. Aber die beiden Vogelmenschen verließen sich ohnehin nicht so sehr auf ihre Augen, sondern eher auf die Ohren, und der mit der Waffe zirpte und neigte den Kopf zur Seite.

Welche Echos er auch empfing: Offenbar verrieten sie ihm nicht, dass jemand aus Munraha vor ihm stand.

»Worte, Worte«, säuselte er. »Die Ägide hat nichts als schöne Worte.«

»Nichts als schöne Worte«, bestätigte die zweite kleine Gestalt. Die Flügel der beiden Vogelmenschen knarrten und knisterten, als sie beiseitetraten und den Weg zur Treppe freigaben.

Sammaccan ging sofort los, und Rahil blieb dicht hinter ihm. Nach einigen Metern, von hohen Felsen umschlossen, hörte Rahil die gedämpfte Stimme seines Vaters hinter sich. »Hat keinen guten Ruf mehr auf Heraklon, die Ägide.«

»Du und die anderen, ihr habt kräftig dabei mitgeholfen, ihn zu ruinieren. Wir haben den Frieden gebracht; ihr bringt den Krieg zurück.«

»Und wenn es der letzte ist, mein Sohn? Was wäre, wenn es sich lohnt, um das Artefakt zu kämpfen? Die Ägide und die Hohen Mächte, sie wollen es für sich. Sie wollen uns um die Superschmiede betrügen, die aus der Zukunft zu uns kam. Weil wir mit ihr ihnen ebenbürtig werden könnten.«

»Unsinn«, zischte Rahil, und dann öffnete sich die Schlucht vor ihnen, mehr als zwei Kilometer tief, und in ihr eine glitzernde, funkelnde Stadt.

40

Es gab Elektrizität in Lautaret, aber die gleichmäßig leuchtenden Lampen, eine von ihnen an einem Pfahl neben der steil in die Tiefe führenden Treppe, waren weit in der Minderzahl. Der größte Teil des Lichts stammte von Fackeln und offenen

Feuern, die überall brannten: auf Felsvorsprüngen und dort, wo Werkzeuge kleine Nischen in den Felswänden geschaffen hatten; in Halbkugeln aus Blech, die an Seilen zu beiden Seiten schwankender Stege hingen; auf den Dächern von Nestern, die aus Dutzenden von wie aufs Geratewohl zusammengefügt wirkenden Gebäuden bestanden; auf dünnen, kannelierten Säulen und über den mit silberner, reflektierender Farbe bemalten Torbögen zwischen Hüttenclustern. Hinzu kamen Myriaden von kleinen Flammen, hinter Fenstern und in bunten Lampions, in Laternen und Bildprojektoren aus reflektierenden Materialien, in Kugeln, die an langen Leinen schwebten, viele von ihnen bei Luftschiffen und kleineren Flugbooten, die für die Nacht an Luftankern festgemacht hatten, ihre Flugtanks voller Helium. Überall gab es Spiegel in allen Formen und Größen, und sie multiplizierten die Anzahl der Feuer und Flammen, füllten die ganze Schlucht mit ihrem flackernden Schein und warfen ein kaleidoskopartiges Wechselspiel von Licht und Schatten an die hohen Felswände. Dass es in einer Stadt, deren Gebäude nicht aus Synthmetall oder Polymeren bestanden, so viele offene Feuer gab, sogar in der Nähe von Luftschiffen, wunderte Rahil, doch dann erinnerte er sich an Hinweise, mit denen er sich vor Monaten beschäftigt und die er dann in den Speichern der zerebralen Schaltkreise seiner damaligen Rüstung abgelegt hatte. Das Feuer hatte sakral-rituelle Bedeutung für die Vogelmenschen von Heraklon, und es brannte überall dort, wo es nicht einmal dann gefährlich werden konnte, wenn starker Wind aufkam, was in den Schluchten und Tälern selten genug geschah. Die Hütten der Nester bestanden aus einem sehr leichten, gipsartigen Material, das nur dann Schwelbrände entwickeln konnte, wenn es mehrere Minuten lang Temperaturen von über zweihundert Grad ausgesetzt war.

In diesem Durcheinander aus sich ständig verändernden hellen und dunklen Mustern flogen Tausende von Vogelmenschen. Sie sprangen von Stegen, schmalen Hängebrücken und Dächern, fielen zwischen Seilen und Tauen, die die einzelnen Nester miteinander verbanden, breiteten ihre ledrigen Flügel aus, orientierten sich mit brummenden und zwitschernden Lauten, stiegen anderenorts wieder auf und ließen sich auf Stangen nieder, die wie Dornen und Stacheln aus den Gebäudegruppen ragten.

»Kommt den Spiegeln nicht zu nahe«, sagte Sammaccan. »Sie dienen den Nationen der Täler und Schluchten als Wegweiser.«

Als sie die steile Treppe hinabgingen, ihre ungleichmäßig geformten Stufen aus dem Fels der Schluchtwand gehauen, blickte Rahil an den Nestern der Vogelmenschen vorbei in die Tiefe. Das reflektierte Licht reichte gerade noch bis zu einem Fluss hinab, der zweitausend Meter unter ihnen ein silbernes Band bildete. Zwei Schiffe waren darauf unterwegs, lange Schatten auf dem Silber, das sie nach Westen trug. Im Norden öffneten sich die Felswände an mehreren Stellen, und dort sammelte sich die Dunkelheit der Nacht: Öffnungen weiterer Täler und Schluchten, untereinander manchmal durch Tunnel verbunden. Einige Wasserfälle reichten dort wie kleine weiße Bänder in die Tiefe, so weit entfernt, dass ihr Donnern und Rauschen nicht mehr war als ein Flüstern, das sich in den Geräuschen der Stadt verlor.

Die Treppe endete auf einer kleinen Plattform, und von dort aus ging es über eine aus knirschendem Holz bestehende Brücke, die unter ihrem Gewicht erbebte. Nach einigen Dutzend Metern nahm sie ein Labyrinth aus Hängebrücken, Stegen, von Seilen gehaltenen Treppen und den ineinander verschachtelten Gebäuden erster Nester auf. Rahil musste immer wieder den

Kopf einziehen, um nicht gegen straff gespannte Taue, reflektierende Bögen, Feuerschalen und die Kanten von Plattformen zu stoßen, die für ihn nur mühsam zu erklettern gewesen wären. Dass es die Vogelmenschen schafften, in diesem Chaos zu navigieren, noch dazu mit verblüffender Eleganz, grenzte an ein Wunder. Zum Glück begegneten sie auf ihrem Weg durch die Stadt kaum jemandem, denn weitaus die meisten Geflügelten waren durch die Luft von Nest zu Nest unterwegs oder kreisten in Gruppen in den Konvektionsströmen, die von besonders großen Feuern geschaffen wurden.

Sammaccan ging noch immer voraus, als wüsste er den Weg, und sie mieden die Nähe der Spiegel, die manchmal gewölbt waren, als sollten sie Licht und Ton in bestimmte Richtungen lenken. Bei einer breiten Strickleiter, die fast wie ein Fangnetz wirkte, trafen sie auf einen Spiegel, der nicht nur den flackernden Schein der drei darüber in Schalen brennenden Feuer einfing, sondern auch Bilder anderer Spiegel, die er seinerseits reflektierte, und in einem davon glaubte Rahil eine Gruppe zu erkennen, die irgendwo unter ihnen unterwegs war: Menschen ohne Flügel, die Gesichter nicht ledrig, sondern glatt und bleich. Einer von ihnen trug eine Uniform, die anderen zivile Kleidung mit glänzenden Abzeichen an Schultern und Kragen. Er sah in die Tiefe, in das Gewirr aus Seilen, Verbindungsstegen, kleinen Plattformen und wackelnden Brücken, und mehrere Hundert Meter weiter unten glaubte er, die Gruppe auszumachen, die er gerade im Spiegel gesehen hatte. Aber Rahil konnte nicht feststellen, ob es sich um die gleichen Personen handelte, denn sie verschwanden fast sofort in den Schatten hinter einem kleineren Nest.

Sie setzten den Weg fort und begegneten insbesondere in der Nähe von Nestern Einheimischen, die sie neugierig und manchmal auch misstrauisch beäugten, aber nicht ihr Recht infrage stellten, sich in der Stadt aufzuhalten.

»Hier deutet nichts auf eine Evakuierung hin«, sagte Rahil nach einer Weile. »Obwohl diese Leute sicher wissen, was im Norden geschieht.«

»Die Nationen der Täler und Schluchten sind immer sehr eigensinnig gewesen«, erwiderte Sammaccan, nachdem er sich vergewissert hatte, dass keine Vogelmenschen in der Nähe waren. Er schien zu befürchten, sich durch seine Stimme zu verraten. »Vielleicht glauben sie, dass das Unglück nur die anderen Völker betrifft.«

»He, ihr beiden«, erklang Coltans Stimme hinter ihnen, nachdem sie eine weitere Strickleiter hinabgeklettert waren. »Kennt jemand von euch den Weg?«

Rahil richtete einen fragenden Blick auf Sammaccan, dem er bisher die Führung überlassen hatte.

»Ich habe nach einem Ehrenmal gesucht, Rahil Tennerit, und dort ist eins.« Er streckte die Hand aus. »Es wird uns die Auskünfte geben, die wir brauchen.«

Das Ehrenmal war eine von silbernen Stricken gehaltene weiße Säule, fünf oder sechs Meter hoch und einen Meter dick. Mehrere Spiegel umgaben sie und warfen ihre Abbilder in andere Teile von Lautaret. Vier Laternen leuchteten unter ihr, und als sie sich näherten, stellte Rahil fest, dass die Säule zahlreiche Zeichen und Symbole aufwies. Ein wackliger Steg aus dünnem Holz umgab die Säule. Sammaccan schien keine Probleme damit zu haben, ihm sein Gewicht anzuvertrauen und sich die Säule aus der Nähe anzusehen, aber Rahil war vorsichtiger und hielt sich an nahen Seilen fest, die nach oben führten, zu den Gebäuden eines Nestes, das zu den größten von Lautaret zählte. Hunderte von Vogelmenschen flogen dort und schienen eine

Art Lufttanz aufzuführen, bei dem es vor allem darum ging, möglichst dicht aneinander vorbeizufliegen. Unter den Laternen, deren Licht die Säule empfing, erstreckte sich Leere bis hin zur silbernen Schlange des Flusses.

Der Steg knarrte, als auch Coltan ihn betrat, und Rahils Hände schlossen sich fester um die Seile.

»Das Ehrenmal gibt Auskunft über alle wichtigen Bürger der Stadt, und der Verwahrer gehört sicher dazu.« Sammaccan beugte sich vor und streckte die Hand nach den Symbolen aus, zog sie dann rasch wieder zurück und sah sich kurz um.

»Kannst du die Zeichen lesen?«, fragte Rahil.

»Ich beherrsche alle fünf Hauptsprachen von Hrkln«, sagte Sammaccan stolz. »Bildung ist eine Waffe, Rahil Tennerit. Zwar hat mich meine Mutter in Munraha nur in eine Männerschule geschickt, aber ich habe versucht, so viel wie möglich zu lernen.«

Langsam ging der Polymorphe um die Säule herum, und Rahil folgte ihm vorsichtig, behielt dabei die Symbole im Auge. Plötzlich fiel ihm eins auf, das vertraut erschien und sich bei genauerem Hinsehen als eine stilisierte Darstellung des Hoheitszeichens der Ägide erwies.

»Gibt es hier eine Niederlassung der Ägide?«, fragte er. »Ein Konsulat oder vielleicht sogar eine Botschaft?«

Sammaccan betrachtete das Zeichen und die Symbole daneben. »Ja, ein Konsulat, und nicht weit von hier. Es hat ein eigenes kleines Nest.« Er deutete nach rechts, zu einer Ansammlung von grünen und blauen Gebäuden; offenbar wurde dort ein neues Nest aufgebaut.

»Zu Äguizabel geht es dort entlang«, fügte Sammaccan hinzu und deutete auf eine lange Hängebrücke, die zu einem anderen, größeren Nest führte, das aus braunen Hütten bestand. Dahinter erkannte Rahil im Licht mehrerer Feuer eine Kombination aus Treppen und Stegen – sie reichte zu einem breiten Felsvorsprung, der wie eine Nase aus der Schluchtwand ragte.

Rahil dachte an die Personen, die er in den Spiegeln gesehen hatte. »Zuerst statten wir dem Konsulat einen Besuch ab.«

»Und warum, mein Sohn?«, fragte Coltan. »Erhoffst du dir vielleicht Hilfe? Wäre eine solche Hoffnung nicht ziemlich dumm? Denn eigentlich bist du gar kein Exekutor mehr, nicht wahr? Nicht einmal Missionar. Wenn ich richtig informiert bin, hat dir eine gewisse Milissa Gauwain beide Titel aberkannt. Sie hat dich eine illegale Kopie genannt und wollte dich deinstallieren lassen.«

Rahil musterte seinen Vater, dessen Gesicht durch den flackernden Schein der Feuer etwas Groteskes bekam. Wie konnte er davon wissen? Er versuchte, sich daran zu erinnern, wie viel Zeit zwischen der Flucht von Eckrote und der Begegnung beim blauweißen Barrierestern vergangen war. Zeit genug, um seinem Vater Gelegenheit zu geben, die neuesten Informationen zu erhalten? Woher hatte er sie erhalten? Und von wem?

Zwei Vogelmenschen kamen von dem großen Nest weiter oben herab, flogen dicht über sie hinweg und sangen dabei etwas, das der Interpreter an Rahils Kragen offenbar nicht übersetzen konnte, denn das kleine Gerät schwieg.

»Sie werden auf uns aufmerksam«, sagte Sammaccan und rückte seine Kapuze zurecht. »Wir sollten besser gehen.«

Rahil vertraute seinem Instinkt. »Zum Konsulat«, sagte er.

Sie gingen über eine schwankende Hängebrücke, und Rahil spürte dabei den Blick seines Vaters im Rücken fast wie einen physischen Druck zwischen den Schulterblättern. Er vergewisserte sich, dass die Waffe noch immer in seiner Hosentasche steckte. Als sie sich den grünen und blauen Gebäuden näherten, sah Rahil, dass sie im Gegensatz zu den anderen Fenster und Türen aufwiesen und nicht einfach nur leere Öffnungen mit Flugstangen als Landehilfen für die Vogelmenschen. Einige Fenster und Türen standen offen, und drinnen war es dunkel. Nirgends brannte Licht.

Der Hängebrücke folgte eine kleine Plattform mit einer Treppe, die zum ersten Gebäude führte, und dort blieb Sammaccan stehen und schnupperte.

»Ich rieche Blut«, zischte er.

Rahil griff in die Tasche und schloss die Hand um den Kolben der Waffe.

Sie brachten die letzten Stufen der von mehreren dicken Tauen gehaltenen Treppe hinter sich, und als sie zum offenen Eingang des ersten Gebäudes traten, über dem das Licht von zwei Laternen auf die Hoheitszeichen der Ägide fiel, nahm es Rahil ebenfalls wahr: den süßlichen Geruch von vergossenem Blut.

Zwei Schritte hinter der offenen Tür, von draußen gesehen nur kleine Haufen in der Düsternis, lagen vier Vogelmenschen, einer von ihnen zerfetzt. Mehrere kleine Explosionen hatten seinen Körper regelrecht zerrissen; Blut und Gewebe waren auf den Boden und an die Wände gespritzt. Die anderen drei Toten lagen mit halb ausgebreiteten Flügeln bei den Fenstern, als hätten sie versucht zu fliehen. Bolzen steckten in ihren Rücken, und es sickerte noch immer Blut aus den tödlichen Wunden.

»Pressluftgeschosse«, sagte Sammaccan leise und deutete auf den zerfetzten Toten. Wie auf Zehenspitzen ging er zu den anderen Leichen und berührte sie. »Noch warm. Sie sind gerade erst gestorben, vor wenigen Minuten.«

»Vielleicht habe ich die Mörder gesehen«, erwiderte Rahil. »Die großen gewölbten Spiegel, an denen wir vorbeigekommen sind … Ich habe Menschen gesehen, einer von ihnen in

Uniform, die anderen in ziviler Kleidung mit glänzenden Abzeichen an den Schultern. Ich bin mir nicht ganz sicher, aber sie könnten aus dieser Richtung gekommen sein.«

Licht von Feuern und Laternen kam durch Fenster und Türen, und allmählich gewöhnten sich Rahils Augen an die Düsternis. Ein langer Tresen stand wie ein Raumteiler in der Mitte des Eingangszimmers, mit zahlreichen Ablagefächern, in denen noch einige analoge Datenträger lagen. Die anderen waren bei den Toten und zwischen umgekippten Stühlen verstreut.

»Jemand scheint etwas gesucht zu haben«, sagte Coltan. »Wir sollten besser von hier verschwinden, Junge. Wenn bekannt wird, was hier passiert ist, und wenn man uns damit in Verbindung bringt, geraten wir in große Schwierigkeiten, gelinde gesagt. Falls du es nicht wissen oder dich nicht daran erinnern solltest, mein Sohn: Die Vogelmenschen halten nichts von langen Gerichtsverhandlungen. Wenn sie meinen, dass der Fall klar ist, machen sie kurzen Prozess.«

Sammaccan war hinter den Tresen getreten.

»Das hier solltest du dir ansehen, Rahil Tennerit«, sagte er.

Rahils Unbehagen verdichtete sich, als er zum Tresen ging und dabei den Resten des von Pressluftgeschossen auseinandergerissenen Vogelmenschen auswich.

Hinter dem Tresen lagen zwei tote Menschen, und einer von ihnen war er.

41

Rahil sah sich selbst: die Augen groß und leer, das Gesicht bleich, der Mund wie zu einem lautlosen Schrei geöffnet, im Hals einen Bolzen. Wie bei den Vogelmenschen kam noch immer Blut aus der Wunde, tropfte auf den Boden und bildete dort eine Lache. Der tote Rahil Tennerit, wie die anderen vor wenigen Minuten gestorben, trug zivile Kleidung, keine Uniform der Ägide, aber an den Schultern der Jacke steckten die Abzeichen, die er zuvor bei den anderen Menschen gesehen hatte. Ihre Symbolik war überall auf Heraklon bekannt: zwei Hände, vor dem Hintergrund eines Sternenhimmels in einem Händedruck vereint: das Zeichen von Außenweltlern im diplomatischen Dienst, die bei einer der Botschaften auf Heraklon akkreditiert waren.

Der zweite Tote trug ebenfalls solche Abzeichen, und sein Gesicht war schmerzverzerrt. Der andere Rahil Tennerit hatte ihn mit der linken Hand an der Kehle gepackt und ihm mit der rechten einen langen Dolch ins Herz gestoßen.

Rahil starrte auf sein Ebenbild und überlegte, ob es sich um den Mann handelte, den Milissa Gauwain erwähnt hatte, um den »echten« Rahil Tennerit, einige Wochen zuvor in einem Uterus zu neuem Leben erwacht und nach Heraklon zurückgekehrt, wo er Monate zuvor gestorben war. Jetzt gibt es nur noch mich, dachte er benommen. Ich bin der eine, wahre Rahil Tennerit.

Aus dem Augenwinkel sah er seinen Vater, der neben ihm stand und ebenfalls auf die beiden Toten hinabsah, die sich offenbar gegenseitig umgebracht hatten. Coltans Gesicht blieb unbewegt, ohne erkennbare Reaktion. Entweder verstand er es gut, seine Empfindungen zu verbergen, oder die blutigen Ereignisse an diesem Ort ließen ihn unberührt.

Rahil ging langsam in die Hocke und sah sich die Abzeichen aus der Nähe an. »Leute von der Bruch-Gemeinschaft«, murmelte er und versuchte zu verstehen, was hier geschehen war. »Oder sogar von der Ägide. Und sie haben … mich getötet, den anderen Rahil. Warum?«

»Du hast dich gut zur Wehr gesetzt, mein Junge.« Coltan deutete auf den Dolch. »Aber wie mir scheint, bist du allein gewesen und vielleicht auch überrascht worden.« Nach kurzem Zögern fügte er hinzu: »Vielleicht solltest du gar nicht getötet werden. Vielleicht war es ein … Unfall, mehr oder weniger.«

Sammaccan kam aus einem Nebenzimmer. »In den anderen Räumen herrscht ebenfalls ein großes Durcheinander, Rahil Tennerit«, sagte er. »Wer auch immer dies angerichtet hat: Er war auf der Suche nach etwas.«

Und ich habe ihn beziehungsweise sie daran zu hindern versucht, dachte Rahil. Sofort korrigierte er sich. Nein, nicht ich. Ein anderer Rahil. Jemand, der in einem Körper mit derselben genetischen Struktur steckte. Der ebenso dachte und fühlte wie ich. Ein Rahil mit derselben Vergangenheit, denselben Erinnerungen … Warum war er hierhergekommen? Warum hatte jemand alles durchsucht?

Eigentlich gab es nur eine Erklärung.

Rahil richtete sich wieder auf. »Sie haben meine Erinnerungen gesucht. Deshalb ist der andere Rahil hierhergekommen und auch die anderen Leute. Sie wollten meine Erinnerungen an den ersten Einsatz.«

»Interessante Vermutung«, erwiderte sein Vater. »Die Frage ist: Waren es tatsächlich diese Leute, die du gesehen hast, und sind sie fündig geworden?«

Rahil wandte sich von den Toten ab. »Wenn die gespeicherten Erinnerungen tatsächlich hier im Konsulat der Ägide lagerten, sind wir zu spät gekommen. Wenn nicht …«

»Äguizabel der Verwahrer.«

»Ja. Wir müssen sofort zu ihm. Jene Leute … Vielleicht sind sie zu ihm unterwegs.«

Sie verließen das kleine Nest mit den Leichen, ohne die Fenster und Türen zu schließen – das hätte möglicherweise Aufmerksamkeit erregt. Sie konnten nur hoffen, dass die Toten noch eine Zeit lang unentdeckt blieben, so lange, bis sie bei Äguizabel gewesen waren.

Auf dem Weg durch Lautaret wirbelten Rahils Gedanken erneut durcheinander. Einmal mehr verfluchte er den Umstand, dass seine Femtomaschinen durch die Interdiktion inaktiv waren und er die Rüstung verloren hatte, denn die gegenwärtigen Umstände erforderten Konzentration auf das Wesentliche. Zu viele Fragen gingen ihm durch den Kopf und verlangten alle gleichzeitig nach Antworten. Einige schienen in Reichweite gerückt zu sein – er fühlte sich an, als müsste er nur lange genug überlegen, in aller Ruhe, um aus richtig formulierten Fragen wichtige Erkenntnisse zu gewinnen. Andere erschienen ihm abstrus, kaum vereinbar mit der Vorstellung, die er von den Ereignissen gewonnen hatte. Ein Rat seines Instruktors fiel ihm ein: *Hüte dich immer, voreilige Schlüsse zu ziehen, Rahil. Manchmal sind die Geschehnisse so beschaffen, dass sie dich zu falschen Schlüssen verleiten. Sei immer aufmerksam und stell mit wachem Verstand infrage, was du für Gewissheiten hältst. Sieh über den Horizont des Scheins hinweg. Und vergiss nie: Oft befindet sich die Wahrheit dort, wo du sie am wenigsten vermutest.*

Es waren weise Worte, zweifellos, aber Rahil argwöhnte, dass sie ihre volle Weisheit nur bei jemandem entfalten konnten, der sein Denken mit neuronaler Stimulation beschleunigte. Er erinnerte sich an die manipulierte Rüstung, an die Zerstörungen in der Ägide-Station bei Ganska, an den dortigen Kurator und die Hinweise auf den Feind, der angegriffen hatte, um Rahils Wiederherstellung zu verhindern. Er dachte an den Flug ins Kickout, geschaffen von einem Polarisator der Leskovar, an das Schiff, dem sie im M-Raum begegnet waren und das einen Disruptor gegen sie eingesetzt hatte. Wenn es ihm gelang, all das in Verbindung zu bringen, fand er vielleicht eine Erklärung für das, was hier und jetzt geschah. Aber es war zu kompliziert für normales, langsames Denken. Die einzelnen Teile lagen vor ihm, ließen sich aber noch nicht zu einem vollständigen Bild zusammenfügen. Es fehlte nach wie vor die Möglichkeit, eine kausale Brücke zu bauen, die von den Ereignissen vor einem knappen Jahr bis hierher reichte. Vielleicht wäre es ihm gelungen, einige Teile zusammenzusetzen, wenn er genug Zeit gehabt hätte, Kanten zu glätten und Stellen zu finden, die zueinanderpassten. Aber immer wenn er glaubte, der Antwort auf eine wichtige Frage näher zu kommen, geschah etwas, das neue Fragen aufwarf.

Etwas brach unter ihm, und instinktiv hielt er sich an einem Seil fest. Es gehörte zu der langen Hängebrücke, über die sie unterwegs waren, und Rahil beobachtete, wie Stücke des morschen Bretts, das unter ihm nachgegeben hatte, in die Tiefe fielen.

»Du solltest besser aufpassen, Rahil Tennerit«, sagte Sammaccan, der sich die Kapuze wieder tief in die Stirn gezogen hatte.

Flammen züngelten nicht weit entfernt, in sicherem Abstand von den Seilen und Tauen, und Spiegel warfen ihren flackernden Schein zu dem Nest über ihnen, das aus mindestens hundert Hütten bestand, manche von ihnen eckig und lang, andere rund und klein. Vogelmenschen blickten aus Öffnungen in den bunten Wänden oder flogen, teilweise mit hoher Geschwindigkeit, durch das netzartige Gewirr aus Seilen und Stricken, orientierten sich dabei mithilfe von Pfeiflauten.

Kurz darauf erreichten sie die Treppen und Stege, die sie zuvor vom Ehrenmal aus gesehen hatten. Bei dem breiten Felsvorsprung, der wie eine Nase aus der Schluchtwand ragte, war es zu einer Veränderung gekommen. Ein Flugboot hatte dort angelegt, mit kurzen, dreieckigen Tragflächen und mehreren zylinderförmigen Heliumtanks an Bug und Heck. Ein kleiner, von einem Verbrennungsmotor angetriebener Propeller und ein Flugruder ermöglichten die Steuerung des schwebenden Boots.

»Äguizabel hat Besuch erhalten«, sagte Coltan hinter Rahil.

»Fragt sich nur, von wem«, erwiderte Rahil. Als sie die erste von mehreren wackligen Treppen hinter sich brachten, die nur von einigen dünnen Seilen gehalten über dem Nichts hingen, hielt er an dem Flugboot nach Zeichen oder Markierungen Ausschau. Die Geräuschkulisse der Stadt hatte sich nicht verändert; nichts deutete darauf hin, dass die Toten im Konsulat der Ägide gefunden worden waren. Aber vielleicht steckte eine Taktik der Sicherheitsorgane von Lautaret dahinter. Etwa eine halbe Stunde war vergangen. Möglicherweise hatte man die Leichen inzwischen entdeckt, aber nichts darüber verlauten lassen, um die Suche nach den Mördern nicht zu gefährden. War eine Falle vorbereitet, die beim Verwahrer zuschnappen sollte?

Sie traten vom letzten Steg auf den Felsvorsprung. Das Flugboot schwebte nur einige Meter entfernt neben den Felsen und schwankte leicht im schwachen Aufwind, der von einigen Feuern weiter unten kam. Durch die Seitenfenster sah Rahil mehrere Sitze, alle leer. Er erinnerte sich an die Idee, die ihm gekommen war, als sie die Stadt betreten hatten.

»Wir könnten ein solches Transportmittel benutzen«, sagte er leise. »Mit einem solchen Flugboot könnten wir nach Norden fliegen, oder mit einem der Luftschiffe. Damit ließe sich das Artefakt in wenigen Tagen erreichen.«

Sammaccan näherte sich dem Höhleneingang, aus dem mattes Licht kam, und schnupperte. »Ich rieche ...«

Rahil trat vorsichtig näher, gefolgt von seinem Vater. »Was riechst du?«, flüsterte er.

»Fremde«, antwortete Sammaccan ebenso leise. »Es sind Fremde hier.«

Rahil holte die Waffe hervor, die er seinem Vater abgenommen hatte, und entsicherte sie. Sammaccan betrat die Höhle, lautlos wie ein Schatten, und Rahil versuchte, ebenso leise zu sein wie er, trotz der weichen, zitternden Knie, die sich anfühlten, als könnten sie sein Gewicht kaum mehr tragen.

Dutzende von kleinen Laternen leuchteten in der Höhle vor ihnen, die meisten hinter bunten Schirmen, die ihr Licht dämpften und den Felswänden blaue und rote Färbungen verliehen. Teppiche lagen auf dem Boden, auf der linken Seite mit klaren, geometrischen Mustern, die sich wie fraktale Strukturen wiederholten, auf der rechten mit wirren Linien und Schnörkeln. Vernunft und Intuition, sagte eine Erinnerung in Rahil. Ratio und Instinkt. Dort, wo sich die Teppiche in der Mitte der Höhle trafen, stand eine Waage aus goldgelb glänzendem Messing, in beiden Schalen gleich große Haufen aus zermahlenem Rosenquarz. Sie war das Symbol des Verwahrers und bedeutete: abwägen, beide Seiten wiegen, das Für und Wider, Intellekt und Gefühl. Der Verwahrer war Richter und Vermittler, eine lebende Institution, an die man sich wenden konnte, wenn Konflikte geschlichtet werden mussten und wenn es schwierige Entscheidungen zu treffen galt.

Und er war noch mehr: ein Pfandleiher für gute Absichten und Versprechen. Die Bewohner von Lautaret – und nicht nur sie, auch Besucher aus anderen Städten, Nationen und Staaten von Heraklon – kamen hierher und gaben Depositen in Verwahrung, Dinge, die ihnen wichtig waren, manchmal als Bezahlung für einen guten Rat, manchmal nur, um zu wissen, dass sich die Objekte, mit denen sie gekommen waren, in der Obhut des Verwahrers befanden, was ihnen zusätzliche Bedeutung gab. Dort lagen sie in Regalen, Nischen und Alkoven: kleine Statuen, aus Holz wie Mahagoni geschnitzt, selbst geschaffene Bildnisse geliebter Personen; obsidianschwarze Steine mit eingeritzten Symbolen; andere Objekte, wie von einem Kind gesammelt und wahllos nebeneinander gelegt, doch jedes einzelne von ihnen von besonderer, persönlicher Bedeutung, wie auch die Zettel und Briefe in Gläsern, kleinen roten Näpfen und kristallenen Schatullen, mit Worten, die der Verwahrer hüten sollte, damit sie nicht in Vergessenheit gerieten. Ein geeigneter Ort, um seine Erinnerungen zu hinterlassen, sicher aufbewahrt, dachte Rahil.

Sammaccan huschte über den Teppich mit den geometrischen Zeichen und näherte sich einer dunklen Öffnung in der gegenüberliegenden Wand. Rahil folgte ihm mit der Waffe in der Hand und achtete darauf, nicht gegen eine der vielen Laternen zu stoßen, die auch auf dem Boden und kleinen Sockeln standen.

Coltan schloss mit einem Ächzen zu ihnen auf – die höhere Schwerkraft schien auch ihm zuzusetzen –, und Rahil bedeutete ihm, leise zu sein.

Stimmen kamen aus der dunklen Tunnelöffnung.

»Die Fremden, die ich gerochen habe …«, hauchte Sammaccan. »Sie sind bei Äguizabel.«

Lebt er noch?, wollte Rahil fragen, aber der Polymorphe hatte sich schon wieder in Bewegung gesetzt und schlich durch den halbdunklen Tunnel, der nach einigen Schritten recht steil in die Tiefe führte. Unten wurde es heller, und als sie sich dem Licht näherten, das durch einen Vorhang filterte, hörte Rahil jemanden auf Stellar sagen: »Wir wissen, dass du die Aufzeichnungen hast. Sag uns einfach, wo sie sind, dann hört dies sofort auf.«

Eine krächzende Stimme erklang, und Rahil drückte erschrocken die freie Hand auf die silberne Nadel an seinem Kragen, als der Interpreter zu übersetzen begann.

»Ich bin der Verwahrer«, ertönte es auf Stellar, und Rahil begriff, dass er einen anderen Übersetzungsapparat hörte. »Ich verwahre; das ist meine Aufgabe.«

Etwas knisterte leise, wie von statischer Elektrizität, und es folgte ein Stöhnen und Keuchen.

»Wo sind die Aufzeichnungen?«, fragte der Mann, der zuvor gesprochen hatte.

Hinter Rahil räusperte sich Coltan, laut und deutlich. »Mein Junge ...«

Rahil drehte den Kopf, und die Faust seines Vaters traf ihn am Unterkiefer.

42

Als Rahil die Augen wieder öffnete, befand er sich in der Höhle auf der anderen Seite des Vorhangs und hatte den Rücken an die raue Wand gelehnt. Sammaccan saß einige Meter entfernt: die Beine angezogen, den Oberkörper vorgebeugt, die Hände auf dem Kopf.

»Erschieß ihn, wenn er auch nur versucht, die Gestalt zu verändern«, sagte Coltan Jaqiello.

Die neben Sammaccan stehende Frau – das schwarze Haar kurz, mit großen braunen Augen im knochigen Gesicht – hielt eine kleine Armbrust auf den Polymorphen gerichtet und nickte. »Ja, Sire.«

»Sire?«, brachte Rahil hervor. Er versuchte aufzustehen, doch seine Beine gehorchten ihm nicht. »Hier auf Heraklon?«

Sein Vater achtete zunächst nicht auf ihn. »Durchsucht alles«, wies er drei Männer an, die ebenso zivil gekleidet waren wie die Frau bei Sammaccan. »Jeden noch so kleinen Winkel dieses Höhlensystems. Die Aufzeichnungen müssen hier irgendwo versteckt sein.«

»Ja, Sire.«

Zwei der Männer verschwanden in Tunnelöffnungen, und der dritte setzte seine Suche bei den Regalen und Nischen hinter dem großen, mit Schnitzereien verzierten Tisch in der Mitte der Höhle fort. Vor dem Tisch stand ein Stuhl, und darauf war ein alter Vogelmensch festgebunden. Äguizabel, vermutete Rahil. Die Reste seiner atrophierten Flügel sahen aus wie altes, fransiges Leder, und das dunkle Gesicht war runzlig und verschrumpelt. Ein vierter Mann stand neben dem alten Verwahrer; er trug die Uniform, die Rahil bei der in den Spiegeln beobachteten Gruppe bemerkt hatte. Als er eine Laterne hob, fiel ihr Licht auf die Abzeichen am Kragen, und Rahil erkannte das Emblem der Ägide.

»Ein *Missionar*?«, krächzte er.

Der Mann warf ihm einen kurzen Blick zu und stellte die Laterne vor Äguizabel auf den Tisch. Rahil bezweifelte, dass der alte Verwahrer etwas sah; seine Augen waren trüb, vermutlich blind. Aber er konnte fühlen, und als der Mann in Uniform den semibiologischen Stimulator auf seinem haarlosen Kopf berührte, fühlte er Schmerz. Der zarte, fragile Körper erbebte so heftig, dass der Stuhl wackelte. Ein dünner, dunkler Blutfaden kam unter dem Stimulator hervor, der seine Wurzeln ins Gehirn des Vogelmenschen gebohrt hatte. »Sag uns, wo die Aufzeichnungen sind, Äguizabel. Dann hört dies auf.«

»Ich bin … der Verwahrer«, antwortete der alte Vogelmensch, und der auf dem Tisch neben der Laterne liegende Interpreter übersetzte. »Ich … verwahre.«

»Was ist im Konsulat passiert?«, fragte Coltan.

»Ein bedauerlicher Zwischenfall, Sire«, sagte der Missionar. Seine Stimme klang sonderbar vertraut. Rahil glaubte, sie schon einmal gehört zu haben, aber wo? »Wir wussten, dass Sie Lautaret erreicht hatten. Das Signal des Senders, den Sie in sich tragen, empfingen wir klar und deutlich.«

Ein Sender, dachte Rahil. Ein Mikroimplantat, Technik unterhalb der Stufe vier, nicht von der Interdiktion betroffen. Er versuchte, klar zu denken, trotz der heftigen Kopfschmerzen. Diese Männer und die Frau … Sie gehörten zu den Helfern seines Vaters und hatten in Lautaret auf ihn gewartet.

»Du hast …« Die Zunge schien ihm im Weg zu sein. Rahil versuchte es erneut. »Du hast … deinen eigenen Sohn umbringen lassen?«

Die Frau mit dem kurzen schwarzen Haar sah in seine Richtung. »Soll ich ihn betäuben, Sire?«

»Nein, das ist nicht nötig, Delana.« Coltan zog kurz die Projektilwaffe aus der Hosentasche und ließ sie wieder darin verschwinden, sah dabei Rahil an. »Ich habe wieder, was mir gehört. Und nein, mein Junge, ich habe dich nicht umbringen lassen. Es wird sich bestimmt noch Gelegenheit ergeben festzustellen, was im Konsulat schiefgegangen ist. Und dann wird der Verantwortliche zur Rechenschaft gezogen.«

»Er tauchte ganz plötzlich auf, Sire«, sagte der Missionar. »Er schien von uns zu wissen. Wir haben versucht, ihn zu überwältigen, und bei dem Kampf ...«

»Ich habe es gesehen«, unterbrach Coltan den Uniformierten. »Das Messer in der Brust des Konsulatsangehörigen und den Bolzen in Rahils Hals.« Sein Blick ging zu Delanas Armbrust. »Wir werden herausfinden, wer ihn getötet hat.« Er deutete auf den alten Vogelmenschen. »Vergessen Sie nicht, warum wir hier sind, Joyce.«

Der Mann in Uniform berührte erneut den Stimulator auf Äguizabels Kopf, und der alte Vogelmensch wimmerte. »Wo sind die Aufzeichnungen?«

Hinter dem Tisch zerbrach Glas, als der Mann dort Gläser achtlos zu Boden warf, nachdem er sich ihren Inhalt angesehen hatte.

Rahil bemühte sich erneut, auf die Beine zu kommen, indem er sich an der Felswand in seinem Rücken nach oben schob. Sein Vater kam näher.

»Es lief leider nicht ganz nach Plan«, sagte Coltan. »Gewisse Dinge hätten nicht geschehen sollen. Aber hier sind wir, mein Sohn, nach all den Jahren. Gleich werden wir auch die Aufzeichnungen haben, deine Erinnerungen, und dann können wir zum Artefakt fliegen.« Er deutete auf den zitternden Vogelmenschen. »Sag ihm, dass er dir geben soll, was dir gehört.«

Rahil glaubte zu verstehen. »Äguizabel hätte sie mir geben sollen, nicht wahr? Wir wären hierhergekommen, ich hätte ihn um das gebeten, was er für mich verwahrte, und er hätte es mir natürlich gegeben. Und dann? Wolltest du mich irgendwie dazu bringen, das Konsulat aufzusuchen, wo deine Leute auf uns warteten? Aber der andere Rahil machte dir einen Strich durch die Rechnung, und ich habe deine Helfer in den Spiegeln gesehen.«

»Es sind nicht meine einzigen Helfer auf Heraklon, Junge.«
Coltan zuckte die Schultern. »Früher oder später hätte uns eine
Gruppe von ihnen erreicht. Aber es ist wichtig, dass wir hier
sind, an diesem Ort, beim Verwahrer. Und dass du deine Erinnerungen bekommst. Verlang sie von ihm zurück.«

»Warum?«

»Warum wohl, mein Sohn? Vielleicht enthalten sie wichtige
Informationen, die du bei deinem früheren Einsatz gesammelt
hast. Informationen, die uns nützlich sein könnten.«

Rahil beobachtete, wie der Mann in Uniform – Joyce – wieder den Stimulator auf der Stirn des alten Vogelmenschen berührte. Äguizabel zitterte heftig, blieb aber stumm. Vielleicht
war er bereits so schwach geworden, dass er nicht einmal mehr
stöhnen konnte.

»Wenn er stirbt, nützt er dir nichts mehr«, sagte Rahil und
versuchte, eine Entscheidung zu treffen. Er wollte die Erinnerungen an seine erste Mission auf Heraklon; deshalb war er
hier. Und Coltan konnte mit den Aufzeichnungen selbst nichts
anfangen. Wenn sie wichtige Informationen enthielten, so konnte er nur über seinen Sohn darauf zugreifen.

»Wenn er stirbt, stehst du ebenfalls mit leeren Händen da,
Junge«, sagte Coltan, der seine Gedanken zu erraten schien.

Sammaccan zischte etwas, so leise, dass die beiden Interpreter – der auf dem Tisch und der kleine an Rahils Kragen – nicht
darauf reagierten. Aber die Frau mit der kleinen Armbrust,
Delana, hielt ihre Waffe dicht an den Kopf des Polymorphen.

Hinter dem Tisch klirrte es, als der dort suchende Mann weitere Gläser fallen ließ.

Coltan kam noch einen Schritt näher. »Wenn du doch endlich begreifen würdest, dass wir auf der gleichen Seite stehen,
mein Sohn«, sagte er leise.

Rahil stieß sich von der Wand ab und vertraute darauf, dass die Knie nicht unter ihm nachgaben, als er zum Tisch wankte, wo der Missionar – ein *Missionar*! – gerade erneut den Stimulator auf Äguizabels Kopf berühren wollte. Er stieß den Uniformierten beiseite.

»Ich bin es, Rahil, Tennerit«, sagte er und begann damit, die Stricke zu lösen, mit denen der alte Verwahrer an den Stuhl gebunden war. »Erkennen Sie mich?«

Der kleine, fragile Vogelmensch mit den verkümmerten Flügeln hob langsam den Kopf. »Ich erkenne deine Stimme, Rahil Tennerit.«

»Bitte … geben Sie mir das zurück, was ich vor einigen Monaten bei Ihnen zurückgelassen habe.«

»Bist du sicher, Rahil Tennerit?«, fragte Äguizabel. Etwas mehr Blut sickerte unter dem Stimulator auf seinem Kopf hervor. Rahil versuchte gar nicht erst, das kleine semibiologische Gerät zu entfernen, denn inzwischen hatten sich die Wurzeln viel zu tief ins Gehirn gebohrt. Hier war medizinische Hilfe erforderlich. Aber er konnte dafür sorgen, dass der Verwahrer nicht mehr litt.

»Schalten Sie es aus!«, wies er den Mann in Uniform an.

Joyce richtete einen fragenden Blick auf Coltan.

»Sie sollen das Ding ausschalten, verdammt!«, knurrte Rahil.

Der Missionar holte ein kleines Gerät hervor, das wie ein silberner Stift aussah, richtete es kurz auf den Stimulator und steckte es wieder ein.

»Ich habe gut verwahrt, was du mir gegeben hast, Rahil Tennerit.«

»Da bin ich sicher.« Rahil löste den letzten Strick.

»Seit hundertzweiundzwanzig Jahren verwahre ich, was man mir anvertraut, und nie habe ich dieses Vertrauen verletzt.«

»Das ist sehr lobenswert«, sagte Rahil geduldig.

»Und nie hat man *mich* verletzt«, fügte der alte Verwahrer hinzu und wollte aufstehen. Rahil half ihm vorsichtig auf die krummen Beine. »Bis heute.«

Der Mann hinter dem Tisch hatte seine Suche unterbrochen und stand abwartend da, ebenso Joyce. Delana hielt noch immer ihre Armbrust an Sammaccans Kopf, und Rahil fragte sich kurz, ob der Polymorphe seine Gewebestruktur schnell genug verändern konnte, um mit einem – vielleicht vergifteten – Geschoss aus der Waffe fertigzuwerden. Er wollte es lieber nicht darauf ankommen lassen.

»Geben Sie mir, was ich Ihnen anvertraut habe, Äguizabel.«

Die trüben, blinden Augen des Verwahrers bewegten sich, als könnten sie noch sehen. Gleichzeitig gab der Vogelmann klickende Geräusche von sich, deren Echos er mit den großen Ohren empfing. »Du trägst keine Narben.«

»Narben?«

»Du hast keine Narben im Gesicht.«

»Bitte geben Sie mir, was Sie für mich verwahrt haben, Äguizabel«, sagte Rahil und wusste nicht, was der alte Vogelmann meinte.

»Es ist nicht deine freie Entscheidung, Rahil Tennerit. Jene, die mich verletzt haben … Sie zwingen dich.«

»Es sind meine Erinnerungen«, sagte Rahil etwas fester. »Ich will sie zurück.«

»Nun gut.«

Rahil stützte Äguizabel, als der Verwahrer um den Schreibtisch wankte und mit langsamen, unsicheren Schritten zu den Regalen ging, die der Mann eben gerade durchsucht hatte. Die beiden anderen Männer kehrten aus den Tunnelöffnungen zurück, sahen zu Coltan und schüttelten den Kopf.

Mit einer zitternden, feingliedrigen Hand strich Äguizabel über ein Regal und gab dabei leise, zirpende Geräusche von sich. Schließlich fanden seine Finger ganz am Ende des mittleren Regals ein Objekt, das wie ein Stück halb versteinerte Baumrinde aussah. Er griff danach und reichte es Rahil.

Der Mann, der eben noch in den Regalen gesucht hatte, riss dem Verwahrer das Objekt aus der Hand. »Sire ...«, begann er.

Coltan war mit einigen schnellen Schritten zur Stelle und betrachtete den Gegenstand. »Ein Biomorph, nicht wahr? Ich habe davon gehört.«

»Dann weißt du auch, dass sonst niemand etwas damit anfangen kann, Vater.« Rahil streckte die Hand aus.

»Sire?«, fragte der Mann.

»Gib ihm das Ding. Es ist auf seine Gene codiert. Auf das, was die Ägide ›Biosignatur‹ nennt.«

»Auf meine ribosomale RNA, um ganz genau zu sein. Und die RNA-Polymerase nicht zu vergessen. Das sind die beiden Codegrundlagen für eine Polynukleotid-Identifikation. Nur ich kann die in diesem Biomorph abgelegten Erinnerungen empfangen.«

Nein, das stimmt nicht ganz, dachte er, und dieser Gedanke stand mit den anderen in Zusammenhang, die ihm zuvor durch den Kopf gegangen waren, wirr und konfus. *Rahil Tennerit* kann die Erinnerungen aufnehmen. Der andere Rahil, der im Konsulat der Ägide gestorben war ... Er hatte es ebenfalls auf die in den Zellstrukturen des Biomorphs gespeicherten Erinnerungen abgesehen gehabt.

Der Mann gab ihm das Objekt, das wie ein Stück Baumrinde aussah, und in Rahils Hand veränderte es sich. Es wurde weicher, zu einem graubraunen Gewebeklumpen. Lange, dünne Sinushaare bildeten sich und zitterten, wo sie Rahils Hand berührten. Ein leichtes Prickeln wies darauf hin, dass der Biomorph Hautzellen analysierte und einen kompatiblen genetischen Code entdeckte.

»Nur zu, Junge«, sagte Coltan. »Er wird an den Nacken gesetzt, nicht wahr? Oder an die Schläfe.«

Rahil richtete einen forschenden Blick auf seinen Vater. Coltan Jaqiello hatte keine lange Ausbildung in der Ägide hinter sich, auch keinen Aufenthalt in den virtuellen Welten der Bruch-Gemeinschaft, die dem Bewusstsein des Aura-Reisenden Wissen in kurzer Zeit vermittelten. Aber er wusste, was es mit einem Biomorph auf sich hatte.

Er hielt ihn in der Hand, den wärmer werdenden Gewebeklumpen, schwer von Erinnerungen an ein anderes Leben.

»Setz ihn auf, Junge!«, sagte Coltan, und diesmal erklang deutliche Ungeduld in seiner scharfen Stimme. »Wir haben schon genug Zeit verloren.«

Sammaccan zischte, und erstaunlicherweise wandte sich die Frau mit dem kurzen schwarzen Haar, Delana, von dem Polymorphen ab. Rahil fühlte ihren Blick, ruhig und kalt, und ein dumpfer Schmerz entstand hinter seiner Stirn.

Ein Heulen kam von draußen, mal leiser und mal lauter, wie von einer Sirene. Der Mann in Uniform fluchte.

»Man hat die Leichen im Konsulat entdeckt, Sire.«

Sire, dachte Rahil. Ein Missionar der Ägide, der den Patron der Tennerits vom Dutzend mit »Sire« anspricht. Offenbar hatte sein Vater in den vergangenen Jahrzehnten ein weites Netz gesponnen.

Coltan gab Delana ein Zeichen, ergriff seinen Sohn am Arm und zog ihn mit sich. Der Verwahrer Äguizabel blieb am Tisch zurück: alt, blind und schwach, auf dem haarlosen Kopf einen Stimulator, der sich nur operativ entfernen ließ.

Das Heulen wurde schriller, als Coltan, Rahil und die anderen auf den Felsvorsprung traten, neben dem das Flugboot wartete. Es stammte nicht von einer Sirene, sondern von zahlreichen Vogelmenschen, die über den Nestern der Stadt flogen und den Alarmruf weitergaben.

Lautaret war in Aufruhr.

»Ins Boot«, sagte Coltan.

»Was machen wir mit ihm?«, fragte Delana, deren Armbrust noch immer auf Sammaccan zielte.

»Er kommt mit«, sagte Rahil. »Er ist mein Assistent.«

Der Polymorphe zischte etwas, und zwei Interpreter übersetzten. »Ich danke dir, Rahil Tennerit.«

»Hinein ins Boot mit ihm.« Coltan winkte. »Wenn die Vogelmenschen ihn sehen, geraten sie völlig außer Rand und Band.«

Delana öffnete die Luke und gab Sammaccan einen Stoß, der ihn an Bord taumeln ließ. Das Flugboot schwankte und stieß mit dem Heck gegen den Felsvorsprung.

»An die Kontrollen, Joyce«, sagte Coltan.

»Sire …« Der Mann in der Ägide-Uniform duckte sich durch die offene Luke und kletterte nach vorn, ins enge Cockpit des Flugboots. Dort startete er kleine Rotoren, die hinten und an den Seiten zu brummen begannen und die Lage des Boots stabilisierten. Das Heck schob sich fort vom Felsvorsprung, und es bestand nicht mehr die Gefahr, dass die Heliumtanks beschädigt wurden.

Eine Polis leuchtete am dunklen Himmel über der Schlucht, groß, hell und nah. Kleine Lichter lösten sich von ihr, sprangen fort und verschwanden. Andere kamen aus dem Nichts und tauchten in den Schein der Sternenstadt.

»Sind das deine Freunde dort oben, Vater?«, fragte Rahil. »Beobachten sie uns, um zu sehen, wie du zurechtkommst?«

Coltan deutete aufs Flugboot.

Rahil folgte den anderen beiden Männern an Bord, und hinter ihm schloss Coltan die Luke, nachdem er den Luftanker gelöst hatte.

»Es kann losgehen!«, rief er Joyce zu und führte Rahil dorthin, wo die anderen saßen; Delana hielt ihre Waffe nach wie vor auf Sammaccan gerichtet. Dass der Polymorphe noch nicht gefesselt war, wunderte Rahil ein wenig; die Männer hätten inzwischen Gelegenheit gehabt, ihm mit einem Strick die Hände auf den Rücken zu binden. Vielleicht glaubten sie, dass Fesseln bei einem Gestaltwandler nicht viel nützten.

Durch das Seitenfenster war zu beobachten, wie die Schluchtwand mit den Höhlen des Verwahrers nach oben glitt, als das Flugboot an Höhe verlor. Einige Vogelmenschen flogen neugierig und vielleicht auch argwöhnisch näher, aber im Innern des Flugboots blieb es dunkel, und vermutlich hätten sie selbst dann nicht viel gesehen, wenn es hell gewesen wäre. Die Echos ihrer klickenden und zirpenden Laute, mit denen sie sich orientierten, übermittelten ihnen keine Informationen über die Insassen, denn die akustischen Signale wurden von der Außenhülle und den Fenstern des Bootes reflektiert.

»Und so setzen wir unsere Reise nach Norden zum Artefakt fort«, sagte Coltan zufrieden, als sie ganz hinten Platz nahmen. Auf sein Zeichen hin griffen zwei Männer nach Rahils Armen und hielten ihn fest. »Und gleichzeitig beginnt eine Reise in die Vergangenheit.«

Rahil versuchte, den Biomorph festzuhalten, aber Coltan löste ihn aus seiner Hand und drückte ihm das warme Gewebe an den Nacken.

Aus den Sinushaaren wurden Nervenwurzeln, und schon nach wenigen Sekunden strömten Bilder auf ihn ein. Die Knie, schwach von der höheren Schwerkraft, gaben unter ihm nach, und er sank auf die Sitzbank. Das Letzte, was er sah, waren Delanas große Augen, die ihn aufmerksam beobachteten. Dann tauchte er ein in ein anderes Leben, das doch ihm gehörte.

Zu wandeln und auf seinen Weg zu sehen,
Ist eines Menschen erste, nächste Pflicht.

BEGEGNUNGEN

43

Es war ein temporäres Kickout, mehrere Lichtminuten über der Ebene der Ekliptik des Lagoni-Systems von einem Polarisator der Leskovar geschaffen, und hinter dem Fraktal wartete nicht der M-Raum mit seinen 10^{500} Universen, sondern eine schwarze Leere, die auf eine andere Form des Transfers hinwies.

»Dies ist ... interessant«, erklang die Stimme der Maint, als der Shifter durch das Schwarz fiel. »Meine Sensoren empfangen keine energetischen Emissionen. Was immer das dort draußen auch sein mag: Es handelt sich weder um den M-Raum noch um das uns vertraute Raumzeit-Kontinuum.«

»Vielleicht«, sagte der Greis, der ganz vorn am Tisch saß, in einem halb zur Liege gewordenen Sessel, »bringt man uns zu dem Ort, den jemand, der sich offenbar mit der Geschichte der alten Erde auskennt, ›Eldorado der Hohen Mächte‹ nannte. In das Universum, das sie seit Jahrmillionen bauen, mithilfe von Superschmieden. Es wäre seltsam angemessen, nicht wahr?«

Rahil hörte die Worte, während er seine Femtomaschinen nach dem Lied der Kosmischen Enzyklopädie suchen ließ – er hatte es schon viel zu lange nicht mehr gehört, weil er zu sehr mit den Vorbereitungen für den Einsatz auf Heraklon beschäftigt gewesen war. Doch auch im Äther des Jahrmilliarden alten Wissens herrschte Stille.

Enttäuscht ließ er seinen Blick am Tisch im großen Instrumentenraum des Shifters entlangwandern, sich sehr wohl der Tatsache bewusst, dass er zum ersten Mal Teil einer so illustren Runde war. Der Greis ganz vorn hieß Osbeck Acerra Duxbery und gehörte zu den Langlebigen von Bahade, einer der zentralen Welten der Bruch-Gemeinschaft. Angeblich war er über vierhundert Jahre alt, und dieses lange Leben verdankte er keinen Femtomaschinen, sondern gentechnischen Manipulationen und zahlreichen biomechanischen Implantaten. Nach Geraldo Dekener Skafec, vor sechshundert Jahren Vorsitzender des Gründungsrats der Ägide, war er das älteste Mitglied des Kuratoriums und wie Dekener als Gesandter bei den Hohen Mächten akkreditiert. Er wirkte, als wäre er schon zu Lebzeiten mumifiziert: die Haut graubraun und halbtransparent, die trüben, wässrigen Augen tief in den Höhlen liegend, die Hände schmal, die Finger lang und knochig. Wie in seiner krausen Uniform geschrumpft saß er da, an den Schläfen Interfacemodule, die ihn mit der Maint des Shifters verbanden.

Rechts neben Duxbery hatte Cuaresma Platz genommen, Repräsentant der Unionskonferenz der Bruch-Gemeinschaft und Sonderbevollmächtigter des Vorsitzenden: ein kleiner, hagerer Mann mit schütterem Haar, der immer sehr ernst wirkte und überhaupt nicht zu wissen schien, wie man lächelte.

Zu beiden Seiten des Tisches saßen Vertreter der Sieben Völker: Chormiki, Aun, Ippakao, Panyko, Milwee, Chandswangh und eine Kzosek-Frau namens Thresa, deren Präsenz Rahil mit Unbehagen erfüllte, obwohl sie gar keine Ähnlichkeit mit Magda und Magdalena hatte, die in seiner Erinnerung weiterlebten.

Und hier bin ich, dachte Rahil, am Ende des Tisches. Er fragte sich, ob dieser Platz eine symbolische Bedeutung hatte.

»Diesmal müssen uns die Hohen Mächte Auskunft geben«, zirpte der Chormiki und klapperte kurz mit seinem rudimentären Schnabel. »Wir bestehen darauf.«

Als ob das jemals etwas genützt hätte, dachte Rahil.

»Sind wir sicher, dass das Objekt auf Heraklon aus der Zukunft kommt?«, erklang die dumpfe Stimme des dicken, großen Chandswangh, der einen Mikrogravitator trug. »Sind wir sicher, dass es eine Superschmiede ist?«

»Sicher?«, wiederholte Duxbery. Seine Stimme weckte in Rahil Vorstellungen von trockenem Pergament. »Wie können wir bei irgendetwas *sicher* sein?«

»Es sind also alles nur Spekulationen?«, quietschte die Kzosek-Frau. Sie war nicht ganz so groß wie die Zwillinge an Bord von Duartes' Schiff, und auch nicht ganz so schmal. Aber ihre Kleidung ähnelte der von Magda und Magdalena, bestand aus Stoffstreifen, untereinander mit geflochtenen Schnüren verbunden. Die eine Seite des Kopfes war schuppig, die andere durchsichtig wie Glas: Die Gehirnwindungen zeigten sich in aller Deutlichkeit.

»Sicherheit ist des Narren Glück«, sagte Rahil, »und Spekulation die Weisheit des Bedächtigen.«

Der Aun auf der anderen Seite des Tisches trug einen Nassanzug, der seinen Körper vor dem Austrocknen bewahrte und von dem leise, gluckernde Geräusche kamen, wenn er sich bewegte, so wie jetzt, als er sich vorbeugte und mehrere Augenstiele auf Rahil richtete.

»Sie sind mit den Werken des Großen Wissenden Ladouce vertraut?«, fragte er. Sein Stellar war fehlerlos, und die Stimme klang erstaunlich menschlich.

»Er war ein sehr weiser Vertreter Ihres Volkes, Kolikas«, erwiderte Rahil. »Er stammte aus der Dritten Dynastie der Ehrenwerten Aun, und eins seiner wichtigsten Theoreme lässt sich, glaube ich, folgendermaßen zusammenfassen: Man ziehe niemals voreilige Schlüsse und erwarte immer Überraschungen.« Rahil wies nicht darauf hin, dass sein Instruktor – ein Chormiki ohne den Status des Philosophen – ähnliche Worte an ihn gerichtet hatte.

»Und mit welchen Überraschungen sollten wir in diesem Fall rechnen, Missionar Tennerit?«, fragte die Ippakao namens Jodee. Bunte Mineralienadern durchzogen ihr nur elf oder zwölf Zentimeter breites Gesicht.

»Wenn wir wüssten, welche Überraschungen uns erwarten, wären es keine Überraschungen mehr, oder?«, erwiderte Rahil. »Aber da die Hohen Mächte an dieser Sache beteiligt sind, sollten wir besser mit *allem* rechnen.«

»Das klingt … aggressiv?«, sagte der Milwee, bei dem alles wie eine Frage klang. Er war der Einzige, der nicht saß, sondern in einer Ambientalblase am Tisch schwebte. Seine Luftwurzeln benötigten ein bestimmtes Gasgemisch und vertrugen keinen Sauerstoff.

»Sie könnten uns helfen, aber sie tun es nicht«, sagte Rahil und achtete darauf, ruhig zu sprechen. »Sie warten ab.« So wie auch wir immer nur abwarten und beobachten, was auf den Gefallenen Welten geschieht.

»Ihr Standpunkt ist uns bekannt, Rahil«, sagte Duxbery. »Vielleicht erwartet auch Sie eine Überraschung. Vielleicht sind die Hohen Mächte bereit, uns zu helfen.«

»Wissen wir mit Bestimmtheit, dass zwischen dem Artefakt auf Heraklon und den Hohen Mächten ein Zusammenhang besteht?«, fragte der insektoide Panyko. Er sprach, indem er seine dünnen Flügel vibrieren ließ. Ein Resonanzkörper unter ihnen empfing die Vibration und verwandelte sie in verständliche Laute.

»Sie haben es gesehen«, fügte der Aun Kolikas hinzu. »Mit Ihren eigenen Augen. Sie waren dort. Was können Sie uns sagen, Missionar Tennerit?«

»Ich bin vor einigen Monaten dort gewesen, als das Artefakt noch schlief«, antwortete Rahil. »Den Archäologen war es noch immer nicht gelungen, das Objekt zu öffnen.« Er zögerte und sah ihn vor dem inneren Auge: den schwarzen Oktaeder, ein Stück eingefangene Nacht, umgeben vom Eis der Arktis. Er hatte dort gestanden, in einen Thermoanzug gehüllt, nur wenige Meter von dem schwarzen Objekt entfernt, dessen Außenfläche nicht einen einzigen Kratzer aufwies. Und wie bei einem Eisberg war nur die Spitze zu sehen; der weitaus größere Teil steckte im steinhart gefrorenen Boden. Er erinnerte sich an die Gerätschaften der Archäologen und anderen Wissenschaftler, an die Gerüste, die das Artefakt wie mit einem Käfig umgaben. Er erinnerte sich daran, vorgetreten zu sein, die Hand ausgestreckt und das Objekt berührt zu haben. Und er erinnerte sich … an was? An eine Stimme? Nein, es war keine Stimme gewesen, eher das Gefühl, dass eine Stimme *möglich* gewesen wäre.

»Rahil?«, fragte der Greis, als er zu lange schwieg.

»Etwas befindet sich in dem Artefakt«, sagte er. »Ich habe es gespürt.« Es hat geschlafen, wie das Artefakt selbst, dachte er. Aber dann ist es erwacht. Habe ich es geweckt? Dieser Gedanke kam ihm zum ersten Mal, und er erschreckte ihn. Hatte er mit der Außenhülle des Artefakts auch das Etwas darin berührt?

Bin ich für das verantwortlich, was sich jetzt auf Heraklon anbahnt?, dachte er.

»Rahil?«, fragte Duxbery erneut. »Ist alles in Ordnung mit Ihnen?« …

* * *

»Rahil?«, fragte jemand, und es war eine andere vertraute Stimme. Sie kam von seinem Vater.

Rahil blinzelte und merkte, dass ihn die beiden Männer, deren Namen er nicht kannte, noch immer festhielten, offenbar um zu verhindern, dass er sich den Biomorph vom Nacken riss. Er befand sich nicht an Bord eines Shifters, unterwegs zu den Hohen Mächten, sondern in einem Flugboot, das sich gerade zur Seite neigte und den Kurs änderte. Offenbar leuchtete noch immer die Polis am Nachthimmel über der Schlucht, denn der Fluss – jetzt nicht mehr zwei Kilometer tief unten, sondern ganz nahe – reflektierte ihr Licht. Sie schwebten, von den Rotoren angetrieben, an einem Wasserfall vorbei, dessen Gischt an die Fenster spritzte, und erreichten die Öffnung eines kleineren, nach Norden führenden Tals.

Rahil fühlte die Hand seines Vaters am Hals, dicht beim Biomorph. »Hörst du mich, Junge?«

»Er hört Sie, Sire«, sagte die Frau mit dem kurzen schwarzen Haar. Neben ihr saß Sammaccan und rührte sich nicht.

»Was empfängst du von ihm, Delana?«

»Die Erinnerungsbilder sind klar, und manchmal höre ich auch die Worte, die gesprochen worden sind.«

470

»Eine ... Telepathin?«, brachte Rahil hervor. Die Zunge war ihm erneut im Weg, wie beim Erwachen in der Höhle des Verwahrers. Unterhielt sein Vater Kontakte mit Blackbird am Rand des Sagittariusbruchs?

»Nimm die anderen Erinnerungen auf, mein Sohn«, sagte Coltan. »Und verlier dabei keine Zeit mit Nebensächlichkeiten. Konzentrier dich auf das Wesentliche.«

Rahil versuchte, Widerstand zu leisten, aber ohne die Hilfe der Femtomaschinen zerbröckelten die mentalen Mauern schnell. Seine Augen blieben geöffnet, doch das Flugboot verschwand.

* * *

»Wenn das eine Polis ist, so entspricht sie nicht dem üblichen Muster«, sagte die Kzosek-Frau mit quietschender Stimme. Rahil vermied es, sie anzusehen. Thresa erinnerte ihn viel zu deutlich daran, was mit Jazmine geschehen war.

»Ich stimme der Kzosek-Delegierten zu«, ließ sich die Maint vernehmen, als der Shifter einem Signallicht folgte, das ihm den Weg zu dem dunklen Gebilde vor ihnen im All wies. »Das energetische Niveau ist sehr niedrig. In weiten Bereichen finden überhaupt keine Aktivitäten statt.«

»Es sieht nicht wie eine Stadt aus, eher wie eine Festung«, sagte der ernste Cuaresma von der Unionskonferenz.

Das Konstrukt durchmaß mehr als tausend Kilometer und setzte sich aus Hunderten von einzelnen Blöcken zusammen, bestehend aus einem dunklen Material, das für die Sondierungssignale des Shifters undurchdringlich blieb. Von den peripheren Segmenten gingen filigrane Gebilde aus, dünn wie Schleier, und streckten sich fast eine Million Kilometer weit den zahlreichen Sonnen eines nahen Sternhaufens entgegen, als wollten sie ihr

Licht empfangen. Rahil bezweifelte, dass es sich um Sonnensegel handelte, dazu bestimmt, solare Energie aufzunehmen. Diese Art der Energiegewinnung passte nicht zu seiner Vorstellung von den Hohen Mächten.

»Eine Festung?«, sagte der Milwee, und diesmal war es vielleicht wirklich eine Frage. »Vor wem oder was soll sie schützen?«

»Das würde ich auch gern wissen«, brummte der Aun Kolikas. Seine Augenstiele zitterten.

Das ihnen den Weg weisende Licht fiel in eine Lücke zwischen zwei großen schwarzen Blöcken, auf denen das Licht der nahen Sterne nicht die kleinste Reflexion schuf, und der Shifter, gesteuert von der Maint, folgte ihm.

»Ich bin mit einer ersten Analyse fertig«, ertönte die Stimme der Maschinenintelligenz, während Rahil, Duxbery, Cuaresma und die Vertreter der Sieben Völker die holografischen Bilder betrachteten. »Wir befinden uns nicht mehr in unserem Universum.«

»So viel war klar«, quietschte die Kzosek.

»Haben wir das Transitmedium verlassen?«, fragte die Ippakao. Die Mineralienadern in ihrem Gesicht hatten die Farbe verändert.

»Das ist definitiv der Fall«, antwortete die Maint. »Wir sind in einem anderen Raumzeit-Kontinuum. In einem Pocket-Universum mit geringer Expansionsrate. Erstaunlicherweise gibt es hier kein Äquivalent einer Drei-Kelvin-Strahlung ...«

»Es hat also kein Urknall stattgefunden?«, warf der Milwee ein.

»Nein. Und es gibt keine Galaxien, nur den Sternhaufen in der Nähe dieses Konstrukts, bestehend aus neunhundertneunundneunzig Sonnen des Spektraltyps F. Mit einer einzigen Ausnahme. Im Zentrum des Sternhaufens leuchtet ein relativ kühler M-Stern, vergleichbar mit Beteigeuze.«

»Was bedeutet das?«, fragte Rahil. Keine Drei-Kelvin-Strahlung, dachte er. Deshalb existierte das Lied der Kosmischen Enzyklopädie an diesem Ort nicht; es gab keine Trägerwellen.

* * *

Wasserfälle donnerten in der Nähe, vom Licht der Polis am Himmel in Silber verwandelt. Rahils Blick ging, benommen und verwirrt, aus dem Fenster, und er hatte das Gefühl, an zwei Orten gleichzeitig zu existieren. Er spürte keine Hände mehr an den Armen. Niemand hielt ihn fest; er war nur Gast in seinem eigenen Körper. Andere Personen befanden sich in seiner Nähe, und eine von ihnen auch in seinem Kopf.

Der Mann neben ihm, sein Vater, legte ihm die Hand auf die Schulter, so wie damals, in einer anderen Welt, in einem anderen Leben.

»Konzentrier dich, mein Sohn«, sagte Coltan Jaqiello. »Denk daran, was ich dir gesagt habe. Konzentrier dich auf das Wesentliche.«

»Dies ist ein künstliches Universum«, sagte die Maint, als die Sonnen verschwanden – der Shifter flog durch die Öffnung, die sich in einem der schwarzen Segmente gebildet hatte. Vor ihm tanzte das Licht in der Dunkelheit und wies den Weg zu einer Art Hangar.

»Eldorado?«, erklang die dumpfe Stimme des Chandswangh.

»Das bezweifle ich. Nirgends deutet etwas auf die Aktivität von Superschmieden hin. Die Sonnen sind mehrere Milliarden Jahre alt, aber es gibt nur sie, in einem ansonsten völlig leeren und nahezu statischen Universum.«

»Halte dich nicht mit belanglosen Details auf, mein Sohn«, sagte Coltan. »Delana?«

»Ich versuche, den Erinnerungsstrom zu steuern, Sire, aber ich muss sehr vorsichtig sein. Er ist zu sehr an den stabilisierenden Einfluss von Rüstung und Femtomaschinen gewöhnt und könnte den Bezug zur Realität verlieren.«

* * *

»Realität«, sagte Rahil laut, als sie durch einen langen breiten Flur gingen. Statuen standen an den grauschwarzen Wänden, jede von ihnen zehn Meter hoch, Bildnisse von bemerkenswert menschenähnlichen Geschöpfen, die mindestens so ernst wirkten wie Cuaresma. Ein Schatten von Trauer schien auf ihnen allen zu liegen. »Wo ist die Wirklichkeit?«

Niemand reagierte auf seine Worte, und Rahil begriff, dass er sie gar nicht gesprochen hatte, zumindest nicht hier, an diesem düsteren Ort ohne das Lied der Kosmischen Enzyklopädie.

»Wenn ich Sie richtig verstanden habe, stammt diese ... Polis von Sekundären«, sagte Osbeck Acerra Duxbery. Seine Worte galten dem Geschöpf, das sie durch den Korridor führte und aussah wie ein nackter, geschlechtsloser Mensch mit goldener Haut. Rahils erweiterte Wahrnehmung vermittelte ihm widersprüchliche Eindrücke. Das Wesen, das sie im Hangar empfangen hatte, wurde mal größer, mal kleiner, und in Abständen von mehreren Sekunden veränderten sich Masse und Gestalt. Vielleicht gewährten ihm die Femtomaschinen Blicke auf das ganze Spektrum von Gestalten, in denen sich dieser Repräsentant der Hohen Mächte manifestieren konnte.

»Dies ist keine Polis«, sagte der goldene Mensch und sprach überraschend sanft, »sondern die sogenannte Erste Station. Für die Exklusiven hatte es den ersten Schritt zu einer neuen Existenz darstellen sollen.«

»Die Exklusiven?«, wiederholte Duxbery. Sie blieben vor einer der Statuen stehen, und Rahil sah zu ihr hoch. Das Gesicht weit oben, dunkel wie Obsidian, schien ihm von einer unermesslichen Tragödie gezeichnet, als hätten jene Augen das Leid von tausend Welten gesehen.

»Diesen Ruf haben sie sich erworben«, sagte der Goldene, der seinen Namen nicht genannt hatte, als spielte er keine Rolle. »Sie zogen sich zurück, lange bevor wir mit dem Bau der Heimstatt begannen. Die Frage, warum sie solchen Wert darauf legten, allein zu sein, können nur sie beantworten.«

»Waren es Primäre?«

»Ja, sie gehörten zu den ersten Zivilisationen, die sich in Ihrem Universum entwickelten.«

In Ihrem Universum, wiederholte Rahil in Gedanken. Bedeutete das, der Goldene stammte aus einem anderen?

In seinem Kopf bewegte sich etwas, kroch durch die Gedanken und versuchte, einige von ihnen beiseitezuschieben. Nein, dachte Rahil, während Stimmen um ihn summten, ohne dass er darin eine Bedeutung erkennen konnte. Nein, ich bin mein eigener Herr.

* * *

»Sire … Er wehrt sich, Sire.«

Rahil spürte, wie der Körper, in dem er steckte – dieser Körper – zu zittern begann.

»Kann er trotz der Interdiktion auf seine Femtomaschinen zugreifen?«

»Nein, Sire. Das ist ausgeschlossen. Sie sind inaktiv. Aber wehrt sich. Ich weiß nicht, wie er es schafft.«

Zwei graue Augen erschienen vor Rahil, ihr Blick kühl. »Ich habe da eine Vermutung … Sei vorsichtig, Delana. Bring nichts durcheinander.«

»Ja, Sire.«

Von einem nahen Wasserfall stammende Gischt schlug sich auf den Fensterscheiben des Flugboots nieder, als es, gelenkt von den kleinen Rotoren, durch die Schlucht nach Norden flog, dem Artefakt entgegen.

Ich bin schon einmal dort gewesen, dachte Rahil benommen. Und ich habe etwas darin gespürt.

* * *

»Die Exklusiven versuchten, ihr eigenes Universum zu schaffen, einen Kosmos ganz für sich allein«, sagte der goldene Humanoide. Sie näherten sich der großen, wie Bronze glänzenden Tür am Ende des Flurs. »Es waren Primäre, aber sie haben sich überschätzt.«

Der greise Duxbery fragte: »Auch Primäre können Fehler machen?«

Der Goldene blieb vor der Tür stehen. »Niemand ist vor Fehlern gefeit, Kurator. Es wäre dumm, das Gegenteil zu behaupten. Der Kluge lernt aus seinen Fehlern.«

»Vielleicht haben auch Sie einen Fehler gemacht«, sagte Cuaresma von der Unionskonferenz. »Vielleicht ist dies eine Gelegenheit für Sie zu lernen.«

»Sie meinen Heraklon und das Artefakt.« Der goldene Humanoide sprach noch immer ruhig und sanft. »Ihre Worte sind zweckorientiert, Gesandter. Ihnen fehlen wichtige Informationen, um zu beurteilen, ob die Hohen Mächte in diesem Zusammenhang einen Fehler gemacht haben oder nicht.«

»Sie könnten uns die fehlenden Informationen geben«, sagte Duxbery.

»Das könnten wir, ja«, erwiderte der Goldene. »Aber wir ziehen es vor, das nicht zu tun.«

Als er die große Tür öffnete, fragte Rahil: »Was ist aus den Exklusiven geworden?«

Die goldene Gestalt zögerte. »Sie verschwanden in dem von ihnen selbst geschaffenen Universum. Nur dies ist von ihnen übrig geblieben, ihre Erste Station.«

»Sie wissen nicht, was aus ihnen wurde?«

»Nein. Sie wollten allein sein. Sie sind allein gegangen und allein verschwunden.«

»Und ihr Universum? Was geschieht mit ihrem Kosmos?«

»Er wird ewig bestehen«, sagte die goldene Gestalt, und diesmal veränderte sich die Stimme. Sie bekam einen hohlen Klang, als ertönte sie nicht hier im Flur mit den hohen, ernsten Bildnissen, sondern als käme sie aus einem tiefen, dunklen Schacht. »Die Sonnen werden noch einige Jahrmilliarden brennen, bevor sie erlöschen, und dann wird es in diesem Universum für immer finster sein. Vielleicht war es das, was die Exklusiven wollten: Finsternis und Vergessen.«

Sie betraten den Saal, in dem die Legaten der Hohen Mächte auf sie warteten.

44

Der ovale Tisch, graubraun wie die Tür aus Bronze, stand in der Mitte des Saals, an dessen Wänden sich weitere Statuen erhoben, ebenso ernst und traurig wie die im Flur. Auf der einen Seite des Tisches saßen drei Personen, und Rahil empfing so verwirrende Eindrücke von ihnen, dass er die Aktivität der erstaunlicherweise noch immer funktionierenden Femtomaschinen herunterfahren und seinen Wahrnehmungshorizont begrenzen musste. Die Augen zeigten ihm feste, unveränderliche Gestalten, wo die Femtosensoren eine Vielfalt von Strukturen und Emissionen registrierten. In der Mitte der Dreiergruppe saß zurückgelehnt ein graziles Geschöpf, wie eine Mischung aus Calopteryx und Basiliscus: die Gliedmaßen dünn und lang, in einem metallischen Grün und Blau schimmernd, die Augen aus Tausenden von winzigen Facetten zusammengesetzt, die wie in einem fraktalen Muster ihrerseits aus Facetten bestanden, am Hals Schuppen in einem opalisierenden Blau. An den schmalen Schultern hing etwas, das nach Lappen aus weichem Leder aussah und silberne Pigmente enthielt, die bei jeder Bewegung glitzerten und funkelten. Ein Krion, dachte Rahil voller Unbehagen, denn er wusste, dass die Krion den Menschen ablehnend gegenüberstanden. Bei den Missionaren der Ägide munkelte man, dass sie sich mehrmals gegen eine Aufnahme der Menschen in den Kreis der Hohen Mächte ausgesprochen hatten und auch dagegen, ihnen Zugang zur Kosmischen Enzyklopädie zu gewähren. Rahil fragte sich kurz, ob die einzelnen Zivilisationen der Hohen Mächte eine Art Vetorecht besaßen. Wenn das der Fall war, gab es für die Menschheit kaum Hoffnung.

Zur Linken des Krion saß ein Leskovar, ein gnomartiges Geschöpf mit krummem Rücken, großen, kohleschwarzen Augen und runzliger Haut, unter der sich Knochen und Knorpel abzeichneten. Der Leskovar musterte sie, als sie näher kamen, und blinzelte wie in Zeitlupe: Halbtransparente Lider senkten sich über die Augen, blieben eine Sekunde unten und glitten dann langsam wieder nach oben.

Das Wesen auf der rechten Seite schien recht schwer zu sein, wies große Ähnlichkeit mit einem Choloepus auf und bewegte sich auch wie ein Faultier, langsam und träge. Ein Gesserat. In seinem Blick lag eine sonderbare Intensität, die Rahil das Gefühl gab, nichts vor diesem Geschöpf verbergen zu können. Er fragte sich, ob es, wie er befürchtete, seine Gedanken lesen und in die hintersten Winkel seines Bewusstseins sehen konnte; und dann dachte er, dass es in seinem Kopf Gesellschaft haben würde, weil es dort bereits eine telepathische Präsenz gab. Aber es war ein Gedanke, den er nicht hier dachte, sondern an einem anderen Ort.

* * *

Das Flugboot schwebte dicht über dem Boden, in unmittelbarer Nähe eines Flusses, dessen Rauschen Rahil durch die geöffnete Luke hörte. Metall klapperte, und er wusste: Zwei der Flugkontrolle dienende Rotoren waren ausgefallen und wurden repariert.

Jemand hob seinen Kopf an und hielt ihm einen Becher an die Lippen, und er trank kaltes Wasser.

»Ich kann kaum mehr Einfluss auf seine Gedanken nehmen, Sire«, sagte eine Frau. »Irgendwie gelingt es ihm, mich von dem Erinnerungsstrom fernzuhalten.«

»Bleib mit ihm in Verbindung, Delana.«

»Ja, Sire.«

Wieder erschienen kalte graue Augen vor Rahil. »Hörst du mich, mein Sohn? Bist du hier?«

Ja, ich bin hier, wo immer das auch sein mag, dachte Rahil. »Ja«, krächzte er müde. Der andere Ort rief ihn zurück und versprach mehr Realität.

»Schlaf, Junge. Nimm die Erinnerungen des Biomorphs auf.«

Was willst du wissen?, dachte Rahil und schloss die Augen. Warum bist du so sehr an den Aufzeichnungen interessiert?

* * *

Sie saßen an dem ovalen Tisch, in der Gegenwart der Hohen Mächte, deren Präsenz den Raum wie mit einer unsichtbaren Aura durchdrang und den Bildnissen der ernsten, traurigen Exklusiven einen Hauch von Leben gab. Rahil hatte zugehört – wie lange, wusste er nicht, aber lange genug, um erste Anzeichen von Erschöpfung zu spüren. Duxbery hatte mit seiner wie trockenes Pergament klingenden Stimme gesprochen und in aller Deutlichkeit darauf hingewiesen, was sich auf Heraklon anbahnte. Als ob die Hohen Mächte das nicht wüssten, dachte Rahil und spürte erneut den seltsamen Blick des Gesserat auf sich ruhen. Er versuchte, ihm standzuhalten, aber es gelang ihm nur für einige Sekunden.

Wir sind Bittsteller, fuhr es ihm durch den Sinn, als er sich auf die gesprochenen Worte konzentrierte und den Vertretern der Sieben Völker zuhörte, während sie die Situation aus ihrer Sicht schilderten. Wir sind mit der Mütze in der Hand hierhergekommen, und jetzt ducken wir uns voller Demut, in der Hoffnung, dass die Personen auf der anderen Seite des Tisches einen Teil ihrer unermesslichen Macht nutzen, um uns zu helfen. Vielleicht geht es den Gefallenen Welten uns gegenüber ähnlich. Vielleicht fühlt man auch dort ohnmächtigen Zorn, wenn wir von der Ägide ihnen Hilfe verweigern, aus welchen Gründen auch immer.

Schließlich stand der kleine, hagere Cuaresma auf und sprach für die Unionskonferenz und damit für die ganze Bruch-Gemeinschaft.

»In den vergangenen fast sechshundert Jahren haben wir auf Heraklon eine Welt des Friedens und der Diplomatie geschaffen«, sagte er langsam. »Wir haben gezeigt, dass die Menschen friedlich miteinander leben können ...«

»Die Prüfung ist noch nicht beendet«, warf der Krion ein.

Seine Stimme wurde nicht von einem Interpreter übersetzt und klang erstaunlich melodisch. Für einen Moment fühlte sich Rahil an das Lied der Kosmischen Enzyklopädie erinnert, und Sehnsucht regte sich in ihm. »Es liegen noch fast zwei Ihrer Jahre vor Ihnen.«

Und dann könnte es zu spät sein, dachte Rahil.

»Die Menschen sind reifer geworden ...«

»Wenn sie wirklich reifer geworden sind, sollten sie fähig sein, allein mit der Situation auf Heraklon fertigzuwerden«, sang der Krion.

Duxbery erhob sich ebenfalls. Dort standen sie: Kuratorium und Unionskonferenz, Ägide und Bruch-Gemeinschaft, Seite an Seite, zwei Männer, die hier an diesem Ort, den Hohen Mächten gegenüber, eine neue Menschheit symbolisierten. Aber es gibt noch viel mehr, dachte Rahil. Es gibt zahlreiche Gefallene Welten, auf denen Despotie und Chaos herrschen, auf denen sich all die schlechten Eigenschaften des Menschen frei entfalten können. Dort lauert unsere Vergangenheit, dazu bereit, wieder Gegenwart und Zukunft zu werden.

»Es ist eine Situation, für die wir keine Verantwortung tragen, Exzellenz«, sagte Cuaresma. Das letzte Wort erinnerte Rahil an etwas. »Nicht wir haben das Artefakt geschaffen. Nicht wir haben es nach Heraklon geschickt.«

»Worauf wollen Sie hinaus?«, fragte der gnomartige Leskovar und blinzelte träge.

»Unsere Probleme gehen auf eine außer Kontrolle geratene Superschmiede zurück«, sagte Duxbery. »Das ist primäre Technik. Jemand hat sie nach Heraklon geschickt.«

»Es steht keineswegs fest, dass es sich um eine Superschmiede handelt«, warf der Krion ein. »Bisher sind das nichts weiter als Spekulationen.«

Cuaresma nickte. »In der Tat, Exzellenz. Deshalb möchten wir …« Er vollführte eine Geste, die den Personen auf seiner Seite des ovalen Tisches galt, unter ihnen auch Rahil. »… Sie nach Heraklon einladen, damit Sie sich selbst ein Bild von den Entwicklungen machen können.«

»Zu der vor fast sechshundert Jahren mit Ihnen getroffenen Vereinbarung gehört, dass wir Beobachter bleiben und keinen Einfluss, von welcher Art auch immer, auf Ihre Angelegenheiten nehmen.«

Von dem Gesserat kam ein grollendes Geräusch, vielleicht ein Räuspern, und er drehte langsam den pelzbesetzten Kopf. »Sie bitten uns, das Artefakt für Sie … unschädlich zu machen?«

Die Wortwahl erstaunte Rahil ein wenig.

»Ich bin im Norden von Heraklon beim Artefakt gewesen«, sagte er und stand auf. »Ich habe das Objekt berührt und etwas darin gefühlt.«

»Was haben Sie gefühlt, Missionar Tennerit?«, fragte der Gesserat.

»Eine … Präsenz.« Vertraut und doch fremdartig, fügte er in Gedanken hinzu. »Etwas Lebendiges befindet sich in dem Artefakt.«

»Etwas Lebendiges?« Der Blick des Gesserat, ruhig und tief, hatte etwas Hypnotisches, und Rahil lief Gefahr, sich darin zu verlieren.

»Ja. Ich glaube, das Artefakt kam nicht ohne Grund nach Heraklon. Es handelt sich um primäre Technik, und das bedeutet: Es steht in Zusammenhang mit den Hohen Mächten.«

»Glauben Sie vielleicht, *wir* hätten es nach Heraklon geschickt?«, fragte der kleine, bucklige Leskovar, und die Umrisse seiner Gestalt verschwammen kurz. Für einige Sekunden sah Rahil tausend andere Geschöpfe in einem vereint, Bilder, die sich gegenseitig überlagerten, wie die einzelnen, miteinander verbundenen Individuen einer fraktalen Existenz.

»Wir haben keinen Zugriff auf primäre Technik dieser Art«, sagte Rahil und vernahm dabei ein seltsames mentales Echo – eine andere Stimme, leise, weit im Hintergrund, schien seine Worte zu wiederholen. »Wer auch immer das Artefakt nach Heraklon geschickt hat: Offenbar stehen ihm die technischen Möglichkeiten der Hohen Mächte zur Verfügung. Wir wissen inzwischen, dass das Objekt aus der Zukunft kommt. Es heißt, Sie existieren in allen Zeiten. Sie müssten also wissen, wer hinter dem Artefakt steckt.«

»Rahil …«, mahnte Duxbery.

»Entweder wissen Sie es, oder Ihre Macht ist nicht so groß, wie es den Anschein hat.«

Stille folgte diesen Worten, ein Schweigen, das den gleichen Ernst zum Ausdruck brachte wie die steinernen Mienen der großen Statuen.

Der Glanz in den Facettenaugen des Krion veränderte sich, und seine langen, dünnen Gliedmaßen knackten, als er sich vorbeugte. »Was erdreisten Sie sich?«, sang er. »Hier haben wir ein Volk, das vor sechshundert Jahren einen Weltenbrand verursachte, der die ganze Galaxie bedrohte und den es nur mit unserer Hilfe eindämmen konnte. Ein Volk, dessen Geschichte zum größten Teil aus Kriegen, Schlachten und Gemetzeln besteht. Ein Volk, das noch immer nicht weiß, was Verantwortung bedeutet. Man fragt sich, was so viel dumme Vermessenheit mit dem Wissen der Kosmischen Enzyklopädie anrichten würde. Man fragt sich …«

»Wenn Sie sich das fragen, so habe ich eine Antwort für Sie. Mit dem Wissen der Kosmischen Enzyklopädie könnten wir vermutlich feststellen, woher das Artefakt kommt und von wem. Und wir wären imstande, es von Heraklon zu entfernen und damit die Gefahr von dem Planeten abzuwenden.«

»Mir scheint, die Gefahr betrifft nicht nur den Planeten«, sagte der Gesserat.

Auf dem Rücken des Krion knisterten rudimentäre Flügel. »Sie *wagen* es, mich zu unterbrechen?«, zirpte er, und seine Worte galten Rahil.

»Ich bitte Sie, ich bitte Sie, Exzellenzen.« Duxbery hob beide Hände, die ebenso faltig und runzlig waren wie das Gesicht des Greises. »Es mangelt uns gewiss nicht an Demut Ihnen gegenüber, und ich möchte versichern, dass wir außerordentlich dankbar sind für die Hilfe, die Sie vor sechs Jahrhunderten geleistet haben. Mit der gleichen Offenheit gestehe ich, dass wir noch einmal Ihre Hilfe brauchen, denn ich fürchte, Seine Exzellenz Jar Enhelian Gavira Enei Cropcor'al'Tentero az Halgewi hat recht. Die Gefahr betrifft nicht nur Heraklon, sondern geht weit darüber hinaus.«

Der Name des Gesserat berührte etwas in Rahil, eine Erinnerung, die nicht die Vergangenheit betraf, sondern ein in der Zukunft liegendes Ereignis, und Rahil fragte sich, ob er eine Bewusstseinsspaltung erlebte. Er beschloss, Lynton Hongeva Ayyad bei ihrer nächsten Zusammenkunft darauf anzusprechen. Vielleicht konnte der Psychomechaniker, der sein altes Trauma behandelte, dieses Rätsel lösen.

Der Krion lehnte sich wieder zurück. »Es ist die übliche Gefahr, die von der unreifen menschlichen Natur ausgeht: Habgier, Machthunger, Rücksichtslosigkeit. Menschen zerstören und töten, um ihre lächerlich banalen Ziele zu erreichen.«

»Wir haben versucht, alles geheim zu halten«, sagte Duxbery, und Rahil hörte, dass er sich um einen ruhigen, würdevollen Ton bemühte. Doch mithilfe der Femtomaschinen nahm er auch die Untertöne in der Stimme des Greises wahr, und die kündeten von wachsender Besorgnis. »Aber ich halte es für sehr wahrscheinlich, dass früher oder später die Gefallenen Welten von dem Artefakt erfahren. Eine Superschmiede, mit der sich *alles* herstellen lässt ... Für gewisse Kreise könnte die Versuchung zu groß sein.«

»Sie befürchten Krieg«, sagte der Leskovar.

»Und ein Krieg würde bedeuten, dass die Menschheit die Prüfung nicht bestanden hat«, fügte der Gesserat hinzu und sah erneut Rahil an, als wollte er ihm mehr mitteilen, als in den Worten allein zum Ausdruck kam.

»Wie der Missionar Tennerit bereits betont hat: Das Artefakt auf Heraklon, die Superschmiede, stammt nicht von uns«, sagte Duxbery. »Jemand mit Zugang zu primärer Technik hat es aus der Zukunft zu uns geschickt.«

»Zu Ihnen?«, fragte der Krion. »Das Artefakt erschien zehn Millionen Jahre in der Vergangenheit, zu einer Zeit, als es auf Heraklon noch kein intelligentes Leben gab. Und es war die ganze Zeit über inaktiv und völlig harmlos, bis die Menschen begannen, daran herumzupfuschen. Bis *Sie* es berührten, Missionar!«

»Jemand hat das Artefakt aus der Zukunft nach Heraklon geschickt, Exzellenzen, und allein dieser Umstand bedeutet nach den vor sechs Jahrhunderten getroffenen Vereinbarungen eine unzulässige Einmischung in unsere Angelegenheiten«, sagte Duxbery. »Wir bitten Sie, diesen Eingriff in die von uns eingeleiteten Entwicklungen rückgängig zu machen. Es gilt, einen Fehler zu korrigieren und die alte Situation wiederherzustellen.«

Der Gesserat kam einem Kommentar des Krion zuvor, stand auf und stützte sich dabei mit beiden großen Händen auf den leise knarrenden Tisch. »Ich danke Ihnen allen für Ihre Ausführungen. Es ist nicht nötig, dass wir noch mehr von Ihrer Zeit in Anspruch nehmen. Sie können an Bord Ihres Schiffes zurückkehren. Ich verspreche Ihnen, dass wir Ihnen unsere Entscheidung so bald wie möglich mitteilen werden.«

Plötzlich war der goldene Humanoide wieder da, wandte sich an Duxbery und deutete zur großen bronzenen Tür. »Wenn ich bitten darf …«

45

»Sie lassen uns lange warten«, sagte Rahil.

»Es sind erst zwei Stunden vergangen, Missionar«, erwiderte Cuaresma. »›So bald wie möglich‹ kann alles bedeuten, auch Tage oder Wochen.«

Duxbery, Cuaresma und Rahil saßen in einem Quartier des Shifters, das die Formspeicher in einen rustikalen Salon verwandelt hatten, in dem nur ein Kamin mit einem offenen Feuer fehlte. Ihre drei Sessel standen um einen rechteckigen Tisch, der aus massivem Holz zu bestehen schien und über dem ein dreidimensionales Projektionsfenster Ausblick auf den Hangar und ins All des künstlichen Universums gewährte. Sowohl Rahils Femtomaschinen als auch die Sensoren des Schiffes orteten keinen Atmosphärenschild in der Hangaröffnung, aber die Luft, die sie auf dem Weg zum Shifter geatmet hatten, konnte offenbar nicht entweichen.

Einige Dutzend Lichtjahre entfernt leuchteten neunhundertachtundneunzig weißgelbe Sonnen vom F-Typ, und genau in der Mitte des Kugelsternhaufens brannte eine kühlere Sonne vom Typ M. Je länger Rahil das von mehreren eingeblendeten Datenkolonnen begleitete Bild betrachtete, desto deutlicher gewann er den Eindruck von einer ganz besonderen und höchst komplexen Symmetrie, die nicht nur in der Anordnung der Sterne und in ihrer Anzahl zum Ausdruck kam, sondern auch in den relativen und absoluten Bewegungen sowie den energetischen Interaktionen zwischen ihnen. Die neunhundertneunundneunzig Sonnen vollführten einen langsamen Tanz im Takt einer Musik, deren Rhythmus von den Wechselwirkungen der Strahlungsenergie bestimmt wurde. Mithilfe der Femtomaschinen nahm Rahil die empfangenen Daten auf, und darunter befanden sich auch die letzten Berechnungen der Maint, wonach sich bestimmte energetische Rhythmen in Abständen von Jahrtausenden und Jahrhunderttausenden wiederholten. Zwischen den Rhythmusfolgen existierte eine mathematische Beziehung, ein Zusammenhang, wie es ihn auch zwischen den einzelnen Mustern eines Fraktals gab. In diesem Fall waren die Relationen so kompliziert, dass die Maschinenintelligenz des Shifters viele Jahre gebraucht hätte, um eine Gleichung zu entwickeln, die die Hauptkomponenten des interaktiven Geschehens in allen Strahlungsspektren berücksichtigte.

Ein Tanz, dachte Rahil. Fast tausend Sonnen tanzen auf der kosmischen Bühne eines Pocket-Universums, das sich mit einer Geschwindigkeit von nur wenigen Hundert Metern pro Sekunde ausdehnt. Es gibt keine Zuschauer, abgesehen von uns, und die Choreografen sind seit Jahrmillionen verschwunden. Aber das von ihnen geschaffene stellare Ballett setzt den Tanz fort, zu einer Musik, die nur Sonnen hören.

Sein Blick trank das Leuchten von fast tausend Sonnen. Musik, dachte er, und etwas regte sich in ihm, etwas, das sich auch in der Nähe des Artefakts geregt hatte, vor der Nacht des schwarzen Oktaeders, umgeben vom Eis in Heraklons Arktis. Ein Teil von ihm, der sonst immer schlief, schien zu erwachen und ihm neue Erkenntnisse zu ermöglichen, wie eine besondere Funktion der Femtomaschinen, die sein Bewusstsein über die Grenzen gewöhnlicher Erkenntnisfähigkeit hinausschob. Hatten die Exklusiven hier, in ihrem eigenen Kosmos, eine neue Art von Kosmischer Enzyklopädie geschaffen, einen Sphärengesang, der nicht nur ihr Wissen enthielt, sondern auch sie selbst?

In einem Moment atemberaubender geistiger Klarheit glaubte Rahil, die profunden Bedeutungstiefen in Anordnung, Bewegung, Leuchtkraft und Strahlungsmustern der neunhundertneunundneunzig Sonnen zu erkennen, und er begriff: Die Exklusiven hatten ihr Werk nicht unvollendet zurückgelassen, als sie verschwanden. In ihrem Universum hatte es nie Galaxien, Galaxienhaufen und dunkle Materie geben sollen. Von Anfang an war ein weitgehend statischer Kosmos geplant gewesen, mit nicht mehr als tausend Sternen minus einem. Jene Fremden, einst Teil der Hohen Mächte, hatten sich ein Denkmal gesetzt, das gleichzeitig eine Botschaft an die Welt und die Welten nach ihnen war. Eine Botschaft so komplex und gut verschlüsselt, dass nicht einmal die Krion, Leskovar, Gesserat und all die anderen Hohen Völker sie verstanden.

»Rahil?«, fragte Duxbery auf der anderen Seite des Tisches. »Ist alles in Ordnung mit Ihnen?«

Oder wussten die Hohen Mächte, was es mit der Hinterlassenschaft der Exklusiven auf sich hatte? So sehr Rahil ihn auch festzuhalten versuchte, der Moment der Klarheit ging zu Ende.

»Warum haben sie uns ausgerechnet hier empfangen?«, fragte er in die Stille des Salons. »Was glauben Sie?«

Der greise Duxbery seufzte tief und schwer. »Um ganz ehrlich zu sein … Ich weiß es nicht.«

»Um uns zu beeindrucken?«, erwiderte Cuaresma. Klein, hager und ernst saß er in einem Sessel, der für ihn viel zu groß zu sein schien. »Um uns zu sagen: So groß sind wir, und so klein seid ihr?«

Rahil deutete auf den Sternhaufen im holografischen Darstellungsbereich über dem Tisch. »Ich glaube, die Anordnung dieser Sonnen und ihre energetischen Wechselwirkungen codieren eine Botschaft, die ebenso komplex ist wie der Code der Kosmischen Enzyklopädie. Und ich glaube, die Hohen Mächte lassen uns, indem sie uns diesen Kosmos zeigen, ihrerseits eine Botschaft zukommen.«

»Interessant«, kommentierte Cuaresma nach kurzem Nachdenken. Er griff nach einem Glas, das violette Flüssigkeit enthielt, trank einen Schluck und setzte es wieder ab. »Und wie lautet die Botschaft, Missionar?«

»Wie kann ich das wissen?«, antwortete Rahil. »Ich bin nur ein Mensch.«

Neue Stille dehnte sich aus – im von den Formspeichern geschaffenen Salon hörte man nicht einmal das leise Summen der Shifter-Variatoren. Unter anderen Umständen hätte sich Rahil in sein eigenes Quartier zurückgezogen und die Maint gebeten, ihn mit dem Lied der Kosmischen Enzyklopädie zu verbinden. Es gab ihm Ruhe. Es lenkte ihn von anderen Gedanken ab, die immer wieder in ihm aufstiegen, oft begleitet von Bildern, die ihm ein Mädchen mit langem schwarzem Haar zeigten, zu einem Zopf geflochten. Es gab ihm das Gefühl, alles hinter sich lassen und jeden Ballast abstreifen zu können. Ich bin süchtig, dachte er in dem Schweigen, das zwei Männer mit ihm teilten. Auch darüber sollte ich mit Lynton Hongeva Ayyad reden.

Aber dann schlägt er vielleicht eine Therapie vor, um mich von der Sucht zu befreien. Aber will ich wirklich davon befreit werden?

* * *

»Dies alles ist nicht wichtig, mein Junge. Es ist nicht wichtig. Nimm die Erinnerungen in dich auf, aber verweile nicht bei unbedeutenden Einzelheiten.«

* * *

Was ist wichtig und was nicht?, dachte er und beobachtete die neunhundertneunundneunzig Sonnen. Vielleicht hatten die Exklusiven eine Antwort darauf gefunden. Vielleicht war es ihnen gelungen, das Wichtige vom Unwichtigen zu trennen und sich wahrer Bedeutung zu widmen.

Der Gedanke erschien ihm unsinnig, und er schaute argwöhnisch auf sein Glas, das ebenfalls violette Flüssigkeit enthielt. Gab es darin Substanzen, die berauschend wirken konnten? Selbst wenn das der Fall war: Seine Femtomaschinen hätten die entsprechenden Moleküle herausgefiltert und neutralisiert.

»Es lässt sich nicht vermeiden, dass die Gefallenen Welten vom Artefakt auf Heraklon erfahren«, sagte Cuaresma nach einer Weile. »Und wenn das geschieht, befürchte ich das Schlimmste.«

Duxbery seufzte erneut. »Es ist bereits geschehen. Bousqute und Principato haben offizielle Anfragen an die Ägide gerichtet. Man wirft uns Geheimniskrämerei vor. Von Burion und Larralde melden unsere Gesandten militärische Aktivitäten, die weit über das dortige normale Maß hinausgehen.«

»Aber sie wissen noch nicht, dass es sich um eine Super-schmiede handelt?«, fragte Rahil.

»Es ist nur eine Frage der Zeit. So etwas lässt sich nicht ge-heim halten, nicht auf Dauer.« Der Greis zögerte kurz. »Vor zwei Wochen haben wir am Rand des Konderla-Systems einen havarierten Segler gefunden.«

»Einen *Segler*? Nur sieben Lichtjahre von Heraklon entfernt?« Rahil fragte nicht, wieso er erst jetzt davon erfuhr. Er war nur Missionar, kein Kurator. Hinter den Kulissen geschahen viele Dinge, von denen er nichts wusste.

»Der Pilot lebte noch, und wir haben versucht, Informa-tionen von ihm zu gewinnen«, fuhr Duxbery fort. »Um nichts preiszugeben, setzte er seine zentralen biologischen Systeme dem Vakuum aus und starb.«

Um nichts preiszugeben, dachte Rahil. Um ein Geheimnis zu hüten. Welches Geheimnis?

»Falls bekannt wird, dass das Artefakt eine primäre Super-schmiede ist, die *alles* produzieren kann, wenn man ihr genug Energie und Basismasse zur Verfügung stellt, werden die Gefal-lenen Welten versuchen, sie in ihren Besitz zu bringen.« Und nicht nur die Gefallenen Welten, fügte er in Gedanken hinzu, sprach diese Worte aber nicht laut aus.

»Es wäre das Ende eines Traums«, sagte Cuaresma. »Es käme zu einem Krieg auf und um Heraklon, und die Hohen Mächte würden sich in knapp zwei Jahren gegen uns entscheiden.«

»Können wir das Artefakt nicht irgendwie von Heraklon ent-fernen?«

»Jetzt, nachdem es aktiv geworden ist?«, erwiderte Duxbery. »Die Hohen Mächte wären vermutlich dazu imstande, aber wir nicht. Der größte Teil des Artefakts steckt im Boden, eine Mas-se von ungefähr zweihunderttausend Tonnen, und bei ihren

Grabungen sind die Archäologen in einer Tiefe von wenigen Metern auf ein Hindernis gestoßen, das sich mit ihren Werkzeugen nicht durchdringen lässt.«

Die Worte fanden ein seltsames Echo in Rahil, als hätte er sie schon einmal gehört.

»Es konnten auch keine Proben von dem Objekt genommen werden. Es widersteht allen mechanischen Einwirkungsversuchen. Welche Geräte auch immer zum Einsatz gelangen, in der Oberfläche des Artefakts entstehen nicht einmal Kratzer. Selbst energetische Schneider sind nutzlos, denn ihre Energie wird absorbiert. Das gilt auch für die Sondierungsimpulse unserer Geräte: Sie reichen nur eins Komma vier Millimeter tief, bevor sie einfach verschwinden. Zuvor betrug die Temperatur des Objekts exakt eins Komma zwei eins neun Grad, und dabei spielte es keine Rolle, wie warm oder kalt es in seiner Nähe war oder wie viel Energie es absorbierte. Inzwischen ist die Temperatur auf neun Komma sieben Grad gestiegen, und nach den letzten Berichten kommt niemand näher als bis auf zehn Meter an den Oktaeder heran. Wie sollten wir unter solchen Umständen versuchen, das Artefakt ganz auszugraben und fortzubringen?«

Ping.

Der goldene Humanoide stand im Zimmer. »Meine Herren ... Ich bin beauftragt, Ihnen die Entscheidung mitzuteilen.«

Duxbery erhob sich. Der kleine Cuaresma und Rahil folgten seinem Beispiel.

»Die Hohen Mächte lehnen gemäß der vor sechshundert Jahren mit Ihnen getroffenen Vereinbarung ein direktes Eingreifen auf Heraklon ab. Sie werden zu gegebener Zeit Beobachter entsenden, vielleicht sogar eine Polis, um unmittelbare Eindrücke vom Geschehen zu gewinnen.«

»Wir sind nicht für das Artefakt verantwortlich«, sagte Cuaresma schnell. »Primäre haben es nach Heraklon geschickt und ...«

»Ende der Mitteilung«, verkündete der Goldene mit sanftem Gleichmut.

Ping.

Sie waren wieder allein.

Duxbery und Cuaresma wechselten einen Blick. »Damit bleibt uns nur noch Plan B«, sagte der Greis und sah Rahil an.

Die Kzosek-Frau betrat den Instrumentenraum des Shifters, der die aus Hunderten von schwarzen Blöcken bestehende Station der Exklusiven verließ, und blieb abwartend stehen. Rahil bemerkte Veränderungen an den Stoffstreifen ihrer Bekleidung; sie waren jetzt dunkler und untereinander durch dickere geflochtene Schnüre verbunden.

»Ich kann nicht behaupten, von diesem Auftrag begeistert zu sein«, sagte Rahil.

»Ich kenne Ihren persönlichen Hintergrund, Missionar Tennerit«, erklang die quietschende Stimme der Kzosek. »Zwei Frauen aus meinem Volk waren am Tod Ihrer Schwester beteiligt, und das bedaure ich sehr. Aber ich möchte Ihnen versichern, dass nicht alle Kzosek wie die Zwillinge sind, die sich Magda und Magdalena nannten. Ich habe einen Eid abgelegt, der mir etwas bedeutet. Ich bin der Ägide verpflichtet, wie Sie.«

Thresas Alter ließ sich kaum abschätzen, doch Stimme und Worte klangen jung.

»Es geht mir nicht um Sie«, log Rahil und beobachtete, um den Blick der Kzosek zu meiden, die Darstellungsfelder bei den virtuellen Kontrollen des Instrumentenraums. Der Shifter näherte sich einem Kickout, das ihn ins vertraute Raumzeit-Kontinuum zurückbringen sollte, nach Heraklon. »Ich bin von dem Auftrag nicht begeistert, weil ich ihn für sinnlos halte. Sie haben es selbst gesagt, Kurator: Niemand kommt mehr an das Artefakt heran. Die Ägide hätte viel früher handeln sollen.«

Duxbery nickte bedächtig. »Worauf Sie mehrmals hingewiesen haben, ich weiß. Aber mir scheint, dies ist unsere letzte Chance.«

»Um einen Krieg zu verhindern? Oder ihn zumindest von Heraklon fernzuhalten? Riegeln Sie das Lagoni-System ab, Kurator. Dazu ist es noch nicht zu spät. Ziehen Sie bei Heraklon eine Flotte zusammen. Rufen Sie den Notstand auf dem Planeten aus ...«

»Wir haben keine Jurisdiktion auf Heraklon, Rahil«, sagte Duxbery geduldig. »Nehmen Sie Platz, Thresa.« Er winkte, und das Gesteninterface aktivierte den Formspeicher. Ein Sessel wuchs vor der Kzosek aus dem Boden, und sie setzte sich. Rahil vermied es noch immer, sie anzusehen. »Und unser direktes Eingreifen verstieße gegen die mit den Hohen Mächten getroffenen Grundsatzvereinbarungen.«

»Die Superschmiede braucht einen Schmied«, sagte der ernste Cuaresma. »Thresa ist die Beste, die wir haben. Ein echtes Talent. Sie wurde fünf Jahre an den komplexesten Schmieden ausgebildet, die uns zur Verfügung stehen.«

»Und die lächerlich primitiv sind im Vergleich mit der Superschmiede auf Heraklon«, sagte Rahil. »Womit ich Ihre Fähigkeiten keineswegs infrage stellen möchte, Thresa.«

»Wir haben niemanden, der mit intuitiver Programmierung besser zurechtkommt als sie«, betonte Duxbery, und diesmal erklang etwas mehr Nachdruck in seiner Stimme. »Es gibt niemanden, der auf diese Situation besser vorbereitet wäre.«

Rahil musterte den Kurator aufmerksam. »Die Ägide hat sie für einen Fall wie diesen ausgebildet? Gibt es da etwas, das Sie mir verschwiegen haben?«

Duxbery überlegte einige Sekunden. »Die Ägide hat ein … spezielles Programm«, sagte er schließlich. »Es fördert gewisse Talente wie Thresa.«

»Schmiede?«

»Unter anderem, ja. Für den Fall, dass uns eine der besonders leistungsfähigen polychromen Schmieden in die Hände fällt, wie die Hohen Mächte sie in ihren Poleis verwenden.«

Dies ist eine der vielen Absonderlichkeiten hinter den Kulissen, dachte Rahil. Als zehnjähriger Junge, der in eine junge Missionarin mit Sommersprossen vernarrt gewesen war – obwohl ein zehnjähriger Knabe angeblich keine Frau lieben konnte –, hatte er die Ägide für ein Ideal gehalten. Doch in den vergangenen Jahrzehnten hatte sich der Glanz dieses Ideals immer mehr getrübt, und er wusste längst: Alles von Menschen geschaffene hatte seine hellen und dunklen Seiten. Gut und Böse waren, im besten Fall, so gemischt, dass das Gute dominierte, aber das Böse, die dunkle Seite, fehlte nie ganz.

»Sie haben vom Artefakt gewusst?«

»Nein«, sagte Duxbery. »Aber wir hofften, eines Tages Gelegenheit zu bekommen, eine polychrome Hochleistungsschmiede zu untersuchen.«

»Zu untersuchen«, murmelte Rahil. Lauter sagte er: »Wir sind genau wie die anderen. Läuft es darauf hinaus, Kurator? Auch wir haben es auf das Artefakt abgesehen.«

»Rahil …«

»Vielleicht haben uns die Hohen Mächte deshalb in jenem Pocket-Universum empfangen. Um uns darauf hinzuweisen, was Vermessenheit bedeutet.«

»Wir müssen verhindern, dass das Artefakt in die falschen Hände gerät, Missionar Tennerit«, sagte Cuaresma ernst.

»Wohingegen unsere Hände die richtigen sind, nicht wahr?«

»Zweifeln Sie daran, Rahil?«, fragte Duxbery sanft. »Zweifeln Sie an unseren Zielen?«

Die Femtomaschinen hatten inzwischen das emotionale Gleichgewicht wiederhergestellt, und der Zynismus verschwand aus Rahil. »Nein, ich zweifle nicht an unseren Zielen, Kurator. Ich zweifle an den Methoden.«

Das Kickout nahm den Shifter auf, und Nacht umschloss das kleine Raumschiff, die Schwärze eines Transitmediums, das nichts mit dem M-Raum zu tun hatte.

Rahil erinnerte sich an die Schwierigkeiten, mit denen er es während seines letzten Aufenthalts auf Heraklon zu tun bekommen hatte.

»Ich brauche Sondervollmachten, um alle Hindernisse aus dem Weg zu räumen.«

»Sie möchten Exekutor werden?«

»Vielleicht muss ich Entscheidungen treffen, die einen solchen Status verlangen.«

Duxbery und Cuaresma wechselten erneut einen Blick wie zuvor, während des Wartens in der Station der Exklusiven.

»Dazu ist es zu früh, Rahil«, sagte der greise Kurator. »Bringen Sie Thresa als Missionar zum Artefakt auf Heraklon. Unsere Niederlassungen auf dem Planeten werden Sie unterstützen.«

Rahil stand auf. Ein neuer Einsatz wartete auf ihn. Die Pflicht rief, und die Pflicht war wichtig. Sie gab ihm Halt. »Ich nehme an, das ist alles.«

»Noch nicht ganz.« Duxbery blieb sitzen und blickte zu Rahil hoch. »Auf Heraklon sind Mittelsmänner der Gefallenen Welten tätig, und wir glauben, dass sie einer geheimen Organisation angehören, deren Ziel es ist, das Artefakt in Besitz zu nehmen.«

»Wie denn?«, entfuhr es Rahil, und er lachte humorlos. »Nicht einmal wir wissen, wie man das anstellt, und wir sind die Ägide.«

»Ich schaffe es«, warf Thresa mit quietschender Stimme ein. »Ich bin so gut vorbereitet, wie es möglich ist, Missionar Tennerit. Ich kenne mich mit Schmieden aus, insbesondere mit polychromen, und ich weiß, worauf es bei der Programmierung ankommt. Wenn ich es schaffe, ins Innere des Artefakts zu gelangen, kann ich es unter Kontrolle bringen.«

»An der Organisation auf Heraklon ist das Dutzend beteiligt, Missionar«, betonte der kleine Cuaresma.

Und so holt mich die Vergangenheit ein, dachte Rahil.

»Wir verlassen uns auf Sie, Rahil«, sagte Duxbery. Er stand auf und streckte die Hand aus. »Ich wünsche Ihnen viel Glück.«

Rahil drehte sich um, ging wortlos an der Kzosek-Frau vorbei und verließ den Instrumentenraum.

Als er sein Quartier betrat, erwartete ihn dort jemand.

»Bitte entschuldigen Sie«, sagte der Gesserat, der in der Station der Exklusiven auf der anderen Seite des ovalen Tisches gesessen hatte. »Ich weiß, dass ihr Menschen Wert auf etwas legt, das ihr ›Privatsphäre‹ nennt, und in die bin ich gerade eingedrungen. Es tut mir leid.«

Was machen Sie hier?, wollte Rahil fragen. Wie kommen Sie hierher? Aber es waren dumme Fragen, und deshalb schwieg er.

»Es mögen dumme Fragen sein, aber sie haben durchaus ihre Berechtigung, Rahil Tennerit«, sagte der Gesserat. Er saß in einem Formspeicher-Sessel, zurückgelehnt, die pelzigen Beine übereinandergeschlagen. Eine Art Uniformrock bedeckte ihn bis zu den Knien, und darin bewegten sich bunte Fäden wie dünne Schlangen. »Was ich hier mache? Ich habe auf Sie gewartet, weil ich einige Worte an Sie richten möchte. Und wie ich hierhergekommen bin? Nun, wir haben Mittel und Wege.«

Rahil blieb stehen. Konnte der Gesserat seine Gedanken lesen?

»Ich errate sie, Rahil Tennerit. Die Reaktionsmuster der Menschen und die damit in Zusammenhang stehenden mentalen Vorgänge sind sehr einfach.«

Er hat einen langen, komplizierten Namen, und ich habe es nicht für nötig gehalten, ihn mir zu merken. »Ich bedauere, aber …«

»Mein Name lautet Jar Enhelian Gavira Enei Cropcor'al' Tentero az Halgewi, aber Sie können mich Zacharias nennen. Das ist einfacher für Sie.«

»Zacharias?«

Der Gesserat gab ein Geräusch von sich, das nach einem Seufzen klang. »Ich werde diese Worte noch einmal an Sie richten, und Sie werden ebenso reagieren wie jetzt. Es ist erstaunlich. Gewisse Dinge scheinen im Gefüge dieses Universums festgeschrieben zu sein.«

»Was?«

»Schon gut.« Der Gesserat stand mit einer überraschend geschmeidigen Bewegung auf, und hinter ihm sank der Formspeicher-Sessel in den Boden. »Wie Sie wissen, ist uns nach der vor sechshundert Jahren getroffenen Grundsatzvereinbarung ein direktes Eingreifen nicht möglich. Und selbst wenn es diese Vereinbarung nicht gäbe: Die Hohen Mächte haben einen Beschluss gefasst, auf Drängen der Krion, wie ich hinzufügen möchte.« Diesen Worten folgte ein Geräusch, in dem Rahil fast so etwas wie Geringschätzung zu hören glaubte. »Aber dieser Beschluss hindert mich nicht daran, Ihnen einen Rat zu geben.«

»Sie wissen, was geschieht«, sagte Rahil, dessen Gedanken sich beschleunigten, auch ohne Stimulation durch die Femtomaschinen.

»Natürlich weiß ich das.«

»Können Sie …«

»Nein, ich kann Ihnen nicht die Hintergründe erklären.« Der Gesserat trat zwei Schritte näher, und sein Blick hielt Rahil fest. »Aber ich kann Ihnen dies sagen: Der Schein trügt, Missionar. Auf Heraklon geschieht mehr, als es für Sie den Anschein hat. Lüge und Wahrheit sind noch schwerer zu unterscheiden als sonst.« Der Gesserat zögerte, und Rahil fragte sich, ob er nach Worten suchte. »Wenn Sie in Schwierigkeiten geraten, Rahil Tennerit … Wenden Sie sich an den Verwahrer Äguizabel in Lautaret.«

»In Lautaret? Bei den Vogelmenschen?«

»Ja. Er verdient Ihr Vertrauen.«

»Das ist alles?«, fragte Rahil, als der Gesserat schwieg. »Mehr können Sie mir nicht sagen?«

»Die Krion würden behaupten, dass ich Ihnen schon zu viel gesagt habe«, erwiderte der Gesserat. »Aber die Krion sind … Nun, lassen wir das. Ich wünsche Ihnen viel Glück, Rahil Tennerit.«

»Warten Sie! Ich …«

Mit einem leisen Fauchen strömte Luft in die Leere, wo eben noch der Gesserat gestanden hatte, und wenige Sekunden später verkündete die Maint des Shifters:

»Wir haben Heraklon erreicht. Der Pluszeit-Transit hat einen Monat reale Zeit in Anspruch genommen.«

Hier spricht die Zeit
Und flüstert von Ewigkeit.

(SECHS MONATE ZUVOR)

MUNRAHA

46

»Wir haben Sie eher erwartet«, sagte Jerom Ellworth, Botschafter der Ägide in Couron, der Hauptstadt von Munraha.

»Die Hohen Mächte haben uns einen Monat gestohlen«,
erwiderte Rahil.

»Gestohlen?«

Der Botschafter war ein würdevoll wirkender alter Mann,
der hinter dem wuchtigen Schreibtisch aus massivem Holz
klein und fragil wirkte und trotz der Hitze eine Jacke mit
hohem Kragen trug, daran die Embleme der Ägide. Mit den
Femtomaschinen und der Rüstung, die sich vor einigen Stunden Körper und Stoffwechsel angepasst hatte, stellten die hohen Temperaturen kein Problem für Rahil dar, aber die neben
ihm sitzende Thresa, noch nicht mit einer Rüstung ausgestattet, litt ganz offensichtlich, obwohl sie nur wenige Stoffstreifen trug. Rahil versuchte sich daran zu erinnern, ob Mag-

da und Magdalena ebenfalls so empfindlich auf Hitze reagiert hatten.

Hinter dem Botschafter stand das breite Fenster offen, und die Sonne brannte herein. Eine leichte Brise brachte keine Erleichterung, sondern trug kochende Luft ins Zimmer. Für Ellworth schien es noch nicht warm genug zu sein, denn er zog den Kragen seiner Jacke höher, als der hereinwehende Wind etwas stärker wurde.

»Wir haben uns mit ihren Repräsentanten getroffen«, sagte Rahil. »An einem besonderen Ort. Die Rückkehr durch ein Kickout kostete uns einen Monat Pluszeit.«

»Ich verstehe«, sagte Ellworth, und vielleicht verstand er wirklich, was Rahil meinte. Er wirkte kompetent: ein Mann, alt und erfahren genug, um verborgene Bedeutungen hinter Worten und Gesten zu erkennen. »Ich nehme an, wir können nicht mit ihrer Hilfe rechnen.«

Das Treffen mit den Legaten der Hohen Mächte war von der Ägide als geheim klassifiziert worden, und sowohl Duxbery als auch Cuaresma hatten Rahil ausdrücklich aufgefordert, nichts verlauten zu lassen. Trotzdem antwortete er: »Nein, das können wir nicht. Wie ist die Lage im Norden, Botschafter? Was erwartet uns dort?«

»Ich weiß es nicht«, sagte Ellworth. »Die Kommunikationsverbindungen sind seit zwei Wochen unterbrochen.«

»Was ist mit unseren Satelliten?«

»Sie liefern keine Daten mehr, Missionar Tennerit. Das arktische Tal, in dem sich das Artefakt befindet, absorbiert alle elektromagnetischen Signale. Unsere Augen im All können nicht mehr beobachten, was dort geschieht. Einige von dort zurückkehrende Einheimische berichten von ›verschwundenem Land‹.«

»Es könnte bedeuten, dass die aktiv gewordene Superschmiede damit begonnen hat, die Materie in ihrer Umgebung als Basismasse zu verwenden«, sagte Thresa mit quietschender Stimme. Sie hielt einen Stoffstreifen in der Hand und wischte sich damit Schweiß von der Stirn.

Rahil erinnerte sich daran, es gefühlt zu haben: das Erwachen und den Hunger des Objekts.

»Sie glauben, das Artefakt produziert etwas?«, fragte Ellworth und brachte es auf den Punkt. »Was?«

»Das kann ich nur feststellen, wenn ich mir Zugang verschafft habe.«

»Das dürfte alles andere als leicht sein«, entgegnete der Botschafter. »Wie ich hörte, kann sich niemand mehr dem Artefakt nähern.«

»Zum Glück ist die betreffende Region dünn besiedelt«, sagte Rahil. »Ich schlage vor, sie umgehend zu evakuieren.«

»Ich habe entsprechende Maßnahmen eingeleitet, soweit es unser Personal betrifft. Und gestern bin ich bei der Ersten Mutter vorstellig geworden und habe ihr nahegelegt, die Siedlungen im äußersten Norden von Munraha zu räumen. Vorsorglich.« Er atmete tief durch. »Der Umgang mit ihr ist … nicht leicht, wie Sie heute Nachmittag selbst erfahren werden. Um ganz ehrlich zu sein: Ich bin froh, dass ich in zwei Wochen abberufen werde. Ich habe dem Kuratorium dringend geraten, eine Frau als Nachfolgerin für mich auszuwählen. Frauen haben es hier leichter.«

»Die Erste Mutter erwartet uns?«, fragte Rahil erstaunt.

»In drei Stunden«, sagte Ellworth und zog erneut am Kragen der Jacke. Seine Stirn war völlig trocken, im Gegensatz zu der von Thresa.

»Wir sollten sofort aufbrechen. Mit einem Atmosphärenwagen, der nicht der Interdiktion unterliegt.«

Ellworth nickte. »Es steht einer für Sie bereit. Aber ich fürchte, Sie werden einen Passagier mitnehmen müssen. Die Erste Mutter hat sich nicht ganz klar ausgedrückt, doch nach sieben Jahren kenne ich sie gut genug. Ich nehme an, sie will Ihnen eine Aufpasserin mitgeben.«

»Ich hatte gehofft, dass Sie uns dabei helfen können, Hindernisse aus dem Weg zu räumen, zumindest die bürokratischen«, sagte Rahil mit der neutralen Bestimmtheit, die ihm Femtomaschinen und Rüstung gaben. »Zusätzliche Probleme habe ich gewiss nicht erwartet.«

»Es tut mir leid, Missionar Tennerit. Die Ägide ist verpflichtet, die territorialen Hoheitsrechte des Nationalstaats Munraha zu respektieren, und das Artefakt befindet sich auf munrahanischem Boden.« Glockenschläge hallten durchs offene Fenster. Ellworth blickte kurz nach draußen und beugte sich dann ein wenig vor. »Die Krise hat begonnen. Die ersten Nationalstaaten von Heraklon – unter ihnen Applonia, Borreta, Dappvala, Hantronia und Munraha – haben die Bedeutung des Artefakts erkannt und beabsichtigen offenbar, es als Faustpfand gegen Bruch-Gemeinschaft und Ägide zu verwenden.«

»Was ist ein Faustpfand?«, fragte Thresa und hob erneut den Stoffstreifen zu ihrem Gesicht. Es schien ihr nicht besonders gut zu gehen, und Rahil fragte sich, ob sie, im Gegensatz zu ihm, auf einen primären, nicht der Interdiktion unterliegenden Mikrogravitator verzichtet hatte.

»Sie wissen, dass sich die Ägide für das Artefakt interessiert«, erklärte der Botschafter. »Und sie haben erfahren, dass es auch einige Gefallene Welten darauf abgesehen haben. Sie wollen es einsetzen, um Druck auszuüben und mehr moderne Technik von der Bruch-Gemeinschaft und Ägide zu fordern.«

»Der Zank geht los«, kommentierte Rahil.

»Ja. Das Kuratorium musste die Erste Mutter von Ihrer Mission informieren, und sie will diese Situation zu ihrem Vorteil nutzen. Sind Sie mit dem hiesigen Matriarchat vertraut, Missionar?«

»Ich verfüge über die notwendigen Informationen«, erwiderte Rahil und meinte die Daten in den Speichern der zerebralen Schaltkreise.

»Auf einer rein theoretischen Basis, nehme ich an.« Ellworth lehnte sich wieder zurück. »Sie sind der Leiter dieser Mission, aber wenn ich Ihnen einen guten Rat geben darf: Erwecken Sie der Ersten Mutter gegenüber den Eindruck, als hätte Thresa alles in der Hand.«

»Damit habe ich kein Problem«, sagte Rahil, obwohl er sehr wohl ein Problem damit hatte.

»Gut. Wenn ich Ihnen sonst irgendwie behilflich sein kann ...«

»Vielleicht«, sagte Rahil. »Cuaresma, Gesandter der Unionskonferenz, wies auf die Existenz einer geheimen Organisation hin, die auf Heraklon tätig sein soll und der Mittelsmänner der Gefallenen Welten angehören. Das Dutzend ist angeblich ebenfalls beteiligt.«

»Soweit wir wissen, spielt das Dutzend sogar die maßgebliche Rolle, Missionar Tennerit. Die Fädenzieher stammen von den Trabanten des Gasriesen Cambronne. Wir nehmen an, dass an den letzten nach Norden aufgebrochenen Expeditionen auch Agenten der Gefallenen Welten beteiligt sind.«

»Namen können Sie keine nennen?«, fragte Rahil und spürte trotz der emotionalen Kontrolle eine Unruhe, die zwar vage blieb, deren Wurzeln er aber gut kannte.

»Ich verstehe Sie, Missionar Tennerit«, sagte Ellworth langsam. »Ich weiß, was Sie meinen. Nein, Namen kann ich Ihnen leider nicht nennen. Nichts deutet auf eine direkte Beteiligung der Tennerits von Caina hin.« Er zögerte kurz. »Ich nehme an, Sie wissen von dem Krieg, zu dem es vor knapp hundert Jahren im Dutzend kam.«

»Ich weiß, dass ein Krieg stattfand, aber Einzelheiten sind mir nicht bekannt. Damals, als ich zur Ägide kam, habe ich einen Schlussstrich unter meine Vergangenheit gezogen.«

»Auch das verstehe ich, Missionar. Wenn es Ihnen weiterhilft … und wenn es Sie beruhigt: Hinter den auf Heraklon operierenden Mittelsmännern der Gefallenen Welten und insbesondere des Dutzends steht jemand, der ›Eminenz‹ genannt wird. Und nein, es ist nicht Ihr Vater. Er starb vor siebenundachtzig Jahren.«

Vor siebenundachtzig Jahren. Rahil saß im Büro des Botschafters und spürte deutlich, wie der Wind heiße Mittagsluft durchs Fenster trug, aber er hatte plötzlich das Gefühl, auch noch an einem anderen Ort zu sein, von dem ihn Distanz und Zeit trennten.

»Ich kann Ihnen nur raten, vorsichtig zu sein und Personen, die Sie nicht kennen, mit gesundem Misstrauen zu begegnen«, fügte Ellworth hinzu.

Der Schein trügt, erinnerte sich Rahil an die mahnenden Worte des Gesserat.

Er stand auf. »Ich danke Ihnen, Botschafter. Wenn wir uns jetzt die Ausrüstung ansehen könnten …«

Die Hitze lastete schwer auf der weißen Stadt Couron und flimmerte über den Steinen des Platzes. Rahil und Thresa versuchten, so lange wie möglich im Schatten zu bleiben, aber um das Mutterhaus zu erreichen, mussten sie den Platz überqueren, und dort waren sie der Sonne ausgesetzt, die zwar nicht mehr im Zenit stand, aber noch immer gnadenlos vom Himmel brannte.

Seit sie die Botschaft der Ägide verlassen hatten, achtete Rahil darauf, immer mindestens einen Schritt hinter Thresa zu gehen und den Kopf wie demütig zu senken, wenn sie anderen Frauen begegneten. Thresa trug inzwischen eine Rüstung, ein einfaches Modell, dessen regenerative Fähigkeiten begrenzt waren und das hauptsächlich dazu diente, ihr eine schnelle Anpassung an Hitze und Kälte zu ermöglichen. Außerdem waren sie beide mit primären Neutralisatoren ausgestattet, auf ihre Biosignaturen fixiert und dazu imstande, die absolute Interdiktion, die auf Heraklon den Einsatz von Technik oberhalb der Stufe vier unmöglich machte, in eine selektive zu verwandeln. Es gab sogar eine Kommunikationsverbindung zwischen den beiden Rüstungen – sie konnten sich ohne Worte verständigen.

In bunte Gewänder gekleidete Frauen saßen im Schatten der Bogengänge und Arkaden am Rand des großen Platzes, tranken kühle Getränke und ließen sich von Männern bedienen, die weite graue Hemden und Hosen trugen. Rahil sah sie nur aus dem Augenwinkel, aber er bemerkte die flachen, manchmal irgendwie unfertig wirkenden Gesichter, hauptsächlich bei den Männern, was ihn daran erinnerte, dass sie es hier mit Polymorphen zu tun hatten.

Vor ihnen ragte das Mutterhaus auf, ein mehrstöckiger Palast, gesäumt von sechzehn Säulen aus schneeweißem Marmor. Wie Stein gewordene Arme ragten sie auf, und die Hände trugen eine Kuppel aus fototropem Glas, das im Gleißen der Nachmittagssonne dunkel geworden war. Zwischen den Säulen standen groteske Gestalten, die Rahil zunächst für bunt bemalte Statuen von Fabelwesen hielt, bis sich die beiden rechts und links neben dem Eingang bewegten, als er Thresa zum breiten Eingang folgte. Es waren polymorphe Wächter, bewaffnet mit Lanzen und Speeren, und sie deuteten eine Verbeugung an.

Drinnen summten Klimaanlagen, mit Elektrizität betrieben, die von der Ägide konzipierte Wind- und geothermische Kraftwerke außerhalb der Stadt lieferten. Eine Frau in einem langen türkisfarbenen Gewand trat ihnen entgegen.

»Willkommen«, sagte sie. Ihr Gruß galt allein Thresa. »Die Erste Mutter erwartet Sie bereits.«

Sie gingen durch einen langen, kühlen Flur mit kleineren Säulen zu beiden Seiten, wie die großen draußen aus dem Boden wachsenden Armen nachempfunden, deren Hände die Decke zu stützen schienen. Die Frauen, denen sie unterwegs begegneten, grüßten respektvoll, und die Männer wichen stumm beiseite und hielten wie Rahil den Kopf gesenkt. Sie kamen an zahlreichen Büros und Arbeitszimmern vorbei, und durch eine große geöffnete Doppeltür sah Rahil einen Tagungssaal mit einem Podium in der Mitte und kreisförmig ansteigenden Sitzreihen. Neben dem Eingang stand eine Frau in einem glitzernden Hosenanzug, in der rechten Hand eine Lanze, den Schaft auf den Boden gestützt. Sie bemerkte Rahils Blick und zischte.

»Was erdreistet er sich?«, übersetzte das Kommunikationssystem der Rüstung.

Die Wächterin hob ihre Lanze und wollte damit wie mit einem Stock zuschlagen, aber die Frau, die Thresa und Rahil in Empfang genommen hatte, hob die Hand und schüttelte den Kopf. »Auch er ist ein Gast der Ersten Mutter.«

Schließlich erreichten sie im rückwärtigen Teil des Mutterhauses einen Raum, der sich auf mehreren, untereinander durch Treppenstufen verbundenen Ebenen erstreckte. Ganz unten, in den Boden eingelassen, befand sich eine Bademulde aus Marmor, grün wie Jade, und darin lag eine Frau in goldener, ölig glänzender Flüssigkeit. Sie sah zu ihnen hoch und winkte.

»Kommen Sie, kommen Sie«, sagte die Erste Mutter von Munraha in fehlerfreiem Stellar.

Thresa und Rahil folgten der jungen Frau, die sie durch den Regierungspalast geführt hatte, und blieben am Rand des Beckens stehen.

»Du kannst gehen, Linza«, sagte die Erste Mutter.

»Wie Sie wünschen.« Die junge Frau drehte sich um und eilte fort.

Die Regierungschefin von Munraha stand langsam auf, und ihre Bewegungen erinnerten Rahil an eine Katze, die sich streckte. Er hielt Kopf und Blick gesenkt, wie es das Protokoll erforderte, aber die Sensoren der Rüstung ermöglichten ihm, besser zu sehen als allein mit den Augen. Er beobachtete, wie das goldene Öl vom makellosen, perfekten Körper der Ersten Mutter rann und offenbar teilweise von der Haut aufgenommen wurde; als sie das lange, kastanienbraune Haar zurückstrich, war es plötzlich trocken und glatt. Sie schien nicht älter zu sein als vierzig oder höchstens fünfundvierzig, aber dieser Eindruck täuschte wie der Rest. Die großen grünen Augen in ihrem glatten Gesicht fingen das Licht der Kronleuchter an der hohen Decke ein und glänzten wie Edelsteine.

Sie trat die Stufen empor, die aus dem Becken führten, und kam näher, nackt wie sie war. Ihre Aufmerksamkeit galt allein Thresa. Rahil sah nicht einen Tropfen Öl an ihrem Leib, als sie vor der Kzosek stehen blieb, sie auf die Stirn küsste und kurz umarmte, bevor sie einen Schritt zurückwich.

»Ich grüße dich, Thresa«, sagte sie und sprach noch immer Stellar. »Eine wichtige Mission liegt vor dir, und ich freue mich über die Weisheit der Ägide, eine Frau damit zu beauftragen. Und dies ist …«

»Rahil Tennerit«, sagte Rahil. »Missionar der Ägide.«

»Ich habe keine Frage an ihn gerichtet.« Die Erste Mutter sah noch immer Thresa an. »Offenbar mangelt es ihm an Manieren, wie vielen Männern außerhalb der Grenzen unseres glücklichen Landes. Bist du sicher, dass er dir von Nutzen sein kann, wie deine Botschaft uns mitteilen ließ?«

»Er ist mein Assistent«, sagte Thresa. »Ich brauche seine Hilfe.«

»Nun, ich habe jemanden für dich, der dir dabei helfen kann, seine Frechheiten unter Kontrolle zu halten.« Die Erste Mutter wandte sich halb ab, und dabei veränderte sie sich. Aus dem Nichts kam ein Gewand und legte sich, am Hals beginnend, über ihren Körper. Es bestand aus silbernen Plättchen, die sich wie Schuppen überlappten und leise klirrten, als sie sich bewegte. Innerhalb von zwei oder drei Sekunden reichte das Gewand bis zu den Knien, und an den Füßen bildeten sich Sandalen, die ebenfalls wie Silber glänzten. Rahil wusste, dass beides Teil ihres Körpers war, lebendes Gewebe, dem die Erste Mutter eine andere Struktur gegeben hatte.

Sie klatschte in die Hände, und im hinteren Teil des großen Raums mit den Treppen wurde ein Vorhang beiseitegezogen. Eine junge Frau lief zum Becken, ohne auf die beiden Besucher zu achten. Sie hatte ebenfalls kastanienfarbenes Haar, fast so lang wie das der Ersten Mutter, und war ähnlich gekleidet, wenn man in diesem Zusammenhang von »Kleidung« sprechen konnte: in eine Art Kettenhemd, dessen silbriger Glanz auch bei ihr bis zu den Knien reichte.

Die beiden Frauen küssten sich auf die Stirn und umarmten sich. Erst dann wandte sich die jüngere Frau den Besuchern zu beziehungsweise der Besucherin – Rahil schenkte sie nicht die geringste Beachtung.

»Das ist die Missionarin, von der ich dir erzählt habe«, sagte die Erste Mutter. »Thresa von Kzosek. Und ihr Assistent, Rahil Tennerit. Thresa, meine erste Tochter Elisha.«

Die Tochter trat vor und umarmte Thresa, ohne ihr einen Kuss zu geben. Dann nickte sie Rahil zu, der noch immer den Kopf gesenkt hielt.

»Meine Tochter wird dich begleiten, Thresa«, verkündete die Erste Mutter. »So ist es mit der Botschaft der Ägide vereinbart. Wie ich hörte, bist du etwas, das man ›Schmied‹ nennt. Angeblich hast du die Möglichkeit, ins Artefakt zu gelangen. Du wirst meine Tochter ins Innere des Artefakts mitnehmen und ihr zeigen, wie es funktioniert.«

Auf keinen Fall, dachte Rahil, und das Kommunikationssystem der Rüstung übertrug die Worte für Thresa. *Es ist schlimm genug, dass wir einen Aufpasser bekommen, aber auf keinen Fall darf sie ins Artefakt!*

Als Thresa zögerte, fügte die Erste Mutter hinzu: »Das Artefakt befindet sich auf munrahanischem Territorium. Ich könnte der Ägide die Erlaubnis entziehen, Sie dorthin zu schicken.«

Ich fürchte, uns bleibt keine Wahl, empfing Rahil von der Kzosek. Laut sagte sie: »Selbstverständlich fügen wir uns Ihren Wünschen.«

»Bist du bereit, Elisha?«

Die jüngere Frau hob den Kopf. »Das bin ich, Mutter.«

»Nun, dann möchte ich dich nicht länger aufhalten, Missionarin. Mach dich mit meinem Segen auf den Weg.« Sie berührte die Kzosek kurz am Kopf, dort, wo der transparente Teil des Schädels begann, ließ die Hand dann wieder sinken.

Elisha ging bereits zum Ausgang, und Thresa und Rahil folgten ihr.

Sie hatten den großen Raum mit den Treppen und dem jade-grünen Badebecken gerade verlassen, als ein junger Mann aus einem Nebenzimmer gelaufen kam. Er schien achtzehn oder neunzehn Jahre alt zu sein, war von zierlicher Gestalt, trug eine weite braune Hose und eine bis zu den Knien reichende graue Hemdjacke. Hagere Arme mit langen, schmalen Händen ragten aus den Ärmeln. Das Gesicht war so flach wie bei allen Polymorphen, mit einer Nase, die nur einen kleinen Höcker bildete.

»Ich will mit!«, zischte er auf Tarit und blieb vor Elisha ste-hen. »Hast du gehört, Schwester? Ich will mit!« Er sah an ihr vorbei. »Bitte«, fuhr er fort und richtete einen trotzigen Blick auf Rahil, der so verblüfft war, dass er den Kopf hob. »Nehmen Sie mich mit. Munrahas Männer verlangen es von Ihnen!«

»Verschwinde«, fauchte Elisha. »Geh mir aus den Augen, Sammaccan.«

»Nein!« Der junge Mann namens Sammaccan versperrte seiner Schwester den Weg, reckte den Hals und blickte an ihr vorbei. »Sie sind von der Ägide. Es ist Ihre Pflicht, die Rechte aller zu achten. Bitte nehmen Sie mich mit!«, bettelte er. »Über-lassen Sie das Artefakt nicht den Frauen von Munraha. Geben Sie den unterdrückten Männern die Chance, sich endlich zu befreien!«

»Du bist unverschämt, Sammaccan!«, fauchte Elisha, und Rahil beobachtete, wie ihre Fingernägel für einige Sekunden zu Krallen wurden, sich dann wieder zurückbildeten. »Sein Ver-halten ist empörend«, sagte sie kühl und ahmte dabei den Ton-fall der Ersten Mutter nach. »Hat er völlig vergessen, was sich gehört?«

Sie winkte, und Wächterinnen eilten herbei, packten Sam-maccan an den Armen und zogen ihn fort. Er wehrte sich, zappelte und versuchte, die Gestalt zu verändern – eine Hand wurde zu einer Klaue, Reptilienschuppen erschienen im Gesicht, und die Augen bestanden plötzlich aus Dutzenden von blaugrünen Facetten –, aber die Wächterinnen schleiften ihn in ein Nebenzimmer und warfen die Tür hinter sich zu.

»Was geschieht mit ihm?«, fragte Rahil.

»Er hat zu schweigen, solange er nicht angesprochen wird«, erwiderte Elisha scharf.

»Was geschieht mit Ihrem Bruder?«, fragte die Kzosek-Frau.

»Er wird gemaßregelt, Thresa von Kzosek«, sagte Elisha und ging weiter. »Er hat es herausgefordert! Mein Bruder ist noch jung und wird hoffentlich lernen, sich zu fügen.« Sie deutete auf Rahil. »So wie es Ihr Assistent gelernt hat.«

Mir scheint, uns steht eine interessante Reise bevor, sendete Thresas Rüstung, als sie das Mutterhaus verließen und in die Hitze zurückkehrten. Bei der Botschaft der Ägide, nur zehn Gehminuten entfernt, wartete der Atmosphärenwagen, der sie nach Norden bringen sollte, zum Artefakt.

Es wird die eine oder andere Überraschung geben, prophezeite Rahil.

47

Eine Stunde lang schwieg Rahil und saß die meiste Zeit über mit gesenktem Kopf da, weder das eine noch das andere aus Demut der Munrahanerin gegenüber. Er nutzte die Zeit, um konzentriert nachzudenken, dank der neuronalen Stimulation unbelastet von Emotionen. Ihm ging es darum, ein klares Bild von der Situation zu gewinnen, sofern sie ihn und die Mission betraf, und dafür richtete er seine ganze Aufmerksamkeit nach innen, blendete alles andere aus. Während der Atmosphärenwagen nach Norden flog, gesteuert von einem Piloten der Ägide, während die beiden Frauen, die das kleine Passagierabteil mit ihm teilten, miteinander sprachen und draußen die Dämmerung begann, stellte er sich Fragen, und einige von ihnen lauteten: Wie ist die Lage beim Artefakt? Wieso absorbiert es alle elektromagnetischen Signale? Was hat es mit dem »verschwundenen Land« auf sich? Was ist mit der Barriere, die das Artefakt umgibt? Können wir die Superschmiede überhaupt erreichen? Und wenn es der Schmiedin tatsächlich gelingen sollte, ins Innere des Objekts zu gelangen … Wie soll ich verhindern, dass die Munrahanerin Zugang bekommt?

Eines stand fest: Er würde auf gar keinen Fall zulassen, dass die Erste Mutter mithilfe ihrer Tochter Zugriff auf oder gar Kontrolle über das Artefakt bekam. Aber wenn er gegen Elisha vorging, wenn er sie daran hinderte, ihren Auftrag wahrzunehmen, riskierte er eine Krise zwischen der Ägide und Munraha, einem der wichtigsten Nationalstaaten von Heraklon, der über großen Einfluss im Diplomatischen Rat verfügte. Doch das war immer noch besser als eine Superschmiede in den Händen einer Despotin, die damit nicht nur Macht über ganz Heraklon erlangen, sondern auch Ägide und Bruch-Gemeinschaft enorm unter Druck setzen konnte. In den Händen der Ersten Mutter wäre das Artefakt mehr als nur ein Faustpfand, dachte Rahil.

Für einen Moment – nicht länger, nur für einen Sekundenbruchteil; dann reagierten die Femtomaschinen und dämpften die emotionale Reaktion – spürte er das gewaltige Gewicht der Verantwortung. Die Entscheidung fällt hier, dachte er, und sie betrifft nicht nur das Artefakt. Es geht um die Zukunft der ganzen Menschheit. In weniger als zwei Jahren entscheiden die

Hohen Mächte, ob wir den Status von Sekundären erhalten und Zugang zur Kosmischen Enzyklopädie bekommen. Und in diesem Moment dachte er: Meine Schultern sind zu schmal und zu schwach für so viel Verantwortung.

Dann kehrten, von den Femtomaschinen stimuliert, Entschlossenheit und Pflichtbewusstsein zurück, und er dachte an seine unmittelbare Situation. Je länger er brauchte, um das Artefakt zu erreichen, je länger es dauerte, bis Thresa sich mit den Systemen der Superschmiede verbinden und sie programmieren konnte … Desto größer wurde die Gefahr, dass die auf Heraklon präsenten Einsatzgruppen der Gefallenen Welten gegen ihn aktiv wurden. Wussten sie bereits von seiner Mission? Waren sie ebenfalls auf dem Weg nach Norden, um zu verhindern, dass er das Artefakt erreichte? Spekulationen, konstatierte er. Überlegungen, die ihn nicht weiterbrachten. Wenn Widersacher unterwegs waren, so konnte er sie nicht aufhalten. Er konnte nur versuchen, schnell zu sein, möglichst wenig Zeit zu verlieren.

Einige Fragen ließen sich ganz oder zumindest teilweise beantworten. Das Artefakt absorbierte alle elektromagnetischen Signale, weil es Energie aufnahm. Es beschränkte sich nicht mehr darauf, seiner Umgebung Wärme zu entziehen. Es schluckte Strahlung aller Art, und das »verschwundene Land« deutete darauf hin, dass es auch damit begonnen hatte, die Materie seiner Umgebung als Energieträger zu verwenden. Das Artefakt beziehungsweise etwas in seinem Innern war erwacht, als Rahil es berührt hatte, und seitdem machte es … was? Was stellte es mit der aufgenommenen Energie an? Produzierte die Superschmiede etwas? Und wer steuerte die Produktion?

Er sah hoch, noch immer tief in Gedanken versunken, und musterte die Frau, die auf der anderen Seite des Passagierabteils neben Thresa saß. Elisha bemerkte seinen Blick, und Entrüstung erschien in ihrem Gesicht, das näher kam und sich veränderte. Die Augen wurden kleiner, grau und kühl.

* * *

Das heller werdende Licht der Morgendämmerung ließ den Schein der Polis am Himmel verblassen. Rahil saß auf einer Decke, den Rücken an einen Felsen gelehnt, und sah, nur einige Kilometer entfernt, die Ausläufer einer weißen Stadt, umhüllt von Dunstschwaden und einem sonderbaren Gespinst, das im Licht der aufgehenden Sonne glänzte.

»Was weiß der Gesserat, mein Sohn?«, fragte Coltan. Ihm gehörten die grauen, kalten Augen: seinem Vater. »Warum hat er dir den Rat gegeben, dich an Äguizabel zu wenden?«

Der Mann in der Ägide-Uniform, Joyce, saß in der Nähe und hörte aufmerksam zu. Hinter ihm hantierten die anderen Männer an den Steuerungsrotoren und Heliumtanks des Flugboots. Als Rahil den Kopf zur anderen Seite drehte, begegnete er dem Blick einer Frau mit kurzem schwarzen Haar und knochigem Gesicht. Delana hieß sie, erinnerte er sich. Und sie war Telepathin, belauschte seine Gedanken.

»Was ist passiert?«, brachte Rahil hervor und fragte sich, matt und benommen, wo Sammaccan war. Zunge und Lippen fühlten sich taub an, als gehörten sie jemand anderem.

»Kleine Trümmerstücke eines abstürzenden Seglers haben uns getroffen und das Flugboot beschädigt«, sagte Joyce.

»Es ist nicht weiter schlimm«, fügte Coltan hinzu. »Wir hatten ohnehin bei Couron landen wollen.« Er setzte seinem Sohn einen Becher an die Lippen, und Rahil trank durstig, ohne zu wissen, was der Becher enthielt. »Wir haben dort ein Depot.«

»Es dürfte nicht ganz leicht sein, es zu erreichen, Sire«, sagte Joyce und deutete zur weißen Stadt, über der sich der Dunst aufzulösen begann.

Rahil erinnerte sich an Hitze, an eine lodernde, brennende Sonne, aber inzwischen hatte sich die Hauptstadt von Munraha verändert. Das Weiß stammte nicht mehr nur von Gebäuden, sondern auch von Schnee, der sich auf und zwischen ihnen angesammelt hatte, und was dort im Licht des neuen Tages glitzerte, war Eis.

Aber nicht nur.

Ein Teil des Gespinstes, das sich über die weiße Stadt gelegt hatte, bestand aus filigranem Metall, und Rahil erkannte es trotz seiner Benommenheit als das Werk von Seglern: Akkumulatoren und Integratoren, die es auf die einfachen Datennetze der Stadt abgesehen hatten, und auf die viel komplexeren der Außenwelt-Botschaften, unter ihnen die der Ägide.

Rahil fröstelte, und sein Vater knöpfte ihm die gefütterte Jacke zu, die er trug. Er erinnerte sich nicht daran, sie angezogen zu haben.

»Hier sollte es eigentlich warm sein, aber es ist kalt«, sagte er.

»Der Einfluss des Artefakts reicht bis hierher, Junge«, erwiderte Coltan. »Die Luftströmungen haben sich geändert. Kalter Wind weht bis zum Äquator. In einigen Wochen wird es selbst dort schneien.«

»Bist du ... die Eminenz?«

Das über Rahil schwebende Gesicht mit den grauen Augen blieb ernst. »Ja, aber das spielt keine Rolle. Erinnere dich an den Gesserat. Was weiß er?«

Rahil spürte ein Prickeln im Nacken, als sich der Biomorph anschickte, weitere Erinnerungen zu übertragen.

Ein Gesserat, der Zacharias genannt werden wollte und ihm den Rat gegeben hatte, sich an einen Verwahrer namens Äguizabel zu wenden, wenn er in Schwierigkeiten geraten sollte.

»Was erwartest du?«, krächzte er. »Was sollte er wissen?«

»Das möchte ich von dir hören, mein Sohn.«

»Er hat keine weiteren Informationen, Sire«, sagte Delana.

Einer der Männer, die am Flugboot hantiert hatten, trat näher. Sonder-

bar laut und deutlich hörte Rahil, wie eisverkrustete kleine Steine unter seinen Sohlen knirschten. »Die Ausrüstung ist bereit, Sire.«

Coltan ergriff Rahils rechten Arm und zog ihn mit sanftem Nachdruck auf die Beine. »Komm, Junge. Es geht weiter. Im Depot steht ein Atmosphärenwagen, damit können wir das Artefakt in wenigen Stunden erreichen.«

Ein Atmosphärenwagen, dachte Rahil und erinnerte sich daran, in einem gesessen zu haben oder noch immer zu sitzen. In einem Wagen, der ebenfalls zum Artefakt unterwegs war.

»Es geht wieder los, Sire«, sagte Delana.

»Bleib mit ihm verbunden.«

»Ja, Sire.«

Das Bild vor Rahils Augen verschwamm und trübte sich. »Wenn du die ›Eminenz‹ bist, Vater ... Du bist vor siebenundachtzig Jahren im Dutzend gestorben.«

»Das hat ihm der Botschafter der Ägide in Couron mitgeteilt, vor sechs Monaten«, sagte Delana.

»Auch du bist gestorben und wiederauferstanden, mein Sohn.« Coltan führte Rahil über den Hang zur weißen Stadt, die sich unten zwischen den Hügeln erstreckte. »Sogar mehrmals.«

»Wer ist dein Helfer bei den Hohen Mächten, Eminenz?«, fragte Rahil und gab dem letzten Wort einen verächtlichen Klang.

»Welche Rolle spielt das für dich, Junge? Nur das Artefakt ist wichtig, und wir erreichen es bald. Daran solltest du denken. Daran solltest du dich erinnern.«

Rahil erinnerte sich, während das Bild vor seinen Augen immer undeutlicher wurde. »Ich habe etwas berührt. Etwas ist in dem Artefakt. Was befindet sich darin?«

Etwas anderes fiel ihm ein, als er, gestützt von seinem Vater, mühsam einen Fuß vor den anderen setzte. »Vor siebenundachtzig Jahren bist du gestorben. Und vor siebenundachtzig Jahren kam ein Schiff des Dutzends

nach Heraklon und brachte einen neuen Botschafter. Es flog auch nach
Norden, in die Arktis, zum Artefakt. Warum?«

»Weißt du das noch nicht?«, erwiderte Coltan. Seine Stimme wurde
leiser und schien aus der Ferne zu kommen, obwohl er direkt neben ihm
ging. »Delana?«

»Er weiß es wirklich nicht, Sire«, sagte Delana.

»Gibt es dich ein zweites Mal?«, fragte Rahil. »Haben dich deine
Freunde bei den Hohen Mächten zweimal oder noch öfter wiederaufersteh-
hen lassen?«

Nein, ausgeschlossen. Das Etwas im Artefakt hatte sich vertraut ange-
fühlt, aber nicht auf diese Weise vertraut.

Ein Gedanke kroch durch taube Verwirrung, vollkommen absurd,
und doch …

* * *

Ein Stab riss Rahil aus seinen Überlegungen, und er konnte den
Gedanken nicht festhalten. »Er hat mich nur anzusehen, wenn
ich ihn dazu auffordere!«, zischte die Tochter der Ersten Mutter.

Rahil stieß ihren Stab beiseite und stellte fest, dass sich das
Licht jenseits der Fenster des Atmosphärenwagens trübte. Die
Abenddämmerung konnte es nicht sein, dazu war es noch zu
früh. Reichte der Einfluss des Artefakts schon so weit in den
Süden?

Sein Blick blieb auf Elisha gerichtet, deren Gesicht sich vor
Empörung verfärbte. Sie wollte mit dem Stab ausholen, aber
Rahil hielt ihn fest und beobachtete, wie die Fingernägel am
anderen Ende zu Krallen wurden.

»Schluss damit, Teuerste.« Er war müde, trotz der Stimulierung durch die Femtomaschinen, und fragte sich, wann er zum
letzten Mal geschlafen hatte. Es dauerte noch einige Stunden,

bis sie das Artefakt erreichten, und diese Zeit sollten sie besser nutzen, Kraft zu schöpfen. »Sie befinden sich an Bord eines Atmosphärenwagens der Ägide, der in offizieller Mission unterwegs ist. Wissen Sie, was das bedeutet?«

»Welch eine Unverschämtheit!«, fauchte Elisha, und auch ihr Gesicht veränderte sich. Schuppen entstanden auf den Wangen, und die Nase wurde länger, schien bestrebt zu sein, sich in den Schnabel eines Vogels zu verwandeln. Mehr Muskeln wölbten sich an dem Arm, der den Stab hielt, aber Rahil ließ nicht los – die Rüstung und Millionen von winzigen Maschinen in seinem Körper gaben ihm genug Kraft.

»Es bedeutet, dass hier die Regeln der Ägide herrschen, Teuerste. Ob es Ihnen gefällt oder nicht: Ich bin der Leiter dieser Mission, Thresa ist meine Assistentin. Ich empfehle Ihnen dringend, sich zu benehmen.«

»Wie kann er es wagen, so freche Worte an mich zu richten! Ich bin die erste Tochter der Ersten Mutter und werde eines Tages das Oberhaupt von Munraha sein ...«

»Es ist mir völlig schnuppe, was Sie eines Tages sein werden«, unterbrach Rahil die erste Tochter. »Dies ist eine Mission der Ägide, und Sie haben sich an unsere Regeln zu halten, nicht wir an die Ihren.« Mit einem Ruck zerrte er Elisha den Stab aus der Hand und zerbrach ihn. Ein Splitter bohrte sich ihm in den Handballen. Rahil zog ihn heraus, und die Rüstung schloss die Wunde sofort. »Vielleicht werden Sie gar nichts sein, wenn unsere Mission scheitert, Elisha.«

»Du sprichst mich mit meinem Namen an? Du ...«

»Hören Sie endlich auf mit diesem Unfug!«, rief Rahil. Der Ägide-Pilot an den Kontrollen des Atmosphärenwagens drehte kurz den Kopf und konzentrierte sich dann wieder auf die Anzeigen. »Diese Sache geht weit über Ihren beschränkten Horizont und Munraha hinaus! Ganz Heraklon ist bedroht.« Die Kosmische Enzyklopädie erwähnte er nicht; damit hätte Elisha ohnehin nichts anzufangen gewusst.

Die Munrahanerin sprang auf. »Ich verlange, dass wir umkehren! Ich werde meiner Mutter Bericht erstatten und dafür sorgen, dass er bestraft wird.«

Rahil seufzte. »Thresa …«

»Wir kehren nicht um, Elisha«, sagte die Kzosek. »Wir fliegen zum Artefakt. Und Missionar Tennerit hat recht. Er leitet diese Mission. Wir haben uns seinen Anweisungen zu fügen.«

»*Ich* soll einem *Mann* gehorchen?«, fragte Elisha fassungslos.

Rahil zuckte die Schultern. »Wenn Ihnen das nicht passt … Etwa zweihundert Kilometer südlich des Tals mit dem Artefakt befindet sich eine vom Diplomatischen Rat eingerichtete arktische Station. Dort können wir Sie absetzen.«

»Ich werde mich beschweren!«, keifte Elisha. »Meine Mutter wird die Botschaft der Ägide schließen lassen. Wir …«

Rahil blendete Elishas Stimme aus, schloss die Augen und wies Femtomaschinen und Sensoren der Rüstung an, wachsam zu sein. Dann versuchte er zu schlafen.

48

Elisha entschied sich gegen die vom Diplomatischen Rat finanzierte arktische Station und blieb an Bord des Atmosphärenwagens, der vergleichsweise einfache Technik verwendete, trotz des primären Neutralisators, der ihn vor der Interdiktion schützte – es war eine Vorsichtsmaßnahme, die verhindern sollte, dass im Falle einer Havarie Technologie oberhalb der Stufe vier in die Hände der Einheimischen fiel. Die Munrahanerin schwieg, schmollte und warf Rahil immer wieder giftige Blicke zu, wenn er, nach seinem Erwachen einige Stunden später, etwas sagte, ohne von Thresa oder ihr angesprochen worden zu sein. Aber sie ließ sich nicht in der arktischen Station absetzen, was aus ihrer Sicht sehr klug war, denn so konnte sie zumindest beobachten, was beim Artefakt geschah, und darin bestand zumindest ein Teil ihres Auftrages. Sie würde allerdings keine Gelegenheit erhalten, auch dem anderen, wichtigeren Teil ihrer Mission gerecht zu werden – Rahil hatte nicht vor, sie ins Artefakt mitzunehmen, falls es der Kzosek tatsächlich gelang, einen Zugang zu schaffen.

Als die arktische Station des Diplomatischen Rats etwa fünfzig Kilometer hinter ihnen lag, gerieten sie in einen Schneesturm, und die Temperatur sank auf fast dreißig Grad unter null. Der Pilot bediente die mechanisch-elektronischen Kontrollen, hatte jedoch Probleme, die Fluglage des Atmosphärenwagens stabil zu halten. Einige Systeme reagierten träge, und er musste kompensieren. Thresa holte Messgeräte aus ihrem Rucksack und blickte auf die Anzeigen.

»Phasenübergänge«, sagte sie. »Wie an der Peripherie von fraktalgeometrischen Kickouts.«

»Überlappungszonen?«, fragte Rahil und formulierte einen gedanklichen Befehl, der seine Femtomaschinen neu justierte, damit sie ihr Funktionsgleichgewicht automatisch individuellen Fluktuationen und Ausfällen anpassten.

»Ja«, bestätigte Thresa, während Elisha böse starrte – es gefiel ihr nicht, nur zuzuhören und außerdem kaum zu verstehen, worüber die beiden sprachen. »Es sind deutliche Anzeichen einer Anomalie. Bei den Kickouts und Kickins ist die Überlappungszone einige Hundert Kilometer dick, und wir merken kaum etwas davon, weil ein Raumschiff nur wenige Sekunden braucht, wenn überhaupt, um sie zu durchfliegen und den Transittunnel zu erreichen.«

»Erzeugt das Artefakt ein Fraktal?«

»Das ist nicht auszuschließen, Missionar Tennerit.«

»Was bedeutet das?«, warf Elisha scharf ein. »Ich will wissen, worüber Sie reden.«

Rahil achtete nicht auf sie. »Ein Kickout oder Kickin«, sagte er. »Es könnte bedeuten, dass sich das Artefakt anschickt, eine Verbindung zu schaffen. Um etwas hierherzuholen?«

»Das sind Spekulationen«, erwiderte die Kzosek und veränderte die Einstellungen der Messgeräte. Eines von ihnen piepste leise. »Temporale Lateralenergie. Sehr schwach.«

Dieser Hinweis besorgte Rahil. Er warf einen Blick aus dem Fenster, obwohl es draußen außer Schneegestöber nichts zu sehen gab. »Könnte es zu Zeitverschiebungen kommen?« Er sprach seine Gedanken laut aus. »Das Artefakt kommt aus der Zukunft. Schickt es sich an, eine temporale Verbindung herzustellen?«

»Spekulationen«, wiederholte die Kzosek mit quietschender Stimme. »Fakt ist dies: Die Lateralenergie beeinträchtigt die Abschirmfelder unserer Neutralisatoren.«

Primäre Technik stört primäre Technik, dachte Rahil. Eine Erschütterung schüttelte den Atmosphärenwagen so heftig, dass sich Rahils Hände instinktiv fester um die Armlehnen schlossen.

»Die Kommunikation ist unterbrochen«, meldete der Pilot. »Wir empfangen keine externen Signale mehr, weder von den Satelliten noch von der Station.«

»Wie weit sind wir von ihr entfernt?«, fragte Rahil.

»Hundertfünfzig Kilometer.«

»Noch fünfzig Kilometer bis zum Tal mit dem Artefakt«, sagte Thresa und blieb auf die Anzeigen ihrer Messinstrumente konzentriert.

»Die automatische Navigation ist ausgefallen«, sagte der Pilot. »Ich muss manuell steuern. Die Systeme reagieren sehr träge.« Nach kurzem Zögern fügte er hinzu: »Ich weiß nicht, wie lange ich uns noch in der Luft halten kann.«

»Bringen Sie uns so nahe wie möglich ans Artefakt heran«, erwiderte Rahil und sah erneut aus dem Fenster. Der Schneesturm schien nachzulassen. Es tanzten weniger weiße Flocken; es war weder Tag noch Nacht – farbloses Grau lag über Schnee und Eis.

»Ich will wissen, was geschieht«, zischte Elisha. »Er soll es mir erklären, sofort.«

Wir sind allein, dachte Rahil, während er aus dem Fenster sah, und wieder hatte er das Gefühl, von den Ereignissen getrennt zu sein, wie ein Beobachter, den das Geschehen nicht direkt betraf. Eine Kzosek, ausgebildet an polychromen Schmieden, eine arrogante Munrahanerin und ich, Missionar der Ägide. Der einzige Missionar weit und breit. Obwohl es bei dieser Mission um die Zukunft der Menschheit geht. Wieso hat die Ägide nur mich geschickt? Wieso sind nicht längst ihre Besten im Einsatz, um Schaden von den Völkern der Menschen abzuwenden? Hat sie sonst niemanden geschickt, weil ich der Beste bin?

Das hielt Rahil für unsinnig. Er verfügte über jahrzehntelange Erfahrung, aber es gab Missionare, die weitaus mehr Erfolge vorzuweisen hatten.

Und doch sind nur wir hier, soweit wir wissen, dachte er und spürte eine neue Rejustierung seiner Femtomaschinen. Sie versuchten, auch weiterhin ihrer Programmierung gerecht zu werden, sein mental-emotionales Gleichgewicht zu schützen und ihm zu ermöglichen, ganz auf die Mission konzentriert zu bleiben. Doch die Anomalie, die das Artefakt umgab und sich ausdehnte, wirkte sich trotz der Neutralisatoren und Abschirmungen auf sie aus.

»Das globale Interdiktionsfeld wirkt hier praktisch nicht mehr«, sagte die Kzosek. Der Blick ihrer großen Augen blieb auf die Messinstrumente gerichtet. »In dieser Hinsicht funktioniert die Lateralenergie des Artefakts wie unsere Neutralisatoren.«

Wieder sprach Rahil einen Gedanken laut aus. »Könnte das der Grund sein? Schützt sich das Artefakt vor der Interdiktion?«

Eine zweite Erschütterung rüttelte den Atmosphärenwagen noch heftiger als die erste, und er legte sich auf die Seite. Die Tochter der Ersten Mutter von Munraha quiekte erschrocken und wäre fast aus ihrem Sessel gefallen. Das Triebwerk heulte auf, und in der Kanzel flogen die Hände des Piloten über die manuellen Kontrollen.

»Ich muss landen!«, rief er. »Andernfalls riskieren wir einen Absturz.«

Thresa schien die Ruhe selbst zu sein. »Ich glaube nicht, dass die Lateralenergie des Artefakts den Zweck verfolgt, das globale Interdiktionsfeld von Heraklon zu neutralisieren, Missionar Tennerit. Wahrscheinlich handelt es sich um eine Nebenwirkung. Ich vermute, sie kennzeichnet den Bereich, in dem die Transformation begonnen hat.« Sie sah kurz auf. »Ich kenne so etwas von den polychromen Schmieden, die die Feazelle in den Umlaufbahnen von Tavalis und Greenrose installiert haben. Allerdings beschränkt sich der Transformationsbereich bei ihnen auf das Innere der Schmieden, wo die als Basismasse dienende Materie in ihre elementaren Bestandteile zerlegt und neu strukturiert wird.«

Das Artefakt frisst den Planeten, dachte Rahil, doch dieser Gedanke schien nicht der gegenwärtigen Situation zu entspringen.

»Ich will wissen, was vor sich geht!«, rief Elisha. »Er hat es mir zu erklären, sofort! Andernfalls entziehe ich ihm und allen anderen Repräsentanten der Ägide die Aufenthaltserlaubnis für diesen Teil von Munraha.«

Rahil sah die Munrahanerin an und beobachtete, wie erneut Empörung ihr Gesicht verfärbte. »Vom Artefakt geht eine Strahlung aus, die die Technik des Atmosphärenwagens stört. Wir müssen landen und den Rest des Wegs zu Fuß zurücklegen.«

»Ihr habt über mehr gesprochen! Er wird mir auch den Rest erklären.«

»Der Rest ist Spekulation«, erwiderte Rahil und hielt sich erneut an den Armlehnen fest, als der Atmosphärenwagen wie in Turbulenzen erbebte.

Wenige Minuten später landete der Wagen in der Nähe einer Gletscherzunge. Es fielen nur noch wenige Schneeflocken, und als sie, von Thermokleidung geschützt, nach draußen traten, war es fast windstill. Ein grauer Schleier lag auf der arktischen Landschaft, trübte das Weiß von Schnee und Eis. Der Himmel zeigte ein dunkleres Grau, wie von einem schmutzigen Hochnebel, der sich nicht auflösen wollte. Dort oben leuchteten keine Sterne, und es fehlten auch die Lichter der Polis.

»Es sind noch etwa sieben Kilometer«, sagte der Pilot. In eine dicke Jacke gehüllt beugte er sich durch die Luke, und sein Atem wurde in der Kälte zu einer Wolke, deren Grau mit der grauen Welt verschmolz. »Ein weiter Weg, unter diesen Bedingungen.«

Rahil sah sich um. »Wir sollten es in anderthalb bis zwei Stunden schaffen.«

»Wir versuchen, in Verbindung zu bleiben«, sagte die Kzosek. Sie trug bereits ihren Rucksack. »Aber es könnte sein, dass die Störungen durch die Emissionen des Artefakts zu stark werden.«

»Ich warte hier auf Sie«, entgegnete der Pilot.

»Zwölf Stunden«, entschied Rahil, der noch an Bord darüber nachgedacht hatte. »Warten Sie zwölf Stunden. Starten Sie, wenn wir bis dahin nicht zurück sind. Holen Sie Hilfe.« Wenn uns dann noch jemand helfen kann, fügte er in Gedanken hinzu.

Rahil schlang sich seinen Rucksack auf den Rücken und beobachtete die Munrahanerin, die einen langen Mantel trug, dessen Substanz aus ihrem eigenen Körpergewebe stammte. Die Haut in ihrem Gesicht hatte sich verändert und bestand aus kleinen Hornplatten, was vielleicht zu den morphischen Maßnahmen zählte, mit denen sie sich vor der Kälte schützte. Sie könnte Geräte oder sogar Waffen in ihrem Körper verstecken, fuhr es Rahil durch den Sinn, und dann fragte er sich, ob er zu misstrauisch war.

»Gehen wir«, sagte er.

Eine halbe Stunde später fanden sie die ersten Toten.

Es schien eine Art Basislager zu sein, ein in vermeintlich sicherer Entfernung errichtetes Camp, von dem aus man Vorstöße zum Artefakt unternehmen konnte: eine Handvoll Hütten, aus Polymer-Fertigteilen errichtet, in der Nähe ein halb unter Schneeverwehungen verborgener Landeplatz für Atmosphärenwagen. Ein Fahrzeug stand dort, das Heck von einer Explosion zerfetzt. Trümmer hatten Löcher in die Wände der nächsten Hütten gerissen. Auf der anderen Seite lagen zwei Leichen, ein Mann und eine Frau, beide in Thermoanzüge gehüllt. Die Frau lag auf dem Bauch im Schnee, und als Rahil sie umdrehte, stellte er fest, dass ihr Gesicht bis zur Unkenntlichkeit verbrannt war, und zwar von der Entladung einer Strahlwaffe. Der neben ihr liegende Mann wies keine sichtbaren äußeren Verletzungen auf, aber sein Gesicht war grau wie der Himmel, der Mund weit geöffnet.

Thresa berührte ihn an der Stirn, und die Haut blätterte ab. Zum Vorschein kam das Stirnbein, und es gab nach, als die im Handschuh steckenden Finger der Kzosek ein wenig Druck ausübten.

»Spröde«, sagte sie, und das Quietschen ihrer Stimme klang seltsam in der Stille. »So spröde, als läge die Leiche schon seit Jahren hier.«

»Was aber nicht der Fall sein kann«, erwiderte Rahil. »Die Satelliten haben diesen Bereich bis vor kurzer Zeit überwacht. Was auch immer hier geschehen ist, es muss in den letzten zwei Wochen passiert sein.«

In den Hütten fanden sie weitere Leichen. Einige Türen mussten sie aufbrechen, weil sie verriegelt und verbarrikadiert waren. Andere standen halb offen, und der Wind hatte Schnee in die Räume geweht. Haut und Knochen der Toten erwiesen sich als ebenso trocken und spröde wie bei dem Mann neben der Frau mit dem verbrannten Gesicht. In der vierten Hütte, die ein wenig abseits stand, fanden sie einen weiteren toten Menschen und einen reglos in der Ecke stehenden Ippakao, der aussah wie eine Skulptur aus Eis. Als Rahil seinen dünnen Arm berührte, entstanden haarfeine Bruchlinien darin, die sich nicht nur in den kristallenen Komponenten des Körpers ausbreiteten, sondern auch in den anderen Teilen. Mit einem leisen Klirren brach der Leichnam des Ippakao auseinander, und Rahil wich zurück, als Dutzende von großen und kleineren Fragmenten auf den Boden fielen.

Der tote Mensch saß zur Seite geneigt im Sessel an einer einfachen Kommunikationsstation, die gewöhnliche, nicht der Interdiktion unterliegende Funktechnik verwendete. Das Gesicht des Mannes war farblos und wie mumifiziert. Die in der Kälte gefrorenen weißgrauen Augen starrten auf leere Anzeigen.

»Diese Personen sind nicht durch Einwirkung von Gewalt gestorben«, sagte Thresa und nahm Messungen mit ihren Instrumenten vor. »Das Artefakt hat sie umgebracht.«

»Die Lateralenergie?«

»Sie hat sich vielleicht ebenfalls ausgewirkt, kann aber nicht der ausschlaggebende Faktor gewesen sein. Es liegt vor allem an der Absorption. Das Artefakt nimmt alle Arten von Energie auf: nicht nur elektromagnetische Strahlung und Wärme, sondern auch die molekularen und atomaren Bindungskräfte. Sie haben gesehen, wie spröde die Haut und die Knochen der Toten sind, nicht wahr?«

Rahil nickte, während er die Kommunikationsgeräte untersuchte.

»Hier wird alles zu Staub zerfallen, Missionar Tennerit. Und der Staub wird der Superschmiede als Basismasse dienen.«

»Die Batterien sind leer«, stellte Rahil fest.

»Das Artefakt hat die in ihnen enthaltene Energie absorbiert.«

Rahil streckte die Hand nach einem Kontrollelement aus – der manuelle Regler brach ab, als er ihn drehte. »Man könnte meinen, hier seien Jahrzehnte oder gar Jahrhunderte vergangen.«

»Vielleicht ist das tatsächlich der Fall, Missionar«, quietschte die Kzosek. »Es könnte hier zu einer temporalen Beschleunigung gekommen sein.«

Rahil spürte, dass die Femtomaschinen mehr Energie aus seinem Stoffwechsel aufnahmen, um ihre Funktion aufrechtzuerhalten. »Diese Leute sind nicht weggelaufen«, sagte er. »Nach dem, was wir bisher gesehen haben, dachten sie nicht einmal daran, die Flucht zu ergreifen. Und jetzt sind sie tot.«

»Es muss sehr schnell gegangen sein«, sagte die Kzosek-Frau.

»Was ist mit uns? Könnte dies auch mit uns geschehen? Sie haben darauf hingewiesen, dass die Lateralenergie unsere Abschirmung beeinträchtigt.«

»Unsere Neutralisatoren sind leistungsfähig genug, Missionar Tennerit. Solange wir sie bei uns tragen, sind wir geschützt. Vorausgesetzt, das Wirkungsfeld des Artefakts wird nicht wesentlich stärker.« Thresa sah sich um. »Wo ist Elisha?«

»Was?« Die Munrahanerin war nicht bei ihnen in der Hütte. Rahil eilte nach draußen und hörte, wie der Schnee unter ihm knirschte, als er sich von der Hütte entfernte. Es schien etwas dunkler geworden zu sein. Oder lag es daran, dass die Stimulierung seiner Sinne durch die Femtomaschinen ein wenig nachgelassen hatte? »Elisha!«

Beim Landefeld mit den Schneeverwehungen bewegte sich etwas, und Rahil lief los, tausend Gedanken im Kopf, viele von ihnen düster und voller Sorge. Dies war gewiss kein Lager der Ägide, und es sah auch nicht nach einem Basiscamp von Wissenschaftlern aus. Die Toten waren vermutlich Beauftragte der Gefallenen Welten gewesen und hatten versucht, mehr über das Artefakt herauszufinden. Und der zerstörte Atmosphärenwagen und die Frau mit dem von einer Strahlwaffe verbrannten Gesicht? Ein Kampf hatte stattgefunden, vielleicht zwischen rivalisierenden Gruppen. Selbst wenn es an diesem Ort durch die Einwirkung des Artefakts zu temporalen Anomalien und Zeitverschiebungen kam: Es konnten nicht mehr als zwei Wochen Realzeit vergangen sein. Gab es andere Beauftragte der Gefallenen Welten in der Nähe, vielleicht besser geschützt als diese?

Rahil erreichte das von Schnee bedeckte Landefeld, als Elisha hinter dem Atmosphärenwagen hervortrat. Sie stopfte ihr langes kastanienfarbenes Haar unter die Kapuze des Mantels, der Teil ihres Körpers war. Rahil beobachtete die Spuren, die sie im Schnee hinterlassen hatte, und nicht alle von ihnen schienen von menschlichen Füßen zu stammen. Elisha hatte ihre Gestalt verändert, aber warum?

»Was haben Sie hier gemacht?«, fragte er mit scharfer Stimme.

»Wie redet er mit mir?«, zischte die Munrahanerin. »Was erlaubt er sich?«

»Von jetzt an werden Sie bei uns bleiben und nicht auf eigene Faust herumschnüffeln.«

»Herumschnüffeln?« Das Gesicht der Polymorphen verfärbte sich, und Rahil beobachtete, wie sich neue Hornplättchen darin bildeten.

Er winkte ab und wandte sich an die Kzosek-Frau, die inzwischen herangekommen war. »Teilen Sie dem Piloten mit, was wir hier vorgefunden haben, Thresa. Er soll die Ägide verständigen.«

»Ja, Missionar.«

Elisha hatte sich zornig umgedreht und war einige Schritte weit durch den Schnee gestapft, wie um Rahils Anweisungen herauszufordern.

Thresa trat etwas näher. »Sehen Sie sich das an, Missionar«, fügte sie leise hinzu und hob eins ihrer Messgeräte.

Rahil blickte auf die Anzeige. »Ein Signal?«

»Genau zwei Mikrosekunden lang«, sagte Thresa mit gedämpfter Stimme. »Stark genug, um das größer werdende Absorptionsfeld des Artefakts zu durchdringen. Höchstwahrscheinlich mithilfe primärer Technik gesendet.«

Rahil sah zur einige Meter entfernten Munrahanerin, die ihnen den Rücken zukehrte, und dann wanderte sein Blick zum nahen Gletscher, dessen Eismassen nach Nordwesten hin aufragten. Nirgends bewegte sich etwas, abgesehen von ein paar letzten Schneeflocken, die aus einem grauen Himmel fielen.

Hatte Elisha das Signal gesendet? Verbarg sie irgendwo an oder in ihrem Körper einen Sender? Aber wie sollte sie primäre Technik in ihren Besitz gebracht haben? Oder befand sich jemand in der Nähe, gut versteckt, ein Beobachter, der seinen Auftraggeber – die rätselhafte »Eminenz« – gerade darauf hingewiesen hatte, dass ein Missionar der Ägide mit zwei Begleitern zum Artefakt unterwegs war?

Rahil deutete nach Norden, dorthin, wo sich im grauen Kältedunst Berge und die Öffnung eines Tals abzeichneten.

»Gehen wir«, sagte er laut genug, damit auch Elisha ihn hörte. »In einer Stunde sind wir beim Artefakt.«

Wahnsinn wühlt in meinen Sinnen,
Und mein Herz ist krank und wund.

(SECHS MONATE ZUVOR)

DAS ARTEFAKT I

49

Im Tal wurde es dunkler, und die Temperatur fiel auf vierzig Grad unter dem Gefrierpunkt. Schnee und Eis verschwanden, und die Berghänge zu beiden Seiten zeigten ihre nackten, granitenen Schultern. Eine dicke schwarze Schicht aus staubfeinem Sand bedeckte den Boden und bewegte sich wellenförmig, wenn es zu einem der häufigen Beben kam, und dann grollte es in der Ferne, ein dumpfes Donnern wie von einer gewaltigen Lawine, die einer der Berge von seiner Flanke schüttelte. Thresa wies darauf hin, dass das Absorptionsfeld des Artefakts immer intensiver wurde – ohne die Neutralisatoren hätten sie im Tal nicht länger als einige wenige Minuten überleben können. Rahil fragte sich, ob sie unter diesen Bedingungen überhaupt in der Lage waren, das Artefakt zu erreichen. Er beobachtete Elisha, die überhaupt nicht verunsichert wirkte und zielbewusst einen Fuß vor den anderen setzte. Blieb sie deshalb so selbstsicher und ohne Furcht, weil sie die Gefahr, der sie ausgesetzt waren, nicht richtig verstand? Oder lag es daran, dass sie jederzeit ihre Gestalt verändern und sich Flügel wachsen lassen konnte, um nach Süden zu fliegen und den Einflussbereich des Artefakts zu verlassen, bevor es zu spät für sie war?

Schließlich erreichten sie das Objekt, das aus der Zukunft gekommen war, und Rahil stellte fest, dass es sich verändert hatte. Der Oktaeder, schwarz wie die Nacht, existierte nach wie vor, aber er ruhte nun auf einem mehr als zehn Meter hohen stufenförmigen Podest und war umgeben von zahlreichen kleinen und großen Türmen, die wie Stalagmiten aus Obsidian aus dem pulverisierten Talboden wuchsen. Ein dumpfes Brummen hing in der Luft, mehr Vibration als Geräusch, und in Rahils Kopf nahm ein Druck zu, den er auch bei seinem ersten Aufenthalt an diesem Ort gespürt hatte. Es fühlte sich nach einer kalten Hand in seinem Schädel an, die sich langsam um das Gehirn schloss. Die Femtomaschinen reduzierten ihre Funktion auf das Notwendige, was Rahils Wahrnehmung einschränkte, und die Rüstung übermittelte Warnsignale – es drohte eine Unterbrechung der Nervenverbindung.

Nur einige wenige Polymer-Buckel erinnerten an das Lager der Archäologen, die an diesem Ort Ausgrabungen vorgenommen und dabei herausgefunden hatten, dass der größte Teil des Artefakts, zweihunderttausend Tonnen, im Boden steckte.

Als sie nur noch hundert Meter von den peripheren Türmen des Artefakts trennten, taumelte Thresa und hob eine Hand zum Kopf. »Es geht mir nicht gut, Missionar Tennerit«, ächzte sie. »Es geht mir nicht gut.«

Elisha blieb abwartend stehen, in ihrem Gesicht ein Ausdruck, den Rahil nicht zu deuten vermochte.

»Neutralisatoren auf maximale Leistung«, sagte er. »Wir sind fast da.«

Sie gingen weiter, und Thresa schien mit jedem zurückgelegten Meter schwächer zu werden. Noch fünfzig Meter, und sie konnte sich kaum mehr auf den Beinen halten. Rahil trat an ihre Seite und stützte sie.

Das Brummen wurde lauter, schien jede einzelne Körperzelle erzittern zu lassen. Wieder bebte der Boden unter ihren Füßen, und mit einem dumpfen Knirschen wuchsen auf der linken Seite des zentralen Oktaeders weitere Türme empor, so spitz, dass in Rahil die Vorstellung entstand, sie könnten Moleküle aufbrechen und vielleicht sogar Atomkerne von ihren Elektronenschalen trennen. Je mehr sie sich dem Artefakt näherten, desto größer wurde der Widerstand, auf den ihre Bewegungen stießen.

»Die Barriere«, sagte Thresa mühsam, blieb stehen und nahm den Rucksack ab. »Phasenübergänge.« Sie öffnete den Rucksack, holte Instrumente hervor und legte sie in den schwarzen Staub, der zähflüssig wie Sirup in Richtung der schwarzen Türme floss.

Elisha kam näher. »Was macht sie da?«

Die Stimulation durch die Femtomaschinen hatte sich auf ein Minimum reduziert, und hinzu kam der Druck im Kopf – es fiel Rahil schwer, konzentriert zu denken. »Sie versucht, die Barriere für uns zu öffnen.«

Komm zu mir.

»Was?«, fragte Rahil.

Thresa sah zu ihm hoch. »Ich habe nichts gesagt.«

Komm zu mir. Das Flüstern klang vertraut, aber hinter den Worten lag eine bittere Schärfe, die etwas von einem Befehl hatte.

»Es spricht zu mir«, sagte Rahil. »Das Artefakt. Ich höre seine Stimme.«

Ich habe auf dich gewartet.

Die Kzosek schüttelte den Kopf. »Ich höre nichts. Aber ich fühle das Artefakt, die Nähe der Wandlerfelder. Brodelnde Energie. Wie die Geburt einer Sonne kurz vor dem Zünden des Fusionsfeuers. Ich spüre, wie in ihre einzelnen Bestandteile aufgebrochene Materie zurückkehren will zu … neuen Strukturen, neuen Formen. Ich fühle neue Realitäten, die darauf warten, Gestalt zu bekommen. Ich fühle …« Thresa ächzte und wäre zur Seite gekippt, wenn Rahil sie nicht festgehalten hätte.

»Was fühlen Sie noch?«, fragte er. Der Kopfschmerz wurde zu einem Stechen wie von Nadeln, die sich ihm mit einem kalten Brennen in den Schädel bohrten.

»Ich fühle … Programme, die durcheinandergeraten sind«, erwiderte Thresa, und es war die Schmiedin, die aus ihr sprach. »Ich fühle etwas, das auf uns wartet. Auf uns alle«, fügte sie nach kurzem Zögern hinzu, während ihre Hände, die jetzt trotz der Kälte nicht mehr in Handschuhen steckten, aus dem Rucksack stammende Gerätemodule zusammenfügten und ihnen Energiezellen hinzufügten. »Und auf Sie.«

Ein Piepen kam vom Neutralisator an Rahils Gürtel, und unmittelbar darauf hörte Rahil, wie sich die Warnsignale bei Elisha und Thresa wiederholten. Er wusste, was sie bedeuteten: Es bestand die Gefahr, dass das Absorptionsfeld des Artefakts ihre Abschirmung durchdrang. Wie viel Zeit blieb ihnen noch? Einige Minuten?

»Auf mich?«, fragte Rahil. »Was wartet auf mich?«

»Das, was Sie geweckt haben, Missionar Tennerit«, ächzte die Kzosek. »Es hat auf Sie gewartet, das fühle ich deutlich. Viele Jahre. Aber nicht annähernd so viele Jahre, wie das Artefakt auf *uns* gewartet hat.«

Komm zu mir, damit ich dir geben kann, was du verdienst, flüsterte es inmitten des Brummens, dessen Vibrationen Rahils Femtomaschinen auseinanderzureißen drohten.

Vor ihnen ragten die dunklen Türme auf, die den Oktaeder des Artefakts umgaben, so spitz, dass sie bis zu den Grundbausteinen der Materie stachen und die Energie aufnahmen, die sie zusammenhielt.

»Wer bist du?«, fragte Rahil.

Komm.

»Was passiert jetzt?« Elishas Stimme klang wie das Zischen einer Schlange. »Mit wem spricht er?«

»Thresa?«, krächzte Rahil.

»Ich bin so weit, Missionar Tennerit.« Die Kzosek richtete sich auf und schwankte. In der rechten Hand hielt sie einen kleinen Signalgeber.

»Was ist das?«, fragte Elisha und deutete auf die zusammengesetzten Gerätemodule.

»Ich habe eine Phasenbrücke montiert«, erklärte Thresa. »Sie verwendet primäre Technik, und die Ladung der Energiezellen sollte genügen, eine Bresche in der Barriere zu schaffen, die hauptsächlich aus Phasenübergängen besteht. Ich schätze, dass der Durchgang zehn bis fünfzehn Sekunden offen bleibt, bevor er sich wieder schließt. Zeit genug für uns, auf die andere Seite zu gelangen und das Artefakt zu erreichen.«

Rahil und Thresa wechselten einen Blick. Sie wussten beide, dass ihr Überleben vom Erfolg dieser Aktion abhing. Wenn es ihnen nicht gelang, das Artefakt zu kontrollieren, gab es kein Zurück für sie. Dann fielen sie vermutlich ebenso der Absorption zum Opfer wie die Gesandten der Gefallenen Welten und die Archäologen.

Rahil atmete tief durch. »Sie kehren jetzt zurück«, wandte er sich an Elisha. »Beim Artefakt können Sie uns nicht helfen, und Sie säßen dort fest, wenn wir …«

Die Tochter der Ersten Mutter von Munraha bewegte den Arm und hielt plötzlich etwas in der Hand, das nach einer primitiven Pistole aussah. »Er hat zwei Möglichkeiten«, fauchte sie. »Entweder er bringt mich zum Artefakt und übergibt es meiner Kontrolle, oder er bleibt hier, ohne seine Mission zu erfüllen.«

Rahil sah noch eine dritte Möglichkeit. Er ließ sich fallen, stieß den Arm mit der Waffe nach oben und trat gleichzeitig nach dem Bein der Munrahanerin. Ein Schuss knallte, seltsam laut, und Elisha veränderte die Gestalt, um den Sturz abzufangen.

»Thresa!«, rief Rahil, rollte zur Seite und kam mithilfe von Rüstung und Femtomaschinen sofort wieder auf die Beine.

Thresa hatte den Signalgeber bereits betätigt, und Rahil spürte, wie der Widerstand nachließ, auf den alle Bewegungen in Richtung Artefakt stießen. Er wollte loslaufen und die wenigen Sekunden, die ihnen blieben, so gut wie möglich nutzen, aber seine Beine waren schwer, und er musste die taumelnde Kzosek stützen. Ein Flackern umgab das Artefakt, wie von farblosen Blitzen, die durch das Grau zuckten, und in diesem schwachen Licht, das einen Teil der Düsternis vertrieb, zeichnete sich ein Korridor ab, eine Schneise, die zu den ersten schwarzen Türmen führte.

»Wir sind nicht alle gleich«, sagte Thresa an Rahils Seite. Nach den ersten Schritten durch den von der Phasenbrücke geschaffenen Tunnel begann die Kzosek zu zittern. »Nicht alle von uns sind wie Magda und Magdalena.«

Das Flackern ließ nach, und die Lücke in der Barriere begann sich zu schließen.

»Wir haben es geschafft«, keuchte Rahil. Die Bewegungen waren noch immer mühsam, kosteten ihn viel Kraft. »Wir sind auf der anderen Seite. Öffnen Sie die Schmiede für uns.«

»Ich bin der Ägide verpflichtet, wie Sie.« Die quietschende Stimme der Kzosek war leise und schwach. »Aber leider ... müssen Sie jetzt ... ohne mich zurechtkommen.«

Rahil konnte sie nicht mehr halten – Thresa sank zu Boden. Blut rann aus ihren Mundwinkeln und strömte, dunkel und in der Kälte dampfend, aus einer Wunde am Halsansatz. Die Kugel aus Elishas Projektilwaffe hatte ihr dort eine lebenswichtige Ader zerfetzt. Die langen, wie Zweige aussehenden Finger krümmten sich und scharrten durch schwarzen Staub, der einmal Felsgestein gewesen war. Ein gurgelndes Geräusch kam aus dem so menschlich wirkenden Mund, und dann rührte sich die Kzosek nicht mehr.

Rahil starrte einige Sekunden lang benommen auf sie hinab, drehte sich dann halb um und sah in die Richtung zurück, aus der sie gekommen waren. Die Tochter der Ersten Mutter stand dort, in der einen Hand die Projektilwaffe, die Thresa getötet hatte, in der anderen ein kleines Gerät, in das sie sprach, vermutlich ein primärer Kommunikator. Rahil erinnerte sich an das zwei Mikrosekunden lange Signal, von dem die Kzosek berichtet hatte.

Er blickte zum Artefakt, dessen Türme dunkel, kalt und ohne eine Öffnung vor ihm aufragten. Wie sollte er ins Innere gelangen, ohne die Stimme eines Schmieds? Er wankte dem ersten Turm entgegen, umgeben vom Brummen der Absorption, und wusste, dass ihn nur noch wenige Momente vom Tod trennten. Er dachte an das Image, das er von sich angefertigt hatte, und wünschte dem nächsten Rahil, der damit in einem Uterus heranwachsen würde, mehr Glück.

Der Neutralisator gab ein letztes warnendes Piepen von sich, die Femtomaschinen stellten ihren Dienst ein, und die Rüstung löste sich von seinem Körper, fiel welk und tot von ihm ab. Rahils Beine knickten ein, und er kippte nach vorn. Aber er stürzte nicht in den Staub, sondern in schwarzes Nichts.

Endlich kommst du zu mir.

50

Seit vielen Tagen – oder waren es nur Stunden? – wanderte Rahil durch die Flure und Korridore, vorbei an steinernen Wänden, die glatt wirkten und sich doch rau anfühlten, wenn er sie berührte. Manchmal begleitete ihn die kahlköpfige Frau mit den Narben, und wenn sie an seiner Seite schritt, erzählte sie von den Zimmern, die sie in all den Jahren besucht hatte. Oft war ihre Stimme ruhig, aber gelegentlich erklangen schrille Untertöne darin, Vorboten des Wahnsinns, und nach den ersten Konfrontationen – die schlecht verheilten Kratzspuren in seinem Gesicht erinnerten daran – hatte er gelernt, in einem der Zimmer Zuflucht zu suchen. Wenn er sich auf die Türen konzentrierte, wenn er alles andere beiseiteschob und auch die inneren Augen öffnete, erkannte er die Markierungen an ihnen, die ihm sonst verborgen blieben, und dann wusste er, welcher Raum ihm Sicherheit vor dem Zorn der Frau bot. Sie war viel länger hier als er – sie war hier gewachsen, gereift und verrückt geworden –, konnte aber nicht alle Zimmer betreten, vor allem nicht das letzte am Ende des größten Flurs mit den leeren Bildern, den Raum hinter dem Portal aus dunklem Holz, so alt, dass es versteinert war. Bei ihrer zweiten Begegnung hatte sie ihn aufgefordert, jene Tür für ihn zu öffnen, und als ihm dies nicht gelungen war, hatte sie zu kreischen begonnen. Manchmal griff sie ihn an, ohne einen Ton von sich zu geben, und das waren die schlimmsten Momente, denn dann verwandelten sich Zorn und Wahnsinn in kalte Entschlossenheit. Rahil wehrte sich nicht und floh nur, denn er kannte die Frau und wollte sie nicht verletzen.

Einmal führte ihn die Flucht in ein Zimmer, das über eine der wenigen nach draußen führenden Treppen verfügte. Rahil eilte die schmalen Stufen hinunter, die aus dem gleichen rauen, glatten Stein bestanden wie die Wände der Flure, und draußen erwartete ihn ein Friedhof mit Grabsteinen, die weiß wie Schnee aus dem dunklen Boden ragten. Weiter hinten erhoben sich Mauern, viel zu hoch, als dass er sie hätte erklettern können. Um der verrückten Frau zu entkommen, ging Rahil an den Gräbern entlang, und es wunderte ihn nicht, dass einige der Grabsteine ihm vertraute Namen aufwiesen. Aites, Crotwell und Durrwachter ruhten hier, direkt hinter dem Grab von Lucrezia. Andere Kuratoren und Missionare, die er gekannt hatte, lagen in der Nähe begraben, und hinter ihnen befanden sich die letzten Ruhestätten von nahen und fernen Verwandten: sein Vater Coltan, seine Mutter Vivienne Guandique Belidor, Coltans Ururgroßvater Jere Laureno Tennerit, und selbst Juranjo Rett Tennerit, der das Bündnis mit den Polymorphen von Heraklon geschlossen hatte. Nach einem Grab suchte Rahil vergeblich.

Zwischen den Gräbern wuchs sprödes Gras, das wie Glas klirrte und zerbrach, wenn er darauftrat. Manchmal glaubte er, dass ein leichter Wind wehte, aber wenn er die Hand hob, um ihn zu fühlen, oder wenn er ihm das Gesicht zuwandte, regte sich nichts mehr. Er ging an den Gräbern entlang, beobachtete die Grabsteine und stellte fest, dass die Namen auf ihnen immer undeutlicher wurden, bis er keine Buchstaben mehr erkennen konnte, bis die weißen Steine völlig glatt waren. Schließlich erreichte er die Mauer und sah an ihr empor zum grauen Himmel, an dem sich nicht eine Wolke zeigte.

Ich bin im Innern des Artefakts, dachte er und lauschte der Stille.

»Ich bin im Innern des Artefakts!«, rief er, drehte sich um und sah zum Gebäude, das aus zahllosen kantigen Elementen bestand, wie eine Ansammlung riesiger schwarzer Kristalle. Der Anblick erinnerte Rahil an etwas, aber die Erinnerungen blieben verschwommen, und das war ein Problem, denn es bedeutete vermutlich, dass seine Denkprozesse beeinträchtigt waren. »Hört mich jemand?«

Einige Sekunden lang blieb alles still, und dann kam ein Kreischen aus der Ferne, das aber vielleicht nur Einbildung war. Auch das fand Rahil problematisch, denn es bedeutete, dass er seinen Sinnen nicht trauen konnte.

Er befand sich im Innern des Artefakts und war der Person begegnet, deren Präsenz er gespürt hatte, der Frau, die er kannte, deren Namen er aber nicht zu nennen wagte, weil zu großer Schmerz damit verbunden war. Was er wahrzunehmen glaubte, war das Bild, das sein Gehirn von einer völlig fremden Wirklichkeit schuf. Rahil zweifelte kaum daran, dass das dunkle Gebäude mit den vielen Fluren und Zimmern in dieser Form gar nicht existierte. Als ausgebildete Schmiedin, die sich mit polychromen Schmieden auskannte, hätte Thresa vermutlich etwas ganz anderes gesehen. Diese »Realität« war der Versuch seines Gehirns, ihm etwas Vertrautes zu zeigen, das eine Orientierung ermöglichte. Es war die symbolische Transkription einer Meta-Wirklichkeit, und wenn es ihm gelang, die Bedeutung der Symbole zu erkennen ... Was dann? Wie sollte er etwas unter Kontrolle bringen, das er nicht verstand? Während er hier an der hohen Mauer stand und sich den Friedhof ansah, nahm das Artefakt Energie auf und verwandelte die Materie des Planeten Heraklon in Basismasse. Er wusste nicht, wie viel Zeit verging, während er an diesem Ort stand und diese Gedanken dachte. Vielleicht waren außerhalb des Artefakts bereits zehn oder hundert Jahre verstrichen. Vielleicht existierte Heraklon gar nicht mehr. Vielleicht hatten die Hohen Mächte längst ihre Entscheidung getroffen und beschlossen, der unreifen Menschheit keinen Zugang zur Kosmischen Enzyklopädie zu gewähren.

Andere Gedanken stiegen in ihm auf, wirr und konfus, und drängten sich in seinem Kopf zusammen, bis der Platz darin knapp wurde und der Druck wuchs, bis er glaubte, ihm könnte jeden Augenblick der Schädel platzen. Rahil hob die Hände, drückte sie an die Schläfen und schrie, und als er hörte, wie sehr der Schrei dem Kreischen seiner Schwester ähnelte, erschrak er zutiefst.

Seine Schwester. Da war er, der eine Gedanke, den zu denken er bisher nicht gewagt hatte.

* * *

»Jazmine«, krächzte Rahil und richtete die Worte an die beiden grauen Augen, die ihn beobachteten. Der Biomorph in seinem Nacken schien zu brennen. Er wollte danach greifen, aber starke Hände hielten ihn fest. In der Nähe lag die Telepathin Delana, mit Schaum vor dem Mund und die Augen so verdreht, dass sie nur noch das Weiße zeigten. Der Mann von der Ägide, Joyce, versuchte gerade, sie mit einem medizinischen Multifunktionshelper zu behandeln.

»Sie hat einen Schock erlitten«, sagte er. »Rahil hat sie aus seinem Bewusstsein geworfen.«

Der Mann mit den grauen Augen nickte zufrieden. »Die Erinnerungen beginnen zu wirken.«

»Ich habe sie sterben sehen«, brachte Rahil hervor. Einige Meter entfernt trafen die anderen Männer Vorbereitungen für den Start eines modernen Atmosphärenwagens, eines Clippers. Einer von ihnen war verletzt und trug einen bioaktiven Verband an der Schulter. »An Bord der Rosenduft. Wie kann sie in dem Artefakt sein?«

»Jetzt weißt du, wen das Schiff, mit dem vor siebenundachtzig Jahren der neue Botschafter des Dutzends nach Heraklon kam, in die Arktis von Heraklon brachte«, sagte Coltan Jaqiello. »Wenn du damals nicht so dumm gewesen wärst, Caina zusammen mit deiner Schwester zu verlassen … dann wäre uns dies alles erspart geblieben.«

»Wie kann Jazmine lebendig sein?«, stöhnte Rahil.

»Es ist nicht die Jazmine, die du kennst«, erwiderte sein Vater. »Es ist eine andere mit vielen Mängeln, angefangen bei ihren Erinnerungen. Leider stand uns nur ein unvollständiges und noch dazu fehlerhaftes Image zur Verfügung. Und es war außerordentlich schwierig, die genetischen Veränderungen in einem Uterus zu wiederholen. Sie ließen sich viel einfacher bewerkstelligen, als ihr im Leib eurer Mutter herangewachsen seid. Wir brauchten einen guten Schmied, aber gute Schmiede sind nicht einfach zu bekommen. Genau da liegt ja das Problem, nicht wahr, mein Junge?«

Rahil versuchte zu verstehen. Er wollte etwas fragen, aber sein Vater legte ihm, überraschend sanft, die Hand auf den Mund. »Unterbrich den Strom der Erinnerungen nicht. Du bist jetzt bei der entscheidenden Stelle, mein Sohn.«

Eine Tür öffnete sich, und aus dem Augenwinkel sah Rahil, wie jemand den Raum betrat. Ihm fiel ein, dass sein Vater ein Depot erwähnt hatte, als sie Couron erreicht hatten. Inzwischen mussten sie sich in der Stadt befinden.

»Es ist alles vorbereitet, Sire«, sagte der Mann. »Wir haben einen Kilometer von hier entfernt bei der Botschaft von Larralde eine Datenbombe

543

platziert. Ihre Explosion sollte die Akkumulatoren der Segler ein oder zwei Minuten lang beschäftigt halten. Genug Zeit für uns, um zu starten und die Stadt zu verlassen.«

Die Segler, dachte Rahil, als ihn sein Vater und Joyce zum Clipper führten. Die Gefallenen Welten, die um das Artefakt streiten. Der Krieg ist nach Heraklon gekommen; wir konnten es nicht verhindern.

Ich konnte es nicht verhindern.

Er saß im Wagen, der aufstieg, als sich im Dach des Depots eine Öffnung bildete. Kurze Zeit später flogen sie durch das Gespinst aus Akkumulatoren und Integratoren, das die Segler auf der Suche nach Datennetzen über eine Stadt gelegt hatten, die, einst hell und heiß, von grauer Düsternis heimgesucht in Schnee und Eis erstarrt war.

Coltan drückte ihm den Biomorph etwas fester an den Nacken. »Erinnere dich, mein Sohn. Erinnere dich an den Rest.«

Jazmine, dachte Rahil.

* * *

»Du hast geschlafen«, sagte Rahil. »Ich habe dich geweckt, als ich zum ersten Mal hierhergekommen bin.«

Sie saßen im »Kartenzimmer«, wie die kahlköpfige Frau mit den Narben – Jazmine – es nannte. Hier zeigten die Wände nicht das dunkle Grau wie in den anderen Zimmern, sondern ein schmutziges Weiß, durchzogen von zahllosen Linien, wie die Darstellungen von Straßen und Flüssen. Etwas dunklere Kleckse gaben vielleicht Städte oder Berge wieder. Es ist unsere Fantasie, die uns so etwas sehen lässt. Wir sehen, was wir sehen wollen. Um sich zu beweisen, dass er recht hatte, stellte er sich die Linien wie Adern und Venen vor, und die Kleckse als Organe eines Wesens aus Stein. Er musste sich nicht einmal sehr bemühen, um Gliedmaßen zu erkennen.

Der Schein trügt, erinnerte er sich an wichtige Worte, gesprochen von einem Gesserat. Vielleicht war das die Botschaft, die sich hier verbarg. Vielleicht musste man hinter das blicken, was man sehen wollte, um die Wahrheit zu erkennen.

»Ich weiß, wer du bist«, sagte Jazmine. »Glaub nur nicht, ich wüsste nicht, wer du bist.«

In den letzten Tagen und Wochen hatte Rahil gelernt, verschiedene Verhaltensmuster bei seiner Schwester voneinander zu unterscheiden. Der Zorn brannte immer in ihr, aber manchmal waren seine Flammen klein und ließen Platz für Schwermut, Neugier und, bei seltenen Gelegenheiten, schrägen Humor. Manchmal jedoch genügte ein falsches Wort, unbedacht gesprochen, und aus den kleinen Flammen wurde ein großes Feuer, in dem die Reste von Rationalität zu Asche zerfielen.

»Ich bin dein Bruder«, sagte Rahil vorsichtig.

»Du bist es, und du bist es nicht«, erwiderte Jazmine. Ihre Hände bewegten sich, als wollten sie nach einem langen Zopf greifen und sich daran festhalten. »Eigentlich habe ich keinen Bruder. Ich habe niemanden. Ich bin ganz allein. Abgesehen von den Stimmen.«

Das war ein weiterer Hinweis. Rahil nahm ihn zur Kenntnis.

»Was ist passiert?«, fragte er sanft. »Wie bist du hierhergekommen?«

Sie saßen an einem steinernen Tisch, umgeben von mattem grauem Licht wie von einer ewigen Dämmerung, und Rahil versuchte, sich nicht von den Linien ablenken zu lassen, die langsam durch den rauen Stein unter seinen Händen wanderten.

»Ich war klein, als ich hierherkam. Jemand brachte mich hierher.«

»Unser Vater? Erinnerst du dich an ihn?«

Die Frau beugte sich vor, und ein seltsamer Glanz erschien in ihren Augen. »Ich weiß, dass du mich getötet hast. Er hat es mir gesagt.«

Etwas stach in Rahil, wie ein Messer, das ihm jemand ins Herz stieß. Der Psychomechaniker Ayyad hatte ihm das Gefühl erklärt. Sein Unterbewusstsein schuf diesen Schmerz, weil es sich ein Messer wünschte, das sich ihm ins Herz bohrte. Es sei der Wunsch nach verdienter Strafe, hatte Ayyad erläutert.

»Eine Kzosek hat dich erschossen«, erwiderte Rahil und sprach noch immer sehr sanft. Thresa fiel ihm ein, und er dachte: Du hattest recht, Thresa. Nicht alle Kzosek sind wie Magda und Magdalena. »An Bord der *Rosenduft*. Erinnerst du dich an Duartes?«

»Du willst mich verwirren«, sagte Jazmine scharf. »Du willst von deiner Schuld ablenken. Ich habe es dir zu verdanken, dass ich immer allein gewesen bin, dass ich niemanden habe und nicht *ganz* bin. Mir fehlt etwas, die Stimmen haben es mir gesagt, und es ist *deine Schuld*!«

Das Feuer in Jazmine brannte größer und heißer, und ein Gegenstand erschien in ihrer rechten Hand, wie ein Dolch aus Glas. Rahil sprang auf und floh aus dem Zimmer mit den vielen Linien, die vielleicht Adern waren.

Oft durchstreifte er das Artefakt allein, mit Gedanken wie Würmer in seinem Kopf und auf der Suche nach etwas, das er nicht ganz verstand. Er versuchte, das Chaos hinter seiner Stirn zu ordnen, seinen Überlegungen Struktur zu geben, um Antworten zu finden, aber wie sollte man Antworten finden, wenn man nicht genug geistige Klarheit besaß, um Fragen zu formulieren? Geschah so etwas, wenn man sich längere Zeit im Artefakt befand, wenn man Monate und Jahre in ihm verbrachte? Jähe Furcht packte Rahil, als er sich vorstellte, so zu werden wie seine Schwester, nach und nach den Verstand zu verlieren und schließlich ihren Wahnsinn zu teilen.

Bei einem seiner Streifzüge fand er zwei mumifizierte Leichen in einem Zimmer, dessen Wände dunkler waren als die der anderen und in dem das schwache graue Licht wie ein dünner Nebel in der Luft hing. Zwei Menschen, ein Mann und eine Frau, ihre Augenhöhlen leer, die Haut trocken und brüchig wie altes Pergament. Die Kleidung ließ sich kaum mehr identifizieren und zerfiel zu Staub, als Rahil sie berührte. Lange Zeit stand er da, blickte auf die Toten hinab und fragte sich, wer sie gewesen waren und wie sie es geschafft hatten, ins Innere des Artefakts zu gelangen. Vielleicht, dachte er, lagen hier die sterblichen Überreste von zwei Beauftragten seines Vaters, die Jazmine damals zum Artefakt gebracht hatten.

Diesem Gedanken folgte ein anderer, der lautete: Wieso bin ich hier? Wieso befinde ich mich im Innern des Artefakts?

Die Schmiedin Thresa konnte es nicht für ihn geöffnet haben, denn sie war gestorben. Jazmine kam dafür auch nicht infrage, denn Rahil erinnerte sich nicht an einen Kontakt mit ihrer Präsenz.

Während er noch auf die beiden mumifizierten Leichen starrte, reifte eine Erkenntnis in ihm. Als die Femtomaschinen versagt hatten und die Rüstung von ihm abgefallen war … Im Moment des Fallens war es ihm gelungen, eine Tür zu öffnen, von deren Existenz er gar nichts gewusst hatte.

Arme Jazmine, dachte er und sah sie vor sich, das schwache, von Krankheit gezeichnete Mädchen, getroffen von zwei silbernen Nadeln aus einer Kzosek-Waffe. Aber er wusste nicht, welche Jazmine mehr Mitleid verdiente: jene, die er hatte sterben sehen, oder die im Artefakt, geboren in einem Uterus, nicht aufgewachsen, sondern *gezüchtet*, ausgestattet mit einem fehlerhaften Image, das Ergebnis genetischer und geistiger Manipulation. Und zu welchem Zweck?

Die Frage war bereits Teil der Antwort. Die genetische Manipulation, hinter der Coltan Jaqiello steckte – der wiederum einen auf Jere Laureno Tennerit zurückgehenden Plan fortsetzte –, hatte Jazmine und ihn, Schwester und Bruder, mit den Fähigkeiten ausstatten sollen, die ein Schmied brauchte, um eine polychrome Schmiede zu programmieren und zu steuern.

»Wir sollten die Werkzeuge unseres Vaters sein, Jaz, verstehst du das?«, fragte Rahil bei einer anderen Gelegenheit, als sie durch den großen Spiegelsaal wanderten. Jazmine besuchte ihn gern, vielleicht deshalb, weil sie in den zahllosen Spiegelbildern Teile von sich zu finden hoffte, die ihr fehlten. Mit schlafwandlerischer Sicherheit bewegte sie sich zwischen den mehrere Meter hohen hauchdünnen Spiegeln, als wüsste sie genau zwischen Schein und Wirklichkeit zu unterscheiden, zwischen Reflexionen und freien Passagen. »Er hat Freunde bei den Hohen Mächten, und sie gaben ihm die Technik, die notwendig war, um unsere Gene zu manipulieren. Weißt du noch, wie selten uns unsere Mutter umarmte, als wir klein waren? Und später, als wir größer wurden, hielt sie sich immer mehr von uns fern und wurde zu einer Fremden.«

»Ich bin hier groß geworden«, sagte die kahlköpfige Frau mit den Narben und klang verträumt. »Weißt du das denn nicht, du dummer Junge? Wie oft habe ich es dir gesagt? Tausendmal! Ich bin hier aufgewachsen, in diesen grauen Fluren, Zimmern und Sälen, und niemand hat mit mir gesprochen, niemand, den ich anfassen kann. Nur die Stimmen waren da und flüsterten, und sie flüstern noch immer, aber ich verstehe kein einziges Wort.«

Das war ein weiterer Hinweis, den sich Rahil merkte.

»Es war ein Langzeitplan, wie die Pläne der Segler«, sagte er, als sie die Wanderung durch den Spiegelsaal fortsetzten, vorbei an Zerrbildern ihrer selbst. »Und jemand von den Hohen Mächten half den Patronen der Tennerits dabei.«

»Wer sind diese Hohen Mächte, von denen du da redest?«

Das war eine von Jazmines Erinnerungslücken. Es gab noch viele andere, und jede von ihnen schmerzte Rahil. »Mächtige Wesen«, sagte er. »Mächtiger als wir.«

»Mächtiger als die Stimmen?«

Rahil beschloss, die Gelegenheit zu nutzen. »Wer sind die Stimmen?«

»Dummer Junge, dummer Junge!«, rief Jazmine, und die dünnen Spiegel in ihrer Nähe vibrierten und klirrten. »Du weißt doch, dass du mich nicht nach den Stimmen fragen sollst! Wie oft habe ich dir gesagt, du sollst mich nicht nach den Stimmen fragen? Tausendmal!«

Aber diesmal ließ Rahil nicht locker. Dies war wichtig. »Was tun sie? Wovon flüstern sie?«

»Woher soll ich wissen, wovon sie flüstern? Ich verstehe sie doch nicht! Und was sie tun …« Jazmine betrachtete ihre Hände und drehte sie. »Manchmal geben sie mir Dinge, die ich haben möchte. Manchmal öffnen sie für mich Türen, die bisher verschlossen geblieben sind.«

»Aber nicht die große am Ende des Flurs mit den leeren Bildern?«

»Nein, die nicht. Ich habe die Stimmen mehrmals dazu aufgefordert, aber sie hören nicht auf mich.«

Rahil sah in einen Spiegel, der ihm sein Gesicht als verzerrte Fratze zeigte, und für einen Moment fragte er sich, ob ihm der Spiegel seine eigene, tatsächliche Realität präsentierte.

»Unsere Mutter, Vivienne Guandique … Je größer wir wurden, desto mehr hielt sie sich von uns fern. Vielleicht ließ Vater unsere Gene verändern, während wir in ihrem Bauch wuchsen. Vielleicht fürchtete sie uns. Oder es war keine Furcht, sondern Abscheu. Sie muss uns immer für etwas Fremdes gehalten haben, für etwas, das in ihrem Leib gewachsen war, aber eigentlich nicht von ihr stammte.«

»Ich bin in einem Uterus gewachsen«, sagte Jazmine, und dabei klang sie so traurig, dass Rahil voller Mitgefühl zu ihr ging. »Ich habe nie eine Mutter gehabt.«

»Wir wurden als Werkzeuge geplant und erschaffen«, sagte Rahil und richtete die Worte nicht nur an Jazmine, sondern auch an sich selbst. Einige Dinge wurden klarer, als er sprach. »Wir sollten hierhergebracht werden, um unserem Vater die Kontrolle über die Superschmiede zu ermöglichen. Aber dann verließen wir Caina und …«

»Du hast mich gezwungen. Ich erinnere mich, obwohl es nicht meine eigenen Erinnerungen sind. Du hast mich gezwungen.«

Das Stechen kehrte in Rahils Brust zurück. »Ich habe dich überredet, nicht gezwungen«, erwiderte er.

»Du hast mir keine Wahl gelassen!«, rief die Frau, zu der Jazmine im Artefakt geworden war. »Es ist deine Schuld, dass die andere Jazmine gestorben ist und ich unvollständig bin.«

»Es ist nicht meine Schuld, aber letztendlich meine Verantwortung«, sagte Rahil leise. Dem Stechen in der Brust gesellten sich Kopfschmerzen hinzu, und er rieb sich die Schläfen. »Allein hätte es unser Vater nicht schaffen können. Von seinem Helfer bei den Hohen Mächten bekam er eine biologische Schmiede und andere technische Hilfsmittel. Es stellt sich die Frage, wer jener Helfer ist und was er will.«

Seine Finger verharrten an den Schläfen, als er, für ein oder zwei Sekunden, ein Knistern hörte, und dahinter zahlreiche

Stimmen, wie das Murmeln im Zuschauersaal eines Theaters kurz vor der Vorstellung. »Wir sind *beide* verändert, Jaz«, sagte er. »Du bist an Bord der *Rosenduft* erkrankt, erinnerst du dich?«

»Von duftenden Rosen spricht der dumme Junge«, sang Jazmine und wanderte wieder zwischen den Spiegeln. »Obwohl doch jeder weiß, dass es hier keine Blumen gibt ...«

Rahil folgte ihr. »Du bist krank geworden, weil mit deinen Genen etwas nicht stimmte, Jaz. Vater hatte uns beide als Schmiede für das Artefakt vorgesehen, für diese Superschmiede. Wir sollten sie für ihn kontrollieren. Ich bin nie krank geworden. Was auch immer unser Vater damals mit meinen Genen angestellt hat, es ließ mich nicht krank werden. Vielleicht wegen des Fraktalschattens, dem ich damals ausgesetzt war. Jaz?«

Er glaubte ihr Spiegelbild zu sehen, aber dann begriff er, dass sie es selbst war. Sie stand direkt vor ihm, und das graue Licht zeigte die Narben als harte, kantige Linien in ihrem Gesicht.

»Was ist mit dir passiert, Jaz? Die Narben in deinem Gesicht ... Wer hat dir das angetan?«

»Du möchtest wissen, woher ich die Narben habe?«

»Ja.«

Die kahlköpfige Frau hob die Hände und zeigte ihm ihre langen Fingernägel. »Ich habe sie hiervon.«

Und sie zerkratzte ihm das Gesicht.

51

Der Gedanke ließ Rahil nicht los. Jazmine war damals an Bord der *Rosenduft* gestorben; ihr Tod und seine Flucht hatten Coltan Jaqiello Tennerit gezwungen, seine Pläne zu revidieren. Er hatte eine zweite Jazmine geschaffen, einen Uterus von seinem Helfer bei den Hohen Mächten mit der DNS der Toten programmiert und der Wiederhergestellten ein Image gegeben, das fehlerhaft war und Erinnerungslücken aufwies. Rahil stellte sich vor, wie verzweifelt sein Vater gewesen sein musste, wenn er zu so improvisierten Maßnahmen gegriffen hatte. Er selbst oder Beauftragte von ihm hatten die zweite Jazmine nach Heraklon gebracht, an Bord eines diplomatischen Schiffes, mit dem der neue Botschafter des Dutzends unterwegs gewesen war. Aber jene zweite Jazmine war schlecht vorbereitet gewesen und hatte ihrem Zweck nicht genügen, ihre Aufgabe nicht erfüllen können. Rahil spekulierte lange über den Grund dafür. Lag es am fehlerhaften Image, aufgezeichnet von Personen, die sich mit solchen Dingen nicht so gut auskannten wie die Techniker der Ägide? Lag es daran, dass die zweite Jazmine in einem Uterus entstanden war, mit einer genetischen Manipulation, die die biologische Schmiede vielleicht als Fehler erkannt und zu korrigieren versucht hatte? Die Uteri der Primären funktionierten auf diese Weise. Mit DNS und RNS als Bauplan setzten sie die biologische Konstruktion in Gang, und während das neue Wesen auf der Grundlage dieser genetischen Programme entstand, berichtigten sie alle Fehler, auf die sie trafen. Für Coltans Wissenschaftler – Rahil zögerte, diese Bezeichnung zu verwenden, denn er kannte die Wissenschaftler der Bruch-Gemeinschaft und Ägide, und damit ließen sich die »Fachleute« auf Caina nicht vergleichen – musste es sehr schwer gewesen sein, den von ihnen verwendeten Uterus daran zu hindern, die genetische Manipulation rückgängig zu machen. Möglicherweise hatte das von ihnen in Jazmines DNS abgelegte Programm deshalb nicht wie vorgesehen funktioniert.

Oder lag es am Trauma? Man hatte seine wiederauferstandene Schwester als Kind hierhergebracht, und ihre beiden Begleiter – der Mann und die Frau, deren mumifizierte Leichen Rahil gefunden hatte – mussten kurze Zeit später gestorben sein. Das Kind war allein gewesen und nur von den »Stimmen« begleitet aufgewachsen, die es nicht verstand, in einer Umgebung, wie sie rätselhafter kaum sein konnte.

In diesem Zusammenhang drängten sich ihm andere Fragen auf. Zum Beispiel: Wovon hatte sich Jazmine all die Jahre ernährt, und auch er selbst all die Wochen, seit er sich im Artefakt befand? Spielten hier solche Dinge überhaupt eine Rolle? Er rief sich ins Gedächtnis zurück, dass er seine Umgebung durch einen Filter sah, geschaffen vom eigenen Gehirn. Mit Femtomaschinen und Rüstung wäre er vielleicht imstande gewesen, hinter den Vorhang des Scheins zu sehen und dort die wahre Realität zu erkennen. Oder auch nicht. Vielleicht war die hiesige »wahre Realität« so fremdartig, dass sein Gehirn nicht damit fertigwerden konnte, weil ihm entsprechende Erfahrungswerte fehlten. Er sah ein dunkles Gebäude, umgeben von einer hohen Mauer jenseits der Gräber mit den weißen Grabsteinen, mit endlosen Fluren und zahllosen Türen, die sich öffneten, bis auf die eine am Ende des größten Flurs mit den leeren Bildern. Rahil sah das, was sein Gehirn für das plausibelste Äquivalent der Dinge hielt, die ihn umgaben, aber konnte er sicher sein, dass seine Wahrnehmung der tatsächlichen Realität des ihn umgebenden Artefakts auch nur ansatzweise gerecht wurde?

Und doch …

In ihm schlummerte dasselbe »Programm«, das Coltan auch seiner Schwester gegeben hatte, und an dem sie an Bord der *Rosenduft* schwer erkrankt war. Mit der Unterstützung eines Helfers bei den Hohen Mächten – aus dem Umstand, dass ein solcher Helfer existierte, ergaben sich viele weitere Fragen – hatte Coltan Jaqiello, Patron der Tennerits, seinen beiden Kindern die Fähigkeit geben wollen, polychrome Schmieden zu programmieren und zu steuern. Bei Jazmine konnte dieser Plan nicht funktioniert haben, denn die im Mutterleib herangewachsene Version war krank geworden und die andere, von einem Uterus geschaffen, dem Wahnsinn anheimgefallen. Die verrückte Jazmine verstand die Stimmen nicht und war seit siebenundachtzig Jahren im Artefakt gefangen. Wie hatte sie diese Zeit verbracht? Und was war geschehen, als Rahil zum ersten Mal in die Arktis von Heraklon gekommen war und das schlafende Artefakt berührt hatte? *Etwas* war dabei im schwarzen Oktaeder erwacht, aber inzwischen war er nicht mehr sicher, dass es sich dabei um seine Schwester handelte. Oder nur um sie. Es gab hier noch etwas anderes, das geruht hatte, vielleicht zehn Millionen Jahre lang, seit das Artefakt aus der Zukunft in der Vergangenheit von Heraklon erschienen war.

Einmal stand Rahil vor der Tür am Ende des Flurs mit den leeren Bildern und dachte: Ich sollte sie öffnen können. Wenn er ein Schmied war, wenn er die notwendigen Fähigkeiten in sich trug, sollte er in der Lage sein, die Tür aus dem uralten, wie versteinerten Holz zu öffnen und herauszufinden, was sich hinter ihr befand. Aber als er die Klinke drückte, blieb die Tür geschlossen.

»Öffne dich«, sagte er, doch die Tür verharrte in stummer Reglosigkeit.

»Dummer Junge«, erklang eine Stimme hinter ihm. »Glaubst du etwa, die Tür würde dir gehorchen?«

Rahil drehte sich um. Jazmine stand dort, ohne ihren langen schwarzen Zopf, mit Narben im Gesicht. Er hob die Hand und tastete nach den Wunden auf seinen Wangen, die gerade erst zu heilen begannen, obwohl sie mehrere Tage alt waren. Würde er, wenn er im Artefakt blieb, ähnlich aussehen wie seine Schwester, mit einem Gesicht voller Narben, mit dem einen Unterschied, dass er sie sich nicht selbst beigebracht hatte?

»Unser Vater hat uns zu Schmieden machen wollen, Jaz«, sagte er. »Wir sollten in der Lage sein, dies alles zu kontrollieren.« Er machte eine Geste, die allen Fluren und Zimmern galt, dem ganzen Gebäude.

»Ich habe es versucht«, erwiderte Jazmine, und plötzlich klang sie wie das kleine Mädchen, das er in Erinnerung hatte. »Ich habe es versucht, Rahil, aber es ging nicht. Ich verstehe die Stimmen nicht. Vielleicht liegt es daran.«

Es geschah zum ersten Mal, dass sie seinen Namen nannte. Bedeutete es, dass sie Fortschritte erzielten, dass es ihr besser ging? Hoffnung erwachte in Rahil. Vielleicht genügte es, dass Jazmine jemanden hatte, mit dem sie sprechen konnte. Vielleicht fand sie, über die Präsenz einer anderen Person, wieder zu sich selbst.

»Führe mich zu den Stimmen«, sagte er.

Sie riss die Augen auf. »Du sollst mich nicht nach den Stimmen fragen! Wie oft habe ich dir das gesagt? Tausendmal!«

»Ich habe nicht nach den Stimmen gefragt«, sagte Rahil ruhig. »Ich bitte dich, mich zu ihnen zu führen. Lass sie mich hören, aus der Nähe. Vielleicht verstehe ich sie.«

»Dummer Junge! Glaubst du vielleicht, dir könnte etwas gelingen, das ich seit vielen Jahren vergeblich versuche?«

Rahil beobachtete die Hände seiner Schwester, und nicht aus Furcht vor den Fingernägeln, die blutige Furchen in seinem Gesicht hinterlassen hatten. Manchmal, wenn sie erregt war, erschienen Objekte in ihnen, wie der Dolch aus Glas.

»Hör auf damit, Jaz«, sagte er und gab seinen Worten eine gewisse Schärfe. »Bring mich zu den Stimmen.«

Ihr Mund klappte auf und wieder zu, und sie sah ihn verblüfft an, während in ihrer rechten Hand die blassen Konturen eines vagen Gegenstands erschienen, grau wie das Licht im Flur.

»Bring mich zu den Stimmen, Jaz«, fügte Rahil sanfter hinzu. »Vielleicht gelingt es uns gemeinsam, sie zu verstehen.«

Der Flüstersaal, wie Jazmine ihn nannte, befand sich in einem der unteren Stockwerke und hatte sogar Fenster, durch die man die hohe Mauer und den Friedhof davor sehen konnte. Das graue Licht in dem Saal wirkte etwas intensiver – *heller* war nicht das richtige Wort, fand Rahil – und dichter, und darin eingebettet war ein Gespinst, das Rahil seltsamerweise an ein anderes erinnerte, silbrig über einer weißen, von Schnee umschlossenen Stadt. Doch dieses Gespinst bestand nicht aus Metall und Polymeren, von Seglern gesponnen, sondern aus dünnen Fäden, die keine physische Substanz zu haben schienen, denn Rahil ging durch sie hindurch, ohne den geringsten Widerstand zu spüren. Sie gerieten in Bewegung, wogten wie Wellen und fügten dem Grau eine Andeutung von Farbe hinzu, die wichtig war und mehr versprach – das spürte Rahil instinktiv.

»Ich höre nichts«, sagte er und drehte sich langsam, während um ihn herum die Fäden des Gespinstes, nicht Tausende, sondern Millionen, wie ein Spinnennetz zitterten, in dem ein hilfloses Insekt zappelte.

Jazmine stand einige Meter entfernt, die Fäuste an den Seiten geballt. In ihrem narbigen Gesicht rangen Zorn und Triumph miteinander.

»Hast du mir die Stimmen gestohlen?«, fragte sie. »Ich höre nichts, du hörst nichts, die Stimmen sind nicht mehr da!«

Der Kopfschmerz kehrte zurück, ein dumpfes Pulsieren, wie von einem fremden, langsam schlagenden Herz. Rahil hob die Hände und rieb sich die Schläfen mit Zeige- und Mittelfinger. Weitere Fäden bildeten sich, krochen durchs Grau wie die Linien durch Tisch und Wände im Kartenzimmer. Sie machten einen Bogen um ihn und kamen näher, als wollten sie ihn in einen Kokon spinnen. Ein Knistern kam, getragen von den Linien, die sich nach Farbe sehnten, und wie zuvor glaubte Rahil, auf einer Bühne zu stehen, vor einem tiefen Zuschauerraum, in dem ein immenses Publikum murmelte und auf den Beginn der Vorstellung wartete. Aber vielleicht, dachte er, verhielt es sich genau anders herum. Vielleicht war er das Publikum, und was er dort hörte, waren nicht die Zuschauer, sondern die Akteure, auf einer Bühne so immens, dass sie in verschiedene Dimensionen ragte und sich durch alle Zeiten und Räume erstreckte.

Die Hohen Mächte, dachte er. Ihnen standen alle Zeiten und Dimensionen offen. Dies war etwas, das sie geschaffen hatten, das Produkt primärer Technik, offen für Zeit und Raum, in seinem Zentrum nicht ein Herz, sondern zwei. Das eine ruhte und wartete, aber das andere schlug, und Rahil fühlte seinen Schlag, oder den Widerhall, als dumpfen Kopfschmerz, der in seinem Bewusstsein eine Tür öffnete, die sonst ebenso fest verschlossen war wie die aus altem Holz am Ende des großen Flurs. Das Knistern war der Schlüssel, und ihm folgten die Stimmen, ebenso viele wie Fäden im grauen Licht.

Zuerst waren sie wie ein Kratzen an den Innenseiten des Schädels, störend und unangenehm, aber als die Tür in Rahils Bewusstsein weiter aufschwang, bekamen die Stimmen mehr Platz und brauchten nicht mehr nach Ritzen und Rissen zu suchen, durch die sie in seine Innenwelt gelangen konnten. Aus dem Kratzen wurde das Flüstern, das er einmal kurz gehört hatte, ein wortloses Wispern und Raunen.

»Ich höre es«, sagte Jazmine. »Das Flüstern ist noch da. Du hast mir die Stimmen nicht gestohlen. Aber kannst du verstehen, was sie erzählen?«, fragte sie herausfordernd.

Ein Erinnerungsbild entfaltete sich zwischen Rahils Gedanken. Es zeigte ihm die dick und alt gewordene Lucrezia und ihn selbst an ihrer Seite, auf ihrem Bett im Habitat, umgeben von Wänden, die Meere, Berge und Wüsten zeigten, Landschaften ferner Welten, zum Greifen nah. Er erinnerte sich daran, wie sie dort gelegen und sich das »Konzert« angehört hatten, das Lied der Kosmischen Enzyklopädie, das manchmal für ihn war wie ein Glas Wasser für einen Verdurstenden. Es gab ihm einen inneren Frieden, den er sonst vergeblich suchte; es befreite ihn, wenn auch nur für kurze Zeit, vom Gefühl der Schuld, das ihn seit dem Tod der jungen Jazmine an Bord der *Rosenduft* begleitete. Dass er süchtig nach dem Lied war, hatte er lange Zeit geahnt, und er wusste es seit den ersten Therapiesitzungen mit Psychomechaniker Ayyad. Aber es war eine Sucht wie in Sehnsucht, wie der Wunsch des Erblindeten nach Rückkehr des Augenlichts, wie das Begehren des Tauben nach einem Ende der Stille. Es war keine Krankheit, sondern eine Leere, die gefüllt werden wollte, und selbst das Lied der Kosmischen Enzyklopädie, das ihm so oft Ruhe und Frieden gebracht und ihn anschließend mit einer gewissen Bitterkeit in der Seele zurückgelassen hatte, war nur ein Ersatz. Sein Leben lang hatte er sich, ohne davon zu wissen, nach diesen Stimmen gesehnt, denn sie waren das, was die anderen Ohren in ihm hören und die anderen Augen sehen wollten. Die Sucht nach dem Lied der Kosmischen Enzyklopädie war nichts anderes als genetisch verankerte, von veränderten DNS-Bauplänen geschaffene Sehnsucht nach den Programmbibliotheken – den Stimmen – der Superschmiede, die jemand aus der Zukunft nach Heraklon geschickt hatte.

Hier stand der Schmied, auf den die Superschmiede gewartet und den sie in Jazmine nicht gefunden hatte. Jazmine, in einem Uterus herangewachsen, ursprünglich mit demselben genetischen Bauplan ausgestattet wie ihr Bruder. Vielleicht war sie ungeeignet gewesen aufgrund irgendeiner individuellen Besonderheit oder inkompatibler genetischer Subcodes, die Coltans Gentechniker nicht rechtzeitig entdeckt und korrigiert hatten. Und dann war es erforderlich geworden, die Pläne zu ändern und übereilt zu handeln, und es war eine neue Jazmine entstanden, in einer biologischen Schmiede, die zweifellos versucht hatte, den »Fehler« der genetischen Manipulationen zu korrigieren, und ausgestattet mit einem unvollständigen Image. Coltans Leute hatten sie hierhergebracht, offenbar noch als Kind, in etwas, das ein Gefängnis für sie gewesen sein musste, und sie war verrückt geworden, wahrscheinlich schon nach kurzer Zeit. Und das Artefakt hatte weiterhin geschlafen, bis Rahil gekommen war.

Seine Gedanken rasten, wie von Femtomaschinen beschleunigt, und er begriff, dass die Stimulation von der Ekstase ausging, die er bisher nur mit dem Lied der Kosmischen Enzyklopädie in Verbindung gebracht hatte. Weitere Erkenntnisse öffneten sich ihm wie Blütenkelche der Sonne. Er war hierhergekommen und hatte das Artefakt berührt, als die Barriere – die Phasenübergänge des Absorptionsfelds – noch nicht existierte. Und dabei hatte er, ohne es zu wissen und vielleicht über seine Schwester, die vertraute und doch fremdartige Präsenz im Innern des Artefakts erreicht, den Ruhezustand der Superschmiede beendet. Sie war aktiv geworden und hatte begonnen, Energie und Basismasse aufzunehmen, sich selbst aus dem Planeten zu graben, in dem sie seit zehn Millionen Jahren steckte. Aber etwas in ihr war durcheinandergeraten oder defekt, vielleicht aufgrund des Einflusses, den eine verrückte Schmiedin über siebenundachtzig Jahre hinweg ausgeübt hatte, ohne zu ahnen, was sie tat. Oder beim Sturz aus der Zukunft in die Vergangenheit von Heraklon war etwas passiert, das die Integrität der Programmbibliotheken beeinträchtigt hatte. Nach der Initialisierung hatte die Schmiede begonnen, Energie aufzunehmen und die Materie in ihrer Umgebung als Basismasse zu verwenden, aber da der steuernde Einfluss aktiver Programme fehlte, hatte sie sich selbst in einer Art wucherndem Wachstum erweitert.

»Du kannst sie verstehen«, brachte Jazmine hervor, die kahlköpfige Jazmine mit dem vernarbten Gesicht. »Du kannst sie wirklich verstehen.«

Rahil hörte nicht nur ihre Worte, sondern auch ihre Gedanken, ein Flüstern im Flüstern, wirr und konfus, in einem Knäuel aus Emotionen, in dem Enttäuschung und Zorn alles andere dominierten.

»Du bist erst seit kurzer Zeit hier, und schon kannst du die Stimmen verstehen!«, rief Jazmine, die am Fenster stand, in ihren Händen Gegenstände, die aus dem Nichts erschienen und wieder verschwanden. »Du hast mir mein Leben genommen, und jetzt willst du mir auch die Stimmen nehmen!«

Sie ist süchtig wie ich, dachte Rahil, im grauen Licht von grauen Fäden umsponnen, die sich nach Farbe sehnten. Die Stimmen haben ihr den Verstand geraubt, weil sie ohne Worte blieben, ohne Botschaft, aber sie brauchte sie auch. Ohne die Stimmen wäre sie hier im Artefakt zugrunde gegangen.

Rahil konzentrierte sich auf das Wispern und Raunen, dachte dabei an die inneren Augen und Ohren.

Der Blinde sah, der Taube hörte.

Er sah: noch mehr Fäden in der grauen Luft des Flüstersaals, ein Gespinst, das immer komplexer wurde, aber nicht wirrer, in dem sich Muster zeigten, in dem Verbindungen mit ihm entstanden. Er befand sich im Mittelpunkt, aber er war kein zappelndes Insekt im Netz einer hungrigen Spinne.

Er sah: Muster, die sich wiederholten, erkannte in ihnen die fraktalgeometrische Struktur der Superschmiede und ihrer Programmbibliotheken, die den Aufbau von Materie betrafen, die Form von Raum und Zeit. Für einen Moment verwandelte sich das Gebäude mit den vielen Zimmern und Fluren in zwei große Spiegel, die jeweils aus zahllosen kleineren Spiegeln bestanden, und er befand sich zwischen ihnen und sah, mit den anderen, den inneren Augen, sich selbst und seine Wirklichkeit endlos reflektiert.

Endlose Möglichkeiten. Kleine Bewegungen genügten, um sie zu verändern, um neue reflektierte Wirklichkeiten zu erschaffen.

Er hörte: die Stimmen der Fäden. Jeder einzelne von ihnen sprach mit einer eigenen Stimme und beschrieb, ruhig und geduldig, die Möglichkeiten, die ihm die Spiegel gezeigt hatten, mehr als er zählen konnte. Einige erhabene Sekunden lang hatte Rahil das Gefühl, dass ein alter Wunsch in Erfüllung gegangen war, dass er nicht nur das Lied der Kosmischen Enzyklopädie hörte, sondern auch die Botschaft darin, den *Inhalt* der Töne. Er hob die Hände, berührte die Fäden des Gespinstes und glaubte, die Enzyklopädie der Hohen Mächte zu berühren, die das ganze

Universum durchzog, oder zumindest den Virgo-Superhaufen, der aus zweihundert Galaxienhaufen bestand. Lag darin das Geheimnis der Superschmiede, der Schlüssel zu ihrer Funktion? War sie – so wie er jetzt mit den Fäden, ihren Programmbibliotheken – mit der Kosmischen Enzyklopädie verbunden?

»Du sprichst mit ihnen!«, rief Jazmine. »Dummer Junge, ich will nicht, dass du mit ihnen sprichst! Sie gehören mir ...«

Verzückt lauschte Rahil den Stimmen, mit der Erleichterung von jemandem, der endlich am Ziel eines langen Weges angelangt war. Millionen von Stimmen waren es, und zunächst fiel es ihm schwer, die einzelnen Worte voneinander zu unterscheiden. Aber der Teil von ihm, der über Jahrzehnte hinweg der Kosmischen Enzyklopädie gelauscht hatte, lernte schnell und trennte die Worte voneinander. Die Stimmen wurden nicht weniger, eher mehr, doch er verstand, wovon sie alle flüsterten: von Möglichkeiten, von Potenzial, von Wünschen, die im wahrsten Sinne des Wortes Gestalt annehmen konnten. Sie erzählten ihm, wozu das Artefakt, die Superschmiede, fähig war. Sie erklärten ihm, was er tun musste, um ihr Potenzial zu nutzen.

»Hör auf!«, heulte Jazmine. »Hör auf, dummer Junge! Du verstehst nicht, was ich hinter mir habe. Du verstehst nicht, dass dies mein Zuhause ist. Du hast mir mein Leben und die Stimmen genommen, aber mein Zuhause nimmst du mir nicht.«

Es war eine andere Stimme, die des Wahnsinns, laut und schrill, und Rahil sah sie mit seinen äußeren Augen, die nur einen kleinen Teil von dem sahen, was an diesem Ort existierte: seine Schwester, aufgewachsen im Artefakt und in ihm verrückt geworden, das narbige Gesicht verzerrt, die Augen groß und voller Zorn. Sie stand vor ihm, nicht Teil des Gespinstes wie er, nicht mit den Fäden verbunden, aber in der rechten Hand einen Dolch wie aus grauem Glas.

Jazmine stieß damit zu.

Ein Blinzeln, ein stechender Schmerz, und wieder sah Rahil mit den Augen, die nicht alles sahen, dass der Dolch ein Loch in seiner Brust hinterlassen hatte, dort, wo sein Herz schlug. Es macht nichts, dachte er. Ich bin am Ziel; hier kann ich nicht sterben.

Dann breitete sich Schwäche in ihm aus, und er begriff, dass er sich irrte.

Benommenheit erfasste ihn, und Schwäche. Jazmine stand noch immer da, Triumph in dem Gesicht, das sie sich vor vielen Jahren selbst zerkratzt hatte.

Rahil taumelte, und seine Hände strichen durch die Fäden, als wollten sie sich an ihnen festhalten.

»Du hast mir das Leben genommen, und jetzt nehme ich dir das deine«, sagte Jazmine mit einer Kälte in der Stimme, die ihn an seinen Vater erinnerte. Sie ging, sie verließ den Flüstersaal, sie ließ ihn allein.

Aber er war nicht allein. Die Stimmen umgaben ihn, flüsterten noch immer von Möglichkeiten, und Rahil, dem Tode nahe, suchte in ihnen nach einer Möglichkeit für sich. Er dachte an seinen Einsatz, an seine Mission. Er dachte daran, dass die Ägide – wenn er starb, wenn er nicht aus dem Artefakt zurückkehrte – einen Nachfolger schicken würde, vielleicht einen anderen, wiederauferstandenen Rahil. Sein Image lag bereit, sein genetischer Code ebenfalls, und die Techniker der Ägide wussten, wie man mit einem Uterus umging. Doch dem nächsten Rahil würden *diese* Erinnerungen fehlen; er konnte sich nicht daran erinnern, was im Artefakt geschehen war.

Rahil taumelte erneut, die Beine knickten schier unter ihm ein. Die Worte eines Gesserat, der Zacharias genannt werden wollte, fielen ihm ein. *Wenn Sie in Schwierigkeiten geraten, Rahil*

Tennerit … Wenden Sie sich an den Verwahrer Äguizabel in Lautaret. Er verdient Ihr Vertrauen.

Die Vogelleute, die Nationen der Täler und Schluchten. Die Verwahrer genossen hohes Ansehen bei ihnen. Sie bewahrten Objekte auf, manchmal auch niedergeschriebene Wünsche und Hoffnungen. Mit ihrem Leben hüteten sie, was man ihnen anvertraute, bis der rechtmäßige Eigentümer zurückkehrte. Vielleicht gab es auf ganz Heraklon – abgesehen von den Depotkammern der Konsulate und Botschaften – keinen besseren Ort, um etwas aufzubewahren.

Meine Erinnerungen, dachte Rahil, während sich die grauen Fäden des Gespinstes wanden und die Stimmen weiterhin von Möglichkeiten flüsterten. Der nächste Rahil muss wissen, was hier geschehen ist. Ich habe den Schlüssel gefunden. Er hat die ganze Zeit in mir gelegen.

Blut strömte aus der Wunde in seiner Brust, ein dunkelroter Schwall mit jedem Herzschlag.

Was brauche ich?, dachte er, und für eine schreckliche Sekunde packte ihn Verzweiflung, denn wie sollte er seine Erinnerungen aufzeichnen und zum Verwahrer bringen? Dann flüsterte es, vielleicht eine der Stimmen: Du bist in einer Superschmiede, und du bist der Schmied. Sie kann dir alles geben, was du brauchst. Und mehr noch. Hier stehst du an Interpolationen von Raum und Zeit. Öffne die Augen, die blind gewesen sind. Öffne sie noch etwas weiter.

Die Fäden, grau wie das Licht, kamen näher, und mehr von ihnen wanden sich um Rahil, als wollten sie ihn stützen. Er stand nicht mehr, er war auf die Knie gesunken, und in seinen gewölbten Händen bildete sich etwas, das aussah wie ein Gewebeklumpen: ein Biomorph.

Du bist hier, flüsterte es. Aber wenn du möchtest, kannst du woanders sein. Wissen floss in ihn, wie er es sich immer von der Kosmischen Enzyklopädie gewünscht hatte, und er begriff einen Teil der Existenz der Hohen Mächte, deren Repräsentanten überall sein konnten, wenn sie wollten – Zeit und Raum setzten ihnen keine Grenzen. Genügte es, einen Wunsch zu denken? Rahil betrachtete den Biomorph in seiner Hand, ein künstliches Geschöpf, dazu bestimmt, seine Erinnerungen aufzunehmen. Er spürte bereits, wie es aktiv wurde, wie es sich auf seine Biosignatur fixierte. Seine Kräfte schwanden, und er hoffte, dass die Zeit ausreichte, als er den Biomorph hob und an seinen Nacken setzte.

Der Wunsch des Schmieds war die Basis, das Fundament, und mit den richtigen Programmbibliotheken ließ er sich realisieren. Es ähnelte dem Versuch, im Lied der Kosmischen Enzyklopädie nach einem bestimmten Ton zu suchen. Rahil schuf eine klare Vorstellung seines Wunsches, wie er es auch bei dem Biomorph getan hatte. Die Bibliothek der Superschmiede reagierte auf ihn, und wieder präsentierte sie Möglichkeiten: Verbindungen durch Raum und Zeit, wie kleine Kickouts, von der primären Technik des Artefakts extra für ihn geschaffen.

Ich könnte reisen, dachte er. Ich könnte jeden beliebigen Ort aufsuchen, oder fast jeden.

Er senkte den Kopf und sah das Blut, das ihm aus der Brust quoll, mit jedem Herzschlag ein bisschen mehr, und er wusste, dass er starb, von seiner wahnsinnigen Schwester erstochen.

Er öffnete ein Kickout, während der Biomorph in seinem Nacken Erinnerungen aufnahm. Mit einer gewaltigen Kraftanstrengung kam er wieder auf die Beine, aber kaum stand er, gaben die Knie nach, und er fiel in das Fraktal, das die Linien, obwohl noch immer grau, vor ihm geschaffen hatten.

Licht empfing ihn, gelbes und orangefarbenes Licht, von Lampen und Kerzen. Eine Silhouette bewegte sich, ein alter Vogelmann mit atrophierten Flügeln, wie altes, fransiges Leder. Klickende Laute kamen von ihm, und Rahil wusste, dass die Echos dem alten Verwahrer einen Eindruck von ihm vermittelten.

»Da bist du, Rahil Tennerit.«

Er hob den Kopf und sah das Fraktal, das ihn in die Höhle gebracht hatte. Das Artefakt hatte ihn hierhergebracht, und es würde ihn zurückholen, gleich.

»Sie haben … mich erwartet?«

»Jemand hat dich angekündigt, Rahil Tennerit«, erwiderte Äguizabel. »Ein seltsamer Besucher. Er schien viel zu wissen, mehr als ich. Er sagte, du würdest mir Erinnerungen bringen.«

Rahil fühlte, wie sich die Nervenwurzeln des Biomorphs aus seinem Nacken lösten. »Ja, ich …«

Er legt die Bürde ab, den Pilgerstab zerbrochen,
Die ganze Pflicht erfüllt, den letzten Feind gerochen.

DAS ARTEFAKT II

52

Eine andere Welt erwartete ihn, ohne ein Gespinst aus Fäden, zumindest hier, ohne graues Licht, ohne Programmbibliotheken, die zu ihm flüsterten wie die Stimmen von Millionen Akteuren auf einer gewaltigen Bühne. Es war eine Welt, die zunächst auf das Innere eines Clippers beschränkt blieb, der mit hoher Geschwindigkeit durch die Düsternis einer sterbenden Welt raste. Der Tod, der sich unten ausbreitete und all jene fand, die nicht geflohen oder evakuiert worden waren, befand sich auch an Bord.

»Exitus«, sagte der Mann, der die Uniform der Ägide trug. Joyce hieß er, erinnerte sich Rahil. Er hielt einen kleinen Diagnoser in der Hand, mit dem er Delana untersucht hatte. Die Frau mit dem knochigen Gesicht und dem kurzen schwarzen Haar – kurzes Haar, kein langes, zu einem Zopf geflochten – saß in sich zusammengesackt in einer Ecke des Passagierabteils, den Kopf gesenkt, das Kinn auf der Brust. »Gehirnschlag, Sire. Ein mentaler Schock hat sie umgebracht.«

»Vielleicht der Dolch, der sich in die Brust des anderen Rahil gebohrt hat, geführt von der Hand seiner Schwester«, sinnierte jemand, und als Rahil, müde und erschöpft, den Blick hob, fand er kühle graue Augen, die nachdenklich auf ihn herabsahen. »Oder es kam zu einem kurzen Kontakt mit dem Artefakt. Delana war keine Schmiedin. Nichts hat sie auf so etwas vorbereitet.«

»Wie weit ist es noch?«, fragte Coltan Jaqiello Tennerit und hob dabei die Stimme.

»In einer halben Stunde sind wir da«, antwortete der Pilot über die Schulter hinweg. »Die energetischen Turbulenzen werden immer stärker, Sire. Die Belastung unserer Abschirmung wächst.«

»Das war zu erwarten. Was ist mit den extraplanetaren Daten?«

»Beide Poleis befinden sich in der Nähe des Planeten und neutralisieren die lokalen Auswirkungen ihrer Gravitationsfelder.« Rahil sah, wie der Pilot Kontrollen bediente und die Anzeigen überprüfte, und das war seltsam, denn der Mann saß einige Meter entfernt in der Kanzel des Clippers. Um ihn zu sehen, hätte er sich zur Seite beugen müssen.

Es sind meine inneren Augen, die ihn beobachten, dachte er benommen. Ich bin ganz. Ich habe alle meine Erinnerungen, oder fast. Nur an meinen Tod erinnere ich mich nicht.

»Deutet irgendetwas darauf hin, dass sie in das Geschehen eingreifen wollen?«

»Nein, Sire. Es finden Kämpfe in der Nähe des Planeten statt, hauptsächlich zwischen dem Schnellen Verband von Larralde und Burion auf der einen und den Seglern auf der anderen Seite.«

»Feinde werden zu Freunden?«

»Nicht zu Freunden«, brummte Joyce, der den Diagnoser einsteckte. »Zu Verbündeten. Und auch das nur für kurze Zeit. Wenn es ihnen gelänge, die Segler zu besiegen, würden sie kurze Zeit später übereinander herfallen.«

»Unsere Schiffe haben sich in eine hohe zirkumpolare Umlaufbahn zurückgezogen«, fügte der Pilot hinzu. Das Summen von Variatoren untermalte seine Stimme wie der Grundton einer einfachen Melodie. Variatoren, dachte Rahil und versuchte, ganz zurückzufinden in diese kleine, beengte Welt. Variatoren waren Technik oberhalb der Stufe vier, und das bedeutete: Entweder funktionierte Heraklons globale Interdiktion nicht mehr, oder Coltan hatte eine Möglichkeit gefunden, den Clipper vor ihr zu schützen und die primäre Technik zu nutzen, mit der ihn sein Helfer bei den Hohen Mächten ausgestattet hatte.

»Was ist mit der Ägide?«, fragte Coltan.

»Ihre Orbitalstationen sind von den Seglern vernichtet oder übernommen«, berichtete der Pilot. Rahil konnte, selbst wenn er die Lider senkte, sein schmales Gesicht sehen, obwohl er mit dem Rücken zu ihnen saß. »Ihre Schiffe versuchen nach wie vor, die Bevölkerung des Planeten zu evakuieren.«

»Keins von ihnen befindet sich in der arktischen Region?«

»Nein, Sire.«

»Sie haben die Hoffnung aufgegeben«, sagte Joyce. Es klang fast enttäuscht.

»Hast du gehört, mein Sohn?« Wieder erschienen Coltans graue Augen über Rahil. »Die Ägide kümmert sich nicht mehr um das Artefakt.«

Wo war Sammaccan? Rahil versuchte, mit seinen inneren Augen zu sehen, und dort saß er: zwischen den beiden anderen Männern, einer von ihnen mit einem bioaktiven Verband an der Schulter, auf der gegenüberliegenden Seite des Abteils: ohne

Schellen an den Händen, nicht gefesselt, aber doch reglos und mit unveränderter Gestalt. Gab es vielleicht einen Inhibitor, der seine polymorphen Fähigkeiten blockierte? Wir müssen etwas tun, sagte Rahil zu ihm, aber es waren seine Gedanken, die sprachen, und Sammaccan war kein Telepath wie Delana.

»Du weißt alles, nicht wahr?«, fragte er und spürte, wie seine Kräfte allmählich zurückkehrten. Wenn die Interdiktion nicht für den Clipper und seine primäre Technik galt ... Vielleicht gelang es ihm, seine Femtomaschinen zu reaktivieren und mit ihrer Hilfe klarer und schneller zu denken. Klar und schnell genug, um eine Verbindung mit dem Artefakt herzustellen und sein Potenzial zu nutzen?

»Ich weiß viel, wenn auch vielleicht nicht alles«, erwiderte Coltan, während der Clipper mit summenden Variatoren den Flug nach Norden fortsetzte. »Ich weiß, dass ein Gesserat eingegriffen hat, noch dazu ein Evaluator, der zu Neutralität verpflichtet ist. Diese Information dürfte für ... meinen Kontakt bei den Hohen Mächten sehr wichtig sein. Ich weiß, dass du im Artefakt gewesen bist und dass deine Schwester dich erstochen hat. Aber vorher gelang es dir, die Möglichkeiten des Artefakts zu nutzen, einen Biomorph zu schmieden und deine Erinnerungen darin aufzuzeichnen. Und damit noch nicht genug. Du hast dich mit einem Kickout nach Lautaret transferiert, zum Verwahrer Äguizabel. An den du dich wenden solltest, dem Rat des Gesserat folgend.«

Für einen Augenblick fragte sich Rahil, ob der Gesserat Zacharias der Helfer seines Vaters war. Nein, das passte nicht zu den Mustern, die dem Geschehen zugrunde lagen. Ja, Zacharias beziehungsweise Jar Enhelian Gavira Enei Cropcor'al'Tentero az Halgewi war ein Evaluator und gehörte damit zu jenen, die über Reife und Eignung der Menschheit für den Zugang zur

Kosmischen Enzyklopädie entschieden. Er durfte nicht eingreifen, doch das hatte er getan, sogar zweimal. Um einen Ausgleich zu schaffen? Um ein Gegengewicht zu bilden für eine weitaus größere Intervention? Oder steckte noch mehr dahinter?

»Ich weiß auch, dass du geschafft hast, was deiner Schwester verwehrt blieb«, fuhr Coltan fort. »Du hast das Potenzial des Artefakts genutzt. Du bist der Schmied, den wir wollten!«

»Höre ich da Stolz?«

»Wie könnte ich nicht stolz sein? Du bist mein Sohn, Junge. Du bist der entscheidende Schritt, auf den Juranjo Rett und Jere Laureno hofften.«

Rahil saß stumm da, wie vom Gewicht seiner Verantwortung gegen die Wand neben der Sitzbank gedrückt. Den Piloten konnte er nicht direkt sehen, nur mit den inneren Augen. Unauffällig fing er Sammaccans Blick ein und dachte: Halte dich bereit, mein Freund. Wir müssen handeln, wenn sich eine Chance ergibt. Das Artefakt darf nicht in die Hände meines Vaters fallen.

»Als Jazmine und ich Caina verließen, vor fast hundert Jahren, und als Jaz an Bord der *Rosenduft* starb …«, sagte Rahil. »Du hattest ein Image von ihr, und ihren genetischen Code. Deinen Technikern stand eine biologische Schmiede zur Verfügung, ein Uterus, und darin ließen sie eine neue Jazmine heranwachsen. Sie versuchten, ihr das genetische Programm zu geben, das sie zu einer Schmiedin für die Superschmiede machen sollte, aber vielleicht wussten deine Leute nicht, dass ein Uterus immer versucht, Gen-Defekte zu korrigieren, und möglicherweise hielt er die genetischen Manipulationen für einen solchen Defekt. Hinzu kam ein unvollständiges Image. Wie kannst du unter solchen Umständen gehofft haben, dass die neue Jazmine den von dir gewünschten Zweck erfüllt?«

»Ihr hättet Caina nicht verlassen sollen«, sagte Coltan. »Das war ein großer Fehler.«

»Bei allem, was dir heilig ist, Vater, falls es so etwas überhaupt gibt … Wir reden hier von deinen Kindern! Von deiner Tochter! Von deinem eigenen Fleisch und Blut.«

»Ich war bereit, Opfer zu bringen«, sagte Coltan. »Wir alle müssen Opfer bringen. Manchmal ist es unsere freie Entscheidung, manchmal nicht.«

»Du warst bereit, deine Tochter und deinen Sohn zu opfern?«

»Ich habe euch für etwas Größeres geschaffen, Junge.« Jetzt lag Ärger in der Stimme, der Grundton einer anderen Melodie. »Begreifst du das noch immer nicht, obwohl du deine Erinnerungen zurückbekommen hast? Ihr seid dazu bestimmt gewesen, das Artefakt zu lenken und zu steuern.«

»Für dich. Für deine Träume von Macht.«

»Für meine Träume von einer freien, großen Menschheit.«

Die beiden Männer rechts und links neben Sammaccan wirkten unbeeindruckt, vielleicht sogar desinteressiert. Aber Joyce, der Mann von der Ägide neben der toten Delana, hörte aufmerksam zu. Rahil erinnerte sich daran, dass seine Stimme in der Höhle des Verwahrers seltsam vertraut geklungen hatte.

»Dort liegt das Problem«, sagte er. »Es sind *deine* Träume, Vater. Und es gibt viele Leute, die sie nicht teilen, insbesondere in der Bruch-Gemeinschaft und bei der Ägide.«

»Auf den Gefallenen Welten sieht man die Sache vielleicht anders, mein Sohn. Es sind zweihundertdrei Welten, und auf ihnen leben mehr Menschen als auf den neunundsechzig Planeten und Monden der Bruch-Gemeinschaft. Wollen wir demokratisch sein? Wollen wir die Mehrheit entscheiden lassen?«

Ein Despot, der sich auf die Demokratie beruft, dachte Rahil. Er ging nicht auf die Frage seines Vaters ein.

»Warum hast du vor siebenundachtzig Jahren nur Jazmine geschickt? Warum hast du nicht versucht, auch von mir eine Uterus-Version zu erschaffen?« Er erkannte etwas in Coltans Gesicht und fügte hinzu: »Du *hast* es versucht, nicht wahr?«

»Dreimal«, erwiderte der Mann mit den kalt blickenden grauen Augen. »Jazmine war tot. Was sie betraf, blieb uns keine Wahl. Du warst am Leben, und wir haben versucht, dich zu erreichen, aber damals hatten wir noch nicht den Einfluss, den wir heute haben, und die Mittel. Du warst von der Ägide zu gut geschützt. Deshalb mussten wir es mit Jazmine versuchen, denn die Versuche mit dir schlugen alle fehl.« Ein dünnes Lächeln lag plötzlich auf Coltans Lippen. »Du machst übrigens einen Denkfehler, Junge. Wir haben keinen Uterus benutzt.«

»Sondern?«

»Eine Brutmaschine.«

»Eine *was*?« Zuerst dachte Rahil, dass es sich um ein hintergründiges Wortspiel handelte, oder eine Anspielung, die nur Coltan und seine engsten Vertrauten verstanden. Aber dann erinnerte er sich plötzlich an die Stummen Zeugen weiter im Süden von Heraklon, an Sammaccans Fragen nach dem *Ereignis*.

»Die Diaspora«, sagte er.

»Eine ihrer Welten ist teilweise verschont geblieben. Jemand hat sie uns gezeigt.«

»Jemand? Dein Helfer bei den Hohen Mächten?«

»Jemand«, sagte Coltan. »Woher, glaubst du, stammt der genetische Code für die Begabung, die ein Schmied braucht?«

»Von den Humax«, hauchte Rahil. Reichte dies so weit zurück, sechshundert Jahre, bis zum *Ereignis*? Seine Gedanken überschlugen sich plötzlich, und er starrte den Mann an, der aussah wie sein Vater. »Bist du …?«

»Ob ich ein Humax bin? Nein. Oh, es gibt einige, eine Hand-voll, mehr sind nicht übrig geblieben. Sie halten sich im Hinter-grund, damit man sie nicht erkennt, und manche von ihnen nehmen wichtige Positionen ein. Du würdest staunen, Junge.« Das Lächeln auf Coltans Lippen wuchs kurz in die Breite und verschwand dann. »Ich bin damals alt und müde gewesen, mein Sohn, noch älter und müder durch den Krieg im Dutzend. Ich bin gestorben und ›wiederauferstanden‹, wie ihr es nennt. In einer Schmiede, einem Uterus. Ohne ein zusätzliches geneti-sches Programm, das der Uterus zu eliminieren versucht hät-te. Ich brauchte keine Brutmaschine. Bei Jazmine sah das an-ders aus.«

»Aber es hat nicht geklappt.«

»Die ersten beiden Versuche scheiterten wie bei dir«, sagte Coltan. »Der dritte hingegen erschien uns vielversprechend. Wir hatten die Brutmaschine mit der Hilfe unseres … Ratge-bers modifiziert, und sie brachte uns Jazmine als kleines Kind; sie war noch fast ein Säugling. Wir ließen sie die ersten Jahre bei uns aufwachsen und gaben ihr das ebenfalls veränderte und an-gepasste Image, als wir sicher sein konnten, dass sie stabil war.«

Rahil glaubte plötzlich zu sehen, wie ein Monstrum die Mas-ke abstreifte und sein wahres, scheußliches Gesicht zeigte. Er erkannte, welches Ungeheuer er zum Vater hatte. »Du hast der sich bildenden Persönlichkeit eines Kindes fremde Erinnerun-gen aufgesetzt?«

»Wir hatten sie darauf vorbereitet«, entgegnete Coltan. »Wir glaubten sie bereit.«

»Ist dir eigentlich klar, was du da sagst?«

»Mein Sohn …« Für einige Sekunden schien es, als suchte Rahils Vater nach Worten. »Ich habe eben schon darauf hinge-wiesen. Wir alle müssen Opfer bringen.«

»Und dein Opfer?«, entfuhr es Rahil. »Was hast du geopfert?«

»Die Liebe einer Tochter?«, fragte Coltan. »Die Liebe eines Sohns?«

Rahil versuchte, ruhig zu bleiben. Es gab noch viele offene Fragen. Er brauchte weitere Informationen, um alles richtig zu verstehen. »Wie alt war die von der Brutmaschine geschaffene Jazmine, als ihr sie zum Artefakt gebracht habt?«

»Neun Jahre«, sagte Coltan. »Ihre beiden Lehrer begleiteten sie. Zwei Telepathen von Blackbird, wie Delana.«

»Aber sie sind kurze Zeit später gestorben. Ich habe im Artefakt ihre mumifizierten Leichen gesehen.«

»Es gelang Jazmine, einen Kontakt mit dem Kontrollzentrum der Superschmiede herzustellen, und das Artefakt öffnete sich für sie. Die beiden Lehrer waren geistig mit ihr verbunden, und es erging ihnen wie Delana.« Coltan deutete kurz auf die Frau in der Ecke, deren Gesicht im Tod sehr friedlich wirkte. »Vielleicht kam es zu einer Art ... mentalem Kurzschluss.«

Nein, dachte Rahil. Jazmine hat die flüsternden Stimmen der Programmbibliotheken nie verstanden, und der Zugang zum Kontrollzentrum blieb ihr verwehrt. Die Tür aus dem uralten, versteinerten Holz öffnete sich für sie ebenso wenig wie für mich.

»Ich nehme an, sie hat einen Schock erlitten«, sagte er leise. »Und ihr Schock brachte die beiden Telepathen um.«

»Sie sollte sich melden«, fuhr Coltan fort. »Wir warteten darauf, dass sie sich mit uns in Verbindung setzte, das Artefakt für uns öffnete. Aber nichts dergleichen geschah.«

»Das muss eine ziemliche Enttäuschung für dich gewesen sein«, erwiderte Rahil spöttisch.

»Während der nächsten Jahre versuchten wir immer wieder, Jazmine zu erreichen. Wir setzten weitere Telepathen ein, aber sie hörten nichts. Wir machten Gebrauch von primärer Kommunikationstechnik, ohne Erfolg. Das Artefakt schlief, und deine Schwester blieb unerreichbar für uns.«

»Ich schätze, irgendwann hast du dich an mich erinnert«, sagte Rahil.

Coltan ließ sich davon nicht unterbrechen. »Wir bauten unser Netzwerk auf Heraklon aus. Wir knüpften weitere Kontakte …«

»Mithilfe deines … Ratgebers, nehme ich an.«

»Wir bereiteten uns auf den Tag X vor, in der Hoffnung, dass Jazmine nur Zeit brauchte, um einen Weg zu finden, die Kontrolle über das Artefakt zu gewinnen. Aber Jahre vergingen, und wir hörten nichts von ihr.«

»Und das Artefakt schlief.«

»Wir beteiligten uns an mehreren archäologischen Expeditionen und nahmen an den Versuchen teil, den schwarzen Oktaeder zu öffnen. Aber auch dieser Weg führte in eine Sackgasse. Und dann … Ja, schließlich haben wir uns an dich erinnert und versucht, dich bei der Ägide zu erreichen.«

»Principato?«, fragte Rahil und erinnerte sich an den Hinweis seines Vaters. »Vor siebenundfünfzig Jahren? Wo mich angeblich die Ägide umgebracht hat?«

»Das hat sie tatsächlich«, warf Joyce ein. »Wenn auch nicht direkt.«

»Vor deiner Wiederherstellung in der Station bei Ganska bist du dreimal gestorben«, sagte Coltan. »Auf Bousqute vor einundsiebzig Jahren bist du einem Unfall zum Opfer gefallen. Wir glauben, dass es tatsächlich ein Unfall war, aber ganz sicher sind wir nicht. Die Falle, die wir dir gestellt hatten, war fast zugeschnappt, als dein Bodenwagen, mit dem du zu fliehen versuchtest, außer Kontrolle geriet. Vor siebenundfünfzig Jahren auf Principato hatten dich zwei unserer Leute in ihre Gewalt gebracht. Ein Lift sollte euch im Regierungsturm von Krehel zur Dachplattform bringen, wo ein Clipper auf euch wartete, aber die Liftkabine stürzte in die Tiefe. Du bist dort im Kellergeschoss gestorben, zusammen mit deinen beiden Begleitern. Und schließlich Momeni, dein letzter Tod vor Ganska. Dort brachten dich deine Femtomaschinen um, als wir dich bereits an Bord unseres Schiffes hatten.«

Rahil fühlte den abschätzenden Blick seines Vaters.

»Es gibt zwei Möglichkeiten«, sagte Coltan. »Entweder hast du dich im Orbit von Momeni selbst getötet, mit einer Suizid-Anweisung an deine Femtomaschinen. Oder der Befehl kam über ein Prioritätssignal von der Ägide-Station, die sich in einer höheren Umlaufbahn befand und uns identifiziert hatte.«

»Die Ägide bringt ihre Leute nicht um«, erwiderte Rahil.

»Sind Sie sicher?« Joyce hielt noch immer den Diagnoser in der Hand, mit dem er Delanas Tod festgestellt hatte. »Mir sind mindestens drei Fälle bekannt, in denen Missionare geopfert wurden, um in kritischen Situationen eine Eskalation zu verhindern.«

»Warum sollte ich Ihnen glauben?«, hielt ihm Rahil entgegen.

»Weil ...«

Coltan hob die Hand. »Natürlich erinnerst du dich nicht an die Umstände deiner drei Tode vor Ganska, Junge, denn das Image, mit dem man dich wiederhergestellt hat, wurde jeweils Wochen oder Monate vorher aufgezeichnet. Frag dich dies: Warum sollten wir dich hier und jetzt belügen?«

»Um mich zu verunsichern? Um mich zu veranlassen, Dinge infrage zu stellen, an die ich bisher geglaubt habe?«

»Der Schein trügt«, betonte Coltan. »Diese Worte hat ein Gesserat an dich gerichtet. Haben sie weniger Gewicht, wenn ich sie wiederhole? Nun, mein Junge, nach Momeni hielt ich eine Änderung unserer Taktik für erforderlich. Mit der freundlichen Hilfe von Joyce sorgten wir dafür, dass dich die Ägide nach Heraklon schickte, zum Artefakt.«

»Ich glaube, ich verstehe«, sagte Rahil und spürte ein Zittern des Clippers. Es erinnerte ihn an den Flug, den er zusammen mit Thresa und Elisha unternommen hatte. Offenbar machte sich, trotz der Abschirmung, das Absorptionsfeld der Superschmiede bemerkbar. Ein Blick aus dem Fenster auf der anderen Seite des Passagierabteils zeigte ihm, dass es draußen dunkler wurde. »Du wolltest mich indirekt benutzen und hast gehofft, dass es zwischen mir und Jazmine im Artefakt zu einem Kontakt kommt.«

»Und dazu kam es, nicht wahr?«

Das hatte Rahil zunächst geglaubt, aber inzwischen wurde sein Zweifel immer größer. Vielleicht war es etwas anderes, das er in der Superschmiede berührt hatte, eine … Affinität, die über das Band zwischen Bruder und Schwester hinausging, auch wenn Jazmine, ihr wahnsinniges Selbst, damit verknüpft war.

Etwas anderes fiel ihm ein: das zwei Mikrosekunden lange Signal, auf das ihn Thresa hingewiesen hatte, und die Projektilwaffe, die plötzlich in Elishas Hand erschienen war.

»Die Tochter der Ersten Mutter … Sie gehörte zu deinen Leuten, nicht wahr?«

Coltan nickte. »Sie gehörte zu unserem Netzwerk, ja. Elisha verständigte uns, aber wir kamen zu spät. Du befandest dich bereits im Artefakt.«

»Eine zweite große Enttäuschung für dich.«

»Eine von vielen, mein Sohn, eine von vielen. Später erfuhren wir, dass du in Lautaret gewesen warst, bei Äguizabel. Wir durchsuchten heimlich seine Höhlen, konnten den Biomorph aber nicht identifizieren, denn er war auf deine Biosignatur programmiert und tarnte sich als Stein.«

Und tarnte sich als Stein, wiederholte Rahil in Gedanken und dachte an die große Tür am Ende des Flurs mit den leeren Bildern. »Meine Leiche habt ihr nicht gefunden?«, fragte er.

»Nein. Ich nehme an, das Kickout brachte dich fort. Wir fanden die Blutspuren und wussten, dass du verletzt warst, aber zu jenem Zeitpunkt brachten wir dein Verschwinden nicht mit einem Kickout des Artefakts in Zusammenhang. Wir dachten zunächst, du hättest das Konsulat der Ägide aufgesucht und dort medizinische Hilfe gefunden.«

Rahil nickte langsam. »Ich glaube, ich kann erkennen, wohin dies führt. Zum Ascar, nicht wahr?«

»Wir gingen davon aus, dass du zur Ägide zurückkehrst«, fuhr Coltan Jaqiello wie in einem Vortrag fort. »Während der nächsten Wochen suchten wir nach dir, ohne einen Hinweis auf deinen Aufenthaltsort zu bekommen. Wir nahmen an, dass du wichtige Informationen aus dem Innern des Artefakts hattest, so wichtige, dass die Ägide strengste Geheimhaltung veranlasst hatte. Nicht einmal Joyce konnte uns helfen.«

Der Mann in der Ägide-Uniform zuckte kurz die Achseln.

»Wir brauchten dich«, betonte Coltan. »Und deshalb wandte ich mich an die Ascar beim Eisschrein auf Caina und beauftragte Aisch-ta-Halem. Er sollte dich finden und zu uns bringen.«

»Er hat Lucrezia getötet«, sagte Rahil.

»Wer ist Lucrezia?«

»Schon gut. Du sprichst immer von ›wir‹, Vater. Wen meinst du damit?«

Coltan überhörte die Frage. »Unterdessen war die Superschmiede erwacht«, fuhr Coltan fort. »Sie begann damit, Energie und Materie als Basismasse aufzunehmen. Zuerst hofften wir, es wäre deiner Schwester doch noch gelungen, das Artefakt unter ihre Kontrolle zu bringen. Doch schon bald stellte sich heraus, dass ein kontrollierender Einfluss fehlte – die Superschmiede begann, Heraklon zu vernichten.«

»Und das, ohne dich zu fragen«, spottete Rahil. Er fühlte etwas tief in seinem Innern, eine Art Prickeln oder Kratzen, und fragte sich, ob es von den Femtomaschinen stammte. Ließ der Einfluss, der sie blockierte, langsam nach? »Entsprach das nicht deinem Plan? Heraklon als Welt des Friedens und der Diplomatie in einen Krieg zu stürzen, der die Absichten der Ägide vereitelte?«

»Red keinen Unsinn, Junge«, sagte Coltan scharf. »Mein Plan war, für die Gefallenen Welten vom Artefakt Besitz zu ergreifen.«

»Das soll ich dir glauben? Du willst es zu deinem Thron machen. Und ich soll das Zepter für dich schwingen.«

»Du kannst dir deinen Spott sparen, Sohn. Er verletzt mich nicht und zeigt mir nur, dass du noch immer nicht alles verstehst.«

»Alle deine Pläne in Hinsicht auf die Superschmiede schlugen fehl. Und jetzt sind wir hier.«

»Wir sind hier, weil *nicht* alle meine Pläne fehlschlugen, Junge. Willst du den Rest hören?«

Rahil schwieg und versuchte erneut, einen unauffälligen Blickkontakt mit Sammaccan herzustellen. Doch der Polymorphe starrte zu Boden.

»In den vergangenen Monaten spitzte sich die Lage immer mehr zu«, sagte Coltan. »Andere Gefallene Welten wollten das Artefakt für sich. Selbst die Segler hatten sich auf den Weg gemacht.«

»Woher wussten sie vom Artefakt, Vater? Hast du dich das jemals gefragt? Elf Clans der Segler, unter ihnen die verfeindeten Breaz und Ten-Shapino, machten sich vor hundertfünfzig Jahren im relativistischen Flug auf den Weg. Woher wussten sie von der Superschmiede auf Heraklon? Vor allen anderen, abgesehen von deinen Vorfahren. Wer hat Jere Laureno und vielleicht auch Juranjo Rett Tennerit vom Artefakt im hohen Norden von Heraklon erzählt? Wer brachte sie dazu, einen Langzeitplan zu entwickeln, und warum?«

Ein Schatten fiel kurz auf Coltans Züge, verschwand aber sofort wieder. Einige Sekunden blieb er still, und Rahil glaubte zu hören, wie das Brummen der Variatoren lauter wurde, als wollte es die Stille füllen.

»Jetzt sind wir hier«, wiederholte er dann die Worte seines Sohnes. »Ganska hat uns hierhergebracht. Joyce?«

Der Mann in der Uniform der Ägide schien darauf gewartet zu haben.

»Die Dinge überstürzten sich«, sagte er. »Auf Heraklon und bei den Gefallenen Welten. Wir mussten schnell handeln und improvisieren, wenn nicht alles verloren sein sollte. Ich machte mich auf den Weg zur Ägide-Station bei Ganska, mit Ihrem genetischen Code und dem letzten Image. Als Kurator übernahm ich die Station …«

»Sie sind *Kurator*?«, fragte Rahil verblüfft. »Sie gehören zum *Kuratorium*?«

»Ja. Ich übernahm die Station und programmierte den dortigen Uterus mit Ihrer DNS. Es musste alles sehr schnell gehen, denn die Ägide war uns auf den Fersen.«

»Der Angreifer«, stieß Rahil hervor. »Der Eindringling, der angeblich an Bord gekommen war, um meine Wiederherstellung zu verhindern …«

»Eine Einsatzgruppe der Ägide, die mir folgte, griff an. Es kam zu einem Kampf, bei dem der Stationsschmied und die anderen getötet wurden.«

Rahil erinnerte sich an die Toten in den Kryo-Zellen, in ihnen der Schmied, ein Ippakao, und achtzehn andere. Der Avatar des Stationskurators hatte anders ausgesehen, aber seine Stimme … Plötzlich begriff er, warum ihm die Stimme dieses Mannes so vertraut erschienen war. »Sie haben nicht nur die Station übernommen, sondern auch ihre Maint.«

»Sie war kein Kurator«, sagte Joyce. »Sie ist es erst durch mich geworden, gewissermaßen.« Er veränderte seine Stimme nur ein wenig und fügte hinzu: »Dies ist ein Notfall. Der Uterus, in dem Sie sich befinden, arbeitet im beschleunigten Modus. Wir bedauern die Unannehmlichkeiten für Sie.«

»Der Avatar des Stationskurators …«, sagte Rahil. »Sie steckten dahinter!«

»Zumindest zum Teil«, bestätigte Joyce. »Ich habe Exekutor-Privilegien geltend gemacht, aber die Maint der Station war misstrauisch, und schließlich blieb mir nichts anderes übrig, als eine Bewusstseinsschranke einzusetzen. Sie wehrte sich dagegen. Es war nicht leicht, glauben Sie mir.«

»Und die Zeit drängte«, sagte Coltan. »Du musstest die Station unbedingt vor dem Eintreffen der nächsten Ägide-Einsatzgruppe verlassen.«

Weitere Erinnerungen tauchten hinter Rahils Stirn auf, wichtig und unangenehm. »Ich bin auf Eckrote gewesen, und dort hat mir eine Psychomechanikerin namens Milissa Gauwain gesagt, ich sei nicht der richtige Rahil Tennerit. Sie hatte recht. Der richtige Rahil … Er starb im Konsulat der Ägide von Lautaret, nicht wahr?«

»Dein Bewusstsein basiert auf seinem Image«, sagte Coltan, »und du steckst in seinem Körper. Was willst du mehr?«

Eine Erschütterung erfasste den Clipper, so heftig, dass die automatischen kinetischen Sicherungen aktiv wurden. Spezielle Kraftfelder, die das Trägheitsmoment absorbierten, hielten Rahil und die anderen auf den Sitzen. Sie waren ein weiterer deutlicher Hinweis auf die nicht der Interdiktion unterliegende primäre Technik des Clippers.

»Wir nähern uns dem Rand des Artefakts, Sire«, meldete der Pilot.

»Ein Uterus der Ägide statt einer Brutmaschine der Diaspora«, murmelte Rahil. »Gesteuert von einem Ippakao-Schmied und einer Maint. Beste Voraussetzungen für eine Wiederherstellung. Ein Missionar, der in einer Station der Ägide erwacht. Wie könnte er da Verdacht schöpfen? Aber mit der Rüstung stimmte etwas nicht. Ich habe sie später untersucht, und dabei stellte sich heraus, dass sie manipuliert war.«

»Ebenso wie deine Femtomaschinen, mein Junge. Wir wollten nichts dem Zufall überlassen, und wenn uns die Ägide etwas mehr Zeit gelassen hätte, wärst du auf direktem Weg nach Heraklon gekommen.«

Funktionieren sie deshalb nicht?, dachte Rahil. Obwohl es hier keine Interdiktion gibt? Er versuchte, seinen Femtomaschinen eine Anweisung zu übermitteln, und irgendwo in ihm reagierte etwas, schwach und leise.

»Stattdessen sind Sie, aus welchen Gründen auch immer, nach Kedra geflogen«, sagte Joyce.

»Aus welchen Gründen auch immer?«, wiederholte Rahil verwirrt. »Ich war auf dem Weg nach Heraklon, aber im M-Raum begegnete mein Shifter einem Schiff der Hohen Mächte, das einen Disruptor gegen uns einsetzte. Für die Unterbrechung des Flugs boten sich drei Ziele an, und ich wählte Kedra. Weil ich dort jemanden kannte. Eine Frau namens Lucrezia.«

»Oh, jetzt erinnere ich mich«, sagte Coltan. »Die Frau, deren Ermordung man dir zur Last legte.« Bei ihm klang es nach einem unwichtigen Detail. »Aber das Schiff der Hohen Mächte ...« Sein Blick ging kurz zu Joyce. »Wissen wir etwas davon?«

»Nein, Sire«, erwiderte der Mann von der Ägide. »Davon höre ich jetzt zum ersten Mal.«

»Das ist interessant.« Rahil erlaubte sich ein kurzes Lächeln. »Es gibt also einen Faktor, der Einfluss auf eure Pläne nimmt und von dem ihr bisher gar nichts gewusst habt.«

»Der Gesserat?«, spekulierte Joyce.

»Wir sind da, Sire«, ertönte die Stimme des Piloten aus der Kanzel. »Ich beginne mit dem Landeanflug.«

»Wem auch immer du im M-Raum begegnet bist, Junge ...«, brummte Coltan. »Jetzt spielt es keine Rolle mehr. Wir sind beim Artefakt, und du wirst es für uns öffnen.«

53

Eine dunkle Landschaft lag vor ihnen, umgeben von einer dunklen, toten Welt. Mattes Licht kam von einem düsteren Himmel, grau wie im Artefakt. Zu feinem Staub zerfallenes Gestein strömte wie eine Flüssigkeit über den Boden, dem schwarzen Moloch entgegen, zu dem das Artefakt geworden war, einer Stadt aus kristallartigen Türmen und monolithischen Quadern, finster wie die Nacht.

Joyce hielt ein Messgerät in der Hand. In dem kleinen Rucksack auf seinem Rücken steckte ein zweites, wichtigeres Gerät. »Es nimmt die Materie des Planeten auf, wandelt sie um und erweitert sich dadurch.«

»Aber es gibt keine Materieparität«, erwiderte Coltan, als sie sich vom Clipper entfernten. »Die Superschmiede nimmt mehr Materie auf, als sie für ihren eigenen Bau verwendet.«

Ein vages Flirren umgab den hinter ihnen zurückbleibenden Atmosphärenwagen, ein energetischer Kokon, der ihn vor dem Absorptionsfeld des Artefakts schützen sollte. Sie alle trugen dicke Thermokleidung, aber keine Neutralisatoren wie jene, die Rahil, Elisha und Thresa benutzt hatten. Das Gerät in Joyces Rucksack hielt das Absorptionsfeld von ihnen fern, indem es sie in eine »Kontinuumblase« hüllte, wie er es nannte. Rahil vermutete, dass jene Technik vom Helfer seines Vaters stammte, dessen Identität und Absichten weiterhin rätselhaft blieben. Die Blase bot nicht viel Platz; Joyce betonte mehrmals, dass sie dicht beisammenbleiben mussten, da dem Wirkungsbereich der Kontinuumblase enge Grenzen gesetzt waren.

Darin sah Rahil eine Chance.

Er versuchte, Sammaccan ein Zeichen zu geben, als sie durch den fließenden Staub schritten, der schwarzen Stadt des Artefakts entgegen. Aber das war nicht leicht, denn der Polymorphe von Munraha ging zwischen den beiden Männern, die ihm im Clipper auf der Sitzbank Gesellschaft geleistet hatten, einer von ihnen mit einem Verband an der Schulter. Mit seinen morphischen Fähigkeiten könnte ihm Sammaccan eine große Hilfe sein, aber wenn er nicht zusammen mit Rahil aktiv wurde, wenn er zu lange zögerte … Ohne Waffen und mit deaktivierten Femtomaschinen hatte Rahil gegen seinen Vater, Joyce, den Piloten und die beiden anderen Männer keine Chance. Auch diesmal trug Sammaccan keine sichtbaren Fesseln; seine Bewegungsfreiheit schien nicht eingeschränkt zu sein. Er ging mit hängenden Schultern und hielt den Kopf gesenkt, wirkte niedergeschlagen und resigniert. Rahil fragte sich, ob sein Vater Sammaccans Gestaltwandlerpotenzial irgendwie lahmgelegt hatte, so wie seine Femtomaschinen. War das überhaupt möglich? Was auch immer der Fall sein mochte: Coltan machte einen sehr selbstsicheren Eindruck und schien zu glauben, seinem Ziel nahe zu sein. Was Rahil in seiner Entschlossenheit bestärkte, ihm einen Strich durch die Rechnung zu machen.

Links von ihnen führten die Reste einer Straße zu einer kleinen Stadt, deren Gebäudereste wie farblose Gerippe im Halbdunkel aufragten. Rahil beobachtete, wie die Mauern am nördlichen Stadtrand in sich zusammensackten und zu Staub zerfielen, der sofort Teil des dunklen Strömens auf dem Boden wurde.

»Das ist, beziehungsweise war, Leho«, sagte der Mann mit dem Schulterverband. »Bis vor wenigen Monaten war die Stadt fast neunhundert Kilometer vom Artefakt entfernt. Und jetzt ist es hier.« Er deutete zu den Türmen, die wie riesige Stabkristalle aufragten. Ein leises Knirschen und Grollen kam von dort, Geräusche, die Rahil bereits vertraut waren.

»Die Superschmiede hatte eine ursprüngliche Masse von etwa zweihunderttausend Tonnen«, sagte Coltan, während sie durch den dunklen flüssigen Staub gingen: Ihre Schritte wirbelten ihn nicht auf, sondern verursachten Wellen darin. »Wie groß mag die Masse jetzt sein? Wie weit hat sich das Artefakt *in* den Planeten gefressen?«

»Was würdest du damit machen, wenn du es wirklich unter deine Kontrolle bringen könntest?«, fragte Rahil. »Glaubst du vielleicht, die anderen Gefallenen Welten sähen ruhig zu? Und was ist mit Bruch-Gemeinschaft und Ägide? Glaubst du, sie würden die Hände in den Schoß legen, während du solche Macht an dich reißt?«

»Was glaubst *du*, Junge? Dass die Ägide eine Planetenbombe auf Heraklon abwirft und eine ganze Welt opfert, um das Artefakt zu vernichten? Das hätte sie viel eher tun sollen, wenn man die Dinge aus ihrer Sicht betrachtet. Als das Artefakt nicht mehr war als der Oktaeder und die im Boden darunter steckende Masse. Aber das war natürlich undenkbar, denn schließlich war Heraklon eine Welt des Friedens und der Diplomatie. Ich bezweifle, dass sich selbst mit einer Planetenbombe jetzt noch etwas gegen die Superschmiede ausrichten ließe. Vielleicht nähme sie all die Energie auf, um sie für ihre Zwecke zu verwenden.«

Joyce blieb kurz stehen und sah auf sein Messgerät. »Wir hätten die Barriere der Phasenübergänge längst erreichen müssen.« Er sah Rahil an und fügte hinzu: »Welche Entscheidungen auch immer die Ägide jetzt treffen mag – sie kommen zu spät.«

Sie erreichten die Ausläufer der schwarzen Landschaft aus geometrischen Formen, und wieder fühlte sich Rahil von den kantigen Massen und ihren klaren Linien an die Erste Station der Exklusiven erinnert, die das Licht von neunhundertneunundneunzig Sonnen empfangen hatte. Gab es einen Zusammenhang?

Wenige Schritte vor ihnen hörten die Bewegungen des Staubs dort auf, wo schräge Flächen wie Rampen zu den ersten schwarzen Türmen führten, etwa hundert Meter entfernt. Rahil fragte sich, wie sein Vater vorgehen wollte, und er sah eine Chance.

Ein dumpfer Schmerz entstand hinter seiner Stirn.

»Es gibt keine Barriere mehr, Sire«, sagte Joyce mit einem weiteren Blick auf sein Messinstrument. »Vermutlich deshalb, weil die Phasenübergänge weniger steil sind und sich über einen größeren Bereich erstrecken.«

Coltan zeigte nach vorn. »Zum ersten Turm.«

Sie verließen den strömenden Staub und betraten das harte, glatte Schwarz des Artefakts. Ein matter Glanz lag auf der

Substanz, aus dem die Superschmiede bestand, wie schmutziges Eis, und wo sie sie berührten, entstanden wellenförmige Bewegungen, wie zuvor im Staub. Der Druck zwischen Rahils Schläfen nahm zu, und er fühlte die Versuchung, wieder die inneren Augen und Ohren zu öffnen. Aber er durfte sich jetzt nicht ablenken lassen.

Die Rampe stieg sanft an, und sie gingen auf ihrer linken Seite. Nach dreißig oder vierzig Schritten befanden sie sich einige Meter über dem Bodenniveau.

Waren Coltan und seine Männer bewaffnet? Es hätte Rahil sehr gewundert, wenn das nicht der Fall gewesen wäre, doch weder an Bord des Clippers noch während des Wegs hierher hatte er bei seinem Vater und den anderen Hinweise auf Waffen gefunden. Warum fühlte sich Coltan so sicher?

Was auch immer der Grund sein mochte – Rahil konnte nicht länger warten. Er stöhnte und hob die Hand zum Kopf. »Es geht mir nicht gut«, sagte er und taumelte, was ihn etwas näher zu dem Mann links von Sammaccan brachte, der direkt am Rand der Rampe ging. Der andere mit dem Schulterverband befand sich rechts neben dem Polymorphen.

Coltan streckte den Arm aus, um ihn festzuhalten, und Rahil taumelte erneut.

Dies war der Moment: das Artefakt und die Präsenz in ihm nah, so nah, dass er glaubte, das komplexe Gespinst mit den Fäden bereits mit seinen inneren Augen zu sehen und die Stimmen mit den anderen Ohren zu hören. Aber zuerst musste er sich befreien, und deshalb …

Noch im Taumeln gab er dem Mann links von Sammaccan einen Stoß, der ihn über den Rand der Rampe fallen ließ. Es war kein tiefer Sturz, nur einige Meter, und unter anderen Umständen wäre er vielleicht mit dem einen oder anderen Knochenbruch davongekommen, aber der Fall war tief genug, um ihn aus der von Joyces Gerät geschaffenen Kontinuumblase zu bringen. Der Mann war tot und kalt, noch bevor er den Boden berührte, und als er dort lag – innerhalb von Sekundenbruchteilen mumifiziert, seine Körperwärme an die Absorption verloren –, zerfiel er zu Staub, den die schwarze Substanz des Artefakts sofort aufnahm.

Rahil drehte sich und machte dabei nicht den Fehler, sich an die Bewegungsmuster zu erinnern, zu denen er mithilfe von Rüstung und Femtomaschinen imstande war. Er musste mit seiner gewöhnlichen Körperkraft zurechtkommen und dabei die Behinderung durch Heraklons höhere Schwerkraft berücksichtigen.

Der Mann mit dem Schulterverband wandte sich ihm zu, wie Rahil es erwartet hatte, und er packte ihn mit der anderen Hand, zog ihn heran und an sich vorbei – der Mann mit dem Verband stolperte über den Rand der Rampe und fiel, und Rahil wankte in Richtung Rampenmitte.

»Sammaccan!«, rief er.

Und dann lag er auf dem schwarzen, geneigten Boden, schwach und hilflos, sah über sich einen dunkelgrauen Himmel, weder Tag noch Nacht. Vor dem Hintergrund dieses seltsam nahen Himmels erschienen Gesichter.

»Sie sind beide tot, Sire«, sagte der Mann in der Ägide-Uniform. Joyce, erinnerte sich Rahil. Seine Gedanken krochen wie durch Brei.

Neben Joyce stand Coltan und hielt einen silbernen Stift in der von einem Thermohandschuh umhüllten Hand. Der Stift erinnerte Rahil an das kleine Gerät, mit dem Joyce den Stimulator auf Äguizabels Kopf deaktiviert hatte.

»Ich hätte es vorgezogen, dies auf eine andere Art und Weise zu erledigen, Junge«, sagte Coltan. In der Kälte kondensierte sein Atem. »Aber du lässt mir keine Wahl.«

Das Prickeln und Kratzen, das Rahil in seinem Innern gefühlt hatte, wurde etwas stärker. Die Femtomaschinen entfalteten geringe Aktivität, aber er konnte sie nicht steuern; sie reagierten nicht auf seine gedanklichen Anweisungen.

»Die Zeit war knapp«, sagte Coltan, und Rahil wusste, dass er die Ägide-Station bei Ganska meinte. »Aber wir haben sie genutzt, um alle möglichen Vorsichtsmaßnahmen zu ergreifen.«

Der Mann, der den Clipper geflogen hatte, stand in der Nähe, sein Gesicht halb unter der Kapuze der Thermojacke verborgen. Neben und halb hinter ihm stand Sammaccan, ohne Fesseln, ohne jemanden, der ihn wachsam im Auge behielt, frei und unbehindert.

Aber er blieb dort stehen, untätig und passiv, und als er Rahils Blick bemerkte, senkte er erneut den Kopf.

»Oh, ich verstehe«, sagte Coltan. »Du hast Hilfe von ihm erwartet. Er hat seine Rolle gut gespielt, nicht wahr?«

»Was?«, brachte Rahil hervor. Die vom silbernen Stift in Coltans Hand kontrollierten Femtomaschinen blockierten seinen Metabolismus, machten ihn schwach.

»Sammaccan?«, fragte Coltan.

»Es tut mir leid, Rahil Tennerit«, sagte Sammaccan leise. Es war eine doppelte Stimme: ein Zischen von Sammaccan, und das Stellar aus dem kleinen Interpreter, den Rahil noch immer am Kragen trug.

»Wie gesagt, wir haben alle Vorsichtsmaßnahmen ergriffen, die wir ergreifen konnten; und dazu gehörte auch dieser junge Mann«, erklärte Coltan. »Er sollte dein Vertrauen gewinnen, was ihm auch gelungen ist.«

»Eine ... letzte Reserve für dich, Vater?«, ächzte Rahil.

»Ein Helfer für den Notfall«, bestätigte Coltan. »Mein Sohn, ich bedauere, zu solchen Mitteln greifen zu müssen ...«

»Du bedauerst nichts, Vater. Überhaupt nichts.« Rahil versuchte aufzustehen, und es gelang ihm erst, als Coltan etwas mit dem silbernen Stift anstellte. Sammaccan, der ihm so oft geholfen hatte, im Habitat von Kedra, beim Angriff des Ascar und auf dem Dach des zweihundert Stockwerke hohen Gebäudes mit der Niederlassung der Ägide auf Eckrote, als Milissa Gauwain ihn demontieren lassen wollte. Sammaccan, der zu einem Freund geworden war.

Eine andere Szene fiel ihm ein. Als sie im Flüchtlingslager bei Nabbuk mit der Lokomotive aufgebrochen waren, als sie die Lok auf der mobilen Scheibe gedreht hatten ... Rahil erinnerte sich daran, im Führerhaus der Lok auf Sammaccan gewartet zu haben, und schließlich war der Polymorphe nass vom Regen und auch schmutzig zurückgekehrt – die Erinnerungsbilder zeigten ihm die Rußflecken an seiner Kleidung, seinem Leib, ganz deutlich.

»Auf der Drehscheibe bei Nabbuk am Rand der Großen Grauen Leere«, sagte er. »Du hast meinem Vater auf den Tender mit der Kohle und dem Dung geholfen, nicht wahr? Darum hat es so lange gedauert. Darum bist du schmutzig gewesen.«

»Es tut mir leid, Rahil Tennerit«, wiederholte Sammaccan und hielt den Kopf gesenkt. »Es tut mir wirklich leid.«

»Unser Bündnis mit den Polymorphen ist alt, mein Sohn«, sagte Coltan. »Es geht auf Juranjo Rett Tennerit zurück, wie du weißt. Wir setzen eine Tradition fort. Die Erste Mutter von Munraha nahm unsere Vorschläge gern entgegen. Sie half uns, und wir ...« Rahils Vater vollführte eine Geste, die dem Artefakt und den Veränderungen auf Heraklon galt. »Wir hätten ihr geholfen, unter anderen Umständen. Ich fürchte, dazu ist es jetzt zu spät.«

»Meine geliebte Mutter ...«, sagte Sammaccan leise, und es klang fast wie ein Schluchzen.

»Deine *geliebte* Mutter?«, brachte Rahil hervor. »Auch das war gelogen? Was ist mit dem Kampf für die Freiheit der Männer von Munraha?«

»Es gehörte zu seiner Rolle, die er dir gegenüber spielte«, sagte Coltan. »Allerdings hat dieser Punkt einen wahren Kern. Sammaccan gehörte einer maskulistischen Untergrundbewegung an, was ihn aber nicht daran hinderte, seine Mutter über alles zu lieben. Als sie ihn bat, uns zu helfen, war er sofort bereit.«

Einige Sekunden lang war es so still, dass Rahil die Atemzüge der anderen hörte. Selbst das Knirschen und Grollen des wachsenden Artefakts hörte auf. In dieser Stille hörte er den Lärm der eigenen Gedanken und verfluchte seine Dummheit so laut, dass er glaubte, man müsste ihn bis nach Lautaret hören.

Der Schein trügt, dachte er dann. Hatte der Gesserat das damit gemeint?

»Was ist mit meinen Femtomaschinen?«, fragte er schließlich.

»Sie sind auf diesen externen Controller programmiert«, antwortete Coltan und hob den silbernen Stift. »Alles ist möglich: Schwäche, Schmerz, das Versagen einzelner Organe, sogar der Tod.«

»Eine hübsche Liste«, sagte Rahil bitter. Die Stille verschwand, nicht nur von ihren Worten vertrieben. Ein Knistern kam aus den schwarzen Tiefen der Stadt, zu der das Artefakt geworden war, und es schien Rahil zu rufen.

»Und ich kann frei aus dieser Liste wählen, Junge. Aber ich möchte nicht. Ich möchte, dass du endlich begreifst: Ich tue dies für uns alle.«

»O ja, Coltan Jaqiello, Patron der Tennerits, einst nur Herr von Meemken, dann von Dymke und Caina. Und Herrscher des Dutzends nach einem Krieg, bei dem zahlreiche Menschen gestorben sind – alles notwendige Opfer, nicht wahr? Ich nehme an, du hast schließlich deine altruistische Ader entdeckt. Oder willst du vielleicht für deine Sünden büßen, indem du nur noch an das Wohl der Menschheit denkst und deine eigenen Interessen vergisst?« Rahil hob die Stimme, als wollte er dem Artefakt etwas zurufen: »Hier steht ein Mann, der seine eigenen Kinder als Werkzeuge einsetzt, der nicht davor zurückschreckt, Sohn und Tochter für seine Zwecke zu missbrauchen. Hör mit deinen erbärmlichen Versuchen auf, mir gute Absichten vorzuheucheln, Vater. Du würdest mich auf der Stelle töten, ohne auch nur einen Sekundenbruchteil zu zögern, wenn du sicher sein könntest, dadurch die Kontrolle über das Artefakt zu bekommen.«

Harte Linien gruben sich in Coltans Gesicht. »Zwing mich nicht, von diesem Controller Gebrauch zu machen.«

O nein, ich zwinge dich nicht, Vater, dachte Rahil und setzte sich, noch immer schwach, in Bewegung. Coltan winkte, und die anderen folgten ihm: der Verräter Sammaccan, Joyce, der die Ägide verraten hatte, der Pilot des Clippers und schließlich Coltan Jaqiello, der Mann, dem es angeblich um das Wohl der Menschheit ging und dessen Streben und Trachten sich doch nur um ihn selbst drehten. Der Controller für die Femtomaschinen gab ihm Macht, hier, an diesem Ort. Aber im Innern des Artefakts sah die Sache vielleicht ganz anders aus.

Sie erreichten den ersten dunklen Turm, und Rahil blickte an ihm hoch – er schien den grauen Himmel zu berühren.

»Bring uns hinein«, sagte Coltan. »Bring uns ins Artefakt.«

»Ich nehme an, es geht dir vor allem darum, deine Tochter

wiederzusehen, nicht wahr?«, fragte Rahil. »Immerhin hast du sie seit siebenundachtzig Jahren nicht gesehen.«

»Schluss mit dem Unsinn, Junge. Öffne das Artefakt für uns.«

Rahil öffnete es.

54

Die hauchdünne Schicht auf der schwarzen Substanz des Artefakts glänzte und schimmerte, als Rahil sie berührte, und die von der Kontaktstelle ausgehenden wellenförmigen Bewegungen liefen durch den Turm, vor dem sie standen, breiteten sich dann wie ein visuelles Echo in den anderen Teilen des Artefakts aus.

Du bist zurück.

Beim ersten Mal hatte Rahil geglaubt, Jazmine gehört zu haben, doch jetzt begriff er, dass kein lauernder Wahnsinn hinter dieser Stimme steckte. Es war die Superschmiede, die zu ihm sprach, die Schmiede, die den Schmied begrüßte.

Eine Öffnung bildete sich dort, wo seine Finger den Turm berührten, und Rahil trat hindurch. Die anderen folgten ihm hastig, als befürchteten sie, der Turm könnte sich hinter ihm schließen und ihnen den Zugang verwehren.

Rahil machte einige Schritte zur Mitte des runden Zimmers, das sie in Empfang genommen hatte, und breitete die Arme aus.

»Da wären wir, Vater. Ich präsentiere dir … das Artefakt. Wohin jetzt?«

Er drehte sich um die eigene Achse und deutete auf die Türen in den Wänden. Die Öffnung existierte nicht mehr, und nichts deutete darauf hin, dass eine der Türen nach draußen führte.

Der Mann, der den Clipper geflogen hatte, lehnte sich bleich zwischen zwei Türen an die Wand, würgte und übergab sich. Dann sank er mit einem Stöhnen zu Boden und blieb im eigenen Erbrochenen liegen.

»Setzen Sie die Brille auf, Sire!«, rief Joyce, langte in seine Jacke und holte etwas hervor, das wie eine Brille aussah, aber vermutlich ein Wahrnehmungsfilter war. Seine Augen verschwanden hinter zwei dunklen Fokussierungsfeldern. Sammaccan quiekte leise und veränderte sein Gesicht, gab ihm eine knochige Struktur mit Augen wie Achate.

»Was ist, Vater? Kannst du nicht einmal den Anblick des Artefakts ertragen? Wie willst du es steuern und lenken, wenn du nicht erträgst, es zu *sehen*?«

»Spar dir deinen Spott, Junge.« Anspannung lag in Coltans Stimme. »Du bist der Schmied, nicht ich.«

»Perzeptive Desorientierung«, sagte Joyce und untersuchte den am Boden liegenden Mann. »Damit war zu rechnen. Wir kennen es von den Kontinuumschiffen her.«

»Was ist mit ihm?«, fragte Coltan.

»Bewusstlos, Sire. Mentaler Schock.«

»Wir lassen ihn hier und machen uns auf den Weg zum Kontrollzentrum. Du weißt, wo es sich befindet, nicht wahr, Rahil?«

»Sire«, warf Joyce ein und richtete sich wieder auf. »Wenn Icardo aus dem Wirkungsbereich der Blase gerät ...«

»Gibt es auch im Innern des Artefakts ein Absorptionsfeld?«

Der Mann von der Ägide holte sein Messgerät hervor und sah auf die Anzeige. »Nein, Sire.«

»Dann lasst uns keine Zeit verlieren. Rahil, du kennst den Weg.«

Ich kannte ihn, mehr oder weniger, dachte Rahil und öffnete

aufs Geratewohl eine Tür. Aber seitdem ist das Artefakt auf ein Vielfaches seiner ursprünglichen Größe gewachsen.

Sie begannen mit ihrer Wanderung durch die Superschmiede.

Die grauen Flure waren länger, die Zimmer rechts und links größer, das von der hohen Außenmauer umschlossene Gebäude höher. Rahil spürte weitere Veränderungen, als er, Schmied in der Schmiede, durch leere Räume schritt, in denen graues Licht aus grauer Luft kam. Der Blick seiner inneren Augen war schärfer geworden, und seine zweiten Ohren hörten mehr: das Flüstern der Stimmen, das Raunen der wartenden Programmbibliotheken, darin Worte, die sich wie Bausteine zusammenfügen ließen, wie die Module algorithmischer Strukturen, aus denen sich, wenn die Bibliotheken nicht genügten, neue Programme formen ließen, die ihrerseits Materie und Energie formten. Wieder hatte er das Gefühl, dass er seinen Wünschen nur anders Ausdruck verleihen musste, um sie Wirklichkeit werden zu lassen, und er fragte sich, ob dieser Eindruck Wurzeln in der Realität hatte, oder ob er erneut die interpretativen Automatismen seines Gehirns erfuhr, das versuchte, Fremdartiges in Vertrautes zu verwandeln.

Stunden vergingen, vielleicht auch Tage, ohne dass sie müde wurden oder jemand von ihnen Nahrung brauchte. Der Intellekt sagte Rahil, dass so etwas nicht möglich sein konnte. Jede Bewegung des Körpers verbrauchte Energie, die irgendwann erneuert werden musste, und das Hirn benötigte Ruhephasen, um die von den Sinnen übermittelten Daten zu verarbeiten und alles an den richtigen Platz zu rücken. Aber das Gefühl hatte eine andere Botschaft für ihn, und sie lautete: Das Artefakt, die Superschmiede, kümmert sich um euch; sie hat genug Kraft für alle.

Was konnte Coltan mit seinem Controller ausrichten, hier, an diesem Ort? Diese Frage beschäftigte Rahil mehrmals, während sie durchs Artefakt wanderten und sich ein Zimmer nach dem anderen ansahen, aber sie beanspruchte nur einen geringen Teil seiner Aufmerksamkeit, als spielte sie keine große Rolle. Er wandelte wie in einem Traum, wohl wissend, dass er träumte, als Beobachter und Handelnder zugleich, und er wusste auch, dass er diesen Traum steuern konnte, wenn es darauf ankam.

Einmal kamen sie durch einen offenen Bogengang, und dort blieb Coltan neben einer Säule stehen und blickte über den Friedhof mit den weißen Grabsteinen.

»Hast du bei deinem ersten Besuch herausgefunden, wer dort begraben liegt?«, fragte er.

»Ja«, sagte Rahil. »Ich habe dein Grab gefunden, und das von Vivienne. Auch Jere Laureno und Juranjo Rett liegen dort begraben.« Und alte Freunde von mir, dachte er. Vielleicht ist es der Friedhof für mein bisheriges Leben. Vielleicht symbolisiert jeder Grabstein einen Teil meines Lebens, eine Episode, ein abgeschlossenes Kapitel. Hundert Jahre liegen hinter mir, und drei Tode. Da gibt es viel zu begraben.

»Ich stehe hier, Sohn. Ich lebe noch.«

Aber du bist einmal gestorben und von einer Maschine wiedergeboren, dachte Rahil. Er behielt seine Gedanken für sich und sagte: »Einige Grabsteine tragen unbekannte Namen, andere sind so alt und verwittert, dass sich nichts mehr auf ihnen entziffern lässt.«

»Verwittert?«, wiederholte Joyce. »An diesem Ort?«

»Wer weiß, wie alt das Artefakt ist«, sagte Rahil. »Mindestens zehn Millionen Jahre. So lange hat es in Heraklons Boden gelegen.«

»Und die Mauer?«, fragte Coltan. »Hast du versucht, auf die andere Seite zu gelangen? Gibt es einen Durchgang? Was befindet sich jenseits davon?«

»Nein, ich habe nicht versucht, auf die andere Seite zu gelangen, und einen Durchgang gibt es nicht. Was hinter der Mauer liegt ...« Rahil zuckte die Schultern. »Vielleicht das, was wir wollen.«

»Das klingt nach Unsinn, Junge.«

»Vielleicht hat er recht, Sire«, sagte Joyce nachdenklich. »Was wir hier sehen, hat größtenteils symbolische Bedeutung. Bei polychromen Schmieden gibt es ein Signifikanz-Interface, das dem Schmied bei der Orientierung hilft. Es wird individuell angepasst und erleichtert den Zugang zu den Programmbibliotheken. Ich nehme an, die Superschmiede hat ebenfalls ein solches internes Interface, aber es ist nicht adaptiert. Die Mauer ist vielleicht Sinnbild für die Begrenzung des Potenzials. Es würde bedeuten, dass die Superschmiede noch gar nicht richtig erwacht ist. Etwas hat sie initialisiert, vermutlich Jazmine, oder die Wechselwirkungen beim Kontakt mit ihrem Bruder, und daraufhin begann das Artefakt, Energie und Materie aufzunehmen. Aber der Initialisierung folgte keine gesteuerte Aktivitätsphase.«

»Offenbar kennen Sie sich mit Schmieden aus«, sagte Rahil.

»Er gehörte zu der Gruppe der Ägide, die mit den Hohen Mächten über primäre Technik verhandelt hat«, sagte Coltan. »Joyce ist auf polychrome Schmieden spezialisiert und kennt sie so gut, wie man sie kennen kann, ohne Schmied zu sein. Fast zehn Jahre lang hat er die Abteilung Neun geleitet.«

»Die Abteilung Neun?«, fragte Rahil.

Coltan lächelte. »Siehst du, Junge? Seit fast hundert Jahren gehörst du zur Ägide, aber vielleicht kenne ich sie besser als du.«

»Die Abteilung Neun ist nur wenigen eingeweihten Kuratoren bekannt«, sagte Joyce. »Sie untersucht die primäre Technik, die uns die Hohen Mächte zur Verfügung stellen, und versucht, mehr über sie herauszufinden. Unter den Gesandten, die wir gelegentlich zu den Poleis schicken, befinden sich immer Angehörige der A9. Sie sind beauftragt, so viel wie möglich herauszufinden und nach einer Möglichkeit zu suchen, den Code der Kosmischen Enzyklopädie zu entschlüsseln. Seit der Entdeckung des Artefakts kümmert sich die Abteilung Neun um alles, das Heraklon betrifft.«

»Die Ägide will das Artefakt für sich, mein Junge«, sagte Coltan. Er hielt noch immer den Controller in der Hand, aber locker, wie halb vergessen. Ich könnte versuchen, ihn an mich zu bringen, dachte Rahil, aber es war ein verträumter Gedanke, ohne großen Tiefgang; andere Dinge waren wichtiger. »Darum ging es ihr von Anfang an«, fuhr Coltan fort. »Alles andere war und ist nebensächlich, selbst der Frieden auf Heraklon. Die meisten Leute, die im Kuratorium sitzen, unterscheiden sich nicht von den Regenten und Herrschern der Gefallenen Welten. Ihnen stehen nur bessere Mittel zur Verfügung.«

Rahil schwieg.

»Hast du gehört?«, fragte Coltan. »Es gibt keine Ideale, Junge. Es gibt nur die harte Realität.«

»Sieh dich um, Vater. Wo sind hier die Grenzen zwischen Schein und Sein? Gibt es sie überhaupt? Dies ist eine eigene Welt, in der Gedanken die wichtigste Rolle spielen. Die Gedanken des Schmieds.«

»Machen Sie nicht den Fehler, die Realität zu verdrängen, Rahil«, sagte Joyce. Seine Augen blieben hinter den Wahrnehmungsfiltern der Brille verborgen, aber Rahil sah sie trotzdem: staunend, voller Anspannung und Erwartung. Und vielleicht auch voller Unbehagen und Furcht. Dies war nicht seine Welt, obwohl er sich mit Schmieden auskannte. Er gehörte nicht hierher, ebenso wenig wie Coltan und Sammaccan. Nur ein Schmied konnte hier zu Hause sein. »Sie existiert weiterhin, unabhängig von Ihnen. Manche Schmiede vergessen das.«

»Und was geschieht mit ihnen, wenn sie es vergessen?«, fragte Rahil, obwohl er die Antwort kannte.

»Sie schnappen über«, sagte Joyce ernst. »Sie verlieren den Verstand.«

»So wie deine Tochter, Vater. Du hast sie hierherbringen lassen, damit sie dir dein Spielzeug übergibt. Aber sie wurde verrückt.«

Coltan drehte sich um, kehrte dem Friedhof mit den weißen Grabsteinen und der hohen Mauer den Rücken. »Wo ist sie?«

»Ganz in der Nähe«, sagte Rahil und führte seinen Vater, Joyce und Sammaccan in den Spiegelsaal.

Der Saal war größer geworden, und die Spiegel, dünn und zerbrechlich, höher. Oben wölbten sie sich, als wollten sie ein reflektierendes Dach formen. Ein leises Summen lag in der von grauem Licht durchdrungenen Luft wie der Anfang einer Melodie.

In jedem Spiegel tanzte Jazmine zu einer Musik, die nur sie hörte. In ein aquamarinblaues Gewand gehüllt drehte sie sich um die eigene Achse, die Arme ausgebreitet, der Kopf noch immer haarlos, das Gesicht noch immer voller Narben. Die Augen hatte sie geschlossen, und manchmal bewegten sich ihre Lippen, als sänge sie ein Lied.

»Wo ist sie?«, fragte Coltan und trat zwischen die ersten Spiegel.

»Ich bin hier, Vater«, kam die Antwort aus den Spiegeln. »Hier bin ich.«

»Jaz …«

»Nenn mich nicht so!«, rief Jazmine, und die Spiegel zitterten und klirrten. »Nur mein Bruder darf mich so nennen, du nicht.«

Coltan streckte die Hand nach dem nächsten Spiegel aus, zog sie dann wieder zurück. »Komm zu uns, Jazmine. Dein Bruder ist hier. Siehst du ihn? Ich habe deinen Bruder mitgebracht, und wir brauchen deine Hilfe.«

»Du brauchst meine Hilfe?« Jazmine drehte sich wieder, setzte ihren Tanz in den Spiegeln fort. »Du hast mich all die Jahre allein gelassen, und jetzt brauchst du meine Hilfe?«

»Wir wollen zum Kontrollzentrum«, sagte Coltan. »Du könntest deinem Bruder dabei helfen, es zu öffnen.«

»Mein Bruder, der dumme Junge.« Jazmine-im-Spiegel blieb stehen, aber ihr Kleid bewegte sich weiter, wie von einem Wind erfasst, oder wie von einem eigenen Willen zum Tanz beseelt. »Glaubt er vielleicht, die Tür öffnen zu können? Wie dumm von dem dummen Jungen!«

»Du hast auch gesagt, ich könnte die flüsternden Stimmen nicht verstehen«, sagte Rahil. »Aber ich habe sie verstanden, Jaz. Komm aus den Spiegeln. Komm hierher.«

»Hier bin ich nicht allein«, sang Jazmine. »Hier leiste ich mir selbst Gesellschaft.«

»Komm her!«, rief Coltan. »Gehorche deinem Vater!«

»Mein Vater willst du sein?«, sang Jazmine. »Wie kannst du mein Vater sein, wenn mich eine Maschine geboren hat? Wie willst du mein Vater sein, wenn du nie bei mir gewesen bist?«

Sie schrie, und ihr schrilles Kreischen ließ die Spiegel bersten. Tausende von Splittern flogen durch graue Luft, und Rahil nahm sie wie in gedehnter Zeit wahr, jeden einzelnen von ihnen. Fasziniert beobachtete er, wie sie sich ihm näherten und dicht vor ihm mit einem kurzen Aufblitzen verschwanden. Das Artefakt schützt mich, dachte er. Es lässt nicht zu, dass mir etwas geschieht. Wir gehören zusammen, die Schmiede und der Schmied. Es war ein interessanter Gedanke, fand er, voller Bedeutung.

Coltan wich zurück, wie auch Joyce und Sammaccan. Dadurch entging er zwar den Glassplittern, nicht aber Jazmine, die plötzlich vor ihm stand, wie von den Splittern der zerbrochenen Spiegel zu ihm getragen.

Sie schrie noch immer, und Rahil erinnerte sich an diese Schreie. Es war der Wahnsinn, der da schrie, gewachsen aus Zorn, Verzweiflung und siebenundachtzig Jahren Einsamkeit. Zuvor war Rahil geflohen, weil er sich davor gefürchtet und bedroht gefühlt hatte. Jetzt beobachtete er nur, erfüllt von einer Ruhe, die ihm das Gefühl vermittelte, von den Geschehnissen unberührt zu sein.

Er wusste, was passieren würde. Rahil sah es, *bevor* es geschah: die sich hebenden Hände, die Finger gekrümmt, lange Fingernägel, die sich in Coltans Gesicht bohrten und blutige Striemen darin hinterließen, ihm dabei die Brille mit den Wahrnehmungsfiltern von den Augen rissen. Coltan gab Jazmine einen Stoß, der sie zurücktaumeln ließ, und bückte sich, um die Brille aufzuheben.

Rahil trat zu ihm.

»Keinen Schritt näher, Junge.« Mit der einen Hand richtete sein Vater den Controller auf ihn, und mit der anderen griff er nach der Brille und setzte sie rasch wieder auf. »Bleib stehen. Zwing mich nicht, hiervon Gebrauch zu machen. Joyce, halt die Irre von mir fern.«

Jazmine versuchte gar nicht, noch einmal anzugreifen. Ihr Zorn war verraucht, und jetzt stand sie stumm da und weinte lautlos. Tränen strömten ihr über die Wangen und fielen auf die Splitter der Spiegel.

Mit seinen inneren Ohren hörte Rahil die Stimmen im Flüstersaal, wie Jazmine den Raum mit den Programmbibliotheken genannt hatte. Sie riefen ihn, aber nicht zu sich, nicht in den Raum mit dem Gespinst aus Fäden, die Sammlungen von Algorithmen und Basisprogrammen repräsentierten, sondern in den großen Flur mit den leeren Bildern, zur Tür an seinem Ende, aus Holz, so alt, dass es zu Stein geworden war. Sie riefen ihn zum Kontrollzentrum, zu Herz und Hirn der Superschmiede, und dort gab es eine andere Stimme, die er zweimal gehört hatte. Beim ersten Mal hatte sie ihn mit *Endlich kommst du zu mir* begrüßt, beim zweiten Mal mit *Du bist zurück.*

Joyce trat vor und versperrte Jazmine den Weg zu seinem Patron. Coltan setzte die Brille auf, erleichtert darüber, dass die Sinnesüberflutung nur von kurzer Dauer gewesen war. Und hinter ihm sprang Sammaccan.

Der Polymorphe hatte sich die ganze Zeit über im Hintergrund gehalten, wie beschämt von der Wahrheit, und vielleicht auch gestört von der besonderen Realität im Innern des Artefakts, die Rahil – der Schmied in ihm – inzwischen als »postinitialisierte fraktalgeometrische Basiskonfiguration« erkannte. Die veränderten Augen und das knöcherne Gesicht hatten nicht verraten, was in ihm vor sich ging. Möglicherweise hatte er die ganze Zeit über mit sich gerungen und nun eine Entscheidung getroffen.

Er sprang, und sein Sprung brachte ihn zu Coltan. Der Aufprall ließ Rahils Vater straucheln, und der Controller fiel ihm aus der Hand.

Sammaccans rechter Arm wurde länger, die Finger streckten sich und schlossen sich um den kleinen Stift, und einige schnelle Schritte brachten ihn zu Rahil.

»Hier«, zischte er. »Das ist für dich, Rahil Tennerit. Es tut mir leid. Bitte glaub mir, dass es mir leidtut.«

»Doppelter Verräter!«, knurrte Coltan.

Joyce stand zwischen Jazmine und Sammaccan und wusste nicht, wem er sich zuwenden sollte.

Es fiel Rahil inzwischen leichter, Wichtiges von Unwichtigem zu trennen, und dies gehörte in die zweite Kategorie. Er war der Schmied, und hier wartete ein Gigant darauf, seine Wünsche entgegenzunehmen.

Und es wartete noch etwas anderes.

Komm zu mir.

Rahil nahm den Controller und beobachtete, wie er sich, seinem Wunsch folgend, in glitzernden Staub auflöste, der zu den vielen Glassplittern auf dem Boden rieselte.

»Du hast noch immer nicht verstanden, Vater«, sagte er. »Deine Wünsche spielen hier keine Rolle. Ich bin der Schmied, nicht du.«

»Junge …«

Die Ruhe blieb in Rahil, unerschütterlich, wie ein von Femtomaschinen geschaffener Gemütszustand, der dem Missionar half, seine Mission zu erfüllen. Aber auch die Femtomaschinen spielten keine Rolle. Seine Gedanken, aus Materie geboren, schwangen sich auf, die Herrschaft über Materie und Energie an sich zu reißen. Hier droht eine Falle, begriff Rahil. Ein Abgrund, in den der Schmied stürzen konnte, schlimmer als die Sucht nach der Kosmischen Enzyklopädie, die eine unvorsichtige menschliche Seele im Lauf der Jahre zerfraß. Hochmut und Vermessenheit bauten diese Falle, und das menschliche Ego, oft voller Sehnsucht nach Größe, ließ sie zuschnappen. Es war nicht die eigene Macht, die der Schmied spürte. Es war die Macht einer Maschine, die er lenkte, geschaffen von primärer Technik, so leistungsfähig und *fast* ohne Grenzen, dass sie allen, die nicht zu den Hohen Mächten gehörten, wie Zauber erschien. Das durfte der Schmied nicht vergessen.

Eine Maschine, die ihm Macht lieh, über ein Interface, das seinen ersten Besuch genutzt hatte, ihn zu sondieren. Jetzt verband es sich mit ihm, und die Bandbreite – wenn dieser Ausdruck angemessen war – wuchs.

Rahil achtete nicht auf seinen Vater, ging zur immer noch weinenden Jazmine und ergriff ihre Hand. »Komm, Schwester. Ich zeige dir das Kontrollzentrum.«

Sie richtete einen forschenden Blick auf ihn. »Aber die Tür … Sie lässt sich nicht öffnen.«

»Ich öffne sie«, sagte Rahil. »Ich höre die Stimmen aus dem Flüstersaal, und sie erklären mir, wie man die Tür öffnet.«

»Du bist … anders, Rahil.« Jazmines Tränen versiegten, und sie musterte ihn aufmerksam. »Was ist mit dir passiert?«

»Ich bin der Schmied«, erwiderte er.

55

Es gab noch Fragen, und eine von ihnen stellte Rahil, als sie die große Tür am Ende des Flurs mit den leeren Bildern erreichten, ihr Holz so alt, dass es wie versteinert wirkte.

»Wie konnte ich in einem Uterus zum Schmied werden?« Rahil blieb vor der Tür stehen und sah auf die Klinke hinab, die er schon einmal gedrückt hatte. Bei jener Gelegenheit war die Tür geschlossen geblieben, aber diesmal würde es anders sein.

Komm zu mir.

Gleich, dachte Rahil. Gleich komme ich zu dir, wer auch immer du bist.

Sein Vater starrte ihn entgeistert an. »Was soll das jetzt, Junge? Mach die Tür auf!«

»Deine Leute haben Jazmines Gene und meine im Mutterleib manipuliert«, sagte Rahil. Das Verträumte war noch immer da, eine Auswirkung der Interface-Verbindung, wie er inzwischen wusste, aber in diesem Traum bewegten sich seine Gedanken mit gelassener Klarheit. »Oder noch früher, bei einer einfachen externen Befruchtung. Später hast du Jazmine in einer Brutmaschine der Diaspora herangezüchtet, ohne das gewünschte Ergebnis zu erzielen.« Sein Blick ging kurz zu Jazmine, die bei den anderen stand und ihm zuhörte, in den Augen ein seltsamer Glanz. »Aber bei mir hat die Brutmaschine nicht funktioniert. Deshalb hast du mehrmals versucht, mich in deine Gewalt zu bekommen, und schließlich gelang es dir sogar, mich zum Artefakt zu schicken. Du konntest natürlich nicht damit rechnen, dass mich meine Schwester ersticht.«

»Junge ...«, begann Coltan in einem drängenden Ton.

»Wir bleiben hier so lange stehen, wie ich es für richtig halte, Vater«, sagte Rahil ruhig und bestimmt. »Bis du mir Antwort gegeben hast. Eine biologische Schmiede, ein Uterus, korrigiert genetische Fehler bei Wiederherstellungen. Die Manipulation hätte als ein solcher Fehler erkannt werden müssen.« Rahil hob die Arme, und seine Geste galt dem ganzen Artefakt. »Wieso habe ich mich trotzdem zu einem Schmied entwickelt?«

»Gene lernen«, sagte der Mann von der Ägide. »Der Ippakao an Bord der Station von Ganska hat den Uterus gesteuert und die Korrekturen aufs Notwendige beschränkt. Aber das allein genügte nicht. Wir verwendeten Ihre DNS von Heraklon, zusammen mit dem Code Ihrer Biosignatur; uns standen also junge Daten zur Verfügung.«

»Gene lernen«, wiederholte Rahil und begann zu verstehen. »Die Kosmische Enzyklopädie, nicht wahr?«

»Ja«, bestätigte Joyce. »Sie sind schon früh süchtig geworden, ohne es zu merken.«

»Ich habe andere Leute gekannt, die süchtig waren, aber niemand von ihnen hätte sich träumen lassen, die Fähigkeiten eines Schmiedes zu entwickeln.«

»Der genetische Eingriff führte zu einer Prädisposition«, erklärte Joyce. »Jeder Kontakt mit der Kosmischen Enzyklopädie verankerte Erfahrungen in Ihnen, und Ihre Gene nahmen diese Erfahrungen auf. Der Schmied wuchs in Ihnen, ohne dass Sie etwas davon ahnten, und diese Veränderungen erkannte der Uterus in der Ganska-Station nicht als ›Fehler‹, den es zu korrigieren galt.«

»Es gibt einen Zusammenhang zwischen der Kosmischen Enzyklopädie und den Schmieden, nicht wahr?«

»Wir vermuten es seit Langem«, sagte Joyce.

Bei Rahil war es mehr als nur eine Vermutung. Im größer gewordenen Spiegelsaal hatte er es gehört, ein leises Brummen, wie der Anfang einer Melodie. Und genau das war es: der erste Ton von vielen, vertraut wie etwas, das zu ihm gehörte.

Coltan wurde immer ungeduldiger. »Junge, mach endlich die Tür auf.«

»Es gibt noch andere Fragen, Vater. Zum Beispiel nach der Identität deines Helfers bei den Hohen Mächten. Und auch warum er dir geholfen hat. Hast du nie darüber nachgedacht?«

»Halb gesprochen und halb gesungen …«, sang Jazmine leise und ahmte dabei eine andere Stimme nach.

Für einen Moment dachte Rahil, dass Emily vor ihm stand, eine Emily, die ihre Haare verloren und Narben im Gesicht hatte.

Doch es war Jazmine, die fragte: »Erinnerst du dich, Rahil?«
»Ja, ich erinnere mich, Jaz.« Und er sang mit ihr:

> *»Halb gesprochen und halb gesungen,*
> *Hat es nur tönern und hohl geklungen.*
> *Aber geflüstert und gedacht,*
> *Entfaltet es seine ganze Macht.«*

Rahil streckte die Hand aus. »Komm, Jaz. Lass uns das Herz des Artefakts betreten.«

Mit der anderen Hand griff er nach der Klinke und drückte sie nach unten. Die Tür öffnete sich.

Der Sessel stand auf einem Podium in der Mitte des Raums und war nach hinten geneigt, sodass die Gestalt darin – der Mann, der Humanoide – mehr lag als saß. Die Arme ruhten nicht auf den Lehnen, sondern in darin eingelassenen Mulden, und die grauen Finger steckten in dafür vorgesehenen Öffnungen. Ein physisches Interface, dachte Rahil, als er sich dem Podium langsam näherte und die Einzelheiten schon mit seinen inneren Augen sah, bevor sie sich seinen äußeren zeigten. Nicht für einen Schmied bestimmt, sondern für einen Piloten.

Der Humanoide war groß, an die zwei Meter, schätzte Rahil, und gertenschlank, mit schmalen Schultern, auffallend langen Armen und dünnen Beinen. Staub bedeckte die Kleidung, die aus Polymerfasern bestand. So widerstandsfähig und stabil diese Fasern auch sein mochten: Zehn Millionen Jahre waren an ihnen nicht spurlos vorübergegangen. Das Gesicht des Humanoiden war grau wie die Hände, grau wie das Licht und die Bibliotheksfäden des Artefakts, aber es wirkte nicht ganz mumifiziert; unter der Haut gab es noch Substanz, die sie von den Knochen trennte. Die Augen waren geschlossen, die Stirn darüber hoch. Dünner Haarflaum bedeckte den Schädel.

Rahil ging langsam um das Podium herum. Die Decke, schwarz wie die Außenseiten des Artefakts, wölbte sich wie eine Kuppel. Silbergraue Streben, acht an der Zahl, führten von den Wänden über die Decke und trafen sich in ihrer Mitte, genau über dem Podium mit dem Sessel.

»Er ist tot«, sagte Coltan und deutete auf den Mann im Sessel. »Sieh ihn dir an, Junge. Er muss schon lange tot sein.« Es klang enttäuscht.

Jazmine strich mit den Fingern über die fraktalgeometrischen Muster, die weiß und grau wie Raureif auf den dunklen Wänden lagen. Rahil sah sie, mit den äußeren wie den inneren Augen, als das, was sie waren: Tausende von Verbindungen durch Raum und Zeit; eingefrorene, wartende Kickouts, mit variabler Plus- oder Minuszeit, abhängig von den Wünschen der Reisenden. Das Artefakt war nicht nur eine Superschmiede, sondern auch ein Transferzentrum. Von hier aus konnte man zu jedem Ort gelangen, den das Lied der Kosmischen Enzyklopädie erreichte.

»Er ist tot«, sagte Coltan. »Du hast uns zu einem Toten geführt.«

Er versteht nicht, dachte Rahil. Vielleicht hatte er nie verstanden. Weil ihm die inneren Augen und Ohren fehlten, die man brauchte, um gewisse Dinge zu sehen, um Zusammenhänge zu erkennen, und um die Untertöne zu hören, zwischen den Worten.

Joyce, der Mann von der Ägide, sah zum Podium hoch und beobachtete die reglose Gestalt im Sessel. »Er ist nicht tot, oder? Nicht ganz.«

Rahil blieb an der Seite des Podiums stehen und betrachtete

das Profil des Mannes. »Er hat das Artefakt aus der Zukunft hierhergebracht.«

»Ein besonders guter Pilot kann er nicht gewesen sein«, sagte Coltan abfällig. »Er verfehlte das Ziel um zehn Millionen Jahre.«

»Er war der beste Pilot, den sie hatten. Der beste Pilot für die wichtigste Mission. Er kannte die Gefahr. Aber der Gegner war noch gerissener, als er dachte, und zwang ihn, den Kurs zu ändern.«

Das Wissen war da, wenn man es brauchte, wenn man es haben wollte. Es kam nicht als Flutwelle, die gegen das Bewusstsein schmetterte, Gedanken durcheinanderwirbelte und fortriss. Es tropfte oder floss langsam, durch von Fragen geschaffene Lücken, brachte Antworten und Hinweise auf Verbindungen.

»Wer war er?«, fragte Joyce und sah noch immer zum Podium hoch, zu der Gestalt im nach hinten geneigten Sessel.

»Ein Missionar«, sagte Rahil. Es entsprach nicht ganz der Wahrheit, wurde ihm intuitiv klar, aber es handelte sich um eine durchaus angemessene Analogie. »Oder besser noch, eine Art Exekutor. Er war ein Mensch.«

Ich bin es noch immer.

Ich weiß, dachte Rahil. Du hast lange durchgehalten. Selbst für jemanden wie dich war es schwer.

»Ein Mensch?«, fragte Coltan skeptisch.

Jazmine wandte sich von den fraktalcodierten Kickouts an den Wänden ab und kam langsam näher. Der Wahnsinn in ihr schlief und ließ Platz für Neugier. Sammaccan stand zwei Schritte hinter Coltan und Joyce und versuchte zu verstehen, was geschah.

»Ja, ein Mensch«, sagte Rahil und empfing weiteres Wissen. »Aus einer fernen Zukunft, in der die Menschen aussehen wie er.«

»Was soll das, Junge? Was fantasierst du dir da zusammen? Wenn dies das Kontrollzentrum ist ... Wo sind dann die Kontrollen?«

»Sie sind in meinem Kopf, Vater«, erwiderte Rahil. »Ich bin der Schmied.«

»Dann *übernimm* die Kontrolle, Junge. Deshalb sind wir hier. Übernimm die Kontrolle, bevor es den Seglern gelingt, Akkumulatoren und Integratoren hierherzubringen. Unterschätze sie nicht; bestimmt sind sie schon dabei, das Problem der Absorption zu lösen. Und die anderen Gefallenen Welten könnten ebenfalls Schmiede vorbereitet haben.«

»Und auch die Ägide«, warf Joyce ein. »Es sind mehrere Rahils in den Einsatz geschickt worden.«

»Einen von ihnen habe ich tot gesehen, im Konsulat von Lautaret«, erinnerte sich Rahil. Es war der echte Rahil gewesen, den Milissa Gauwain erwähnt hatte, und er war als Missionar der Ägide gestorben.

Du lebst als Schmied, sagte der Pilot.

»Bitte, Junge«, drängte Coltan. »Lass nicht zu, dass uns jemand zuvorkommt.«

Wir haben Zeit, nicht wahr?, fragte Rahil mit der inneren Stimme.

Du mehr als ich, antwortete der Pilot. *Wenn du willst.*

Spielt es eine Rolle, was ich will?

Du bist kein Werkzeug, Rahil Tennerit. Du kannst entscheiden. Du hast einen freien Willen.

Der freie Wille ist eine Illusion, dachte Rahil und öffnete sich weiter dem Wissen. Er hörte die Stimmen der Programmbibliotheken laut und deutlich, jede einzelne von ihnen, und sie erzählten von den Möglichkeiten des Artefakts. Hier ist eine Kraft, die Materie in ihre Bestandteile zerlegt, nicht auf dem quantenmechanischen Niveau, sondern darunter, im Bereich der Strings und ihrer Schwingungen, die das Sein bestimmen, flüsterte eine dieser Stimmen, die erklärende und erläuternde. Es ist diese Kraft, die damals freigesetzt wurde, als das Artefakt erwachte. Sie nahm die planetare Substanz auf und zerlegte sie in ihre Bestandteile, schuf auf diese Weise die elementarste aller Basismassen, um vorbereitet zu sein für die vom Schmied bestimmte Produktion. Aber es war kein Schmied da, der entschied, was produziert werden sollte, und auch niemand, der die Superschmiede anwies, ihre Produktionsvorbereitungen einzustellen.

Andere Stimmen erzählten von den Komponenten der elementaren Masse, in die das Artefakt Teile des Planeten verwandelte. Sie beschrieben dem Schmied, wie sie zusammengesetzt werden konnten, um die gewünschten Eigenschaften und Funktionen zu erhalten. Maschinen für die Gewinnung geothermischer Energie aus den Kernen von Planeten; Sonnenzapfer, für die Koronen von Sternen bestimmt, erstaunlich filigrane Gebilde mit Wurzeln im nuklearen Plasmabrodeln; Vakuumpumpen, weitaus leistungsfähiger als jene, die einst in den Sagittarius-Energiesenken verwendet worden waren; Maschinen, die Raum und Zeit verändern konnten. Wo lagen die Grenzen der Fantasie? Das Artefakt, die Superschmiede, war das Werkzeug, der Hebel, der den Produktionsprozess in Bewegung setzte. Der Geist des Schmieds, seine Gedanken, seine Kreativität setzten den Hebel an, gaben Form und Inhalt.

Rahil begriff plötzlich, dass ihm eine Schöpfungsmaschine zur Verfügung stand. Sie konnte keine neuen Welten schaffen, wohl aber Werkzeuge, die Welten veränderten. Ich bin Exekutor der Ägide, dachte er in einem Anflug von Selbstironie. Ich bin befugt, mich über die Regeln hinwegzusetzen. Ich *darf* tun, was ich für richtig halte.

Nur eine Sekunde war vergangen, und die Stimme des Piloten kehrte zu Rahil zurück.

Das stimmt, Rahil, pflichtete ihm der Pilot bei. *Der freie Wille ist eine Illusion, denn die Umstände zwingen uns bestimmte Entscheidungen auf. Ich habe beschlossen, meine Zeit zu verlassen und in die Vergangenheit zu reisen, aber es war eine bestimmte Situation, die mir diese Entscheidung nahelegte. Und du ... Hast du nicht immer in erster Linie an die Pflicht gedacht?*

Es hat mir geholfen, nicht an andere Dinge zu denken, erwiderte Rahil.

Jazmine – die kahlköpfige Jazmine mit den Narben im Gesicht – stand auf der anderen Seite des Podiums und sah von dort aus zur Gestalt im Sessel hoch. Ihre Lippen bewegten sich, und Rahil verstand die Worte, obwohl sie lautlos blieben.

> *Halb gesprochen und halb gesungen,*
> *Hat es nur tönern und hohl geklungen ...*

Er dachte an eine andere Frau, die er als Knabe bewundert hatte, an ihre Sommersprossen und das fröhliche Lächeln, das Farbe in einen trüben Tag bringen, das Grau aus ihm vertreiben konnte.

Erneut erinnerte er sich an Emily, und an ihre Worte. Es ist wichtig, den Unterschied zwischen Wahrheit und Lüge zu erkennen, hatte sie gesagt.

Aber wie sollte man in einer Welt voller Lügen die Wahrheit erkennen?

Auch deshalb sind wir hier, sagte der Pilot. *Um die Wahrheit zu erkennen.*

Seine Worte bezogen sich auf andere, größere Bilder, die ganze Welten betrafen und noch mehr, aber Rahil sah ein kleines Bild auf einer kleinen Welt. Es zeigte ihm eine dunkle Nacht, den Gasriesen Cambronne, hinter einer dichten Wolkendecke verborgen. Es zeigte ihm Ruben, Darel und andere Männer, die mit einem Leichnam die Stadt Meemken verließen und jenseits der Stadtgrenzen, auf dem Friedhof für Namenlose, damit begannen, das in ein Leichentuch gehüllte Bündel zu verscharren. Als sie es ins Grab rollen ließen, rutschte das Tuch vom Kopf herunter, und Rahil sah das Gesicht der Leiche. Es war das Gesicht einer Frau, voller Sommersprossen.

Etwas zitterte in Rahil, inmitten der Ruhe, aber nur kurz. Es war nicht mehr als ein leichtes Kräuseln auf der unbewegten Oberfläche eines stillen Sees, eine kaum sichtbare Welle, verursacht von einem fallenden Sandkorn. Es regte sich kein Zorn in Rahil, nur Trauer.

»Du hast sie tatsächlich getötet, Vater.«

»Was? Wovon redest du da?«

»Von Emily, an deren Namen du dich nicht einmal erinnert hast. An unser Kindermädchen, als Jaz und ich acht und elf waren, damals in Meemken. Du hast gesagt, sie sei von uns gegangen, und ich dachte, du hättest ihre Rückkehr zur Ägide gemeint. Aber du hast sie umbringen lassen.«

Coltan starrte ihn entgeistert an.

»Wie viele Menschen hast du in den Tod geschickt, Vater?«, fragte Rahil. »So viele, dass du dich nicht einmal an alle erinnerst.«

»Junge ...«

»Und jemandem wie dir soll ich diese Superschmiede überlassen?«

»Ich meine es gut, Junge, glaub mir. Stell dir vor, das Artefakt geriete in die Hände der Segler. Oder von Burion. Oder von Larralde.« Coltan fügte hinzu: »Wir können die Superschmiede zusammen kontrollieren. Was hältst du davon? Du und ich. Wir entscheiden gemeinsam, was wir mit dem Artefakt machen.«

Rahil achtete nicht darauf. »Ich dachte immer, ich hätte Jazmine belogen. Ich habe ihr gesagt, du hättest Emily umgebracht. Letztendlich gab das den Ausschlag, glaube ich. Die Lüge. Die *vermeintliche* Lüge. Und dann starb sie, an Bord der *Rosenduft*. Über Jahrzehnte hinweg habe ich mir die Schuld daran gegeben, Vater. Es wurde so schlimm, dass ich die Hilfe eines Psychomechanikers in Anspruch nehmen musste. Immer wieder sagte ich mir: Ich habe Jazmine belogen, damit sie Caina mit mir verlässt; ohne die Lüge wäre sie geblieben und nicht an Bord von Duartes' Schiff gestorben.«

»Hör mir zu, Junge. Wir beide gemeinsam, wir können die Menschheit mit dem Artefakt in die Zukunft führen …«

»Hast du gehört, Jaz?«, wandte sich Rahil an seine Schwester, die noch immer auf der anderen Seite des Podiums stand. »Es stimmt. Er hat Emily tatsächlich getötet.«

»Emily?«, fragte Jazmine und schien dem Klang der eigenen Stimme zu lauschen. »Wer ist Emily?«

Wieder regte sich Trauer in Rahil, aber nur kurz. Die Ruhe in ihm glättete alle emotionalen Wogen.

»Es wäre deine Zukunft, Vater, nicht meine«, sagte er und fügte in Gedanken hinzu: Was ist mit deiner Zukunft, Pilot? Wenn ich es richtig verstehe, hängt sie von mir ab, nicht wahr?

Ja, in gewisser Weise.

Kannst du laut sprechen, Pilot?, fragte Rahil, noch immer mit der inneren Stimme. Ich möchte, dass dich die anderen hören.

»Ja, ich kann auch so sprechen, aber es kostet mich mehr Kraft. Meine letzte Erneuerung fand vor der Reise durch die Zeit statt. Es war eine lange Reise, und ich musste noch viel länger warten, weil der Gegner mich daran hinderte, das Ziel zu erreichen.«

Coltan sah sich um. »Wer ist das? Wer spricht da?«

»Er spricht.« Rahil deutete zum Humanoiden auf dem Podium. »Der Pilot.« Und an ihn gerichtet sagte er: »Du bist mit deinen Kräften am Ende, verstehe ich das richtig?«

»Ja.«

»Aber das Artefakt nimmt Energie auf, schon seit Monaten. Könntest du nicht einen Teil davon für dich selbst nutzen?«

»Nein«, ertönte es aus den Wänden und der Decke, aus dem Boden und der Luft. »Ich müsste mich erneuern, und das ist hier nicht möglich.«

»Aber ...« Rahils Blick glitt über die fraktalen Muster an den Wänden. »Es gibt Verbindungen durch Raum *und* Zeit ...«

»Nicht in die Zukunft«, sagte der Pilot. »Nicht in meine Zeit. Es gibt kein Zurück für mich. Das wusste ich, als ich aufbrach, und ich habe es akzeptiert. Es gehört zu meiner Mission. Gäbe es ein Zurück, stünden dem Gegner neue Wege offen, mich an der Erfüllung meiner Aufgabe zu hindern. Er hat es bereits einmal getan, und es darf ihm nicht noch einmal gelingen.«

Noch etwas mehr Wissen drang in Rahils Bewusstsein vor. »Der Gegner ... Er hat dich vom Kurs abgebracht.«

»Ja.«

»Dadurch bist du nicht nur in eine andere Zeit geraten – zehn Millionen Jahre in unsere Vergangenheit –, sondern auch an einen anderen Ort.«

»Ja.«

»Heraklon war gar nicht dein Ziel«, sagte Rahil.

»Nein. Mein Ziel war die Region, die ihr Sagittariusbruch nennt, und ich wollte dort vor sechshundert Jahren eintreffen.«

»Was bedeutet das?«, fragte Coltan.

»Mit der Stimme des Geistes hast du mich darauf hingewiesen, dass wir auch hier sind, um die Wahrheit zu erkennen, Pilot«, sagte Rahil und beobachtete den großen, dürren Humanoiden auf dem Podium. »Gib sie uns. Erzähl uns, was geschehen ist.«

»Dies ist die Wahrheit«, verkündete der Pilot. »Alles, was man euch gesagt hat, war gelogen.«

56

»Du hast den Ort gesehen, Rahil Tennerit«, erklang die Stimme des Piloten, der zehn Millionen Jahre gewartet hatte, sein Bewusstsein Teil des Artefakts, mit dem er aus der Zukunft gekommen war, codiert in den Programmbibliotheken und vereint mit den Stimmen, die von Möglichkeiten flüsterten. »Die neunhundertachtundneunzig Sonnen des Spektraltyps F, und in ihrer Mitte, im Zentrum des Sternhaufens, ein kühler M-Stern, wie eure Beteigeuze.«

»Das Universum der Exklusiven«, erinnerte sich Rahil.

»Vielleicht ist es die größte Lüge von allen«, fuhr der Pilot fort. »Als unvollendetes Werk wurde es dargestellt, als ein Universum, in das sich die sogenannten Exklusiven zurückziehen wollten, um allein zu sein. Aber es hatte nie ein Kosmos mit Galaxien und Myriaden Welten sein sollen, sondern nichts weiter als eine Durchgangsstation. Es war eine Tür, die die ›Exklusiven‹ schufen, mit der Energie von neunhundertneunundneunzig Sonnen, ein kosmisches Portal, das ihnen die Möglichkeit gab, dieses Universum zu verlassen und ein anderes zu erreichen. Sie waren die einzige, die wahre Hohe Macht, die erste Zivilisation in diesem Universum, die einzigen Primären, die es jemals gab, und die Schöpfer der Kosmischen Enzyklopädie, die nicht nur deren gesamtes Wissen umfasste, im Lauf der Jahrmillionen und Jahrmilliarden immens gewachsen; sie fügten ihr auch das Wissen der anderen Zivilisationen hinzu, die sie entdeckten.«

Der Pilot legte eine kurze Pause ein, und Rahil hörte das Flüstern des Artefakts, bestehend aus zahllosen Stimmen und Worten, die leise und unaufdringlich vom Potenzial der Superschmiede erzählten. Hinter ihnen veränderte sich das Brummen aus dem Spiegelsaal, und eine Melodie entstand, dünn, zart und vertraut. Es war das Lied der Kosmischen Enzyklopädie, und zum ersten Mal hörte Rahil sie direkt, ohne den Umweg über seine äußeren Ohren oder ein von Femtomaschinen geschaffenes neuronales Interface.

»Die Ersten gingen vorsichtig mit dem Wissen um und halfen damit den anderen Zivilisationen, die nach ihnen entstanden, auf ihrem langen Entwicklungsweg. Nach einigen Jahrmilliarden und mehreren Sterngenerationen keimte und reifte das Leben in vielen Galaxien, und die Ersten allein konnten nicht mehr überall sein, um Entwicklungen vorsichtig zu beeinflussen und zu verhindern, dass neue Völker Wege der Selbstvernichtung beschritten. Sie baten jene Zivilisationen um Hilfe, die direkt nach ihnen entstanden waren …«

»Ich nehme an, damit meinst du die Gesserat, Feazelle und all die anderen Primären«, warf Rahil ein.

»Und die Krion«, sagte der Pilot. »Insbesondere die Krion.«

Aus dem Augenwinkel beobachtete Rahil, wie sich im Gesicht seines Vaters etwas veränderte.

»Damals, vor Jahrmilliarden, während der ersten großen Blütephase des Lebens, wuchsen unter vielen Himmeln in vielen Galaxien Zivilisationen heran, und die Ersten, die wahren *Pri-*

mären, nahmen jene von ihnen in ihre Dienste, die es wie sie selbst geschafft hatten, über die kritische Schwelle hinauszuwachsen und der Selbstzerstörung zu entgehen. Sie spannten ein Netz der Hilfe, um der überall erwachenden Intelligenz die Möglichkeit zu geben, sich frei zu entfalten. Zu den Sekundären gehörten damals nicht nur die Krion, Gesserat, Feazelle, Leskovar, Hosprit und die anderen, die ihr heute kennt«, sagte der Pilot, und für einen Moment schien es, als hätte sich die Gestalt im Sessel bewegt. »Es gab noch viel mehr: die Fierge, Duraku, Balangatan, Huirges und Xorr, um nur einige von jenen zu nennen, die damals Großartiges leisteten und vielen Völkern halfen, die von Kriegen und Despotie geprägten primitiven Zeitalter zu überwinden. Die Ersten gewährten ihren Helfern Zugang zur Kosmischen Enzyklopädie, doch einige Geheimnisse behielten sie für sich, zum Beispiel das des Weltenbaus.«

Der Pilot, müde von Jahrmillionen des Wartens, legte eine Pause ein, und in der Stille, die seinen letzten Worten folgte, hörte Rahil ein Knistern, das von den fraktalen Mustern an den Wänden kam. Um ihn herum erwachte das bereits initialisierte Artefakt, und mit ihm die zahlreichen Verbindungen durch Raum und Zeit. Er spürte, wie die Kickouts einen Teil der Energie aufnahmen, die das Artefakt absorbiert hatte, und seine inneren Augen sahen neue Linien, die zu fernen Sternen führten, zu allen vom Lied der Kosmischen Enzyklopädie berührten Orten. Durch den Raum, dachte er. Aber nicht durch die Zeit, nicht in die Zukunft. Der Weg dorthin war blockiert, um weitere Kausalitätsfallen zu vermeiden.

Das Wort entstand in seinem Bewusstsein, und Rahil wusste sofort, dass es bei all diesen Geschehnissen eine zentrale Rolle spielte.

»Einige der Sekundären wollten Zugang zur *ganzen* Enzyklopädie, aber die Ersten verweigerten ihn mit dem Hinweis, dass sie dazu noch nicht bereit seien«, fuhr der Pilot fort, und Rahil dachte: Fraktale, repetitive Muster, ineinander verschachtelt, sich im Großen wie im Kleinen wiederholend. Lüge in Wahrheit, und Wahrheit in Lüge, ohne Anfang und Ende. »Es kam zu unerklärlichen Katastrophen, denen einige Sekundäre zum Opfer fielen, die Xorr, von den Ersten als besonders vielversprechend eingestuft, als eins der ersten Völker. Auch die Fierge und Duraku gingen unter, und daraufhin wurden die Ersten misstrauisch. Sie stellten Nachforschungen an, untersuchten die Wahrscheinlichkeitsstrukturen und fanden die Reste von Kausalitätsfallen.«

»Wovon redet er da?«, ächzte Coltan. »Ich verstehe kein Wort.«

»Du wirst verstehen, gleich«, erwiderte Rahil. »Es dauert nicht mehr lange.«

Nein, es dauert nicht mehr lange, sprach der Pilot mit der mentalen Stimme. *Meine Kraft geht zu Ende. Bald bleiben nur noch meine Erinnerungen.*

Laut sagte er: »Eifersucht und Neid vergifteten das großartige Werk der Ersten, und als sie es merkten, war es fast zu spät.«

»Hybris«, murmelte Rahil.

»So könnte man es nennen, Schmied. Überheblichkeit. Emotionaler Ballast aus primitiver Vergangenheit. Wer wirklich überlegen ist, muss seine Überlegenheit nicht beweisen. Wer wahre Macht hat, braucht sie nicht zu zeigen, denn alle wissen davon. Aber einige Sekundäre glaubten, nicht genug zu haben und mehr zu verdienen. Sie verlangten vollen Zugang zur Kosmischen Enzyklopädie, auch zu ihren letzten Geheimnissen, angeblich zu dem Zweck, den Untergang der Xorr, Fierge, Duraku und all der anderen aufzuklären, obwohl sie selbst es gewesen waren, die ihn herbeigeführt hatten.«

»Aber die Ersten verweigerten ihnen den Zugang.«

»Ja. Und daraufhin gerieten sie selbst in eine Kausalitätsfalle, die eigentlich dazu bestimmt war, ihnen die Kontrolle über die Kosmische Enzyklopädie zu nehmen. Nur wenige von ihnen überlebten und begannen mit dem Bau der Brücke, die sie in ein anderes Universum bringen sollte.«

»Die Erste Station«, sagte Rahil und erinnerte sich an das gewaltige Konstrukt, das wie eine Festung auf ihn gewirkt hatte. »Der Sternhaufen aus neunhundertneunundneunzig Sonnen.«

»Ja«, bestätigte der Pilot. »Genug Energie für die Brücke.«

»Die ›Exklusiven‹ sind … Flüchtlinge?«

»Sie mussten den Kosmos, der sie geboren hatte, verlassen, um zu überleben. Und um zu verhindern, dass den Sekundären der Schlüssel zu den letzten Geheimnissen der Kosmischen Enzyklopädie in die Hände fiel.«

»Die heutigen Hohen Mächte«, sagte Rahil. »Jene, die übrig geblieben sind …«

»Verräter. Die einen mehr, die anderen weniger. Und allesamt Lügner.«

»Nicht alle«, sagte Rahil und dachte an den Gesserat, der Zacharias genannt werden wollte. »Einer hat mir geholfen.«

»Die Stimme des Gewissens ist nicht bei allen verstummt«, räumte der Pilot ein. »Aber die anderen, die meisten, sind in fraktalen Verhaltensmustern gefangen, die sich ständig wiederholen.«

Rahil erinnerte sich an die erste Begegnung mit dem Gesserat. *Wir stehen so weit über Ihnen wie Sie über Amöben*, hatte Jar Enhelian Gavira Enei Cropcor'al'Tentero az Halgewi gesagt. Warum dieser Hinweis? Warum die Arroganz?

»Aber am schlimmsten von ihnen allen, die eigentlichen Drahtzieher, die Konstrukteure der Kausalitätsfallen, sind die Krion«, sagte der Pilot.

»Was sind Kausalitätsfallen?«, fragte Joyce. Der neben ihm stehende Coltan war sehr blass geworden. Auf der anderen Seite des Podiums stand Jazmine, reglos wie eine Statue, die Narben in ihrem Gesicht ein Netzwerk aus weißen Linien.

»Sie stehen mit künstlich geschaffenen temporalen Anomalien in Zusammenhang«, erklärte der Pilot geduldig, obwohl er schwächer wurde. »Die Krion hatten schon immer ein besonderes Gespür für die Dreh- und Angelpunkte in den langen und vielfach verzweigten Ketten von Ursache und Wirkung, wo selbst kleine Veränderungen große Folgen haben. Manchmal, wenn solche Punkte nicht existierten, schufen sie die Voraussetzungen von Veränderungen, und die Wechselwirkungen der von ihnen eingeleiteten Ereignisse führten zu den gewünschten Ergebnissen. Oder auch nicht. Manchmal gerieten die Dinge außer Kontrolle, wie bei den Ersten, als die Krion mit einem Trick versuchten, ihnen die Geheimnisse des Weltenbaus zu entreißen. Sie unterschätzten dabei die Komplexität der kausalen Verknüpfungen.«

»Sie reisen durch die Zeit«, sagte Rahil und nahm noch etwas mehr Wissen auf. »Um bestimmte Geschehnisse in neue Bahnen zu lenken.« Eine Erkenntnis formte sich inmitten seiner Gedanken, so ungeheuerlich, dass er unwillkürlich nach Luft schnappte.

»Das *Ereignis* ...«

»Die Vakuumpumpen in den Energiesenken der Diaspora, die Brutmaschinen der Humax, beides stammte von den Krion«, sagte der Pilot. »Es ist ein Beispiel dafür, was passieren kann, wenn hochentwickelte Technik unkontrolliert in verantwortungslose Hände fällt. In diesem Fall kam eine von den Krion geplante Ereigniskette hinzu. Sie *wussten*, dass sich die Imperialen Ingenieure an den Erfolg beim Kampf gegen die Tia erinnern und Mikrokollapsare durch einen modifizierten Sprungsektor zu den Vakuumpumpen der Sagittarius-Energiesenken schicken würden. Sie kannten auch das Ergebnis: eine fatale Kettenreaktion durch alle in der Nähe befindlichen Sprungsektoren.«

»Die *Krion* stecken hinter dem *Ereignis*?« Fassungslosigkeit erschütterte Rahils Ruhe. »Aber warum?«

»Um zu verhindern, dass die Menschheit Zugang zur Kosmischen Enzyklopädie bekam oder gar in den Kreis der sogenannten Hohen Mächte aufgenommen wurde. Die Gesserat, Feazelle und die anderen, sie fühlten sich an ihr Versprechen gebunden.« Der Pilot zögerte. »Vielleicht steckt sogar noch mehr dahinter. Möglicherweise gibt es eine weitere Ereigniskette, die hierherführte, in diese Zeit, zu diesem Ort. Meine Mission bestand eigentlich darin, das *Ereignis* zu verhindern und für die Menschheit einen leichteren Weg in die Zukunft zu schaffen, aber die Krion brachten mich vom Kurs ab und hierher.«

»Sie konstruierten eine zweite Kausalitätsfalle, mit der ersten verbunden«, sagte Rahil. »Sie machten den Helfer zum unfreiwilligen Saboteur. Die Menschheit bekam vor sechshundert Jahren eine zweite Chance, und das Artefakt sollte auch sie zunichte machen. Indem es zum Streitobjekt wurde und den Krieg auf der Welt des Friedens und der Diplomatie entfachte. Vater?«

Der bleiche Coltan blinzelte und sah ihn an.

»Dein Helfer bei den angeblichen Hohen Mächten, Vater … Er ist ein Krion, nicht wahr? So wie du andere Menschen als Werkzeuge benutzt hast, sogar deine eigene Tochter und deinen eigenen Sohn, bist du selbst zu einem Werkzeug geworden.«

»Er hat mir geholfen, weil …« Coltan suchte nach den richtigen Worten. »Junge, was auch immer geschehen ist, wir beide können das Beste aus dem Artefakt machen …«

»Das Beste für wen, Vater?«

»Und überhaupt«, stieß Coltan mit plötzlichem Trotz hervor. »Vielleicht lügt der Pilot. Zehn Millionen Jahre saß er hier fest. Vielleicht ist sein Geist verwirrt; vielleicht hat er alles durcheinandergebracht. Es klingt absurd genug.«

Rahil beobachtete, wie Jazmine langsam um das Podium herumging und dabei zur Gestalt im Sessel hochsah. Sie senkte den Blick erst, als sie ihn fast erreicht hatte, und streckte die Hand aus. Ihre Finger hielten keinen Dolch, sondern einen leise knisternden Würfel, dessen Seitenflächen wechselnde Bilder zeigten, wie Fenster zu fernen Welten.

Emily, dachte er. Mit dir hat es begonnen, damals in Meemken auf Caina, an einem stürmischen Tag. Und es endet hier auf Heraklon, im Artefakt, das aus der Zukunft zu uns kam und eigentlich gar nicht hierherkommen sollte. Aber es ist nicht das Ende, fügte er in Gedanken hinzu. Etwas Neues beginnt hier.

»Wer hat dich zu uns geschickt, Pilot. Und warum?«, fragte Rahil.

»Ich stehe in den Diensten der Menschheit in ferner Zukunft«, ertönte wieder die Stimme des Piloten. »In meiner Zeit sind die Menschen zu Sekundären geworden und haben mithilfe der Ersten Zugang zur Kosmischen Enzyklopädie gefunden, obwohl es die falschen Hohen Mächte zu verhindern versuchten. Einige unter ihnen, wie der Gesserat namens Zacharias, unterstützen uns gegen die Krion, und außerdem bekommen wir gelegentlich Hilfe von den Ersten. In einem anderen Universum erholen sie sich von der Katastrophe, die sie fast ausgelöscht hätte, und dort schützen sie das Geheimnis des Weltenbaus. Für die Krion sind sie unerreichbar, denn die Ereignisketten sind hinter den Ersten abgerissen – die Gesetze der Kausalität gelten nur für das jeweilige Kontinuum. Die Brücke der neunhundertneunundneunzig Sonnen können die Krion nicht überqueren, denn sie ist ebenso gut codiert wie das Wissen um den Weltenbau in der Kosmischen Enzyklopädie.«

»Aber das Treffen am … Brückenkopf«, sagte Rahil. »In der riesigen dunklen Station, die wie eine Festung aussieht. Ein Kickout der Leskovar brachte uns dorthin: Duxbery, Cuaresma, Repräsentanten der Sieben Völker. Ägide und Bruch-Gemeinschaft hatten die Hohen Mächte um ein Gespräch gebeten, und sie luden uns dorthin ein.«

»Von wem ging die Einladung aus?«

Rahil überlegte. »Ich glaube, Duxbery erwähnte die Krion.«

»Das überrascht mich nicht«, sagte der Pilot. »Vielleicht wollten sie feststellen, ob du schon etwas über das Artefakt und mich herausgefunden hast. Wahrscheinlich wollten sie wissen, wie nahe du der Wahrheit gekommen bist.«

Wie nahe bin ich der Wahrheit – oder der Lüge?, dachte Rahil in einem Moment des Zweifels. Aber tief in seinem Innern, wo sich die Türen und Fenster seines Geistes dem Potenzial des Artefakts öffneten, seinen Programmbibliotheken und dem Wissen, das mit der Kosmischen Enzyklopädie in Verbindung stand, gab es nur Gewissheit. Hier sprach jemand, der sich geopfert und zehn Millionen Jahre gewartet hatte, nicht auf ihn, aber auf *jemanden* wie ihn, auf einen Schmied, der dort weitermachte, wo er aufhören musste.

»Die Krion wollten wissen, ob ich mit dir in Verbindung stehe, und über dich vielleicht mit den Ersten in deren Refugium. Sie wollten wissen, ob ich den Weg zu ihnen kenne.«

»Ja«, bestätigte der Pilot. »Das ist eine Möglichkeit. Es gibt noch eine andere.«

Sie war düsterer und warf einen Schatten auf das, was Rahil erwartete. »Die Krion könnten versucht haben, einen Blick auf meine Ereignisketten zu werfen«, sagte Rahil. »Um sie für ihre Zwecke zu nutzen.«

»Viel werden sie dabei nicht gesehen haben, Schmied, denn zu jenem Zeitpunkt hattest du noch keinen Kontakt mit mir oder der Schmiede. Aber die Krion sind gerissen, und sie sehen schon die Anfänge von Verbindungen, die erst noch entstehen werden. Sie könnten versuchen, dich zu benutzen.«

»Wir müssen vorsichtig sein«, sagte Rahil.

»Du musst vorsichtig sein, Schmied. Ich bin müde und werde bald für immer ruhen. Dann bleiben nur noch meine Erinnerungen, abgelegt in den Programmbibliotheken dieser Schmiede.«

»Er stirbt«, flüsterte Jazmine und blickte wieder empor zur Gestalt auf dem Podium. »Er stirbt, nicht wahr?«

»Ja«, erwiderte Rahil. »Deshalb kannst du nicht in die Zukunft zurück, in deine Zeit, Pilot. Es würde neue Verbindungen schaffen, neue kausale Ereignisketten.«

»Es würde dem Gegner Gelegenheit geben, Einfluss zu nehmen, und das darf nicht geschehen. Diese Superschmiede darf in keine weitere Kausalitätsfalle geraten. Sie ist gedacht als dein Instrument, Schmied, und deine Aufgabe ...«

»Ja, ich weiß.« Die Ruhe blieb, obwohl die Verantwortung groß war. »Die Menschheit soll eine Zukunft haben. Die Zukunft, die dich hierhergeschickt hat.«

»Die Krion und die anderen ... Wenn die Zeit kommt, und sie kommt bald, werden sie es ablehnen, die Menschen in den

Kreis der ›Hohen Mächte‹ aufzunehmen und ihr Zugang zur Kosmischen Enzyklopädie zu gewähren, die eigentlich gar nicht ihnen gehört. Diese Schmiede hatte das *Ereignis* verhindern und die Kausalitätsfalle der Krion neutralisieren sollen; stattdessen wurde sie missbraucht, um auch eure zweite Chance zu ruinieren. Wehrt euch, Schmied. Geht euren eigenen Weg. Die Schmiede erschließt euch die Enzyklopädie, und sie wird euch alles geben, was ihr braucht.«

»Warum?«, fragte Rahil, und vielleicht war es die letzte große Frage. »Warum machen sich die Krion solche Mühe, unseren Aufstieg zu verhindern? Und Gesserat, Feazelle und all die anderen … Warum unternehmen sie nichts dagegen?«

»Sie greifen nicht ein, weil sie die Krion und ihre Manipulationen der Kausalität fürchten«, antwortete der Pilot. Seine Stimme war so leise geworden, dass Rahil sich ganz auf sie konzentrieren musste, um die Worte zu verstehen. »Sie wissen, wer für den Untergang der Xorr, Fierge und Duraku verantwortlich ist, und sie wollen ihr Schicksal nicht teilen. Aber einige von ihnen helfen uns, wie ein gewisser Zacharias. Was die Krion betrifft … Sie waren immer von Ehrgeiz getrieben, von dem Verlangen, ebenso zu sein wie die Ersten. Seit Jahrmillionen versuchen sie mit speziellen Schmieden, sich ein eigenes Universum zu konstruieren, aber das ist ihnen bisher nicht gelungen.«

»Das Eldorado der Hohen Mächte«, sagte Rahil und erinnerte sich an das Gespräch mit Milissa Gauwain.

»Menschen besuchen biotopische Gärten oder Parks mit restaurierten Lebensformen aus verschiedenen biologischen Evolutionsphasen eines Planeten. Sie bestaunen die Vielfalt des Lebens. Die Krion beobachten heranwachsende Zivilisationen und ergötzen sich an ihren Bemühungen, die Fesseln der Primitivität abzustreifen und zu Reife zu gelangen. Je öfter solche

Völker an sich selbst scheitern, desto mehr sehen die Krion ihr eigenes Bild von Größe bestätigt. Und außerdem: Wenn einer neuen Zivilisation wirklich der Aufstieg zu den Sekundären gelänge, würde sie feststellen, dass die vermeintlichen Hohen Mächte Usurpatoren sind und die Kosmische Enzyklopädie gar nicht von ihnen geschaffen wurde.«

Ein Seufzen kam aus den Wänden mit den fraktalen Mustern der vielen Kickouts, und Rahil glaubte, den Atem des Universums zu hören.

»Die Aufgabe, von der du sprichst, Pilot … Sie wiegt zu schwer für die Schultern und den Geist einer einzelnen Person.«

»Auch ich bin allein gewesen, zehn Millionen Jahre lang«, flüsterte der Pilot. »Und niemand hat gesagt, dass es leicht sein wird. Lass dir helfen, Schmied, von jenen, denen du vertraust. Ich sehe es in deinen Erinnerungen: Hast du nicht immer darüber geklagt, dass die Ägide nicht eingreift, wo sie deiner Meinung nach eingreifen sollte? Jetzt kannst du helfen. Du bist ein Missionar mit Exekutor-Privilegien, und dir steht eine Superschmiede zur Verfügung.«

»Mowder«, sagte Jazmine. »Die Krion sind wie Mowder und Herr Kruzz.«

Für einen Moment sah Rahil sie wieder als Mädchen mit dem langen schwarzen Zopf. Mowder, der Junge an der Schule, der anderen immer üble Streiche gespielt und manchmal seine Flussratte Herrn Kruzz auf sie gehetzt hatte. Er erinnerte sich daran, dass Emily gefragt hatte, ob die Lehrer ihn bestrafen würden. *Stellt euch vor, sie würden ihn nicht bestrafen. Stellt euch vor, sie hätten Angst vor ihm.*

Niemand bestrafte die Krion für das, was sie getan hatten und noch immer taten. Und die anderen »Hohen Mächte« hatten Angst vor ihnen. Sie unternahmen nichts, weil sie um ihre

Existenz bangten, weil sie befürchteten, in eine Kausalitätsfalle zu geraten, wie die Xorr, Fierge, Duraku und all die anderen.

»Pilot?«, fragte Rahil.

Du bist nicht so langlebig wie ich. Selbst die geistige Stimme des Piloten war nur noch ein Raunen. *Die Femtomaschinen werden dich am Leben erhalten, einige Tausend Jahre. Zeit genug für dich, der Menschheit mit dem Artefakt einen sicheren Weg in die Zukunft zu bahnen. Zeit genug, deine Aufgabe zu erfüllen und einen Nachfolger zu finden.*

»Ich höre nichts mehr«, sagte Coltan. »Warum antwortet er nicht?«

»Weil er tot ist«, erwiderte Jazmine.

»Nicht ganz. Seine Erinnerungen leben weiter, Jaz.« Rahils Femtomaschinen – eine Gabe der Hohen Mächte, die in Wirklichkeit alle nur Sekundäre waren, wie die Menschheit in der Zukunft – funktionierten wieder, und er bemerkte es erst jetzt. Einen Teil der Ruhe verdankte er ihnen, den anderen der Superschmiede, die ihn als ihren Schmied empfangen hatte.

Einige Tausend Jahre …

»Mein Sohn«, sagte Coltan und kam näher, »ich hoffe, du glaubst nicht all das dumme Gerede …«

Noch eine letzte Sache, dachte Rahil. »Warum das Schiff im M-Raum, Vater?«, fragte er. »Warum der Disruptor, der mich zwang, den Transit nach Heraklon zu unterbrechen?«

»Junge, ich habe dir doch schon gesagt …«

»Dass du nichts damit zu tun hast? Vielleicht stimmt das sogar. Die Krion haben dich sicher nicht in alle ihre Pläne eingeweiht. Ich nehme an, sie unterbrachen eine Ereigniskette, um eine neue zu schaffen, die besser zu ihren Absichten passte. Zwar war Sammaccan bei mir, dein Aufpasser, und du hattest die Rüstung manipuliert, aber vielleicht hättest du mich nicht wie gewünscht kontrollieren können, wenn ich auf direktem

Weg nach Heraklon geflogen wäre.« Und ohne das Eingreifen des Gesserat namens Zacharias hätten die Krion Erfolg gehabt, dachte Rahil.

Und hier bin ich nun, im Innern des Artefakts, fügte er in Gedanken hinzu. Mit einer Verantwortung, wie sie noch kein Mensch vor mir getragen hat.

Seine rechte Hand bewegte sich wie von allein und berührte Jazmines Finger, die eben noch einen knisternden Würfel mit Bildern wie Fenster gehalten hatten. »Hilfst du mir, Jaz?«, fragte er leise.

Sie wusste, was er meinte; sie brauchte keine Fragen zu stellen. Die Gabe existierte auch in ihr, aber sie hatte nie gelernt, Schmiedin zu werden. Vielleicht deshalb nicht, weil sie nie das Lied der Kosmischen Enzyklopädie gehört hatte, nie danach süchtig geworden war.

»Wie kann ich dir helfen?«, fragte sie unsicher.

»Ich zeige es dir.«

»Willst du etwa die Macht des Artefakts mit *ihr* teilen?«, entfuhr es Coltan. Er stand zwei Meter entfernt, mit einer Brille, die ihn nur einen kleinen Teil seiner Umgebung erkennen ließ. »Sie ist verrückt, Junge! Sie hat dich erstochen.«

»Das hat sie«, sagte Rahil. »Und doch vertraue ich ihr mehr als dir.«

»Mein Sohn …«

»Hör auf, Vater. Es ist zwecklos. Nach allem, was du getan hast …«

»Er hat Emily getötet!«, rief Jazmine. »Ich sollte ihm das Gesicht zerkratzen! Ich sollte …« Ein Dolch erschien in ihrer Hand, wie aus Glas oder Kristall.

»Nein.« Rahil ließ ihn mit einem Gedanken verschwinden, mit einem Wunsch, den er an die Programmbibliotheken richtete. »Wir töten nicht, Schwester. Wir zerstören nicht. Wir helfen und bauen einen Weg in die Zukunft.«

Er schloss die Augen und dachte: Pilot, falls du mich noch hörst, falls ein Rest von dir, außer deinen Erinnerungen, in den Programmen der Superschmiede verblieben ist: Ich stelle mich meiner Aufgabe und übernehme jetzt.

Der Schmied übernahm die Schmiede, und Farben vertrieben das Grau aus dem Artefakt.

Vulkanasche lag dick auf den Gräbern, und Regentropfen fielen von einem dunklen Himmel. In der Nähe leuchteten die fraktalen Muster des Kickouts, ein kleines Portal, gerade groß genug für Menschen, und sein Licht vertrieb die Düsternis aus diesem Teil des Friedhofs für Namenlose auf Caina. Hinter der nahen Hügelkette erstreckte sich Meemken, die Stadt, in der Rahil und Jazmine einen Teil ihrer Kindheit verbracht hatten.

Rahil hielt die Hand seiner Schwester und blickte auf das Grab hinab. Es gab keinen Grabstein, keine Markierung, keinen Namen, und doch wusste er, dass sie hier begraben lag: die Frau mit den Sommersprossen und dem sanften Lächeln, die Missionarin, die ihnen an einem stürmischen Tag von Taifunen und Orkanen erzählt hatte.

»Was soll das?«, fragte Coltan, nahm die Brille mit den Wahrnehmungsfiltern ab und sah sich um. »Warum hast du uns hierhergebracht?«

Joyce stand neben ihm, und etwas weiter hinten lag der noch immer bewusstlose Icardo, der Mann, der den Clipper geflogen hatte. Leichter Wind wehte ihm Ascheflocken ins Gesicht. Sammaccan wartete direkt vor dem Kickout, vielleicht weil er fürchtete, auf dieser ihm fremden Welt zurückgelassen zu werden.

»Ist es kein geeigneter Ort?«, wandte sich Rahil an seinen Vater. »Hier liegt eins deiner Opfer. An dieser Stelle wurde Emily verscharrt. Du solltest die Gelegenheit nutzen, über deine Verbrechen nachzudenken. Vielleicht findest du dabei dein Gewissen wieder. Falls du jemals eins hattest.«

Coltan starrte ihn zornig an. »Du wirst es bereuen, Junge.«

»Wohl kaum.« Zusammen mit Jazmine trat Rahil zum Kickout.

»Warte, Junge!« Coltan schüttelte Joyces Hand ab, die sich ihm auf den Arm gelegt hatte. »Warte!«

Hol uns zurück, riefen Rahils Gedanken dem viele Lichtjahre entfernten Artefakt auf Heraklon zu.

Das Kickout schloss sich um sie, blitzte auf und verschwand.

Schnee glitzerte im Licht der Sonne; Eiszapfen hingen wie Trauergirlanden an den Dachrändern. Es regte sich nichts in Couron, Hauptstadt von Munraha. Stille lag über der leeren Metropole und den Resten der Akkumulatoren und Integratoren.

»Du wirst hier nicht lange allein bleiben, Sammaccan«, sagte Rahil. Jazmine wartete hinter ihnen beim Kickout. »In einer halben Stunde treffen die ersten Clipper ein. Bis zur Rückkehr der Evakuierten wird es länger dauern.«

Bis dahin dürften Wochen oder Monate vergehen, dachte er. Die Düsternis war vom Himmel verschwunden, und die Sonne brachte Wärme, schmolz Schnee und Eis. Aber der Wiederaufbau würde Jahre dauern, hier und in den anderen Regionen, die von der Absorption durch das initialisierte Artefakt betroffen gewesen waren. Inzwischen nahm die Superschmiede keine Masse und Energie mehr auf, doch der angerichtete Schaden blieb. Eine Rekonversion war nicht möglich; das Artefakt konnte Heraklon nicht zurückgeben, was es ihm genommen hatte. Rahil fragte sich, ob die unkontrollierte Aktivität der Superschmiede Teil des Plans der Krion gewesen war. Hatten sie sich letztendlich ein Eingreifen der Ersten erhofft, so wie vor sechshundert Jahren die anderen »Hohen Mächte« eingegriffen hatten, um zu verhindern, dass sich der Weltenbrand des *Ereignisses* ausbreitete, vielleicht ohne zu ahnen, dass die Krion hinter der Katastrophe steckten? Hatten sie gehofft, dass sich die Ersten mit einer solchen Intervention eine Blöße gaben, dass sie verrieten, wohin sie sich zurückgezogen hatten? Pläne innerhalb von Plänen, Muster innerhalb von Mustern, das war die fraktale Geometrie der Realität. Lügen innerhalb von Lügen, manchmal in ein täuschendes Gewand aus Halbwahrheiten gehüllt, das gehörte zum Wesen unreifer Intelligenz, und die Krion hatten es zu einer wahren Kunst entwickelt.

Was auch immer geschieht, dachte Rahil, ich muss vorsichtig sein und darf es nie an Wachsamkeit mangeln lassen.

»Könntest du mich nicht mitnehmen, Rahil Tennerit?«, fragte Sammaccan. Er stand hilflos im Sonnenschein, umgeben von Schnee, Schultern und Kopf gesenkt. »Könnte ich nicht dein Assistent sein?«

»Nach allem, was gewesen ist?«, erwiderte Rahil und legte Schärfe in seine Worte. »Was wir erlebt haben, was du gehört hast ... Ist es nicht eine Lektion über Wahrheit, Lüge und Vertrauen?«

»Ich habe es für meine Pflicht gehalten«, sagte Sammaccan kleinlaut. »Wir alle sind an unsere Pflicht gebunden, Rahil Tennerit.«

»Manchmal führt uns die Pflicht in die falsche Richtung, und wir müssen in der Lage sein, das zu erkennen und die Konsequenzen daraus zu ziehen. Du bist jung, und ich habe Zeit.«

Viel Zeit, dachte Rahil. Jahrtausende. »Vielleicht kehre ich eines Tages zurück, wenn du gelernt hast, was Vertrauen bedeutet. Vielleicht kannst du dann mein Assistent werden. Bis dahin solltest du beim Wiederaufbau deines Landes helfen. Es könnte durchaus sein, dass du dabei eine Möglichkeit entdeckst, die Männer von Munraha in die Freiheit zu führen. Ohne Waffengewalt«, fügte Rahil hinzu. »Es ist genug zerstört worden.«

»Ich höre dich«, sagte Sammaccan. »Und ich versuche zu verstehen.«

»Ich hoffe, dass es dir gelingt.« Rahil ging zum Kickout und hörte durch die bunten fraktalen Muster die vielen Stimmen des Artefakts. »Leb wohl, Sammaccan.«

»Es tut mir leid, Rahil Tennerit!«, rief der Polymorphe. »Es tut mir wirklich leid, glaube mir.«

Rahil hörte die Worte, obwohl ihn das Kickout bereits zum Artefakt trug, und er dachte: Vielleicht hat er schon begonnen zu verstehen.

EPILOG

Das Haus schwebte und flog in den oberen Atmosphäreschichten eines Gasriesen, der das schwache Licht eines nahen Braunen Zwergs empfing. Einen praktischen Nutzen an diesem besonderen Ort hatte das Haus nicht, aber Jazmine mochte es, auf der von Schirmfeldern geschützten Aussichtsplattform oder an den Panoramafenstern zu stehen und in die bunten, wogenden Tiefen des Gasriesen zu blicken.

An diesem Morgen stand sie auf dem Balkon des Westflügels und beobachtete die ovalen Muster eines zehntausend Kilometer durchmessenden Sturmgebiets, dem sie sich mit halber Schallgeschwindigkeit näherten.

»Wir greifen heute auf Cantabrana ein«, sagte Rahil. »Es ist alles vorbereitet.«

»Können wir nicht noch ein wenig warten?«, fragte Jazmine. »Bis heute Abend oder bis morgen? Sieh nur die Farben am Rand der Sturmzone. Sind sie nicht wunderschön?«

Sie hatte wieder schwarzes Haar, wenn auch noch nicht lang genug, um es zu einem Zopf flechten zu können, und die Narben waren aus ihrem Gesicht verschwunden. Das verdankte sie den Femtomaschinen, die sie von der Superschmiede bekommen hatte. Die kleinen Helfer in ihrem Innern würden sie auch vor körperlichem Zerfall bewahren, wenn sie sich längere Zeit außerhalb des Artefakts aufhielt, das sich nach wie vor auf Heraklon befand, von einer Kontinuumblase geschützt, die allein ihnen beiden Zugang gewährte.

»Die Sturmzone wird fünfhundert Jahre aktiv bleiben«, verkündete die Maint des Hauses. »Dir bleibt genug Zeit, sie zu beobachten, Jazmine.«

Sie drehte sich widerstrebend um. »Na schön, Bruder. Gehen wir nach Cantabrana.«

Sie *gingen* tatsächlich. Überall im Haus gab es Nullzeit-Kickouts, und eines von ihnen führte zur Station über Cantabrana, mehr als tausend Lichtjahre vom Gasriesen mit dem Haus entfernt.

»Wir haben Besuch bekommen«, sagte Rahil, als sie dort eintrafen. Das große Projektionsfeld im Instrumentenraum zeigte nicht nur den blaugrünen Planeten, wie er sich langsam unter der von den Programmbibliotheken der Superschmiede geschaffenen Station drehte, sondern auch mehrere Shifter der Ägide und sogar ein IKV der Hohen Mächte, das die Geschehnisse aus einer Entfernung von zehn Millionen Kilometern beobachtete.

»Sind es Krion?«, fragte Jazmine.

»Das lässt sich mit den derzeitigen Sensoren dieser Station nicht feststellen«, erwiderte Rahil. »Ich müsste zum Artefakt zurück und sie neu ausstatten, aber das würde nur Zeit kosten. Was die Ägide betrifft … Sie ist auf meine Einladung hin präsent, Jaz.«

»Warum?«

»Sie soll sehen, wie wir vorgehen«, sagte Rahil. »Sie soll einen direkten Eindruck davon bekommen, welche Waffen wir von jetzt an gegen die Despotien der Gefallenen Welten einsetzen. Und es soll auch eine Warnung sein, an die Adresse der Bruch-Gemeinschaft und der Ägide. Die Botschaft lautet: Von jetzt an nehmen wir keine Lügen mehr hin.«

Drei Monate lang hatten die von der Superschmiede produzierten Drohnen Informationen gesammelt, und die Maint der Station, mit dem Artefakt verbunden, war als strategischer Planer tätig gewesen. Ihre Formspeicher schufen zwei Interface-Sessel, und Bruder und Schwester nahmen Platz. Das große Projektionsfeld vor ihnen wuchs, bis es ihr ganzes Blickfeld ausfüllte, und teilte sich dabei in viele einzelne Fenster, die verschiedene Regionen von Cantabrana zeigten. In einigen großen Städten fanden Demonstrationen statt; Militär und Polizei schickten sich dort an, gegen die Protestierenden vorzugehen. Der Regierungspalast in der Hauptstadt war gut geschützt. Primitive Helikopter flogen über den Straßen des Regierungsviertels, und Waffenläufe ragten aus den offenen Türen.

Rahil sah nicht nur die Bilder des Projektionsfelds, sondern empfing auch die Daten der Drohnen, die weithin sichtbar über den Städten schwebten, in denen sich Tausende zu Protesten zusammengefunden hatten. Via Interface hörte und sah er den Präsidenten, wie er über die lokalen Medien zur Bevölkerung sprach und die »Aufwiegler« verurteilte, die »Protestler« angestachelt hatten und überall für Unruhe sorgten. Er, der sich immer für sein Volk eingesetzt hatte und es über alles liebte, werde die Aufrührer hart bestrafen und dafür sorgen, dass Ruhe und Frieden zurückkehrten. Mit scharfen Worten verurteilte er die »Eindringlinge aus dem All«, denen er letztendlich die Schuld an den Unruhen gab.

»Das übliche Gerede«, sagte Rahil. »Aber jetzt nützt es ihm nichts mehr. Beginnen wir.«

Die Drohnen über den Städten leiteten die Interdiktion ein und sorgten dafür, dass die Waffen der Soldaten und Polizisten nicht mehr funktionierten. Gleichzeitig leuchteten über den Metropolen von Cantabrana große holographische Felder auf und zeigten, durch Bilder und Daten, die Machenschaften des Präsidenten und seiner Familie: Orgien in mit üppigem Luxus ausgestatteten Palästen; angehäufte Reichtümer; die Verbindungen zu Industrie und Militär. Der Präsident verschwand von Millionen privaten Vidschirmen, und seine Stimme erklang nicht mehr aus öffentlichen Lautsprechern. Alle Medien, die lokalen wie die globalen, sendeten Dokumentationen über Machtmissbrauch, Willkür, Korruption, bittere Armut in den Elendsquartieren der großen Städte, Unterdrückung und Tod – Drohnen legten Massengräber frei und zeigten einer ganzen Welt, was aus spurlos verschwundenen Medienrepräsentanten und Anführern von Protestbewegungen geworden war.

Rahil lehnte sich zufrieden zurück.

»Das ist der Anfang«, sagte er. »Wir setzen die mächtigste aller Waffen ein: die Wahrheit. Von jetzt an gibt es keine Lügen mehr.«

Zusammen mit seiner Schwester beobachtete er, wie sich eine Welt veränderte.

GLOSSAR

Acquaä: Genetisch manipulierte (umweltangepasste) Menschen.

Ägide: Eine von der *Bruch-Gemeinschaft* kurz nach dem *Ereignis* vor 600 Jahren gegründete Hilfsorganisation, die über begrenzte primäre Technik verfügt und den *Gefallenen Welten* bei Aufbau und Entwicklung hilft. Verwaltet vom *Kuratorium*. Die Entwicklungshelfer in Diensten der Ägide sind *Missionare*, in seltenen Fällen *Exekutoren*.

Äguizabel: Der Verwahrer.

Aisch-ta-Halem: Name eines *Ascar*.

Aites: Alter Freund von *Rahil Tennerit*, vor fünf Jahren auf Chopelas gestorben.

Akkumulatoren: Maints der *Segler*. Werden von ihnen eingesetzt, um fremde Datennetze und *Auren* unter Kontrolle zu bringen.

Akzelerator: Eine Art Gravitationskatapult zum Ausschleusen von Beibooten, Wartungskapseln etc.

Applonia: Nationalstaat auf Heraklon, Hauptstadt *Jadoo*.

Araschni: Eine der *Großen Familien* des *Dutzends*.

Arhelia und *Chetelat:* Vom »Bund der Fünf«, gehören zu den *Gefallenen Welten*.

Arrospide: Eine große Familie (Nation) der Vogelmenschen auf *Heraklon*.

Ascar: Aus dem galaktischen Kern stammende Insektoide. Sie verfügen über einen besonderen Sinn, der es ihnen erlaubt, einzelne Biosignaturen unter Milliarden von anderen zu identifizieren. Die *Großen Familien* des *Dutzends* haben einen Ascar auf *Rahil Tennerit* angesetzt.

Assimilierer: Die *Segler* benutzen Assimilierer, um sich fremde Technik einzuverleiben.

Atmosphärenschild: Ein Kraftfeld, das zum Beispiel in Hangars von Raumstationen verhindert, dass beim Start eines Schiffes die Luft ins All entweicht.

Aun: Eines der *Sieben Völker.*

Aura: Datensphäre eines Planeten oder Mondes, bestehend aus zahlreichen miteinander verknüpften Netzwerken.

Ausnahmezone: Bereiche, in denen die technische *Interdiktion* nicht funktioniert.

Autoadaptation: Z. B. bei Uniformen der *Ägide,* die sich den Körperformen des Trägers automatisch anpassen.

Ayyad, Lynton Hongeva: Psychomechaniker in den Diensten der *Ägide,* ein *Inkorporierter.*

Bahade: Eine der zentralen Welten der *Bruch-Gemeinschaft* und Heimat der langlebigen *Greise.*

Basismasse: Produktionsmaterial für Schmieden.

Belidor, Vivienne Guandique: Mutter von *Rahil* und *Jazmine Tennerit.*

Biomorph: Von einem *Uterus* geschaffenes künstliches Gewebe, das vor allem für die Speicherung von Bewusstseinsinhalten wie Erinnerungen verwendet wird. Angesichts der begrenzten Speicherkapazität eignet sich ein Biomorph nicht zur Aufnahme eines *Images.*

Biosignatur: Einzigartiges Charakteristikum jedes Individuums.

Blackbird: Welt am Rand des *Sagittariusbruchs.* Dort leben Telepathen.

Bonafede: Welt im *Sagittariusbruch.* Dort begann die *Zweite Phase* beziehungsweise *Diaspora.*

Bousqute: Gefallene Welt direkt am *Sagittariusbruch*, im Haroun-System.

Breaz: Ein wichtiger Clan der Segler. Erzfeinde der *Ten-Sha-pino.*

Brental: Eine der *Großen Familien* des *Dutzends.*

Bruch-Gemeinschaft: Die jenseits des *Sagittariusbruchs* gelegenen dreizehn Sonnensysteme mit insgesamt 69 von Menschen bewohnten Planeten und Monden, außerdem auch die 43 Welten der *Sieben Völker.* Regiert wird die Bruch-Gemeinschaft von der *Unionskonferenz*, die einen Vorsitzenden und 13 Beiräte wählt.

Brüten: Bezeichnung für die Produktion eines Körpers in einer *Schmiede.*

Burion: Planet im Canor-System, von einem Zentralrat regiert, nur drei Lichtjahre von Heraklon entfernt.

Cambronne: Warmer Gasriese im Kumala-System. Seine zwölf planetengroßen Monde sind das *Dutzend.* Unter ihnen befindet sich auch *Caina*, die Heimatwelt von *Rahil Tennerit.*

Chandswangh: Eines der *Sieben Völker.*

Chetelat: Siehe *Arhelia.*

Chormiki: Eines der *Sieben Völker.*

Clipper: Moderner Atmosphärenwagen.

Coder: Sensoreinheit eines programmierbaren Schlosses, gebräuchlich zum Beispiel bei Türen.

Couron: Hauptstadt des Nationalstaats *Munraha* auf *Heraklon.*

Crotwell: Alter Freund von Rahil, hat bei der »Gruppe« mitgewirkt, die versuchte, die *Kosmische Enzyklopädie* zu entschlüsseln.

Daquip: Welt der *Bruch-Gemeinschaft.* Dort gibt es, wie auch auf *Greenrose*, eine Gruppe, die versucht, das Lied der *Kosmischen Enzyklopädie* zu entschlüsseln.

Darel: Ein Mann in Diensten von *Coltan Jaqiello Tennerit,* Rahils Vater.

Dejoie: Eine der *Großen Familien* des *Dutzends. Dillon* gehört zu dieser Familie.

Delana: Eine von *Coltan Jaqiello Tennerits* Helfern auf *Heraklon;* eine Telepathin.

Dennehy-System: Siehe *Principato.*

Destruktor: Eine Waffe.

Diaspora: Siehe *Zweite Phase.*

Dillon: Genannt »dicker Di«, ein Schüler an der Schule, die die Großen Familien des *Dutzends* in *Dymke* auf *Caina* für ihre Kinder eingerichtet haben.

Dimensionsschnüffler: Geräte der Ägide (*primäre* Technik), mit der »ausgelagerte« Schmuggelware gefunden werden kann.

Dislokator: Eine Waffe, die die Struktur von Objekten aufbricht und verändert.

Disruptor: Eine Waffe, die im *M-Raum* eingesetzt wird. In der Nähe eines Raumschiffs verwandelt der Disruptor seine Masse in Energie und zwingt das Schiff damit, seinen Transit zu unterbrechen.

Duartes, Erasmo: Ein Schmuggler, der *Coltan Jaqiello Tennerit* mit verbotener primärer Technik beliefert.

Durrwachter: Alter Freund von *Rahil Tennerit,* hat die Leitung der Gruppe übernommen, die versucht, das Lied der *Kosmischen Enzyklopädie* zu entschlüsseln.

Dutzend, das: Die zwölf planetengroßen Monde des warmen Gasriesen *Cambronne* im System der Sonne Kumala.

Duxbery, Osbeck Acerra: Ein Langlebiger von *Bahade* im Zentrum der *Bruch-Gemeinschaft.*

Dymke: Hauptstadt von *Caina.*

Dymond, Cregan: Kurator der Ägide-Niederlassung auf der Aun-Welt *Eckrote.*

Eckrote: Welt der *Aun* im Barrnoch-System, etwa 200 Lichtjahre von *Kedra* entfernt, am Rand der »Roten Nebel« gelegen.

Eisschrein: Heiligtum der *Ascar* in ihrer arktischen Enklave auf *Caina.*

Eklipse: Die Zerstörung der ersten Zivilisation des *Dutzends.*

Elisha: Erste Tochter der *Ersten Mutter* von *Munraha* auf *Heraklon.*

Ellworth, Jerom: Botschafter der *Ägide* in *Couron,* der Hauptstadt von *Munraha.*

Emily: Missionarin der *Ägide* in *Meemken* auf *Caina.*

Empirion: Hochentwickeltes Modell einer *Rüstung,* wie sie von *Missionaren* und *Exekutoren* in Diensten der *Ägide* getragen wird.

Ereignis: Interstellare Katastrophe, die vor 600 Jahren viele von Menschen bewohnte Welten verwüstete und einige von ihnen ganz vernichtete.

Erste Mutter: Regierungschefin des matriarchalischen National-staats *Munraha* auf *Heraklon. Sammaccan* ist ihr Sohn.

Erste Phase: Beginn von bewusst herbeigeführten genetischen Veränderungen des Menschen. Es entstanden neue mensch-liche Spezies wie zum Beispiel die *Acquaä* und *Segler.*

Erster Exodus: Auswanderungswelle von der Erde vor 4000 Jahren.

Evaluator: Mitglied der Hohen Mächte, der die *Ägide* und ihre Mitarbeiter (*Missionare* und *Exekutoren*) beobachtet und ihr Verhalten bewertet.

Exekutor: Entwicklungshelfer in Diensten der *Ägide,* ausgestat-tet mit besonderen Befugnissen, die es ihm erlauben, sich über die ansonsten sehr strengen Regeln der *Ägide* hinweg-zusetzen.

Exklusive: Eine primäre Zivilisation, die sich ein eigenes kleines Universum schuf.

Feazelle: Ein Volk der *Hohen Mächte, Primäre.*

Femtomaschinen: Primäre Technik, die den *Missionaren* und *Exekutoren* der *Ägide* zur Verfügung steht. Millionen dieser winzigen Maschinen schärfen nicht nur die Sinne, sondern reparieren auch Zellschäden und Verletzungen, gewähren somit relative Unsterblichkeit. Darüber hinaus senden die *Femtomaschinen* eine Autorisierungssignatur, die einen *Exekutor* identifiziert.

Fluktuatoren: Geräte, mit denen sich Sprungvektoren blockieren lassen.

Fraktal oder Transitfraktal: Andere Bezeichnung für ein fraktalgeometrisches *Kickout.*

Fraktalschatten: Von der Strahlung eines schlecht abgeschirmten *Kickouts* oder *Kickins* hervorgerufene Krankheit.

Gannoe: Eine Tiefebene auf *Heraklon.*

Ganska: Planet mit mehreren Monden im Nevarezz-System, gehört zur *Bruch-Gemeinschaft,* mehr als 5 000 Lichtjahre von *Heraklon* entfernt. Wenige Lichtsekunden davon entfernt befindet sich die Station der *Ägide,* in der *Rahil Tennerit* wiederhergestellt wurde.

Gauwain, Milissa: Psychomechanikerin in Diensten der *Ägide.*

Gefallene Welten: Planeten und Monde, die zusammen mit der Erde durch das *Ereignis* vor 600 Jahren verwüstet wurden, insgesamt 203 in 89 Sonnensystemen.

Gesserat: Ein Volk der *Hohen Mächte, Primäre.* Ihre Gestalt erinnert an die eines Choloepus beziehungsweise Faultiers.

Goliath: Ein alter Festungstyp.

Gravgeneratoren: Gravitationsgeneratoren. Diese Technik wurde noch vor dem *Ereignis* entwickelt.

Gravitatoren: Moderne Gravgeneratoren. Sie können auch sehr klein sein und selbst einzelne Zimmer einer Wohnung mit unterschiedlicher Schwerkraft ausstatten.

Greenrose: Menschenwelt der *Bruch-Gemeinschaft.*

Greise: Sehr langlebige Menschen auf dem Planeten *Bahade.*

Gremium: Eine Gruppe von *Evaluatoren* der *Hohen Mächte.*

Große Familien: Die herrschenden Familien des *Dutzends,* unter ihnen die Araschni, Joulwan und Kunit.

Große Graue Leere: 1 000 Kilometer durchmessendes Staubmeer auf *Heraklon.*

Habitatschweber: Tropfenförmiges Fahrzeug.

Heimstatt: So nennen die *Hohen Mächte* das neue Universum, mit dessen Konstruktion sie seit Jahrmillionen beschäftigt sind. In der *Bruch-Gemeinschaft* und bei der *Ägide* ist die Bezeichnung »Eldorado« geläufig.

Heraklon: 2. Planet des Lagoni-Systems, größer als die Erde, gehört zu den *Gefallenen Welten,* diplomatisches Zentrum. Die globale Regierung von Heraklon heißt Diplomatischer Rat und wird von der Großen Versammlung gewählt.

Hohe Mächte: Bestehend aus den *Primären* und *Sekundären,* hochentwickelten Zivilisationen, die die Fesseln von Raum und Zeit abgestreift haben und durch das intergalaktische Kommunikationsnetz der *Kosmischen Enzyklopädie* miteinander verbunden sind.

Hosprit: Ein Volk der *Hohen Mächte, Sekundäre.* Die Hosprit haben die »Fraktalmathematik« entwickelt, mit der es ihnen vor dem Aufstieg zu den *Hohen Mächten* gelang, einen Teil der *Kosmischen Enzyklopädie* zu entschlüsseln.

Humax: Neue Menschen mit höherer Intelligenz während der *Zweiten Phase.*

IKV: Interkosmisches Vehikel. Von den *Hohen Mächten* verwendete Miniraumschiffe.

Image: Das zu einem bestimmten Zeitpunkt aufgezeichnete Bewusstsein einer Person mit allen Erinnerungen. Mithilfe primärer Technik ist es möglich, ein solches Image auf einen Körper zu übertragen und auf diese Weise einen Verstorbenen »wiederherzustellen« (siehe *Wiederherstellung*).

Imperiale Föderation: Eine Allianz von Menschenwelten, 3000 Jahre vor den geschilderten Ereignissen.

Inhibitor: Eine einfache Waffe, die von Ordnungs- und Sicherheitskräften verwendet wird. Sie verschießt Mikronadeln, die das Nervensystem der Zielperson blockieren.

Inkorporierter: Bewusstsein, das mit einer *Maint* verbunden ist.

Instruktionsraum: Raum in Stationen der *Ägide*, in dem *Missionare* oder *Exekutoren* ihre Einweisung erhalten.

Instruktor: Lehrer und Ausbilder bei der *Ägide.*

Interdikt: Ein Verbot, oft mit einer *Interdiktion* verbunden, zum Beispiel das Verbot, eine Station der *Ägide* anzufliegen.

Interdiktionsfeld: Ein Kraftfeld, mit dem sich primäre Technik neutralisieren lässt.

Interdiktor: Primäre Technik, mit der sich Technik oberhalb der Stufe vier neutralisieren lässt.

Interpreter: Ein Übersetzungsgerät.

Ippakao: Eines der *Sieben Völker.*

Jadoo: Hauptstadt des Nationalstaats *Applonia* auf *Heraklon.*

Jar Enhelian Gavira Enei Cropcor'al'Tentero az Halgewi; siehe: *Zacharias.*

Joulwan: Eine der *Großen Familien* des *Dutzends.*

Joyce: Einer von *Coltan Jaqiello Tennerits* Helfern auf *Heraklon.* Ein Missionar der *Ägide.*

Justizdelegat: Eine Art Staatsanwalt.

Justizdrohnen: Mit begrenzter Eigenintelligenz ausgestattete humanoide Maschinen, die die Anweisungen eines *Justizdelegats* befolgen und zum Beispiel Verhaftungen vornehmen.

Kattinga: Von diesem Planeten stammt die Nachricht eines *Missionars*, dass die *Großen Familien* des *Dutzends* einen *Ascar* auf *Rahil Tennerit* angesetzt haben.

Kedra: Unabhängiger Planet im Otiz-System, der weder zu den *Gefallenen Welten* noch zur *Bruch-Gemeinschaft* gehört. *Lucrezia* verwaltet dort ein Depot der *Ägide.*

Kickins: Auch »Fraktale« genannt. Von primärer Technik (oft von den *Leskovar*) geschaffene Tore durch Raum und Zeit. Ermöglichen Reisen über viele Lichtjahre hinweg, aber nur in einer Richtung.

Kickouts: Auch »Fraktale« genannt. Von primärer Technik (oft von den *Leskovar*) geschaffene Tore durch Raum und Zeit. Ermöglichen Reisen über viele Lichtjahre hinweg in beide Richtungen.

Kompensatoren: Damit müssen *Kickouts* und *Kickins* für den Transit von Personen ausgestattet sein. Andernfalls kommt es zu starken physischen und psychischen Belastungen.

Konderla-System: 7 Lichtjahre von *Heraklon* entfernt. Dort wurde ein havarierter *Segler* gefunden.

Kontinuumschiff: Diese Raumschiffe der *Krion* ermöglichen ebenso schnelle Reisen wie die fraktalgeometrischen *Kickouts* der *Leskovar.*

Korinth: Planet, auf dem sich *Lucrezia* und *Rahil Tennerit* vor 21 Jahren zum letzten Mal gesehen haben.

Kosmische Enzyklopädie: Das gesammelte Wissen der *Hohen Mächte*, außerdem ihr Kommunikationsnetz. Die hörbar gemachten Signale werden als Lied oder Musik der Kosmischen Enzyklopädie bezeichnet und können suchtartige Abhängigkeit bewirken.

Kossin, Awilda: Rahils Tutorin in *Dymke.*

Krion: Ein Volk der *Hohen Mächte, Primäre.*

Krusor: Ein Gebirge auf Heraklon.

Kruzz, Herr: Abgerichtete Flussratte des Ekelpakets *Mowder,* mit dem es *Rahil* und *Jazmine Tennerit* in ihrer Kindheit zu tun bekamen.

Kunit: Eine der *Großen Familien* des *Dutzends.*

Kuratoren: Leiter von Stationen und Niederlassungen der *Ägide.*

Kuratorium: Leitungsorgan der *Ägide,* bestehend aus zahlreichen Kuratoren. Ein Drittel wird von der Unionskonferenz bestimmt, das 2. Drittel von den *Hohen Mächten,* und das 3. Drittel besteht aus den »Verdienstvollen«, ehemaligen *Missionaren,* die ihre *Femtomaschinen* behalten dürfen und somit relativ unsterblich sind.

Kzosek: Eines der *Sieben Völker.*

Ladouce: Ein Großer Wissender (Philosoph) der *Aun.*

Lancz: Eine der *Großen Familien* des *Dutzends.*

Langzeit: Bezeichnung für die sehr langfristige Denkweise der *Segler,* die aufgrund ihrer Langlebigkeit Jahrhunderte und Jahrtausende umfasst.

Larralde, Kongregation von: Allianz von *Gefallenen Welten,* Gegner von *Burion.*

Lautaret: Größte Stadt der *Vogelmenschen* auf *Heraklon.*

Layer, trojanischer: Eine Malware, die die Programmbibliotheken von *Rahil Tennerits* Rüstung manipuliert.

Leskovar: Ein Volk der *Hohen Mächte, Sekundäre.*

Lonora: Volontärin auf *Heraklon.*

Lucrezia: Nachname Bonavista, ehemalige *Missionarin* der *Ägide,* inzwischen Depotverwalterin bei *Kedra* im Otiz-System. Ehemalige Partnerin von *Rahil Tennerit.*

M-Raum: Multidimensionaler Raum, Transitmedium »hinter« den fraktalgeometrischen *Kickouts* der *Leskovar.*

Magda und *Magdalena:* Zwei *Kzosek*-Schwestern, die den Händler und Schmuggler *Duartes* begleiten.

Maint: Kurzbezeichnung für »Maschinenintelligenz«.

Maritimer Bund: Wasserwelten, auf denen die *Acquaä* leben.

Meemken: Stadt auf *Caina,* einer Welt des *Dutzends.* Am Meer gelegen.

Mikrogravitator: Kleingeräte zur Erzeugung von künstlicher Gravitation.

Milwee: Eines der *Sieben Völker.*

Minuszeit: Bezeichnung für eine temporale Anomalie, die bei einer überlichtschnellen Reise (ob mit einem *Sprungschiff* oder durch ein fraktalgeometrisches *Kickout* der *Leskovar*) dazu führt, dass für den Reisenden zwar subjektiv Tage und Wochen vergehen, er das Ziel aber ohne objektiven Zeitverlust erreicht.

Missionar: Entwicklungshelfer in Diensten der *Ägide.*

Momeni: Ein Planet im Begolli-System, gehört zu den *Gefallenen Welten. Rahil Tennerit* starb dort seinen dritten Tod.

Mowder: Bösewicht an der Schule von *Jazmine* und *Rahil.*

Multifunktionshelper: Ein mit vielfachen Funktionen ausgestattetes Gerät, das in der Medizin für Diagnose und Behandlung eingesetzt wird.

Munraha: Einer von neunzehn Nationalstaaten auf *Heraklon,* der zweitgrößte. Dort herrscht strenges Matriarchat. Männer spielen in Gesellschaft und Staat eine untergeordnete Rolle.

Mutterhaus: Regierungspalast in *Couron,* der Hauptstadt von *Munraha.*

Nabbuk: Stadt am Ostufer der *Großen Grauen Leere* auf *Heraklon.*

Nationen der Täler und Schluchten: So nennen sich die Vogelmenschen auf *Heraklon.*

Neutro: Mittel, das den Transitschmerz bei *Kickouts* und *Kickins* ohne Kompensatoren neutralisiert.

Niveau-Weiche: Ein Raumzeit-Gefälle beziehungsweise Phasenübergang. Die Hohen Mächte verwenden solche Weichen, um ihre Sternenstädte (Poleis) ins Normalkontinuum zu bringen.

Nullzeit: Kurzbezeichnung für eine Form der Kommunikation, die auf einem Teil der überall präsenten *Kosmischen Enzyklopädie* basiert und unmittelbaren Austausch von Informationen über viele Lichtjahre hinweg ermöglicht, ohne dass es dabei zu Verzögerungen kommt.

Outzen: Fluss auf *Heraklon.*

Pacana: Eine Volksgruppe der *Ascar,* die in der arktischen Enklave von *Caina* lebt, in unmittelbarer Nähe des *Eisschreins,* der bei allen Volksgruppen der *Ascar* als großes Heiligtum gilt.

Panyko: Eines der *Sieben Völker.* Insektoiden.

Patron: Bezeichnung für das Oberhaupt einer *Großen Familie* des *Dutzends.*

Pluszeit: Bezeichnung für eine temporale Anomalie, die bei einer überlichtschnellen Reise (ob mit einem *Sprungschiff* oder durch ein fraktalgeometrisches *Kickout* der *Leskovar*) dazu führt, dass für den Reisenden subjektiv Tage oder Wochen vergehen, er am Ziel der Reise aber feststellen muss, dass objektiv viel mehr Zeit verstrichen ist.

Polarisator: So nennt man die Schiffe der *Leskovar,* die fraktalgeometrische *Kickouts* polarisieren, d. h. damit Verbindungen über viele Lichtjahre hinweg herstellen.

Polis: Sternenstadt der *Hohen Mächte,* mit der Masse eines mittleren Mondes.

Polymere: Kunststoffe, oft in Schmieden hergestellt.

Polymorphe: Die Polymorphen sind Menschenabkömmlinge und das Ergebnis genetischer Manipulationen, die während der Zeit des Aufbruchs stattgefunden haben, vor viertausend Jahren, beim *Ersten Exodus* von der Erde. Sie leben hauptsächlich auf *Heraklon,* im Nationalstaat *Munraha.*

Primäre: Siehe auch *Hohe Mächte.* Die ersten und somit ältesten Zivilisationen des Universums.

Principato: Eine *Gefallene Welt* im *Dennehy-System,* in den Roten Nebeln bei *Eckrote* gelegen.

Produktionssignatur: Damit wird jeder von einer *Schmiede* produzierte Gegenstand ausgestattet.

Quebal: Eine Welt der *Segler.*

Reisende: Bürger der *Bruch-Gemeinschaft,* die ihren Anteil an den kollektiven ökonomischen Ressourcen für weite interstellare Reisen nutzen.

Replikatoren: Vorrichtungen, die bestimmte Objekte replizieren können. Von der Funktion her ähneln sie kleinen *Schmieden,* aber ihr Potenzial ist begrenzt.

Routenfokus: Der Kurs eines Schiffes nach dem Flug durch ein fraktalgeometrisches *Kickout.* Normalerweise kann er während des Transits durch den *M-Raum* nicht verändert werden.

Ruben: Leibwächter und Sekretär von *Coltan Jaqiello Tennerit.*

Rüstung: Eine semiorganische Gewebemasse, die sich wie eine zweite Haut dem Körper anpassen kann. Ein integrierter Formspeicher ermöglicht es, der Rüstung auch Form und Struktur von Kleidung zu geben. Rüstungen sind mit zerebralen Schaltkreisen und neuronaler Stimulation ausgestattet, die das Denken des Trägers beschleunigen, seine Emotionen dämpfen und die Sinne schärfen.

Sagittariusbruch: Die interstellare Region, in der das *Ereignis* seinen Anfang nahm.

Sammaccan: Junger *Polymorpher* aus dem Nationalstaat *Munraha* auf *Heraklon.* Sein Name bedeutet »Stärker als der Wind«. Er soll *Rahil Tennerit* bei seiner Mission helfen.

Schmied: Jemand, der eine *Schmiede* betreibt und programmiert.

Schmiede: Eine Maschine, die auf der Grundlage von Programmen aus Basismasse beliebige Gegenstände herstellen kann, auch andere Maschinen. Monochrome Schmieden verfügen über eine feste Programmierung. Polychrome Schmieden können von einem *Schmied* programmiert werden.

Schnapper: Eine Vorrichtung, mit der die *Ägide* den Flug von *Sprungschiffen* beeinflussen kann.

Segler: Wie die *Acquaä* und *Polymorphen* genetisch veränderte Menschen. Sie leben in untereinander verfeindeten Clan-Gruppen, denken in *Langzeit* und sind sehr langlebig.

Sekundäre: Alle nach den Primären entstandenen Zivilisationen, die sich weit genug entwickelten, um Zugang zur *Kosmischen Enzyklopädie* zu erhalten und in den Kreis der *Hohen Mächte* aufgenommen zu werden.

Shifter: Kleines Raumschiff der *Ägide,* nicht auf fraktalgeometrische *Kickouts* der *Leskovar* angewiesen. Dank seiner primären Technik ist es imstande, den Kurs während eines Transits im *M-Raum* zu verändern.

Sieben Völker: Gemeint sind die sieben Völker, die nicht vom *Ereignis* vor 600 Jahren betroffen waren und Teil der *Bruch-Gemeinschaft* geworden sind: *Chormiki, Ippakao, Aun, Kzosek, Panyko, Milwee* und *Chandswangh.*

Signifikanz-Interface: Ein spezielles Interface im Innern von polychromen *Schmieden,* das dem *Schmied* die Orientierung ermöglicht.

Silberne Stadt: Eine *Polis* der *Krion* und *Feazelle.* Vor 600 Jahren luden sie das *Kuratorium* der *Ägide* dorthin ein und zeigten ihm die Funktionsweise einer besonders leistungsfähigen polychromen *Schmiede.*

Sire: Anrede für die Oberhäupter der *Großen Familien* des *Dutzends.*

Smart: Dieser Begriff bezieht sich auf Geräte, die in einer *Aura* miteinander kommunizieren können.

Sprungschiffe: Von den Menschen bereits vor dem *Ereignis* gebaute Raumschiffe, die die *Sprungtechnik* benutzen.

Sprungsektoren: In Sonnensystemen Bereiche, in denen von den Menschen entwickelte Raumschiffe, die nicht über primäre Technik verfügen, in den überlichtschnellen Transit gehen können.

Sprungtechnik: Diese von den Menschen entwickelte Technik für die überlichtschnelle Raumfahrt verwendet *Sprungsektoren* und *Sprungvektoren.*

Sprungvektoren: Mögliche Kurse für *Sprungschiffe.* Sprungvektoren entstehen durch geringfügige Raumzeit-Fluktuationen in *Sprungsektoren.*

Stachler: Ein in den Äquatorialwäldern von *Heraklon* beheimatetes Raubtier.

Startmulde: Mulden in den Hangars von Raumstationen; darin ruhen Schiffe vor dem Start, bevor sie durch das Kraftfeld des *Atmosphärenschilds* ins All »fallen«.

Stellar: Eine künstliche Sprache, die sich besonders gut für Informationsübermittlung eignet und mit der auch nonsmarte Geräte ohne *Aura-Verbindungen* programmiert werden können.

Swanick: Eine Welt des *Dutzends.*

Synthmetall: Synthetisches Metall, oft in *Schmieden* hergestellt.

Tarit: Eine von fünf auf *Heraklon* gebräuchlichen Hauptsprachen.

Tarnanzug: Kleidungsstück, das den Träger unsichtbar macht, entweder durch die Umlenkung von Licht oder indem es Farbe und Beschaffenheit der Umgebung simuliert.

Tavalis: Eine Welt der *Bruch-Gemeinschaft,* 4 500 Lichtjahre von *Heraklon* entfernt.

Technik-Interdikt: Auf den *Gefallenen Welten,* auch auf *Heraklon,* ist Technik oberhalb der Stufe vier verboten. Ausnahmen sind Botschaften und Konsulate.

Technoschock: Ein von »Kulturschock« abgeleiteter Begriff mit ähnlicher Bedeutung. Die *Ägide* versucht, den *Gefallenen Welten* zu helfen und sie gleichzeitig vor einem Technoschock zu bewahren.

Ten-Shapino: Ein wichtiger Clan der *Segler.* Erzfeinde der *Breaz.*

Tennerit, Coltan Jaqiello: Vater von *Rahil* und *Jazmine.* Oberhaupt einer *Großen Familie.*

Tennerit, Familienwappen: Das Wappen zeigt die alte Zitadelle von *Dymke* mit den sieben Säulen der Tennerits.

Tennerit, Jazmine: Schwester von *Rahil Tennerit,* drei Jahre jünger.

Tennerit, Jere Laureno: Coltan Jaqiello Tennerits Ururgroßvater.

Tennerit, Juranjo Rett: Schloss vor fast 500 Jahren ein Bündnis mit den *Polymorphen* von *Heraklon.*

Tennerit, Rahil: Bruder von *Jazmine* Tennerit und Sohn von *Coltan Jaqiello Tennerit.* Rahil ist seit fast 100 Jahren *Missionar* in Diensten der *Ägide,* dreimal gestorben und *wiederhergestellt* worden. Er trägt primäre *Femtomaschinen* in sich und genießt daher relative Unsterblichkeit.

Threlfall, Almeda: Psychomechanikerin, auf *Eckrote* in Diensten der Ägide.

Tippiki: Kleine, Seepferdchen ähnelnde Geschöpfe, die im Großen Rund leben, dem Ozean auf der Südhalbkugel von *Caina.*

Unionskonferenz: Parlament der *Bruch-Gemeinschaft*, bestehend aus Gesandten aller Welten.

Uterus: Eine *Schmiede* für die Produktion biologischer Strukturen. Mithilfe geeigneter DNS können auch ganze Körper hergestellt werden (siehe *Image* und *Wiederherstellung*).

Vandar: Auf diesem Planeten gibt es die legendäre Bibliothek der *Hosprit*, entstanden zu einer Zeit, als die *Hosprit* noch nicht zu den *Hohen Mächten* zählten.

Variatoren: Maschinen mit der Funktion von Generatoren und Konvertern.

Vogelmenschen: Die Vogelmenschen sind Menschenabkömmlinge und das Ergebnis genetischer Manipulationen, die während der Zeit des *Aufbruchs* stattgefunden haben, vor 4 000 Jahren, beim *Ersten Exodus* von der Erde. Sie leben hauptsächlich auf *Heraklon*, in den Schluchten der Tausend Katarakte. Ihre größte Stadt ist *Lautaret*.

Volontäre: Bürger der *Bruch-Gemeinschaft*, die freiwillig arbeiten, obwohl das für ihren Lebensunterhalt nicht nötig ist.

Wall: Höchstes Gebirge auf *Heraklon*. Seine Gipfel reichen bis in die Stratosphäre.

Wellenstörer: Geräte, mit denen sich *Sprungvektoren* blockieren lassen.

Wiederherstellung: Eine gestorbene Person wird »wiederhergestellt«, indem ein *Uterus* mithilfe der DNS des Betreffenden einen neuen Körper *brütet* und ihn dann mit dem vorher angefertigten *Image* ausstattet.

Zacharias: Ein *Gesserat*. Sein voller Name lautet Jar Enhelian Gavira Enei Cropcor'al'Tentero az Halgewi.

Zweitausendjahresplan: Mit einem Zweitausendjahresplan, dessen Ursprünge bis weit vor das *Ereignis* zurückreichen, haben die *Segler* versucht, den Planeten *Greenrose* zu übernehmen.

Zweite Phase: Mehr als 3 000 Jahre nach der *Ersten Phase* leitete man auf den Welten der Sagittarius-Region eine neue Phase genetischer Veränderungen ein mit dem Ziel, eine neue, mit höherer Intelligenz ausgestattete Menschenspezies zu schaffen. Diese neuen Menschen, die *Humax,* übernahmen dort nach wenigen Monaten die Macht, und man nannte ihre Herrschaft *Diaspora.*